面向21世纪课程教材

*Zhongguo Xiandangdai
Wenxue Shi*

中国现当代文学史

（第三版）

上册

主编　王　侃／颜　敏

上海教育出版社
SHANGHAI EDUCATIONAL
PUBLISHING HOUSE

撰写与统稿人员

第一编　中国现当代文学的缘起与诞生

第一章　王侃

第二章　邹贤尧

第三章　赵顺宏

第四章　颜炼军

第五章　刘晓飞

第六章　黄爱华

第二编　中国现当代文学的发展与深化

第一章　王侃

第二章　任茹文

第三章　罗华

第四章　颜炼军

第五章　王侃

第六章　刘晓飞

第七章　黄爱华

前　言

在中国文学史上,由五四发端的现当代文学是以自成格局的文学形态载入史册的。它所具有的现代意义的文学特质,它为实现文学现代化所提供的历史经验,它的中国文学与世界文学交融的特质等,都标志着中国文学已由古典风范向着现代品格转化,现当代文学同绵延已久的古代传统文学呈现出不同的格调,为中国文学史提供了一种全新的文学样式。因此,中国现当代文学早已成为一门独立的学科;中国现当代文学教学,也早已作为一门重要的基础课程列入高等学校的汉语言文学专业的教学内容。

作为一门独立学科,中国现当代文学课程经过历史的沿革,现在已到了厘定课程的称谓与内涵,使之成为具有相对合理性的独立文学课程的时候了。这门课程的开设,始于中华人民共和国成立之初的现代文学课程,或称为“新文学课”;相应地,编撰了许多“中国现代文学史”,或称“中国新文学史”相关的教材。中国现代文学史(或称中国新文学史)的时间段,则界定在自 1917 年新文学革命始,至 1949 年中华人民共和国成立止,前后约 30 年时间。这在当时历史条件下是有其合理性的。但是,我国的新文学实际上是在不断发展之中的,中华人民共和国成立以后的文学,基本上继承了前 30 年新文学的传统,在文学的本质属性和基本形态上,同通常所说的“现代期”文学并没有本质的区分。而随着时间的推延,“当代期”文学又远远超过前 30 年,到 20 世纪末为止,已经经历了 50 余年。因此,研究中国新文学史,如果仅仅只讲前 30 年文学的历史,显然是很不完整的。新时期以来,高校开设了一门新的独立的课程“中国当代文学”。它的研究范围就是中华人民共和国成立以来直至现在正在发展中的新文学。这门课程的开设,弥补了以往的“现代文学”课的缺失,对丰富我国新文学史具有重要意义。但也产生了一些问题:几千年的古代传统文学仅以“古代文学”名之,而不足一百年的现当代文学又要细分为两门课程,是否合理? 以“新文学”的视角观照文学现象,将同一个文学传统的文学史人为地分割为“现代”“当代”两块,是否严密和科学? 近年来已有不少有识之士指出:文学有其自身发展的规律,仅以政治制度的变更作为文学划界的依据,本身就不够严谨,例如1942年《在延安文艺座谈会上的讲话》以后开创的文学的"工农兵方向"新时代,就同中华人民共和国成立以后"十七年"的文学没有本质的区分。若以中华人民共和国成立为界,将其划分为"现代"和"当代"两种文学,就显得不科学,因而,就中国新文学的历史进程而言,"现代"和"当代"之分,充其量只是新文学发展中的两个不同阶段,要准确揭示文学发展规律,就必须打通现代与当代文学之间的人为壁障,在"新文学"的整体框架内完整描述文学发展的历史。应当说,这一观点是有充分说服力的,目前已成为学界的共识,由此也说明重新界定学科和课程的历史范畴及其性质内涵是十分必要的。

本书是从现当代文学的整合理念上叙述中国现当代文学史,其历史范畴是从五四新文学革命起,至目前正在发展中的文学(为叙述方便,本书暂将其截止在20世纪末)。这样做,意在打破现代与当代文学之间的壁障,试图保持"新文学"的整体性,以及前后传承。将其名为"中国现当代文学",是考虑到这一名称现在已成为学科的通用名称(它是国家学科分类中的二级学科名称),能够比较准确地表达学科的性质内涵及其涵盖的历史时段。我们不使用"中国20世纪文学"的概念,就在于这一概念消解了中国现当代文学的"新文学"属性和"现代性"属性,而使这一阶段的中国文学性质变得含混不清。在中国现代、当代文学史著述甚多之时,尝试再编著一部整合的中国现当代文学史,是在重新审视学科的性质、范畴后作出的决定,同时也是满足文学史研究和教学不断深化的需要。在此思想指导下,便有我们对文学史编写的一些新的构想与思考。

20世纪中国社会大动荡和世界文学潮流汹涌激荡的历史大背景促成了中国新文学的诞生,同时又深刻地影响着其后的历史进程,使中国现当代文学呈现出共同的整体性特征。首先,社会历史的变革,促进了中国文学向现代品格的转型,即实现文学观念的整体性变革,建设一种能够与现代的政治、经济、文化相适应的全新的文学,这成为中国现当代文学发展的主导方向。特别是发生于1917年的新文学运动,正是顺应了历史要求,以文学观念的整体性变革和对封建文学的全方位批判,显示出全新的姿态。由此,新文学在日后的发展中,便一直保持着与社会思潮、社会意识形态的紧密联系。五四文学提倡"人的文学",是五四民主、科学思潮的反映;20世纪三四十年代,强化了文学的社会性,这显然同这一时期的社会历史情状相呼应;延安文学和中华人民共和国成立后"十七年"文学,特别强调阶级倾向性和政治倾向性,也与历史对文学提出的新要求有关;新时期文学又一次呼唤"人性解放""人的意识"的觉醒,部分地回到五四文学的主题,则明显是对新文学传统的承续。这不难看出:现当代文学正是在中国社会历史大变动的背景下显示出自己的独特发展形态,以致不时出现"似曾相识"的文学现象,这里显示的恰恰是文学的历史承续性与整体一致性。其次,共处在世界文学潮流互相碰撞、交融的历史大环境中,促使中国现当代文学逐步走上现代化道路。中国现当代文学产生的另一个历史背景,便是文学的世界性进程加快,国际文学交流空前活跃。从某种意义上说,中国新文学的诞生是中外文化交流的结果。在五四时期,新文学先驱者们以一种前所未有的开放眼光吸收、借鉴外国文学思潮,把包括现实主义、浪漫主义、现代主义在内的各种文学思潮都介绍到中国,而且都在创作中作了尝试,从而使由此形成的新文学,自文学观念到文学体裁、语言形式等都摆脱了传统的束缚,在许多方面与中国古代文学形成了"断裂"。"断裂"的结果,是中国文学同世界的对话就一直没有停止过。国际无产阶级文学思潮对我国文学造成了极大的影响,也使我国文学同其他西方文学开始保持距离。此种距离,随着民族化程度的加深,表现得愈益明显。在 20 世纪40 年代后期,由于政治、地理条件的制约,解放区文学在强调民族性方面有所侧重,但同苏联文学之外的世界文学发生了某种程度的隔离。这种现象一直延伸到中华人民共和国成立以后至"文革"结束。80 年代中期,随着我国对外开放的步伐加快,中外文学的交流又一次全方位展开,中国文学走向世界成为一个热门话题。此时的文学出现了五四文学曾经出现过的全新气象,而且是继承五四又超越了五四。其显示的特征是:中国现当代文学在同外部世界的密切交往中不断获得生机与活力,只是在不同的文学发展阶段,与世界对话的方式与程度有所不同;而其间提供的历史经验与教训,又是未来文学发展应当认真记取的。

关于中国现当代文学史的基本构架的设想。文学史应是叙述"文学"发展的历史,其重点应放在文学自身发展规律的探索上,这是毫无疑问的。固然,一种文学现象的产生,也受制于文学外部规律的作用,将文学完全封闭在同社会思潮毫不相干的真空内探讨其发展规律是愚蠢的。然而,文学创作毕竟是作家个人的创造性劳动,其创造性常常表现出同社会思潮既相关联又若即若离的特点。在同一种社会思潮下,会出现很不相同甚至截然相反的创作现象。由此看来,文学作为一种"审美的社会意识形态"异于其他意识形态,的确有其自身发展的规律。本书在构筑文学史的基本框架时,既注意到揭示社会思潮和文学思潮的整体性特点,同时又侧重把握文学发展的内部规律。全书在"新文学"观念的引导下,以中国现当代文学的缘起与诞生、发展与深化、历史调整、进入新时期四大编构成一个整体,述其发生、发展、变化、创新的总体流程。由于坚持文学本身发展规律这一理念,本书同一般文学史的较大区分就在于:在中国现当代文学史的分期上,打破了以中华人民共和国成立为界的传统理念,把新文学的历史调整期界定在始于 1942 年的延安文艺座谈会,从而将中华人民共和国成立初期的文学与解放区文学作了直接的对接。这样处理,也许会更切近中国现当代文学自身发展的实际。

对文学思潮与文学创作关系的处理。本书以四编建构文学史的整体框架,叙述文学发展脉络。每编各以一章叙述文学运动与文学思潮,概括本时期文学的整体特征,目的是勾勒文学史发展线索,介绍重要文学运动与文学创作现象,特别注重揭示各个时期文学主题思路的衍化和不同文学创作的流向。我们认为,构成文学史的最重要元素应是文学创作,因此叙述的重点应放在作家作品的介绍、剖析上,本书即以主要篇幅叙述作家作品。叙述思路是以小说、诗歌、散文、戏剧四种文体,分别介绍各个时期的重要文学创作。这是全书的主体部分。按文体分类叙述一部文学史,可以看到各种文体的发展线索和各种体裁内部作家间相互影响相互渗透的关系,各类作品、各种风格和流派的不同表现形态,有利于从文学的"内部规律"去揭示现当代文学的演化、发展轨迹。当然这也有问题,有可能造成某些作家(特别是操持多种文体的作家)被分割在不同章节叙述,有损对其创作的完整性的认识。但我们认为,一部文学史偏重"作家论"的模式并不可取,而且,作品被"分割"也是难以避免的,因为一个作家总有一种最擅长把握的文体,将其置于某种文体内作为最突出的成就介绍,当然也适当介绍其他文体的创作,作家创作的完整性依然可以得到显现。

本书对中国现当代文学的整体认识,采用的是"新文学"观念,注重的是中国现当代文学的"新质",即它具有区别于中国传统文学的新的文学价值观、新的文学表现形态、新的文学审美品格。在这种"新质"规定下,中国现当代文学史就是一部内涵丰富、品类繁多、流派纷呈的历史。因此,考察各个时期的文学创作现象,既要看到文学主导倾向的一面,同时也要充分注意文学的多元并存格局。本书勾勒"史"的线索时,重点描述对中国现当代文学产生重大影响的文学运动与思潮,从主流倾向上把握文学发展的路径,同时也注意揭示文学思潮、文学创作的多元发展趋向,因而对各个时期文学思潮对峙互补格局的建构、文学的多种流向自然应给予足够的重视。而在叙述各类文学现象时,展示文学流派的丰富多样性自然也是题中应有之义。本书阐述各类文学现象时,特别注重流派的概括,目的在于深化对文本的解读,也有利于总结文学自身发展规律。

本书的编写,考虑到它作为现当代文学史教材使用而在编写体例上有所斟酌。首先是文学史内容的"删繁就简"。学生学习文学史重在"识史"而非研究。只要能从宏观上把握中国现当代文学史的发展脉络,了解重要的文学运动与文学思潮,把握重要的作家作品,就达到了预定目的。针对这一特点,本书在"史"的描述上不求很深很细,只勾勒基本发展线索,力求简明扼要,把握重点。其次是突出文学作品分析,以培养学生分析各类现当代文学文体的能力。本书之"简"是简在文学运动与思潮这一块,而对于文学创作的述评仍占较大篇幅,其目的是让学生尽可能多地熟悉各种风格、流派的文学创作现象。在内容安排、章节设置等方面与具体教学环节相对应,增强了教学实践中的具体可操作性。此外,每章设计了思考题,目的是有助于自学者对文学史作较为深入的了解和研究。

目　录

第一编

中国现当代文学的缘起与诞生

第一章　中国新文学的历史背景与
五四文学革命

第一节　外来文学思潮的撞击与新文学"前夜的涌动"

　　如同整个现代化事业一样,中国文学的现代化也是在变革自身传统以适应现代生活的创造性转化和与西方文学的交流融合这两个维度上展开的,其间横亘着根植于农耕文明的传统文学与根植于工业文明的现代文学之间的历史鸿沟。可以说,在 19 世纪40 年代之前,中国文学是独立于世界文学之外而存在的,"因为它作为天下的文学自身就是世界文学"。① 但 1840 年那场成为中国近代史起点的鸦片战争,以及接踵而来的西方列强武力入侵、丧权辱国条约的签订,让东方古国深切感受到了传统农耕文明在西方资本主义体系面前的不堪一击。随着国门逐步被迫向世界敞开,一些具有爱国情怀、清醒头脑与开阔视野的清政府中上层士大夫开始逐渐意识到,只有学习先进的西方现代文明,才能抵御列强的侵略宰割。魏源就曾在《海国图志叙》中写道:"为以夷攻夷而作,为以夷款夷而作,为师夷长技以制夷而作。"而同样清楚地看到本国与西方存在巨大差距的近代思想家冯桂芬则进一步指出:"法苟不善,虽古先吾斥之;法苟善,虽蛮貊吾师之。"(《校邠庐抗议》)尽管这些知识分子的改革要求主要集中于"器物"层面与"知识"层面,但在一定程度上,爱国知识分子们的主张中已经嵌进了某种边界模糊的"现代性"。与西方资本主义国家依据自身发展进而形成的"现代性"不同,中国的"现代性"之路伊始就是在外源环境的不断刺激干扰之下蹒跚前进的,"中国的现代性是为现代民族国家服务的,启蒙是为救亡服务的"。② "现代性"在国人的眼中成为西方先进文明的代名词,而"男耕女织"的农业文明传统则必然因为自身的局限性,在国人追求"现代性"的过程中遭到淘汰。可以说,中国文学的现代化是在"世界文学"的体系和视野中展开的,中国文学传统的变革及其创造性转化必须在与西方文学的交流与融合的过程中才能实现。

　　1895 年甲午中日战争与《马关条约》签订所引发的维新变法运动,开启了大规模的中西文化交流与融合的过程,开始了对传统文化的自觉变革和现代意识的确立。与崇

---

① ［德］顾彬.二十世纪中国文学史［M］.范劲,等,译.上海：华东师范大学出版社,2008：3.
② 杨春时.现代性与中国文学思潮生活［M］.北京：生活·读书·新知三联书店,2009：13.

尚"船坚炮利"的洋务派不同，带有浓厚资产阶级色彩的维新改良派更加强调对文化教育的改革。"从甲午战争前后起，中国知识界中已出现了'人的觉醒'与'文的觉醒'的最初倾向"①，尤其是甲午海战的惨败，让先进的中国知识分子将目光由"器物"层面转向国民性的精神层面。文学正是在这个时候被历史洪流推到了时代的前台，开始承担起启蒙与救亡的双重任务。需要注意的是，沿袭千年的诗文传统模式（即传统意义上的"文学"）显然已经无法应对国家民族转折期中的语境要求，进行符合时代趋势的文学革命也就成为了当务之急。无论是黄遵宪所言"我手写我口，古岂能拘牵"，还是裘廷梁提出的"白话为维新之本""开民智莫如改革文言"等观点，都无疑表达出晚清知识分子想要突破传统文学形式与观念的强烈愿景。在他们看来，传统文学因为无法与现代社会相契合，必然要接受黯然退场的命运。梁启超等倡导的晚清文学革新正是在这一全新的文学语境中展开的文学革新运动。包括"诗界革命""文界革命""小说界革命"，其共同主旨都是要师法域外文学，改造乃至重建中国文学。尽管这些文学运动最终并没有真正达成运动发起者们的理想目标，但正是这种与世界现代文学潮流相联系的新的文学视界和资源，保证了完成文学革新不同于传统文学变革的现代性，开始了文学观念、思想、主题、形式、文体、手法、语言等的现代性改革，文学改革过程中所透露出的反叛传统与对权威的质疑，都为之后的文学革命所继承发扬。

1902 年，梁启超发表了《论小说与群治之关系》一文，表达了"小说为文学之最上乘"的激进态度：

> 欲新一国之民，不可不先新一国之小说。故欲新道德，必先新小说；欲新宗教，必先新小说；欲新政治，必先新小说；欲新风俗，必先新小说；欲新学艺，乃至欲新人心，欲新人格，必新小说。……故欲今日改良群治，必自小说界革命始；欲新民，必自小说始。②

梁启超在《论小说与群治之关系》中将"小说"看作实现社会变革的工具，对于道德、政治、风俗、学艺等方面都具有决定性影响。这恰恰与本尼迪克特·安德森将小说视为"重现"民族这种想象共同体的重要技术手段的观点不谋而合。③ 但梁启超又加以

---

① 严家炎.二十世纪中国文学史[M].北京：高等教育出版社，2010：1.
② 梁启超.论小说与群治之关系[J].新小说.1902，创刊号.
③ [美]本尼迪克特·安德森.想象的共同体：民族主义的起源与散布[M].吴叡人，译.上海：上海人民出版社，2003：26.

说明,只有"新小说"才能真正起到"新民"的积极作用,至于中国古典传统小说则恰好相反:"今我国民,惑堪舆,惑相命,惑卜筮,惑祈禳,因风水而阻止铁路,阻止开矿,争坟墓而阖族械斗,杀人如草,因迎神赛会而岁耗百万金钱,废时生事,消耗国力者,曰惟小说之故。"梁启超所强调的"新"是建立在新战胜旧的进化论的框架之上的,这一种直线向前、不可重复的历史时间意识,正是一种与循环的轮回的或者神话式的古代时间认识框架相反的现代的历史观。这也是晚清文学改革中极为重要的部分,严复在翻译英国生物学家赫胥黎的著作《天演论》时也谈到"天道变化,不主故常""世道必进,后胜于今"。虽然这种历史观将新与旧、古与今简单隔绝和对立起来,忽略了历史演化过程中退化与循环现象等问题,但它毕竟开始将中国人从泥古不化、因循守旧的传统思维中解放出来,确立起一种新的时代精神视野和思维模式,潜移默化地影响着中国文化的变革征程。之后,胡适、陈独秀等新文学主将都从中受益良多,进而提出"一时代有一时代之文学"等带有鲜明社会达尔文主义色彩的激进观点。我们从中可以发现,例如新文化运动、五四运动都绝非是毫无预见性的独立事件,通常在此之前就可能有种种涌动的"暗流"为这些思潮运动的爆发积势;而胡适、陈独秀等人在五四时期所提出的看似石破天惊的爆炸性观点主张,往往承继着无数前人的理论经验,并不能将之全然看作是上述这些"文学闯将"的个人功绩。

清末民初的社会外部环境也为文学变革创造了有利条件。首先,西方文学作品伴随着西方思想文化著作的大量输入而涌进中国。据日本学者樽本照雄的统计:自1895年至1906年,出现翻译小说516种(部或篇)。[①] 至19世纪末,翻译小说的几种主要类型,如社会小说(《昕夕闲谈》)、政治小说(《佳人奇遇》)、言情小说(《巴黎茶花女遗事》)、科学小说(《八十日环游记》)、侦探小说(《新译包探案》)等均已齐备,并产生了广泛的社会影响。这些文学作品深深启迪影响了处于社会转型期的中国作家,使得身处"新"与"旧"交替之中的文学创作者在对照域外小说的同时,更加注重在自己的作品中移植进"现代性"的因子,从而局部打破传统文学结构,进一步参与到世界文学的对话中。其次,上海、福州、宁波、厦门等通商贸易口岸的开放,在经济上促进了民族工商业的发展壮大,为文学变革活动提供了经济基础与物质保障。再者,现代印刷工业技术与现代传媒的出现,使建立一个独立运行的文学市场成为可能。到1906年,仅当时国内最大的通商口岸上海的报刊就达66家,而全国出版的报刊总数则达到239种。[②] 这些报刊在发表政论新闻的同时,也刊载文艺作品,"副刊"即由此而来。专门的

---

① [日]樽本照雄.清末小说论集[M].北京:法律出版社,1992:309.
② 剑桥中华民国史(第一部)[M].上海:上海人民出版社,1991:484.

文学期刊也相继出现,如梁启超创办的《新小说》(1902),李宝嘉主编的《绣像小说》(1903),吴沃尧、周桂笙编辑的《月月小说》(1906)和黄摩西编辑的《小说林》(1907)被称为当时的"四大文学期刊"。现代传媒技术也因为自身的传播优势,培养与建立了大批文学读者,拓宽了普通个体的阅读视野。其中一部分追求趣味化与世俗化的市民大众成为通俗文学(如"鸳鸯蝴蝶派"小说)的读者群,而另一部分崇尚西方现代文学的读者,则成为中国新文学的预备力量。同时,清末科举制的废除,驱使那些逐步脱离传统"学而优则仕"人生轨道的被不断边缘化的知识分子投身于文学事业,把文学作为职业。而现代稿费制度的规范化,也为这些进入文学市场的知识分子提供了经济保障,让"职业写作"成为现实可能,并提供了一种人格独立和精神自由的空间,推动着文学从包罗一切的意识形态范畴中分离出来。而新式学堂与现代教育的发展,则为文学革命与新文化运动储存了一批掌握现代科学知识、具备世界视野、拥有独立意识的知识者群体,使人与人之间"持续、经常和直接地进行交流,共享一种标准的习惯用语和必要时用书面形式传递的精确意思"。① 除此之外,封建帝制的土崩瓦解、更迭变换的军阀政权,以及西方列强在第一次世界大战后放松对中国的剥削侵略,为中国国内思想界提供了自由宽松、包容并蓄的社会环境,部分知识分子在这一过程中提出了大胆而富有新意的主张见解,这些突破传统文化壁垒的现代性思考可视作新文化运动与文学革命的先声。

晚清文学开始了中国文学总体宏观结构的变革。如果说以农业文明为基础的传统社会是以诗文为正宗的话,那么以工业文明为基础的现代社会则是以小说作为文学结构的中心。小说是伴随着市民阶层的兴起而兴起的一种文学形式,在人类历史上曾被称为"市民史诗"。而市民阶层的崛起又依托于工业文明的发展。如同西方小说从18世纪开始取代传统的韵体叙事文而成为一种主要的文学样式一样,中国从农业文明向工业文明的现代化转型也呼唤着这种文学结构的调整。晚清文学革新正好实现了这一历史的转型。在这一转型的过程中,小说的文学地位"由边缘向中心转移"②,越来越多的小说家开始借鉴西洋小说叙事模式进行文学创作。与此相应,原本处于正统地位的诗文传统则沦落到了前所未有的尴尬境地。这并不是要说明小说比诗歌具有更高的艺术价值与思想内涵,而是"小说"这种在现代工业文明背景下蓬勃发展的文学形式更符合文学变革的要求,更加贴近现代性的语境设置。康有为在《日本书目志》卷十中就分析阐释了小说所具有的独特属性:"吾问上海点石者曰:何书宜售也? 曰:书经不如

---

① [英] 厄内斯特·盖尔纳.民族与民族主义[M].韩红,译.北京:中央编译局出版社,2002:45-46.
② 陈平原.中国小说叙事模式的转变[M].北京:北京大学出版社,2003:13.

八股,八股不如小说。宋开此体,通于俚俗,故天下读小说者最多也。"①至于长期居于庙堂之高的诗文传统,则因为受众范围的局限性而无法产生如同小说那样的广泛效果,这也是之后为何胡适、钱玄同、刘半农诸君要大力倡导白话文代替文言文的原因之一。于是,梁启超所言"小说为文学之最上乘"很快成为时代的共识,并推动着"新小说"走向繁荣。随着梁启超 1902 年在日本横滨首先创办小说刊物《新小说》之后,《绣像小说》《月月小说》《小说林》《小说世界》《中外小说林》等多种专门性小说刊物蜂起,到 1918 年徐枕亚创办的《小说季报》,仅小说期刊就达 50 种以上,有力地促进了小说的创作与传播。日本学者樽本照雄编《新编清末民初小说目录》统计,近代(1840—1919)有创作小说 7 466 种,翻译小说 2 545 种,合计 10 011 种,而主要的创作年代在 1898 年至 1919 年的 20 年间(1898 年至 1919 年,创作小说达 7 388 种,翻译小说 2 525 种,20 年间发表的小说占近代全部小说的 99%)。

民初文学虽然相对于晚清文学革新运动来说,似乎表现出某种历史的"倒退","它并非仅出于严复、梁启超所想象的维新形式,也出于这些人所期望以为不可的堕落形式,这两者纠缠迂回,无时或以"。② 但是就文学自身的现代化来说又不能不说是某种历史的进步。作为文学主流的小说主潮一下子抛弃了政治的宏大叙事而转入哀情的悲啼,"无异于是对过去文学与政治联姻的做法,集体提交的一份'离婚书'"。③ 实际上如同梁启超所提倡的晚清文学革新无意中启动了中国文学的现代化历程一样,"新小说"的这种"回旋"也在貌似倒退中推进了中国文学的现代化进程。这不仅体现为文学的情感本体化,而且在建构一种新的现代文学形式上也取得了长足进步。同时,一种适应现代社会生活的戏剧形式也在中国大地上成长起来。

文学作为一种意识形态,无疑具有表达社会政治思想的功能,并进而影响社会教化。但是文学又是以语言艺术的身份进入意识形态的,因而文学所要表达的政治思想因素必须融入文学的审美形式中。同时文学所表现的意识形态的内涵又是十分广阔的。它可以表现政治的经济的道德的思想,也可以表现文化的心理的哲学的宗教的思想,并且这些思想还必须融入活生生的艺术形象之中,通过审美的艺术形式表现出来。而这活生生的艺术形象又是以人为中心的。所以,说到底文学是一种人学,是对人生的一种艺术探索,它满足的是人的审美需要。因而如果让它单一地表达政治,那么这种畸

---

① 康有为.日本书目志[M]//转引自:陈平原.中国小说叙事模式的转变.北京:北京大学出版社,2003:17.
② 王德威.1841—1937 年的中国文学[M]//孙康宜编.剑桥中国文学史.北京:生活·读书·新知三联书店,2013:508.
③ 刘扬体."鸳鸯蝴蝶派"新论[M].北京:中国文联出版公司,1997:79.

形的负重必然引起它自身的反拨。早在1908年，周作人就借《论文章之意义暨其使命因及中国近时论文之失》一文，倡导文学具有限定性的功用，极力驳斥梁启超、胡适等人将文学全然看作一种实现社会变革的工具。然而当时，极大多数知识分子为了实现民族救亡、国家复兴的美好愿景而将"文学"的"工具性"无限放大，文学被"理所当然"地纳入政治的"版图范畴"，成为意识形态的传声筒。这显然是周作人所不愿看到的，因为若过度强调文学的政治性作用，则易生成多种问题。其一，文学自身的价值地位被无限剥夺，进而沦为其他社会目的的附属产物。其二，当突出文学的"救亡图存"功效后，文学原应具有的"小我"（个体意识）很容易被更为汹涌澎湃的"大我"（集体意识）所席卷裹挟。其三，当文学与社会运动构成无边界的交汇后，极易派生出偶像崇拜现象，这种偶像崇拜又很有可能走向新的专制。

几乎与其同时，吴趼人的小说《恨海》就借鉴西方小说心理描写和内心独白技巧，展示了青年女性棣华的矛盾心理，"关心个体胜过事件"，"在对于爱情与情感的深刻心理描写方面取得的进步与西方小说取得的进展相似"，从而"预示了中国小说发展的新方向"。[①]

当然，为了适应民初社会价值空缺和迷茫的时代现实以及市民多样化的文化选择，这时期的小说带有明显的通俗化特征，存在着格调不高、迎合世俗，甚至商品化与媚俗的倾向，追求消闲与娱乐，艺术上带有模式化、类型化的特点。不过，一些优秀的开风气之先的作品传达了一种黎明前夕的青春气息，表现了一种文学思潮的转移。相对于晚清小说而言，民初小说在艺术上取得了长足的进步。例如苏曼殊的《断鸿零雁记》就细腻地展示了主人公（三郎）徘徊在理性与情感、宗教戒律与世俗人生、出世与入世之间的矛盾与困惑。他为了成全雪梅而出家，又始终忘不了她；他拒绝了静子的爱情而坚守和尚的身份，却在感情上充满了惆怅与痛苦。"他似乎在寻求超越爱与死的本体真如世界，而这个本体真如却又实际只存在于这个世俗的情爱生死之中。"这种矛盾与困惑表现的正是一个已经觉醒却又不无迷茫与痛苦的心灵，这是只有"近现代人才具有的那种个体主义的人生孤独感与宇宙苍茫感"。[②] 苏曼殊之所以能率先传达出这样清新的艺术信息，是与他多年在海外经受欧风美雨洗礼，特别是与他受以拜伦为代表的西方浪漫主义推崇的个体独立的"思想情感方式"的影响分不开。它标志着现代个体主义的文

---

① 米列娜.《恨海》的人物塑造[M]//从传统到现代：19世纪到20世纪转折时期的中国小说.北京：北京大学出版社，1991：167.

② 李泽厚.二十世纪中国文艺一瞥[M]//中国现代思想史论.北京：生活·读书·新知三联书店，2008：299.

化精神开始在中国大地上萌动。同样,在徐枕亚的《玉梨魂》所展现的寡妇恋爱的悲剧中,在主人公情与礼的交织冲突中,主人公虽然还没有勇气向前再跨出一步去追求现世的幸福,但最终以殉情而了结此生。这种"以自戕方式履践爱情誓言,视爱情价值高于一切的行为,在人格力量与情感愿望上都具有了向现代爱情迈进的前趋性"①。从这一意义上来进行考量,我们可以说《玉梨魂》传达了某种黎明前夕的青春气息。正如美国学者佩里·林克所分析,虽然作者一再向读者提出"勿沉溺于情的警告",但这"几乎没有在青年读者中唤起对浪漫爱情的鉴戒。恰恰相反,它却引起了读者对情的更加迷恋"②。

同时,相对于晚清小说来说,民初小说在艺术变革上取得了长足的进步。《断鸿零雁记》完全是以主人公第一人称的自叙视角展开的,而主人公又是以作家自己的身世为原型创作的,因而融入了相当强烈的生命体验与审美体验。无论是写景状物,还是叙事议论,都带有浓郁的抒情色彩。这种第一人称限制叙事相对于吴趼人的《二十年目睹之怪现状》来说,已经走向成熟。《玉梨魂》则汲取了法国小仲马的《茶花女》引书信日记来展开情节、披露人物内心情感与心理的方法。作品以葬花开始,引出何梦霞与白梨影的爱情悲剧,最后以崔筠倩的日记作结。其主要情节是通过书信(包括诗词酬答)、日记来展开的,而这又依托于主人公内心情感与心理的激烈冲突。正是在人物"情"与"礼"的冲突中,作品淋漓尽致而又层次分明地呈现出黎明前夕已经蒙眬觉醒的学子与才女的内心,而这正是作品的艺术魅力所在。1914年至1916年,作家又将《玉梨魂》改写成日记体形式的长篇小说《雪鸿泪史》,不仅开创了日记体小说的先河,而且仍然受到了读者的欢迎。这说明抒写人的内在心灵世界的小说已经成为整个苦闷彷徨时代的审美需要。或许也正是这一时代的需要,使第一人称叙述获得了广泛的运用。"民初至少有十余位作家运用过第一人称叙述,作品数量之多,远远超过晚清。从此,它在中国小说界真正扎下根来。"③

新兴的短篇小说同样具有令人可喜的提升。不仅各种体式的探索异彩纷呈,如包天笑的《冥鸿》以十一封活人与死者的通信构成,尝试了最早的书信体小说写作。徐卓呆的《此声何耶》则尝试了喜剧结构的戏剧性小说写作。周瘦鹃的《九华账里》和《阿郎安在》分别对独白小说和心理小说进行了探索;其《旧恨》甚至包括了某种"命题复调"

①　刘扬体."鸳鸯蝴蝶派"新论[M].北京:中国文联出版公司,1997:79.
②　[美]佩里·林克.鸳鸯蝴蝶派——二十世纪初期的中国城市通俗文学[M]//转引自:刘扬体."鸳鸯蝴蝶派"新论.北京:中国文联出版公司,1997:82.
③　袁进.试论近代翻译小说对言情小说的影响[M]//王宏志编.翻译与创作.北京:北京大学出版社,2000.

与"多声部的和弦"；其《旧约》则展示了叙述视角的转换。同时，这些实验还促进了他们小说艺术观念的转变。从而开始了对传统小说艺术体制的更自觉的革新与反叛。而鲁迅于1913年发表的文言短篇小说《怀旧》截取一天一夜的时间，以一个童蒙在青桐树下看到的一场虚惊来表现辛亥革命到来前夕各阶层人们的态度，显示出横截面式现代小说开始走向圆熟。同时，小说语体的正反经验也推动着作者逐渐意识到"小说以白话为宗"①的观念，并率先于1916年推出了"全用白话体"的小说月刊《小说画报》（包天笑主编），开创了白话文学运动之先河。而话剧这种舶来的艺术样式，也以"文明戏"的新形式在中国的沿海都市流行起来。

第二节　新文学意识的觉醒和五四文学革命

如果说晚清文学和民初文学作为新文学"前夜的涌动"，还只是从不同的侧面开启了中国文学现代性的历史进程的话，那么发源于五四新文化运动的五四新文学则对这不同的现代性加以历史的整合，从而标志着中国文学现代性的确立。

1917年1月，胡适在《新青年》杂志发表了《文学改良刍议》一文。胡适在文中提出改良文学应从"八事"入手，即需言之有物，不模仿古人，须讲求文法，不作无病呻吟，务去滥调套语，不用典，不讲对仗，不避俗字俗语。紧接着，陈独秀又在《新青年》同年2月号上发表《文学革命论》加以呼应。文中大书特书文学革命的"三大主义"："曰推倒雕琢的阿谀的贵族文学，建设平易的抒情的国民文学；曰推倒陈腐的铺张的古典文学，建设新鲜的写实文学；曰推倒迂晦的艰涩的山林文学，建设明了的通俗的社会文学"。随后，钱玄同、刘半农等都纷纷撰文响应。钱玄同还化名"王敬轩"给《新青年》写信，汇集了各种反对新文学和白话文的观点，于1918年3月在《新青年》刊登出来。同时由刘半农以《答王敬轩书》对"王敬轩"的观点一一加以反驳，上演了一出精彩的"双簧戏"，扩大了新文学的影响。

相对于晚清文学革新来说，五四文学革命至少在以下两点上取得了历史性突破。

第一，相对于晚清文学革命来说，五四文学革命是一次更自觉更完全意义上的文学革新运动。它不再把文学仅仅作为政治变革的工具，而是深入到文学本身的语体层面，直接要求文学存在形式的变革。这既是民初文学重视自身价值思潮的深化，又是一次更深刻意义上的文学变革，它体现出文学本体的自觉。发难者胡适不仅在《文学改良刍议》中第一次明确提出"白话文为中国文学之正宗"，而且在《建设的文学革命论》中更

---

① 　创刊号例言，《小说画报》1917年。

是将"国语的文学,文学的国语"归结为文学革命的宗旨,"我们所提倡的文学革命,只是要替中国创造一种国语的文学"。这基于他这样一种思考,"文学的生命全靠能用一个时代的活的工具来表现一个时代的情感与思考",而"工具僵死了"便必须进行文学革命。虽然胡适仅仅是把语言作为文学表现的工具来看待的,但是已隐含着对文言作为一种语言系统与现代生活情感格格不入的认识。当然早在戊戌变法维新思潮中,裘廷梁便发表了《论白话为维新之本》(1897),提出了"崇白话而废文言"的口号,并促进了白话报刊、白话书籍和白话小说的生产热潮。然而,他并不是从文学变革的角度来提倡白话的,而是着眼于维新启蒙,着眼于将白话作为粗识字的妇孺和普通百姓启蒙的工具。作为士大夫知识分子,自己则仍然要使用高雅的文言。颇具讽刺意味的是裘廷梁这篇倡导白话文的文章本身却是用文言写成的。以白话文取代文言文的语体革命看似只是一个文学"工具"问题,实际上其意义远超于此。每个人都是通过语言来认知和思考世界的,因而"我的语言的界限意味着我的世界的界限"①。但语言是先于每个人的一种存在,语言作为一种文化前结构,先在地制约着使用者的思维逻辑和情感价值。文言文和白话文实际上正体现出两种既相互联系又明显不同的思维逻辑与价值体系,"晚清以来,白话文之所以伴随西学浪潮而逐渐盛行以至渐成时势,恰是因为现代理性的逻辑系统难以用文言文来圆满显现,甚至连西学的一些概念都无法在文言中找到对应物"②。同样就中国古典文学,特别是奉为正宗的古典诗歌来说,"本来,世界提供给诗人可选择的物象无比繁盛,但是,词语方式与意义的稳固契合造成了意型的老化和硬化,词语选择的定向性导致了语言的困境,不但意象被囿限在一个相对固定的范围里,而且诗句的每一个位置实际上也已规定了词语的选择限制"③。如果说这种"困境"还是在相对封闭的传统社会中的文学困境的话,那么随着工业化启动所带来的整个社会的现代转型,必然面临更大的语言危机。所以五四语体形式的革命不仅是一个创造新的语义系统以适应变迁了的社会心态和与外部世界交流需要的过程,也是一个创造新文学的过程。虽然一般的语言并不等同于文学语言,但是作为语言艺术的文学,正是以一般语言作为它的原料的。文学首先必须是一个符合审美原则的符号组织和文字结构,因而语言的更换不仅从根本上改变了人们眼中的世界,而且文学也就在这种更换的同时获得了新生,这种发展方向是与西方现代化进程中文学(文化)的世俗化相一致的。虽然梁启超早在1903年就已经意识到"文学之进化有一大关键,即由古语之文学,

---

① [奥]路·维特根什坦. 名理论[M]. 北京:北京大学出版社,1988:71.
② 许纪霖,陈达凯. 中国现代化史[M]. 上海:上海三联书店,1995:311.
③ 刘纳. 嬗变——辛亥革命时期至"五四"时期的中国文学[M]. 北京:中国社会科学出版社,1998.

变为俗语之文学是也。各国文学史之开展靡不循此轨道"①。但真正实现了这一目标的却是五四，它本质上体现出中国文学发展的一种必然趋势。所以虽然林纾等人也曾站出来发表了几篇文章，攻击白话文不过是"引车卖浆之徒所操之语"②，却无法阻挡这一历史潮流，随着1919年四百多家报刊采用白话后，北洋政府教育部也于1920年决定全国中小学使用白话语文教材。

第二，五四文学革命确立了一种具有现代性的个性解放和人的觉醒的文学观。1918年12月刊于《新青年》第五卷第六号上的周作人的《人的文学》一文开篇便提出，"人的文学"的口号实际上是在文学上对中国人的发现和"辟人荒"。人的文学"是用着人道主义为本，对于人生诸问题，加以记录研究"的文学，但是这人道主义"并非世间所谓'悲天悯人'或'博施济众'的慈善主义，乃是一种个人主义的人间本位主义"。他还进一步地指出个人与人类（群体）的关系，应以个人为本。这是因为：（1）个人与群体的关系，犹如树木与森林的关系，要森林茂盛，"非靠各树各自茂盛不可"；（2）"爱人类，就只为人类中有我，与我有关的缘故"，因此"讲人道，爱人类"。便必须使自己有人的资格，占得人的位置"。所以"人道文学"实际上是五四新文化运动所确立的个体文化精神的文学呼唤，它表达的是一种个性解放和人的觉醒的文学观，并构成了五四新文学的核心观念。正如茅盾所说："人的发现，即发展个性，即个人主义，成为五四新文学运动的主要目标；当时的文学批评和创作都是有意识的或下意识的向着这个目标。"③鲁迅也说："最初，文学革命者的要求是人性的解放。"④如同西方文艺复兴文学开启了一种近代文学观念一样，这就使中国文学从"文以载道"的传统枷锁中解放出来，确立了中国文学的现代观念。随后周作人又发表了《平民文学》（1919）要求文学"以普通的文体，写普通的思想和事实"，"不必记英雄豪杰的事业，才子佳人的幸福，只应记载世间普通男女的悲欢成败"，则体现出"专为下等社会写照"的近代写实主义和文学世俗化的艺术指向。

随着以上历史视点的转变和语体形式的变革，文学变革提倡者加强了对封建旧文学的猛烈批判，斥之为"非人的文学""死文学"，指斥一味拟古的骈文、古文为"选学妖孽""桐城谬种"。其中对桐城派古文高手、西洋文学的热情翻译者林纾（琴南）的批判最为突出。林纾从维护传统的立场出发，顽固地反对白话文运动，声言"拼我残年，竭力

① 梁启超.小说丛话[J].新小说,1903(7).
② 林纾.致蔡鹤卿书[N].公言报,1919-03-18.
③ 茅盾.关于"创作"[J].北斗,1931(1).
④ 鲁迅.《草鞋脚》小引[M]//鲁迅论创作.上海:上海文艺出版社,1983:218.

卫道",连续写下了《论古文之不当废》《论古文白话之消长》等文章,断言提倡白话文"万无能成之理",新文学阵营对此展开了猛烈还击。此外,他们还对"礼拜六派""黑幕小说"以及团圆主义的旧戏剧加以激烈的否定。虽然其中也表现出不加分析的绝对化倾向,但实际上是源于救国救民的政治焦虑,如陈独秀的《文学革命论》便是沿着梁启超式的"今欲革新政治,势不得不革新盘踞于运用此政治者精神界之学"思路展开的,只是更加深入而已。不过或许正是由于这种震撼式"断裂",才为中国文学开创了一个新的时期。

另一个方面,五四文学革命又开始了更自觉的学习西方文学的运动,陈独秀在《文学革命论》中提出以"庄严灿烂之欧洲"为新文学师法的目标,胡适也在《建设的文学革命论》中呼吁"赶紧多多翻译西洋的文学名著做我们的模范"。因而五四就不再像晚清那样仅仅着眼于政治变革、改良群治,或者因商业化目的去翻译西方文学,而是着眼于文学本身的价值和建设去翻译西方文学。一大批文学名著和各种文学思潮流派,诸如屠格涅夫、龚古尔、王尔德、契诃夫、易卜生等作家的作品,现实主义、自然主义、浪漫主义、古典主义、象征主义、表现主义、印象主义、唯美主义等思潮流派如潮水般涌入中国,并更深刻地冲击和调整着中国文学的视界,促进新的文学视野与文学走向的形成。以至"中国的新的文艺的一时的转变和流行,有时那主权是简直大半操于外国书籍贩卖者之手,来一批书,便给一点影响"①。虽然这种饥不择食的学习与模仿也带来某种言必称欧美、片面西化的绝对主义弊病,但它毕竟促进了中西文学更深入的沟通与融合。正是这种大规模学习西方文学的冲击和影响,才促进了旧文学的崩溃、解体与蜕变,才促进了中国作家批评家审美认知结构的解放、更新与重建,并从根本上冲破与改变了中国传统文学封闭保守的品格,铸成这一时代开放而多元的胸怀和气魄、宽容与自由的精神。总之,造就了一个"收纳新潮,脱离旧套"②的文学时代,一个努力走向世界与世界文学潮流趋向同一的文学时代。

第三节　新文学社团蜂起与文学论争

随着1921年新文学的两个最重要的社团——文学研究会和创造社的成立,新文学便进入了"青年的文学社团和小型的文艺定期期刊蓬勃滋生的时代"。③ 据统计,从1921年到1923年全国各地涌现出大小文学社团41个,出版文学刊物52种。到

---

① 鲁迅.路谷虹儿画选·小引[M]//鲁迅全集(第7卷).北京:人民文学出版社,1981.
② 鲁迅.未有天才之前[M]//鲁迅全集(第1卷).北京:人民文学出版社,1981.
③ 茅盾.《中国新文学大系·小说一集》导言[M].上海:上海良友图书印刷公司,1935.

1925 年,文学社团和文学刊物分别激增到一百多个(种)。其中影响最大的是文学研究会、创造社、语丝社和新月社。正是这些专业的文学社团及其依托的现代传媒构建起文学的公共领域,不仅成为市民公共文化空间的重要支撑,而且通过这种以现代传媒为中心的文化共同体展开了多场域多向度的文学探索。

一、文学研究会

文学研究会是新文学的第一个纯文学团体。1912 年 1 月成立于北京。发起人有周作人、朱希祖、耿济之、郑振铎、瞿世英、王统照、沈雁冰、叶绍钧、郭绍虞、孙伏园、许地山、蒋百里等 12 人。核心人物是郑振铎和沈雁冰。后来发展到一百七十多名会员,包括冰心、朱自清、庐隐等著名作家,并先后在北京(中心南移上海)、广州、宁波、郑州等地设分会。他们把上海商务印书馆出版、经改革后沈雁冰主编的《小说月报》作为会刊,还陆续编辑出版了《文学季刊》(上海,附《时事周报》发行,1921 年 5 月创刊)、《文学周报》、《诗》月刊等刊物,出版丛书近百种。

文学研究会提倡"为人生而艺术",反对"为艺术而艺术"。他们在《文学研究会宣言》中宣称:"将文艺当作高兴时的游戏或失意时的消遣的时候,现在已经过去了。我们相信文学是一种工作,而且又是于人生很切要的一种工作。"这不仅显示了一种自觉的现代文学的职业意识,而且表达了一种"为人生"的文学观念。茅盾(沈雁冰)后来解释说,这一态度"在当时是被理解作'文学应该反映社会的现象,表现或讨论一些有关人生一般的问题'"①。这说明文学研究会"为人生"的文学主张一方面规定了文学反映的对象是"社会的现象",从而与现实主义相通;另一方面又强调文学对于人生的作用,要求文学起到指导人生、改造社会的作用。这既是危难时代的需要,承继了梁启超的文学功利论,也契合了中国源远流长的诗教传统。

值得注意的是,起草了文学研究会宣言的周作人很快就对这种文学观念产生了怀疑。他在《自己的园地》(1923)一文中说,"为艺术派以个人为艺术的工匠,为人生派以艺术为人生的仆役"都是片面的。因为艺术与人生的关系,不是谁附属于谁的问题,而是浑然一体的,所以应该提倡的是"以个人为主人,表情思而成艺术"。这种艺术"初不为福利他人而作,而他人接触这艺术,得到一种共鸣与感兴,使其精神生活充实而丰富",具"有独立的艺术美与无形的功利"。实际上也就是坚持了一种与他"人的文学"相通的"个性的文学"。但是随着文学研究会中心南移上海,周作人已很少参与它们的

---

① 茅盾.《中国新文学大系·小说一集》导言[M]//中国新文学大系·小说一集.上海:上海良友图书印刷公司,1935.

活动了。

与文学研究会"为人生"的文学主张相契合的是鲁迅的文学主张。鲁迅1933年回顾说:"说到'为什么'做小说罢,我仍抱着十多年前的'启蒙主义',以为必须是'为人生',而且要改良人生。我深恶先前的称小说为'闲书',而且将'为艺术而艺术'看作不过是'消闲'的新式的别号。"①所以,虽然鲁迅没有直接参加文学研究会,但以其辉煌的创作实绩而成为"为人生"派艺术的主将。这种"为人生"与"为艺术"观念的差异,也是他和茅盾等人与创造社多次发生争论的一个潜在原因。

这种"为人生"的文学主张使文学研究会在创作方法上倾向于现实主义。他们"比《新青年》派更进一步揭起了写实主义的文学革命的旗帜"。②但是这种现实主义只是在关注现实人生这一点上成为同人的共识,在如何反映人生的问题上,他们的见解并不一致。沈雁冰、叶圣陶强调的是反映的真实,以至曾一度提倡"自然主义"。而冰心主张"心里有什么,笔下写什么","努力的发挥个性,表现自己"。③庐隐也认为"艺术的结晶,便是主观"④。郑振铎把"美"看成是文艺的生命。因此他们的创作往往具有"二重性"。当他们着重于提出对人生的看法,表现对于理想人生的追求时,他们的作品便呈现出明显的主观倾向和浪漫主义色彩;当他们着重揭露人生缺陷,表现社会人生时,则偏重于客观的现实主义方法。因此,严格地说,文学研究会不是一个创作方法上的流派,而是一个比较接近对文学职能功用见解的文学团体。

文学研究会除努力创作外,也重视翻译介绍外国文学,尤其侧重译介俄国、法国及北欧的现实主义名著,如托尔斯泰、屠格涅夫、契诃夫、罗曼·罗兰、莫泊桑等作家的作品。文学研究会没有统一的领导,组织也比较松散。因而1925年"五卅"后,随着时代兴奋点的转移便逐渐分化,如茅盾、张闻天等投身实际的革命斗争,孙伏园、俞平伯等另组语丝社,徐志摩成为新月社中坚。1926年后活动逐渐减少,不过直到1932年《小说月报》编辑部被日军轰炸毁坏,这个团体才解散。

与文学研究会倾向相近的是语丝社、莽原社、未名社等团体。

二、语丝社

语丝社是因《语丝》周刊而得名的。1924年10月,负责编辑《晨报·副刊》的孙伏

---

① 鲁迅.我怎么做起小说来[M]//鲁迅论创作.上海:上海文艺出版社,1983:43.
② 郑振铎.《中国新文学大系·文学论争集》导言[M]//中国新文学大系·文学论争集.上海:上海良友图书印刷公司,1935.
③ 冰心.文艺丛谈[J].小说月报,1921,12(4).
④ 庐隐.创作的我见[J].小说月报,1921,12(7).

园因与《晨报》主编刘勉己发生矛盾而辞职，遂联合一批作家自办了《语丝》周刊，其主要成员有鲁迅、周作人、孙伏园、林语堂、钱玄同、刘半农、俞平伯、川岛（章挺谦）、废名（冯文炳）、淦女士（冯沅君）等。起主导作用的是周氏兄弟。特别是在1927年10月《语丝》被军阀张作霖查封前，周作人起着核心作用。他不但自第二期起便担任主编，而且他发表的文字约占刊物的四分之一。

《语丝》在《发刊词》中说："我们个人的思想尽自不同，但对于一切专断与卑鄙之反抗则没有差异。我们这个周刊的主张是提供自由思想，独立判断，和美的生活。"这种倡导思想自由、个性表现、注重社会批评和文明批评的宗旨，使《语丝》多刊载针砭时弊的杂文和随笔体散文，并"在不经意中显示了一种特色是：任意而谈，无所顾忌，要催促新的产生，对于有害于新的旧物，则竭力加以排击"。[①] 因而在20世纪20年代的思想文化斗争中发挥了重要的战斗作用，形成了一种风格泼辣幽默并富有战斗性和批判性的"语丝问题"。1927年后，在封建军阀的压迫下，《语丝》迁往上海出版，先后由鲁迅和柔石主编。不过这时原语丝社成员已发生了明显的分化，《语丝》也不再是原来的同人杂志了。

除文学研究会、语丝社外，其他执着现实人生的文学社团还有：莽原社，1925年4月成立于北京，其主要成员有高长虹、向培良、高铖、黄鹏基等，以《莽原》（先为周刊，1926年为月刊）为主要阵地，至1927年解体；未名社，1925年8月成立于北京，主要成员有曹靖华、韦素园、台静农、李霁野、韦丛芜等，主要编印了《未名丛刊》（收24种书籍）和《未名新集》（收6种书籍），1931年因内部矛盾和经济困难而解体。以上两个团体的团员大多为鲁迅先生的学生和青年朋友，因而在抗击旧势力方面比《语丝》更激进。鲁迅在给许广平的信中说："中国现今文坛（？）的状况，实在不佳，……最缺少的是'文明批评'和'社会批评'，我之以《莽原》起哄，大半也就为了想由此引些新的这一种批评者来。"[②]另外，未名社在译介外国文学方面也作出了许多贡献。

三、创造社

被称为"异军突起"的创造社于1921年6月成立于日本东京。其成员是当时的留日学生，以郭沫若、成仿吾、郁达夫为核心，包括张资平、田汉、郑伯奇等。一方面，他们在外国直接受到西方新思潮的洗礼；另一方面身处异国他乡的弱国子民的心又备感孤寂，因而在文学上便表现出不同于文学研究会的文学主张，即认为文学是自我情绪的表

---

① 鲁迅.我和《语丝》的始终[M]//鲁迅论创作.上海：上海文艺出版社，1983：177.
② 鲁迅.两地书·十七[M]//鲁迅全集（第11卷）.北京：人民文学出版社，1981：63.

现。郭沫若在《创造》季刊第二号上便代表同人宣称:"我们所同的,只是本着我们的内心要求,从事文艺活动罢了。"而这种"内心要求"便是情绪。因为"艺术家目的只在乎如何能真挚地表现出自己的感情"①。成仿吾也认为"文学始终是以情感为生命的,情感便是他的始终"②。由此他们也就注重艺术家的"灵感"与"天才",认为"文艺是天才的创造物,不可用规矩来测量的"③,诗的源泉是诗人的"直觉"与"灵感"。

正是从以上文学观念出发,他们一方面反对文学的功利主义,倡导文学"无目的论"。如郭沫若说文艺"如春日的花草,乃艺术家内心之智慧的表现,是没有什么目的"④。另一方面,他们又思考着文学"对于时代的使命",认为"文学是时代的良心"。表面上看来是矛盾的,但实际上在创造社作家的观念中,是有分别的。如郭沫若所说:"就创作方面主张时,当持唯美主义;就鉴赏方面言时,当持功利主义。"⑤也就是说,虽然创作是非功利性的,但接受是有功利性的。因而郭沫若一方面宣布"我对于艺术上的功利主义的动机说,是不承认它有成立的可能性";另一方面,又认为"一切艺术,虽然貌似无用,然而有大用存在。它是唤醒社会的警钟,它是招返迷羊的圣箓……"。⑥成仿吾、郁达夫也都存在同样的"矛盾"。对艺术功利强调的加重便导致了后期创造社的"方向转换"。

用浪漫主义来概括创造社的创作方法是不确切的。作为浪漫主义本质特征之一的理想性在创造社作家的创作中缺乏鲜明的表现(郭沫若在创造社成立前创作的《女神》等除外)。同时,他们对浪漫主义所依傍的自然也不以为然,王独清便明确宣传要"破除'自然'底迷信",⑦因而创造社文学只是在情绪表现上与浪漫主义的情感性、主观性相契合。而这契合中又融入了西方的感伤主义、表现主义、唯美主义和直觉论,以及中国古代的感伤传统等因素。特别是郭沫若的创作,明显地体现出表现主义再生、反抗、创造的三大母题。因而如果硬要用一个词来概括他们的话,用"抒情主义"似乎更加适宜。

综上所述,创造社作家是以一种独特的文学主张和富有特色的文学创作登上文坛的。因而他们于1922年5月开始在上海出版《创造》季刊、《创造周刊》《创造日》等书

---

① 郭沫若.艺术的评价[J].创造周报,1923(29号).
② 成仿吾.诗之防御战[J].创造周报,1923(1号).
③ 郁达夫.文艺私见[M]//郁达夫文集(第4卷).广州:花城出版社,1991:117.
④ 郭沫若.文艺之社会使命[N].民国日报·文学,1925-05-18.
⑤ 郭沫若.儿童文学之管见[J].民峰,1921,2(4).
⑥ 郭沫若.论国内评坛及我对于创作上的态度[M]//郭沫若全集(第15卷).北京:人民文学出版社,1992.
⑦ 王独清.未来之艺术家[J].学艺月刊,4(4).

刊时，便迅速风靡全国。当然由于文学观念与创作倾向的差异，他们也先后与文学研究会、鲁迅等发生过文学论争。

不过创造性的"浪漫"激情爆发得迅猛、激烈，消失得也就比较迅捷。当1923年郁达夫北上北京大学任教后，创造社便迅速衰落。首先是《创造日》在1923年11月停刊，接着《创造》季刊在1924年2月停刊（后与北京《太平洋》杂志合并在北京创办《现代评论》）。最后《创造日报》也于1924年5月结束，至1925年"五卅"，可称为创造社前期。其间虽有周全平编辑的《洪水》周刊的"复活"，但已不足以代表创造社的原貌，而表现出一种转换方向的过渡性特征。后期创造社除《洪水》半月刊外，还有《创造月刊》《文化批判》等刊物。创造社"元老们"已出现了分化（郁达夫于1927年8月脱离了创造社），起中坚主导作用的是1927年冬由日本回国的一批青年李初梨、冯乃超、朱镜我等。这些少壮派否定了前期创造社表现自我情绪的文学倾向，转而提倡革命文学。

与创造社倾向相近的其他文学社团还有：弥洒社，1923年在上海成立，其主要成员有胡心源、钱江春等，多为沪、杭一带的青年学生。弥洒取自Muse（文艺女神）的音译。创办《弥洒》月刊（1923—1924），宣言自己"乃是文艺之神"，只顺着自己的灵感而创作。1927年停止活动。

浅草社，于1922年初在上海成立。其主要成员是林如稷、陈翔鹤、陈炜谟、冯至等。1923年5月创办《浅草》季刊，后又有《文艺旬刊》等。浅草社的文学主张体现出忠诚艺术，各流派并存，不介入文坛论争的宽容倾向。鲁迅曾评价说：

> 浅草社，其实也是"为艺术而艺术"的作家团体，但他们的季刊，每一期都显示着努力向外，在摄取异域的营养。向内，在挖掘自己的灵魂，要发见心灵的眼睛和喉舌，来凝视这世界，将真和美歌唱给寂寞的人们。①

沉钟社，于1925年10月成立于北京，主要成员是原浅草社的陈炜谟、冯至、陈翔鹤，另有杨晦等。"沉钟"的名称来源于德国戏剧家霍普特曼的童话象征剧《沉钟》。同时他们也先后创办了《沉钟》周刊（出10期，因自费印刷困难而停刊）、《沉钟》半月刊（1926年8月至1927年1月），还编辑出版过《沉钟丛刊》。《沉钟》的文学倾向与浅草社基本一致，但渐趋严谨、成熟、切实。

狂飙社，因创办《狂飙周刊》（1924年9月）而得名。其主要成员有高长虹、向培良、

---

① 鲁迅.中国新文学大系·小说二集·序[M]//鲁迅论创作.上海：上海文艺出版社，1983：224.

黄鹏基、尚钺、尚歌等。狂飙社更多地受尼采和未来主义的影响,提倡"强的文艺"。其在尊崇自我方面与创造社相同,而在反抗社会方面又同于语丝社,但发展到极端,反抗一切权威,带有明显的虚无主义色彩。

四、新月社

严格地说,新月社不是一个纯文学团体,它最初是一些知识分子于 1923 年 12 月在北京发起的聚餐会,其主要成员有胡适、梁启超、徐志摩等人,多数是留学英美的青年人,有诗人、作家、戏剧家等,也有政治家与学者。1925 年初在美国留学的闻一多、余上沅、赵太侔、林徽因等相继回国,加入新月社。他们利用徐志摩于 1925 年 10 月主编《晨报·副刊》的阵地,一方面于 1926 年 4 月创办《晨报·副刊·诗镌》,倡导"格律诗",虽然只出了 11 期,但在新诗史上影响重大,并形成了独具特色的"新月诗派";另一方面则是由余上沅、赵太侔、闻一多于 1925 年在北京国立艺专建立戏剧系,并于 1926 年 6 月继《诗镌》之后,在《晨报·副刊》上创办《剧刊》,倡导"国剧运动"。

新月社的文学主张主要可归纳为两点。第一是批评了五四以来新文学情绪过分泛滥和散漫化倾向,提出"以理性节制感情"的美学原则。他们认为浪漫主义文学的情感过于泛滥,而"文学的力量不在于开扩,而在于集中;不在于放纵,而在于节制"①,因而这些情感必须纳入一定的形式之中,"完美的形体是完美的精神的唯一表现"②。因而他们强调艺术选择和艺术加工,认为"没有选择就没有艺术""自然都是美的,美不是现成的",倡导"格律诗",闻一多进而提出了著名的诗歌"三美",即音乐美、绘画美和建筑美的主张。所谓音乐美,是指音节的协和与节奏,因而要求每行的音节数大致相等。所谓绘画美,是指诗歌语言辞藻修辞的美,也就是对土白语言的"艺术化"。建筑美则是指诗歌外在形式所达到的"节的匀称和句的均齐"所产生的视觉美。同样在"国剧运动"中,他们也批评早期易卜生式话剧"利用艺术去纠正人心,改善生活"的倾向,使"这些戏剧""已不再成其为艺术"。③ 因而要求戏剧登上"纯形"的境界,追求戏剧的形式"节奏"。第二是对五四新文学的"欧化"倾向不满,强调要融合中西,要从中国古典艺术中汲取营养。闻一多曾批评郭沫若的诗歌缺乏地方色彩,而应该融合中西,"做中西艺术结婚后产生的宁馨儿"。④ 而"国剧"的创造,就是要在写意的和写实的两峰间架起

① 梁实秋. 文学的纪律[J]. 新月. 1928,1(1).
② 徐志摩. 诗刊牟言[M]//徐志摩选集. 北京:人民文学出版社,1983.
③ 余上沅.《国剧运动》序[M]//国剧运动. 上海:上海书店,1992.
④ 闻一多.《女神》之地方色彩[M]//闻一多全集(第2卷). 武汉:湖北人民出版社,1994:118.

一座桥梁,创造一种新的戏剧。①

1926年6月以后,闻一多、徐志摩等相继离开北京,新月社无形解散。当他们与《现代评论》的胡适、陈西滢等人于1927年重新集合在上海,创办新月书店和《新月月刊》(1928年3月—1933年6月)时,便进入了新月派活动的第二个时期,即后期新月派。这一时期新月社的主要文学成就依然在诗歌创作上。当陈梦家1931年9月编选《新月诗选》时,收入18家诗人的诗作,显示了相当整齐的阵营。但这时闻一多已赴山东青岛大学任教,主要精力转入学术研究。骨干力量是陈梦家、方玮德等南京中央大学学生诗人群和卞之琳等北方青年诗人群。他们大都是徐志摩的学生,奉徐志摩为盟主。当徐志摩于1931年因飞机失事而遇难后,这个诗派也就进一步分化。至1933年6月《新月》正式停刊,宣布了这个诗派解体。

同新月社相关联的另一个文学派别是"现代评论派"。"现代评论派"因《现代评论》杂志而得名,该刊由原《太平洋》杂志和《创造季刊》合并而成,于1924年12月在北京创办。其基本成员主要是原《新潮》社成员,如杨振声以及北大的一些教授,主要有陈西滢、凌叔华、丁西林以及胡适、高　涵等人,由王世杰主编。1927年3月移至上海出版,由丁西林主编,1928年12月终刊。"现代评论派"这个名称是鲁迅20世纪20年代中期与《现代评论》的陈西滢等人论战时提出来的。后来瞿秋白在《〈鲁迅杂感选集〉序言》中采用了这一说法,文化界、学术界便沿袭了下来。实际上,《现代评论》并不是一个同人刊物,而是一个开放性的刊物。它曾公开宣布:"无论社内或社外,有名或无名,文坛的老将或新近的作家,甲派或乙派,都受同样看待。"因而当时各社团流派的许多成员都曾在《现代评论》上发表作品,如语丝社的林语堂、冯文炳,新月社的闻一多、徐志摩,文学研究会的蹇先艾,以及后来成为革命烈士的胡也频等。它还培养了沈从文、李健吾等新进作家,成为20世纪20年代新文学的一个重要阵地。当然,《现代评论》作为一个刊物,也有其基本的倾向。这便是它奉行自由主义的思想,承继了北大"循思想自由原则,取兼容并包主义"的传统,形成了自由开放、温和稳健的基本特色。这与新月社的倾向是大体相近的,但也有不同。如在诗学上,陈西滢既不同意徐志摩诗"太没有约束",也不赞同闻一多的过分严谨,而主张在放纵中有约束,在自由中显规律。同时新月社成员比较复杂,包括银行家、资本家和交际花;而"现代评论派"则以北大教授为主体,学术气息浓厚。就文学活动来看,新月社集中于诗歌与戏剧领域,而现代评论派则以小说和文学批评为重点。

---

① 余上沅.国剧[M]//洪深.《中国新文学大系·戏剧集》导言.上海:上海文艺出版社,1981:77.

新文学社团的勃兴及其与现代传媒的互动不仅显示了现代社会公共空间的一种支撑性力量的成长,而且推动五四新文学形成了第一个高峰。实际上,五四新文学的多元探索和自由创造的精神正是依托于各个文学社团展开的,正是五光十色多姿多彩的文学社团及其文学追求铸造了五四新文学的青春气象和蓬勃朝气,创造了新文学最初的辉煌。

当然,在新文学的生长中也出现了一些反对的声音。新文学除与以林纾为代表的复古主义斗争外,又先后与"学衡派"和"甲寅派"发生过论争。"学衡派"是以1922年1月南京创刊的《学衡》杂志而得名的。其中坚力量是南京东南大学的一些教授,主要有吴宓、梅光迪和胡先骕等。不同于林纾,他们都是留学美国、学贯中西的学者,他们以"批评学术,阐求真理,昌明国粹,融化新知"①为宗旨,对新文化运动和新文学提出了批评。一方面,他们对五四思潮激进的反传统倾向提出了质疑,认为应当"兼取中西文明之精华,而熔铸之,贯通之"②。另一方面,他们又低估了新文化运动废文言崇白话的意义,以为提倡白话是"迁就智识卑下之阶级"③"浸成一退化之选择",甚至发展到肯定"模仿古人"的程度。这种复古主义的倾向自然受到了新文化阵营的反击和批判。"甲寅派"是因《甲寅》杂志而得名的。《甲寅》原是由章士钊于1914年在日本东京创办的一个有进步倾向的月刊,两年后停刊。1925年7月,已经担任了段祺瑞政府司法总长兼教育总长的章士钊在北京将《甲寅》复刊。这个封面印有黄斑老虎的"老虎报"便成为反对爱国学生运动,反对新思潮和新文学的"半官报"了。章士钊先后以"孤桐"等笔名发表了《评新文化运动》《评新文学运动》等文,咒骂"新文化者,亡文化也"④,攻击白话文鄙俚粗俗,甚至扬言要取消"白话文学"这个名词。在文化思想上鼓吹尊孔读经,甚至主张恢复科举制。这种明目张胆的倒行逆施,自然遭到了新文学阵营空前一致的有力反击。文学研究会、创造社、语丝社、新月社、"现代评论派"等都积极投入了这场新文化与新文学的保卫战,封建复古派"气绝"前的挽歌,很快便被"滚滚新潮"所吞没。

值得注意的是,五四新文学在坚持"人的文学"主导倾向的同时,另一种强调文学政治倾向性的思潮也在逐渐滋长,并日益取得支配地位,对改变五四文学的走向起到了重要作用。早在文学革命深入探讨之际,《新青年》阵营中的李大钊在俄国十月革命胜利的鼓舞下,先后发表《法俄革命之比较观》《庶民的胜利》《我的马克思主义观》等文,

① 梁实秋.文学的纪律[J].新月,1928,1(1).
② 吴宓.论新文化运动[J].学衡,1922(1).
③ 胡先骕.论批评家之责任[J].学衡,1922(3).
④ 孤桐(章士钊).疏解辑义[J].甲寅,1925,1(11).

表明了自己的马克思主义立场,积极传播马克思主义和社会主义思想。他于《新青年》发表的《什么是新文学》(1919)一文,对新文学应有一定的"主义"来指导,作了理论阐说。该文针对文学革命中的某些改良主义倾向,指出"光是用白话写的文章,算不得新文学;光是介绍点新学说、新事实,叙述点新人物,罗列点新名词,也算不得新文学","我们所要求的新文学,是为社会写实的文学",要求新文学应建筑在"宏深的思想、学理,坚信的主义、优美的文艺"的"土壤根基"上。这是一个早期共产主义知识分子从思想和艺术两个方面对新文学提出的要求,对其后提倡新文学以马克思主义为指导思想产生了深刻影响。随着中国共产党的成立和革命斗争的深入,1923年前后,便有部分共产党人,如瞿秋白、邓中夏、萧楚女等提出了建立革命文学的主张,要求"以文学为工具",来为民族独立和民主革命服务。[1] 作为中国共产党选派的首批留苏学生之一的蒋光慈,1924年回国后也发表了《现代中国社会与革命文学》,强烈呼唤革命文学。同时还出现了一些开始倡导革命文学的团体,最重要的是蒋光慈、沈泽民等以上海《民国日报》副刊《觉悟》为主要阵地的"春雷社"。

"五卅"前后革命形势的高涨,促进了大批作家,如郭沫若、沈雁冰、成仿吾,乃至闻一多参加了实际的革命斗争。郭沫若、沈雁冰等还发表了革命文学的论文,如郭沫若在《革命与文学》(1926)中一方面提出了时代要求的文学是"表同情于无产阶级的社会主义的写实主义的文学",号召文艺青年"到兵间去,民间去,工厂间去,革命的漩涡中去";另一方面又认为"你站在被压迫阶级一边,你当然会赞成革命,那你做出来的自然是革命的文学"。"这样一来,我们可以知道文学这个公名中包含两个范畴,一个是革命的文学,一个是反革命的文学。"这种说法表现出"非此即彼",缺乏过渡与中间层次的二值逻辑的简单化倾向,但已可看出宣传革命文学已成为一种不可逆转的趋势。鲁迅也于1926年"三一八"事变后,由北京奔赴南方,并发表了《革命时代的文学》等著名演讲。创造社作家则大多去广州参加了革命军。1927年蒋介石全面清党反共之后,这些作家又重新云集上海,正式揭起了革命文学的旗帜,由此使文学的主导倾向由"人的文学"向"阶级文学"转移。

第四节　五四文学的基本主题与文学的多种流向

同五四文学革命体现出对封建意识形态的整体性批判相一致,注重个性解放意识、确立"人的文学"观念,成为中国新文学开创阶段,即一般称为五四文学的头一个十年

① 邓中夏.贡献于新诗人面前[J].中国新青年,1923(10).

时期文学的最显著特征。鲁迅、茅盾、郁达夫等新文学作家从不同角度谈到过，人的发现、发展个性，成为五四时期新文学运动的"主要目标"。可见，在中国社会由封建形态向现代形态的历史性转化中，"人的觉醒和解放"是新文学先驱的共识，也必然成为新文学创作的基本主题。因为长期以来形成的封建文学是一种"非人的文学"，它以封建礼教和封建道德观念来束缚人的自由，压抑人的个性，摧残人的身心健康。作为彻底推翻封建文学的新文学，就势必是与此截然对立的"人的文学"：强调表现具有现代个性意识的、身心健全的、灵肉统一的人的生活。为此，新文学家在新文学的开创阶段，首先要做的就是"辟人荒"的工作，他们引进和吸收西方的科学、民主思潮，注重宣传人道主义思想，以文学为武器打碎封建镣铐，谋求实现人的个性解放和人格独立。这一时期的文学，就其基本形态说，是在"人的文学"层面上的。以鲁迅为代表的启蒙主义文学创作自不必说，其最重要的使命是重新铸造民族灵魂、猛烈抨击愚昧落后的封建意识对广大民众的毒害，促使国民从麻木中觉醒，体现了最显著的"立人"意识。其他文学创作也在不同程度上反映了人们在自由平等、人格独立、个性解放思潮鼓舞下，或喊出强烈要求发展、完善自我个性的呼声，或勇猛地向摧残人性的封建礼教、家族制度宣战，或犀利批判封建农村宗法制度的黑暗，或在个人爱情婚姻问题上表现出强烈的争取自由幸福的观念，等等，无一不表现出人的意识的觉醒和人的价值、尊严的再确认。尽管这一时期后半段的文学，已开始出现"革命文学"的口号，提出文学的阶级性命题，但其时尚未形成有影响的"阶级文学"，因而，张扬个性、发展个性的"人的文学"无疑是这一时期文学最耀眼的主题。

然而"人的文学"的主题带有母题性质，它可以衍生出许多分主题。从大的方面看可以分两个层面：一个是与人的社会属性相联系的社会现实人生；另一个是与人的自然属性相联系的身边琐事和自我意识。正是在这两个层面上形成五四文学的两大基本流派：现实主义和浪漫主义。但这两大流派并非绝对单一纯正，而是在具体创作实践中互相渗透交叉，而且还吸收、融进了象征派、未来派、表现派和意识流等现代主义因素。尤其是在表现怀疑、苦闷、孤寂、伤感等"世纪末"颓废情绪时，往往会热衷于象征、暗示、隐喻、梦幻、通感等现代派技法。从而形成五四文学的另一流派：现代主义。现代主义文学在五四时期虽声势不大，但确已存在并表现出较强的发展势头。

现实主义流派在五四文坛上声势最为浩大，作家队伍最为齐整，创作实绩也最为显著。现实主义强调细致地观察现实生活，冷静客观地表现和剖析社会现实人生，以达到改变现实创造美好生活的目的。所以，现实主义文学创作的总主题便是"为人生"的文学。鲁迅与《新青年》同人、文学研究会、早期乡土写实文学和早期文学都属于这个行列。

鲁迅对于现实主义文学的开创贡献最大。1918年他在《狂人日记》里第一次以文学的形式揭示出封建文化（封建礼教和封建道德）的"吃人"本质。沿着这一主题,他又具体描写了农民和知识分子的现实生活和精神生活,形象地展示华老栓、阿Q、祥林嫂和孔乙己、吕纬甫、魏连殳等新旧国民是怎样被封建文化慢慢"吃掉的"。当然,鲁迅的现实主义是极其冷峻和深刻的,他注重的不是国人物质上的被剥夺、肉体上的被摧残,而是国人精神性格的压抑、变态和扭曲,显示的是"灵的深"。鲁迅的现实主义还具有开放的姿态,他善于吸收一切有益于刻画性格、揭示生活本质的创作技法,他将中国传统的"白描"手法,现代主义的象征、梦幻、潜意识,浪漫派的内心独白等,都融入他的现实主义创作方法中,从而形成其"表现的深切和格式的特别"的现实主义风格。鲁迅这种深刻而开放的现实主义极具典范意义,新文学的许多优秀作家都受到过他的影响,特别是五四青年作家都曾不同程度地学习和模仿鲁迅的创作,并渐渐向鲁迅开创的现实主义归趋,从而形成五四现实主义文学大潮。

文学研究会诸作家虽不是在鲁迅的直接指导下成长起来的,但鲁迅所开创的现实主义创作方法对他们有很大的启示作用。在文学主题上,他们继承了反封建、倡人道的历史使命,并将此推及更为广泛的社会生活领域。五四时期引起人们关注的婚姻问题、妇女问题、劳工问题、教育问题、人生问题等社会现实问题,都在他们的作品里得到了生动形象的表现。如叶绍钧、许地山、冰心、王统照、庐隐等作家的小说,都从各个不同侧面表现出反封建礼教和反封建伦理道德,要求个性解放、争取人身自由和人格独立的思想和情感,丰富和扩大了五四现实主义文学的声威。

1923年前后出现于文坛的,在小说题材和创作方法上基本一致的"乡土写实派"小说也可归属于现实主义流派。此派的主要作家如王鲁彦、许钦文、彭家煌、许杰以及后起的蹇先艾、台静农等,都曾不同程度地受到鲁迅乡土文学的影响,他们都以较为写实的笔法描写我国农村的风土人情和农民的悲惨生活,使农村题材的现实主义文学创作获得了可喜的成就。

出现在"五卅"前后的早期革命文学,可以看作现实主义文学的进一步发展。它虽不够成熟但及时迅速地反映了当时中国社会的重要政治活动、中国共产党领导的革命斗争,使现实主义与革命斗争生活结下了不解之缘,并最终使之成为无产阶级革命文学所推崇的文学创作方法。其影响所及遍布整个中国文坛,进而演化成现代中国文学的现实主义创作主潮。

由"人的文学"母题衍生出来,以表现"自我"和"个性"主题的浪漫主义,其声势和影响虽不及现实主义,但其潮流时起时伏绵延不断。仅在五四时期就经历了一个由盛而衰的发展过程。五四初期,大批文学青年在一种怀疑一切的思潮影响下产生出了一种带有理想色彩的浪漫激情,纷纷从内心和自我的角度反映生活表达感情。他们大胆地袒露自己的内心世界,尽情地诅咒黑暗腐朽的社会,无情地揭露封建军阀对人性的摧残,热情呼唤个性解放,热烈地憧憬和向往美好的未来。郭沫若的《女神》把这种带有时代色彩的浪漫激情发挥得最有特色。其中的《凤凰涅槃》以火的色调传达出国人渴望祖国和自我新生的强烈愿望。《天狗》《立在地球边上放号》等作品反映了五四青年对个性解放和自我的极度崇拜,《煤中炉》《地球,我的母亲》等名篇传达出诗人强烈而深沉的爱国主义激情以及对劳工的同情和赞美。即使历史题材的《三个叛逆的女性》等早期历史剧,也是借助古人的形象来演绎现代人的戏。此外,创造社、南国社的浪漫派戏剧,以及创造社的散文家们和蔷薇社、绿波社青年作者所写的具有浪漫感伤气息的散文作品,都为初期浪漫主义文学潮流的形成作出自己的贡献。

五四退潮后,狂热的青年从火的高潮中坠入了夜的深渊,他们面对破碎的中国、黑暗的现实和自身的漂泊潦倒,报国无门,进退两难,于是开始在人生的岔路上彷徨徘徊。曾喊出时代最强音的郭沫若,这时也转向洪荒的太古和晶莹的夜空,并一度陷入感伤爱情的泥泞之中无力自拔,继而写下了《星空》《瓶》等诗集。以汪静之为代表的"湖畔四诗人"也都写出了没有结果的凄苦的情诗。而最能反映这种感伤特点的莫过于郁达夫等人的浪漫抒情小说。1921 年 10 月,郁达夫出版了我国现代小说的第一个专集《沉沦》。《沉沦》的横空出世标志着"人的文学"的主题已经延伸到更深层次,突破了传统小说的禁区,拓宽了小说的表现领域,真正由人的外在社会生活进入到人的内在心理和情感生活,使"人的文学"的主题趋于完整。所以,当《沉沦》等作品以其刺目的性意识、性苦闷、性心理描写在文坛引起哗然时,周作人则予以肯定,说它虽是"受戒者"的作品,但仍属"人的文学"的艺术品。郁达夫的性苦闷小说,以其大胆的袒露和无节制的宣泄形成极具自我色彩的浪漫抒情小说风格,并引来了倪贻德、周全平、叶灵凤以及王以仁等后起作家的群起效仿,形成轰动一时的浪漫抒情小说流派,对浪漫主义文学起到了推波助澜的作用。

现代主义文学潮流产生于西方世界。五四初期西方现代主义的各种派别都曾被介绍到中国,当时较有成就的作家都不同程度受到它的影响,并将现代主义的各种技巧运用到自己的文学创作中去。但从总体上看,五四初期还没有出现纯粹现代主义的文学创作,它的生存形式主要是寄植于现实主义和浪漫主义的创作中。像鲁迅的《狂人日记》、周作人的《小河》、刘半农的《敲冰》、沈尹默的《月夜》、郭沫若的《凤凰涅槃》、王统照的《微笑》、冰心的哲理小诗、郁达夫等人的浪漫抒情小说等,都曾运用过现代主义的各种技巧,如象征、隐喻、暗示、梦幻、意识流等。上述技巧都可以在这些作品中找到它们的影子,都只是作为辅助成分附着在现实主义或浪漫主义创作中。这种依附状况到五四后期有了明显的改观,出现了一批比较纯正的现代主义作家和作品,有的还形成了流派。在此特别注意鲁迅的散文诗集《野草》和以李金发为代表的初期象征派诗歌。《野草》是鲁迅在五四落潮以后陷入苦闷、彷徨期的作品。这一时期国内政治的黑暗、个人家庭生活的变故、新文学统一战线的分化,以及西方现代主义文学思潮的影响,使鲁迅的思想和情感处于极其矛盾和痛苦之中。他既不愿将那种黯淡消极的情绪直白地表现出来从而影响到正在奋进的青年,又不愿将其埋在心里,于是他就从西方现代主义那里找到了适于表现内心隐秘的象征主义艺术,"把具有现实内容的对'社会罪恶愤怒的抗议',与具有超越社会的形上人生孤独感融合在一起"①,写下了相当蒙眬且又耐人寻味的艺术珍品《野草》。《野草》里除了个别作品以外,绝大多数作品都是一首首美妙绝伦的现代散文诗。可以毫无愧色地说,《野草》是五四时期最成熟的象征主义艺术杰作,它虽未形成流派,却为中国现代主义文学潮流开了一个成功的先河。几乎与《野草》同时产生的以李金发为代表的象征主义诗派,直接师承法国象征主义诗人的诗风,以怪诞的象征主义艺术来表现死亡、墓地、孤寂、悲哀等"现代情绪",在技巧上则大量运用通感和大跨度意象跳跃等手段,不仅造成了诗的含糊蒙眬,同时也给诗带来了形象破碎、怪诞晦涩的特点,提供了与中国传统诗歌完全不同的艺术样式,推进了中国初期现代诗派的形成。至此,一直"流浪"于中国文坛上的现代主义,终于找到了真正的归宿。

五四新文学时期形成的现实主义、浪漫主义和现代主义,虽创作规模大小不一,流派风格各有所长,创作实绩各有千秋,但它们共同奠定了中国新文学三大基本流向,影响着后来各个时期文学的发展,并为中国现当代文学思潮、流派、文学样式的多元开展奠定了厚实的基础。

【思考题】

1. 试述"前夜的涌动"对中国新文学的催生意义。

---

① 李泽厚.胡适 陈独秀 鲁迅[M]//中国现代思想史论.北京:生活·读书·新知三联书店,2008:121.

2. 概述五四前后外国文学思潮的涌入和影响。

3. 简述五四文学革命的代表性论著,论述五四文学革命对于晚清文学革新的突破性意义。

4. 简述文学研究会、创造社、语丝社、新月社四个新文学社团的成立时间、发起人、文学主张和主要文学贡献。

5. 简述与新文学阵线论战的"学衡派""甲寅派"的主要代表、基本观点。简述早期"革命文学"的基本观点。

6. 五四新文学的基本主题是什么? 由此衍生出几种主要文学倾向?

第二章　中国现代文学巨匠鲁迅

第一节　鲁迅的人生轨迹与创作道路

鲁迅（1881—1936），浙江绍兴人，中国现代小说的奠基人，一代思想文化巨人。

鲁迅拥有许多个名字：他原名周樟寿，字豫山，1892年进三味书屋读书时改为豫才，1898年去南京求学时取学名周树人，1918年5月在《新青年》上发表《狂人日记》时始用笔名鲁迅。此外如巴人、宴之敖者、迅行、唐俟、霍冲、何家干等笔名，鲁迅都曾在发表《阿Q正传》《铸剑》《文化偏至论》《我之节烈观》《拿来主义》《中国人的生命圈》等重要作品时使用。

鲁迅一生经历了如下一些地方的人和事：

绍兴作为鲁迅的出生地，作为鲁迅人生的起点站，给予鲁迅以丰厚的滋养与深远的影响。封建士大夫的家庭出身（祖父在京中做官，父亲是秀才），给了鲁迅富足的童年，得以7岁入私塾发蒙，12岁进绍兴城中最有名的私塾——三味书屋读书；外祖母生活的农村带给鲁迅亲近劳苦农民、体察农村疾苦的机会；而祖父下狱、父亲病重导致的家道中落，使鲁迅较早地领略到世态的炎凉；作为"报仇雪耻之乡，非藏污纳垢之地"，绍兴的乡里先贤、掌故典籍，绍兴所属的悠远深厚的越文化，都深深影响鲁迅一生的为人、为文。

南京是鲁迅人生的重要驿站。1898年、1899年，鲁迅在此先后进入洋务派创办的"江南水师学堂"和"矿务铁路学堂"，接触了社会科学与自然科学的诸多新思潮，特别是严复译述的赫胥黎的《天演论》，促使鲁迅接受了进化论思想，并由此探索救国救民的道路。

日本东京和仙台是带给鲁迅巨大影响的地方。正是在东京的弘文学院留学期间（1902年3月，鲁迅考取官费到日留学），鲁迅开始思考后来终其一生探讨和揭示的国民性问题：怎样才是最理想的人性？中国国民性中最缺乏的是什么？它的病根何在？并参加了以推翻满清统治为宗旨的革命组织"浙学会"（"光复会"的前身）。正是在仙台医专（1904年鲁迅进入仙台医学专门学校学习，希望学得现代医学知识来救治贫弱的国民），在目睹幻灯片上一群神情麻木的国人围观被日军砍头示众的同胞后，鲁迅认识到改造国民精神远比救治国民身体更重要，而能够用于改变精神的首推文艺，从而实现了人生中的巨大转折——弃医从文,同时完成了一生的角色定位——文学家。又正是在从仙台返回东京后的日子里,鲁迅与弟弟周作人翻译了许多外国短篇小说,合编为《域外小说集》出版,为鲁迅日后的小说创作夯实了基础,积累了资源。

北京是鲁迅的人生重镇。从日本回国后,鲁迅度过杭州、绍兴短暂的师范学堂、中学堂教书生涯后,1912 年应教育总长蔡元培之邀,到南京临时政府教育部任职,不久随部迁到北京。在北京期间,鲁迅开启了文学创作的华美篇章,进入了创作事业的第一个黄金期,于 1918 年 5 月在《新青年》发表中国现代文学史上第一篇白话小说《狂人日记》,引起巨大反响,从此一发而不可收地发表了一系列小说,同样在文坛、在文化界产生巨大冲击,充分显示了五四文学革命的实绩。北京生活期间,鲁迅收获了与许广平的爱情,两个人爱得平平淡淡而又轰轰烈烈;同时,鲁迅开展了广泛的文学活动,瘦小而活跃的身影辗转于各文学社团,先后支持和组织了语丝社、未名社,出版《语丝》《莽原》《未名》等刊物;他还对现实作鲜明而尖锐的发言,先后在 1925 年、1926 年发生的"女师大风潮"和"三一八"惨案中声援学生,支持群众斗争。

上海是鲁迅人生的终点站。"三一八"后,鲁迅受北洋政府通缉的威胁,于 1926 年 8 月离开北京前往厦门大学担任文科教授,1927 年 1 月又应邀抵达广州任中山大学文科主任兼教务主任,同年 10 月偕同许广平离开广州到上海定居,度过他生命中最后十年的岁月。在上海的十年,鲁迅以一个自由的职业作家的身份,撰写了大量的杂文以及收入第三部小说集《故事新编》里的诸多篇什;作为文化界的名人,参与发起了中国左翼作家联盟,并参加了"左联"的领导工作。1936 年 10 月 19 日,鲁迅病逝于上海,走完了他短暂而又辉煌的生命历程。

鲁迅离去后,留下了浩瀚的作品:3 本小说集——《呐喊》(1923 年出版)、《彷徨》(1926 年出版)、《故事新编》(1936 年出版),一本散文诗集《野草》(1926 年出版),一本散文集《朝花夕拾》(1927 年出版),17 本杂文集《坟》《热风》《华盖集》《南腔北调集》《准风月谈》《伪自由书》《且介亭杂文集》等,4 本学术著作《汉文学史纲要》《中国小说史略》等,以及译介 14 个国家近百位作家的作品、论著编印而成的 33 个单行本,还有辑录、校勘的十多种古籍,加上诸多的日志、书信,先后被鲁迅先生纪念委员会、人民文学出版社结集、修订为 1938 年、1956 年、1981 年、2005 年 4 个版本的《鲁迅全集》(最新的 2005 年版共 18 卷,是目前最为完备的《鲁迅全集》)。

鲁迅身后留下的思想资源是极其宝贵的:他穷尽一生对国民性问题的思考与改造,是其思想的重要组成部分;他融入了人道主义色彩的个性主义思想,"掊物质而张灵明","尊个性而张精神";他统摄前二者的核心的思想:"立人"——"首在立人,人立而后凡事举",①从奴才立出"真的人",由对人的劣根性的改造而建构"最理想的人性",由开启个人的自强意识到推动整个民族的进步。这些思想的火花直到今天仍然迸出耀眼的光芒,仍然具有重大的现实意义:国民性改造仍然是未完成的工程,"灵明"——精神的张扬,个体的自强,仍然是要特别呼唤和强调的;"立人"仍然、正是法治国家建设的根本之图,是中华民族再次崛起的根本之图。

鲁迅及其作品留下的深远影响跨越时空。鲁迅的作品在当时即引起巨大的轰动,显示了五四文学革命的辉煌实绩,他在新文学的起点即树立起一个需要人仰视的高度。而后又在整个20世纪文学发展史中具有不可撼动的崇高地位,他的文学作品、他的思想对一代又一代的作家、学人、读者产生深刻的影响,无论是抑鲁还是贬鲁损鲁,都显示了鲁迅傲然的存在。他的小说、散文诗和一些杂文,放到今天的后现代语境中,依然先锋而前卫。可以说,鲁迅在现代文学的奠基时期发出的声音抵达了遥远的今天,依然清新而鲜活。

第二节　小说：深度掘进与先锋探索

鲁迅以三本并不厚的小说集子,以收入其间的32篇短篇小说、1篇中篇小说,奠定了他在中国小说史上大师级的地位。《孔乙己》《阿Q正传》《祝福》《故乡》《伤逝》《药》《风波》《狂人日记》《在酒楼上》《社戏》《铸剑》《理水》《奔月》等,确实是脍炙人口的不朽的小说杰作,闪耀着思想的灼人光芒与艺术的引人魅力。

鲁迅的小说抵达了很多人无法企及的深度,一如郁达夫所说:当我们见到局部时,他见到的却是全面。当我们热衷去掌握现实时,他已把握了古今与未来。一如茅盾所说:思想的深切,格式的特别。这"全面""深切",首先体现为鲁迅小说对历史文化、现实人生独到而深邃的洞见。鲁迅小说总是能穿透复杂的表象而直抵内在的本质,《狂人日记》的"狂人"从每页写着的"仁义道德"背后看出"吃人"两字,一下就把住了封建文化史的命脉,撕开文明的假象,露出其本真的残酷来——即便这种把握也许显示出某种"偏激的深刻"。鲁迅常常借助对身体的叙事来实现对本质的揭示。《狂人日记》即是借身体—疾病的叙事,借被迫害者"狂人"的疯癫言行、错觉幻觉,而道出封建文化吃人的真相。《头发的故事》《风波》等篇什则聚焦身体的细节部分——头发,由民众蓄发还是剪辫子的两难,由辫子的去留"风波",映照出时代的乱象、文化的畸形,揭示出专制威权对人身体的掌控,臣民不能主宰自己身体的奴隶境遇。还有《风波》里九斤老太的

---

① 鲁迅.文化偏至论[M]//鲁迅全集(第1卷).北京:人民文学出版社,2005:47,58.

病态的小脚,特别是活泼野性的少女六斤被强行裹脚后的一瘸一拐,由病态的身体揭示病态的精神、病态的文明。鲁迅对创作题材的把握也比别人看得深远。《伤逝》的故事即是一例,当时的同类题材大多致力于抒写青年男女如何冲破封建束缚,争取个性与恋爱婚姻的自由,而《伤逝》的开端,子君已经宣叫着"我是我自己的,他们谁也没有干涉我的权利",从封建家庭冲出来,和涓生创了"满怀希望的小家庭"。然而,鲁迅关心的是:子君走后怎样?"不是堕落,就是回来",子君黯然地回到父亲的旧家,在"严威和冷眼"中死去。子君的死说到底是女性无法真正摆脱依附地位的深重悲剧——既依附于情感,又依附于经济;既依附于旧的封建家庭,也依附于与涓生的新的家庭。不难看出,鲁迅对女性命运的关注超越了个性与恋爱自由的层面,显示出更为深长的思考与关注。

其次集中表现在对国民性的深切剖析上。鲁迅小说对国民劣根性的揭示,显示出"灵魂的深"。鲁迅往往以一种极致的笔法将人物逼到绝境,由此来拷问人物的灵魂。《阿Q正传》中的阿Q本来一无所有,而后又遭遇"恋爱的悲剧",作为偷儿在经济上"从中兴到末路",想"造反"而"不准革命",最终作为替死鬼被杀头,"不幸"层层加码,直至死亡的过程,也是阿Q的"精神胜利法"不断强化的过程:自我麻醉、自欺欺人("连姓名、籍贯都渺茫",却说"我们先前比你阔多啦";别人笑他的癞疮疤,他说"你还不配"),自轻自贱、自我解嘲(被人逼着承认是畜生、虫豸,却觉得自己是"第一个能够自轻自贱的人",跟状元是一样的"第一"),转嫁屈辱、自我麻醉(被人打了说是"儿子打老子";被"假洋鬼子"打了,转去欺负小尼姑;跪下向吴妈求爱,讨赵太爷一顿打,却很快忘了这事,去看吴妈上吊寻死的"热闹"),最终达到"精神胜利"的顶峰——至死都不觉悟(被杀前画押的圆圈画不圆,而说"孙子才画得圆")。在"不幸"累积叠加的进程中,阿Q成为一个凝聚"国民性"的典型形象,鲁迅由此"写出一个现代的国人的灵魂来"[①]。《祝福》里的祥林嫂也是被一步一步逼到"没有活路的、不堪设想的境地"[②]:先是丈夫祥林死去,成为寡妇的祥林嫂逃出来做了鲁四老爷家的佣人;而后又被婆婆带人劫持了去,卖给了山里的贺老六做妻子;贺老六死去后,他们的儿子阿毛被狼吃掉;最后再度做了鲁四家的佣人而遭嫌弃。祥林嫂的不幸如同滚雪球一样越滚越大,非但如此,这不幸还由"生"向"死"延伸:被柳妈告知死后会被两个死鬼男人争抢,从而被分尸;被"我"告知人死了难说有无灵魂,从而失去了精神上的归依。在苦难不断加剧的过程中,鲁镇人

---

① 鲁迅.集外集·俄文译本《阿Q正传》序及著者自叙传略[M]//鲁迅全集(第7卷).北京:人民文学出版社,2005:83.

② 鲁迅.集外集·《穷人》小引[M]//鲁迅全集(第7卷).北京:人民文学出版社,2005:105.

作为旁观祥林嫂命运的"看客"，其麻木、冷漠的灵魂被深刻烛照，而祥林嫂自己的愚昧、不觉悟也被充分暴露。与这种极致形成对比的是，鲁迅往往将人物放在日常生活中去表现，通过琐碎庸常的生活事件来剖析人物的灵魂深层。阿Q的精神胜利法在捉虱子、偷萝卜、与人口角等日常行为中呈现；祥林嫂的愚昧与"看客"们的冷漠，在听讲阿毛故事、摆筷子、摆酒杯等生活场景中呈现；孔乙己的酸腐与咸亨酒店人们的麻木，在喝黄酒、吃茴香豆等极琐碎的小事中体现；华老栓、驼背五少爷们的愚昧麻木，在茶馆喝茶聊天的庸常生活中体现；七斤们的胆怯、奴性，则在乡下土场上的饭后谈天中揭示；如此等等。这种常态中体现的国民性，更具有普遍性，更显出根深蒂固，更表明改造国民性之艰难。

再次表现在对人的存在的深度探索。如克尔凯郭尔等存在主义哲学家把哲学从研究万物的存在转向研究人的存在一样，鲁迅也把个人、个人的自由本质、反叛与选择置于思考的中心。虽然鲁迅小说是对知识分子、农民的"类"的描写，但鲁迅更为关注的是充满着恐惧、厌烦、忧郁、绝望、死亡的"孤独个体"。鲁迅对存在的深切把握是根植于对这些"孤独个体"的描绘里，而不是在"类""阶级""共性"的抽象中。如狂人是一个对"吃人"的社会有着清醒认识的先觉者，但同时又是一个被迫害妄想症患者，他多疑、敏感、恐惧，处在一种对存在的恐惧里。随便一句话（如"赶紧吃罢"）就使他恐惧；随便一个眼神（如路上孩子的眼神）就使他战栗。他置身于一幅"他人即地狱"的生存图景中，他的存在即是对被吃掉的恐惧的体验与试图缓解。长期以来对阿Q的解读过多地关注他的"精神胜利法"，而忽视了阿Q作为一个雇农的存在；过多地把阿Q当成某种集体原型（"精神胜利法"的集体无意识沉淀），而忽视了阿Q作为一个孤独的个体的存在。如果将阿Q还原为一名雇农个体，我们更多地看到阿Q的生存困境，他是真正的"一无所有"，没亲人没朋友没老婆没土地没职业没房子甚至没籍贯没姓名，孑然一身，即海德格尔所说的"无缘无故地被抛在世"，处于一种永远的无根的漂泊状态，既找不到身体的栖居也找不到灵魂的归依，身处无家可归的悲凉中。孔乙己也是如此，除了一件破长衫、几句酸腐的"之乎者也"外，一无所有。他还在阿Q的生存困境之外多了一层身份的尴尬，尴尬地置身于穿长衫而坐着的人和穿短衫而站着的人之间。祥林嫂也是一个无根漂泊的孤独个体，她既失去了现实的依托（儿子阿毛死了），也没有虚幻的依托（从"我"那里问出人死了没有灵魂）。这种深切的孤独况味也根植于吕纬甫、魏连殳等人的经验之中，吕纬甫像蝇子一样飞了一圈又回到原地，魏连殳躬行以前所憎恶的一切，透出一种"存在的烦"，是消耗了生命激情的、充满厌倦感的存在。

鲁迅小说在思想深度上的掘进与在艺术上的丰富探索相伴而行。艺术探索首先体现在叙事上(特别是叙事者、叙事视角、叙事时间等)的革命。鲁迅之前的中国传统小说,大多是隐含作者作为叙述者的全知叙事,而现代文学的开篇之作《狂人日记》即是人物(狂人)作为叙述者的限制性叙事。除了狂人的叙事外,小说还有另一个叙述者——隐含作者"余"的限制性叙事,即"日记"前面的"小识",以文言文本呈现。隐含作者"余",以旁知的视角讲述"昆"与"仲"的故事,并引出"仲"(狂人)的叙述行为:患"被迫害妄想症",写下日记,以自知的视角、内心独白的方式,讲述他对封建文化本质的发现、对生存真相的发现,呈现为白话文本。将两度叙事文加以比照,可看出其间的悖谬:狂人在他的自知叙述里,是一个清醒的先觉者,一个封建文化的决绝的叛逆者。可是到了"余"的叙事里,他非但不是一个反叛者,反而跟他所憎恶的社会妥协,甚至可怜巴巴奴颜十足地等着去做官——"赴某地候补矣",完全颠覆了反封建的斗士形象。而在狂人的叙述中,"吃了妹子的肉"又"合伙吃我"的"大哥"是专制家长的代表;到了"余"的叙述里,却是一口一个"劳君远道来视",一口一个"不妨献诸旧友",显得文质彬彬,形成两个分裂的"大哥"形象。经由此种悖论和拆解,鲁迅笔下的狂人形象变得极其复杂,既可能是反封建的斗士,又可能是封建社会的投降者。也可以作这样的解释:两度叙事文既相互拆解,又构成互补,狂人的"候补"显示出封建势力的强大,将一个反叛者最终同化,表明鲁迅对现实的极端的清醒,对摧毁旧势力的艰巨性的明晰的认识;而"大哥"形象的前后矛盾,也可以解释成儒雅是其表相,"吃人"是其内里,封建礼教的"吃人"本质正是被遮蔽在仁义道德的表象之下。叙事所呈现出的多语义性,使文本更加具有了张力,进一步拓宽了小说的含义空间。

《狂人日记》之后,《孔乙己》《故乡》《社戏》《祝福》《在酒楼上》《孤独者》《伤逝》等都沿袭了这种人物作为故事叙述者的限制性叙事。在《孔乙己》的小伙计"我"的"零度叙述"——麻木、冷漠,以取笑、戏谑的语调讲述里,我们能感受到作者对孔乙己生存困境的深切同情,对看客们(包括小伙计"我")的冷漠的痛切指责。叙述者(小伙计"我")的情感接近于零度,而隐含作者的情感的脉搏却分明可以触摸到,包含着深切的悲悯。叙述者"我"与隐含作者(小说中隐藏的作者,作为真实作者的一部分)不再完全趋同,"我"的叙述并不是为作者鲁迅代言,作者和"我"之间有着明显的道德、理智、情感上的距离,这形成了情感和思想的复调或"多音性"。《伤逝》的叙事也是如此,在叙述者(涓生)的声音背后,分明听到作者(鲁迅)隐含的声音,正是这种隐含的声音的存在,使我们感受到涓生叙述的不可靠,他的叙述出现了"忠诚的分裂",在他的"悔恨和悲哀"里分明有许多的自我开脱与责任推卸。这是《伤逝》文本的"多音性"。《祝福》在叙事上特别值得一提的,是对"阿毛之死"这一事件的重复性叙事,它借不同的人物不同的视角重复讲述同一事件：先是卫老婆子同四婶讲："谁知道那孩子又会给狼衔去的呢？春天快完了，村上倒反来了狼，谁料到？"接着是祥林嫂自己的讲述："我真傻，真的……我单知道下雪的时候野兽在山坳里没有食吃，会到村里来……我叫阿毛，没有应，出去一看……"然后是鲁镇人（听祥林嫂讲故事者）打断祥林嫂的话说："是的，你是单知道雪天野兽……你们的阿毛如果还在……"从叙事时长来考察，卫老婆子的讲述是"概略"的叙述，她是阿毛之死的知情者，有讲述的欲望；又多少是悲剧的间接制造者，因而不可能讲得很详细。其视角则接近于全知视角。而祥林嫂是承受着巨大痛苦的当事人，因此她的讲述是"概略"与"场景"的相互交替：因为要释放痛苦，所以有较详细的场景（如阿毛在门口剥豆，祥林嫂出门找阿毛等）；因为被巨大的悲哀所笼罩，所以欲说还休，又变为概括的叙述。祥林嫂的视角是自知的限制性叙事。鲁镇的人们到后来已经对祥林嫂持"烦厌和唾弃"的态度，因而他们的讲述接近于"省略"（叙事时长几乎为零）。其视角接近于纯客观叙事，是事不关己的淡漠。这样，单是在"阿毛之死"这一事件上，小说就显示了极复杂的视点、叙事时长以及叙事频率，极富叙事上的实验性。而这实验又是"有意味的形式"：在视点的不断转换和重复的叙述中，祥林嫂的失子之痛越来越深重，鲁镇人的态度有了前后的变化，由同情变成冷漠麻木。如果只取单一的视点，非重复的叙述，祥林嫂的悲剧就得不到强化，鲁镇人态度的前后变化就显示不出来，国民的弱点也就得不到深度挖掘。

鲁迅小说在叙事上的实验性、先锋性、超前性，更体现在《故事新编》上，按照罗兰·巴特的说法，小说是复数的写作，每一文本都是无数已经写出的文本的引文、回声、参照物。《故事新编》全部都是对远古神话、先秦掌故这些文本的回响，构成两者间一种隐含的对话；而这种对话体现出的，正是鲁迅对神话所进行的解构。鲁迅的《故事新编》中文本的游戏性、狂欢性、对神性的颠覆与还原具体表现在：女娲抟土造人、炼石补天的壮丽神话，被戏说成女娲是出于"太无聊"，出于"有什么不足，又有什么太多"的利比多释放。嫦娥奔月的美丽传说有一个庸俗的前提：即嫦娥忍受不了天天吃单调的乌鸦炸酱面；而神话里的射日的英雄羿则成了一个怕老婆的、被老婆背叛又被弟子背叛的落魄者。大智慧的老子是"一段呆木头"，讲道没人听，人是以为要讲"爱情故事"才去听的。大禹治水的英雄传说里，夹进一批现代小丑……将神话和掌故里正统的东西以滑稽取代，将其隐形的一面（如女娲的"无聊"、嫦娥的"不满"）置于显在的位置，对传统进行戏谑和嘲弄，对"神圣"予以颠覆，便是明显的解构。这也是鲁迅在20世纪30年代对历史与现实的独特发言。

鲁迅小说在艺术上的丰富探索还体现在结构安排的独特和多样上，相对于传统小说偏重于以线性的情节推进故事发展,鲁迅小说探索了一种淡化情节而强化心理的结构,如《狂人日记》即是由人物的直觉、印象、意念、情绪打破时空顺序而建构故事框架,属心理结构。《故乡》则通篇贯穿着一个解不开的情结:对童年的难以忘怀以及对现实的怅惘。闰土是主人公,作者却并不编织一个有关闰土的曲折动人的故事,着力渲染的是现实中的闰土和记忆中的闰土的巨大反差在"我"的心灵上激起的强烈震撼与深沉思索,属情结结构。《阿Q正传》看上去是传统的章回体,叙述者"我"以说书人的身份出场,但"颠覆"就来自这"章回体"内部:一是说书者"我"在文本中渐渐退隐直到最终消失,主动放弃了评说人物的权力;二是没有了所谓"欲知后事如何,且听下回分解"的套路;三是在情节结构中融进"性格结构",全部叙述都紧紧围绕着阿Q的主导性格——"精神胜利法"展开;四是对阿Q的身世、籍贯甚至姓名一无所知,明显是对全知视角的滑稽模仿和嘲弄;五是结尾——第九章"大团圆":名为"大团圆",写的却是毁灭和悲剧,构成了对"团圆"模式的鲜明反讽。

《药》则精心编织了明线暗线平行交错的双线结构,两条线索在同一个象征性物件——"人血馒头"上相碰撞,"人血馒头"作为隐喻贯穿小说始终。正是这种双线/象征结构,使小说获得了揭示农民与革命者、被启蒙者与启蒙者双重悲剧的深刻性。鲁迅在诸多小说中还尝试了一种对位复调的结构模式,故事进程在幻觉与现实、真实与虚构上相互交织,形成多头绪、多层面、多声部的格局,如《幸福的家庭》《白光》《弟兄》等。《幸福的家庭》里的文学家"他"在文本里建构虚拟的幸福家庭,现实中他的妻子与卖劈柴小贩讨价还价,现实与虚构相互交织、对应,构筑起多声部的时空关系和生存图景。《白光》则是真实与幻觉前后对应的结构形态。前面是暗淡的失败的现实功名,后面是耀眼的虚无的黄金,后面的幻觉对前面的现实既构成一种想象的替代性补偿,又以同样的"破灭"结局相呼应。《弟兄》则综合上述二者,既有现实与梦幻的对比,又有现实与梦幻的对应。小说有三层对应关系,构成三种对话:一是现实中两家"弟兄"的对比,秦益堂的两个儿子为了钱"从堂屋一直打到门口",而张沛君两兄弟则是不计较,彼此和睦。二是张沛君与弟弟的关系在现实与梦境中的对比,现实中是"兄弟怡怡",是同事所称道的"像你们的弟兄,那里有呢";但在张沛君的梦境中,他让自己的三个孩子全上学了,却将闹着也要上学的弟弟的孩子荷生打得满脸是血,梦境对现实构成了反讽。三是现实中秦益堂的两个儿子与梦境中张沛君两兄弟的呼应,与上述第一层关系——现实中两家兄弟的"对比"不同,现实中秦家兄弟为钱打架、闹分家的紧张关系,是梦境中、潜意识中的张氏兄弟的紧张关系的外化和隐喻。这三种错综复杂的对比、对峙、对应,使小说文本"众声喧哗"。

鲁迅小说的实验性、探索性，还体现在语言上。《故事新编》有着特别突出的语言实验性，具体表现为语言的游戏与狂欢，斩断能指与所指的同一性，形成能指偏离所指的语言迷宫。其中，各种语体杂糅，迥然不同的语言之间展开竞争，造成所谓"多音齐鸣"。比如：古汉语；现代日常用语（《奔月》中的"太太""炸酱面""点心""对不起得很""艺术家"，《理水》中的"幼稚园""学者""遗传""面包""考据""交通不方便""法律解决""水利局""时装表演"，《采薇》中的"太极拳""养老堂"，《出关》中的"图书馆""讲义""恋爱故事"，《起死》中的"警笛""警棍"等）；外语（《理水》中"维他命""莎士比亚""OK""good""morning"）；清朝皇宫用语（《奔月》中"喳"）；现代文学术语（《采薇》中"文学概论""为艺术而艺术"）……语言对语境的偏离构成滑稽模仿，开放的语言构成开放的文本，实验性、先锋性极强。

鲁迅小说的语言还具有特别突出的模糊特征，细读鲁迅小说文本，可以发现，鲁迅对"似乎""好像""大约"等语气副词的运用几乎达到"泛滥"的地步，揭示人物心理用此类副词："他意思之间，似乎觉得人生天地间，大约本来有时也未免要杀头的"（《阿Q正传》）；描写人物的感觉也是这样："身上有几处很似乎有些痛，似乎也挨了几拳几脚似的"（《阿Q正传》），"他大吃一惊，直跳起来，分明就在耳朵边的话，……仿佛又听得嗡的敲了一声磬"（《白光》）。叙述者对他人的心理与感觉把握不定，对自己的感觉亦不明晰："我似乎打了一个寒噤，我就知道，我们之间已经隔了一层可悲的厚障壁了"（《故乡》）。对人物的行为描述，甚至姓名等也给出不确切的信息：吴妈"且跑且嚷，似乎后来带哭了"；"有一回，他似乎是姓赵……他大约未必姓赵"（《阿Q正传》）。由于"似乎""大约"等副词的高频率使用，鲁迅小说给予读者的信息处于真与假、确定与不确定的模糊区域，显示出某种"亦此亦彼""非此非彼"性。同时，鲁迅小说语言又具有鲜明的悖反特征，前后矛盾，互相拆解，由前一部分语言所建构起来的意义被后面的表述所颠覆。如《孔乙己》的结尾"大约孔乙己的确已经死了"，"大约……死了"是生死不确定，"的确……死了"又分明地表明是"死了"，前后的表述相互矛盾。类似的还有"拍的一声，似乎确凿打在自己头上了"（《阿Q正传》）等。有的则是将充满矛盾的词语组合在一起，形成不合常理的修饰语，如"阿Q不幸而赢了一回，他倒几乎失败了"，以"不幸"来修饰"赢"（"赢"一般说来是"幸"事），又接一个"赢"的反义词"失败"（"赢"本来应接"胜利"），语义相悖的词语奇妙地杂糅在一起。又如"他们没有杀人的罪名，又偿了心愿，自然都欢天喜地的发出一种呜呜咽咽的笑声"，以形容哭声的"呜呜咽咽"来修饰"笑声"，并辅以"欢天喜地"，又是一个反常搭配。还有《故乡》里写老年闰土见到"我"后"他站住了，脸上现出欢喜和凄凉的神情"，《长明灯》里写"沉默像一声清磬，摇

36

曳着尾声,周围的活物都在其中凝结了",作者是将"欢喜"与"凄凉"两种相反的心情并置,将"沉默"与其相对的声音——"清磬"合用,加大了表意空间,收到了意想不到的修辞效果。所有这些矛盾语义的并置,都令读者往往无法直接地领会其中深意,须得反复细读,才能领略一二。

鲁迅小说语言还具有"空白性"特征,字面上提供给读者的信息甚少,甚至是"零信息"。突出表现在,鲁迅小说里的许多人物都无名甚至无姓。有的以形体特征命名,如"花白胡子的人""驼背五少爷"(《药》),"红鼻子老拱"(《明天》),王胡(《阿Q正传》),"方头""三角脸""阔亭""生癞头疮的""赤膊的"(《长明灯》),"胖孩子""秃头""长子""横阔的胖大汉"(《示众》),"鲇鱼须的老东西"(《伤逝》),"头有疙瘩的"(《理水》),"黑的人"(《铸剑》);有的以穿着、姿态命名,如"白背心"(《示众》),"搽雪花膏的小东西"(《伤逝》),"顶着长方板的""长方板的"(《补天》),"一个拿拄杖的学者""一个不拿拄杖的学者""别一个不拿拄杖的学者"(补天);有的以身份、性别命名,如"小尼姑""老尼姑""地保"、吴妈(《阿Q正传》),"小学生""工人似的粗人""巡警""抱着小孩的老妈子"(《示众》),"巡士""大汉"(《起死》),"柳妈"(《祝福》),"车夫""老女人"(《一件小事》),"王""妃子"(《铸剑》);有的以数字、年龄(也兼性别、称呼)命名,如"康大叔""二十多岁的人"(《药》),"蓝皮阿五""单四嫂子"(《明天》),"杨二嫂"(《故乡》),"邹七嫂"(《阿Q正传》),"鲁四老爷"(《祝福》),"老娃""四爷"(《长明灯》),"黄三""高老夫子"(《高老夫子》),"木三""七大人""八三"(《离婚》),"七斤""七斤嫂""九斤老太""六斤""八一嫂""赵七爷"(《故乡》),"大哥""陈老五"(《狂人日记》);有的以字母为名,如"阿Q""小D"(《阿Q正传》);有的就以人称代词为名,如"他"(《长明灯》),"他"(《幸福的家庭》),还经常笼统地说"有一个对别一个说""……中的一个"(《理水》等)。这些无名无姓的人物又并非小说里偶尔出场一两次的"龙套人物",有些贯穿全文,是重要的配角人物,如"康大叔"之于《药》,"赵七爷"之于《风波》,"七大爷"之于《离婚》,"鲁四老爷"之于《祝福》,"大哥"之于《狂人日记》,"黑的人""王"之于《铸剑》等;有的直接就是全文的主人公,如"阿Q""高老夫子""七斤",《长明灯》和《幸福的家庭》里的"他"。同样,这样的人物名也须"深究",才能从极其有限的信息里捕捉到鲁迅的用意。可以说,这些无名无姓的人物显示的是"沉默的大多数",是有着种种劣根性的众生,正因为没有具体、确切的个体姓名,因而成为了一类人的象征、一种性格的象征、一种生活状态的象征。

第三节 《野草》与《朝花夕拾》

一部《野草》,书写着鲁迅的心灵轨迹,是鲁迅绝望与反抗绝望的生命体验与心灵浩歌,是鲁迅内向气质和孤独意识的集中体现,是鲁迅生命强力与人格意志的充分张扬,是简约凝练话语的诗性舞蹈,是象征主义、超现实主义的出色演练。通过《野草》,鲁迅厘清了自身与外部世界的关系,对散文诗这一文体作出了独特的贡献:《秋夜》《死火》《影的告别》《雪》《过客》《颓败线的颤动》《淡淡的雪痕中》《聪明人和傻子和奴才》《复仇》《失掉的好地狱》,等等,都是现代散文诗的经典之作。

《野草》的意义,首先在于它独特的文体建构。鲁迅依托诗歌的意象表达内在意蕴,而又不囿于诗歌的形式,摆脱诗歌的押韵、分行等束缚,行文更加自由洒脱。按李欧梵的说法,《野草》是"散文的一种特殊类别",是"个人杂感的诗意变体"。①鲁迅有许多"随时的小感想""难于直说",于是一变而为"措辞含糊"、借助意象表达的、"随便谈谈"的短文,"夸大点说,就是散文诗"。②他在对波德莱尔、屠格涅夫等人的散文诗的借鉴中,形成了自己的特色:简约的诗性话语、梦幻的形式、意识的流动、意象的编织、气氛的营造与渲染,共同成就了具有鲁迅特色的沉郁的散文诗体。可以说,鲁迅以《野草》参与了现代散文诗体的建构,成为现代散文诗的重要奠基者,并以其高质量的创作,使现代散文诗走向成熟。

其次便是独创的意象系统。鲁迅在《野草》里建构了两类意象序列,一类是以灰黑阴冷为主色(有时也在灰黑中渗进绚烂之色)的象征性物象和场景:暗夜、严冬、冰谷、灰土、地狱,"颓败线的颤动""空中的波涛……汹涌奔腾于无边的旷野""影的彷徨无着——在黑暗里沉默和消失于光明","美丽、慈悲、遍身有大光辉"的"魔鬼"(《失掉的好地狱》),坐起发问的"死尸"(《墓碣文》),虽然冻死仍保持了珊瑚一样美丽颜色的"死火"(《死火》)……这是鲁迅孤独、苦闷、绝望的生存体验的外化——写作《野草》的主要篇什之时,五四新文化运动进入退潮期,加之与周作人"兄弟失和",以及家道中落受尽冷眼的童年经验的积淀,有不得已接受"母亲的礼物"(原配朱安)的无奈与压抑之沉淀——如此种种外化为阴冷、颓败、荒芜的生存图景。但所有这些并没有将鲁迅导向彻底的绝望之境,而是激发了鲁迅坚韧的人格意志和对绝望的决绝反抗,这种意志和抗争外化为第二类意象:"野草"、直刺"奇怪而高的天空"的"枣树"、"青虫""死火"、拒绝逆向而行的"过客"、向"无物之阵"举起投枪的"这样的战士",宁愿被黑暗吞没也不愿

---

① 李欧梵.中国现代文学与现代性十讲[M].上海:复旦大学出版社,2002:173.
② 鲁迅.《野草》英文译本序[M]//二心集,1931.

苟活于明暗之间、终于"独自远行"的"影子",手握利刃、在广漠的旷野上裸身对立的男女(《复仇》)……鲁迅以象征主义的手法,借助梦境对无意识内容进行改装,由直觉、印象、梦幻、错觉等主观感受熔铸而成上述怪异而瑰丽的意象,将心灵世界与现实世界叠印成迷离的象征世界。

再次是独到的表述方式。《野草》里充满了悖论式的、充满张力的表述。《题辞》里就写道:"当我沉默着的时候,我觉得充实;我将开口,同时感到空虚。"这是言说与失语的节点。《复仇》名为"复仇",却既无相爱的拥抱,也无复仇的杀戮,"于是只剩下广漠的旷野,而他们俩在其间裸着全身,提着利刃,干枯地立着;以死人们的眼光,赏鉴着路人们的干枯",这是爱与仇的临界点。"倘若黄昏,黑暗自然会来沉默我,否则我要被白天消失,如果现是黎明"(《影的告别》),这是明与暗、生与死的二元对立的节点。"上下四方无不冰冷、青白。而一切青白冰上,却有红影无数……有火焰在"(《死火》),这是生与死的临界点。这种种撕扯着、拉伸着的两方,在《题辞》里综合地表述为:"我以这一丛野草,在明与暗,生与死,过去与未来之际,献于友与仇,人与兽,爱者与不爱者之前作证。"《野草》里特别突出的这种悖论式表述,正对应着上面所述的两类意象、两极生存体验。"对苦闷、矛盾、孤独等最好的表达是:借助极富张力、极具矛盾、极为感性化的语句、意象、色彩、声调、标点符号,调动独特的审美经验。"①

与《野草》作为"苦闷的象征"以及相对艰涩难懂的象征性文本不同,《朝花夕拾》显得明丽、清朗、朴素,它是珍藏在记忆深处的童年往事的浮现,是从童年乡土记忆中打捞出来的人事风景,是对自己青年时期经历的回顾、对旧我的反观,是一段精神溯源的心路历程。

《朝花夕拾》以儿童视角,以天真机趣的口吻,以朴素而明丽的文字,呈现出童年记忆中生机盎然的自然("百草园"中鸣蝉长吟,油蛉低唱,轻捷的叫天子直窜云霄),满含生趣的童真(听说吃了何首乌可以成仙,"我"于是"常常拔他起来,牵连不断地拔起来"),鲜活生动的人物(睡觉时"伸开两脚两手,在床中间摆成一个'大'字"的长妈妈,读书时"将头仰起,摇着,从后面拗过去,拗过去"的私塾先生寿镜吾),野性自然的生命形态(长妈妈的率真、"伟大的神力","无常"的"鬼而人,理而情,可怖而可爱")。

对比的手法贯穿于《朝花夕拾》,同样出自儿童视角,在百草园的生机、生趣之外,

① 王兆胜.中国现代"诗的散文"发展及其嬗变[J].中国文学研究,2000(4).

是三味书屋的单调、枯燥;憨厚率真的长妈妈(《阿长与山海经》)之外,有工于心计的衍太太(《琐记》);自然本真的民间生存形态之外,有被传统礼教异化的、悖于人性的"二十四孝图"(《二十四孝图》);在"迎神赛会"的"儿童盛事"之前,有父亲强要读书,"背不出就不准去看会"的命令(《五猖会》)。这样的对比持续到对于青年经历的回忆:上野的烂漫樱花树下,是清国留学生别扭的辫子;慈爱尽责的藤野先生以外,有无礼讥讽鲁迅的日本学生干事(《藤野先生》);一面是耿直勤勉的范爱农,一面是投机狠毒的王金发(《范爱农》)……

平静朴素的叙事中渗透真挚的情感,娓娓的"琐忆"里刻画出鲜活的人物形象,简洁的白描富含深长的韵味,鲜明的对比收到强烈的艺术效果,个人的回忆里蕴含丰富的社会和文化内涵,对往事的追怀中捎带对时弊的抨击,由此形成《朝花夕拾》作为白话美文独特的艺术魅力。

第四节　杂文:自由表达与"类型形象"

杂文写作贯穿鲁迅的创作生涯,鲁迅最初发表杂文,与他发表第一篇白话小说《狂人日记》几乎同步——后者1918年5月发于《新青年》上,同年9月,鲁迅在《新青年》上开始发表杂感,从此杂文就成为他创作的重要文体,不间断地持续创作直至其逝世。杂文是鲁迅创作持续时间最长、数量最丰的部分(一生共写作杂文16本,约135万字),其艺术特色突出地表现在如下几方面:

一是内容的博杂、深广。鲁迅杂文触及社会历史人生的各个方面、各个层次,堪称"百科全书":参与历史(《灯下漫笔》《关于中国的两三件事》),干预现实(《"友邦惊诧"论》《记念刘和珍君》),批判文化(《我之节烈观》《男人的进化》),评说文学(《小品文的生机》《上海文艺之一瞥》),议科学(《科学史教篇》),论教育(《我们怎样教育儿童的?》),说批评(《反对含泪的批评家》),谈翻译(《"硬译"与"文学的阶级性"》),描风俗(《南人与北人》),摹世相(《吃白相饭》),等等,这些同时又是深刻的文明批评与社会批评。《坟》《热风》《二心集》《南腔北调集》等集子里的诸多杂文,呼应小说《狂人日记》《药》《风波》《阿Q正传》等,对旧文明予以深刻批判,对国民性予以深切剖析。《我之节烈观》一组诘问、几段设问,直指父权、男权、旧礼教的吃人本质;《春末闲谈》一个比喻、一个类比,揭穿奴役与被奴役的真相:"细腰蜂"用神奇的毒针往青虫神经球上一螫,后者"便麻痹为不死不活状态","青虫因为不死不活,所以不动,但也因为不活不死,所以不烂",从而"新鲜",所谓"文明"也是如此:"要被治就须不活,要供养治人者又须不死";这样的"文明"在《灯下漫笔》里更被直接地、高度凝练地概括为"想做奴隶而不得的时代"和"暂时做稳了奴隶的时代";《热风·三十八》《习惯与改革》《偶感》《偶成》《以脚报国》《揩油》等篇什,则细致地剖析了保守、麻木、自大、自欺欺人等国民性弱点,一如鲁迅自己所说:"'中国的大众的灵魂',现在是反映在我的杂文里了。"①而《碰壁之后》《"公理"的把戏》《记念刘和珍君》《为了忘却的记念》《"友邦惊诧"论》《中国人的生命圈》等杂文,锋芒直指北洋军阀、国民党统治的现实,直指帝国主义侵略的现实,显示了杂文作为"感应的神经,攻守的手足"对现实及时而尖锐的批判力量与社会价值。

二是富于创造性的自由表达。杂文是鲁迅文体的彻底解放,杂文之没有定法、表达自由,与鲁迅反对一切奴役压制、追求个性自由的心理相契合。鲁迅有言:"有人劝我不要做这样的短评,那好意,我是感激的……然而要做这样的东西的时候,恐怕也还要做这样的东西,我以为如果艺术之宫里有这么麻烦的禁令,倒不如不进去;还是站在沙漠上,看看飞沙走石,乐则大笑,悲则大叫,愤则大骂。"②鲁迅的杂文正是如此"嬉笑怒骂,皆成文章"。就篇幅而言,杂文长短不一,极是自由,长则上万字(如《摩罗诗力说》),短则六七行一两百字(如《答中学生杂志社问》),连题目也是如此,少到一个字(如《推》),长到几十字(如《由中国女人的脚,推定中国人之非中庸,又由此推定孔夫子有胃病——"学匪"派考古学之一》)。就体式而言,无拘无束,极是灵活,可书信(如《答北斗杂志社问》),可作序(如《柔石作〈二月〉小引》),可短论(如《文艺和革命》),可随感(如《忽然想到》),可学术(如《魏晋风度及文章与药及酒之关系》),可时评(如《言论自由的界限》),可对话体(如《牺牲谟》),可散文体(如《记念刘和珍君》)……就手法而言,极其丰富,又极富创造性,叙事、议论、抒情、说明自由切换、互相渗透,隐喻、戏拟、反讽、夸张任意调用,典故、传说、轶事、新闻随意驱遣。此外,词语在仿拟的生造中收到形象化、"陌生化"效果:《春末闲谈》中,与"阔人"相对应造出"窄人"一词,《这个与那个》中又造出"狭人",《我的态度气量和年纪》中仿"老头子"造"小头子",《"革命军马前卒"和"落伍者"》中仿"先烈"造"后烈";句子在反常规的搭配中显示新意、深意:"有理的压迫""跪着的造反""屠戮妇婴的伟绩""惩创学生的武功""红肿之处,艳若桃花;溃烂之时,美如乳酪。国粹所在,妙不可言";段落在前后的拆解中构成鲜明的反讽:《现代史》几乎全篇讲"变戏法","变戏法"滑稽的骗人把戏拆解了"现代史"的"严肃",既是反讽又是隐喻。

三是独特的杂文形象建构。鲁迅的杂文是诗化的、形象化的政论,常常借用比喻、

---

① 鲁迅.准风月谈后记[M]//鲁迅全集(第5卷).北京:人民文学出版社,2005:423.
② 鲁迅.华盖集·题记[M]//鲁迅全集(第3卷).北京:人民文学出版社,2005:4.

摹形、类比等形象化手段,建构富于独创性的杂文形象。一类是从具体的、个别的人与事中概括出某一类的"类型形象",按鲁迅自己的说法是"砭锢弊常取类型"①,如折中公允调和平正之状可掬的叭儿狗(《论"费厄泼赖"应该缓行》),吸人血又哼哼发一通议论的蚊子(《夏三虫》),"走在一群胡羊的面前,脖子上还挂着一个铃铎,作为智识阶级的徽章"的"带头羊"(《一点比喻》),"遇见比他更凶的凶兽时便现羊样,遇见比他更弱的羊时便现凶兽样"的"山羊"(《忽然想到·七》),"用自己的手拔着头发,想要离开地球"的"第三种人"(《论"第三种人"》),都是种种社会相的生动概括。另一类是整体寓意上的意象,如"给阔人享用的人肉的筵宴","安排这人肉的筵宴的厨房"(《灯下漫笔》),"黑色染缸"(《偶感》),"大宅子"(《拿来主义》),都对社会与文化的本质作了鞭辟入里的形象化把握。"立象尽意",鲁迅杂文所建构的这些形象,蕴含了深广的文化寓意,获得了如他小说形象(阿Q、孔乙己、祥林嫂、闰土等)一般的长久的艺术生命力。

【思考题】

1. 简述鲁迅思想发展的轨迹和"鲁迅的方向"的意义。

2. 解释《呐喊》《彷徨》的题意和《故事新编》的创作主旨。

3. 以具体的作品为例,简析《野草》在散文诗写作上的艺术特色。

4. 略评《朝花夕拾》的艺术风格。

5. 为什么说中国现代小说从鲁迅这里开始,又在他手中成熟?

6. 试述阿Q精神胜利法的表征及其包含的社会意义。鲁迅如何通过阿Q形象的塑造暴露国民性弱点?

7. 鲁迅杂文独特的审美价值体现在哪些方面?

---

① 鲁迅.伪自由书·前记[M]//鲁迅全集(第5卷).北京:人民文学出版社,2005:4.

第三章　五四探索期小说

第一节　现代小说观念确立与艺术多样性探索

中国现代小说出现之前经历了一个转型与过渡阶段,即晚清小说与民初小说。相对于古代小说的漫长发展而言,这个时期的小说发生了一些明显的变化。比如,更加强调小说的社会功能,梁启超认为"欲新一国之民,不可不先新一国之小说";更为突出小说的文体价值,"小说为文学之最上乘"。① 由此带来小说内容上与文体形式上的一系列变化,出现了"政治小说""科幻小说"等崭新的小说类型,小说在叙事、结构上也出现了一些新的探索与变化。与此同时,也翻译或改译了大量的西方小说,出现了名动一时的"林译小说"(林纾翻译的小说)。但所有这些还不足以使这一时期的小说与中国古代小说产生本质的区别,从总体上仍然应该属于古代文学范畴,是一个古代文学向现代文学的过渡阶段。

新文化运动之后,文学创作尤其是小说创作出现了深刻的根本的变化,无论是就个人的创作来看还是就整个文坛的状况来看都是如此。鲁迅的《狂人日记》与《怀旧》之间,叶圣陶的《潘先生在难中》与《穷愁》之间,前后不只是语言文体上的差异,更重要的是思想意识上的变化。就创作群体而言,一些外部特征已经昭示着其间脉理的变化,五四小说与晚清小说之间出现了深刻的"裂变","'五四'运动之后在中国所创立的文学是全新的一代作家的成就,这一代新作家在1917年之后一下子就进入了文学领域,他们之中没有一个人属于过去的一代"。②

五四新文学的产生除了《新青年》在思想意识上的摧枯拉朽,在小说领域首先由鲁迅的《狂人日记》确立了第一块基石。五四小说与此前小说深刻区别不只是《狂人日记》中狂人对中国历史中的"吃人"的发现,由此展示的决绝的反传统姿态;而在于它以一种新的眼光来看待人,来理解人。简单地说,这种新的眼光源于一种新的有关"人"的意识,但这种意识不是以纯粹的思想方式获得的,而是源于人们对近代以来,尤其是对民国以来现实演进的感受和理解的不断深化。人们从理论上把它简洁地概括为"人的文学",但从根本上说它源于人们对自身存在境况更深的感受与理解。从具体的创作

---

① 梁启超.论小说与群治之关系[J].新小说,1902(1).
② [捷克]普实克.普实克中国现代文学论集[M].长沙:湖南文艺出版社,1987:51.

来看,这种理解与感受体现为一个不断深化的过程,一开始除了鲁迅的创作之外,谢冰心、汪敬熙、杨振声、叶绍钧、罗家伦等大多数的创作还显得相对稚嫩。但我们又不难看到这些创作中所体现的一种鲜明的动向,就是试图以小说创作来理解社会,理解人生的倾向。五四小说在开端的时候为何带有强烈的问题色彩,这既不是偶然的,也不是外在附加的,而是其内在固有属性的体现;只是当这些问题思考得还不很透,故事讲得还不很熟练的时候,让人多少有些生疏之感。即便如此,我们也能从他们的创作中感受到一种新鲜的生气,诚如鲁迅先生所言:"《新潮》里的《雪夜》,《这也是一个人》,《是爱情还是痛苦》(起首有点小毛病),都是好的。上海的小说家梦里也没有想到过。"①

现代初期的小说虽然稚嫩,但它代表着一种新的方向,预示着强大的潜在可能。1921年开始到1925年前后,短短的几年时间,现代小说的发展便蔚为壮观了。在包含着丰富多彩的作家个性的基础上,基本形成了三个主要的小说派别。以文学研究会为代表的人生派,以创造社为代表的浪漫抒情派,以鲁迅创作为范本的乡土小说派。文学研究会的人生派实际上与早期的问题小说一脉相承,可以看作是问题小说的进一步延续。强调文学对现实人生的关注,不但要反映现实人生,还要指导现实人生。"文艺是人生的反映,是时代精神的缩影,一时代的文艺完全是该时代人生的写真。"②要求文学反映现实人生似乎显得有些宽泛,实际上它是要求对人的现实关系有进一步的理解。小说创作不再是任意编撰的以供娱乐和消遣的故事,而是以一种艺术的方式对现实的感受和理解。与之相联系,人生派之所以对于小说提出写实的要求也有其内在的逻辑,这种写实的要求是服务和统一于为人生目的之中的。它不是任意宽泛的写实,比如说,不是黑幕小说中的那种写实,正如周作人所指出:"倘若只要写出社会的黑暗实事,无论技巧思想如何,都是新文学的好小说,那么中国小说好的更多,譬如《大清律例》上的例案与《刑案汇览》……岂非天下第一写实小说么?"③写实的要求不是用于满足恶劣的趣味,而是要对现实关系做真切的深入。这也就不难理解,人生派小说在写实的同时,又表现出强烈的理想色彩。这种理想色彩一方面由于五四新文化运动的时代氛围所激发,另一方面也在于人生派的写实本身就是基于一种对于现实的意义发掘。所以,写实并不存在标准的答案,也没有客观的统一性。写实是一种发掘,是一种深入。冰心、王统照、叶圣陶、许地山、庐隐等人生派诸作家在写实的追求中显示着各自鲜明的个性,也

---

① 鲁迅.致《新潮》编辑的信[J].1919,1(5).
② 茅盾.社会背景与创作[J].小说月报,1921,12(7).
③ 仲密(周作人).再论"黑幕"[J].新青年.1912,6(2).

在写实的深入中强化了自己的个性。

与人生派形成对峙并构成竞争关系的是创造社为主的浪漫抒情小说,与文学研究会强调社会人生不同,创造社突出自我;与文学研究会要求写实不同,创造社呼唤创造与表现。这种不同的文学追求和艺术主张,不能说完全没有出于不同文学社团所形成竞争关系的要求,但最主要的还是对于时代精神动向不同的感应与回答:人生派侧重于现实人生的把握,浪漫抒情派则侧重于创作主体的感受与表达。综而观之,浪漫抒情派形成了自身的值得注意的一些特征。首先,浪漫抒情派往往以作家自我人生经历为线索作为小说情节的展开,其开创者郁达夫、郭沫若如此,即如后来深受郁达夫影响的倪贻德、王以仁也都如此。其次,他们在创作中往往感叹自己的命运,抚摸自己的伤口,形成一种自伤自悼的色彩。这一方面形成作品的情绪推动力,另一方面也造成人物自我体验的深化,表面的哀伤中寄寓着自我的强烈要求。再次,浪漫抒情派还比较注重对现代派艺术的吸收。如郭沫若《残春》对人物潜意识的探索,《Löbenich 的塔》对人物性心理的象征;郁达夫《青烟》对表现主义手法的借用等。

乡土小说派的形成既得益于鲁迅小说的示范性,也有来自对早期问题小说的一些弊端的矫正。作家主要来自上海、北京两地的文学研究会和语丝社、莽原社。与人生派和浪漫抒情派相比,乡土小说派显得更为松散,他们没有统一的文学追求,也没有发表过相关的理论主张。王鲁彦、台静农、许杰、许钦文、彭家煌等人的创作表明:这一时期的乡土小说创作达到了相当高的成就,并显示出作为一个流派的艺术特征。主要表现在以下几个方面:其一,启蒙的艺术视角。现代视野下的乡土社会显示出其落后、蒙昧的一面,作品中往往会出现一个阿Q、闰土式的人物,如《赌徒吉顺》中的吉顺,《水葬》中的骆毛等。其二,强烈的主观色调。这些作家往往来自乡土,在精神与生命深处与乡土社会有着割不断的联系,对于故乡的回忆与怀念使作品带有强烈的感情色彩,这也往往使他们陷入感情与理智的矛盾之中,如许钦文的《父亲的花园》,鲁彦的《童年的悲哀》等。其三,浓郁的地方色彩。来自不同地域的乡土作家展示了色彩斑斓的乡土风俗画卷,既有自然风物的差别,更多的是民俗文化的差异,如鲁彦的《菊英的出嫁》,台静农的《拜堂》,民俗仪式成为小说描写的核心内容。可以说,这一时期乡土小说创作促进了写实艺术的深化,把现代小说中现实主义创作提高到一个新的水准。

艺术的探索与理论的思考往往是并行不悖,并彼此深化的。现代小说在创作不断发展的同时,人们也及时进行了理论上的探讨和总结,比如胡适在《论短篇小说》中就提出现代小说已经不像古代小说那样追求有头有尾的故事,而常常采用"最经济的手法",一种"横截面"①的方法来加以表现。而郁达夫的《小说论》,瞿世英的《小说研究》以及茅盾的《小说研究 ABC》等则更从人物、情节、环境、细节等方面对现代小说进行了较为深入的论述。对现代小说的发展作出了及时的总结,也极大促进了现代小说的发展。

从五四探索期小说的发展中我们已经可以看到小说家不再把文学、把小说创作当作一种娱乐,而是当作人生一项很"切要的工作",具有更为严肃的艺术态度。现代小说与传统小说相比迅速成长起来,取得了令人不能忽视的成就。从小说艺术的角度来说,以下几个方面尤其值得注意:第一,摆脱了传统小说对故事情节的过度依赖,更加注重对人物性格的刻画,把人物的刻画与环境的描写相结合,显示出较强的写实能力。第二,注重对人物内心世界的发掘。无论是浪漫抒情派的小说,在自我表现中注重人物内心情感、内心世界的表达,还是人生派和乡土派这些偏向于写实的作家作品,同样注重人物内心的细腻描画,如鲁彦的《黄金》把乡土社会民俗文化的挖掘与人物内心变化的描写非常有机地结合在一起。第三,清醒的现实意识与悲剧意识。无论是从社会人生角度的介入,还是从创作主体角度的切入,现代小说都强调对了现实社会的介入,强调真切地表达现实人生。悲剧是"将人生有价值的东西毁灭给人看",根本上说是人物与现实关系的冲突,过去人们不敢或不愿意正视这种冲突,现代悲剧意识的觉醒要求人们从"瞒与骗""团圆病"的旧习中走出来直面人生的真相。在鲁迅小说的启示下,人们不但看到妇女、儿童的悲剧,也发掘出日常生活中不易发现的几乎无视的普通人的悲剧。第四,初步形成一些影响深远的小说类型。比较明显地形成了写实类与抒情类这样两种基本类型。从创作方法上说这些艺术类型广泛吸收了西方,同时也包括传统艺术方式的一些影响,但又成为现代小说比较独立的艺术样式,并对此后的创作产生深远的影响。第五,从叙事和表现手法上看,摆脱了传统的全知式叙事和梗概性的故事化叙事,更多地灵活采用多种叙事人称,尤其是第一人称在此一时期广泛运用。具体的叙事中更强调用"描写"取代"叙述",追求艺术效果的逼真性以及艺术氛围的感染性。

第二节 "人生派"与叶圣陶的小说创作

新文化运动引发了广泛的思想解放,当人们带着新的思想与价值观念来研究社会、思考人生的时候便产生了种种疑问,这些思考和疑问渗透于创作的时候便产生了当时文坛上颇有影响的文学现象,即"问题小说"。这些问题小说所触及的有一般性的社

---

① 胡适.论短篇小说[M]//二十世纪中国小说理论资料(第二卷).北京:北京大学出版社,1997.

会、文化问题,也有关于人生意义的问题,更多的是当时青年人所面对的婚姻、恋爱及出路等问题。叶圣陶、冰心、庐隐、王统照、许地山等都是问题小说的代表性作家。

冰心(1900—1999),原名谢婉莹,福建长乐人。1919 年在《晨报》上发表第一篇小说《两个家庭》开始使用"冰心"这一笔名。《两个家庭》写到传统与现代两个不同家庭在教育方式上的差异,以及由此引发的不同教育结果,从而引起人们对于教育问题的思考。可以说,冰心一开始就是以问题小说而踏入文坛的,她曾总结道:"我酝酿了些时,写了一篇小说《两个家庭》,……我一口气又做了下去,那时几乎每星期有出品,而且多半是问题小说,如《斯人独憔悴》,《去国》,《庄鸿的姊姊》之类。"①新的时代意识与传统家庭的矛盾是当时青年经常面对的课题。《斯人独憔悴》是直接反映了五四运动在青年人中反响的作品。小说中颖铭、颖实两兄弟在南京读书,为五四的爱国思潮所鼓舞,参加了学生运动,但身居军国要职的父亲与校长勾结将他们拘管起来,禁锢于深宅大院之中。他们虽感到痛苦,但也流露出无可奈何的心情。这也显示出时代的转变并不是以简单的直线方式进行,而是有起有伏,有回旋有曲折,是聚合着各种社会力量的复杂过程。《去国》中朱英士怀抱科学救国之志,但面对污浊、腐败的军阀社会,却报国无门,只得又含恨去国。小说延续了作家前期的救国主题,但感情更为深刻、沉痛。

针对人生的各种问题和矛盾,作家们也在寻找解决的途径。冰心所给出的答案便是"爱的哲学",她说:"真理就是一个字'爱'。"②小说《超人》便是"爱的哲学"的充分体现。主人公何彬因人生坎坷,屡遭挫折,遂变成一个冷心肠的人。他热衷尼采的哲学,认为"爱和怜悯都是恶",由此而拒绝他人,成了孤独的"超人"。一个偶然的事件唤醒了何彬内心的良知。楼下厨房的仆役禄儿摔坏了腿,呻吟声让何彬甚感厌烦,他给了些钱让房东替禄儿请大夫治疗。禄儿伤好后送给何彬一些鲜花,并附了一封感谢的信。这些唤起了何彬童年的记忆以及对母爱的眷念,从此不再冷漠。作品体现出爱的哲学最终战胜了尼采的超人哲学。

试图以"爱"来解决人生问题的还有王统照。王统照(1897—1957),字剑三,山东诸城人,出身封建地主家庭,曾就读中国大学英文系。王统照在走向现实主义之前,深受象征主义的浸染,他曾翻译过自己喜爱的诗人叶芝的小说集《微光》,因此,他早期的作品在感悟现实的问题与矛盾之时也往往带有诗意化的象征色彩。《春雨之夜》写"我"对过去的一次旅行的回忆,基本没有情节,只是上学路上的两姐妹等人物画面点染其间,充满着温馨意境,让人有淡淡的哀愁之感。《沉思》中女优琼逸襟怀磊落,追求

---

① 冰心.《冰心全集》自序[M]//储菊人编.冰心文选.上海:正气书局,1947:10.
② 谢婉莹.自由—真理—服务[J].燕京大学季刊,1921,2(1-2 合刊).

美的艺术,她愿意给画家当裸体模特儿,让他画出"有艺术价值而可表现人生真美的绘画",但是这种追求不为世俗所允许。粗鄙的官吏以有伤风化为由出面干涉,实际上是为满足自己的私欲;更令人失望的是,琼逸的男友与画家所起的冲突最后导致大家不欢而散。这不能不让琼逸感到惶惑,美的理想与丑陋的现实之间,艺术与生活之间的矛盾不能不让她陷入"沉思"。最能代表王统照这一时期创作特点的则是小说《微笑》。作品写一个叫阿根的盗贼,因在监狱中为一个女囚的微笑所感动,于是对人生有了新的理解和追求,出狱后成了一个有一定文化的职业工人,获得了新生。阿根本来是一个有些冥顽不灵的小偷,"常常对人们起一种恶毒与反抗的心",受一次微笑的感化便产生这么根本性的变化在情节上似乎略显生硬,但这其中包含着作者的"爱与美"的内在逻辑。女囚原来也是一个充满戾气、桀骜不驯的人,因为受基督教的医师的感化,所以她的微笑似乎也就带有了特别的魔力。王统照早期创作中的写意性与象征性主要体现在他对于"爱与美"的理解与追求上。

1922年,王统照创作了中篇小说《一叶》,作品以天根的人生经历为线索,写他如何由旧家庭走向社会,并经受了辛亥革命这样的时代风雨的吹打。作品具有更为广阔的社会时代视野,但总体格调上显得相对低沉,甚至有些悲观。这种变化表明,作者从早期"爱与美"的理想向着更为切实的现实人生展开了探索。其后创作了《号声》《霜痕》两部小说集,笔端更多地指向对于不合理的现实的暴露和控诉。20世纪30年代,王统照创作了长篇小说《山雨》,这标志着王统照的现实主义创作进一步走向成熟。这是现代文学史上第一部比较成功地表现中国北方农村生活的小说,正像作者所说:"《山雨》,意在写出北方农村崩溃的几种原因与现象,及农民的自觉。"①作品以奚二叔、奚大有父子二人为核心,以他们命运的浮沉来昭示时代风雨的变幻。奚二叔是老一代的农民,他安分守己,节俭持家,但时代的风浪把他抛出了生活的轨道;他想守住祖业,自食其力,但最终还是不得不面对破产的命运。奚大有早年也还想走老一辈人的路,是一个略为倔强,但本质上"最安分、最本等、只知赤背流汗干庄稼活"的农民。但现实已经把他逼出了土地,不得已来到城市谋生,接触到产业工人,他的思想起了很大变化。从人物内心世界的转变,不难感受到当时中国大地上"山雨欲来风满楼"的气氛。

庐隐也是以问题小说展开自己的创作生涯的。庐隐(1898—1934),原名黄英,福建闽侯人。呱呱坠地之时恰逢外祖母去世,一开始就被家中视为灾星。早年生活的不顺遂养成了庐隐倔强、敏感的性格。1919年进入北京女子高等师范专科学校,1921年加

---

① 王统照.《山雨》跋[M]//山雨.上海:开明书店,1933:369.

入文学研究会。受当时文坛风气的影响,庐隐最初的创作也是以关注社会问题为主,如《两个小学生》《一封信》等,大多停留于社会现象的表层,因为这些基本是"多半由于间接听来,或是空想出来的"①,而当庐隐把问题小说的探究精神与自身的人生体会结合在一起的时候,她的创作便出现了一个新的境界。《或人的悲哀》以亚侠写给友人的十封信记叙自己的人生经历,倾吐自己的人生感怀。她浪迹各地,苦苦寻找,然而,所见所闻,莫不是人间的虚伪与倾轧。自己所追求的感情也没有着落,只能哀叹"要探求人生的究竟,花费了不少心血,也求不到答案"!在失意的颓丧中最后受不住疾病的折磨而自杀。《海滨故人》是庐隐早期的代表性作品。作品以露沙为核心写几个新女性对于人生道路的不同寻找。其中露沙带有作者自身的影子,也更多地寄托了作者的情感与思想。她想要知道人生的究竟,但生活给予的回答只有苦闷与彷徨。作品多少流露出一些悲观厌世的色彩。当庐隐的这些小说更多地熔铸了作者自己的人生感怀的时候,尽管仍然带有问题小说的基本内核,但那种鲜明的主观色彩,情感化倾向使其与创造社的创作风格又颇为接近了。

问题小说中,许地山的创作以南洋色彩和宗教意识独树一帜。许地山(1893—1941),名赞堃,字地山,笔名落华生,台湾台南人。1895年,甲午战败后,许地山父亲出于爱国之情,率全家渡海落籍福建龙溪。青年时代起,迫于生计,许地山辗转于福建漳州、缅甸仰光等地。1917年入燕京大学学习,新文化运动激起了他的创作热情,之后,加入文学研究会,并发表多篇小说。先后结集有《缀网劳蛛》《危巢坠简》等。1923年起,许地山先后到美国哥伦比亚大学,英国牛津大学研究宗教、文学。1926年回国后先后执教于燕京大学、北京大学、清华大学,1935年到香港大学任教。

许地山也是被新文化运动打开眼界的,面对着当时青年人共同的时代与社会课题,同样经历了严肃的思考而给出了自己的答案。只不过,作为一种艺术的回答,是与作者自身特殊的人生经历相结合的。许地山的处女作《命命鸟》是颇具南洋色彩的小说。作品写的是缅甸仰光一对青年男女的爱情故事。世家子弟嘉陵与演艺之家的敏明朝夕相处,两小无猜,彼此爱上对方,但遭到双方家庭的阻挠。嘉陵的父亲希望他去做和尚,为父母祈福;敏明的父亲则希望女儿继承自己的演艺职业,并以生肖不合请蛊师作法以图斩断两人的姻缘。对于父亲的安排,敏明并没有明确的反抗,在允诺父亲与嘉陵斩断情缘之后,敏明的心理发生了奇妙的变化。蒙眬中她游历了一个奇异的世界,感到自己和嘉陵就是幻觉世界中的"命命鸟",也迷糊中看到被"情尘"所染的男女之情充满着谎

---

① 庐隐.庐隐自传[M]//庐隐选集.福州:福建人民出版社,1985:591.

言与欺骗。有了这样的觉悟之后，敏明决定抛弃尘世，去往另一世界，嘉陵得知敏明的心意后决定与之同往。两人牵手步入湖中，"好像新婚的男女携手入洞房那般自在，毫无一点畏缩"。故事带有浓郁的南洋地方色彩，比如其中热带的自然风光、"瑞大光"的佛塔、嘉陵唱的小调、敏明的舞蹈，以及佛教及原始巫术在生活中的渗透等；但在这地方色彩背后，我们不难感到五四时期青年男女所面对的爱情婚姻问题。只不过"压迫—反抗"这一对矛盾在《命命鸟》中是以曲折的方式加以表现的。小说《缀网劳蛛》是一篇带有宗教意味的对于人生有别开生面的解悟的小说。面对流言的中伤，丈夫的误解与伤害，女主人公尚杰并不辩解，也没有怨恨，而是以宽容、善意来应对生活中的各种问题和矛盾。出于自私和嫉妒，丈夫长孙可望把尚杰赶出家门，尚杰在史夫人的帮助下一人生活于荒凉的小岛，但她并不感到悲苦。最后，丈夫在牧师的感化下认识到自己的错误，把尚杰接回家，尚杰也不觉得格外欣喜。尚杰身上既带有基督教的慈爱也带有佛教的慈悲，但并不是任何一种宗教教义的简单实践，而是融合了她自己对于生活的体会与理解。她并没有史夫人说的"命定论"那么悲观，她用织网的蜘蛛来表达对于自身命运的感悟，"我像蜘蛛，命运就是我的网。蜘蛛把　切有毒无毒的昆虫吃入肚里，回头把网组织起来。它第一次放出来的游丝，不晓得要被风吹多远；可是等到粘着别的东西的时候，它的网便结成了"。忍让中有着一份坚韧，随缘中有着一份豁达。

　　许地山后期的小说有了进一步的发展，作品由早期的传奇色彩向更为朴素的写实转化。《春桃》是其中的代表性作品。春桃在新婚之日遭了兵匪之灾，丈夫李茂被土匪绑架，逃脱后辗转参加了义勇军，战争中负伤丢了两条腿。春桃也在被冲散后流落到北京谋生，先是到洋人家帮佣，因不习惯遂以捡拾破烂为业，认识了"伙计"刘向高。之后，春桃在街上意外碰到失散多年的李茂并把他带回家之后，三人陷入了生计与伦理冲突的困境。李茂在兵荒马乱的日子里都没有丢失与春桃的龙凤帖（婚书），在得知春桃的情况后，感到难堪，最后为了成全春桃，他烧了婚书并上吊自杀；刘向高在知道春桃与李茂的遭遇后也主动出走。李茂与刘向高身上我们既看到夫权意识的沉重负担，也看到底层百姓的善良与忍让。对比之下，春桃身上似乎少了一些传统道德的负累。她认为她不是谁的媳妇，谁也别想用夫权来压制她。但她又是最讲义气，最富同情心的。她希望三人在一起像"开公司"一样来面对生活的挑战。从春桃身上我们看到那种超越狭隘道德拘牵的底层劳动人民人性的光辉。

　　叶圣陶（1894—1988）出生于苏州城内的平民家庭，名绍钧，字秉臣，后改字圣陶。中学毕业后，因家境贫寒，在家乡做了 10 年的小学教师。叶圣陶进入文学创作领域较早，1914 年开始发表《穷愁》等文言小说。受新文化运动影响，先后加入新潮社、文学研究会。积极从事新文学的创作，1921—1937 年间，先后发表《隔膜》《火灾》《线下》《城中》《未厌集》《四三集》6 个短篇小说集，长篇小说《倪焕之》，以及童话集《稻草人》《古代英雄的石像》等。

叶圣陶的小说以表现城市平民生活为主，其中以教育类题材小说表现最为突出。这是因为作者细密、写实的艺术才能与对教育领域的透彻了解结合得很好，这样，写实就能够落到实处，才能够曲尽人情物理。《潘先生在难中》是这方面的代表作。小说把对知识分子灰色心理的展示放在一个军阀混战的动荡背景之下。风闻军队要开过来了，潘先生携妻带子逃往上海。一路上，车站里闹哄哄，到处都是逃难的人群，差点都被挤散了，担惊受怕中夹杂着狼狈与侥幸。到上海找到了住的地方，总算松了一口气，但潘先生想到学校快要开学，自己这次逃到上海并没有请假，这就有饭碗不保之虞。尽管妻子不赞成，潘先生还是决然地赶了回去。回去之后就听说局长因为某些教师只顾逃难，不顾职务，正准备淘汰一些人，这让潘先生"心中一凛"，深感庆幸。听说战事趋紧，潘先生躲进红十字会里，并想办法弄到红十字的会旗挂在自家的门口。战事结束，军队开进小镇，人们让潘先生写欢迎的标语。潘先生一边写着"威震东南""德浓恩溥"之类的横幅，一边脑子里闪过"拉夫，开炮，焚烧房屋，奸淫妇人，菜色的男女，腐烂的死尸"等镜头。潘先生心理的起伏、行为的变化里既有其不得已的苦衷，也有小市民的精明、琐碎，但总体上显得卑琐、自私。

知识分子的灰色世界并非全无亮色，更多的时候作者是把人物放在理想与现实的矛盾中来加以处理的。《校长》《搭班子》两篇作品类似，都是写小学校长想整顿校务，力图有一番作为。前者几个拟改革的教师通过软磨硬泡让校长的计划无法实施，后者则通过各种社会关系让校长重新搭班子的想法难以实现。《抗争》中，因官方拖欠薪水，教员们拟以罢课来抗争。他们知道有人带头的重要性，也知道团结的重要性，但结果带头人还是成了牺牲品。叶圣陶的作品中，现实往往显得沉重，理想在现实面前显得举步维艰。

1928 年，叶圣陶的长篇小说《倪焕之》开始在《教育杂志》上连载，1929 年出版单行本。这是叶圣陶唯一的一部长篇小说，也是现代文学早期比较成熟的长篇小说之一。小说以主人公倪焕之短暂的一生为线索，写了他对于爱情理想、人生理想的追求，以及这种追求带给他的喜悦、失落以及困惑，由此而联结起较为深广的社会历史内涵。受到辛亥革命这样巨大的时代变革的影响，倪焕之决定投身教育界。虽然也有过困惑、彷徨，但与志同道合的人一起谈论教育，谈论通过教育而改造社会的理想总能唤起倪焕之巨大的热情；与此同时，他也遇到了一个符合爱情理想的新派女子金佩璋。但事情并非一帆风顺,倪焕之等人在镇上的教育改革遇到了障碍,一者小镇风气未开,学校的试验田在他们看来破坏了风水;再者封建劣绅蒋老虎从中作梗,用卑劣的手段挤兑学校。事业如此,家庭生活也一样。金佩璋在结婚生子之后也失去了原先的锐气和进取心,沉迷在家庭琐事之中。倪焕之感慨:"有了一个妻子,但失去了一个恋人,一个同志。"然而,五四运动又唤起了倪焕之新的激情,他希望到更广阔的天地接触社会,发展自己,于是来到上海一女校任教。这时社会进入更激烈的变动时期,与友人王乐山的接触,让倪焕之对社会变革充满幻想;而王乐山的遇害又让他陷入巨大的迷惘与悲观之中,成天靠喝酒麻醉自己,最后得了肠窒扶斯的急病而死去。《倪焕之》是作者融合自己的人生经历而试图对辛亥革命之后近 20 年剧烈的社会变革进行艺术的把握,倪焕之的生命史与此一时期社会发展史结合在一起,由此,这部长篇不仅描绘了倪焕之这一较为丰满的艺术形象,也较为完整地刻画出近代中国进步知识分子的心灵变迁史。因此,沈雁冰称之为"'扛鼎'的工作",并认为,"把一部小说安放在近十年的历史过程中的,不能不说这是第一部;而有意地要表示一个人——一个富有革命性的小资产阶级知识分子,怎样地受十年来的壮潮所激荡,怎样地从乡村到都市,从埋头教育到群众运动,从自由主义到集团主义,这《倪焕之》也不能不说是第一部。在这点上,《倪焕之》是值得赞美的"①。

第三节　郁达夫与浪漫抒情小说

新文化运动背景下,早期的文学创作实际上带有那个时代的共同特征,比如,比较突出的主观化色彩,总体相对单纯的结构等。但大致上来说,基本上形成了以文学研究会为代表的社会写实派作家群体和以创造社为代表的浪漫派作家群体。而在创造社诸作家中尤其富有代表性的则是郁达夫的小说创作。

如果说鲁迅以犀利的如椽巨笔从文化角度解剖了中国社会的肌体,成为现代文学奠基性的作家,那么,郁达夫则以率真的热情剖白了那个时代青年知识分子的内心世界,为人们留下了一个剧烈转型时代知识者精神演变的标本。

郁达夫,1896 年出生于富春江畔富阳城里的书香世家,原名文,小名萌生,达夫为其表字。在家乡的书塾和学堂接受早期教育后,于 1913 年东渡日本求学,直到 1922 年日本东京帝国大学经济学专业毕业。这前后约十年的时间既是郁达夫接受现代教育的时期,也是感受异国生活,萌发文学理想的时期。

1921 年,郁达夫的小说集《沉沦》以"创造社丛书"之三的名义,由上海泰东图书局

---

①　茅盾.读《倪焕之》[J].文学周报,1929,8(20).

出版,其中包括《沉沦》《银灰色的死》《南迁》三部中短篇小说,这也是新文化运动后出版的第一部小说集。作品主要以作者在日本留学时期的生活为蓝本,表现一个处于青春期的弱国子民在异国他乡欲爱而不得的屈辱人生经验。其中《沉沦》为郁达夫早期的代表作。作者在《沉沦·自序》里说,"第一篇《沉沦》是描写着一个病的青年的心理,也可以说是青年忧郁病 Hypochondria 的解剖,里边也带叙着现代人的苦闷"。① 作品主人公"他"是一位留学日本的青年学生,虽然才华横溢,但与家庭、社会的龃龉,尤其是在当时日本所遭受的民族歧视让他陷入苦闷、孤独的境地。在向往和追求爱而不得的情况下,他逐步沉沦到在矛盾与恐惧中追求欲望的暂时满足。作品描写了他如何由偷窥房东女儿洗澡,到山中偷听一对男女的幽会,以及最后如何到妓院买醉。强烈的道德自责让他对自己的沉沦深感羞愧和恐惧,选择蹈海做自我了结。临死之前,他发出热切而悲愤的呼喊:"祖国呀祖国! 我的死是你害我的! 你快富起来,强起来罢! 你还有许多儿女在那里受苦呢!"《沉沦》最突出的特点就是作品中大胆的无遮掩的性欲描写,作品发表后在引发极大反响的同时也引起了很大的争议。有人认为这是"诲淫诲盗"一类不道德的作品,而当时最有影响力的批评家周作人则为之做了辩护,认为《沉沦》只是一种不"端方"的文学,并非是不道德的文学,并且称赞《沉沦》"是一件艺术的作品"。② 作者在创造社时期的老友郭沫若多年后的评价可谓一语中的,"他的清新的笔调,在中国的枯槁的社会里面好像吹来了一股春风,立刻吹醒了当时的无数青年的心。他那大胆的自我暴露,对于深藏在千年万年的背甲里面的士大夫的虚伪,完全是一种暴风雨式的闪击,把一些假道学、假才子们震惊得至于狂怒了。为什么? 就因为这样露骨的真率,使他们感受着作假的困难"。③《沉沦》确立了郁达夫小说的基本格调,那种建立在个人人生经历基础上的感伤的浪漫风格。随后,郁达夫创作了《胃病》《茫茫夜》《怀乡病者》《风铃》(又名《空虚》)、《秋柳》等作品。

《茑萝行》《薄奠》《春风沉醉的晚上》等作品的问世标志着郁达夫的小说创作进入一个新的时期。这些作品显示出作者不再局限于自身周围的生活世界,也不再局限于精神的苦闷,而是把自我感受与更广泛的社会现实相联系,在感受精神痛苦的同时,也思考着物质与社会的根源。表现在:第一,失业、谋生等更广泛的现实生活进入作品的表现视野;第二,作品出现了除主人公之外的重要人物形象。它表明郁达夫的创作由早期"性的苦闷"向"生的苦闷"的转变。《茑萝行》以书信体直抒胸臆,既喊出了当时的青

① 郁达夫.《沉沦》自序[M]//沉沦.上海:泰东图书局,1926:1.
② 周作人."沉沦"[J].晨报副镌,1922-03-22.
③ 郭沫若.论郁达夫[J].人物杂志,1946-09-30.

年人纠结于现代爱情观念与传统婚姻事实之间的苦闷,也淋漓地表现了知识分子在生活重压下的痛苦挣扎。既有向社会的抗议,"唉唉,这悲剧的出生,不知究竟是结婚的罪恶呢？还是社会的罪恶？……若因社会组织的不良,致使我们不能得适当的职业,你不能过安乐的日子,因而生出这种家庭的悲剧的,那我们的社会就不得不根本的改革了",也有夫妻间的倾诉,"在社会上受的虐待,欺凌,侮辱,我都要一一回家来想你发泄的"。时或高亢,时或委婉,整个作品就这样在感情之流里穿行,把小说的抒情性提升到了一个新高度。《春风沉醉的晚上》《薄奠》是现代文学中较早出现的表现城市底层劳动者的作品。《春风沉醉的晚上》中"我"因为失业,流落到贫民窟与烟厂女工陈二妹比邻而居。"同是天涯沦落人"的叙事模式之中出现的不再是才子佳人间的救赎与报恩,而是两人之间由误会、猜疑到相互的了解与同情。作品中,"我"因经济拮据和异于常人的行为起居让陈二妹颇感怀疑,并不时对我善意劝诫,"我"也了解到陈二妹在工厂里的辛劳,每天要工作十个小时以上,还不时受到工厂里李姓管理人员的欺侮。二妹甚至劝"我"不要吸她所"痛恨的 N 工厂的烟"。二妹的纯真、善良与同情让"我"深为感激,在消除误会的同时,心底又蠢动着一股不可思议的感情。"我看了她这种单纯的态度,心里忽而起了一种不可思议的感情,我想把两只手伸出去拥抱她一会。但是我的理性却命令我说：'你莫再作孽了！你可知道你现在处的是什么境遇！你想把这纯洁的处女毒杀了么？恶魔,恶魔,你现在是没有爱人的资格的呀！'我当那种感情起来的时候,曾把眼睛闭上几秒钟,等了理性的命令以后,我的眼睛又开了开来,我觉得我的周围,忽而比前几秒更光明了。"与《沉沦》时期主人公一任感情的冲动和引领不同,这里出现了理性的节制与引导,其结果是人物感情在变化中得到更为丰富的表现,人物由自然情感的冲动演进到心灵的净化。从而,作品从一个特定的角度揭示了现代知识分子与底层女工的社会状况以及命运的交汇。与《春风沉醉的晚上》相类似,《薄奠》也是一篇描写知识分子与劳动者友谊的小说。有所不同的是,《春风沉醉的晚上》侧重于表现两者由误会到理解的过程,《薄奠》更多展现的是知识者对车夫的同情与帮助。沉重的生活压得车夫喘不过气来,对车夫的同情与无能为力之间的矛盾让"我"倍感痛苦。车夫生前曾幻想通过自己的劳动买上一辆自己的车,但直到去世,这一微薄的愿望也未能实现。而"我"以纸糊的洋车祭奠车夫,帮他实现生前愿望的行为,无疑增强了小说的悲剧感。

　　从《春风沉醉的晚上》与《薄奠》开始,我们看到郁达夫的创作在浪漫主义格调中逐步融入了更多的现实主义成分。无论是深入现实的程度,还是人物的刻画力度,乃至细节把握的分寸与准确度,都有了可观的进展。

第一次国内革命战争高潮时期,郁达夫思想上也经历了一次激荡。1926年3月,郁达夫来到广州,应聘为广东大学文科教授。北伐后广州浮滑、稀薄的革命空气让郁达夫颇感失望,很快回到上海。《迷羊》《她是一个弱女子》等小说反映了作者这一时期的探索、失落与困扰。1928年与鲁迅合编《奔流》,并一直保持友谊。1930年经鲁迅推荐,为"左联"发起人之一。1930年与鲁迅、宋庆龄等共同发起组织"中国自由运动大同盟"。1933年加入"中国民权保障同盟"。在白色恐怖日趋严重的情况下,郁达夫从上海移居杭州。

这期间,郁达夫写了大量的优美的游记,结集为《屐痕处处》。这一时期他还创作了《瓢儿和尚》《迟暮》《东梓关》《迟桂花》等作品。这些作品现实感有所减弱,艺术上则渐趋圆熟之境。其中中篇小说《迟桂花》是郁达夫后期创作的代表作。与作者前期作品的清丽哀婉不同,这篇小说散发着成熟的馥郁芬芳,恰如小说的名字"迟桂花"一般。作者也正是在回首颠簸、飘零的半生之后,以此表达对安稳、健康的人生形态的寄望和象征。小说除了刻画出健康、明朗的乡间女性翁莲,酿造出带有迟桂花芳香的意境之外,作品的关键仍然在"我"和莲去五云山的途中,"我"的欲念迷失与净化这一转折之中。如果说郁达夫《沉沦》时期的作品主要体现出感伤的浪漫抒情特征,到《春风沉醉的晚上》《薄奠》时期作品的现实品格则有所增强,而到后期的《迟桂花》时期,则又在浪漫抒情之中加入了人生理想的色调。

抗日战争爆发后,郁达夫于1938年赴武汉参加抗日救亡工作,任军事委员会政治部第三厅设计委员。1939年冬去南洋主编《星洲日报》副刊,并继续参加抗日活动,曾担任文化界战时工作团主席及抗日联合会主席等职,期间写了大量时事政论。新加坡沦陷后,流亡于苏门答腊,1945年9月17日遭日本宪兵杀害。1952年,中央人民政府追认其为"为民族解放事业殉难的烈士"。

郁达夫主张一切创作都是"作家的自叙传",所以他的作品带有鲜明的个人风格,甚至很大程度上打上了作家个人生活的烙印。正因如此,其作品才体现出真切感人的艺术魅力,也常常由此引发一些争议,有些人把作品中的人物完全看作是现实生活中作者的写照,这不能不说是对郁达夫文学观念和创作的双重误解。综观郁达夫的整个创作历程,前后虽然呈现出一些变化,仍不难发现其间的一脉相承之处,那种强烈的主观性和抒情性,那种时有起伏的感伤情绪等;而这些又都与作品独特的"自叙传"表达方式相联系。郁达夫的"自叙传"的文学主张除了日本"私小说"的影响外,也有中国古代文人小说传统的渊源。郁达夫曾对自己的这种文学主张进行过集中的阐发,"至于我的对于创作的态度,说出来,或者人家要笑我,我觉得'文学作品,都是作家的自叙传'这一句话,是千真万确的"①。尽管文学作品都是作家的自叙传的艺术主张并不是郁达夫自己最先提出,而是借用法国作家法朗士的说法,但对此郁达夫融入了自己的理解。他说:"客观的态度,客观的描写,无论你客观到怎么样一个地步,若真的纯客观的态度,纯客观的描写是可能的话,那艺术家的才气可以不要,艺术家存在的理由,也就消灭了。……所以我说,作家的个性,是无论如何,总须在他的作品里头保留着的。作家既有了这一种强的个性,他只要能够修养,就可以成为一个有力的作家。"②由此,不难看出,郁达夫对于"自叙传"的理解中包含着两层主要意思:一是作为叙事基础的作家自我人生经历;一是渗透在经验之中的作家情感与个性化体验。

这种"自叙传"的文学主张带来其作品人物形象的特殊性,即形成了以自我经验为蓝本的"零余者"系列形象。无论是稍早的"他"、于质夫、伊人,还是稍晚的"我"、文朴等,在作品中他们既是叙事的依托,也是感受的支点。这些人物与社会之间总是存在着这样那样的隔阂与矛盾,人物在感受社会压迫的同时也逃离和疏远着社会。人物的这种对于社会现实的感受,以及在这感受中体会自身,形成了作品感伤的抒情基调,而它的叙事发展则构成了作品情节演进的线索。小说中也会出现其他人物,也会有现实的描写,也会有景物描写,等等,但这些都被卷入到人物的上述感受之中,只有在与主体人物感受的联系中才得到展现。所以,郁达夫小说的审美核心是人物的这种自我体验,一种对于"自我"的体验。郁达夫小说中经常引起人们争议的所谓"颓废"与"色情"的描写等,人们过去总是通过辨析其中的质地而为作者辩护,认为郁达夫是"模拟的颓唐派,本质的清教徒"③。问题在于为什么要模拟"颓唐派",为什么要把人逼入一种情欲与道德的两难困境。实际上,在此困境中才能细腻又艰辛地感受到自我的存在。在郁达夫看来,自我"个性的发见"是五四文学革命的最重要的成果。他说:"我们近代人的最大问题,第一可以说是自我的发见,个性的主张。"④但个性不仅仅体现为一种认识形态,更重要的是一种体验形态,一种在历史过程中活生生地感受自我从而要求自我的形态。

郁达夫除了小说、散文的创作外,还创作了为数不少水平极高的旧体诗词。郁达夫旧体诗的成就不仅有"九岁题诗四座惊"的创作天赋,也有来自古典诗人的熏陶。他自小便喜爱吴梅村、黄仲则、白居易、严羽等人的诗作与诗话。在郁达夫看来,旧体诗是思

①② 郁达夫.五六年来创作生活的回顾[M]//郁达夫研究资料(上).天津:天津人民出版社,1982:203.
③ 李初梨.论郁达夫[J].人物杂志,1946-09-30.
④ 郁达夫.戏剧论[M]//郁达夫文集(第五卷).广州:花城出版社,1982:54.

想情感的便捷表达方式,于是,不管遇到什么事,只要有感触他都会形诸笔墨。这里有个人身世的诗体总结,有对故乡及亲朋的怀念,有朋友间的酬唱,也有对时事的愤懑与感怀。与他的小说创作相似,郁达夫的诗歌中吟唱的往往是忧伤的调子与旋律。郁达夫旧体诗在表现手法和艺术风格上是丰富多彩的,其中与古典历史文化背景以及诗歌史相联系的典故运用是最重要的表现手段之一。

郁达夫曾写过两篇历史小说《采石矶》《碧浪湖的秋夜》,用历史人物来寄托自己的心绪,其实也是作者的夫子自道。作为一个特点极为鲜明的作家,郁达夫的创作不仅在当时引起很大的社会与文化反响,也直接影响到当时一批与创造社比较接近的青年作家。这其中以冯沅君、倪贻德、王以任等表现最为突出。

冯沅君(1900—1974),笔名淦女士,先后在《创造》季刊和《创造周报》上发表《隔绝》《旅行》《隔绝之后》等作品。作品表现青年男女反抗封建婚姻,但对于追求自由的爱情还怀有比较忐忑的复杂心情。小说采用大胆的内心独白的方式,既表现出人物的大胆热烈,也表现出人物内心世界的隐曲。这其中可以见出郁达夫的小说影响的痕迹。

倪贻德(1901—1970)20年代初开始在创造社的各种刊物上发表作品,其中具代表性的作品有《玄武湖之秋》《花影》《残夜》等。与郁达夫相似,倪贻德的小说也大多取材于自己的人生经历;同时,作品也带有较浓郁的感伤情调,在当时人们就认为"倪贻德有点像郁达夫"。[①]

此外,还有王以仁,他的小说集《孤雁》由《孤雁》《落魄》《流浪》等六篇书信体小说组成。作品直抒胸臆的方式,以及由作者自身漂泊经历为蓝本的情节构成,乃至所发的议论"名誉! 金钱! 美人! 我的一生和这三种美妙的名词,永远没有缔结过片刻的良缘!"等方面,都可以明显见出郁达夫小说的影响。王以仁自称师承郁达夫,而郁达夫也把王以仁看作是自己的嫡传弟子,在王以仁失踪之后,曾写过一篇《打听诗人的消息》。

除郁达夫以外,创造社诸作家大多也都有小说发表,其中值得注意的还有郭沫若和张资平等。

郭沫若这一时期的创作主要表现在新诗方面,但他的小说创作也值得留意。主要有《牧羊哀话》《残春》《叶提罗之墓》《喀尔美萝姑娘》《Löbenicht的塔》等作品。郭沫若的小说具有浪漫主义的主观性、抒情性等一些基本特征,但除此之外,他的小说融入了一些现代主义的因素,并且,"新浪漫主义"(现代主义)对他来说是一种自觉的艺术追求。《残春》《喀尔美萝姑娘》都是以留学日本生活为题材,其中《残春》试图描写一种潜

---

① 郑伯奇:《中国新文学大系·小说三集》导言[M]//中国新文学大系·小说三集.上海:良友图书印刷公司,1935:20.

在的意识流动,把心理的表现上升到对潜意识的挖掘。《喀尔美萝姑娘》也是一篇在浪漫主义中融入现代主义因素的小说。作品中"我"作为一个有妇之夫爱上了糖果店的售货员喀尔美萝姑娘。"我"因用情过深而因情致幻,仿佛觉得两人之间亲密无间,彼此投契。喀尔美萝姑娘出嫁的消息传来才把"我"从迷幻的境地中唤醒,在失望与痛苦的冲击下,"我"竟跳水为之殉情。《Löbenicht 的塔》是一篇以哲学家康德为人物的小说,意在解释康德的哲学成就是如何经由本能的压抑转换升华而来,这又明显地带有精神分析学的特征。此外,郭沫若还创作了自叙性质的小说"漂流三部曲"等。

张资平也是创造社的元老级作家,他的小说与郁达夫有相似之处,就是有较大篇幅的性爱描写。鲁迅在《张资平氏的小说学》中曾幽默地把张氏的小说学提炼成一个"△"的符号,这揭示了张资平小说在情节上的雷同性。正如韩侍桁所说:"其实作者只写一部来,其余的书便没有非再写的必要了。"[①]情节上的重复从一个侧面揭示了张资平小说由于面向市场而带来的原创性不足。这一时期主要作品有《梅岭之春》《爱之焦点》《冲积期的化石》《飞絮》等,其中《冲积期的化石》被认为是现代第一部长篇小说。除了明显的商业化写作意图之外,张资平小说创作也有值得注意的一些方面,比如较早触及了教会生活这一题材。《冲积期化石》是一部带自传色彩的长篇创作,小说以"我"和韦鹤鸣这两个少时玩伴的成长经历为线索,描写留日学生鹤鸣在异国他乡所遭受的冷遇与歧视,情爱上的不遂愿更是如此。作品穿插描写了教会的势利与伪善,申牧师如何仅仅为了利益让养女去诱骗马公子,最后走入人生的歧途。再者,张资平的小说虽然带有很强的通俗小说的元素,但在叙事表达与结局安排上与通俗小说呈现出一定的区别,他的小说不再是那种有头有尾情节完整的叙事,而较多采用倒叙、插叙等叙事技法,结局上也打破了传统"大团圆"结局,而采取更具现代感的开放式结构。

此外,周全平、陶晶孙、叶灵凤等创造社作家也值得注意。

第四节　早期乡土小说创作

1921 年的《小说月报》上,茅盾在《评四五六月的创作》一文中对当时的小说创作进行了统计和分析,认为此一时期创作中"描写男女恋爱的创作独多",并且这些作品"都像是一个模型里铸出来的"。[②] 对于上述症状,茅盾提出"到民间去"的解决方案,就是要求作者更接地气,对现实社会有更切实的接触。稍后,周作人在《地方与文艺》一文中也认为当时的创作显得"太抽象化了",缺乏"自己的个性"。提出"创作须得跳到地

---

① 韩侍桁. 张资平先生的恋爱小说[M]//文学评论集.上海:上海现代书局,1934.
② 茅盾.评四五六月的创作[J].小说月报,12(8)。

面上来,把土气息泥滋味透过了他的脉搏,表现在文字上,这才是真实的思想与文艺"①。当然,鲁迅的创作不断为乡土作家们提供着示范的样本,这种情况下,乡土小说逐渐成为当时文坛引人注目的文学现象。鲁迅在《中国新文学大系小说一集·导言》中对乡土小说进行了界说,他说:"蹇先艾叙述过的贵州,裴文中关心着的榆关,凡在北京用笔写出他的胸臆来的人们,无论他自称为用主观或客观,其实往往是乡土文学,从北京这一方面来说,则是侨寓文学的作者。但这又非如勃兰兑斯所说的'侨民文学',侨寓的只是作者自己,却不是这作者写的文章,因此,只会隐现着乡愁,很难有异域的情调来开拓读者的心胸,或者炫耀他的眼界。"②鲁迅所论及的那些 20 世纪 20 年代的乡土作家群,他们特定的"流寓"经历,"隐现着乡愁"的情感方式是乡土小说得以成立的根本原因。其后,人们往往从宽泛的题材意义上把那些表现中国乡村社会的作品统称为"乡土小说"。

王鲁彦(1901—1944),浙江镇海人,原名王衡,鲁彦是仿效鲁迅而取的笔名。出身于商人家庭,少年时曾到上海当学徒。1926 年出版第一部小说集《柚子》,1927 年出版小说集《黄金》,创作开始走向成熟。此后出版有《童年的悲哀》等多部小说集和长篇小说《野火》等。王鲁彦是 20 世纪 20 年代乡土小说作家中(除鲁迅外)比较成熟的一位。在进入乡土小说创作之前,王鲁彦的创作经历了一个抒情的阶段,创作了《秋雨的诉苦》等带有象征意味的作品。进入乡土小说领域之后,也并没有马上找到自己的调子,而是经历了一个阶段的摸索。鲁迅曾把王鲁彦与许钦文做过比较:"看王鲁彦的一部分的作品的题材和笔致,似乎也是乡土文学的作家,但那心情,和许钦文是极其两样的。许钦文所苦恼的是失去了地上的'父亲的花园',他所烦怨的却是离开了天上的自由的乐土。"③直到《黄金》《柚子》等作品的发表,王鲁彦小说的写实风格才基本建立起来。并很快引起了茅盾的注意,他认为像《黄金》这样"描写手腕,和敏锐的感觉"在当时的文坛上还不多见,认为"是值得称赞的"。④

王鲁彦乡土写实小说有其特殊的介入视角,他既不是在创作中回顾一个失落的乡土世界,也不是以乡土众生来透视中国传统文化的痼疾。鲁彦小说的特殊之处在于把乡土社会置于一种已经日常化的文明冲击之下,以此观察世道人心的变化。《许是不至

① 周作人.地方与文艺[M]//谈龙集.石家庄:河北教育出版社,2002:12.
② 鲁迅.《中国新文学大系·小说二集》序[M]//鲁迅全集(第 6 卷).北京:人民文学出版社,1981:245.
③ 鲁迅.《中国新文学大系·小说二集》序[M]//鲁迅全集(第 6 卷).北京:人民文学出版社,1981:248.
④ 方璧(茅盾).王鲁彦论[J].小说月报,1928,19(1).

于吧》中王阿虞在家中遭贼之后回答记者的一句含混的话"许是不至于吧"，便是小说的题目。"许是不至于吧"，并不是一个确然的判断，而是主观的，甚至是一厢情愿的推测。当然，王阿虞之所以这样推测，是根据一直以来的乡村社会的生活经验。对于外面的世界，王阿虞虽也风闻军队从衢州退到了宁波，警察变成土匪也时有发生；至于新闻记者的说法简直让他匪夷所思，"外地有一班共产主义者都说富翁的钱是从穷人手中剥夺去的，他们都主张抢回富翁的钱，他们说这是真理"。由这种对照便可见出，一个小小的偷盗事件，在乡村世界所造成的扰动，放在乡村社会内部来理解和放在一个更广泛的社会背景下来理解是完全不同的。《黄金》中如史伯伯和如史伯母因为在外谋生的儿子没能及时寄钱回来，使得两位老人陷入了窘困之境。陈四桥这小山村虽然"偏僻冷静"，但是外面的事情像是通过"无线电话"一样很快被村人知晓。《桥上》写传统的小商业在现代机器的竞争下的苦苦挣扎到终至破产。伊新叔所听到的"轧轧轧轧……"的机器轰鸣声，不断侵蚀着自己的生活世界，有时他感到这机器离他还很遥远，凭着自己多年积累的人脉和做生意的经验，这机器似乎奈何他不得；有时他又切切实实感到机器带来的巨大威胁，让他头晕眼花，甚至崩溃。鲁彦的小说虽然集中表现的是乡土的内部世界，但这个乡土世界已经不是孤立、封闭的内部世界，而是一个与外部世界相联系的内部世界。这个内部世界正日益受到外部世界的影响，并在这种影响下发生着深刻的变迁。

鲁彦乡土写实小说的细密性在于：对变迁中的乡土社会的把握最终体现在乡土人物的刻画尤其是人物心理的细致描写上。无论是乡村社会的趋向破败的小有产者，像《桥上》中的伊新叔、《黄金》中的如史伯伯；还是乡土社会中暴发的新贵，像《许是不至于吧》中的王阿虞、《桥上》中的林吉康，乃至底层的农民、妇女，像《阿长贼骨头》中的阿长、《童年的悲哀》中的阿成、《菊英的出嫁》中的菊英娘，以及一些泼皮无赖，像《黄金》中的阿灰等，鲁彦对这些人物有很深的感受和了解，对他们的所思所想、语言行为等体会、把握得相当精准。更具体地说，鲁彦善于把人物的心理置于时代变化流程之中，在传统与现代，个体与群体的交织中刻画出人物心理的微妙变化。比如《许是不至于吧》中的王阿虞虽然是乡村社会的新贵，但他的心理完全是旧世界的老皇历，他的人生理想也带有非常传统的旧世界的特征。"丁旺，财旺，是最要紧的事情，我都有了！四个儿子虽不算多，却也不算少。假若他们将来也像我这样的不会生儿子，四四也有十六个！十六再用四乘，我便有六十四个曾孙子！……"这种心理当然无法理解社会剧烈的变化，对于新闻记者的问题不能不是犹疑而隔膜的"许是不至于吧！"如史伯伯（《黄金》）因为儿子没有及时寄钱回来，让他在陈四桥经受了巨大的精神压力。这种精神压力既存在于人们的日常接触中,他去参加喜宴,人们都不像过去那样尊重他,甚至不给他让位;也存在于人前人后交头接耳的窃窃私语中,它成为一种流言、一种眼神,一种群体施加于个人的压迫;甚至还以一种传统的形式渗透到人们的潜意识之中,如史伯母的棺材之梦、如史伯伯的黄金之梦都是以民俗形式出现的寻常的梦境,但细加分析就会发现它是人物潜意识中焦虑的又一表现。

至此,王鲁彦的乡土小说摆脱了前期过于抒情化,甚至追求情节离奇的单纯、幼稚状态,逐步形成了以乡土社会变迁,尤其是其中民俗心理变迁的细密描写为特征的写实风格,并最终成为乡土写实小说中成就突出的代表作家之一。

许钦文(1897—1984),原名许绳尧,绍兴人。1917年毕业于浙江省第五师范学校,后留校在附属小学任教。受五四运动影响,1920年到北京求学,在北京大学旁听鲁迅先生的课,并学习创作。1922年开始陆续发表作品,在鲁迅的帮助下,集成短篇小说集《故乡》,编入"乌合丛书"之二出版。鲁迅将《石宕》《父亲的花园》《小狗的厄运》三篇小说选入《中国新文学大系小说二集》,并称他为"乡土作家"。20世纪20年代,出版有《鼻涕阿二》《仿佛如此》等短篇小说集。许钦文是鲁迅影响下的早期乡土小说代表性作家之一。作品以故乡绍兴为背景,淡淡的伤感之中,生活气息浓郁,地方色彩分明。其作品大致分为两种类型:一种类型是对故乡生活的回忆,以《父亲的花园》为代表。这篇作品带有回忆的真切性,是近乎散文化的小说。记忆中花园的盛事与眼前的断垣残壁两相对照,不禁黯然神伤;另一类作品在揭示乡土社会的沉重、艰辛的同时也对乡土世界的精神悲剧有所剖析。其中著名的篇什《石宕》,写绍兴东湖开采石料工人的悲惨生活。工人被塌下来的大石压在采石坑里,无法出来,只有等死,喊声凄厉。作品情节简单,但震撼人心。《疯妇》写一对婆媳的矛盾。媳妇没有继承婆婆织布的手艺,尽管也能挣些钱,还是让婆婆很不满意。媳妇在淘米时被猫叼走了鲞头,又在追猫时让水冲走了米箩。她希望婆婆责罚她,可婆婆并不责罚她,而是向邻里宣传她的不是。在巨大的精神压力下,媳妇终于疯了。这里我们看到的不是简单的婆媳间的矛盾,而是根植于乡村社会中的滋养这种矛盾的文化土壤。《鼻涕阿二》不再从悲惨遭遇的角度揭示乡土社会妇女的悲剧,而是从心理的变异来揭示乡土社会女性内心遭受的扭曲与不幸。《鼻涕阿二》中的女主人公菊花,因是家中第二个女孩,便不受待见,成为一个可有可无的人物,得到"鼻涕阿二"这样一个绰号。读夜校的时候,因发生了一场"莫须有"的恋爱风波,使鼻涕阿二无论是在家里还是村里都成了一个问题人物。先是草草嫁给田夫,丈夫死后又嫁给钱师爷做妾。但鼻涕阿二又是一个心志很强的人物,她总是不甘心自己成为这么一个被污点化的角色,在钱师爷家做妾的时候,想尽办法,排挤太太,欺侮奴婢,似乎某种程度上找回了自己。在这样一个被扭曲又反过来扭曲他人的过程中,更深刻地表现出人物精神的悲剧。这里似乎可以见出张爱玲《金锁记》中曹七巧精神悲剧的初始形态。可以说,许钦文是乡土小说中能够对人物精神世界进行深入开掘的作家之一。

许杰(1901—1993),字士仁,浙江天台人。1924年开始,在《小说月报》发表小说,并参加文学研究会。作品以农村题材为主,是鲁迅影响下的重要乡土作家之一。中篇小说《惨雾》发表后在文坛上引起很大反响。另一篇小说《赌徒吉顺》写浙东农村典妻风俗。茅盾曾在《中国新文学大系小说一集·导言》中评述许杰的小说是"一幅广大的背景,浓密地点缀着特殊的野蛮的风俗"。"在那时,他是成绩最多的描写农民生活的作家","最长的《惨雾》是那个时候一篇杰出的作品"。① 许杰的小说揭示了乡土社会原始的粗犷与野蛮。同样是描写浙东乡村,与鲁彦有所不同,鲁彦笔下的乡土社会已经沾染了现代文明的势利与琐碎,许杰笔下的农民仍然带有原始的朴素与剽悍。《赌徒吉顺》中的吉顺本是一个颇为能干的会泥瓦匠手艺的农民,因结交了几个游手好闲之徒,染上了赌博的恶习,弄得一贫如洗,只好答应把妻子典卖给债主。作品通过大段的心理描写来表现吉顺典卖妻子前后心里的犹豫、挣扎,由此也达到对乡风与民性的深刻揭示与批判。中篇小说《惨雾》长达三万多字,描写玉湖与环溪两村为争夺一块沙地而展开的充满血腥味的械斗。作品把古老的宗法式的战斗动员与争夺土地的生存本能相结合,写出了械斗的血腥与残酷。作品还特别注重叙事视角的选取,作品以出嫁到环溪村的媳妇回到娘家探亲的香桂的视角来展开叙事,械斗双方无论是谁输谁赢,对于香桂来说似乎前景都是堪忧的。这种叙事效果无疑增强了作品的悲剧氛围与批判意义。

与许杰小说中的那种原始的粗犷与野蛮相似,鲁迅在新文学大系中提到"老远的贵州"的蹇先艾,其创作也展现出一种乡野的蛮荒之风,著有《朝雾》。其中《水葬》写乡民对一个小偷处以水葬的酷刑。作品中骆毛略带有阿Q式的精神幻想说明作者对于乡土的审视是继承鲁迅的血脉的,但那种原始的生荒气息还是带给人们很强烈的精神冲击。

台静农(1903—1990),安徽霍邱人。早期创作《地之子》曾经鲁迅审阅,鲁迅在编选《中国新文学大系》的时候选入台静农小说《天二哥》《红灯》《新坟》《蚯蚓们》,并在序言中称:"能将乡间的死生,泥土的气息,移在纸上的,也没有更多更勤于这作者的了。"②《地之子》共收录14篇小说,主要表现乡土底层社会在长期的封建压迫下的辛酸

① 茅盾.《中国新文学大系·小说一集》导言[M]//中国新文学大系·小说一集.上海:良友图书印刷公司,1935:30-31.
② 鲁迅.《中国新文学大系·小说二集》序[M]//鲁迅全集(第6卷).北京:人民文学出版社,1981:255.

与愚昧。台静农的小说大多短小，但在传导乡土生存的严酷、凋敝上显示出独到的力度。小说《拜堂》中，死了丈夫的汪大嫂要嫁给汪二，既怕让人知道后丢丑，又希望按照规矩而不是胡乱凑合，于是深夜里请来邻居"牵亲"。拜堂时汪大嫂想起自己的身世不免伤心落泪，但还不得不强装笑脸。底层生存的艰难与对于生活的寄望非常深刻地杂糅在一起。《烛焰》中翠姑是没过门的媳妇，未婚夫重病，男方想通过娶翠姑来冲喜为儿子治病，结果刚刚过门，丈夫便一命呜呼。翠姑的父母对于男方的冲喜的要求虽然也有所犹豫，但觉得女儿毕竟是人家的人，只能听天由命含混答应。小说揭示出妇女在夫为妻纲的男权社会中完全无法主宰自身命运的悲剧处境。《红灯》写寡妇丧子的悲哀。得银娘守寡多年把儿子拉扯大，但儿子受土匪头子三千七诱惑，结果事发，得银丢了性命。得银娘想在亡人节为儿子糊一件纸做的长衫，满足儿子生前的愿望，因没借到钱也无法实现。最后只能用儿子生前留下的红纸糊了一个灯笼，希望借这个灯笼为儿子超度灵魂。台静农向鲁迅学习，继承了其中安特莱夫式的阴冷。诚如香港小说家刘以鬯所言："20年代，中国小说家能够将旧社会的病态这样深刻地描绘出来，鲁迅之外，台静农是最成功的一位。"[1]

彭家煌（1898—1933）。彭家煌为数不多的小说已经充分证明了他在文学创作方面特有的天赋。同乡作家黎锦明从世界视野评价说："彭君那有特出手腕的创制，较之欧洲各小国有名的风土作家并无逊色。"[2]茅盾在《中国新文学大系·小说一集》导言中也称彭家煌的《怂恿》为"那时期最好的农民小说之一"。[3] 与大多数乡土小说相似，彭家煌的小说也带有鲜明的地方色彩，作品中经常出现一个叫作"黢镇"的地方，《怂恿》《喜期》《陈四爹的牛》《喜讯》等作品都写到这个洞庭湖畔衰败的小镇。以小镇为核心延及周边，其中各色人等、风俗习惯、自然风光等被作者十分自然地调动和运用着。彭家煌小说在切入角度上颇为讲究，往往是从某种显在的或潜在的矛盾入手来布局全篇展开情节。《怂恿》写裕丰店倌到下坡村政屏家买生猪，这本是一桩正常的乡村买卖，但其中牵进了裕丰老板与族人牛七的仇隙和缠斗，于是闹出轩然大波。从中既看出乡村强梁的凶狠、刁蛮，也可以见出下层百姓，尤其是底层妇女被拨弄的无奈命运。政屏的妻子"二娘子"被逼着到对方家中诈死，反而被对方作弄了一回，自此之后弄得二娘子再也没脸见人。"二娘子呢，可怜，自从死过这一次，没得谁见过她一次。真个，她是被活

---

① 刘以鬯.台静农的短篇小说[M].台北：台湾远景出版社，1980.
② 黎君亮.纪念彭家煌君[J].现代，1933，4(1).
③ 茅盾.《中国新文学大系·小说一集》导言[M]//中国新文学大系·小说一集.上海：良友图书印刷公司，1935：29.

埋了。"《喜讯》以喜写悲。作品把拔老爹的达观与时势的动荡在对照中加以表现。家道的败落、妻子儿女的夭亡似乎既不能让拔老爹有很大改变，也不会让他过于颓丧。再说，在外边的儿子岛西总还是支撑着全家的希望。然而，作品结尾岛西的来信让拔老爹与全家不得不睁眼面对残酷的现实。《陈四爹的牛》中的主人公"猪三哈"，本来有个很雅致的名字"周涵海"，因家道中落沦落到为陈四爹放牛。表面上他是为陈四爹放牛，实际上暗指他就是陈四爹的牛。猪三哈因弄丢了陈四爹的牛，跳塘自尽，陈四爹却在暗自思量那被野兽吃剩的牛很难卖出好价钱了，把猪三哈的死抛到了九霄云外。彭家煌的作品善于抓住事物的矛盾，揭示人物在这种矛盾中的浮沉。在他的笔下，人物或者试图抓住这种力量，或者受到这种力量的摆布，都会显出一定程度的唐突和滑稽相，这使得彭家煌的作品带有较强的喜剧色彩。彭家煌小说的另一个特点是他善于运用具有地方色彩的语言，这种语言在他的笔下不是用来装点人物的，而是那个地方民俗、地方生活的一部分。

如果说，前一时期问题小说在取材上和作品开掘的深度上都有一定的局限性，那么，乡土小说的创作无疑在很大程度上避免和纠正了上述弊病。问题小说取材大多集中在青年男女的婚姻爱情问题，对社会现实生活的触及有所不足；在对作品意蕴的开掘上也往往容易从观念出发，说教色彩相对较重。

从人生经历上来说，不少现代作家是从乡村来到都市，大多具有丰厚的乡土生活经验。新文化运动席卷下的思想与道德解放所带来的现代理性精神和人生观念，只有当与真实的社会生活相遇时，才能真正为创作带来激发的冲动。

早期乡土小说大多采取了启蒙这一视角，把闭塞、停滞的乡土世界置于现代启蒙视野下加以审视。但在作品的具体表现中，往往是相当复杂的，既有着清醒的理性思考与判断，也有着割舍不断的情感联系。鲁迅的小说不断提供价值立场的参照，在人物塑造上也提供了样本，很多乡土小说中可以看到阿Q、祥林嫂的影子。但中国的乡村毕竟是广大的，各地域的风俗民情存在着很大的差异，正是这些让我们看到了乡土小说的无限生机。

【思考题】

1. 简述现代小说理念刷新的内、外两方面原因。

2. 何谓"问题小说"？"人生派"小说的特点是什么？简述人生派作家冰心、王统照、庐隐、许地山等作家的创作特色及代表作品。

3. 叶圣陶的"为人生"的创作有何特点？试析《潘先生在难中》的潘先生形象及小说的主要艺术特色。

4. 简述浪漫抒情小说的基本特征，以及浪漫抒情派作家郭沫若、倪贻德、王以仁、淦女士、叶灵凤等的代表作品。

5. 试述郁达夫小说抒情主人公形象的特征，分析《沉沦》和《春风沉醉的晚上》的思想艺术特色。

6. 简述乡土写实小说的基本特征及王鲁彦、许杰、许钦文、台静农、彭家煌等乡土写实作家的代表作品。王鲁彦的《黄金》表达了怎样深刻的思想意义？

第四章　五四新诗运动与中国新诗的开拓

第一节　五四新诗运动与胡适等的新诗创作实验

中国历来被称为"诗歌大国",诗歌创作曾有过光荣的"盛唐气象"。但传统诗文发展到近代,由于缺少变革,陈陈相因,已经与社会历史经验脱离,与生活语言脱离,失去了发展的活力。晚清诗坛虽由梁启超等人提出"诗界革命"的口号,但他们极力推崇的只是"以旧风格含新意境",企望对诗歌作局部改良。尽管这也为后来的诗歌革新准备了一些经验,毕竟还难以造就根本性的诗歌变革。真正的诗歌革命和具有现代意义的新诗的产生,应该是从五四新诗运动和胡适等人的白话新诗实验开始的。五四新诗运动是伴随着五四新文化运动产生并逐步发展的,它的诞生显示了五四文学革命最初的创作实绩。它迥异于以往诗歌变革之处在于:在五四思想解放的大背景下,随着新思潮的大量引进介绍,思想领域冲破僵化保守的传统,使得诗歌创作有了新的时代内涵;伴随着诗歌现代意识的觉醒,产生了完全不同于传统诗歌的现代诗歌理念,实现了诗歌内容和形式的大解放;而白话文运动的最终成果也使得诗歌创作摆脱了文言的束缚,获得了新的语言和经验活力。于是,中国诗歌开创了新诗这一崭新的艺术形式,实现了中国诗歌史上一次伟大的革命。

五四新诗运动是从诗体解放入手的。最早在《新青年》《新潮》《少年中国》《星期评论》《学灯》《晨报副刊》等报刊上发表新诗的有胡适、刘半农、沈尹默、俞平伯、康白情、刘大白、周作人等。为了推动新诗运动,李大钊、陈独秀、鲁迅等也写了一些新诗,鲁迅称之为"敲边鼓"。他们在自己的阵地上向旧诗发动进攻,并全力以赴地开始新诗实验,率先发起了一场白话诗运动。这场运动对中国旧诗实行了大变革,以白话取代文言,以自由体取代五七言体,初步建构起新诗的诗形,在中国诗史上掀开了新的一页。

胡适(1891—1962),原名洪骍,字适之,安徽绩溪人,是第一个"尝试"写新诗的人。胡适1915年在美国留学时,从文学进化的观念出发,认定了诗必须用白话来作,次年即宣布自此以后不作文言诗词,其《沁园春·誓诗》下半阕表达了这样的愿望:

> 文章革命何疑! 且准备搴旗作健儿。要前空千古,下开百业,收他首腐,还我神奇。为大中华,造新文学,此业吾曹欲让谁? 诗材料,有簇新世界,供我驱驰。

这的确有开拓者的冲天豪气。胡适总结了晚清"诗界革命"失败的教训,又参照外国诗歌的经验,认识到必须从运用白话和解放诗体来开始他的"尝试"。从开始时的文白间杂到比较灵活地使用纯净的白话,从取舍旧体式到创造新的体式,胡适的新诗创作大体可分为三个阶段。第一阶段:勇敢地抛弃旧体诗的平仄、对仗,保留五言、七言,如《蝴蝶》:"两个黄蝴蝶,双双飞上天。不知为什么,一只忽飞远。剩下那一个,孤单怪可怜;也无心上天,天上太孤单。"《尝试集》第一编均为这类守旧派讥为太俗、革新派嫌其太文的作品。第二阶段:接受钱玄同的意见,实行"诗体大解放",在前一阶段改革的基础上,进一步破除文字、句数的限制,留存的只是宽松的韵脚。如《鸽子》:"云淡天高,好一片晚秋天气!/有一群鸽子,在空中游戏。/看他们三三两两,/回环来往,/夷犹如意,——忽地里,翻身映日,白羽衬青天,十分鲜丽!"诗作疏朗开阔,语言潇洒摇曳,可谓自由体诗。第三阶段:翻译美国莎拉·蒂斯戴尔的《关不住了》一诗,一改过去用文言、按中国旧诗格律译诗的惯例,第一次用白话严格按原诗格律译出。全诗语言明白晓畅,音韵和谐,且诗作分节,节间留白,造成跳跃,增强诗味,这就克服了上一阶段诗体大解放后平铺直叙、类似散文的特点。因此,胡适称译诗《关不住了》是他新诗"成立的纪元"①。

《尝试集》按内容大体上可分为两大类:第一类为政治哲理诗。这类诗表达了诗人关于改革腐败政治、建立欧美式资产阶级共和国的愿望,表达了诗人对个性解放和个人自由的追求及对下层劳动人民的同情,有反封建的积极意义。《威权》一诗有跋云:"是夜陈独秀在北京被捕,半夜后,某报馆电话来,说日本东京有大罢工举动。"在此背景下写成此诗,"威权"显然是反动统治者的化身,与之对立的是奴隶们,他们被奴役多年,终于起来造反,同心合力,打倒威权。诗歌充分肯定奴隶们的反抗,揭示封建威权必然灭亡的命运,体现了五四时代精神。又如《人力车夫》,通过一个乘客与小车夫的几句简短对话,反映了小车夫"又寒又饥"的生活及其苦苦挣扎的求生意志,表现了诗人对下层人民的同情;第二类为写景抒情诗。这类诗歌或赞颂大自然的美景,或借景抒情,或托物言志。《蝴蝶》是这类诗中较为清新可读的一首。诗歌借一对蝴蝶分飞表达了诗人一种孤单寂寞的情愫。

文学革命初期的新诗人中,注重向古代和现代的民俗歌谣学习,勇于探索诗歌新形式的是刘半农(1891—1934),江苏江阴人,1917 年任北京大学预科教授,有《瓦釜集》《扬鞭集》等诗集。其诗作主要内容是揭露社会的黑暗,诉说下层人民的痛苦,表达诗

① 胡适.尝试集·再版自序[M]//胡适文存(一集).合肥:黄山书社,1996:151.

人改革现实的强烈愿望,刘半农因此有"平民诗人"之称。他的代表作《相隔一层纸》运用日常口语,采用强烈的对比手法,描绘了一层薄薄的窗纸内外贫富悬殊的两种生活,以此抨击不合理的社会现实。诗歌注意真实客观的描写,提炼典型的生活画面,显示出现实主义的深度。在形式上,这首短诗富有古乐府诗歌的意味,清新、质朴。《瓦釜集》则是运用江苏江阴地区的方言写就的民歌体诗,他"要试验一下,能不能尽我的力,把数千年来受尽侮辱与蔑视,打在地狱里面而没有呻吟的机会的瓦釜的声音,表现出一部分来"(《瓦釜集·代自序》)。与刘半农诗风接近的是刘大白(1880—1932),浙江绍兴人。其《旧梦》中的《卖布谣》《田主来》都是传诵不衰的早期新诗。《卖布谣》反映了在帝国主义商品倾销和税吏们的压榨下,中国手工业急剧破产的惨况。《田主来》控诉了地主阶级对农民敲骨吸髓的盘剥。两首诗都流露出对劳动人民的深切同情。形式方面,这两首诗都极富古乐府民歌和现代民谣的韵味,语言通俗活泼,节奏自然明快,风格平易质朴。

胡适曾指出,和他一样"从旧式诗词、曲里脱胎出来"的早期新诗人,还有新青年社的沈尹默和新潮社的俞平伯、康白情等人(《谈新诗》)。沈尹默(1883 1971),原籍浙江吴兴,其代表作《三弦》也表达了对下层人民的同情,但写得较含蓄,不像以上诗人那样直露。诗歌写了两种景色和两个人物。自然景色是明媚的:火红的太阳,悠悠的微风,摆动的杨柳,闪光的绿草;社会画面则是衰败的:长街空寂,大门破败,土墙低矮。两者形成强烈反差。在此背景下,两个人物在活动,一个是听三弦的老人,一个则是未露面的弹三弦的人。可以说,《三弦》就像一幅油画,又像一支乐曲,被评论家称为"词化了的新诗",称为早期新诗人重视诗歌艺术的代表。他还有被称为现代第一首散文诗的《月夜》以及《生机》等,艺术上都有独到之处。

俞平伯(1900—1989),新潮社的代表诗人,他的《冬夜》是继《尝试集》和《女神》之后第三部新诗集。他对于新诗的贡献在于:通过自己的创作实践显示了自由诗的实绩,为自由体新诗的"诗化"积累了可贵的经验。之所以能够如此,一是因为他有自己的作诗主张,反对虚伪,主张真实,"因为真实便不能不自由","不愿顾念一切的作诗的律令"(《冬夜·自序》);二是因为他的旧诗词造诣很深,写作自由诗讲究辞藻选择、音节安排及意境营构,这对于胡适开创的诗风既是一种继承又是一种充实。正因如此,他的诗既写得十分自由,率直无伪,又令人觉得诗意浓郁,确是"真正的诗"。

康白情(1898—?),和俞平伯一起活跃于新诗坛的"新潮社"代表诗人。他对新诗的贡献是:大刀阔斧地为新诗拓展"诗料",并完全用"散文的语风"为诗。在他那儿,一篇演说、一封书信、一次集会、一次旅游,都可以化为一首诗。他的诗集《草儿》就留下了五四时期学生运动的丰富的历史记录,这是没有第二部诗集所能提供的。康白情还长于景物描写,写了一些纪游诗,受到胡适的赞赏:"这是用新诗来纪游的第一次大试验,这个试验可算是大成功了。"(《康白情的〈草儿〉》)

周作人(1885—1967),字启明,笔名知堂等,浙江绍兴人。其贡献是在探索诗体的彻底解放上取得显著成就,胡适、茅盾、朱自清等人把他在这一点上的长足进步同鲁迅并提,称赞他们"全然摆脱了旧镣铐"。胡适甚至将其《小河》评为"新诗中的第一首杰作"①。这是一首"融景入情,融情入理"的喻理诗。它具有两层意义,表层的意义是:通过对农夫筑堰拦水给两岸生物造成威胁的描写,主张顺应自然法则,保持生态平衡,警告人们如果违反自然法则就会受到自然的惩罚;深层的意义是:以对造堰拦水的否定,表现诗人反对束缚人性,要求自由发展的思想。在艺术表现上,《小河》采用象征、拟人手法,以自然法则喻社会法则,拓宽诗的内涵和容量;形式上"全然摆脱了旧镣铐",追求自然的节奏。由此可见,《小河》的"现代化"特征是较为显豁的。

除了上述代表诗人,不能忘记的是我国现代文学史上第一个文学社团"文学研究会"为我国新诗发展所作的贡献。在五四当时,它把一大批诗人团结在自己的旗帜下,形成了一支远比过去强大而有力的新诗队伍。其中成就较著的是朱自清。

朱自清(1898—1948),字佩弦,祖籍浙江绍兴,生于江苏东海县。他在五四新诗坛上,是一位很讲究诗歌艺术,而又能在诗歌中不留下任何雕琢痕迹的诗人。他对新诗发展的最大贡献是代表作《毁灭》,这是五四以来诗坛罕有的近300行的抒情长诗。它是诗人心灵变化历程的真实记录,是讴歌自己弃旧图新的一曲新歌。全诗分8个层次展开,前7个层次写过去种种五光十色的诱惑和纠缠,使"我"烦忧、伤感、彷徨,最后一个层次写"我"终于挣脱了诱惑,回到了"自己的国土","还原了一个平平常常的我!"《毁灭》一出,诗坛为之沸腾,不少人赞它为"第一流作品",足以令新诗坛"慰安"的力作。

总之,五四早期的白话诗,无论从语言、形式还是思想内容看,和旧诗都有着质的区别,这个质的飞跃的完成,是有其历史必然性的。如果没有五四新文化运动对封建文化、封建思想和封建道德的冲击,单靠胡适、陈独秀等人的提倡,单靠新诗的孤军奋战,是绝对难以奏效的。所以,中国新诗运动是借助整个五四新文化运动的伟大推动而取得胜利的。然而,新诗开拓者们的创世之功又是不可磨灭的。当胡适提出以白话写诗的设想时,回答他的是一片反对和讥笑;当他们出发寻找虚无缥缈的新诗岛国时,包围他们的是一望无际的旧诗的海洋。他们只有摸索前进。这种摸索的痕迹,反映在刘半

---

① 胡适.谈新诗[M]//胡适文存(二集).合肥:黄山书社,1996:123.

农等人对诗歌的大胆尝试上。早期白话诗作虽然幼稚,但对汉语新诗却有开山之功。

第二节　郭沫若:中国新诗的伟大开拓者

五四是一个"需要巨人"的时代,伟大的思想革命和文化革命应该有自己伟大的歌手。1921 年 8 月,"霹雳手"郭沫若的新诗集《女神》的出版,顿时"震惊海内,竞相传阅"(茅盾语),诗人高亢激越的芦笛摄住了无数青年的心。鲁迅所期待的"摩罗诗人"、伟大时代所呼唤的诗坛巨子终于来到了人们面前。

郭沫若(1892—1978),原名郭开贞,又名郭鼎堂,笔名沫若,出生于四川省乐山县沙湾镇的一个地主商人家庭,从小受到古典诗文的熏陶。1914 年,郭沫若东渡日本留学,大量阅读外国文学作品,接触了屠格涅夫、托尔斯泰、契诃夫、高尔基等人的俄国文学作品,醉心于泰戈尔、席勒、海涅、雪莱、歌德和惠特曼等人的诗,尤以美国民主主义诗人惠特曼对他的影响最大,这为他后来的新诗创作打下了良好的基础。五四运动爆发后,他带头组织以反帝救国为宗旨的"夏社",出版揭露日本帝国主义侵略野心的刊物,成为五四运动的积极响应者。1921 年,他和成仿吾、郁达夫等组织了新文学团体"创造社"。同年 8 月《女神》结集出版。1923 年,郭沫若从日本九州大学医科毕业,回国后弃医从文。1924 年,通过翻译日本社会主义经济学家河上肇的《社会组织与社会革命》,开始系统地学习和研究马克思主义理论,思想上产生了飞跃。此后他进一步投身革命实践,亲历了"五卅"运动的洗礼,参加了北伐战争。大革命失败后,他参加了南昌起义,在严重的白色恐怖中潜至上海,倡导无产阶级革命文学,并出版了中国第一部无产阶级革命诗歌集《恢复》。从此,郭沫若不仅以一个杰出的作家和文学家的身份活跃于中国文坛,而且还成为出色的革命家和社会活动家。

1919 年下半年到 1920 年上半年,由于受五四运动的激荡,也因受惠特曼《草叶集》的启发,郭沫若说:"个人的郁积,民族的郁积在这时找到了喷火口,我也找到了喷火的方式,我在那时差不多狂了。"①正是在这种情形下,郭沫若陆续写出了《女神》中那些最具革命精神的诗篇,在中国新诗界掀起一阵狂涛巨浪。可以说,作为探索期的五四新诗,《女神》是一个杰出代表,它充分体现了五四的时代精神,奠定了我国现代新诗创作的坚实基础。

《女神》是郭沫若的第一部诗集,作为"创造社丛书"之一,1921 年 8 月由上海泰东图书局初版印行。它的问世,虽略迟于胡适的《尝试集》,却是我国新诗史上第一部产

---

① 郭沫若.序我的诗[M]//沸羹集.上海:新文艺出版社,1953:143.

生巨大影响的新诗集。诗集共收诗作 57 篇,分三辑:第一辑由诗剧《女神之再生》《湘累》和《棠棣之花》组成;第二辑是诗集的主体部分,代表作《凤凰涅槃》《天狗》《立在地球边上放号》等都在此辑;第三辑主要是早期受泰戈尔影响创作的一些清新恬淡的抒情小品。

诗集《女神》是郭沫若以泛神论为核心的浪漫主义美学主张与五四时期的狂飙突进精神相结合的产物。最值得注意的是泛神论对他的影响。郭沫若曾对泛神论做过如下解释:"泛神论便是无神。一切自然只是神的表现,我也是神的表现。我即是神,一切自然都是自我的表现。人到无我的时候,与神合体,超越时空,而等齐生死……忘我之方,歌德不求之于静,而求之于动。"①从这段表白可以看出,他的泛神论思想,并不是对某种哲学体系的继承,而是站在民主主义立场,根据五四时代的战斗要求,融合众多前辈——斯宾诺莎、歌德、孔子、庄子、王阳明等人的哲学思想而形成的,从而使五四时期那种反抗、叛逆、民主创造精神得到淋漓酣畅的体现。其思想核心是大胆地否定封建的旧秩序、旧思想,热情地呼唤新社会、新创造,达到一种物我交融的境界;"我"的个性解放与时代社会的个性解放激烈撞击,燃烧出绚丽的火焰,在这绚丽的火焰中,再生出一个时代的"女神",从而完成我即是"女神","女神"即是我的演绎。

综观《女神》丰富的思想内涵,下述三个方面是最突出的。

一是对个性解放的强烈呼唤。以个性解放为核心的现代独立人格意识的觉醒,是"五四"新思想的重要特色。此时的郭沫若虽然身处异国,但长期的新学熏陶和一颗拳拳的爱国赤子心,使得五四的烈火在他年轻的心中熠熠燃烧。他以海啸般的激烈呼唤着个性解放,渴望突破旧的藩篱,以一种全新自由精神飞奔、狂欢,并以此"去寻找那与我的振动数相同的人"和"与我燃烧点相等的人",把个体的解放与全民族、全人类的解放联系在一起。在《天狗》中,诗人把自己比成一条天狗,它蕴集了"全宇宙底 Energy 底总量",要把日月星辰吞了,"把全宇宙来吞了",气贯寰宇,势不可当。这是一个敢于冲破一切旧罗网,敢于追求自我解放的艺术形象。这个"我",绝不是那种极端个人主义者的自我膨胀和自大狂,而是一个与广大人民呼吸相通、命运与共的"大我",一个被反抗烈火烧得通体透亮的叛逆者,是"五四巨人"的化身。更值得注意的是诗的后半段竟然高喊"我剥我的皮,我食我的肉,我吸我的血,我嚙我的心肝",敢于否定自我,毁掉自我,然后在烈火中永生,创造出一个崭新的自我,引人至一种全新的境界。诗作借助"天狗吞月"的传说,表现诗人那种冲决一切束缚,要求个性自由,以及改造自我的革

---

① 郭沫若.《少年维特之烦恼》序引[M]//文艺论集.北京:人民文学出版社,1979:182.

命精神,喊出了时代的强音,是五四的号角。《浴海》中那个自我形象,高唱"血和海浪共潮""心和日光同烧",要将有生以来的尘垢、秕糠全盘洗掉,自己便像一个脱了壳的蝉虫再生,同样表现出作者强烈的自我解放渴求。诗作后一节对弟兄们的呼唤非常巧妙地将"我"过渡到"我们",在"我"与"我们"的顺利对接中完成了从个性解放到社会解放的要求,在这里,个性解放和"新社会的改造"变成合二为一的时代使命。

二是对叛逆、反抗、创造精神的热情颂歌。赞颂破坏与赞颂创造的统一,是《女神》的又一重要内涵。素具叛逆个性的郭沫若,在《女神》中把握时代的脉搏,热情率直地歌颂叛逆、反抗精神,同时也表现出一种敢于否定、敢于创造的极端兴奋和狂热。诗集的开篇《女神之再生》就通过众女神之口道出了"新造的葡萄酒浆不能盛在那旧了的皮囊","我要去创造个新鲜的太阳"的理想,立场之鲜明,态度之坚决,是前所未有的;而叛逆反抗的目的是在于彻底抛弃"旧皮囊",创造出一个"新鲜的太阳",诗人那种立足于创造的精神也表露无遗。诗集中最具代表性的篇章《凤凰涅槃》,更是集中体现了破坏与创造统一的精神。该诗以凤凰涅槃象征旧中国以及诗人旧我的毁灭和新中国以及诗人新我的诞生,凤凰形象既是一个英勇的叛逆者,也是一个英勇的创造者。诗作中"凤凰更生歌"为全诗高潮,诗人以高昂的情绪、复沓的节奏赞颂祖国、民族和自我的新生,光明更生的境界与"序曲"中生机断绝的诅咒形成强烈对照。《立在地球边上放号》中对于能将地球推倒的太平洋之力的崇尚和礼赞,则是对创造之美的由衷向往和欢欣。《我是个偶像崇拜者》中更是直率袒露:"我崇拜创造的精神","我崇拜偶像破坏者,我崇拜我!/我又是个偶像破坏者哟!"《女神》时期,复古尊孔思潮余烬未灭,在各种新思潮的冲击下,顽固保守派企图抬出封建偶像,大搞偶像崇拜,以图作最后一搏。诗人洞悉各种鬼蜮伎俩,将顽固派的"偶像"踏得粉碎,反弹琵琶,其反抗精神于热烈中蕴含着深邃。《匪徒颂》中公开对历来遭受封建统治者污蔑的敢于反抗陈规陋习的各色"匪徒们"予以热情的赞颂,疾呼万岁,更是表达出决心摧毁一切腐朽势力的志不可夺的意愿和力量。

三是爱国主义精神的迸发。爱国主义是《女神》的中心主题,诗集中没有一首诗不浸透着、洋溢着诗人对祖国的无限热爱之情。《凤凰涅槃》燃烧着诗人对旧中国的愤怒烈火,向"冷酷如铁""黑暗如漆""腥秽如血"的"阴惨世界"发出了诅咒,又流淌着对未来理想的新中国的热烈憧憬,对"光明"和"新鲜""华美""芬芳""和谐"的新生世界大加赞颂。诅咒也好,歌颂也好,都植根于诗人对祖国无比深厚的爱。诗剧《棠棣之花》中,聂嫈对弟弟聂政的赠言:"去吧!二弟呀!我望你鲜红的血液,迸发成自由之花,开遍中华!"这正是对当时那些不怕牺牲、奔驰在民族解放斗争中的热血青年的颂歌,也可以看成是作者愿为国家、民族的自由而献身的誓言。郭沫若说:"五四以后的中国,在我的心目中就像一位很葱俊的有进取气象的姑娘,她简直就和我的爱人一样。……'眷恋祖国的情绪'的《炉中煤》便是我对于她的恋歌。"(《创造十年》)《炉中煤》中作者的爱国主义情感的确有一往情深的动人表白:

> 啊,我年青的女郎!
> 我不辜负你的殷勤,
> 你也不要辜负我的思量。
> 我为我心爱的人儿,
> 燃到了这般模样!

全诗采用比喻手法,把新生的祖国比喻为"年青的女郎",把愿为祖国献身的诗人自己比喻为炉火中熊熊燃烧的煤,抒发了异邦游子眷恋祖国的深情和报效祖国的赤诚,也表达了热切地期盼祖国繁荣富强的愿望。

《女神》不仅以高度的思想性震动了五四以后的中国,而且以杰出的艺术成就开辟了中国新诗发展的道路。其艺术独创性,首先表现在以浪漫主义手法展开新颖奇特的艺术构思,创造了一个又一个诗的意境,绚丽多彩,美不胜收。诗人创造出一幅幅充沛热烈的画面,如女神、凤凰、天狗、太阳、大海等,显示出一种排山倒海的气势。《女神》堪称我国现代新诗史上的第一个浪漫主义高峰。其次,诗作常常借用神话和历史故事,塑造理想化的典型形象,抒发自己的激越感情。如《湘累》中的屈原、《棠棣之花》中的聂政姐弟,以及《凤凰涅槃》《天狗》中的象征形象等。特别是《女神之再生》中,中外神话相互渗透,塑造出体现诗人美学理想的女神,更闪耀动人的艺术光彩。再次,《女神》的艺术风格,秀丽与雄奇兼而有之,而以雄起风格为主导方面。许多作品如《天狗》《站在地球边上放号》《匪徒颂》等,都显示着气吞山河、震撼宇宙的力量,明显地受惠特曼影响并有所发展,可说是"雄而不丽";也有不少诗如《夜步十里松原》《新月与白云》《春之胎动》等细腻幽婉、诗绪缠绵,不但受了泰戈尔的影响,也受了我国古代诗人陶渊明、王维等的影响,可说是"丽而不雄";而《凤凰涅槃》《太阳礼赞》《地球,我的母亲》等诗作,则是秀丽与雄奇兼而有之,既有激昂、高亢,又有哀怨、愁绪,两种风格水乳交融、浑然一体了。

郭沫若继《女神》之后,创作了《星空》(诗歌、散文集,1923 年出版)、《瓶》(爱情诗集,1927年出版)、《前茅》(1928年出版)、《恢复》(1928年出版)等诗集。《星空》表现了五四退潮期诗人和时代的苦闷、彷徨,呈现出历史彷徨期的复杂多变性:忽而出世,忽而入世,忽而消极,忽而振奋。《星空》中的多数诗篇失去了《女神》那种澎湃的热情,写得恬淡隽永,诗意盎然,显示郭沫若诗歌技巧更趋圆熟。如《天上的街市》就是一曲极为优美的诗篇,诗人从地上的街灯写到天上的明星,想象驰骋于天地之间,而尤其神往于空中那美丽的街市,那里不但有世上没有的珍奇,而且连牛郎织女也获得了自由解放,能够骑着牛儿来往,提着灯笼在天街上闲游。诗歌寄寓了诗人对自由、光明、美丽、和平的强烈向往之情。想象丰富,意境清新,语言淡雅。《星空》中具有特别意义的仍是表现出五四时期那种"火山爆发式的内发感情"的《洪水时代》,诗歌采用大禹治水的传说,讴歌战胜艰难险阻的艰苦奋斗精神和洪水时代的创造精神;在古代英雄大禹形象中,诗人寄托着对"近代劳工"的歌颂,欢呼"如今是第二代洪水时代",昭示出历史发展的新方向。诗歌字里行间充溢着革命客观主义精神和海燕呼唤暴风雨式的革命激情,保持了《女神》英雄般的格调和阳刚美的风格。《瓶》是一部爱情诗集,写于1925年二三月间。诗集共收情诗43首,表现诗人对一位女子的热烈追求和爱情幻想的破灭,诗人自己曾用"苦闷的象征"来解释这部诗集。《前茅》中的诗大都写于1922—1924年,这时诗人受到"二七"大罢工的影响和无产阶级思想的熏陶,思想感情开始变化,《前茅》留下了这种转变过程的印痕。诗集的主要内容是讴歌无产阶级革命,批判资本主义制度,解剖自己的思想,可谓革命时代的"前茅",富于战斗力和鼓动性。1927年11月中旬,郭沫若参加南昌起义,失败后辗转来到上海,一场大病几乎夺去了他的生命,大病初愈恢复健康期间,面对白色恐怖,愤怒的情绪和战斗的要求促使他提笔写下了《恢复》中的三十余首诗歌,热情讴歌革命,展望未来,表现诗人献身革命的不屈意志和崇高气节。《恢复》集中的名篇是《我想起了陈涉吴广》,诗歌从肯定陈涉吴广率领农民暴动入手,主要针对"当今的中国",矛头直指反动统治。诗篇最后,诗人发出战斗的召唤。这样的诗歌像战鼓,像号角,催人奋发,催人前进,《恢复》因此被誉为无产阶级的战歌。但这个诗集中部分诗歌伤于高喊口号,欠缺艺术感染力,这是革命文学中容易出现的问题。

第三节　闻一多、徐志摩的新格律诗探索

五四时期是思想大解放的时期,同时也是诗体大解放的时期,新诗从旧诗长期固有的严格形式中挣脱出来,得到了前所未有的自由。然而,这种绝对的自由带来的是诗歌形式的粗陋和散乱,从而也伤害了诗歌本身所固有的艺术特性。因此,新诗如何建设和

探索自身的形式,在旧诗留下的废墟之上新建起一个属于自己的家园,成了新诗生存与发展的必然要求。首先,自觉肩负起这一历史使命的是以闻一多、徐志摩为代表的新月派诗人。

在论及新月派的诗歌理论和创作实绩之前,有必要对新月社与新月诗派这两个确有联系而又不能混同的概念作一番辨析。新月社是中国新文学史上产生过重大影响的社团,最初由一批文人以"聚餐会"的形式组织起来,其主要成员有胡适、徐志摩、梁实秋、闻一多、陈西滢、林徽因等人。这批文人大多有留学英美的背景,深受西方文化的影响,提倡自由、容忍、稳健和理性,标榜西式的绅士风度。他们的活动不只局限在文学方面,还涉及政治、经济、学术和文化等领域。这样,新月社就很难被视为一个纯文学社团。新月诗派以1926年4月《晨报副刊·诗镌》、《新月》月刊和《诗刊》为阵地,从事新诗创作和诗歌理论探索活动。由此组成的"新月诗派"便显示出"纯文学"的特点,在中国新诗史上显示出特殊的意义。

新月派诗人的早期创作与前期创造社浪漫主义诗歌运动有着深刻的历史渊源,闻一多、徐志摩等新月派诗人对于浪漫主义诗歌表现主观理想、抒发个人情感的艺术创作方式都采取积极吸收的态度,他们把美作为艺术创作的核心,这与创造社"为艺术而艺术"的主张是基本一致的。然而,早在20世纪20年代前期,新月派诗人就逐渐意识到自由体的浪漫主义新诗在抒情方式和诗歌形式等方面的局限,并且在诗歌理论和新诗创作两个方面同时开始了他们的探索,那就是如何使新诗从"自由"走向"规范"。新月诗派的组成为这一诗歌艺术实践提供了必要现实条件,使一批志愿相通的诗人可以在一起共同探讨如何建立一套新的诗歌创作美学原则。后期新月诗派的领袖人物陈梦家在《新月诗选》序言里写道:"主张本质的醇正,技巧的周密和格律的严谨,差不多是我们一直的方向。"这句话可以被认为是对新月派关于诗歌艺术规范化运动实质内容的高度概括。"本质的醇正"是要求新诗必须具有自己的美学风范,要求新诗既要强调诗歌表现自我的抒情功能,又要重视诗歌语言和形式应该具备的基本特征,避免语言和形式的散文化倾向,这一要求实际上表达了新诗创作向诗本体的全面回归。"技巧的周密"是针对郭沫若关于诗只是一种"自然流露","不是'做'出来的,只是'写'出来的"[1]的理论的反拨,要求诗人在内容选择和诗歌语言安排上渗入理性的成分,对真实的情感和自然的语言加以艺术化处理,用适当的艺术形式表达出来,以满足人们的审美需求。与"本质的醇正,技巧的周密"有着密切关联的是

---

① 郭沫若.论诗三札[M]//王锺陵主编.二十世纪中国文学史文论精华·新诗卷.石家庄:河北教育出版社,2000:25.

新月诗派所提出的新诗格律化的具体艺术主张,这一艺术主张亦被视为新月诗派对中国新诗建设最为重要的贡献,因而新月诗派有时又被称为格律派。新月派诗人视格律为新诗不可或缺的躯壳,他们认为:"诗是表现人类创作的一个工具,与美术音乐是同等性质的,……我们的责任是替他们构造适当的躯壳,这就是诗与各种美术的新格式与新音节的发现。"①闻一多把格律诗创作艺术规则概括为"三美"原则,即"音乐的美,绘画的美,建筑的美"②,并且进一步从视觉和听觉两个方面对格律诗的形式特征做了具体阐述。就视觉方面而言,格律诗的要求是"节的匀称"和"句的均齐",也就是说诗歌在每节的行数和每行字数上应该做到整齐划一,创造出一种类似建筑物外在形态的美感;听觉方面的因素有格式、音节、平仄和韵脚等,这些因素突出表现了诗歌的节奏感和音乐感。闻一多的新格律诗理论建设,既受到欧美唯美主义和意象派运动的影响,又与中国旧体律诗有着血脉相承的艺术渊源,但是他所倡导的格律诗,绝不是旧体律诗的死灰复燃,而是在新的历史条件下一次中西方诗歌艺术的融合。闻一多明确指出了新格律诗和旧格律诗的区分:(1)"律诗永远只有一个格式,但新诗的格式是层出不穷的";(2)"律诗的格律与内容不发生关系,新诗的格式是根据内容的精神制造成的";(3)"律诗的格式是别人替我们定的,新诗的格式可以由我们自己的意匠来随意构造"④。以上三点不仅在新格律诗与旧体律诗之间划出一条清晰的界限,而且明确指出了新格律诗内容和形式之间的关系,强调诗歌的外在形式应该适应它所表现的精神内容,这样至少在理论上避免了新格律诗步入形式主义的歧途。

伴随着新诗理论建设的不断深化,新月派诗人在新诗创作领域也取得了丰富的实绩,在理论与创作两个方面同时作出重要贡献的主要有闻一多和徐志摩。

闻一多(1899—1946),原名闻家骅,湖北浠水人。1913年考入北京清华学校。1922年赴美留学,其间开始从事中国诗歌格律的研究和新诗创作,1923年出版他的第一部诗集《红烛》。1925年闻一多回国,先后在北京国立艺专、青岛大学和清华大学等校任教,同时致力于新诗格律化的倡导和实践,1928年出版代表诗集《死水》。20世纪三四十年代的闻一多主要从事文学教学和学术研究工作,并在中国古典文学领域取得了丰硕的研究成果。

对民族、对祖国深沉的爱恋是闻一多新诗创作最主要的情感内容。与五四时期成长起来的许多知识分子一样,闻一多既是接受过系统的中国传统文化教育,又有留学美

---

① 徐志摩.诗刊弁言[M]//中国新文学大系·史料卷.上海:上海良友出版社,1936:119.
②③ 闻一多.诗的格律[M]//闻一多全集(第3卷).北京:生活·读书·新知三联书店,1982:165—166.

国、接受西学的经历,两种异质文化的矛盾冲突以及留美期间所感受到的民族歧视,使他的灵魂感到不胜重负,作为一种精神反抗,他创作了许多爱国诗篇,《红烛》中的《孤雁》《太阳吟》《忆菊》《秋深了》等作品都集中地表现了这一主题思想。《太阳吟》情感浓烈奔放,体现了闻一多早期新诗创作中高扬的浪漫主义精神。诗人把太阳作为对话的伙伴和歌吟的对象,尽情地倾诉自己压抑的情感。企望"六龙骖驾的太阳"急速飞翔,一日走完五年的历程,好让"憔悴如同深秋一样"的我,早一些回到日夜思念的家乡。《忆菊》抒发的也是远在异邦的游子对亲人、对祖国的绵绵思念之情,可贵的是,诗人并没有运用直抒胸臆的方法,而是选择了菊花这一具有深厚民族文化底蕴的意象,作为寄寓情感的象征物。诗人欲擒故纵,用大量的笔墨尽情描绘了祖国菊花绚烂的色彩和多姿的形态,无论是"蔼蔼的淡烟笼着的菊花",还是"丝丝的疏雨洗着的菊花",或是"金底黄,玉底白,春酿底绿,秋山底紫"的菊花,在诗人的笔端,都被赋予了生命的灵性;诗的后半部分,诗人由菊花之美的赞颂,上升到对其文化层面的抒怀:"你有高超的历史","你有逸雅的风俗!"在诗人看来,菊花就是中华文化完美的象征;结尾处,诗人纵情唱道:"我要赞美我祖国底花!/我要赞美我如花的祖国!"这是诗人发自内心的呼喊,是他对祖国无限眷恋与渴慕之情的自然流露。

相对于情感泛滥的《红烛》,诗集《死水》用"理性节制情感",在情感表达的艺术化方面作了多种有益的尝试。《口供》是《死水》中的第一首诗。

> 我不骗你,我不是什么诗人,
> 纵然我爱的是白石的坚贞,
> 青松和大海,鸦背驮著夕阳,
> 黄昏里织满了蝙蝠的翅膀。
> 你知道我爱英雄,还爱高山,
> 我爱一幅国旗在风中招展,
> 自从鹅黄到古铜色的菊花。
> 记著我的粮食是一壶苦茶!
>
> 可是还有一个我,你怕不怕——
> 苍蝇似的思想,垃圾桶里爬。

这首诗反映了五四之后诗人彷徨苦闷的矛盾心理,诗中的爱国主义激情,显然是对《红烛》的精神特质的继承,然而,在诗的艺术表现方面,诗人采用了客观化的间接抒情方式,通过丰富的艺术想象力,把强烈的个体情感化为一个个具体可感的客观对象:"坚贞的白石""青松和大海""鸦背驮着夕阳""黄昏里织满了蝙蝠的翅膀"。这种主观情感的客观化,使情感表达显得含蓄蕴藉,从而大大丰富和拓展了读者的审美想象空间。闻一多这一时期的新诗创作,还突破了浪漫主义把美与丑、善与恶完全对立的美学原则,在诗歌创作中大胆地引入了丑的意象。作品《死水》深刻地揭示了当时中国社会现状的腐朽与黑暗,诗人自觉地将反讽方法和"以丑为美"的原则融为一体,在想象的艺术天地里把"一沟绝望的死水"幻化得如此美丽:"也许铜的要绿成翡翠,/铁罐上绣出几瓣桃花;/再让油腻织一层罗绮,/霉菌给他蒸出些云霞。"诗人这种化腐朽为神奇的艺术方法无疑丰富和发展了中国新诗的意象系统。

闻一多的许多作品还流露出对民族前途和民众苦难的忧虑。作为一位清醒的爱国主义诗人,闻一多不可能仅仅满足于个体生活的安宁与幸福,他知道"灯光漂白了的四壁""隔不断战争的喧嚣",只有走出"这墙内尺方的和平",才能使自己的心灵更加贴近底层的广大民众,因而他自觉地把自己的目光投向了更为"辽阔的边境"(《心跳》)。在《荒村》中,诗人把初夏时节旖旎多姿的自然风光与荒凉破败的村落景象交织在一起描写,诗人真实地感受到社会动乱中底层民众离乱与贫困的生活现状;《春光》则描写了一个要饭的盲者踟蹰在美好的春光里,用明媚的春色来反衬现实的黑暗;《飞毛腿》叙说了一个勤劳的人力车夫溺水而死的悲剧;《大鼓师》讲述了一对卖艺夫妇漂泊生活的辛酸遭遇。《死水》中的这类作品,虽然在形式上都严格地遵循着新诗格律的要求,但早期创作中的唯美主义的艺术色彩在此已经完全淡化了,取而代之的是强烈的现实批判精神和深沉浓烈的忧患意识,这表明闻一多的诗歌美学观念与其思想内涵都经历了一个发展和演化的过程,而这一过程显然又与当时社会历史的演进存在着某种密切的内在关联。

徐志摩(1896—1931),笔名诗哲,浙江海宁人。1917年入北京大学。1918年留学美国,1920年获经济学硕士学位后,由于哲学家罗素的吸引,转赴英国剑桥大学学习哲学,其间兴趣转向文学,开始尝试新诗创作。1922年回国,先后在北京大学、上海光华大学等担任教授。著有诗集《志摩的诗》《猛虎集》《云游》《翡冷翠的一夜》,散文集《秋》,小说集《轮盘》等,1931年因空难身亡。

徐志摩是贯穿前后期新月诗派的重镇,新月诗派的三个主要阵地:《晨报副刊·诗镌》《新月》月刊和《诗刊》都与他存在着密切的关系。作为新月诗派的代表诗人,徐志摩是一个彻头彻尾的理想主义者,他用生命的热情去追求"爱与美与自由",而他的诗就是他生命追求的艺术再现。因而,他的诗歌也就很自然地指向了超现实的理想世界,正如诗人在《我有一个恋爱》中所写的:"我有一个恋爱,——/我爱着天上的明星,/我爱他们的晶莹:/人间没有这异样的神明。"在诗人眼里,现实是污浊的,它充满了束缚与羁绊,只有在理想的天国中,诗人的灵魂才能超越沉重的现实,自由地飞扬。他所钟爱的是天空中的清风和云彩、暗夜里的明星以及彩虹似的梦境,这些意象都赋予了他的诗歌以一种空灵飘逸的艺术风格。徐志摩对诗歌语言有着敏锐的感觉和超凡的把握能力,他时常运用看似平淡的文字,把内在情绪巧妙地融入富有音乐质感的诗形之中,以求达到情感内容与外在形式的自然和谐。如那首被广为传诵的《再别康桥》:"轻轻的我走了,/正如我轻轻的来。/我轻轻的招手,/作别西天的云彩⋯⋯"这首诗共有 7 段,每段 2 节,每节 2 行,第二行后退一格,每行的字数和音节数又不尽相等,从而使整首诗看起来显得工整而又摇曳多姿。全诗也没有采取一韵到底的方法,而是每段转韵,两句一韵,轻盈自然。诗人用优美动人的意象描述和错落有致的节韵变化,贴切地传达出自己再次离开康桥时留恋难舍的离情别绪。他是一个非常善于抒写离情的诗人,常常用其特有的灵性来捕捉临别时刻微妙的心绪,并使之投射到客观物象上,从而在主客体之间、内在神韵与外在形态之间获得某种默契。请看他的名篇《沙扬娜拉》:

> 最是那一低头的温柔,
> 像一朵水莲花不胜凉风的娇羞,
> 道一声珍重,道一声珍重,
> 那一声珍重里有甜蜜的忧愁——
> 沙扬娜拉!

这首诗虽然只有短短 5 行,却把日本女郎的依依送别之情渲染得淋漓尽致。诗作在现代的诗形中体现出中国古典诗词的意境美,尤其是"一低头的温柔"这一意象,具有很大的艺术包容性,既恰当地体现了日本女郎温柔娴雅的性格特征,又给读者留下了丰富的想象空间。《偶然》也是一首很能代表徐志摩创作个性的诗歌,诗人把人生的萍水相逢比喻成云影波心的相遇,对于这种美丽短暂又不合时宜的相遇,并没有表露出过度的激情,而是用"你不必讶异,/更无须欢喜!"作出冷峻的告诫。他们邂逅的瞬间虽然也有着"互放的光亮",但是这"互放的光亮"却没有得到应有的装饰和强调,因为他清醒地认识到"你有你的,我有我的方向"——诗人这种竭力摆脱情感的沉重,努力回避感触的深沉的审美取向,正是他风流洒脱的绅士风度的艺术体现。

从新诗发展的历史来看,以闻一多、徐志摩为首的新月派诗人所倡导的格律化理论及其创作实践,注重沟通东西方诗艺,努力开掘了丰富的本土文学资源,"在旧诗与新诗之间,建立了一架不可少的桥梁"①,在内容和形式两个方面为新诗注入了新的生命力,因而,新月诗派对中国新诗建设无疑有着独特的意义。

第四节　李金发、冯至等的多样诗艺寻求

五四新诗作为中国现代诗歌探索期的产物,诗人们作多种探索尝试以增添新诗创作的绚丽色彩。这一时期诗歌的多样探索,也就初步形成了多种诗歌创作流派和多样的诗艺追求。

最早出现的新诗流派是湖畔诗派。这个诗派由"湖畔四诗人"应修人、潘谟华、冯雪峰、汪静之于1922年在杭州西子湖畔成立"湖畔诗社"而得名,先后出版过诗歌合集《湖畔》《春的歌集》。四人中成就最高的汪静之之后又单独出版了《蕙的风》《寂寞的国》等。此派诗作在中国新诗史上并没有很高地位,但其首创现代"情诗",却又有其独特贡献。朱自清说过:"中国缺少情诗,有的只是'忆内''寄内',或曲喻隐指之作,坦率的告白恋爱者绝少,为爱情而歌咏爱情的更是没有"②,因而湖畔诗人"专心致志做情诗"就弥足珍贵。的确,湖畔诗人敢于冲破封建伦理道德的罗网,坦率地甚至毫不顾忌地抒写男女之间的倾慕和爱情,情感表达大胆、真切、热烈而又不流于猥亵庸俗,是一切旧诗乃至新诗开创以来未曾有人做过的。如汪静之的《过伊家门外》:

> 我冒犯了人们的指摘,
> 一步一回头地瞟我意中人;
> 我怎样欣然而胆寒呵。

又如他的《我俩》的一段:

> 我每每乘无人看见,
> 偷与你接吻,
> 你羞答答地

---

① 石灵.新月诗派[M]//王锺陵主编.二十世纪中国文学史文论精华·新诗卷.石家庄:河北教育出版社,2000:178.
② 朱自清.蕙的风·序[M]//汪静之.蕙的风.上海:亚东图书馆,1922.

很轻松很软和地打我一个嘴巴，

又摸摸被打痛的地方，赔罪说：

"没有打痛吧"

你那漫柔的情意，

使我真个舒服呵！

　　这个抒情主人公的自我表露真够襟怀坦白，毫无矫饰，而一个温柔娇媚的少女形象也同时跃然纸上。与内容解放相适应，湖畔诗派的诗也实现了诗体形式的彻底解放，这类情诗与胡适的白话诗刚刚放开"裹脚"相比较，简直是"天足"乱舞，活蹦乱跳了，显示出新诗在艺术上的长足进展。

　　新诗在艺术上获得了自身生存的资格，取而代之的必是为提高其自身审美价值而进行的艺术探求。崛起于20世纪20年代中期的以李金发为代表的象征派诗，对于新诗草创期普遍存在的"缺少了一种余香与回味"的艺术倾向，是一次适时的反拨，为新诗艺术的发展开辟了一条新的路径。

　　"小诗"是指1921年前后开始风行诗坛的一种诗歌体式。中国古代诗歌本来就有悠远的小诗传统，如《诗经》中的部分作品，民间的一些歌谣（如子夜歌），唐诗中的绝句以及后来的小令等。不过五四时期的小诗潮却主要受外国诗歌，特别是印度泰戈尔的小诗和日本的短歌俳句的影响而兴起的。俳句又称"发句"，一般以3句17音组成一首短诗，首句5音，次句7音，末句5音，故又称17音诗。短歌每首5句，共31音，音节排列为五七五七七。不过周作人翻译过来的小诗却不同于原来的形式，如松尾芭蕉的俳句："古池——青蛙跳进水里的声音。"（《日本的诗歌》）完全是自由诗，但它那轻妍的情趣却鲜活地表现了出来。泰戈尔的小诗主要体现在他的《飞鸟集》中，大多数诗歌只有一二行，极少数三四行，常常在捕捉到一种场景或印象的同时，蕴含着深刻的哲理。由于这些短小精悍的"小诗"，"颇适合抒写刹那的印象，正是现代人的一种需要"。因而当周作人和郑振铎在1921年至1922年间分别译介出这些诗歌后，便给当时向多方面探索的新诗人以启迪，利用这种轻便灵活的诗体迅捷地传达出自己刹那间的感触与沉思，从而形成了一个比较广泛的小诗潮流，以致1921年至1923年被称为"小诗流行的时代"（同时出版了冰心的《繁星》《春水》和宗白华的《流云》）。文学研究会的冰心、朱自清、徐玉诺等，创造社的郭沫若、邓均吾，湖畔的年轻诗人以及宗白华、何植三等都加入了这个潮流。不过其中成就最高、影响最大的还应该是冰心和宗白华。

　　冰心于1923年出版社诗集《繁星》《春水》，共收小诗300余首，主要受泰戈尔《飞鸟集》的影响，以三言两语的格言警句式的清丽诗句，表现内心的沉思与灵感的顿悟。如《繁星·三四》："创造新陆地的／不是那滚滚的波浪，／却是地底下细小的泥沙。"《春水·一一三》："星星——／你只能白了青年人的发，／不能灰了青年人的心。"在明丽的形象中蕴含着深刻的哲理，又回荡着耐人寻味的诗情，是用"智慧和情感的珠"缀成的晶莹的诗。还有《春水·三三》："墙角的花！／你孤芳自赏时／天地便小了。"《繁星·四八》："弱小的草呵！／骄傲些罢／只有你普遍的装点了世界"等。

宗白华（1897—1986），江苏常熟人。1919 年参加少年中国学会，编辑上海《时事新报》副刊《学灯》，并发表诗作。1920 年出版与郭沫若、田汉论诗的往来书信集《三叶集》。同年 5 月赴德国学习哲学与美学。自 1922 年 6 月开始在《学灯》上发表小诗，1923 年结集为《流云》出版。其特点是以直觉和悟性捕捉刹那间心灵的闪光，创造出熔意象与哲理于一炉的意境，如《夜》："一时间，／觉得我的微躯，／是一颗小星，／莹然万里，／随着星流。／／一会儿，／又觉得我的心，／是一张明镜，／宇宙的万里，／在里面灿着。"以仰望星空的刹那间的微妙感觉与意象变化，传达出对人在宇宙中地位（小—大）的悠长的哲学思索。

20 世纪 20 年代初期的这种哲理小诗突破了传统诗歌"以情为主"的规范，开创了"以智为主脑"的新的诗歌道路。但是如果处理不好意象、情感与哲理的关系，过量的理智往往会造成诗的空洞乏味，而"极端的刹那主义"也易使诗流于散漫与轻浮。因而，当 20 世纪 20 年代中期新月派的格律诗兴起后，小诗也就渐渐少了。

李金发（1900—1976），字遇安，广东梅县人。1919 年，同后来成为著名画家的林风眠一起赴法国留学，入巴黎国家美术学院专攻雕塑艺术。当时，后期象征主义在法国方兴未艾，在学习雕塑艺术之余，年轻的李金发深深地为异域奇诡的诗风所吸引。他大量阅读了波德莱尔、魏尔伦、马拉美、兰波、瓦雷里等象征主义大师的作品，象征派创始人波德莱尔的诗集《恶之花》，更是成了他爱不释手的读物。从 1920 年开始，李金发以极大的热情投入到新诗创作之中，用短短的两三年时间写出大量的充满感伤、颓废色彩的象征主义诗歌。1925 年，他的第一本诗集《微雨》，经周作人的大力推荐，由北新书局出版，它那蒙眬晦涩和凄艳怪异的诗风，迅速吸引了新诗评论界和爱好新诗的青年们关注的目光，并由此而引发了诗坛的震动。此后，他的另两本诗集《为幸福而歌》和《食客与凶年》先后出版。

李金发说："艺术是不顾道德，也与社会不是共同的世界。"①在他看来，包括诗歌在

① 华林（李金发）. 烈火［J］. 美育，1928（1）.

内的艺术所关注的不应是外部的现实世界,而应该是内部的心灵世界,是对个体生命存在的深切体验,这种"向内转"的审美取向,对中国早期新诗的艺术发展无疑是一种有益的尝试。诗歌评论家朱自清从新诗发展的历史角度,把五四以后第一个十年的中国新诗分为:"自由诗派,格律诗派,象征诗派",并认为这三个诗派"一派比一派强"①。这是对象征派诗歌创作的充分肯定和高度评价。然而,作为一种全新的艺术尝试,也必然会带来某些不足甚至缺陷,胡适和苏雪林等人都曾就其作品的晦涩难解提出过批评,造成这种情况的原因主要有两个方面:一方面在于象征派诗歌的暗示性、蒙眬性与中国读者的审美心理和审美习惯有着较大的距离,使得读者难以顺利地进入诗歌所营构的艺术世界里;另一方面,诗人对西方象征派的模仿与学习,还多半停留在外在意象和审美风格层面上,而在关键的知性层面上,则远没有达到波德莱尔、魏尔伦等人的深度。

象征派诗歌"向内转"的审美取向,使李金发在走进深层世界时也跨进了一个相对狭窄的天地。命运的悲哀与生命的无常构成其作品最基本的情感内容,《弃妇》是其名篇之一:

> 长发披遍我两眼之前,
> 遂隔断了一切羞恶之疾视,
> 与鲜血之急流,
> 枯骨之沉睡。
> 黑夜与蚊虫联步徐来,
> 越此短墙之角,
> 狂呼在我清白之耳后,
> 如荒野狂风怒号:
> 颤栗了无数游牧。
> ……

无论是从悲凉的情感基调、独特的意象塑造,还是从暗示性的艺术表现手法来看,《弃妇》都是一首典型的象征主义诗作。从表层意义上看,这首诗写的只是一个被遗弃的妇人孤独、绝望的生存状况和凄苦、悲凉的内心感受。诗的首句写得非常巧妙,一方面,长发遮蔽双眼的同时也遮盖了"我"的容貌、年龄等重要的女性特征,从而达到了使

---

① 朱自清. 新诗杂话·新诗的进步[M]//朱自清全集(第2卷). 南京:江苏教育出版社,1996:319.

弃妇外在形象模糊化的艺术效果;另一方面,披遍双眼的长发又隔断了"我"与世界的一切联系,"我"再也无须面对世人投来的羞辱与厌恶的目光,但同时也失去了鲜血奔流的生的快乐与激情,甚至枯骨沉睡的死的空虚与宁静。如果说这首诗首节的前三句重心是放在视觉上面,那么它后五句的重心则转向了听觉,与黑夜同来的蚊虫,如荒野怒号的狂风,在"我"清白之耳边狂呼,暗示了无所不在的世俗议论给弃妇带来的巨大的心理压力。然而,从深层意义上来看,诗人所表达的是一个漂泊异乡的弱国子民内心体验到的孤独、悲凉、绝望的生命感受。《有感》出自李金发的第三本诗集《为幸福而歌》,短诗弥漫着灰暗色彩:

> 如残叶溅
> 血在我们
> 脚上,
> 生命便是
> 死神唇边
> 的笑。
> 半死的月下,
> 载饮载歌,
> 裂喉的音
> 随北风飘散。
> 吁!
> 抚慰你所爱的去。
> 开你户牖
> 使其羞怯,
> 征尘蒙其
> 可爱之眼了。
> 此是生命
> 之羞怯
> 与愤怒么?

诗人从飘零的残叶联想到人生的短促与生死的无常,并进一步表达了自我对生存方式进行选择时的一种矛盾心态。这类以生命与死亡为题材的作品,是李金发常常触

84

及的,如《寒夜的幻觉》《丑行》《死》《哀歌》《夜之歌》等,此类题材的大量出现,不仅是诗人个人情感偏好的结果,也是他对象征诗艺学习与模仿的一种必然。

在李金发诗作中,表现爱情的欢乐与失恋的痛苦,或表达对自然的歌咏和对故乡对亲人的思念,也是其重要内容。如《心愿》《春思》《少年的情爱》《过去之热情》《初恋的消失》等。这类诗歌,表现出不同于象征派诗歌风格的一面,虽然有些作品还夹杂着缕缕淡淡的忧愁,但颓废和绝望的情绪消退了,取而代之的是对生命的热爱和对爱情的向往。他渴望在情人的眼里,寻觅到"长林中狂风的微笑,/夕阳与晚霞掩映的色彩"(《心愿》)。然而,在诗人眼里,爱情如同天空中的彩虹,美丽但短暂,当心爱的人离他远去,他只能唱道:"她在陌生人的腰际,/我在战栗的两足之上。"(《初恋的消失》)歌咏自然和思乡之作也占有一定比例,如《风》《雨》《故乡》《归来》《偶然的 Homesick》等。在短诗《律》中,诗人用他敏锐的心灵感知到自然变换中生生不息的脉搏:"月儿装上面幕,/桐叶带了愁容,/我张耳细听,/知道来的是秋天。//树儿这样消瘦,/你以为是我攀折了/他的叶子么?"这类诗表现出来的悲秋感时意识,可以在中国古典诗词中找到一脉相承的精神渊源。与秋色萧索形成强烈对比的是春天的勃勃生机:"燕羽剪断春愁,/还带点半开之生命的花蕊"(《燕羽剪断春愁》),春光引发的是诗人对故乡的思念之情,远在异国的"浪子"只有"紧抱着十载犹温的赤心"(《归来》),才能祈望有一天"重入你瘦骨之怀"(《重见故乡》)。

李金发诗歌怪异、蒙眬、晦涩的美学风格,是与象征派诗人在诗歌创作中对世界感知方式和表达方式的独特性分不开的:他们认为诗不应该是对世界明白的解释和描述,而在于把握内心飘忽不定的情绪以及梦幻、下意识的精神状态,用象征和暗示的方式表达、营造出一种蒙眬的神秘色彩;为此,他们一反传统诗歌的理性创作方式,追求语言的陌生化和技巧的新奇化。李金发的许多作品,不仅大量运用省略、跳跃的具体手法,在语言结构上打破固有的语法规则,造成诗歌语言次序的混乱,而且刻意模糊诗歌意象自身的意义,截断意象与意象之间的关联。如《时之表现》:"风与雨在海洋里,/野鹿死在我心里。/看,秋梦展翼去了,/空存这萎靡之魂。"诗中风、雨、海洋、野鹿、秋梦等主要意象之间显然缺乏必要的联系,这给读者的理解增加了难度,但只要解读出各个意象的象征意义,还是有可能把握住这首诗的精神内涵的。诗的第一行用风和雨消失在无边无际的海洋里暗示空间的无限,第二行用野鹿死在心里暗示时间的静止,第三行用秋梦的飞翔表达美好时光的无情流逝,最后点明主题,光阴流转,剩下的只有空旷和萎靡的灵魂。为追求诗歌意象的神秘感和情感传达的暗示性,李金发还自觉运用通感这一艺术技巧,故意把不同感官应该使用的词搭配在一起,例如,《夜之歌》写道:"粉红色的记忆,/如道旁朽兽,发出奇臭。"记忆本无颜色,诗人却用粉红色来装点它,这样就巧妙地暗示了昔日爱情生活的美好感受;记忆更没有气味,用"发出奇臭"形容它,则是对失去美好的痛苦、厌恶情绪的表达。

与李金发同时或稍后开始进行象征派诗歌尝试的,主要还有后期创造社三位年轻诗人。留学法国的王独清于 1926 年出版了《圣母像前》,留学日本的穆木天和冯乃超,也在 1927 年和 1928 年分别出版了诗集《旅心》与《红纱灯》。他们在象征派诗艺的探索与追求上所走的途径虽然不尽相同,但他们创作的新诗与李金发的 3 部诗集一起,共同为中国新诗初创期的繁荣作出了贡献。

对新诗作了多样诗艺探求,取得了更为杰出成就的就是冯至(1905—1993)。冯至原名冯承植,字君培,河北涿州人。他是中国新诗史上最重要诗人之一。早年在家乡接受中国传统教育,1921 年考入北京大学,同年开始新诗创作,成为新文学社团浅草社和沉钟社的重要成员,被鲁迅誉为"中国最为杰出的抒情诗人"[1]。1927 年他的第一部诗集《昨日之歌》由北新书局出版,1929 年又出版了第二部诗集《北游及其他》。20 世纪 40 年代还出版了诗集《十四行集》,散文集《山水》和历史小说《伍子胥》等作品。其新诗创作大致可以分为两个时期:第一个时期包括了整个 20 世纪 20 年代,主要由抒情诗和叙事诗构成;第二个创作时期集中在 20 世纪 40 年代前期,以具有现代主义艺术色彩的哲理诗为主。其 20 世纪 20 年代的新诗创作,就呈现出多样化的艺术追求。在他的两部早期诗集中,既有《春之歌》《我是一条小河》《月下欢歌》《暮春的花园》这样一类抒情意味很浓的浪漫主义诗歌,又有《绿衣人》《晚报》《北游》等具有强烈批判精神的现实主义作品,还有《饥兽》《蛇》等具有现代主义品格的作品。

在冯至的早期新诗中,所占比例最高的就是表达个人内心情感的诗歌。这些作品在整体格调上显得幽婉缠绵,低吟浅唱的诗句后面是一颗寂寞、孤独、苦闷、惆怅的灵魂。如《小船》:"心湖的/芦苇深处,/一个采菱的/小船停泊;//它的主人/一去无音信,/风风雨雨,/小小的船篷将折。"心湖、芦苇、小船、风雨,透过这一组精心选择的意象,读者可以感受到年轻的诗人那颗由于孤寂而惆怅的心。在《我是一条小河》中,诗人把自己想象成一条快乐、自由的小河,带着自己的情人穿越森林,穿越花丛;但最后心上人漂向了远方,在诗人心里,"那彩霞般的影儿,也和幻散了的彩霞一样"。这种爱与美由和谐统一最终走向无可奈何的毁灭,使这首诗笼罩着一层淡淡的悲剧色彩。许多读者接触并爱上冯至的诗,是从他的名篇《蛇》(1926)开始的,全诗 3 节,结构完整,韵

---

① 鲁迅.中国新文学大系·小说二集·序[M]//鲁迅全集(第 6 卷).北京:人民文学出版社,1981:243.

律优美：

> 我的寂寞是一条长蛇，
> 冰冷地没有言语——
> 姑娘，你万一梦到它时，
> 千万啊，莫要悚惧！
>
> 它是我忠诚的侣伴，
> 心里害着热烈的乡思：
> 它在想那茂密的草原——
> 你头上的，浓郁的乌丝，
>
> 它月光一般轻轻地
> 从你那儿潜潜走过；
> 为我把你的梦境衔了来
> 像一只绯红的花朵！

长期生活在"没有光，没有花，没有爱"①的苦闷之中，诗人幻想自己的寂寞像蛇一样悄然潜入心上人的梦中，为他传达内心热烈的相思之情，也期盼着蛇能为自己衔回姑娘的梦境，好让他探知在那梦的一角是否有自己在暗夜里孑然独立的身影。《蛇》的成功之处在于，它为寂寞这种很难把握的个体心灵感受，找到了具体、形象、新颖的意象，阴冷、恐惧的蛇在冯至的诗里化作了爱的信使，正是这种新奇使得这首诗拥有了强烈的艺术感染力。《昨日之歌》和《北游及其他》中大量情感浓郁的爱情诗，表达了五四青年反对封建专制，追求个性解放，希望得到纯真爱情的炽热情感，也传达出五四退潮以后青年面对迷茫的前路那种"热烈而悲凉"的情绪，它是诗人个体心声的表达，但其审美价值又超越了个体情感的体验，表现出那个时代青年心灵的共同呼声。

冯至早期抒情诗的另一个重要内容就是对社会现实的关注，对底层民众苦难的同情。《绿衣人》是其发表的第一首诗作，作品透过表面平静的社会洞察到潜藏的巨大危机，艺术地呈现了那种山雨欲来、潜流涌动的时代特征。《晚报》写的是在寒冷的夜晚

---

① 冯至.诗文自选琐记［M］//冯至全集(第2卷).石家庄：河北教育出版社，1999：171.

卖报童子可怜的叫卖声，但它突破了五四时期新诗中流行的人道主义，把自己的生命也渗透到这个灰暗、凄惨的艺术世界中："我们同样地悲哀，/我们在同样荒凉的轨道。/'晚报！晚报！晚报！'/但是没有一家把门开——/人影儿闪闪地落在尘埃！/'爱！爱！爱！'"这"爱"的呼喊，不只是简单的"宗教式"博爱的表现形式，更多的是诗人在困顿生存状态中发自内心的渴望。长诗《北游》是诗人对现实生活长期观察与体悟所得到的艺术结晶，也是其新诗创作中最具现实批评精神的作品。诗作全景式地再现了20世纪20年代哈尔滨这座北国灰暗的、畸形的大都市："犹太的银行，希腊的酒馆，/日本的浪人，白俄的妓院。/都聚在这不东不西的地方……"这里是东西方文化汇集地，但伴随着刚刚兴起的现代文明却是人的精神的空虚堕落，人像地狱的"游魂"一般生存，到处是物欲横流、人性沦丧，这使诗人充满诗性的精神找不到栖息之所。他怀抱着破碎的理想，时而陷入对往日岁月的回忆，时而又探求自我生命和生存的价值，像屈原一样叩问上苍："我生命的火焰可曾有几次烧焚？/在这几次的烧焚里，/可曾有一次烧遍了全身？"年轻的诗人甚至第一次把生与死这一人生终极命题纳入了严肃的思考中："生和死，是同样的秘密，/一个秘密的环把它们套在一起，/我在这秘密的环中，/解也解不开，跑也跑不出去。"但这首诗并没有单纯地停留在形而上的沉思层面，诗人也没有彷徨于绝望，而是怀着一腔热情把自己的目光投向了遥远的北方："向北望，是西伯利亚大陆，/风雪的故乡！/那里的人是怎样地在风雪里奋斗，/为了全人类做那勇敢的实验。"这是冯至早期新诗中第一次明确展示出他的政治倾向，用饱含激情的笔调表达出对北方那个崭新的社会制度无限崇敬与向往之情。长诗《北游》是冯至的现实启示录，其价值不仅在于对黑暗社会的尖锐批评以及对生命存在意义的深刻反思，更在于作品所反映出来的诗人不甘沉沦、执着追求的精神品格。

如果把《昨日之歌》和《北游及其他》看成诗人青春情感的宣泄，那么创作于20世纪40年代前期的《十四行集》则充满了人到中年对生命的思索与感怀。与20世纪20年代诗歌创作相比较，《十四行集》在各个方面都发生了很多的变化。从思想内涵来看，《十四行集》完全突破了个人情感的小圈子，把艺术的视野投放到了更广阔的现代人的生存状况，人与人、人与自然的关联，人的生存价值以及这种价值的实现等种种更具哲学意味的形而上的思索。这种变化，一方面是诗人的成熟，另一方面，也由于诗人师法西方诗歌，产生了兴奋点的转移，我们可以看到《十四行集》与里尔克作品之间的关联。就诗歌形式而言，《十四行集》布局巧妙，构思精致，诗人取十四行体这个"椭圆的瓶"来"定型思想之水"（《从一片泛滥无形的水里》），力图做到形式与内容的完美统一。

《十四行集》蕴涵的生命哲学主要有以下两个方面。一是对生存与死亡命题的思考。如《我们准备着》中，把死亡喻为生命的奇迹，以一种坦然与宁静的心态去面对随时都有可能出现的死亡："我们准备着深深地领受，/那些意想不到的奇迹；/在漫长的岁月里忽然有/彗星的出现，狂风乍起。/……"生与死的二元对立在此已被消解，死亡作为生命的界限被赋予了新的意义，它是对生的回顾与总结，它的价值早已在生存与繁衍的奋斗中得到了完整的体现，因此它是生命应该承受并且能够承受的。《什么能从我们身上脱落》，是对生命意义的提纯，诗人力图摆脱一切生命的装饰，追求一种朴素的本原的真实："把残壳都丢在泥土里；/我们把我们安排给那个/未来的死亡，像一段歌曲。"只有在真实存在前提下，个体才能够从容地"支配死亡"、安排死亡，使死亡超越苦难，升华成为一首华美而高贵的歌曲。诗人认为，超越死亡，追求生命的永恒，并不是要否认个体的人从生存至死亡的自然规律，而在于努力创造生命存在的意义，从而实现生命价值的不朽。二是对个体的孤独与生命关联的深刻体认。《十四行集》中，有相当一部分诗是以表现孤独这样的生命感受作为其题旨的。最有代表性的就是《我们听着狂风里的暴风》："我们听着狂风里的暴风，/我们在灯光下这样孤单，/我们在这小小的茅屋里/就在和我们用具的中间……"在这首诗中，日常器物不再从属于人，它们有着属于自己的故乡，在风雨之夜像"飞鸟"一样"各自东西"，回归千里之外的故里，但人在这里失去可靠的存在根据，处于无由庇护、无家可归、孤独无助的境地。面对孤独这一生命存在的本然，诗人并没有走向绝望与虚无，而是在不断的追求中超越苦难，超越孤独，甚至超越死亡，投向旷远与光明的未来。《我们站立在高高的山巅》中写道："哪条路、哪道水，没有关联，/哪阵风、哪片云，没有呼应，/我们走过的城市、山川，/都化成了我们的生命……"在这首诗中，世间的万物都被赋予了生命的灵性，风云露水、城市山川不仅在自身的关联与呼应中显现出生命的光辉，还与"我们"生命的成长与生存的感受息息相关，成为我们生命进程中的一个阶段或生命本体的一个构成，使生命更为丰满与富足。这里隐含的喻义是：大自然中物与物、物与人之间，尚且能够通过相互的呼应来消除彼此之间的隔膜，站立在高高的生命的山巅之上，作为宇宙万物之灵长的人就更应该用爱的关联来担当起存在的重责，让自己同时也让关联的对象处于一种真实的存在之中。

《十四行集》在问世后的数十年间，被译成了德、法、英、日等多种文字，在世界文坛上享有崇高声誉。其艺术价值还体现在它对后世诗坛的影响上，它是一座艺术之桥，沟通了20世纪30年代到40年代中国现代主义诗歌的创作，深深地启迪了以穆旦、杜运燮、郑敏为代表的20世纪40年代"中国新诗派"诗人群体。

【思考题】

1. 试述中国新诗开创期的特点及胡适、刘半农、沈尹默、刘大白等诗人的代表作。

2. 简述《女神》丰富的思想内涵和艺术特色。

3. 郭沫若继《女神》之后还有哪些主要诗集？各自表现了哪些主题？

4. 什么是新格律诗的"三美"理论？闻一多、徐志摩的代表诗作是如何体现新格律诗理论的？试以具体作品说明。

5. 评析李金发的《弃妇》，并由此论述早期象征诗派的艺术追求。

6. 简析冯至早期新诗中的主要内容和思想内涵。

第五章　现代散文的开拓与创获

第一节　"随感录"与"新青年"散文群体

散文在中国文学史上源远流长,名家辈出,名作佳品数不胜数,比如先秦诸子散文、唐宋散文、明清小品文等。而在从古代向近现代转变的过程中,现代散文的变革较为自觉,在数量和质量上都令人瞩目,五四时期参与散文创作的名家之多更是令人惊叹,鲁迅、周作人、郁达夫、冰心、朱自清、林语堂等纷纷贡献出极具个性同时又带有明显时代特征的散文作品。散文异军突起,成为现代文学的重要收获。20世纪30年代,鲁迅回顾五四时期的散文时,给出了这样的高度评价:"到五四运动的时候,才又来了一个展开,散文小品的成功,几乎在小说戏曲和诗歌之上。这之中,自然含着挣扎和战斗,但因为常取法于英国的随笔(essay),所以也带一点幽默和雍容;写法也有漂亮和缜密的,这是为了对于旧文学的示威,在表示旧文学之自以为特长者,白话文学也并非做不到。"①现代散文一起步就取得辉煌的成就,原因是多方面的。首先,散文本身具有抒情言志的传统,而五四时代提倡表现自我和个性解放,两者不谋而合。其次,散文被称为"文学轻骑兵",具有自由灵活的特点,便于作家们抒发个人情感和表达思想,也更适于方便快捷地表现五四时代的风云激荡。再次,五四时期,封闭已久的国门终于打开,西方文化与文学大量涌入中国,艾默生、霍桑、兰姆等西方散文名家提供了很好的写作榜样,使新文学作家可以仿效和参照。

现代文学肇始阶段,白话散文属于广义上的大散文,除了传统的抒情散文,社会批评和文化批评等也包含其中。现代文学中最先兴起的散文是议论时政的杂感短论,统称杂文。《新青年》杂志是中国新文化运动和五四文学的发源地,中国最早的现代散文和散文作家群也诞生于此。1918年4月《新青年》第4卷第4期设立了"随感录"专栏,专门发表时政评论或者杂感,篇幅短小但犀利深刻。后来"随感录"成为当时一种很有影响力的独特文体,许多报刊纷纷效仿。李大钊、陈独秀主持的《每周评论》、邵力子主持的《民国日报》副刊《觉悟》等也纷纷开辟了"杂感""杂谈""评坛"等类似专栏。其中,陈独秀、李大钊、鲁迅、周作人、刘半农、钱玄同是主要散文作家,他们大都是新文化

---

① 鲁迅.小品文的危机[M]//鲁迅全集(第4卷).北京:人民文学出版社,2005:592.

运动的倡导者,以《新青年》《每周评论》等杂志为阵地,形成了一个鲜明的"新青年"散文群体。这一散文作家群体对中国历史与现实保持着强烈的敏感度,以短小精悍、形式灵活、个性突出的杂感或短论,对当时存在的文化痼疾、社会弊端、守旧文人的落后观点做了有力批评与揭露,这些散文以强烈的启蒙性和战斗性启迪民智,担负起了社会批评与文明批评的责任,发挥了五四文学思想启蒙以及政治启蒙的巨大作用。

陈独秀(1879—1942),字仲甫,安徽怀宁人,"随感录"散文的开创者和首批实践者之一。作为新文化运动和五四运动的发起人之一,陈独秀以政治家和思想家的气魄进行散文创作,关注重大的思想问题、政治问题和社会问题,具有居高临下的视野和敏锐深刻的洞察力,常常也表露强烈的革命激情和磅礴气势,大多是政论式杂文。比如《偶像破坏论》一文,一下笔就生动概括了偶像的十大特征:"一声不作,二目无光,三餐不吃,四肢无力,五官不全,六亲无靠,七窍不通,八面威风,九(音同久)坐不动,十(音同实)是无用",揭露了偶像的虚假与可笑,崇拜偶像更是愚昧的迷信,指出人们不应该追求偶像,而应该追求科学真理,号召人们"破坏! 破坏偶像! 破坏虚伪的偶像!"陈独秀的"随感录"散文虽言简意赅却深刻犀利,意味深长,鲁迅称赞其"独秀随感,究竟爽快耳"。① 在《研究室与监狱》中他这样写道:"世界文明发源地有二:一是科学研究室,一是监狱。我们青年要立志出了研究室就入监狱,出了监狱就入研究室,这才是人生最高尚优美的生活。从这两处发生的文明,才是真文明、才是有生命有价值的文明。"文章既鼓励青年人要勇于追求科学知识,同时也赞颂了青年人的勇于牺牲的革命精神。另外,陈独秀在《我的爱国主义》《亡国篇》等作品中也对"官迷根性"、不思进取的宿命观等进行了振耳发聩的反思和批判。应该注意的是,陈独秀的杂文大多是出于政治和思想斗争的需要,融革命性与思想性于一体,对散文自身的文学性不够重视。

李大钊(1889—1927),字守常,河北乐亭人。新文化运动的主将,中国共产主义的先驱者,《新青年》和《每周评论》的创办者和主要撰稿人之一。他的政论杂文与陈独秀有些类似,表现了政治家的犀利和思想家的智慧,其说理时形象性更强一些。《庶民的胜利》《Bolshevism的胜利》等篇目中,将政治宣传的磅礴与优美文辞结合,具有震撼人心的效果,"由今以后,到处所见的,都是 Bolshevism 战胜的旗。到处所闻的,都是 Bolshevism 的凯歌的声。人道的钟声响了! 自由的曙光现了! 试看将来的环球,必是赤旗的世界!"他的随感篇幅短小精悍,形象生动,有酣畅淋漓之感。在《解放后的人人》中,他作了这样的比喻:"放过足的女子,再不愿缠足了。剪过辫的男子,再不愿留辫了。

① 鲁迅.致周作人[M]//鲁迅全集(第11卷).北京:人民文学出版社,2005:409.

享过自由幸福的人民,再不愿作专制皇帝的奴隶了。作惯活文学的人,再不愿作死文章了。"寥寥几语,勾画出了人获得解放后的心态。在《宰猪场式的政治》一文中,他愤怒地控诉"把我们人民当作猪宰,拿我们的血肉骨头喂饱了那些文武豺狼"的政治。这样泼辣犀利的文笔,锋芒毕露,具有极强的战斗性。李大钊还有一些鞭辟入里、发人深省的思想杂感,表达了对旧中国、旧思想、旧道德的抨击,呼唤新的时代,比如《危险思想与言论自由》中,"思想本身没有任何危险的性质,只有愚昧与虚伪,是顶危险的东西"。《牺牲》中,他意味深长地说:"人生的目的,在发展自己的生命,可是也有为发展生命必须牺牲生命的时候。因为平凡的发展,有时不如壮烈牺牲足以延长生命的音响和年华。绝美的风景在奇险山川。绝壮的音乐,多是悲凉的韵调。高尚的生活,常在壮烈牺牲中。"充分展示了五四时期思想解放的时代精神与作者深沉丰厚的个性魅力。

另外,钱玄同和刘半农两位《新青年》的编撰者也创作了个性鲜明的散文。钱玄同主要从文字角度入手,痛斥"桐城谬种""文选妖孽",明确了新文学革命的对象,在《中国今后之文字问题》《尝试集序》等文章里,他主张以白话文取代文言文,用"质朴的文章,去铲除阶级制度里野蛮的款式"。另外,钱玄同还对儒家思想进行了批判,在《随感录二九》中,他历数垂辫、缠脚、吸鸦片、叉麻雀、磕头、打拱、纳妾等封建社会的种种糟粕,批判了守旧派"保存国粹"的言论。钱玄同的散文言辞激烈泼辣,痛快淋漓,鲁迅说其创作"颇汪洋,而少含蓄,使读者览之了然,无所疑惑"。① 刘半农的散文则嬉笑怒骂,诙谐幽默,善用夸张和想象,讽喻机巧活泼,艺术性和文学味更强一些。《好聪明的北平商人》中,作者愤慨于商人见利忘义,贩卖侵略国的货物并加以诡辩,作者满怀讥讽地说:"真聪明,不知道开会的时候那一位先生绞尽了脑汁才想出来了这一个好字眼,谁谓商人不通文墨耶!"《作揖主义》活画出前清遗老、孔教会长、京官老爷等可笑可鄙的腐朽嘴脸。为了批驳落后的顽固派和鼓吹文学革命,刘半农与钱玄同上演了轰动一时的"双簧信"事件:钱玄同化名王敬轩给《新青年》编辑部写信,罗织新文化运动种种罪状,说"提倡新学,流弊甚多",并用"大放厥词、荒伧幼稚、笑话、荡妇"等字眼谩骂革命派;刘半农以《奉答王敬轩》给予有力的回应,对封建顽固派的谬论逐段进行批驳,针锋相对地宣传了文学革命,文章嬉笑怒骂,有理有据的反驳中不失诙谐幽默。比如王敬轩指责《新青年》"以青年之沦于夷狄为未足,必欲使之违禽兽不远乎。贵报排斥孔子,废灭纲常之论,稍有识者虑无不指发",刘半农回复说,如果先生有正当的理由,尽可以写信来辩驳,倘若无正当理由,只用那"孔子之道,如日月经天,江河行地"的空话来搪塞或

① 鲁迅.两地书·一二[M]//鲁迅全集(第11卷).北京:人民文学出版社,2005:47.

用村妪口吻来骂人，那么便要将其所说的"狂吠之谈，即无伤于日月"回敬了。刘半农的还击以其人之道还治其人之身，痛快淋漓。

鲁迅是中国现代散文的奠基人之一，他为中国现代杂文的形成和发展作出了卓越贡献。正是在这一时期，鲁迅开始了杂文的写作，主要是进行社会批评和文化批评，思想深刻，形式多样，是思想文化战线有力的斗争武器，代表了"新青年"散文群体的最高成就。鲁迅运用进化论武器，猛烈抨击社会上的陈腐现象，尖锐地批判其中的封建文化心理和封建伦理道德，深刻揭露保守的、怯懦的国民劣根性，体现了五四的人道主义和个性主义精神。他这一时期的杂文收入了《坟》《热风》《华盖集》《华盖集续编》。在《我之节烈观》中，鲁迅从历史、文化、政治、现实等多层面挖掘批判束缚中国妇女几千年的节烈观，揭示其畸形病态，并一针见血地指出："社会上多数古人模模糊糊传下来的道理，实在无理可讲；能用历史和数目的力量，挤死不合意的人。这一类无主名无意识的杀人团里，古来不晓得死了多少人物；节烈的女子，也就死在这里。"并由此提出了自己的愿望和道德观："要除去世上害己害人的昏迷和强暴""要除去制造并赏玩别人苦痛的昏迷和强暴""要人类都受正当的幸福"，这篇文章铿锵有力，石破天惊，堪称是中国妇女解放运动的现代宣言。另外，鲁迅还有批判中国父权夫权的散文，比如《我们怎样做父亲》《寡妇主义》《娜拉走后怎样》等；批判"商人遗老们翻印了几十部旧书赚钱"和"洋场上的文豪又做了几篇鸳鸯蝴蝶体小说出版"的所谓"国学"（《所谓"国学"》）；建议青年少读或者不读中国书，多读外国书（《青年必读书》）；指出"有缺点的战士终竟是战士，完美的苍蝇也终竟不过是苍蝇"（《战士和苍蝇》）；纪念和反思请愿牺牲者的《空谈》中指出"改革自然常不免于流血，但流血非即等于改革"，等等。鲁迅这些杂文涉及的问题林林总总，无论大事琐事，都具有极强的时效性和针对性，发人深思。鲁迅杂文写作方式纵意而谈，讽刺、反语、比喻等手法的运用，加强了散文的表达效果，使得杂文具有了强烈的文学性，从而昭示着中国现代散文的诞生。

第二节　语丝派散文与周作人的散文

语丝派，得名于1924年11月创刊的《语丝》周刊，是中国现代第一个以流派命名的散文创作群体。在其发刊词中，《语丝》明确地把"提倡自由思想，独立判断和美的生活"作为周刊的宗旨，并体现了"对于一切专断与卑劣之反抗"的进步倾向①。该周刊主要作家是鲁迅、周作人、孙伏园、钱玄同、林语堂、冯文炳等人。《语丝》上曾经设立"随

---

① 发刊词[J].语丝,1924(1).

感录""闲话",对当时的社会热点表达个性化的观点,反对封建遗老遗少,揭露北洋军阀的残暴,抨击殖民主义。鲁迅曾经概括过该派散文的创作风格:"任意而谈,无所顾忌,要催促新的产生,对于有害于新的旧物,则竭力加以排击。"①总的来说,语丝派散文与"新青年"散文类似,以社会批评和文化批评为主,融作家自我于理性的批判中,风格更加自由随性,泼辣幽默,也更加重视散文表达形式与艺术手法的创新。

鲁迅、周作人是语丝派的两大主将。鲁迅在《语丝》上发表了《论雷峰塔的倒掉》《记念刘和珍君》《无花的蔷薇》等名篇,秉持鲁迅杂文的一贯风格,赞扬人民的反抗精神,抗议北洋政府屠杀学生的罪行,与现代评论派论战,等等,关注社会与国民,爱憎分明,泼辣犀利。周作人的散文创作有前后两种截然不同的风格,原因是他所说的自己心中有"绅士鬼"与"流浪鬼"或者是叛徒与隐士②的对抗,也就是积极与消极、进取与隐逸思想的交锋,这体现了他思想的复杂性。前期周作人创作具有批判性的散文,比如《前门遇马队记》《祖先崇拜》《吃烈士》等在内容和表达方式上都与鲁迅比较类似,金刚怒目,剑拔弩张,关注现实,对社会具有直接的积极意义;后来他逐渐形成了自己独特的散文风格,写作闲适冲淡的小品文,《吃茶》《谈酒》《乌篷船》《苦雨》《故乡的野菜》《北京的茶食》等作品写的是家常生活和地方风物,诙谐幽默,富有生活情趣与艺术意味,古朴典雅,含蓄隽永。除了鲁迅杂文,周作人的小品文也是中国现代散文不可多得的艺术精品。

周作人(1885—1967),鲁迅之弟,留学日本期间兄弟俩开始了文学创作。回国后他任教于北京大学,积极投身新文化运动,并产生了巨大影响,尤其在散文方面,他在理论和创作上都作出了重要贡献。1921年周作人发表《美文》一文,建议新文学应该学习外国的"记述的""艺术的"抒情叙事散文,"给新文学开辟出一块新的土地"③,他所指的是英文里essay,此类小品文或者随笔篇幅短小,叙事抒情精致而富于情趣,具有较强的个人色彩。周作人由此提出了"美文"概念,倡导小品散文。之后,周作人又发掘中国古代文学中独抒性灵、不拘一格的晚明小品,强调散文创作中的"言志"即抒发自我情感,表现真实自我。周作人所提倡的"言志派"散文,"是个人的文学的尖端","他集合叙事说理抒情的分子,都浸在自己的性情里,用了适宜的手法调理起来,所以是近代文学的一个潮头"。④ 周作人不仅有散文理论的倡导,他本人也积极参与到散文写作中,

---

① 鲁迅.我和《语丝》的始终[M]//鲁迅全集(第4卷).北京:人民文学出版社,2005:171.
② 岂明.两个鬼[J].语丝,1926(91).
③ 周作人.美文[M]//张明高,范桥编.周作人散文(第二集).北京:中国广播电视出版社,1992:151—152.
④ 周作人.近代散文抄·周序[M]//沈启无主编.近代散文抄.北京:人文书店,1934:6.

一共写作了三千多篇散文,后收入《自己的园地》《雨天的书》《谈龙集》等。周作人独创的"言志派"散文为现代文坛开拓出别有韵味的一派散文。

周作人的散文风格独树一帜,首先表现在他的散文是随兴而谈的"闲话风"。从一杯苦茶中品味人生清味,于花鸟虫鱼中寻觅生活乐趣,"如在江村小屋里,靠玻璃窗,烘着白炭火钵,喝清茶,同友人谈闲话,那是颇愉快的事"(《雨天的书》),这种随意和闲适是对"文以载道"传统的反叛,更多地趋向隐逸,但放在五四背景下看,更多体现了五四个性解放的精神。在"自己的园地"中,作者饶有兴趣、轻松率性地闲谈闲聊,从自我感受出发,话题包罗万象,草木虫鱼、衣食住行、历史文化、风土人情,从中透露出的是自在之趣。"喝茶当于瓦屋纸窗之下,清泉绿茶,用素雅的陶瓷茶具,同二三人共饮,得一半日之闲,可抵十年尘梦"(《喝茶》),出世禅意悠然而出。《乌篷船》中以书信形式向友人详尽描绘了家乡的乌篷船,不仅让友人了解了乌篷船的类型、样子等,更重要的是传达了自己坐船的感受,"要看就看,要睡就睡,要喝酒就喝酒,我觉得也可以算是理想的行乐法",这分明是生活趣味与人生态度的体现。

其次,周作人散文第二个特点是平和冲淡、自然简单。素朴雅致却隽永绵长,禅味十足。无论是语言还是情感都无繁琐的人工修饰,出自一派天然,这原本就是作者本人所追求的,"近来作文极慕平淡自然的景地"[①]。作者舒展在天地间,与自然万物融为一体,随心所欲,舒适淡泊。喝酒,饮茶,赏花,泛舟,看似简简单单却意味无穷;那些污浊与残酷的物与事,也似乎被作者有意淡化或者隔离,用一种从容节制的笔触去表达。《谈酒》中,开头就说:"这个年头儿,喝酒倒是很有意思的",接下来娓娓道来家乡如何做酒以及饮酒的习俗,然后是说到自己的酒量与喜爱之酒,最后是自问自答"喝酒的趣味在什么地方":"醉了,困倦了,或者应当休息一会儿,也是很安舒的,却未必能说酒的真趣是在此间。昏迷,梦魇,吃语,或是忘却现世忧患之一法门;其实这也是有限的,倒还不如把宇宙性命都投在一口美酒里的耽溺之力还要强大"。但是,无论是休息、昏迷还是忘却,喝酒还有一个乐趣,那就是"在中国什么运动都未必彻底成功,青年的反拨力也未必怎么强盛,……仍旧能够让我们喝一口非耽溺的酒也未可知。倘若如此,那时喝酒又一定另外觉得很有意思了吧"?喝酒的意义小到个人、大到社会国家宇宙,步步深入,作者精心营构却又自然而然,真可谓浑然天成。

周作人散文还有一个突出特点是富有趣味性。他自己宣称"我很看重趣味,以为这

---

① 周作人.雨天的书序[J].语丝,1925(55).

是美也是善,而没趣味乃是一件大坏事"。① 他所追求的是文人趣味或者是名士趣味,是俊逸洒脱的高雅之趣,这在他的小品散文里表现得尤为突出。"我们于日用必需的东西以外,必须还有一点无用的游戏与享乐,生活才觉得有意思。我们看夕阳,看秋河,看花,听雨,闻香,喝不求解渴的酒,吃不求饱的点心,都是生活上必要的——虽然是无用的装点,而且是愈精炼愈好。"(《北京的茶食》)不仅从柴米油盐酱醋茶的世俗日常生活中欣赏到趣味,甚至连不登大雅之堂的事物都能写得趣味十足,比如《苍蝇》中,有苍蝇的种类,有许多古今中外有关苍蝇的典故,有谜语,有神话,有古诗,有科学小品,尤其是日本作家小林一茶的一首俳句"不要打哪,苍蝇搓他的手,搓他的脚呢"。更是生动有趣,同时也表达了自己"以一切生物为兄弟朋友"的温情。同时,他的趣味还表现在寓庄于谐,庄谐并出,于轻松愉快中含蓄表达。《吃烈士》写于"五卅"惨案后,烈士慷慨赴难,但一些帝国主义的帮凶借烈士的牺牲升官发财。周作人没有像鲁迅一样情感倾泻而出,而是形象地用"大嚼"和"小吃"总结两种吃法,文章最后说:"然则国人此举既得烈士之心,又能废物利用,殊无可以非议之处,而且顺应潮流,改良吃法,尤为可喜,西人尝称中国人为精于吃食的国民,至有道理。我自愧无能,不得染指,但闻'吃烈士'一语觉得很有趣味,故作此小文以申论之。"蕴作者一腔愤懑于形象比喻和正话反说的讽刺中,同样具有强烈的表达效果。

另外,周作人散文作品中有一种特殊的苦涩之味。其原因所在,首先是由于周作人散文语言杂糅了口语化的白话文、方言、文言以及欧化语,劲道有力耐咀嚼。其次,周作人个人性情及生活遭际所致,"清醒地都看见听见,又无力高声大喊,此乃是凡人之悲哀,实为无可如何者耳"②。由于摆脱不了这种悲哀,他所倾心的那些"生活之艺术"很多时候只不过是一种对现实的逃避以及美好的遐想,清淡雅致中隐隐透露出寂寞与无奈。随着时局的变化,到了 20 世纪三四十年代,周作人散文闲话风日趋减少,而是开始试验一种"文抄公体"的散文,风格更是"一变为苦涩苍老,炉火纯青,归入古雅遒劲的一途了"③。

林语堂是仅次于鲁迅、周作人的《语丝》重要撰稿人。林语堂(1895—1976),福建漳州人,曾经留学美国和德国,后任教于北京大学。他创办了《论语》《人间世》,提倡幽默闲适的"性灵文学"。"语丝"时期,林语堂以斗士的姿态创作了不少杂文,后来收入

① 周作人.笠翁与随园[M]//张明高,范桥编.周作人散文(第二集).北京:中国广播电视出版社,1992:616.
② 周作人.麻醉礼赞[M]//看云集.北京:开明出版社,1992:11.
③ 郁达夫.《中国新文学大系·散文二集》导言[M]//郁达夫编选.中国新文学大系·散文二集.上海:上海良友图书印刷公司,1935:14.

1928 年出版的《翦拂集》。感慨五四退潮,作者说这个集子中表达的是"太平人的寂寞与悲哀",①大多是社会批评和文明批评,关注国民性,抨击封建思想和军阀的暴行,与"现代评论派"论战,提倡民主与科学,嘲讽激进之笔处处皆是。《论性急为中国之所恶》指出:"革一人之思想比较尚容易,欲使一惰性慢性之人变为急性则殊不易",赞扬了孙中山为主义为理想而"性急"和"狂热",提倡思想界的"精神复兴"。《给钱玄同先生的信》中,作者一针见血地指出"我老大帝国国民癖气太重",诸如惰性、奴气、敷衍、安命、中庸、识时务、无理想、无热狂等,所以他认为,"今日中国人是根本败类的民族"和"吾民族精神有根本改造之必要"。除了关注国民思想和灵魂,林语堂也参与了时事论争与批判。"三一八"惨案后,他接连发表了《讨狗檄文》《打狗释疑》《闲话与谣言》等文章,对北洋军阀政府及其豢养文人的谬论进行了辛辣的讽刺,比如《打狗释疑》中用叭儿狗讽刺为反动者利用的所谓"知识阶级":"看他走圈儿,往东往西,都听主人号令,十分聪明,倒也觉得有几分可爱。狗之危险,就在这一点。"《讨狗檄文》中,他接连用几个颇为形象的比喻进行了辛辣讽刺,把反动军阀比作虎,进步的知识界青年比作狼,知识界的败类比作叭儿狗,"所谓军阀等于虎,则智识界青年界至少须等于狼。团结起来,才略有与抵抗之希望,若狼中杂了些叭儿狗,一方面做老虎的间谍,一方面扰乱智识界自身之团结,再不到五年智识界的战斗力可保其完全消灭"。正是由于这些混入"狼群"的"叭儿狗"的存在,削弱了狼群的战斗力,而且"我们须认清我们的敌人,率禽兽而食人者将来就是这些东西,给革命势力以致命伤者亦就是这些东西"。所以他主张开展"打狗运动","使北京的叭儿狗、老黄狗、螺蛳狗、笨狗,及一切的狗,及一切大人物所豢养的家禽家畜都能全数歼灭,此后再来打倒军阀"。《祝土匪》中,林语堂表现了鲜明的激进态度,热情歌颂土匪,"我们生于草莽,死于草莽,遥遥在野外莽原,为真理喝彩,祝真理万岁,于愿足矣",文章中最精彩的是作者勾画出了那些所谓"学者""名流"小丑似的言行:"现在的学者最要紧的就是他们的脸孔,倘是他们自三层楼滚到楼底下,翻起来时,头一样想到是拿起手镜照一照看他的假胡须还在乎? 金牙齿没掉么? 雪花膏未涂污乎? 至于骨头折断与否,似在其次。"这样的笔触形象生动,尖锐泼辣,痛快淋漓。

第三节 异彩纷呈的五四散文流派

五四是个性解放的时代,而现代散文注重抒发个人情感,表达自我思想,恰好符合

① 林语堂.翦拂集序[M]//翦拂集.北京:北新书局,1928:1.

时代的表现需要,这就注定了散文在这一时期呈现繁荣灿烂的景象。五四时期,有数量巨大的散文问世,有各种样式,有多种风格,有诸多流派,有诸多名家参与散文创作。作为散文名家之一的朱自清在 20 世纪 30 年代如此描述这一时期的散文创作盛况:"但就散文论散文,这三四年的发展确是绚烂极了,有种种的样式,种种的流派,表现着,批评着,解释着人生的各面。迁流曼衍,日新月异:有中国名士风,有外国绅士风,有隐士,有叛徒,在思想上是如此。或描写,或讽刺,或委曲,或缜密,或劲健,或绮丽,或洗练,或流动,或含蓄,在表现上是如此"①。五四散文的类型多种多样,如果从流派角度来划分,除了前文已述的"新青年"散文群落、语丝派散文外,还有人生写实派散文、浪漫感伤派散文、新月派与现代评论派散文等。

人生派写实散文,是以文学研究会作家为主体形成的,其作家有冰心、朱自清、叶圣陶、王统照、郑振铎、瞿秋白、许地山等人,该派散文秉持文学研究会所倡导的"为人生"的文学主张,认为文学应该反映社会和表现人生,从对社会人生的观察和思考中探索其价值所在,是注重客观写实的散文流派。

冰心(1900—1999),原名谢婉莹,福建长乐人。"冰心"这一笔名取自"一片冰心在玉壶"。1921 年加入文学研究会,努力实践"为人生"的艺术宗旨,同年开始发表散文,她的散文充盈着满满的爱,用女性温婉的笔触去讴歌母爱、赞美童真和歌颂自然等美好的事物是她散文表达的核心所在。冰心文笔清丽,感情细腻,语言行云流水,篇章结构完整,被称为"冰心体"。正如郁达夫所说,"冰心女士散文的清丽,文字的典雅,思想的纯洁,在中国好算是独一无二的作家了"②。发表于 1921 年的《笑》是"冰心体"散文的代表作,是中国现代文学史上较早的美文小品,作者以三个微笑连缀起三幅美景:雨后月夜,壁画上的抱花的白衣安琪儿的笑是美和爱的象征;雨后古道旁,月夜中怀抱花儿的孩子的笑是纯洁童心的代表;农家门前,雨后月夜抱着花儿的老妇人的笑则代表了母爱。三个微笑重叠构成了爱与美的和谐意境。1923 年,她把异国见闻写成一系列散文后结集为《寄小读者》出版,采用书信的形式和小朋友沟通交流,亲切自然,充满了童真童趣。比如《通讯二》中,作者为小时候的一只被狗叼走的可爱小鼠忏悔,"我小时曾为一头折足的蟋蟀流泪,为一只受伤的黄雀鸣咽;我小时明白一切生命,在造物者眼中是一般大小的",表现了儿童的纯真善良。《寄小读者》中有旖旎的海外风光和奇闻轶事,同时也表现了作者对祖国、故乡、母亲的深切热爱及思念,语言典雅婉约,体现了冰心的

① 朱自清.论现代中国的小品散文[J].文学周报,1928(345).
② 郁达夫.《中国新文学大系·散文二集》导言[M]//郁达夫编选.中国新文学大系·散文二集.上海:上海良友图书印刷公司,1935:16.

"爱的哲学",在少年儿童中产生了较大影响。冰心 1931 年出版的小说散文集《往事》仍旧延续其一贯风格,传达了浓浓的爱,比如《往事(一)之七》中,当"我"看到大雨中勇敢慈怜的大荷叶覆盖在红莲上面,"我心中深深的受了感动——母亲呵! 你是荷叶,我是红莲。心中的雨点来了,除了你,谁是我在无遮拦天空下的荫蔽"? 由物及人,歌颂了母爱。冰心散文作品中浓厚的爱,不仅仅是人伦亲情,更是对他人对世界的"博爱","她的爱不但包围着我,而且普遍的包围着一切爱我的人。而且因着爱我,她也爱了天下的儿女,她更爱了天下的母亲"(《寄小读者·通讯十》),可以说,冰心用人道主义的爱营造了一个真善美的艺术世界。同时,她的散文也透露出面对现实,爱的理想遭到破坏后的淡淡失落、感伤与苦恼,"满蕴着温柔,微带着忧愁"(《寄小读者·通讯二十七》)。冰心散文情感细腻柔婉,主题澄澈单纯,从小事小物入手,传达作者对生活以及世界的看法,抒发个人的真诚情感。冰心散文的语言文字尤为值得称赞,融合了白话文的明白晓畅和文言文的凝练典雅,也稍加欧化,注意色彩搭配的和谐,营造的意象和境界充满了诗情画意。周作人称赞冰心的语言风格:"流利清脆,在白话的基础上加入古文方言欧化种种成分,使引车卖浆之徒的话进而成一种富有表现力的文章,这就是单从文体变迁上讲也是很大的一个贡献了。"①冰心散文在中国现代散文史上留下了一道温馨纯净的风景线。

同样是文学研究会成员,也同样是人生写实派散文作家的许地山,其散文透露着浓厚的宗教意味。许地山(1893—1941),祖籍广东揭阳,出生于台湾,文学研究会发起人之一,曾经在英国牛津大学研究宗教学、印度哲学、梵文等,其文学创作受佛教思想影响很深;早年他从台湾迁到福建漳州,后又赴缅甸任职,生活颠沛流离,这些思想和经历导致无论是他的小说还是散文,都夹杂着丝丝苦味。1925 年他唯一的一部散文集《空山灵雨》出版,收入了 44 篇散文小品。散文集中既有看透世间一切之后"放下"的旷达洒脱,也表现出对大千世界生老病死热切关注的"执念"以及对乱世的些许失望悲观。在《弁言》中作者清楚地表明了自己的这种复杂心态:"生本不乐,能够使人觉得稍微安适的,只有躺在床上那几小时,但要在那短促的时间中希冀极乐,也是不可能的事。"②散文集内容包罗万象,如作者所说的"杂沓纷纭"③:有对当时现实苦难的反映,比如儿子被乱兵杀死,母亲也精神失常(《万物之母》);被雨珠砸摔地上、蚂蚁和野鸟也正赶来分食的蝉,这是遭受百般欺凌的穷苦人的象征(《蝉》);为世界带来光明却得不到理解和接纳,自己最后浸入黑暗的光是悲哀的牺牲者(《光的死》)。有对人心世态的揭露,比

---

① 周作人. 志摩纪念[J]. 新月,1933,4(1).
②③ 落花生. 空山灵雨·弁言[J]. 小说月报,1922,13(4).

如面具五颜六色却从来不会改变,人面有生气却虚假,"靠不住"的《面具》;通过蛇与人总结人与动物关系、进而总结人与他者关系的《蛇》。有对生老病死以及宗教的沉思,比如"弃绝一切感官"的骷髅是"有福的",而有七情六欲的在世间的人是沉重的(《鬼赞》);从宗教本质以及中国现实出发探讨当时国人宗教问题的《我们要什么样的宗教》。有对男女两性关系的探讨,比如从男女服饰变迁反思女子地位及女性解放的《女子的服饰》;以及描写男女恋爱与婚姻关系的《爱底痛苦》《你为什么不来》《爱就是刑罚》。还有对文艺的深入思索以及分析,比如文艺创作规律的《创作的三宝和鉴赏的四依》,盘点中国美术的历史以及分析当时美术界现状的《中国美术家的责任》;等等。"生本不乐"是明显的宗教化思维,即佛教中所说的"苦海无边";同时,作者也用充满悲悯和智慧的眼光打量世界和人生,对人生诸苦有所反思,即佛陀所说的"苦圣谛";作者甚至能从死中看到美和福气,于是作者的反思也就具有了确认人之价值的意味,他的脍炙人口的名篇《落花生》正是通过"虽然不好看,可是很有用"的落花生,赞扬其踏实谦逊的品性。许地山散文作品大多取材于身边平凡的琐事小物,篇幅短小,但善于从中发掘禅理,是意味深长的人生哲理和寓言小品。

与冰心和许地山不同,叶圣陶和瞿秋白作为人生派散文群体中的成员,他们更多地表现出了写实风格。叶圣陶(1894—1988),江苏苏州人,文学研究会发起人之一,其散文感情真挚,布局严谨有序,语言平和顺达,具有清淡隽永的艺术之美,所以经常被选入中小学课本。他的《藕与莼菜》中,与友人喝酒嚼藕片的时候,先是想起故乡"鲜嫩玉色的长节"的藕,想起它鲜嫩脆爽的口味,继而想起故乡鲜绿的"无味之味"的莼菜,故乡在怀乡人的回忆中有味道有颜色,通篇洋溢着浓浓的故乡情。《没有秋虫的地方》中先是描绘了一个"不容留秋虫的地方!秋虫所不屑居留的地方"的冷清寂寞;接着笔锋一转,渲染了乡野之间"满耳朵是虫声"的热热闹闹的所在,"众妙毕集,各抒灵趣,哪有不成人间绝响的呢";最后,作者的意绪又回到了"什么也没有"的"井底似的庭院","秋虫早已避去唯恐不速了。而我们没有它们的翅膀与大腿,不能飞又不能跳,还是死守在这里"。散文用对比手法,突出反映了五四退潮期间,进步青年一腔热血无处挥洒的焦灼、苦闷与彷徨,构思巧妙,意蕴丰厚。阿英如此评价叶圣陶的散文:"他的每一篇小品,真不啻是一首非常成功的,优美的,人生的诗。和他写小说一样,他是以着写实主义者的态度,在从事于小品文的写作。"①叶圣陶的散文对社会和现实同样保持着热切的关注,《五月卅一日急雨中》创作于1925年的"五卅惨案"之后,作者怀着极大的愤怒控诉了

---

① 阿英.叶绍钧小品序[M]//阿英编校.无花的蔷薇:现代十六家小品.石家庄:河北人民出版社,1991:158.

帝国主义的血腥罪行,表达了如火般炙热的爱国主义激情。《致死伤的同胞》是为了纪念在 1926 年"三·一八惨案"中死伤的同胞,"我唯有十二分地悲悼,十二分地虔敬,来对待这严重的惨酷的新闻"! 作者还提醒国人:"他们杀伤你们,我知道也会杀伤我。你们遭到枪击而死而伤,难道单只是你们的命运么?"揭露了屠杀者的本质,令人震撼。

瞿秋白(1899—1935),江苏常州人,中国共产党早期主要领导人之一,曾经参加过五四运动。1920 年,瞿秋白以《晨报》记者身份到莫斯科采访,并曾经在俄罗斯东方大学任教。他的两本散文集《饿乡纪程》和《赤都心史》就是他到莫斯科后的见闻录,作者采用通讯报道的形式,客观真实地记录了十月革命胜利初期苏俄政治、经济、文化等方面的新气象,同时无产阶级革命带来的巨大变化也给予探索真理的作者思想和心灵极大的触动,使得他更快地成长为一个共产主义者。瞿秋白散文融叙事、写景、抒情于一体,把通讯、游记、心灵史相结合,具有较高的思想意义和文学价值。

创造社作家们在这一时期创作浪漫感伤的散文,这一派散文与人生写实派散文并列为五四散文的两大创作潮流。浪漫伤感派散文作家主要有郁达夫、郭沫若、田汉、成仿吾、叶灵凤等创造社成员,另外还有几位女作家比如庐隐、石评梅、陈学昭等人。与人生写实派散文对现实的直接表现相比,这一派别的散文更注重的是自我对现实的感受,重视个性自我的表达,强调自己内心情感的宣泄和内在情绪的表现,带有浓厚的浪漫主义主观抒情色彩。比如郭沫若的散文集《山中杂记》主要反映了其旅居日本期间的生活,其中的《月蚀》《卖书》真切展现了贫困导致的窘迫与狼狈,其中还掺杂着"连亡国奴都够不上"的民族屈辱以及对故乡的怀恋等多种情绪。

郁达夫(1896—1945)的散文充分体现了浪漫感伤派散文的特点。与其自叙传小说特点颇为相似的是,郁达夫的散文以坦率真诚的文字展示最真实的自己,包括最隐秘的想法,他自己都说:"现代的散文,却更带有自叙传的色彩了,我们只消把现代作家的散文集一翻,则这作家的世系,性格,嗜好,思想,信仰以及生活习惯等,无不活泼泼地显现在我们的眼前。这一种自叙传的色彩是什么呢,就是文学里所最可宝贵的个性的表现。"①。郁达夫散文前后期有两种不同的风格:早期散文主要是诉说个人经历,反映了"零余者"的心态;后期散文主要是一些小品游记,淋漓尽致地体现了其过人的才情。20 世纪 20 年代,郁达夫创作了《归航》《还乡记》《零余者》《感伤的行旅》《一个人在途上》等作品,倾诉个人生活及其遭际,展现了与世隔绝的孤独凄凉,抒发了对现实的愤懑不平,体现了一个愤世嫉俗的知识分子苦闷感伤的心境。《归航》是作者从日本归国时

---

① 郁达夫.《中国新文学大系·散文二集》导言[M]//郁达夫编选.中国新文学大系·散文二集.上海:上海良友图书印刷公司,1935:5.

候复杂情绪的混合,怀乡的悲感、异乡人的屈辱,对日本愤恨又不忍诀别,对前途的恐惧等交错缠绕着他的心,百感交集的结果是作者的思绪在文中肆意奔流。《还乡记》和《还乡后记》写贫困潦倒的作者从沪上返乡途中的经历,他是一个无人送行也无人做伴的"可怜的有识无产者","我是一个有妻不能爱,有子不能抚的无能力者,在人生战场上的惨败者,现在是在逃亡的途中的行路病者"。一路的所见所闻及自身的经历使得作者发出了这样的感慨:"我的青春,我的希望,我的生活,都已成了过去的云烟,现在的我和将来的我只剩得极微极细的一些儿现实味。我觉得自家实际上已经成了一个幽灵了。"《零余者》中的"我""袋里无钱,心头多恨",他回顾了自己的生活,评判了自己对世界、国家、家庭的价值后,他悲怆地认识到"我的确是一个零余者,所以对于社会人世是完全没有用的"。这是对人生的感叹,也是对自我的无情解剖。《一个人在途上》记录了作者痛彻心扉的丧子之悲,作品中弥漫着父亲对孩子深厚的爱以及无能为力的愧疚和绝望。郁达夫写这些散文的时候,基本都是在毫不掩饰地诉说自己对生活及人生的感受,是情感的强烈喷发,恣意放达,真率自然,主观情愫是作品主体,正如他评价卢梭时所说的,"实在是最深切的,最哀婉的一个受了伤的灵魂的叫喊"。①

　　20世纪20年代,郁达夫创作了大量的游记散文,主要收入《屐痕处处》《达夫游记》中,在这一阶段,作者前期那种悲愤激越的情绪平复了,采用清婉笔调写景状物同时寄托忧国忧民的深远情怀。郁达夫徜徉在湖光山色当中,领略名胜古迹,欣赏乡村野趣,再穿插风俗人情,散文浑然天成、飞扬灵动且富有诗意,语言上则整齐匀称,节奏明快,行云流水般的文字颇有古代游记小品的神韵。他的浪漫主义激情、独特个性以及出色才华给游记散文赋予了不一样的分量。对自然景色兴致盎然的同时,郁达夫没有忘却人世间的苦难,没有忽略对现实的关注。《感伤的行旅》中作者沉醉于江南的美景,但是也感慨于种种社会不公平现象:"江南的风景,处处可爱,江南的人事,事事可哀","平桥瓦屋,只在大空里吐和平之气,一堆一堆的干草堆儿,是老百姓在这过去的几个月中间力耕苦作之后的黄金成绩,而车磷磷,马萧萧,这十余年中间,军阀对他们的征收剥夺,掳掠奸淫,从头细算起来,哪里算得明白?"《钓台的春昼》中的景色如此动人:"空旷的天空里,流涨着的只是些灰白的云,云层缺处,原也看得出半角的天,和一点两点的星,但看起来最饶风趣的,却仍是欲藏还露,将见仍无的那半规月影","两岸全是青青的山,中间是一条清浅的水,有时候过一个沙洲,洲上的桃花菜花,还有许多不晓得名字的白色的花,正在喧闹着春暮,吸引着蜂蝶"。天空白云,星星点点藏月影,青山浅水,洲

---

① 郁达夫.卢骚的思想和他的创作[J].北新半月刊,1928,2(7).

上花开引蜂蝶舞,作者用富有情致的笔触写出了一番美景。但他并没有沉湎于此,当面对做官朋友的高谈阔论,却又吟诵起一首愤懑之诗:"不是尊前爱惜身,佯狂难免假成真,曾因酒醉鞭名马,生怕情多累美人。劫数东南天作孽,鸡鸣风雨海扬尘,悲歌痛哭终何补,义士纷纷说帝秦。"阿英有如此准确的评价:"郁达夫的小品文,是充分地表现了一个富有才情的知识分子,在动乱的社会里的苦闷心怀。即使是记游文罢,如果不是从文字的表面来了解作者的话,我感到他的愤懑也是透露在字里行间的。他说出游并非'写忧',而'忧'实际上是存在的。"①

新月派与现代评论派散文在现代散文史上也是别具一格的流派。它的主要创作者聚集在新月社和《现代评论》杂志周围,大多是欧美留学归来的自由知识分子,如胡适、徐志摩、陈西滢、吴稚晖、叶公超等人。他们在政治倾向和文学观念上不同于人生写实派和浪漫感伤派,既与现实保持一定距离同时也提倡理性节制情感,追求文学艺术的完美,形成了平正温和、典雅雍容的风格,具有绅士风和贵族气。徐志摩(1897—1931),浙江海宁人,被称为新月派的"诗圣",他才华横溢,感情热烈奔放,其创作风格自由而华丽,散文集有《落叶》《巴黎的鳞爪》《自剖》等。胡适评价他说:"他的人生观真是一种'单纯信仰',这里面只有三个大字:一个是爱,一个是自由,一个是美"②,这是他的人生观,也是他的艺术观,由此,对爱、美和自由的追求成为其散文的一贯主题。他用一双纯净热情的眼睛发现美,欣赏美,而且当他置身于优美风景中时,他把自我的充沛情感与活泼的灵性融入其中,"在初夏阳光渐暖时你去买一支小船,划去桥边荫下躺着念你的书或是做你的梦,槐花香在水面上漂浮,鱼群的唼喋声在你的耳边挑逗。或是在初秋的黄昏,近着新月的寒光,往上流僻静处远去。爱热闹的少年们携着他们的女友,在船沿上支着双双的东洋彩纸灯,带着话匣子,船心里用软垫铺着,也开向无人迹处去享他们的野福——谁不爱听那水底翻的音乐在静定的河上描写梦意与春光!"(《我所知道的康桥》)但是徐志摩同时也看到了美丽后面的忧愁与灰暗,"巴黎却不是单调的喜剧。赛因河的柔波里掩映着罗浮宫的倩影,它也收藏着不少失意人最后的呼吸","浮动在上一层的许是光明,是欢畅,是快乐,是甜蜜,是和谐;但沈淀在底里阳光照不到的才是人事经验的本质:说重一点是悲哀,说轻一点是惆怅"(《巴黎的鳞爪》)。所以,他热切呼唤爱与自由,"爱是他的宗教,他的上帝"。③在《汤麦士哈代》中徐志摩说:"如果我们能彼此发动一点仁爱心,一点同情心,我们未始不可以减少一些哭泣,增加一些喜笑,免

---

① 阿英.郁达夫小品序[M]//阿英编校.无花的蔷薇:现代十六家小品.石家庄:河北人民出版社,1991:259.

②③ 胡适.追悼志摩[J].新月,1933,4(1).

除一些痛苦,散布一些安慰? 但我们有意志的自由吗? 多半是没有。即使有,这些机会是不多的,难得的。"作者呼吁人们要"凭着爱的无边的力量,来扫除种种障碍,我们相爱的势力,来医治种种激荡我们恶性的狂疯,来消灭种种束缚我们的自由与污辱人道尊严的主义与宣传"。在他眼中,爱、自由无比珍贵也具有巨大的力量,足以改变人生,改造世界。徐志摩的散文充满了刹那的灵感和灵性,想象瑰丽,天马行空,结构散漫不羁。《想飞》一文中,作者思绪上天入地,从云雀老鹰的飞畅想人类的飞翔,从纵向的人类历史到横向的人的成长,作者认为人都应该追求飞翔:"人类最大的使命,是制造翅膀;最大的成功是飞! 理想的极度,想象的止境,从人到神! 诗是翅膀上出世的;哲理是在空中盘旋的。飞;超脱一切,笼盖一切,扫荡一切,吞吐一切。"梁实秋称赞说:"他的文章真是'跑野马';但是跑得好。"①另外,徐志摩散文中还常常运用排比、反复等手法铺陈渲染,语言富丽,风格浓艳。徐志摩开创了现代散文的华丽文风。

陈西滢(1896—1970),原名陈源,江苏无锡人,有多年留学英国的经历,《现代评论》创办人之一,他在《现代评论》上开辟了"闲话"专栏,发表了不少散文作品,西滢是他为"闲话"撰稿时使用的笔名。其散文主要收入 1928 年出版的《西滢闲话》中。陈西滢秉持自由主义立场,他的"闲话"内容涉及面广,在《民众的戏剧》《小戏院的试验》《观音与国剧》《创作的动机与态度》等篇目里可以看到他对当时中国文化、艺术等方面的见解;另外,更为突出的是,他还关心时事,"闲话"不闲,以公允理性的态度谈论政治、伦理等方面的问题,对帝国主义的侵略、封建主义的腐朽以及国民性的愚昧等方面都有所涉及和批判。比如在《行路难》中,他感慨了中国行路之难:坐车难,住旅馆难,甚至在一国内钱币都不统一,换钱币也难。揭露了军阀割据和政局腐败。《干着急》中他说:"大约'没有组织'实在是中国人的大毛病。中国人民无论有事没事总是一盘散沙似的,团结不起来。"《模范县与毛厕》中,号称模范县的无锡,其毛厕成为某些人获利的工具,"一班安富尊荣的绅士的进款是以全城的臭气和疾病换来的","中国人的重视物质,世界上的民族实在没有匹偶。然而中国人总是自负的说我们有的是精神文明!"作者最后反话正说,"无锡真不愧为中国的模范县!"陈西滢散文的特点是用绅士的平和论事说理,文雅从容,理性有余,经常运用轻松幽默的讽刺笔调来进行批判和揭露。比如《五卅惨案》中没有事件之"惨"的描述,而是作者心平气和地讨论如何让这一事件扩大影响,如何联络爱好和平正义的外国人士,在世界上造成巨大声势,国内如何募捐,为了怕白白牺牲所以反对学生请愿等,尽管笔带讽刺,但作者的情感态度基本是如其所说

---

① 梁实秋.谈志摩的散文[J].新月,1933,4(1).

的"事事处于旁观的地位,所以自己觉得是理智的动物,不易受感情支配的"。在《智识阶级》中,他认为,"国事是国民大家的事,只有国民大多数能把它弄好弄坏。中国的国民实在是'程度不够'","中国的没出息,还是一般国民的责任"。更进一步,他认为战争是"苦事""恐怖""地狱",所以"一般'文学家'们已在那里赞美战争,歌颂流血,我们读了不觉心痛"。可以看出,陈西滢在国民性反思上与鲁迅有异曲同工之妙,他不主张战争,更不赞同左翼作家们讴歌战争中的流血牺牲。他的英国绅士式的优雅与五四中国激进的氛围不合,更走到了否定革命和革命者的程度,所以不可避免地遭到了左翼作家的批判,他被鲁迅讽刺为"满心'婆理'而满口'公理'"的"公理论者","不能救助好人,甚至于反而保护坏人",①可谓一语中的。但无论如何,在激进的现实主义和感伤的浪漫主义之外,陈西滢散文代表了另一种平和优雅、温和节制的独特风格,在当时产生了不小的影响。

第四节　朱自清散文:白话美文的典范

　　朱自清(1898—1948),号秋实,字佩弦,生于江苏东海县,6岁时全家迁往江苏扬州。朱自清20世纪20年代开始创作,文学研究会早期成员之一,曾先后出版了散文集《踪迹》《背影》《欧游杂记》《你我》《伦敦杂记》等。朱自清是五四以来的优秀散文家之一,其散文创作风格独特,成绩斐然,其著名长篇散文《桨声灯影里的秦淮河》更被誉为"白话美术文的典范"②。朱自清的散文在朴实无华中传递温厚情感,于平淡自然中见别出心裁,显示了中国现代文学的创作实绩,为白话美文创作提供了可资借鉴的范本,为繁荣白话散文作出了突出贡献。

　　朱自清性格"忠厚笃实"③,具有强烈的正义感和社会责任感,其气节更是备受称赞,吴晗在悼念他的文章中称他为"万千青年所景仰所追随的导师,褓母"。④ 文如其人,在创作上他秉持文学研究会"为人生"的宗旨,反映、批评着社会和人生。他的散文从题材上来说大致分为三类:关注社会和政治的,书写个人遭际的,写景状物的游记。无论哪一种,都体现了朱自清至情至性的性格特点和文风。

　　第一类题材是关注社会和政治的。作为一个有良知的知识分子,朱自清表现了强烈的社会使命感。他对被压迫者和被损害者给予同情,反对军阀的暴行和帝国主义的

---

①　鲁迅.论"费厄泼赖"应该缓行[M]//鲁迅全集(第1卷).北京:人民文学出版社,2005:291.
②　浦江清.朱自清先生传略[J].国文月刊,1948(72).
③　郑振铎.哭佩弦[J].国文月刊,1948(72).
④　吴晗.悼朱佩弦先生[J].观察,1948,5(1).

罪恶,抨击封建社会中的种种不合理现象,展现了他的民主主义、爱国主义和人道主义。《生命的价格——七毛钱》中,作者亲眼看到一个父母双亡的五岁小女孩被哥嫂以七毛钱的价格卖掉,进而根据当时的社会现实,他推测出小女孩将来触目惊心的命运,描述出一段悲惨的弱者血泪史,作者接连发出了"生命真太贱了!生命真太贱了!"的悲叹。最后追索悲剧产生的原因:"这是谁之罪呢?这是谁之责呢?"这是对"钱世界"的愤怒控诉。《执政府大屠杀记》写作者亲历的"三·一八惨案",光天化日之下,执政府卫队屠杀手无寸铁的爱国群众。作者真实地还原了惨案的经过和事实,赞扬了青年学生大义凛然的精神,揭露了军阀惨无人道的行径,他出离愤怒地痛斥说:"我们国民有此无脸的政府""世界的耻辱呀!"《白种人——上帝的骄子》中,作家从电车上小西洋人粗俗凶恶的变脸的个人遭遇,联想到了中国近代以来的被歧视被侮辱被践踏的耻辱史——帝国主义对中国的侵略史,由此作家有了"迫切的国家之念",揭示出了反帝爱国的深刻主题。

第二类题材是书写个人遭际的。作者截取生活片段,在日常小事中自然而然地呈现父子间的拳拳之情、夫妻间的伉俪深情、朋友间的君子之交等,感情朴实真诚,形象真切动人。《儿女》中作者忏悔自己从前是一个"不成材的父亲",厌烦"成日千军万马"的孩子们的"磨折",但也体味到孩子们的可爱与稚嫩,于是深感做父亲的责任,决心"从此好好地做一回父亲"。这是父亲的真实心态的写照,更加体现了父爱的伟大。《给亡妇》中作者深切怀念亡妻,在他所回想所描绘的一桩桩往事,一幅幅家庭生活场景中,一个全身心爱孩子爱丈夫的贤惠妻子形象呼之欲出,作者满怀愧疚地反思:"在短短的十二年里,你操的心比人家一辈子还多;谦,你那样身子怎么经得住!你将我的责任一股脑儿担负了去,压死了你;我如何对得起你!"字字悲声声哀,催人泪下。其脍炙人口的散文《背影》,写的是父亲到车站为"我"送行的场景。父亲为"我"照看行李,和脚夫讲价钱,上车后嘱咐"我"小心,还嘱托茶房照应,这些看似繁琐的细节体现的是父亲对儿子浓浓的关爱。文中有一幕感人至深,父亲穿过铁道爬过月台去为儿子买橘子,"蹒跚地走到铁道边","用两手攀着上面,两脚再向上缩;他肥胖的身子向左微倾,显出努力的样子"。作者细致的笔触描写了父亲攀爬的艰难和背影的蹒跚,父亲的舐犊之情跃然纸上;而"我"对父亲背影的三次落泪,是儿子对父亲的深深感激和挂念。这种从生活细节中透露出的父子情,平凡真挚却绵长浓厚,引发了一代代读者的共鸣。《悼何一公君》是作者为"三·一八惨案"中受伤、后来旧伤复发病逝的清华学生何一公所做的悼念文章。初闻噩耗,"我怔了一怔,觉得人间哀乐,真不可测,黯然而已。"作者回忆了与其交往中的几次长谈,他的志趣爱好,他的未来打算,等等,平淡朴实的文字中透露出对一位优秀学生逝去的深深惋惜。

第三类是写景状物的游记类散文。这类散文是朱自清创作中最为人所称道的，比如描绘秦淮河景致的《桨声灯影里的秦淮河》，抒写静夜月下池中风景的《荷塘月色》，惊艳于梅雨潭之绿的《绿》，等等，文情并茂、脍炙人口，很多被选入不同年代不同版本的语文教材中，影响了一代又一代的青少年。在这些散文中，作者描绘了一幅幅优雅含蓄、和谐节制的自然美景，这些如诗如画的景物描摹创造出优美的意境，同时又与作者当时的微妙心境和现实生活相契合，情景交融。《春》中，嫩绿的软绵绵的小草，赶趟开花的果树，杨柳风中的鸟语花香，密密斜织的雨，舒活筋骨、抖擞精神的老老少少……作者的笔调充溢着满满的朝气、希望与活力，色彩明亮，没有一丝杂质与灰暗，情绪积极乐观，语言活泼明净。到了《匆匆》，作者表现出淡淡的忧伤："燕子去了，有再来的时候；杨柳枯了，有再青的时候；桃花谢了，有再开的时候。但是，聪明的，你告诉我，我们的日子为什么一去不复返呢？——是有人偷了他们罢：那是谁？又藏在何处呢？是他们自己逃走了：现在又到了哪里呢？"文中鸟、树、花的意象仍旧是清新的，但是烙上了时间的印痕，这是对时间流逝的轻叹，也是对人生旅途的反省，文字简单明了却精致悦耳。而《荷塘月色》中，劈头就是"这几天心里颇不宁静"，于是作者在幽静的月夜沿着曲折幽僻的小路来到荷塘，"路上只我一个人，背着手踱着。这一片天地好像是我的；我也像超出了平常的自己，到了另一世界里"。"一个人在这苍茫的月下，什么都可以想，什么都可以不想，便觉是个自由的人。白天里一定要做的事，一定要说的话，现在都可不理。"荷是"出淤泥而不染"的高洁品格的象征，而月是冷寂孤寒的，这片苍茫的荷塘月色是作者暂时逃出现实、自我隔离的清净之地，观荷叶荷花，闻花香，听蝉鸣蛙叫。但作者的情绪其实并没有解脱，他悲哀地说："热闹是它们的，我什么也没有。"一路的观赏和思索，不觉又回到自己的门前。在细腻婉转的观察描写的背后，是作者在浓重的现实面前，追求暂时解脱而不得的怅然和寂寥。《桨声灯影里的秦淮河》同样通过景物描写表现了作者复杂幽微的心情，秦淮景物无法承载作者内心的忧郁惆怅，"我们的梦醒了，我们知道就要上岸了；我们心里充满了幻灭的情思"。

朱自清散文以"漂亮""缜密"著称，把文言与白话、古典与现代、情与景恰如其分地融合起来，充满了诗情画意，是白话美文的一块里程碑。郁达夫这样评价朱自清："朱自清虽则是一个诗人，可是他的散文，仍能够满贮着那一种诗意，文学研究会的散文作家中，除冰心女士外，文字之美，要算他了。"①朱自清散文在艺术方面的独到之处主要体

① 郁达夫.《中国新文学大系·散文二集》导言[M]//郁达夫编选. 中国新文学大系·散文二集. 上海：上海良友图书印刷公司,1935：18.

现在如下几个方面。

首先,"温柔敦厚"的美学风格。对此,朱自清在《诗言志辨》中的《诗教》部分曾有专门探讨,他认为"温柔敦厚"是和、亲、节、敬、适、中,并且"这代表殷、周以来的传统思想。儒家重中道,就是继承这种传统思想"。① 体现在其散文创作中,就是朱自清作品背后始终有一个"真我",文中充满着作者自我的真挚感情,讲真话抒真情,以情制胜;但这个至情至性的"真我"又是节制的约束的,"哀而不伤,怨而不怒"。不光《给亡妇》之类的悼亡散文轻吟低徊,连从大屠杀中死里逃生后写就的《执政府大屠杀记》也是按下怒火后条分缕析地记录屠杀经过。舍弃情感的大开大阖和激流湍急,而是取情感过滤后的矜持节制,体现了朱自清散文中中国传统儒家思想的浸润,形成了独到的美学风格。所以,有人认为,朱自清的散文"久读才能发现那些常言常语中的至情至理,才能发现那些矜慎中的创造性,稳健中的进步性,才能发现那些精炼中的生动,平淡中的绚烂"。②

其次,情景交融的意境创造。朱自清写景状物抒情可谓功力深厚,他善于捕捉细节,在《山野掇拾》中他强调说:"一言一动之微,一沙一石之细,都不能轻轻放过!"从多个侧面多个角度对事物进行详细的观察,这样往往有自己的独到发现,然后再运用新颖贴切的比喻、拟人、通感等手法,纤毫毕现地对事物进行描摹。《背影》中作者用眼光两次捕捉父亲的蹒跚背影,细致入微,如刻刀般凝重深沉。《绿》,极力铺张渲染梅雨潭的绿,先是远望梅雨潭领略其风采;然后走近深入感受梅雨潭的绿,调动了视觉、触觉等全部感官;并与其他名胜古迹中的水进行对比,以"太淡""太浓""太明""太暗"来反衬梅雨潭恰到好处的绿;最后沉醉其中的作者情不自禁地用了一连串比拟来形容其可爱迷人。更为重要的是,在对人、事、物进行描摹的同时,作者投入了自己的主观情思,情景交融。《背影》中"我"满怀感恩和深情凝视着父亲的背影;《给亡妇》中,作者絮絮叨叨地感念着亡妻;《荷塘月色》中,作者满怀心事地伫立月下荷塘边。细密的描写中流贯着作家婉转的情感,使散文精致曲折,具有了打动人心的力量。

再次,缜密圆熟的艺术构思。他的散文构思巧妙,看似信笔所至,实则章法严谨,脉络清晰,有浑然一体之感。《荷塘月色》中,一开始从"妻在屋里拍着闰儿,迷迷糊糊地哼着眠歌。我悄悄地披了大衫,带上门出去"写起,欣赏了一番月下荷景后,文章最后,"猛一抬头,不觉已是自己的门前;轻轻地推门进去,什么声息也没有,妻已熟睡好久了"。从文章开头的悄悄带门而去,到结尾的轻轻推门而入,首尾呼应,展示了一个小而

---

① 朱自清. 诗言志辨[M]. 古籍出版社,1956:123.
② 余冠英. 悲忆佩弦师[J]. 文讯(月刊),1948,9(3).

完整的漫游之旅。还有，朱自清善于提炼"文眼"，画龙点睛组织全篇。《绿》是写梅雨潭的，作者紧紧围绕其绿大做文章；而《背影》中聚焦父亲的背影，更能体现父亲深沉的爱，凝练中体现了构思的别出心裁。

最后是优美规范的语言运用。朱自清散文恰当糅合了文言和白话，形成了通俗自然又优美和谐的语言风格，富有表现力和生命力。一方面是口语化，朱自清曾说过："那时我不赞成所谓欧化的语调，想试着避免那种语调，我想尽量用口语，向着言文一致的方向走。"①明白如话，这是他的自觉追求。在写作中更是口语入文，雅俗合一。比如在《给亡妇》中，"你总是忍不住，一会儿提，一会儿抱的。可是你病中为他操的那一份儿心也够瞧的。那一个夏天他病的时候多，你成天儿忙着，汤呀，药呀，冷呀，暖呀，连觉也没有好好儿睡过。那里有一分一毫想着你自己"。频频出现的儿化句式以及"汤呀，药呀，冷呀，暖呀"等语气词，形成了家常的语气和口吻，真切自然。另一方面，他注重锻词炼句，语言精致典雅。《匆匆》《荷塘月色》《春》等篇目中的文字之美，历来为人赞叹，语句生动有情致，音韵和谐，色彩雅致，比喻拟人巧妙贴切，显示了朱自清深厚的遣词造句能力。

【思考题】

1. 试述我国现代散文文体意识觉醒的促成因素及"新青年"散文群落的贡献。
2. 简述语丝派散文在我国散文史上的地位与贡献。
3. 简述周作人的散文观及其小品文创作的主要特色。
4. 五四散文主要流派有哪些？试分析冰心、郁达夫、徐志摩等作家的散文名篇。
5. 结合《荷塘月色》《背影》等作品，试述朱自清散文艺术的独到之处。

---

① 朱自清.写作杂谈[M]//朱自清全集(第2卷).南京：江苏教育出版社,1988：106—107.

第六章 诞生期话剧运动与创作

第一节 话剧的"输入"和五四话剧运动

中国新文学第一个十年(1917—1927),是新兴的现代话剧逐步形成的十年,可以看作是中国现代话剧的诞生期。

以日常生活对话和动作为主要表现手段的话剧,不是中国固有的戏剧样式,它是从西方"输入"的。最初被称为"文明新戏""新剧"等,1928年,由洪深提议定名为"话剧"。中国戏剧史上一般把19世纪末学生演剧诞生至1917年称作"文明新戏时代"。文明新戏又称"早期话剧",是中国现代话剧的萌芽。

西方话剧进入中国社会,主要有两条渠道:一是西方侨民的业余演剧。1866年,西方侨民在上海组织了"上海西人业余剧团"(简称ADC剧团),盖起了采用镜框式舞台和写实布景的正规剧场——兰心戏院,每年公演数次。但演剧、看戏的圈子仅囿于外侨,与中国社会几乎是隔绝的。而当时国人能够接触到西方戏剧形式的也只有少数知识分子,故而其影响极为有限。二是教会学校组织的学生业余演剧。这些教会学校在课程之外,往往还设置一种"形象艺术教学",即将《圣经》故事编成剧本,或直接选用世界名剧,让学生用英语或法语排练。如1896年7月上海圣约翰书院的学生就用英文演出莎士比亚戏剧《威尼斯商人》"法庭"一场,第二年他们用中文演出《薄情郎》。① 这可以说是目前发现的最早的学生演剧记载。接着,上海南洋公学、育才学堂、民立中学等新式学校仿效圣约翰书院相继演出,1905年还组织"文友会"演出。学生演剧已经摆脱了歌舞化的戏曲表演,更接近用日常语言和动作表现的话剧。不过,由于学生演剧在艺术形态上还处在一种"不土不洋"的过渡状态,一般认为它是文明新戏的滥觞、中国话剧的雏形,还不是真正现代意义上的话剧。

真正勇敢地创造了文明新戏这种中国话剧最早形式的,是以春柳社为代表的在日本的一批中国留学生。春柳社1906年底成立于日本东京,发起人李叔同、曾孝谷,这是一个"以研究各种文艺为目的"的综合性文艺团体。在其创立之初,还设立了"演艺

---

① 钟欣志.清末上海圣约翰大学演剧活动及其对中国现代剧场的历史意义[J].戏剧艺术,2010(3).

111

部"，旨在"研究新旧戏曲，冀为吾国艺界改良之先导"。① 1907 年 2 月 11 日，在日本东京中国青年会举办的赈灾演艺会上，春柳社演艺会初试锋芒，演出了法国小仲马的《茶花女》第三幕。这次演出布景和对白、表情、动作截然不同于京剧，在中国留学生中引起强烈反响，社员很快扩充到八十多人。欧阳予倩、陆镜若也相继加入，并成为该社的主要领导人。1907 年 6 月 1 日和 2 日，春柳社又借东京本乡座正式公演了根据林纾、魏易的翻译小说改编的大型话剧《黑奴吁天录》（即美国斯托夫人的小说《汤姆叔叔的小屋》）。全剧共五幕，曾孝谷改编，剧本突出了奴隶的反抗精神和民族解放思想。作为中国话剧的第一个创作剧本，《黑奴吁天录》不仅显示了思想内容上的时代感和现实性，而且在艺术形式上标志着中国话剧的开端：有完整的文学剧本，以对话和动作为主要表现形式，分幕写法。这次演出在东京引起了轰动，日本报刊纷纷登载剧评。著名戏剧评论家伊原青青园在《早稻田文学》发表长篇评论，认为"中国青年的这种演剧，象征着中国民族将来的无限前途"②。

　　春柳社在东京成功演出《黑奴吁天录》的消息迅速传到国内，并产生了极大反响。1907 年夏天，曾留学日本的王钟声在爱国士绅马相伯、沈仲礼的资助下，在上海发起创办了"通鉴学校"，这是我国最早培养话剧人才的学校。10 月，王钟声以"春阳社"的名义借上海兰心戏院演出《黑奴吁天录》。虽然这次演出中还存留了一些戏曲手法，不如春柳社那么纯粹，但采用了分幕制和写实的灯光、布景。这次演出，被看成文明新戏在国内诞生的标志。即 1907 年春柳社、春阳社在东京和上海大剧场先后演出《黑奴吁天录》，标志着文明新戏的正式诞生。1907 年也因此被定为早期话剧的诞生年、我国话剧历史的开创年。1910 年底，任天知在上海组织"进化团"，这是中国现代戏剧史上的第一个职业剧团，在辛亥革命中发挥了宣传鼓吹革命的积极作用。不久，春柳社同人回国，先后以新剧同志会、文社、春柳剧场等名义开展演剧活动。与此同时，上海还相继出现了郑正秋的新民社、张石川的民鸣社、朱旭东的开明社等众多文明新戏社团，从而形成了一场轰轰烈烈的文明新戏运动。

　　西方写实戏剧之最初"输入"中国，实际上走了一条经由日本的"之"字形道路。文明新戏正是通过模仿、借鉴日本"新派剧"③和"新剧"④，而间接学习、接受了西方戏剧

----

① 《春柳社开丁未演艺大会之趣意》，见春柳社 1907 年 6 月 1 日演出《黑奴吁天录》海报，现藏日本早稻田大学演剧博物馆。
② 出自伊原青青园的《清国人之学生剧》，见日本《早稻田文学》明治四十年 7 月号（1907 年 11 月）。
③ "新派剧"，是日本明治维新以后，在西方戏剧的影响下，从传统戏剧"歌舞伎"派生出来的一种只用说白、不歌不舞的戏剧样式。
④ "新剧"，即日本的现代话剧，是在欧洲近代剧的直接影响下发展起来的。

的美学原则和演出形式①。20 世纪的最初十年,正是日本新派剧的黄金时代,春柳社在演出《茶花女》片断和《黑奴吁天录》时,都接受过日本新派剧著名演员藤泽浅二郎等人的指导。春柳社的许多保留剧目,诸如《不如归》《社会钟》《猛回头》等,都是由日本新派剧改编过来的。同时文明新戏也接受日本新剧的影响,不仅春柳社的性质、宗旨是仿效坪内逍遥的"文艺协会",陆镜若还多次参加"文艺协会"的公演,通过舞台实践学习日本新剧的演出形式。刘艺舟的光黄新剧同志社和开明社,还在日本演出过日本新剧剧目《复活》等。文明新戏学习日本新剧的结果,就是让它带上了"现代话剧"的成分。因而它与五四以来直接受欧洲近代剧的影响而发展起来的中国现代话剧,在时间上是连续的,在精神上也是一脉相承的。

到了 1917 年,随着文明新戏的衰落和五四新文化运动的深入,批判旧戏剧、创建现代话剧也提到了日程上来,并开始成为整个新文化运动的重要一翼。纵观五四时期的话剧运动,经历了一个从理论鼓吹期至创作实践期的发展过程。

1917 年至 1920 年上半年,是创建现代话剧的理论鼓吹期。中国现代戏剧史的新的一页,由文化界对中国旧剧的理论批判运动而揭开。从 1917 年 3 月至 1919 年 3 月,《新青年》上几乎每期都有关于戏剧的讨论文章,1918 年 10 月还出了一期"戏剧改良专号"。陈独秀、胡适、钱玄同、刘半农、周作人、傅斯年、欧阳予倩等新文化运动的倡导者们,纷纷著文批判传统旧戏。他们批判了没落中的旧剧作为"玩物"和"把戏"的弊病,强调了戏剧严肃的社会意义和文学价值。早在 1904 年,陈独秀就提出:"戏园者,实普天下人之大学堂也;优伶者,实普天下人之大学教师也。"②透露了一种崭新的戏剧观念。对旧戏的批判,尤以钱玄同的态度最为激烈。他认为"今之京调戏,理想既无,文章又极恶劣不通","无一足以动人情感",因而主张把旧戏"尽情推翻"。③ 周作人则从人道主义和"人的文学"的角度,批判了旧戏反人性的实质,认为旧戏是"色情""迷信""妖怪""才子佳人"等各种思想的"结晶",艺术上是"野蛮"的,思想上是"有害于'世道人心'"的,因此,这种非人的中国旧戏应废。④ 这就从中国旧剧思想内容的批判,引出了戏剧观念的更新问题。

对旧剧的批判否定,必然包含着对新的戏剧的呼唤。而对新戏的呼唤,便要求向西方戏剧的学习——"如其中国有真戏,这真戏自然是西洋派的戏"⑤。于是,对外国戏剧

---

① 黄爱华.《中国早期话剧与日本》导论[M]//中国早期话剧与日本.长沙:岳麓书社,2001:1—12.
② 三爱(陈独秀).论戏曲[J].新小说,1905,2(2).
③ 钱玄同.寄陈独秀[J].新青年,1917,3(1);随感录[J].新青年,1918,5(1).
④ 周作人.论中国旧戏之应废[J].新青年,1918,5(5);人的文学[J].新青年,1918,5(6).
⑤ 钱玄同.随感录[J].新青年,1918,5(1).

理论和创作的翻译、介绍蔚然成风。1918 年 6 月,《新青年》上出了一期"易卜生专号",同年 10 月,又发表宋春舫的《近世名戏百种目》。据不完全统计,从 1917 年到 1924 年,全国 26 种报刊、4 家出版社,共发表、出版了翻译剧本一百七十多部。新文化运动的倡导者们在抨击旧剧的形式主义的同时,提出新的戏剧应该是"批评社会的戏剧"①,即不仅要真实地描摹人生,而且要寄托作者对现实的认识和评价,以引发人的思考。并且,他们明确主张要写日常生活中的平常人,要以现代国语写剧,要采用西方近代现实主义戏剧的方法,等等。总之,这场对旧剧的理论批判运动,虽然缺乏严密的科学态度和艺术分析的深度,现在看起来有不少偏颇失当之处,但在当时对促进戏剧新观念的确立和中国现代话剧的创建,是起了积极的推动作用的。

1920 年下半年到 1927 年,是中国现代话剧的创作实践期。"爱美剧"运动、"提倡职业的戏剧"、"国剧"运动、"南国"戏剧运动等,在这时期先后登场,共同汇入了这场声势浩大、影响深远的五四话剧运动。

1920 年 10 月,上海新舞台在汪仲贤的积极推动下公演了萧伯纳的名剧《华伦夫人之职业》,结果观众反应冷淡,不少人中途退场甚至要求退票。这次演出的惨痛失败,引起了整个戏剧界的强烈反响。汪仲贤经过反省,于 1921 年 1 月,发表了一篇题为《营业性质的剧团为什么不能创造真的戏剧》的文章,提出"组织非营业性质的独立剧团"的设想②。随之,陈大悲发表《爱美的戏剧》长文("爱美的"即英文 Amateur 的音译,意为业余的、非职业的),鼓吹爱美的戏剧,以反对戏剧商业化。于是一场"爱美剧"运动在全国范围内迅速展开。

第一个"爱美的"戏剧团体,是 1921 年 3 月在上海成立的民众戏剧社,发起人为沈雁冰、郑振铎、陈大悲、汪仲贤、欧阳予倩、熊佛西等 13 人。5 月,他们创办《戏剧》月刊,这是中国现代文学史上第一个专门性的戏剧杂志。该社主张现代戏剧"是推动社会使前进的一个轮子,又是搜寻社会病根的 X 光镜"③,体现了"为人生"的现实主义戏剧观。另一个著名的戏剧团体,是 1921 年 12 月成立的上海戏剧协社,先后加盟的有应云卫、谷剑尘、欧阳予倩、洪深等。该社前后奋斗 12 年,举行过 16 次公演,因其真正重视舞台实践而成为"爱美剧"运动的柱石。此外,响应"爱美剧"运动的还有北京实验剧社、新中华戏剧协社、辛酉剧社等。与此同时,各地的工、农、军业余演剧活动也开始活跃。如

---

① 傅斯年.戏剧改良各面观[J].新青年,1917,3(1).
② 载 1921 年 1 月 27 日《时事新报·余载》。
③ 民众戏剧社成立宣言[J].戏剧,1921,1(1).

黄爱、庞人铨领导的湖南省劳工会女工新剧社,拥有2万户会员的广东海丰农会,黄埔军校的血花剧社,等等,为我国革命戏剧的发展传出了最初的信息。

但是,"爱美剧"运动也有它的局限,即组织较为松散,剧本创作和演出的专业水平不高。针对此一问题,蒲伯英最先提出了"提倡职业的戏剧"的主张。接着,陈大悲也表示"职业的戏剧是不该排斥的"。于是,1922年11月,他们在北京一起创办了人艺戏剧专门学校(简称"人艺剧专"),这是我国第一所试用西方戏剧艺术教育方式培养话剧专门人才的学校。1925年5月,海外归来的余上沅、赵太侔、闻一多等人,在北京美术专门学校的基础上创办北京国立艺术专门学校,增设了戏剧系。从此,中国有了国立的戏剧教育机构,戏剧艺术进入了我国的高等教育。他们成立中国戏剧社,倡导"国剧"①运动,一方面对中国传统戏曲程式的美学价值进行理论阐发,一方面大量介绍现代西方戏剧艺术的理论与技巧,主张更广泛地吸收两者的艺术精神。这些主张对于提高当时的演剧水平,不无积极意义。

真正为20世纪20年代中后期现代戏剧打开崭新局面的,是田汉领导的"南国"戏剧运动。"南国"戏剧运动包括1924年的《南国半月刊》时期、1925年的《南国特刊》时期、1926年至1927年的南国电影剧社时期、1927年的上海艺术大学时期、1928年至1930年的南国社及南国艺术学院时期。活动范围包括文学、戏剧、电影、音乐、美术诸方面,而以戏剧为主。田汉极力倡导"在野"的艺术运动,主张"艺术运动应该由民间硬干起来,万不能依草附木"②。这种独立的苦斗精神贯穿在他领导的"南国"戏剧运动中。1927年冬,田汉会同欧阳予倩等戏剧名家举办为期一周的"艺术鱼龙会",演出了田汉编写的《生之意志》《名优之死》等7部话剧和欧阳予倩编写的京剧《潘金莲》,轰动了上海戏剧界。南国社在思想上的反帝反封建的斗争精神,在艺术上执着探求的精神,都在中国现代戏剧史上写下了光辉的一页。

第二节　多样探索的五四话剧创作

在五四以来现代话剧的创建中,重要环节之一是话剧文学的确立。与早期话剧——文明新戏不同,话剧文学的发展和舞台演出的脚本制度的确立,是现代话剧的突出标志。它为话剧舞台艺术的发展提供了新的起点。

在新文化运动的热流中,外国戏剧作品的译介给人们提供了学习的范本,这极大地鼓舞着投身文学革命、戏剧革命的有志之士,积极从事新戏剧的创作,使话剧文学呈现

---

① 他们所谓的"国剧",既非话剧也非戏曲,而是吸收两者长处的一种结合物,是"一种新剧"。
② 田汉.我们的自己批判[J].南国月刊,1930,2(1).

出活跃的新局面,涌现出一批中国现代话剧文学的开拓者。其中既有热衷于戏剧改良而率先尝试话剧剧本创作的胡适、陈绵等人;也有早在文明新戏时代就活跃在剧坛的汪优游、欧阳予倩、陈大悲等人;还有五四前后从国外归来,献身于话剧事业的张彭春、洪深、余上沅等人。而特别值得注意的是,在"爱美剧"高潮时期,涌现了一批从文学走向戏剧的剧作家。如郭沫若、田汉、丁西林、熊佛西、李健吾、成仿吾、白薇、侯曜、濮舜卿等人,都热情投身到剧本创作中来。他们的出现,大大加强了话剧文学的发展。这些来自各个不同领域的作者,共同开垦着中国现代话剧文学创作的处女地。在中国现代戏剧史上,正是在这一时期,戏剧才真正获得了文学的价值;也正是在这一时期,才出现了真正的剧作家。

贯穿整个现代话剧史的反帝反封建精神,在这一时期有其特殊的表现形态,即在人道主义、民主主义和爱国主义指导下的思想解放和个性解放。对"人"的发现和思考,对禁锢人性的半殖民地半封建社会的暴露和批判,使现代话剧放射出犹如西方"文艺复兴"和"启蒙主义"的光芒,同时也带有易卜生"独战多数"的社会问题剧的色彩。人生问题、社会问题、家庭问题、爱情问题、妇女问题等,引起了剧作家的普遍关注。各种思潮流派和创作风格的剧作家,在要求思想解放和个性解放上达成了共识。他们的作品,都能透视当时的社会现实问题,不同程度地反映了反帝反封建的时代要求。

由于五四初期对易卜生主义及易卜生戏剧大张旗鼓的宣传和引进,易卜生式的反映社会矛盾、提出社会问题的"社会问题剧",也成了这一时期中国话剧文学创作的主流。其中数量最多、影响最大的,是以反对封建婚姻制度,追求爱情自由、妇女解放为主题的剧本。应该说,率先模仿易卜生的问题剧而喊出爱情自由、个性独立的是胡适的《终身大事》。剧本写的是田亚梅女士不顾父母以"中国的风俗规矩"和"祖宗定下的祠规"对她婚姻自主的阻挠,毅然随自己所爱的男子离家出走。剧中主人公喊出"孩儿终身大事,孩儿应该自己决断",表达了当时青年的共同心声,引起强烈反响。全剧情节虽然简单,但其思想内容的丰富性及其在当时历史条件下的进步意义是显而易见的。它把当时中国社会的封建迷信思想和封建礼教的道德规范结合起来进行否定和批判,既揭露了封建迷信活动的欺骗性,又谴责了中国旧风俗和封建宗法制度的落后和残忍,强调了青年男女的婚姻和爱情的自主性,表现了资产阶级人道主义、民主主义的思想和婚姻观。表现同类主题的作品,还有欧阳予倩的《泼妇》、郭沫若的《卓文君》、成仿吾的《欢迎会》、田汉的《咖啡店之一夜》和《获虎之夜》、丁西林的《一只马蜂》、侯曜的《复活的玫瑰》、濮舜卿的《爱情的玩偶》、白薇的《琳丽》、李健吾的《翠子的将来》等。剧作家们或取材于当代生活,或寓意于历史故事,以不同的题材,从不同的角度,热情歌颂了一批向往个性解放、爱情自由而与封建家庭决裂,"与旧社会作战"的叛逆者,表现了民主思想的觉醒。其次,从家庭矛盾和伦理道德方面,批判和揭露半殖民地半封建社会黑暗、腐朽、虚伪的作品也不少,如陈大悲的《幽兰女士》、汪仲贤的《好儿子》、熊佛西的《青春的悲哀》、李健吾的《另外一群》、欧阳予倩的《屏风后》、侯曜的《弃妇》等。还有一些剧作,是正面描写在军阀、官僚、土豪劣绅压迫下人民的苦难生活的,如陈绵的《人力车夫》、丁西林的《压迫》等。而像洪深的《赵阎王》、田汉的《江村小景》等剧,更直接抨击了军阀战争的罪恶。另外,对反帝爱国主义思想的讴歌,也是这时期话剧创作的重要内容之一,尤其是在 1925 年"五卅"惨案以后出现的新作,如郭沫若的《聂嫈》、田汉的《黄花岗》、侯曜的《山河泪》、熊佛西的《一片爱国心》等剧本中,表现得更为强烈和鲜明。

五四时代是一个敢于思考、勇于探索的时代。思想解放运动的活跃与戏剧思潮的开放,形成了五四话剧创作在艺术上的丰富多样性。这时期的话剧文学创作,以形式和风格的多样化为其突出特点。话剧的各种体裁、样式,无论现实剧、历史剧、悲剧、喜剧、正剧、诗剧、散文剧、独幕剧、哑剧、活报剧等,都有多样的尝试和探索,都有不同程度的发展。并出现了一些成功之作,有些甚至至今仍是话剧舞台上经常演出的保留剧目。尤其是独幕话剧的创作,在艺术上已臻成熟,出现了《获虎之夜》《湖上的悲剧》《一只马蜂》《泼妇》《压迫》等优秀之作。诗剧的创作在 20 世纪 20 年代也有突出的表现,除郭沫若的诗剧外,白薇、杨骚的诗剧也取得了一定的成就。田汉、欧阳予倩等剧作家,还注意从中国传统戏曲中汲取艺术营养,积极探索具有民族风格的话剧。而从戏剧观念、创作方法和艺术追求方面来看,当时许多剧作家都是"多元化"的。他们既尊崇西方近代剧的写实主义戏剧观,把易卜生当作膜拜的对象;又崇尚浪漫主义,写出大量带有积极浪漫主义倾向的成功之作;同时也对西方现代主义的种种戏剧观念产生兴趣,进行了现代派戏剧的有益尝试。

纵观五四话剧的整个创作流向,大体上可以归纳为以下三种:

一、现实主义戏剧

这类剧本主要采用西方近代戏剧以易卜生为代表的写实主义的创作方法,如实地描写人生,反映生活,体现出鲜明的社会现实性。陈大悲早在《爱美的戏剧》一书中,就明确提倡"人的戏剧",提倡现代的、描写现实人生的、现实主义的话剧。主张"为人生而艺术"的民众戏剧社,也提倡"写实的社会剧",反对将"外国最新的象征剧、神话剧输入到中国戏剧界来"①。他们与上海戏剧协社的成员，大都持有现实主义戏剧观，因而剧作的写实性都较突出，如欧阳予倩的《泼妇》、陈大悲的《幽兰女士》、汪仲贤的《好儿子》、熊佛西的《青春的悲哀》、谷剑尘的《冷饭》、叶绍钧的《恳亲会》等。特别是汪仲贤的《好儿子》，描写上海一户"经纪小百姓"家庭的生活。该剧的价值，主要就在于用极其写实的手法，真实生动地反映了半殖民地半封建制度下大都市普通家庭的生活和小市民卑琐自私的心理，反映了旧社会的世态炎凉和人际关系的冷酷、虚伪，富于地方色彩和生活气息。汪仲贤生在上海，长在上海，对大都市的生活有着深切的体验，这就使得剧中所描绘的一些生活细节，例如叔嫂口角、婆媳斗法等，都灵动鲜活，语言也较朴素、生动，切合人物性格。洪深曾评价该剧是"那一时期中最有价值的创作"②。还值得一提的是与文学研究会有联系的历史剧作家顾一樵，他的《荆轲》《项羽》《苏武》等历史剧，都以史实为依据，以写实为特色，表现出与20世纪20年代占主流的浪漫主义抒情历史剧迥然不同的美学特征。

二、浪漫主义戏剧

这一时期，冷静、客观的写实之作不在少数，但影响更大的是注重自我抒情的浪漫主义剧作。田汉、郭沫若、白薇、濮舜卿等人的剧作，都以诗一般的美和强烈的抒情性震撼读者和观众的心灵。具有民主主义思想和青春活力的剧作家们，在理想和现实的撞击中产生两种情绪：一是对黑暗现实的反抗与对光明未来的呼唤；二是对重压下看不清出路而产生的某种伤感。前者是热烈，后者是悲凉，这两种情绪恰恰在浪漫主义的艺术手法中才能找到最合适的表现形式。而积极浪漫主义是这时期话剧创作的主潮，田汉、郭沫若是其代表。田汉的早期剧作《灵光》《湖上的悲剧》《古潭的声音》《南归》等，作者不是要如实地描绘人生的本相，而在于表现作者在人生旅程中的心境。郭沫若的《卓文君》《王昭君》《聂嫈》，以酣畅的笔墨塑造了历史上三位反对封建礼教、反对专制制度的"叛逆女性"，充满理想的色彩和主观表现的倾向，具有浪漫主义的鲜明特征。同是浪漫主义剧作家，他们的创作个性和艺术风格也是有差异的，韵致各有不同。田汉的剧作委婉、温馨，犹如轻柔的春风；郭沫若的作品则奔放、热烈，恰似雷霆闪电。

三、有现代派倾向的戏剧

除了现实主义戏剧和浪漫主义戏剧，五四时期的话剧剧坛也开始了西方现代主义

---

① 蒲伯英.戏剧要如何适应国情[J].戏剧,1921,1(4).

② 洪深.《中国新文学大系·戏剧集》导言[M]//中国新文学大系·戏剧集.上海：上海良友图书印刷公司,1935.

戏剧的尝试,并出现了一些"现代派"剧本,如陶晶孙的《黑衣人》、李霁野的《夜谈》、高成钧的《病人与医生》、韦丛芜的《我和我的魂》等。即使像洪深、田汉等曾以做"中国的易卜生"自勉的,他们也都同时广泛借鉴和吸收斯特林堡、梅特林克、王尔德、奥尼尔等为代表的表现主义、唯美主义、象征主义等手法来为自己所用。如洪深的《赵阎王》,描写农民出身,性格善良、纯朴的赵大,在军阀混战时被迫入伍当兵后,逐渐丧尽天良,干尽坏事,甚至活埋伤兵,无恶不作。当他偷了营长克扣的饷银潜逃林中时,因良心折磨而精神错乱,终于被追兵击毙。赵大迷失在林中时,剧本通过独白与无声幻象的出现,将主人公迷乱的精神世界外部化、戏剧化。这里所运用的表现主义手法,就是直接模仿、借鉴了美国表现主义剧作家奥尼尔的《琼斯皇》,不仅剧作的立意与《琼斯皇》的表层意义接近,而且结构也相类似。洪深自己也曾说,第二幕以后,"借用了欧尼尔底《琼斯皇》中的背景与事实——如在林子中转圈,神经错乱而见幻境,众人击鼓追赶等等"①。其他如向培良的《暗嫩》,是典型的唯美派之作;白薇的《琳丽》,有着象征主义和表现主义的色彩;余上沅的《塑像》,带有神秘主义的倾向。再如郭沫若的《卓文君》、欧阳予倩的《潘金莲》中,都有英国唯美派剧作家王尔德《沙乐美》的影响;田汉的《灵光》《颤栗》中,也可找到瑞典表现主义剧作家斯特林堡的某些艺术特征。

总之,这一时期多样探索的大批剧本的出现,标志着话剧文学的活跃和繁荣。创作上是多元的,然而又是归一的,各种戏剧观念和艺术手法,都被统一在表现反帝反封建时代精神的需要之下。它们是新文化运动在戏剧战线上的丰硕成果,在文学园地里开拓了戏剧文学的新阵地,也奠定了戏剧文学在中国话剧运动中的重要地位,给日后话剧创作的继续发展开拓了前进的道路。

当然,初创期的话剧创作,毕竟是处于摸索的尝试阶段。无论内容或形式、观念或技巧都未臻成熟。从剧本内容看,由于大多数剧作者都是资产阶级或小资产阶级知识分子,他们虽然关心社会,但视野局限在自己生活圈子内,描写的主要是上层社会、知识分子或市民阶层的矛盾纠葛,真正反映下层民众生活的作品很少。因此,生活的广度和深度都是不够的。从艺术表现看,这一时期的剧本大多数还是比较稚嫩和粗陋的,且话剧的文学性和剧场性还没有普遍达到统一。一些文学性强的剧本,舞台性往往比较弱,难以搬演;而一些剧场效果较好的戏,文学性又较差,缺乏隽永的韵味。就戏剧观念论,现代话剧所代表的戏剧新观念如何与中国传统的戏剧美学相融合,当时还在摸索之中。模仿的倾向、欧化的倾向,都使它不能迅速地在中国广大观众中打开局面。直到新文学

---

① 洪深.《中国新文学大系·戏剧集》导言[M]//中国新文学大系·戏剧集.上海:上海良友图书印刷公司,1935.

运动的第二个十年,这些问题才得到较为圆满的解决。

第三节　田汉：我国现代话剧的奠基人

田汉、欧阳予倩、洪深是中国现代话剧的三大奠基人,而其中尤以田汉成就最高、影响最大。他不仅是一位天才的剧作家和诗人,是中国现代戏剧史上最多产的剧作家,而且是戏剧运动最重要的组织者,是以多方面的戏剧活动起到领导作用的卓越的剧坛领袖。在中国现代戏剧史上,还没有一个戏剧家像田汉那样,本身就成为戏剧发展史的突出代表。可以说,田汉的身上就生动地体现着中国现代戏剧的历史,甚至可以说,他就是"一部中国话剧发展史"①。

田汉(1898—1968),原名田寿昌,湖南长沙县人。他6岁入私塾,9岁开始接触《西厢记》《红楼梦》等古典文学名著,并对家乡流行的皮影戏、傀儡戏、花鼓戏、湘戏等民间戏曲艺术发生了浓厚的兴趣。1912年,田汉考入革命气氛浓郁的长沙第一师范学校,并初试戏剧之笔,写了《新教子》《汉阳血》等表现辛亥革命的剧本。1916年,有着强烈的爱国救国思想的青年田汉,随舅父东渡日本留学。在日本,他接触了许多新的社会思潮和新的文艺思潮,特别是观看了大量新剧的演出,阅读了西方各个历史时期、各种艺术流派的戏剧作品。莎士比亚、歌德、席勒、易卜生、契诃夫等浪漫主义和现实主义戏剧大师的剧本,近代各种唯美主义和现代派剧作家如王尔德、梅特林克、霍普特曼等人的作品,以及当时日本的新戏剧运动,在田汉面前打开了一个崭新的"戏剧世界",他的主要兴趣也"被吸引到文学戏剧方面去了"②。1920年,田汉完成处女作《梵峨嶙与蔷薇》,从此,他进入了自己戏剧创作道路上的一个光辉灿烂的时期。整个20世纪20年代,他的戏剧生涯内容丰富、个性突出,在戏剧运动、戏剧理论、戏剧创作方面均有大的发展,从而奠定了他在中国现代戏剧史上的地位。

20世纪20年代的田汉,是一个以满腔热情战斗在新民主主义革命旗帜下的青年诗人和剧作家。1921年,他与郭沫若、郁达夫、成仿吾一起组建新文学团体"创造社"。五四时期以至整个20世纪20年代,田汉的身上体现着新的时代精神,洋溢着人道主义、民主主义和爱国主义的活力。这期间,他创作了二十多个话剧剧本。这些剧本以不同的取材、立意和艺术方法,从不同的角度、不同的侧面反映了当时中国的社会矛盾和阶级斗争,写出作者眼中的人生,在感伤悲凉的外衣下表现出思考、探求、挣扎和反抗的精神。《梵峨嶙与蔷薇》借鼓书艺人柳翠和她的琴师秦信芳之间传奇般的浪漫史,表现了

---

① 曹禺.寿田汉先生[M].1947年在文艺界为田汉庆祝50寿辰大会上的讲话.
② 田汉.在戏剧上的我的过去、现在及将来[M]//南国的戏剧.上海：萌芽书店,1929.

青年田汉对"真艺术"和"真爱情"的追求。《灵光》(1920)写女留学生顾梅俪在恋爱的苦闷中做了一个"浮士德"式的梦而幡然醒悟,决心和其男友回国,去救治人民"物质上的"和"精神上的"痛苦,是田汉第一个见之于舞台的话剧。《乡愁》(1922)、《落花时节》(1922)等,也都是写心境、写自我的浪漫主义色彩较浓的作品。《薛亚萝之鬼》(1922)写资本家的女儿看到工人奴隶般的生活后,对工人处境的深深同情,不愿意弹用红利买来的钢琴并决心放弃所有的财产。《午饭之前》(1922)描写三位女工及其病母的困苦生活,侧面写出了工人的反抗斗争,并贯穿着对宗教欺骗性的揭露,具有鲜明的政治倾向。这两个剧本是我国现代戏剧史上最早描写工人阶级的生活及其反压迫、反剥削斗争的,可以说是 20 世纪 30 年代"无产阶级戏剧"的先声。《黄花岗》(1925)取材旧民主主义革命斗争的史实,写得壮怀激烈、慷慨悲壮,充满反帝爱国的感情。《苏州夜话》(1927)、《江村小景》(1927)则对祸国殃民的军阀战争进行了血泪的控诉。尤其是前者,通过老画家刘叔康在战乱中妻女失散的悲惨遭遇,写出战争和贫穷给人民带来的巨大灾难。比之最初的几个剧本,这些剧作的现实主义战斗精神已大大加强。总之,革命民主主义的思想基础,反帝反封建的政治倾向,浪漫主义、现实主义交叉运用中透出的热烈而悲凉的艺术情调,构成了田汉 20 世纪 20 年代剧作的基本特征。

田汉认为自己 20 世纪 20 年代的戏剧是表现了"青春期的感伤"和"渐趋明确的反抗"①。这可从他《咖啡店之一夜》(1921)、《获虎之夜》(1924)、《名优之死》(1927)等剧看出来。特别是后两者,无论从戏剧艺术的完整性还是从现实主义的深刻性来看,都是田汉 20 世纪 20 年代的两部最有代表性的剧作。

《咖啡店之一夜》写穷秀才的女儿白秋英,父母双亡,贫苦无依,便应情人李乾卿之约来省城求学,一面做咖啡店的侍女积攒学费,一面痴情地等待情人前来相会。但等来的却是李要断绝恋爱关系。原来,李已和他带来的富家小姐订婚。为了"两讫",李提出要用钱赎回自己写给白的情书。白秋英十分悲愤,将钱和自己珍藏的情书一起焚毁,表示了极度的轻蔑和凛然的决绝。爱情的破裂也宣告了白秋英精神寄托的破灭,她感到人生的悲哀和孤寂,开始借酒消愁。但在与白秋英同病相怜的感伤青年林泽奇的劝慰下,两人相约鼓起勇气,和那些"浅薄的生活"告别,以新的活力"到人生的渊底去"。这时,在压抑、悲凉之中,又飘来了流浪世界的俄国盲诗人凄凉的吉他弹唱的声音,更强化了剧作的感伤气氛和情调。最后以白秋英对人生"行路难"的思考结束全剧。田汉自称该剧是"以咖啡情调为背景,写由颓废向奋斗之曙光"②,人生行路难,但还要奋斗

---

① 田汉. 我们的自己批判[J]. 南国月刊,1930,2(1).
② 田汉. 在戏剧上的我的过去、现在及将来[M]//南国的戏剧. 上海:萌芽书店,1929.

下去。《咖啡店之一夜》的这一主题，初步显示了田汉早期剧作突出作者主观意向的浪漫主义特色。当然，其中也客观地揭露了以金钱和地位为中心的半封建半殖民地社会的罪恶，表现了妇女独立自主的精神。该剧作为一部探索人生之路的抒情剧，虽然戏剧冲突不够强烈，人物性格欠鲜明突出，但剧中人物直抒作者胸臆，对话充满抒情意味，重视氛围、情调的渲染，仍见出一定的社会意义和较高的审美价值。

《获虎之夜》是田汉早期最优秀的独幕话剧之一，也是整个中国20世纪20年代剧坛上的珍品。它继《咖啡店之一夜》后，更加强烈而深沉地唱出当时青年男女苦闷的夜歌，和他们冲决封建束缚的要求。故事以辛亥革命后湖南山村为背景，通过富裕猎户的女儿莲姑和贫苦的流浪儿黄大傻的爱情悲剧，深刻地表达出当时青年的痛苦和追求，猛烈地抨击了封建门第观念，揭露了封建势力的专制与残暴，热情歌颂了青年男女忠贞不渝的爱情和宁死不屈的反抗精神。比起《咖啡店之一夜》，该剧的艺术构思和人物塑造有明显的提高。它讲究现实主义的戏剧结构，充分注意了"戏"的提炼和选择，具有强烈的扣人心弦的戏剧性。戏是在喜剧氛围中开场的：猎户魏福生正在和妻子喜形于色地谈论着女儿要嫁给高门大户陈家的喜事，还准备当晚打一只老虎添件虎皮床褥给女儿作陪嫁，以显示"猎户人家的本色"。而莲姑却早已与表哥黄大傻相爱，虽然父亲嫌贫爱富已把黄大傻赶出家门，但两人仍然情深意切。这样，戏一开始就把两个"悬念"给了观众：今晚能否打到老虎？莲姑和父亲的矛盾如何解决？第一个"悬念"的揭底引起了巨大的"惊奇"：抬上来的居然是受了重伤的黄大傻！原来，他因思念情人，每天上山遥望莲姑房间的灯光，结果踏动机关被猎枪打中。而"惊奇"之后是"发现"：人们在喜庆的婚事下发现了一个血淋淋的悲剧！这就促使父女矛盾白热化，加重了第二个"悬念"的分量，并推动着戏剧冲突迅速向悲剧的高潮发展：黄大傻不忍心看心爱的莲姑因他受父亲的毒打，带着肉体和心灵的重伤自杀了，莲姑则在父亲的暴政下作不屈的挣扎。第二个"悬念"不需揭底，就把观众引向沉重的思考。该剧结构巧妙，"戏"味浓郁，标志着田汉在戏剧艺术上迈出了新的一步。

与田汉以往的作品相比，《获虎之夜》更注重人物形象的真实刻画。尽管田汉曾把该剧内容概括为"以长沙东乡仙姑殿夜猎背景写贫儿殉情之惨史"[①]，但剧本塑造得最为成功的是莲姑这一形象。她温柔而不懦弱，委婉而不屈从，朴实而有胆识，具有鲜明的个性。在她身上，既写出了20世纪20年代追求婚姻自由和个性解放的新女性的思想特征，又刻画了山村姑娘朴实刚强的性格。黄大傻是田汉以家乡的流浪儿罗大傻为

---

① 田汉.在戏剧上的我的过去、现在及将来［M］//南国的戏剧.上海：萌芽书店，1929.

原型塑造的,他的性格弱点也是与他的身世相符合的,因而具有一定的现实性。不过田汉又情不自禁地加以某些"诗化",让他讲出长篇抒情独白。这与其说抒的是黄大傻之"情",不如说是田汉借人物在抒自己之"情",显示了田汉一贯的善于主观抒情的特点。洪深曾给该剧以很高的评价,认为"在题材的选择、材料的处理、个性的描写,在对话,在预期的舞台空气与效果,没有一样不令人满意的"。① 总之,剧中现实主义主题、浓郁的乡土气息和浪漫主义传奇色彩相结合,构成了田汉剧作的独特风格,成为他前期创作中向现实主义迈进的一座重要路标。

《名优之死》初演于1927年南国艺术学院举办的"艺术鱼龙会",1929年到南京公演时又作了些补充,是田汉20世纪20年代最出色的剧作。剧本描写京剧演员刘振声对待艺术严肃认真,注重戏德、戏品,而他的徒弟刘凤仙在小有名气之后被流氓士绅杨大爷所腐蚀而堕落;刘振声坚持正义,起而抗争,终在恶势力的压迫之下,愤懑病发,倒毙于舞台之上。刘振声这一艺术形象,是以民国初年著名艺人刘鸿声为素材的,概括了旧社会戏曲艺人的苦难遭遇,是一个真实动人的艺术典型。刘鸿声的悲剧在于:他所代表的"美"——艺术创造的精神,与丑恶现实是根本对立的,他对"美"的追求越执着,他的悲剧之根也就种得越深,他的悲剧也就是"美"的悲剧、艺术的悲剧。田汉正是通过艺术家的悲剧遭遇,反映了艺术的社会命运,歌颂了刘振声坚持理想、至死不屈的崇高精神;同时控诉了旧社会的罪恶,暴露了半殖民地半封建中国社会的黑暗,激发人们为推翻这个社会而斗争。

这出戏是以"新奇的形式、绚烂的色彩、沉郁磊落的情调"演出的②。在剧中,被推到前台的恰是刘振声等演员们演出京剧的后台,而话剧的后台就成了京剧的前台。这样,前台、后台,实写、虚写,融为一体。话剧剧情的进展与"戏中戏"的演出互为映衬,为人物"活"起来提供了一个自然、真实的环境。剧作形式新奇,色彩绚烂,结构自然、单纯明晰,无意求"戏"而更出"戏",像生活的本来面貌一样真实可信,呈现出田汉从早期话剧的非戏曲化结构向戏曲化结构的转化特征。且人物形象丰满,各有个性。如刘振声的抑郁刚正,左宝奎的滑稽幽默,萧郁兰的泼辣热情,刘凤仙的虚荣骄傲,刘芸仙的朴实天真等,都在剧情的自然进展中得到表现。总之,这部三幕话剧标志着田汉对社会观察的深入和戏剧艺术的成熟,在他的戏剧创作道路上具有承上启下的特殊意义。

---

① 洪深.《中国新文学大系·戏剧集》导言[M].上海:上海良友图书印刷公司,1935.
② 田汉.《田汉戏曲集》第四集自序[M]//田汉文集(第1卷).上海:上海文艺出版社,1981:449—451.

田汉对中国现代戏剧艺术的贡献是巨大的,也是全面的。他一生创作近百部剧本,话剧、歌剧、戏曲、电影无所不包。他最先接受和介绍西方现代派戏剧(当时称为"新浪漫主义"),并对唯美主义、象征主义、表现主义等多种创作方法作了大胆的尝试;他开创了我国现代写心境、重神似的浪漫主义抒情剧,是戏剧中革命浪漫主义流派的最杰出的代表;同时,田汉还是现代戏曲改革的先驱者,为我国现代戏曲的繁荣和发展作出了重大贡献。

第四节　丁西林等的独幕喜剧

在中国现代话剧的诞生期,独幕喜剧曾风行一时,不但在喜剧创作中占绝对优势,而且在整个五四剧坛也是独树一帜的。

独幕喜剧之所以能盛行,是因为在五四喜剧作家看来,"喜剧更是今日社会之所需",它不仅是"社会缩影的批评",还对"今日一盘散沙,麻木不仁的中国社会",具有增强其互助合作精神的重要作用。① 即喜剧担负着改造国民性、强盛国家、健全民族的历史使命。从艺术审美的角度来看,则主要在于独幕喜剧较之多幕喜剧,更适于表现五四的时代精神与人们的思想情绪。美国著名剧作家奥尼尔曾说:"独幕剧是塑造某种朝气蓬勃的、富有诗意的、难于在大型剧本里保留的那种情绪的绝妙的手段。"②丁西林也曾指出:"独幕剧在结构上贵乎精巧,它常常只是表现生活中的某个片断。有时,一个独幕剧的艺术生命,甚至只是为了突出地描写某种气氛,某种情调,或是抓住一两个人物的个性,表现出某些生动的生活情趣和感受。"③正因为独幕剧有着以上的审美特征,所以这一时期尝试探索独幕喜剧的人不少,并一开始就显示出中国现代独幕喜剧的成熟。

纵观五四话剧,最能体现独幕喜剧创作实绩的,是以丁西林为代表的幽默喜剧、以欧阳予倩为代表的讽刺喜剧,及以熊佛西为代表的趣味喜剧。而其中成就最大的,又首推丁西林。

丁西林(1893—1974),原名丁燮林,字巽甫,江苏泰兴人。曾留学英国伯明翰大学专攻物理,回国后任北京大学物理系教授,话剧创作是他的业余爱好。他的剧作,以反映知识分子生活中的矛盾为主要内容。五四时期,他写有《一只马蜂》(1923)、《亲爱的丈夫》(1924)、《酒后》(1925)、《瞎了一只眼》(1926)、《压迫》(1926)等独幕剧,一举成为著名喜剧作家,并赢得了"独幕剧圣手""中国的莫里哀"之称。此后他又陆续发表了

---

① 熊佛西.戏剧与中国[M]//现代戏剧家熊佛西.北京:中国戏剧出版社,1985:240.
② 奥尼尔.戏剧及其手段[M]//美国作家论文学.北京:生活·读书·新知三联书店,1984:252.
③ 转引自吴启文.丁西林谈独幕剧及其他[J].剧本月刊,1957(8).

《北京的空气》(1930)、《三块钱国币》(1939)、《等太太回来的时候》(1939)、《妙峰山》(1940)及《孟丽君》(1961)等剧。而最能代表丁西林早期独幕喜剧成就的,是《一只马蜂》和《压迫》。

《一只马蜂》从一个独特的视角,表现了反封建的主题。它不像《终身大事》《泼妇》一类剧作那样把两种思想、两种道德的激烈冲突直接展现在观众面前,而是在感情并不明显对立的两代人之间,展开了轻松活泼、富有生活情趣的喜剧纠葛。吉老太太并不是一个顽固的守旧派,可她自以为是地替儿女婚事奔波操劳,结果空费心机,显得十分可笑。她要把女儿介绍给自己的表侄,而"有点新习气"的女儿坚决不顺母意;她催儿子赶紧娶媳妇,也"绝少成绩";她又要将护士余小姐介绍给自己的表侄,却不知余小姐早与她的儿子吉先生偷偷相爱……由此引出了吉先生、余小姐和吉老太太三人之间妙趣横生的喜剧冲突。《一只马蜂》可以说从头至尾都以一个"谎"字引发和推动着喜剧性冲突,"谎"中有戏,笑从"谎"出。男女主人公用种种言在此而意在彼的"谎话""反语"蒙住了自以为在指挥一切的吉老太太,也用心口不一的方式互相倾诉着热烈的爱情。剧作家在幽默的笑声中达到了"一箭三雕"的目的:第一,赞美了要求个性解放、婚姻自主的年轻人,也善意地嘲讽了他们的某些虽要自主自立又不够坚强勇敢的软弱性;第二,温和地讽刺了在思想上抱残守缺、自以为是的吉老太太;第三,点出了三人之间喜剧性冲突的社会根源——中国社会"真是一个不自然的东西"!故在"谎"的背后,是对当时不合理社会现实的暴露和讽刺,这正是作者寓庄于谐、于轻松处见严肃的高明深刻之处。

《压迫》是丁西林早期剧作的"压轴戏",曾被许多剧团搬上舞台,在现代戏剧史上影响颇大。写的是顽固守旧的房东太太整天在外打牌,但又唯恐家中未婚的女儿与房客发生自由恋爱,所以决不把房子租给没有家眷的人。但是女儿的态度相反,决不把房子租给有家眷的人。剧中没有正面描写这一冲突,我们看到的是房东太太和男客吴某的一场斗争。女儿收了这位男客的租房定金,母亲却硬是不租,要他收回定金。争执不下,房东太太叫女佣去喊巡警。而当巡警到来时,戏剧的情势已发生了戏剧性突转。原来,正当男客不知所措时,又来了一位女客。这位女客性格倔强,富有新思想和同情心,当她知道了男客的处境时,主动提出假扮夫妻。这聪明大胆的一招,使得巡警狼狈告退,也打了房东太太一个措手不及。虽然作者自己说此剧没有提出什么"问题"和"教训",但在他真实揭示的喜剧冲突中,既有对不合理社会现象的讽刺和批判,对封建思想的鞭挞和暴露,也洋溢着对联合起来反抗压迫的青年人的赞美之情,这使该剧具有强烈的社会意义。从艺术表现上看,该剧结构精巧、缜密,语言机智、幽默、俏皮,喜剧性格的刻画真实生动。正因为如此,《压迫》一剧受到社会各界的热烈欢迎和好评,洪深认为:"他底写实的轻松的《压迫》,可算那时期的创作喜剧中的唯一杰作。"①

虽然丁西林的剧作不算丰富,但他的喜剧有其独特的审美视角和敏锐的喜剧眼光,使之能从不为人们所注意的生活事件中发掘趣味盎然的喜剧性。平淡自然的喜剧情节,神形毕肖的喜剧性格,精巧缜密的戏剧结构,机智蕴藉的喜剧语言,神思悠远的喜剧结尾,形成了他独具一格的幽默喜剧风格,令人回味无穷。丁西林确立了独幕喜剧在中国现代喜剧发展史上的地位,并深刻地影响着一大批后来的喜剧作家,在中国现代戏剧史上占有重要的一席之地。

欧阳予倩(1889—1962),原名立袁,号南杰,湖南浏阳市人。早年曾先后就读于日本成城中学、明治大学和早稻田大学,并积极投身新剧运动。他是从文明新戏舞台走上戏剧之路的,话剧、京剧一身二任,编、导、演均有所长,以毕生心血为发展中国现代戏剧事业建立了卓越的功绩。纵观欧阳予倩的一生,共编写过四十多部话剧、改编过五十多个戏曲剧本。较著名的话剧有《泼妇》(1922)、《回家以后》(1922)、《潘金莲》(1927)、《屏风后》(1929)、《车夫之家》(1929)、《同住的三家人》(1932)、《忠王李秀成》(1941)、《桃花扇》(1946)等。其中成就较为突出的,是早期的独幕喜剧和创作于20世纪40年代的历史剧。

《泼妇》是欧阳予倩早期戏剧的代表作,1923年上海戏剧协社第一次公演,即产生了较大影响。该剧在五四时期的爱情剧中有自己独特的视角,它描写的是新女性于素心与其夫陈慎之的纳妾行为进行斗争的故事,抨击了封建礼教的罪恶,提出了在整个社会政治、经济制度未经根本改革之前"自由恋爱""妇女解放"能否得以实现的问题,并热情歌颂了被封建势力称为"泼妇"的新女性为护卫自己的独立人格愤然离家出走的反抗行为。剧本显然受到易卜生《玩偶之家》的影响,但其内容则反映了当时中国特定的现实,表现了忠于五四精神,将反封建斗争进行到底的主题,因此具有强烈的现实意义。

与丁西林的喜剧以幽默见长不同,欧阳予倩擅长的是尖锐、泼辣的讽刺。早在1913年,他在长沙创作《运动力》,就对辛亥革命后一些官场新贵的腐化堕落行为进行了尽情嘲弄。《泼妇》着重通过"新派人物"陈慎之心口不一、言行不一的自我表演,揭露讽刺他背叛五四精神的丑恶嘴脸和无耻行径。《回家以后》嘲笑了留美学生陆治平仿效西方个性解放与新式女性同居,而又留恋旧式婚姻的矛盾心态和行为。讽刺最为

---

① 洪深.《中国新文学大系·戏剧集》导言[M]//中国新文学大系·戏剧集.上海:上海良友图书印刷公司,1935.

尖锐的是《屏风后》,通过女伶忆倩对自己前半生不幸遭遇的追述,揭露了受人尊敬、热心维持风化的"道德维持会"会长康扶,原来是一个玩弄女性的十足的伪君子!该剧构思巧妙,被讽刺的对象康扶直到将要闭幕时才上场,而一亮相就是一个大曝光,不容他有任何躲闪的机会。且"屏风"本身就具有双重含义,嘲讽了康扶之类的人物正是借着虚伪的道德这面"屏风"招摇撞骗,掩盖其肮脏的灵魂。

熊佛西(1900—1965),原名熊福禧,字化侬,江西丰城市人。曾在美国哥伦比亚大学研究院攻读戏剧,回国后任北京国立艺术专门学校戏剧系主任。他在戏剧理论的介绍和建设、培养戏剧人才、领导农民戏剧运动等方面都作出了杰出的贡献,在剧坛上有"南田北熊"之称。

熊佛西一生创作了近五十来部话剧,剧作样式丰富多彩,表现手法不拘一格。他的最初创作成果《这是谁的错?》(1921)、《新人的生活》(1922)、《新闻记者》(1922)、《青春底悲哀》(1922)、《偶像》(1923)、《我到哪里去?》(1923),都是针砭现实的社会问题剧,真实地反映了五四新文化运动时期青年的精神面貌;且情节曲折、对话生动、舞台感强,为新兴话剧争取了观众,扩大了社会影响,在中国现代戏剧文学史上具有开创性意义。其他在剧坛引起广泛影响的,还有反映青年一代反帝爱国思想的《一片爱国心》(1925)、控诉黑暗社会压迫摧残人性乃至逼良为邪的《王三》(1928)等剧。

不过,这时期熊佛西创作最多的还是喜剧。《偶像》(1922)写一对专以迷信活动为生计的兄弟贸然打破庙里的塑像后又随即后悔,讽刺了崇拜偶像的封建迷信思想,影射了当时破除迷信打倒偶像运动的不彻底性。《洋状元》(1925)近于一部闹剧,它借助一连串夸张的外部动作,尽情展现了挂着留学生金字招牌招摇撞骗而实则不学无术的洋状元的疯狂相、流氓相和狼狈相,透过留学生数典忘祖的种种滑稽丑态,嘲讽了洋状元们的"金玉其外,败絮其中"。《蟋蟀》(1927)以写意的象征手法,通过幽古公主寻找和平石而终不可得的经历,抨击了虎狼横行世界的残暴黑暗,曲折地反映了当时的社会现实。剧中周仁、周礼、周义三兄弟为争夺幽古公主而同室操戈、自相残杀,既是对封建礼教的虚伪丑恶的嘲讽,也是对现实生活中封建军阀之间的不义战争的影射。而幽古公主对人类的失望,也是作者渴望和平的美好理想遭到破灭的自喻。其他再如《一对近视眼》,写一对近视眼的青年把萤火虫当作鬼火而惊慌失态的笑话,反映了封建迷信对知识青年的侵蚀之深;《模特儿》通过画家雇用人体模特儿的风波,嘲讽了当过教育部录事的人竟对艺术愚昧无知;《裸体》以漫画式的笔法渲染政大爷欲看娘娘庙里娘娘的裸体像而又要摆出道学家的面孔,撕破了封建卫道士的假面具。

与丁西林、欧阳予倩他们的喜剧以幽默和讽刺见长不同,熊佛西更注重趣味性和寓言性。他的《洋状元》《艺术家》《一对近视眼》《裸体》《模特儿》等喜剧,大多根据生活中蕴含着一定社会意义的趣闻趣事敷演而成,每个戏的故事情节本身就妙趣横生,令人捧腹。《蟋蟀》《苍蝇世界》则具有寓言性喜剧的特征,貌似游离现实,其实有很大的现实针对性。熊佛西倡导"趣味",有利于喜剧的发展,不无积极意义,但如果片面追求"无穷的趣味"①,注重情节的离奇荒诞和滑稽逗趣,也会流于肤浅而忽视了喜剧之深层的批判意义。像《童神》《喇叭》等剧,只是对某些旧风陋习进行温和的嘲讽和批评,就存在此类弊病。

【思考题】

1. 什么叫"文明新戏"? 什么叫"爱美剧"运动?

2. 五四话剧主要有哪几大创作流向? 代表作各是什么? 试作具体解析。

3. 田汉早期剧作有什么特色? 他对现代戏剧有哪些贡献?

4. 简述丁西林对现代话剧艺术的贡献。

5. 试比较丁西林、欧阳予倩、熊佛西三人独幕喜剧的风格特点。

---

① 熊佛西.戏剧应以趣味为中心[J].戏剧与文艺,1930,1(12).

第二编

中国现当代文学的发展与深化

第一章 20 世纪三四十年代文学运动与文学思潮

第一节 左翼文学的主导倾向与文学多元互补格局的建构

一、无产阶级革命文学的倡导与左翼文学运动

1927 年大革命失败后,国内阶级力量重新聚合,一大批新文学作家汇集上海,于是早在 20 世纪 20 年代中期便已经提出后因北伐战争中断的"革命文学"重新成为新文学运动的热点。由后期创造社于 1928 年 1 月创办的《文化批判》和《创造月刊》,发表了成仿吾的《从文学革命到革命文学》、冯乃超的《艺术与社会生活》、李初的《怎样地建设革命文学》等文章,倡导革命文学。1927 年冬成立,由蒋光慈、钱杏邨等组成的太阳社,也于 1928 年 1 月创办《太阳月刊》与创造社相呼应,发表了蒋光慈的《关于革命文学》、钱杏邨的《死去的阿 Q 时代》等文章。这些文章一方面高举起无产阶级革命文学的大旗①,应和着整个西方工业世界经济危机中的革命浪潮,汇入到世界范围内的"红色的30 年代"中;另一方面,又受国际无产阶级文学运动中日本福本主义和党内左倾路线的双重影响,对五四文学革命及其有影响的作家给予了全盘的否定,斗争的矛头直接指向鲁迅、茅盾、叶绍钧、郁达夫、冰心等人,并且表现出把文艺简单地等同于宣传,忽视其审美特征的倾向,因而引起了一场革命文学的大论争。创造社和太阳社为争革命文学倡导权也发生过争论。

中共中央指示创造社和太阳社停止对鲁迅等人的攻击,筹备建立统一的左翼文学组织。1930 年 3 月 2 日,中国左翼作家联盟(简称"左联")在上海成立。出席会议的有鲁迅、冯雪峰、柔石、沈端先、冯乃超、李初梨、彭康、蒋光慈、钱杏邨、田汉、阳翰笙等四十余人。会议选举沈端先(夏衍)、冯乃超、钱杏邨、鲁迅、田汉、郑伯奇、洪灵菲为常务委员。后来,茅盾、周起应(周扬)等相继从日本回国,也参加了"左联"。会议通过了理论纲领与行动纲领,鲁迅作了后来题为《对于左翼作家联盟的意见》的重要讲话,对无产阶级文学倡导过程中的经验教训作了科学总结,强调了左翼作家必须和实际斗争相结合,必须同旧社会和旧势力进行韧性的战斗。

---

① 麦克昂(郭沫若).英雄树[J].创造月刊,1(8).

"左联"在北平和日本东京设立"左联"分盟,在广州、天津、武汉、南京等地成立了小组。可以说"左联"是中国文学界规模空前的一次大联合,文艺界的其他领域也相应成立了各种左翼团体,如"剧联""美联""影联"等,标志着无产阶级革命文艺思潮的高涨,也标志着党对新文艺领导的加强。"左联"内部设有党团,直接受中共领导,不仅强化了文学与政治的联系,而且开创了党领导文学的新体制。"左联"明确宣布是无产阶级领导的革命事业的一翼,并加入了国际革命作家联盟,成为它在中国的支部,强化了它的无产阶级政治方向。"左联"除将原鲁迅主编的《萌芽》和太阳社的《拓荒者》辟为机关刊物外,还先后出版了《前哨》(后更名为《文学导报》)、《北斗》《十字街头》《文学月报》《太白》《光明》等期刊。不过这些刊物均遭到国民党政府的查禁,很少坚持一年以上的。在"左联"及其分支机构的组织下,左翼文学队伍不断发展壮大,并且同国民党反动政权和旧势力进行了英勇的斗争,甚至献出了自己的生命。如1931年2月7日,五位"左联"作家柔石、胡也频、殷夫、冯铿、李伟森被国民党秘密杀害,震动中外,史称"左联"五烈士。此外,洪灵菲、应修人、潘谟华等"左联"作家也被枪杀。

"左联"的成立推动了马克思主义文艺理论的译介与研究,理论建设方面颇有建树。"左联"成立之初,曾一度从苏联"拉普"(俄罗斯无产阶级作家联合会)理论家那里引进了"唯物辩证法的创作方法",用辩证唯物主义世界观代替文学艺术的创作方法,以政治代替艺术,结果进一步助长了公式化、概念化倾向。回到文学战线的瞿秋白于1933年针对"左联"的问题,撰写了《马克思恩格斯和文学上的现实主义》《恩格斯和文学上的机械论》等论文,批评了初期无产阶级文学创作中的"主观主义的理想化"和"革命的浪漫蒂克"情绪。1933年9月,周扬介绍了苏联清算"拉普"错误的情况。11月又发表《关于社会主义的现实主义与革命的浪漫主义》①一文,第一次向国内介绍了"社会主义现实主义"的创作原则,"真实性"为"不能缺少的前提",注意创造"典型环境中的典型性格","在发展中,运动中去认识和反映现实"。但其所阐述的这种"典型",实际上是把某一社会集团的各种代表性格相加而成的,是一种忽略个性的阶级的典型。虽然胡风曾撰文《什么是典型和类型》(1935)加以争鸣,但仍对典型个性的丰富性与独特性缺乏深入的研究。②

"左联"的另一项重要活动是推动"文艺大众化"。为了更好地利用文学发动群众、掌握群众、组织群众,"文艺大众化"作为建设"无产阶级文学"的一个重大问题而被提了出来,并展开了三次大讨论。1930年春,在《大众文艺》《拓荒者》等刊物上开始了第

---

① 周扬.关于"社会主义的现实主义与革命的浪漫主义"[J].现代,1933,4(1).
② 冯雪峰.社会的作家论·题引[M]//冯雪峰文论文集(上册).北京:人民文学出版社,1981:11—12.

一次讨论,中心问题是如何写出"能使大众理解——看得懂——的作品"。鲁迅在《文艺的大众化》中认为"在现下教育不平等的社会里,仍当有种种难易不同的文艺",不能去迎合大众,媚悦大众,"迎合和媚悦是不会于大众有益的"。郭沫若则强调"通俗化"应是文艺大众化的关键。1931 年 11 月至 1932 年 6 月,《北斗》《文艺新闻》《文学月报》等开展了"文艺大众化"的第二次讨论。瞿秋白提出利用旧形式,即旧瓶装新酒的主张。同时,他还认为五四式白话仍旧是士大夫的专利,和以前的文言一样,是非驴非马的东西,因而需要"再来一次文字革命",即"俗化文学革命运动"①。茅盾认为由于各地方言的差别,不会有一种全国性的普通话,因而五四白话仍有生命力,尽管有待精练和去掉欧化习气。② 第三次讨论是 1934 年关于"大众语"的讨论。这年 5 月汪懋祖等在南京《时代公论》《中央日报》上发起"文言复兴运动",上海进步文艺界加以反驳。6 月转入对大众语和拉丁化的讨论,涉及文字改革、普及文化教育等。就文学而言,则是"为了纠正白话文学的许多缺点",而提倡"大众语"。③ 鲁迅认为大众语应采用方言,但须不断改进提高,也须吸收外国语文的词汇和语法,使之丰富和精密④,并批评了借口白话文不够通俗而否定五四新文学的倾向⑤。

总体来看,无产阶级文学的倡导和左翼文学运动的展开,在中国新文学史上有着不可漠视的意义。其中最主要的原因是,它同新文学的使命要求和中国革命的现状相契合。五四以来的新文学运动从一开始就表现出"启蒙"与"救亡"并存的强烈的历史使命意识,因而由冲决封建藩篱的"文学革命"发展成为同大革命运动相呼应的"革命文学",原是一种历史的必然;此后应和了日益高涨的无产阶级革命运动,并与世界范围内的"红色 30 年代"思潮相一致,无产阶级文学势必成为中国 20 世纪 30 年代的重要文学思潮,并构成了当时中国文学发展的主导倾向。在倡导无产阶级文学基础上形成的左翼文艺运动,一支作家队伍以蓬勃发展的态势展开,在中国新文学史上也是前所未有的。鲁迅当时就对这一文艺运动在 20 世纪 30 年代文学中所处的地位作了切中肯綮的评价。此外,左翼文艺坚持马克思主义的理论指导,提倡文艺大众化。创造一种勇敢反叛专制制度、体现鲜明政治倾向性和阶级倾向性的红色文本,在新文学中也是独树一帜的。当然,从另一方面来说,左翼文艺也存在着相当严重的对五四文学精神的否定与变异,这主要表现为它对五四新文学的人道主义和个性主义

---

① 史铁儿(瞿秋白).普洛大众文艺的现实问题[J].文学,1932,1,(1).
② 茅盾.问题中的大众文艺[J].文学月报,1932,1(2).
③ 周起应.关于文学大众化[J].北斗,1932,2(3、4 合刊).
④ 鲁迅.论"旧形式的采用"[N].中华日报·动向,1934-05-04.
⑤ 鲁迅.花边文学·"彻底"的底子[M]//鲁迅全集(第 5 卷).北京:人民文学出版社,1981:510.

精神内涵的否定,虽然这种否定受到鲁迅、茅盾等人有限度的捍卫,但其基本精神已与五四新文学发生了较大的偏离。

二、与左翼文艺运动对峙和互补的其他文学观与文学思潮

虽然从"文学革命"到"革命文学"构成了由 20 世纪 20 年代到 30 年代文学发展的主导旋律,但是五四文学所确立的开放而多元的文学也在发展着,从而与左翼文学构成了一种既相互对峙又相互补充的文学格局。这一时期的文学观与文学思潮主要还有:

1. 后期"新月派"的文学人性论

这里的"新月派"是既与上一时期的以新月社为主体的新月派相联系又有所区别的一个文学派别,所以称他们为后期新月派。1926 年 6 月以后,闻一多、徐志摩等相继离开北京,原来的新月社无形解散。当他们与《现代评论》的胡适、陈西滢等人于 1927 年重新集合在上海,创办新月书店和《新月月刊》(1928 年 3 月—1933 年 6 月)时,便进入了新月派活动的第二个时期,即后期新月派时期了。

后期新月派继承了前期新月派"以理性节制感情"的美学原则,对文学的"无政府"状态加以批评。在《新月》创刊号上,由徐志摩执笔的《新月的态度》,旗帜鲜明地批评了当时文坛上他们所不以为然的 13 种派别,如功利派、标语派、主义派、偏激派等,实际上主要攻击由创造社和太阳社发起的无产阶级革命文学运动。主要理论家梁实秋则受其美国老师白璧德新人文主义和古典主义的影响,进一步倡导起"人性论"。他认为"文学发于人性,基于人性,亦止于人性","文学的目的是在藉宇宙自然人生之种种现象来表示出普遍固定的人性"①。不过这种人性并不是一般的自然人性,而是以"健康""尊严"为标志的人性。因为他们认为人性是复杂的、善恶交织的,因而需要用"理性"来加以"指导"和"控制"。落实到文学创作中,他们就追求"文学的纪律",即以格律、节奏、匀称为特征的合度的表现。虽然这种对人性的探索具有一定的作用,但是他们的文学观以所谓普遍的人性论反对文学的阶级性,实际上是否认文学的大众性,用他们自己的话来说就是"大多数就没有文学,文学就不是大多数"(梁实秋:《文学与革命》)。从根本上讲,这是一种贵族主义的精英文学观②,因而受到了左翼的批评。鲁迅一方面指出他们的文学"人性论"是"以资产为文明的祖宗,指穷人为劣败的渣滓"的贵族主义实质(《"硬译"与"文学的阶级性"》);另一方面也肯定了文学人性本身的合理存在,批评了左翼阵营某些极"左"言论。鲁迅认为,在阶级社会里,文学都"带着阶级性","但是

---

① 梁实秋.文学的纪律[J].新月,1928,1(1).
② 梁实秋.文学与革命[J].新月,1928,1(4).

'都带',而非'只有'"阶级性,如果用阶级性代替、抹杀文学的"个性"及其他特征,就是对"唯物史观""糟糕透顶"的歪曲①,对两者的关系作了较为辩证的论析。

2."现代派"的文学自由论

所谓"现代派"是因 1932 年 5 月在上海创刊的《现代》杂志而得名的。其主要编辑有施蛰存、杜衡、戴望舒等。他们在杭州读中学时就组织过文学团体"兰社"。1926 年就读上海震旦大学法文班时,合编《璎珞》小旬刊,被称为"文坛三剑客"。《现代》一创刊就宣布是一个致力于文学自身的艺术、忠于自我感觉的文学刊物,并表现出宽容和自由创造倾向。这种倾向就难免与左翼文学运动发生冲突。1931 年自称"自由人"的胡秋原在他编辑的《文化评论》创刊号上发表《阿狗文艺论》,提出"文学与艺术,至死也是自由的、民主的","将艺术堕落到一种政治的留声机,那是艺术的叛徒"的观点,表面上攻击国民党扶植的"民族主义文艺运动",实际上将矛头指向了左翼文艺运动,因而受到左翼文艺阵营的批判。胡秋原也连续写了《钱杏邨理论之清算与民族主义文学理论之批判》等文进行答辩。《现代》的杜衡则用"苏汶"的笔名以"第三种人"的身份,发表了《关于〈文新〉与胡秋原的文艺论辩》等文,为胡秋原辩护,卷入了论争。他们的观点集中体现在三个方面:一是关于文学的阶级性。他们并不否认文学的阶级性,但是"不是一切文学都是有阶级性的",把文艺作为阶级斗争的武器"不能整个包括文学的含义",因为文学的功能是多方面的。二是他们强调文学必须是文学,不能变成"政治留声机",文学家不能变成"政治煽动家"。三是文学表现是自由的。由此他们指责左翼文艺理论束缚了作家的创作自由,"左联"作家"左而不作","左联"外的作家也怕"作而不左"而搁笔。虽然这些观点难免偏激,但对左翼文艺运动的某些左倾幼稚病也给予了纠偏与补正。不过由于当时政治环境的恶劣,理论准备的不足以及国际国内左倾路线的影响,"左联"主流派把这些理论问题作为政治问题来解决。否认"第三种人"的客观存在,以"非此即彼"的二元逻辑将对方划进了敌人的营垒,对文艺与阶级性、文艺与政治的关系作了简单机械的解释,走向"政治即艺术"的极端。同时还表现出一种霸权主义的态度,对论辩对方以及自己一方的正确意见都听不进去,如指责鲁迅具有"戴着白手套革命论的谬误","是极危险的右倾的文化运动中和平主义的说法"②。

不过"左联"的这种偏向在 1932 年 11 月后有所改变。当时中国共产党领导人张闻天化名"歌特"在中共机关刊物《斗争》上发表《文艺战线上的关门主义》,指出"认为文

---

① 鲁迅.文学的阶级性[M]//鲁迅全集(第 4 卷).北京:人民文学出版社,1981:127.
② 首甲.对鲁迅先生的《恐吓和辱骂决不是战斗》有言[J].现代文化,1933,1(2).

学只能是资产阶级的或无产阶级的","其间不能有中间,即所谓'第三种文学'是非常错误的极'左'的观点"。还批评了"文艺只是某一阶级'煽动的工具''政治的留声机'"的观点,认为这种观点"显然把文学的范围大大地缩小了,显然大大束缚了文学的'自由'"。后来冯雪峰在为结束论战所写的《关于第三种人的倾向和理论》中也检讨了"左联"和自己的某些观点,对文学的真实性、政治倾向性及党派性关系作了较辩证的分析,并肯定了进步的小资产阶级文学的作用。

3."论语派"的性灵表现说与幽默观

"论语派"以1932年9月创刊于上海的《论语》半月刊(1937年8月休刊)而得名,后又有《人间世》《宇宙风》相呼应①,其主编林语堂曾是语丝派骨干作家之一。因而《论语》是一个与原《语丝》有明显承继关系的文学刊物。它也主要发表散文小品,为促成1934年"小品之年"的繁荣贡献甚多;它还承继了"自由思想,独立判断"的倾向,"不拿别人的钱,不说他人的话","不附庸风雅,更不附庸权贵"。在社会批判方面,虽然也发表过不满国民党独裁统治的言论,但锋芒已渐渐减弱。另一方面,他们对中国共产党领导的革命运动也持怀疑疏远的态度。在文学上,他们将中国古代的"性灵说"和西方的表现主义、浪漫主义糅合起来,倡导一种无拘无碍、自由自在地表现作家个性的性灵派文学。林语堂因此被称为"幽默大师"。他认为所谓幽默首先是一种超脱的人生观,是以一种"从容不迫的达观态度"观照与批评。其基本特征是:第一,幽默是"温厚的超脱而同时加入悲天悯人之念",因而它常常是"笑中带泪,泪中带笑";第二,幽默的文章表现为"轻快自然""淡然自适",介于豪放与婉约之间;第三,幽默虽与讽刺相近,但不以讽刺为目的,去掉讽刺中的酸辣与火气,才能成为冲淡自然之幽默。②

这种弱化杂文小品的社会批判的倾向无疑是与左翼文艺运动强调的文学的现实战斗性相矛盾的,因而受到以鲁迅为代表的左翼的批评。鲁迅在《论语一年》《小品文的危机》等文中便批评了林语堂的"独抒性灵"抹杀了文学的社会性,以"超然的幽默"冲淡了一切事物的是非、善恶与美丑的界限:一方面使青年摩挲了"小摆设"式的小品文之后,"由粗暴变为风雅",丧失战斗的意志;另一方面又"将屠户的凶残,使大家化为一笑"。

4."京派"执着文学自身价值之文学观

在上海文坛热闹纷繁的同时,北京也悄悄地集聚起一批作家,先后以《骆驼草》周

---

① 林语堂.生活的艺术[M].上海:上海西风社,1941.
② 林语堂.论幽默[M]//林语堂选集(上).福州:海峡出版社,1988.

刊(1930年5月—1930年11月)、天津《大公报·文艺副刊》(1933年9月—1937年6月)、《水星》半月刊(1934年10月—1935年9月)和《文学杂志》(1937年5月—1948年11月)为主要阵地,构成一个颇具实力又独具特色的文学流派——"京派"。其主要成员为三部分人:一是20世纪20年代末期语丝社分化后留下的偏重讲性灵、趣味的一批作家,如周作人、废名等;二是新月社、现代评论派留下或与《新月》月刊关系密切的一部分作家,如沈从文、凌叔华等;三是清华、北大等高校的师生,如朱光潜、李健吾、何其芳、卞之琳、李广田等。

"京派"与"海派"原是中国戏剧的名词。用"京派"来指称20世纪30年代前半期京津文学圈大约是源于1933—1934年的一场论争。1933年10月沈从文发表《文学者的态度》,赞扬了"京派"文人自五四以来诚朴治学,以唤起国人觉悟的学风;批评了"海派"的文学与商业结缘,为获取名利,迎合商人和小市民趣味而粗制滥造的现象。这立即引起上海的苏汶反驳,从而爆发了"京派"与"海派"的论争。鲁迅也曾撰文加以讨论。从此"京派"就成为沈从文一派文学的称呼。朱光潜曾回忆说:

> 他(按:指沈从文)编《大公报·文艺副刊》,我编商务印书馆的《文学杂志》,把北京的一些文人纠集在一起,占据了这两个文艺阵地,因此博得了所谓"京派"文人的称呼。①

沈从文20世纪40年代也回忆道:

> ……然而在北方,在所谓死沉沉的大城里,却慢慢生长了一群有实力有生气的作家。曹禺、芦焚、卞之琳、萧乾、林徽因、何其芳、李广田……是这个时期中陆续为人所熟悉的,而熟悉的不仅是姓名,也熟悉他们用个谦虚态度产生的优秀作品!②

虽然这些作家各自的思想艺术倾向并不完全一致,但是在以文会友的过程中,以及沈从文、朱光潜主编刊物的倡导中,逐渐形成了大致相同的文学主张与倾向,体现出大致相同的审美理想与追求,从而形成了一个独具特色并且影响深远的文学流派。

"京派"大致是以周作人作为精神领袖的,在"为人生派"与"为艺术派"之间。朱光潜在《文学杂志》创刊号上发表的《理想的文学刊物》代表了这一态度,他既反对文艺过

---

① 朱光潜.从沈从文的人格看沈从文的文艺风格[J].花城,1986(4).
② 沈从文.从现实学习(二)[N].大公报,1946-11-10.

分与人生靠拢,把文艺作为宣传的工具;也反对"为文艺而文艺",超然于时代的文艺观。他要求文艺植根于人生的沃壤,但不是直接宣传,而只是"怡情养性"。其次,他认为文学与文化都要经历一个生发期和凝固期。生发期虽然幼稚,但孕育着新生命;凝固期虽然意味着成熟,但同时伴随着衰落。现时的新文艺仍还是"幼稚的生发期",因而"应该有多方面的调和的自由发展"。基于以上观点,朱光潜便批评了当时文坛要求统一的趋向。他说:"我们刚从旧传统的桎梏解放过来,现在又似在作茧自缚,制造新传统的桎梏套在身上,这未免太愚笨。新传统将来自然会成立的,我们不必催生堕胎","我们不妨让许多不同的学派思想同时在酝酿、骚动、生展,以至冲突斗争"。

综合新月派、现代派、论语派、京派的文学思想,实质上都是一种自由主义的文学观。虽然具体的文学观有所差异,但在反对文学作为政治斗争的工具,强调文学的独立个性与自由发展方面却具有共同性。如果溯源到20世纪20年代的中国文学的话,则是与周作人宽容的个性文学观一脉相承的。周作人在1923年发表的《文艺上的宽容》中指出,文艺的生命是自由不是平等,是分离不是合并,"所以宽容是文艺发达的必要条件"。应该说这些观点和主张对于补正左翼文学的某些偏颇,推动20世纪30年代中国文学多元共生的繁荣起到了积极的作用。但是另一方面,由于国内革命斗争的激烈,日本帝国主义入侵造成的民族危机加剧,因而时代只能选择左翼文艺运动作为文学主流,这些形形色色的自由主义文学思潮则成了文学舞台的配角与伴声。

5. 其他民主主义作家群

在左翼作家群和自由主义作家群之外,还存在一个数量广泛的民主主义作家群,大致以上海的《文学》月刊(1933年7月—1937年11月),北京的《文学季刊》(1934年1月—1935年12月),上海的《文季月刊》(1936年6月—12月)、《文丛》(1937年1月—1937年7月)以及开明书店的《开明文学新刊》,文化生活出版社的《文学丛刊》和生活书店的《创作文库》等为主要阵地,集合起一批文学趣味大致相近的作家共同活动。其中上海《文学》月刊主要是原文学研究会(《小说月报》)的一批人,与"左联"、特别是鲁迅和茅盾比较接近。北京的《文学季刊》以及后来上海的《文季月刊》和《文丛》的倾向则京派比较接近,其主要作家有巴金、老舍、李健吾、李长之等。

三、与"民族主义文学"的斗争

以上文学观和文学思潮体现了新文学的多元开放。作为政权掌握者,国民党发起文艺运动。1930年6月,由陈立夫等策划,王平陵、潘公展、朱应鹏、傅彦长、邵洵美、黄震遐、范争波等人参加,在上海发起了"中国民族主义文学运动"。他们发表《民族主义文学运动宣言》,攻击无产阶级文艺运动使文坛陷入"畸形的病态的发展进程",要求取消"多型的文艺意识",而统一于"民族意识";鼓吹以"民族意识"为核心的"民族文艺"是"文艺的最高意义",应成为中国文坛的主潮。这实际上就是推行国民党的"党治文化"与"党治文学",为国民党的政治服务。他们还在国民党政府的扶植下,在上海、南京等地创办《前锋周刊》《前锋月刊》《文艺月刊》等,倡导上述理论,发表所谓的"民族主义文学"作品。对这种专制主义的文艺,"左联"和其他进步文艺团体给予了迎头痛击。鲁迅的《黑暗中国文艺界的现状》《"民族主义文学"的任务和运命》,瞿秋白的《屠夫文学》《狗样的英雄》《〈黄人之血〉及其他》等都从不同角度揭露了"民族主义文学"的反动性。由于自身的粗浅虚妄和在迅猛攻击下的孤立无援,"民族主义文学运动"很快便土崩瓦解了。它的匆匆来去说明在了五四新文化运动的洗礼之后,专制或者变相专制主义的文学都是不得人心的。

第二节 民族解放旗帜下的抗战文艺运动及其文学论争

一、"两个口号"的论争与文艺界民族统一战线的形成

1931 年"九一八"事变后,日本帝国主义侵占我国东北三省,民族危机日益加深。其时形成的东北作家群(萧军、萧红、端木蕻良、骆宾基、李辉英等作家组成),流亡到上海及关内各地,用文学表达东北人民的抗日呼声,开启了我国抗日文学先河。此后随着日寇步步进逼,民族危机日趋严重,文艺界的抗日要求也日趋高涨。1935 年"一二·九"运动爆发后,当时负责"左联"工作的周扬在日益高涨的民族救亡运动的推动下,于年底宣布"左联"自动解散,并提出"国防文学"的口号,"号召一切站在民族战线上的作家,不问他所属的阶层,他的思想和流派,都来创造抗敌救国的艺术品,把文学上反帝反封建的运动集中到抗敌反汉奸的总流"①,推动了抗日救亡文学运动的蓬勃开展。随后又有"国防戏剧""国防诗歌"等口号的提出。不过由于这一口号本身的含混以及对其解释的不当,如除了"国防文学"之外,就是"汉奸文学",仍沿袭了早期"左联"文学工作者简单的二值逻辑;同时也忽视了统一战线里"谁统一谁"的问题②,因而鲁迅、冯雪峰、胡风、茅盾等商议后,另外提出了"民族革命战争的大众文学"口号来加以补救。口号首先由胡风在《人民大众向文学要求什么》③中提出。但由于胡风没有解释新口号产生

---

① 周扬. 现阶段的文学[J]. 光明,1936,10(2).
② 力生. 文艺界的统一国防战线[J]. 生活知识,1936,1(11).
③ 载《文学丛报》1936 年 6 月第 3 期。

的具体经过,且只字未提"国防文学",再加上原"左联"一些负责人本来就对胡风有成见,因而引起了"两个口号"的论争,并产生了由不同作家分别签名的《中国文艺家宣言》和《中国文学工作者宣言》。不过由于双方要求建立抗日民族统一战线的基本观点是一致的,因而在明确了两个口号之间的关系,纠正了具体主张中的某些不明确性,特别是鲁迅在逝世前发表了《答徐懋庸并关于抗日统一战线问题》,将论争背后的宗派主义和个人意气予以曝光,使论争者受到极大震动,论争渐渐平息下来。同年10月,鲁迅、巴金、郭沫若、茅盾、林语堂、包天笑等21名文艺界知名人士发表了《文艺界同仁为团结御侮与言论自由宣言》,初步形成抗战文艺统一战线。

　　1937年全面抗战爆发后,抗日救亡文学迅速成为全民族文学的主题,文学运动的中心也迅速转移到抗日救亡运动中来,其标志就是中华全国文艺界抗敌协会(简称"文协")的成立。1938年3月27日,"文协"在武汉成立。该协会聚集了更广泛的作家,标志着文艺界在民族解放的旗帜下结成了最广泛的统一战线。"文协"成立大会上推选出了郭沫若、茅盾、冯乃超、夏衍、老舍、巴金、朱光潜、张道藩、陈西滢、王平陵等45人为理事,老舍为主持日常工作的总务部主任。还先后在重庆、成都、桂林、昆明、贵阳、广州、延安、晋东南、上海、香港等地设立分会,动员了最广泛的作家参加。"文协"会刊《抗战文艺》是抗战期间坚持最久的刊物之一。"文协"成立后,首先开展"文章下乡,文章入伍"运动,鼓励和组织作家、文艺家深入到农村、部队、前线,为神圣的民族抗战服务。1938年4月成立的由郭沫若主持的国民党军事委员会政治部第三厅,也将各地流亡到武汉的许多文艺工作者组成9个抗敌演剧队、4个抗敌宣传队、1个孩子剧团和电影放映队,奔赴各地为广大抗战军民巡回演出。抗日战争的全民性空前强化了新文学与群众的联系。

　　随着抗战文艺运动的蓬勃展开,20世纪30年代前半期那种自由发展、相互竞争的文学态势便开始形成,在文学的民族解放意识空前高扬的同时,文学的社会教化功能也得到空前的强化。"文艺不再是少数文人和文化人自赏的东西,而变成了组织和教育大众的工具"①成为许多人的文艺信条。20世纪30年代初即开展多次讨论的文艺大众化也实际运作起来。几乎所有的文学种类都在内容上出现了报告文学化的趋势,在形式上出现了小型化、轻型化和实用化的趋势,街头诗、朗诵诗、传单诗和街头剧风行一时,自觉地向民间通俗文艺靠拢,几乎所有在民间流传并为群众所喜爱的文艺形式,诸如小调、大鼓、相声、评书、演义、皮黄以及各种地方戏曲都被利用起来。武汉的《抗到底》

---

　　① 夏衍.抗战以来文化的展望[J].自由中国,1938,1(2).

《七日报》，成都的《星芒报》《通俗文艺五日刊》成为专刊通俗文学作品的刊物。这些都进一步引起了对"旧形式的利用"的关注与讨论。

二、关于抗战文学的论争与抗战文学的深化

首先展开的是关于"暴露与讽刺"的讨论。讨论是由1938年4月发表在《文艺阵地》上的张天翼的小说《华威先生》引起的。由于小说以讽刺的手法揭露了抗战阵营中的问题，同时被日本《改造》杂志转载时对中国抗日救亡运动作了恶意攻击，因而有人撰文认为抗战文艺应该以歌颂光明为主，以增强国人的抗战决心，不宜暴露和讽刺黑暗，以"减自己威风，展他人志气"①。另一些人则认为，真正进步的民族绝不讳言自己的弱点，敢于暴露并戳穿自己的毒疮，恰恰能说明我们民族的健康与进步。经过论争，双方取得基本一致的意见，认为抗战文学既应该表现新时代曙光的典型人物，也应该"写新的黑暗"，而"消灭这些荒淫无耻自私卑劣，便是'争取'最后胜利之首要第一的条件"②。这样，这场论争就促使了抗战文学从初期的表面亢奋中沉静下来，转向了全面、真实、深刻的反思民族历史、反映社会现实的新方向。

随后又展开了抗战文学题材和方法的探讨。在抗战文学的热潮中，一些作家急于歌颂伟大的民族战争，也制造了不少根据道听途说、随意点染和空喊口号的"急就章"。虽然一些优秀作家和批评家，如茅盾和周扬曾指出过这种概念化的倾向，但并未引起作家普遍的注意。梁实秋1938年12月在他主编的《中央日报》副刊《平明》上也批评了这种"抗战八股"倾向，并指出除了描写与抗战有关的题材外，也可以写"与抗战无关的"题材，但必须是"真实流畅"的。稍后，施蛰存也在《文学之贫困》(1942)中相呼应。虽然这些意见对于改变文学题材单一化、创作概念化有积极意义，但是毕竟冲淡了抗战文学的主题，因而遭到抗战文艺界主流的严词反击，为此爆发了一场对"与抗战无关论"的批判，甚至连抗战文艺的一些缺点也加以偏激的袒护，如认为"抗战八股，也还有它的用处"③。沈从文则在《一般或特殊》(1939)、《文学运动的重造》(1942)等文中对文艺中仍然存在的"虚伪""浮夸"现象加以剖析，认为这是由于文学成为政治的工具所导致的，而作家只有加强自身修养，素朴诚恳，铸造作品，才能"使文学作品的价值，从普通宣传品而变为民族百年立国的经典"。这种单纯从审美的角度来探讨文学建设的声音同样与当时整个时代的主题和氛围不适应，因而也遭到抗战文艺界主流的严厉批评，甚至

---

① 林林.谈《华威先生》到日本[N].救亡日报,1939-02-26.
② 茅盾.论加强批评工作[J].抗战文艺,1938,2(1).
③ 巴人.展开文艺领域中反个人主义的斗争[J].文艺阵地,1939,3(1).

出现拔高到政治层面的偏激倾向,不过这些论争毕竟引起了人们对抗战文艺质量的普遍关注。

　　1938年10月武汉失守后,抗日战争进入相持阶段。在政治军事形势上,逐渐形成了以重庆为中心的国统区、以延安为中心的敌后抗日根据地(解放战争时期为解放区)、上海的外国租界区和日寇占领下的沦陷区等多元区域格局。相应地,各个区域的文学由于不同的政治环境及其面临的不同任务要求,也形成了各自不同的特色。国统区文学逐渐从抗战初期的狂热、躁动中冷静下来,对现实中阻碍抗战与改革的不良现象进行讽刺与批判,对民族性格与文化进行剖析与沉思,对知识分子自身道路的反思,逐渐成为抗战文学的主要倾向。这一思潮虽然没有形成明确的理论纲领,但与全国文协的倡导不无一定的关联。文协的会刊《抗战文艺》于1940年11月在重庆召开题为"1941年文学趋向的展望"的座谈会,及时对抗战文学运动加以深刻的反思。作为文协实际主持人的老舍不仅呼吁抗战文学应抛弃"空洞的宣传","应跟着抗战的艰苦,生活的困难,而更加深刻"①,而且"一个文化的生存,必赖它有自我的批判,时时矫正自己,充实自己"②。作家们逐渐认识到,这一场旷日持久的战争实际上是对一个民族的意志力、承受力和综合国力的严峻考验。因而抗战"在其本质上无疑的是一个民族自身的改造运动",必须把一切"新的和旧的痼疾,一切阻碍抗战、阻碍改革的不良现象指明出来,以期唤醒大家的注意,来一个清洁运动"③。由于"这些作家大都是在五四新文学的哺育中成长起来的作家。因而当阶级的权威话语暂时空缺之后,他们便不约而同地把目光转向了五四文学的文化反思去寻求资源",从而承继五四启蒙主义文学的历史逻辑,开始了一个文化反思的文学思潮和讽刺暴露的文学思潮。④《七月》作为一个重要的文学刊物,在胡风的策划组织下,在共产党的直接关怀和领导下,逐渐开始向"工农兵方向"大步前进。毛泽东《在延安文艺座谈会上的讲话》⑤进一步强化了左翼文学的社会政治功能,文学成为整个革命机器中的一个组成部分。同时在对新文学的改造中促进了民间文艺传统的复兴。上海的租界是1937年11月日军攻占上海后仅存的一个相对平稳的地区,一些进步文艺工作者利用这一特殊环境,进行了各种形式的抗日救亡文艺活动,直至1941年12月日本发动太平洋战争,外国租界全部沦陷,才告结束。史称这一时期的文学为"孤岛文学"。孤岛文学的主要活动有:"大东亚文学"与"和平文

---

① 老舍.1941年文学趋势的展望[J].抗战文艺,1941,7(1).
② 老舍.《大地龙蛇》序[J].文艺杂志,1942,2(2).
③ 沙汀.这三年来我的创作活动[J].抗战文艺,1941,7(1).
④ 王晓初.论40年代文化反思小说潮[J].中国文学研究,2002(2).
⑤ 钱理群.中国现代文学三十年[M].北京:北京大学出版社,2011:353.

学"等汉奸文学；出版《杂文丛刊》《鲁迅风》等杂文报刊，创作与演出了大量具有强烈民族意识和爱国精神的历史剧，在杂文和戏剧文学创作等领域也取得较为可观的成绩。在日本侵略者占领下的沦陷区，既有日伪直接导演的汉奸文学，也有人民的爱国文学。一些未撤离的地下文艺工作者则利用各种形式与日伪斗争，但因环境险恶尚无更好的收获。

　　尽管由于不同的社会制度和政治文化背景，各区域文学具有不同的演进轨迹，但是源于共同的文化传统，同时又面临相似或相近的历史，因而它们又是相互影响、相互呼应的。总体倾向上，"孤岛文学"、沦陷区进步文学是与国统区相一致的。不过从历史的发展来看，以延安为中心的抗日根据地文学随着抗日根据地政治军事力量的日渐强大而逐渐成为整个文学发展的主导力量，并最终随着解放战争的胜利而成为新中国的文学。实际上这种影响早在抗战初期便开始了，这鲜明地体现在"民族形式"的讨论中。这场讨论是随着抗战初期对旧形式的广泛利用，以及毛泽东于1938年在《中国共产党在民族战争中的地位》中提出"民族形式"概念而引发的。讨论最初在延安展开，虽然也有一些作家指出旧形式的局限性，但不少人认为旧形式就是民族形式，同时认为五四新文艺远离了民族的形式。讨论延伸国统区后，向林冰先后发表了《论"民族形式"的中心源泉》(1940)等文，进一步否定新文学是"缺乏口头告白性质的'畸形发展的都市的产物'，是'大学教授，银行经理，舞女，政客，以及其他小'布尔'的适切的形式，是'欧化东洋化'的移植形式"(《论"民族形式"的中心源泉》，1940年3月20日重庆《大公报》副刊《战线》)。这实际上就是否定五四新文学而又回归到旧文学中去，因而受到大多数新文学作家的批评。不过葛一虹等人在肯定五四新文学从世界进步文艺中吸收新思想、方法和形式的同时，又否定民间形式有可以批判继承的合理成分，表现出另一种偏颇。① 胡风则在《论民族形式问题》(1940年10月)中指出，民族形式不仅是适应广大农民"习见常闻"和"喜见乐闻"的大众化、通俗化，而且必须建立在新时代(抗日民族解放战争)内容的需要和欲求上，认为"民族形式本质上是五四现实主义的传统在新的形势下面主动地争取发展的道路"。实际上"民族形式"讨论的分歧，"不是一个单纯的形式问题"，而是关系整个新文学发展途径的问题。胡风强调和坚持的是继承五四文学的启蒙主义精神，是"化大众"而不是"大众化"。因而他的思路与整个文学发展的主导方向和战争环境是不相协调的，并预示出中国新文学发展的一次深刻的裂变与转折。

　　几乎与以上论争同时出现的，是抗战文艺界主流对"战国策"派的批判。所谓"战

---

① 葛一虹.民族形式的"中心源泉"是在所谓"民间形式"吗？[N].新蜀报，1940 - 04 - 10.

国策"派是指西南联大教授陈铨、林同济、雷宗海等于 1940 年 4 月创办《战国策》半月刊,后又在《大公报》办《战国》副刊所形成的一个战时文艺思想流派。他们从非理性主义哲学思想出发,在艺术上倡导"争于力"的"民族文学",形成鼓吹强权、强健人心的文化潮流。他们认为当时的世界大战是诸侯争霸的战国时代的重演,谁拥有强权,谁就能征服世界,因而鼓吹由天才的强力意志来组织领导民族国家。在文学上则以"恐怖、狂欢与虔恪"为母题的"民族文学"来张扬这种强力意志,从而达到强权政权重建的目的。如陈铨(1903—1969,四川富顺人)的剧本《野玫瑰》叙写一个国民党间谍夏艳华嫁给比她大 32 岁的北平伪政委会主席王立民以掩护做地下工作。后来她的同志也是她以前的恋人刘云樵也来到北平"工作",并与王立民前妻的女儿相爱。夏艳华虽充满醋意,但为了大局仍设法放走了正被追捕的刘云樵,并借王立民之手杀死了伪警察厅长,在真相大白后,又使王立民服毒自杀。这虽然也是一个抗日反奸的剧本,但其深层意旨在于讴歌夏艳华这类"强力英雄",连汉奸王立民也带有这种强者的印迹。可以说,这种"民族文学"在抗战文学的外衣中,包裹着法西斯主义的毒汁。不过它迎合了国民党当局的政治需要,因而受到国民党当局的青睐,当然与此同时也遭到了进步文艺界的抨击。

三、现实主义的张扬和文艺思想的激进化

随着抗战的胜利,文艺开始逐渐走向复苏,争取民主解放成为一个重要的时代主题。抗战以来一直坚持战斗并已初具规模的"七月派",这时期又聚集在《希望》(1945 年 1 月—1946 年 10 月)杂志周围,高举起民主解放的旗帜,坚持现实主义的艺术探索,张扬作家的主体创造精神,其主要组织者和理论家胡风则形成了一种独具一格的现实主义的文学理论。这种理论的一个突出特点便是高度重视和张扬作家的"主观战斗精神",因而又被称为"主观战斗精神"的现实主义。胡风是在对抗战以来的文学创作深刻反思的背景中提出这一理论的。在他看来,当时不少作家向生活突击的战斗热情消退了,盛行的要么是以一种冷淡的心境来从事创作的客观主义,要么是以理念去造内容与主题的主观主义,因而必须高扬作家的"人格力量或战斗要求",深化和坚守现实主义(《现实主义在今天》,1944 年 1 月 1 日《时事新报·元旦增刊》)。因为首先从创作过程来看,其实质是主观对客观的"搏斗"过程。"文艺创造,是从对于血肉的现实人生的搏斗开始的。"而"对于血肉的现实人生的搏斗,是体现对象的摄取过程,但也是克服对象的批判过程"①。他还在《人道主义和现实主义的道路》中更明确地指出:"创造

①② 胡风. 置身在为民主的斗争里面[J]. 希望,1945,1(1).

过程上的创造主体和创造对象的相生相克的斗争,主体克服(深入、提高)对象,对象也克服(扩大、纠正)主体,这就是现实主义最基本的精神。"

由于在这一搏斗过程中,作家居于矛盾的主导方面,也就意味着是作家不断自我斗争的过程。"对象底生命被作家的精神世界所拥入,使作家扩张了自己;但在这'拥入'的当中,作家的主观一定要主动地表现出或迎合或选择或抵抗的作用,而对象也要主动地用它的真实性来促成、修改甚至推翻作家底或迎合或选择或抵抗的作用,这就形成了深刻的自我斗争。"因而加强作家的主观战斗精神,促进作家主观与客观现实搏斗过程中作家主体的自我斗争便成为提高创作质量和水平的一条重要途径。其次,从创作对象来看,也需要加强创作主体的"主观战斗精神"。因为经受了几千年封建思想精神奴役的广大民众,一方面"他们底精神伸向着解放","体现着历史的要求,但却是取着千变万化的形态和曲折复杂的路径";另一方面,他们的精神世界又"随时随地都潜伏着和扩展着几千年的精神奴役底创伤",因而作家在深入人民群众的过程中,"要不被这些感性存在的海洋所淹没,就得有和他们底生活内容搏斗的批判的力量"②。

应该说胡风的理论构造,既是"七月派"文学实践经验的理论升华,又是对五四新文学传统、特别是鲁迅的启蒙主义文学精神的总结、继承和发扬。他对人民大众精神状态的分析也是求实而辩证的。因而对于深化当时文学创作中的现实主义,提高民主解放文学的质量和水平具有重要的意义。但是我们不能不看到,胡风所张扬的作家主观战斗精神,其实质是根源于启蒙主义与感性生命的个体主体性,与当时伴随着解放战争的胜利而日益成为全国文学规范的毛泽东的《在延安文艺座谈会上的讲话》(以下简称《讲话》)所强调的由阶级性党性所规范的阶级和党派的主体性是有差异,甚至有时是矛盾的。同时胡风倡导的对民众"精神奴役的创伤"的揭露与批判和《讲话》所强调的歌颂工农兵的主题更是直接对立的(胡风在《现实主义在今天》中便直接批评了要写光明,黑暗只能作为一点点缀的观点,认为这样的理论实际上是逼作家说谎),因而必然遭到接受了《讲话》规范的文艺家的批评。

首先,由从延安来到重庆《新华日报》工作的何其芳发表了《关于现实主义的路》(1946),接着香港的《大众文艺丛刊》又在1948年间连续发表了邵荃麟的《关于当前文学运动的意见》《论主观问题》等文章,批评胡风的文艺思想抬高感性力量而贬抑理性作用,指出胡风所谓作家的"自我斗争"是与《讲话》的作家思想改造不同的,而作家的主观是有阶级性的,胡风所强调的文艺生命力和作家的人格力量,仍然是个人主义意识的一种强烈表现。胡风则于1948年撰写出《论现实主义的路》的专著,进一步阐述自己的观点,并对批评文章的观点一一加以反驳。这场论争带有空前的理论尖锐性和复杂性，直至 1949 年 7 月第一次全国文学艺术家联合会召开，这次讨论在双方尚未取得一致意见的情况下暂时告一段落。它实质上反映了两种文学道路和发展模式的深刻较量，并预示着 20 世纪中后期中国文学发展的曲折与动荡。

抗战胜利后，应和着政治上"第三条道路"的思潮，回到文学岗位的原"京派"同人朱光潜、沈从文、萧乾等也开始了对"自由主义"文艺的重新倡导。他们要求"革除文坛上的元首主义"，因为"一个有理想、站得住的作家，绝不宜受党派风气左右，而能根据社会和艺术的良知，勇敢而不畏艰苦的创作"①。所以"我们不能凭文艺以外底某一种力量（无论是哲学底、宗教底、道德底或政治底）奴使文艺，强迫它走这个方向不走那个方向"②。虽然这种思考对于恢复多元开放的文学生态具有一定的合理性，但是如同政治上"第三条道路"的不合时宜一样，他们也是不合时宜的。在新与旧、方生与未死、反动与进步两大社会势力生死决战的历史巨变时期来鼓吹文艺的自由与超脱，必然要受到文艺界进步潮流的批判。但是一些批判文章也表现出一种极"左"的偏激倾向。如郭沫若在《斥反动文艺》（1948 年 3 月 1 日《大众文艺丛刊》第 1 辑《文艺的方向》）中把朱光潜列为"蓝色的代表"，把萧乾列为"黑色的代表"，宣称要对一切反动文艺"给以全面的打击"，"主要对象是蓝色的、黑色的、桃红色的这一批作家"。甚至还在一次题为"一年来中国文艺运动及其趋向"的演讲中说："要消灭他们，不光是文艺方面的问题，还得靠政治上的努力。"我们不难看出，早在 30 年代就已显现的那种简单粗暴的极"左"情绪在新的历史条件下恶性膨胀，给许多作家心理罩上了一重难以抹去的阴影，并预示着今后文学发展道路的曲折。

第三节　多元发展的文学潮流与趋向

一、20 世纪 30 年代文学的多元趋向

这一时期的文学，在创作上也形成了多元对峙互补的格局。早期无产阶级革命文学的主要代表蒋光慈 1926 年出版的中篇小说《少年漂泊者》，虽然还带有自叙小说的色彩，但是已经注意展现从五四到"二七"再到"五卅"这一时期的社会斗争风貌，特别是将 1923 年京汉铁路工人大罢工、林祥谦牺牲等描写得有声有色，初步显示了努力开拓重大社会政治题材，表现革命的主题和人物的倾向。随后的中篇《短裤党》（1927）则以迅速反映重大政治斗争题材而震动文坛，也最早刻画了工人运动领袖和中国共产党领

---

① 萧乾.中国文艺往哪里走？［N］.大公报，1947－05－05.
② 转引自钱理群.1948：天地玄黄［M］.济南：山东教育出版社，1998：8.

导人的艺术形象;并且由此形成了一个包括洪灵菲、华汉(阳翰笙)、胡也频等作家的普罗小说作家群体。这种注重现实革命斗争与反抗的倾向在殷夫的"红色鼓动诗"等政治抒情诗中也得到了鲜明的体现。虽然蒋光慈的《野祭》《菊芬》和《最后的微笑》等中长篇小说在表现阶级反抗的主题时也流露出小资产阶级的盲动愤激情绪和"革命+恋爱"的倾向,但是在清除了这种"革命的浪漫谛克"情绪之后,这种努力把握社会前进的方向,表现现实生活中的重大题材与主题,特别是强化阶级反抗的倾向,成为左翼文学创作的主流。一方面在丁玲的《水》等小说中得到进一步的书写,并发展成一种着重"集体的行动的展开"的"人物群像式描写"①;另一方面,它又和先进的社会科学理论与方法相结合,形成了一种以茅盾的《子夜》和《林家铺子》等为代表的宏大的"社会剖析小说"②。同时,随着左翼青年作家的成长,也涌现出一大批更多富有个性特色和生活气息的左翼小说,主要有:张天翼的社会讽刺小说、沙汀的乡镇小说、艾芜的飘泊小说和叶紫的阶级斗争小说。"九一八"事变后逐渐流亡关内的包括萧军、萧红、端木蕻良等作家的"东北作家群",则以他们充满血和力的笔触书写着在日本侵略者践踏下的东北人民的惨状以及他们不屈的斗争,开了抗日救亡文学的先声。与此同时,左翼作家注重现实批判的倾向在自由灵活的散文领域得到更加充分的发挥。鲁迅的杂文以其巨大的历史深度与厚度、充沛的现实战斗性和嬉笑怒骂的艺术风格而矗立起一座杂文艺术的丰碑,不但使杂文"侵入高尚的文学楼台",而且活画出中国人之国民性。夏衍的《包身工》和宋之的的《一九三六年春在太原》则标志着能够对现实生活的重大事件给予即时反应的新兴的报告文学的成熟。

与无产阶级文学和左翼文学积极配合的是革命民主主义文学。其卓越代表是老舍、巴金和曹禺。老舍在《离婚》《骆驼祥子》等小说中描写城市平民特别是城市底层市民的苦难和悲哀,探索他们的命运,并以传神描绘丰富多彩的北京市井风俗生活,深入探索北京市民文化心理结构,揭示北京文化所特有的雍容大气而又节制合度的风格与气度,形成一种独特的"京味小说"。巴金的《家》等小说则延续了五四的反封建主题,以燃烧的激情抒写叛逆青年反抗封建压迫的勇敢斗争,并形成一种酣畅淋漓、奔放热烈的艺术风格,可称为"激流小说"。曹禺的《雷雨》成功地将西方戏剧的结构方法和表现技巧与中国民族生活相融合,其丰富复杂的人物性格、紧凑的结构、强烈的戏剧冲突以及笼罩始终的悲剧气氛,标志着中国话剧艺术的成熟。其后《日出》《原野》的探索则显示出中国话剧艺术多种向度(包括现代主义)的艺术成就。而叶圣陶的《倪焕之》对

---

① 冯雪峰.关于新的小说的诞生[J].北斗,1932,2(1).
② 严家炎.中国现代文学流派史[M].北京:人民文学出版社,1989:175.

20世纪初叶中国进步知识分子精神历程的探索，李劼人的被誉为"小说的近代史"的《死水微澜》等"大河小说三部曲"对中国近代历史的叙写，夏丏尊、丰子恺等"白马湖作家群"散文的丰收等，都是这时期文坛的重要收获。

强调艺术的自身价值和独立性的自由主义文学则体现出更加多样的艺术向度。汇合了象征诗派与新月诗派的现代诗派，以"现代的诗形"抒写着"现代人在现代生活中感受到的现代情绪"。无论是戴望舒朴素、自然、亲切的具现代诗风的《我的记忆》，还是何其芳精致典雅的《预言》，或卞之琳冷静深邃的"智性诗"，都初步实现了中西诗歌的"根本处"的沟通与融合，并探索着中国现代主义诗歌的独特道路。同时还以其对诗歌体式的探索推动着中国新诗从"白话入诗"的白话诗时代进入"散文入诗"的现代诗时代。作为现代诗派孪生兄弟的以刘呐鸥、穆时英和施蛰存为主要代表的"新感觉派"也在题材开拓、主题类型形式探索诸方面表现出走向现代主义的趋势。他们一方面率先集中描写了迷人的现代文明都市景观，抒写出他们面对这种令人目眩的变化、速度、力、节奏与效率刺激的迷醉与震颤；另一方面他们又更多地描写了在畸形的现代物质文明冲击下人性的沦落与变异，特别是在高速旋转的生活节奏和日益激烈的生存竞争的挤压下，都市人身心的疲惫、困惑、寂寞、孤独、破碎与分裂，乃至对整个人生（理性）的怀疑与绝望。与此同时，他们更新了审美感受方式和艺术表现方式：（1）借鉴了日本新感觉派小说的艺术手法，往往通过主观的感受、印象去表现世界，以个人的"感觉"取代对于事物客观、理性、整体的认识，从而形成了一种瞬间真实的、感性的、斑驳离奇而又破碎的表达方式。（2）自觉地运用弗洛伊德的精神分析理论来剖析现代处于焦虑中的人物内心冲突，开掘人物潜意识的深层心理，以人物的意识流动来更新小说的叙事方式和话语方式。

以北京为中心、以沈从文为代表的"京派"作家则表现出另一种趋势。他们以审美的、文化的眼光来观照人生，着力于民俗风情、历史地理的文化描写，以发现和颂扬纯朴的人性及其理想。当然，这种视野也隐含着对现代文明弊病（以都市为象征）的批判，旨在捍卫和重建人文精神的家园。他们发展了废名田园抒情小说的艺术，熔写实、象征、抒情为一炉，通过意象和意境来展开小说，把现代抒情小说推向"诗化小说""散文化小说"的新阶段。在总体风格上，他们更多地承继了古典艺术意境深远的传统，呈现出一种平淡冲和、静穆悠远、含蓄蕴藉的北京文化的神韵，从而以一种边缘化的文化（文学）存在，显示出永恒的启示性意义。沈从文的代表作《边城》则谱写了一曲优美和谐、哀婉缠绵、温馨动人，并闪耀着理想人性光辉的生命之歌。

二、20 世纪 40 年代文学的发展与深化

1937 年 7 月全面抗战的爆发,无疑是影响 20 世纪中国历史的一个重大事件。这不仅体现在社会的政治经济层面,还体现在意识形态的文学层面。抗战终结了 20 世纪 30 年代的左翼文学运动(以"左联"的解散为标志),开始了抗战文学的历史进程。中国社会的政治经济乃至文学都在传统发展惯性的制约下前行。因而抗战文学是一种"历史合力"的结果,它在不同的阶段呈现出不同的面貌。如果说抗战初期伴随全民抗战的蓬勃展开,在文学上呈现出一种昂扬乐观的意象和情绪的话,那么随着战争相持阶段的到来,作家便逐渐认识到实际的战争远比这种文学想象严酷得多、沉重得多,也复杂得多。这一场旷日持久的战争实际上是对一个民族的意志力、承受力和综合国力的严峻考验。因而作家,特别是小说家,包括战前尝试各种不同艺术探索的小说家都不约而同地开始透过战争这扇窗口来反思制约着战争成败的民族生命状态和文化传统,从而形成了一个颇具规模的文化反思小说潮。这种反思是在民族生死存亡的关头展开的,因而显得尤其广阔厚重,在艺术上也多选取长篇小说的形式;而且在某种意义上它还是五四启蒙主义小说的延伸与深化。在反思和批判我们民族的文化痼疾,变革我们民族精神的价值取向上,两者是基本一致的,甚至可以说是五四启蒙主义小说在新的历史条件下的回响。属于这一潮流的代表性作家作品主要有:老舍的《四世同堂》、萧红的《呼兰河传》与《马伯乐》、巴金的"人间三部曲"、沈从文的《长河》、钱锺书的《围城》和师陀的《果园城记》等。戏剧领域中也以阳翰笙的《天国春秋》、曹禺的《北京人》和夏衍的《芳草天涯》为代表,形成了历史与文化反思剧潮流。

与此同时,适应新旧交替的需要,讽刺暴露文学成为贯穿这一时期始终的文学潮流。张天翼的《华威先生》等漫画式讽刺小说、沙汀的《在其香居茶馆里》和《淘金记》等戏剧性讽刺小说,张恨水的《八十一梦》等漫画式讽喻小说都以一种尖锐泼辣的政治讽刺、历史讽刺和社会讽刺揭露出即将退出历史舞台的反动势力在表象与本质、形式与内容等方面的悖谬与虚弱的历史本质。同样在戏剧领域,也涌动着以陈白尘的《升官图》为代表的政治讽刺戏剧潮流。诗歌领域则有以袁水拍的《马凡陀山歌》为代表的政治讽刺诗潮流与之呼应。老作家茅盾和郭沫若也分别以长篇小说《腐蚀》和历史剧《屈原》达到了他们又一个创作高峰。

左翼文学的现实战斗功能在强调"主观战斗精神"的"七月派"中得到了承传与张扬。"七月派"是一个个性突出、特色鲜明的文学流派。围绕《七月》这个杂志,不但推出了"鼓点"诗人田间和高举"火把"的艾青等著名诗人,特别是从"土地"走向"太阳"

的艾青,以其坚实、饱满、明朗、质朴而又新颖、独特并具有深沉含蓄的启示意义的诗歌意象而成为这一时期的"时代号手"。在他们的影响下,还形成了后来被称为"白色花"的"七月诗派"。在小说领域,路翎以他对民众"原始强力"的发掘,特别是以苦难之青春、激情之生命创作的长篇小说《财主底儿女们》探索了中国知识分子,乃至整个中华民族的命运,并以其乖戾、残酷、破碎、跳荡与激情喷射出了一种"七月"风格,印证和支持着胡风的"主观战斗精神"的现实主义理论。

现代主义的艺术潜流在经过西南联大冯至等诗人的沉潜与深化之后,到20世纪40年代末期,又开出了一朵朵晶莹的艺术之花——穆旦、郑敏、杜运燮、袁可嘉、辛笛、杭约赫、陈敬容、唐祈、唐湜等诗人。一方面,他们在世界诗歌潮流和中国社会现实的历史坐标中进行了新的"历史的综合",力求承传与张扬一种"现实、象征、玄学的新的综合传统"①;另一方面,他们又第一次明确地提出了"新诗现代化"的目标和口号,致力于推进中国新诗的现代化,因而他们又是一群"自觉的现代主义者"②。他们成为后来中国现代主义艺术的重要诗学资源。

在上海这个国际性的大都市,由"鸳鸯蝴蝶派"小说的商业性、媚俗性与20世纪30年代"新感觉派"小说的创新性和探索性的历史汇聚与融合而生成了一个以张爱玲、徐讦、无名氏为代表的"新海派"作家群。张爱玲关注的虽然是沪港两地的俗人俗事,但作家在这些叙事中贯注着苍凉的生命体验与人生启示,从而由大俗而达到了大雅。徐讦的《风萧萧》等小说则在高雅艺术的叙事装饰下,表现世人渴慕而又难以企及的乌托邦幻想:艳遇、英雄、美女、冒险、神秘、哲学、梦幻……因而也可以说是一种外雅内俗的小说。实际上无论是张爱玲还是徐讦,都立足于市民文化空间探索着雅俗融合的新流向。而无名氏的《无名书稿》则通过主人公印蒂的生命叩问与追寻,不但探索了生命的意义,而且将社会历史、时代精神、文化哲学、伦理道德、人类生存、生命本体等熔铸成一部包罗万象的奇书、大书。

【思考题】

1. 试述无产阶级文学运动倡导的时间、社团及主要成员,试述"左联"成立的时间、地点及鲁迅发表的重要讲话,概述"左联"的主要历史贡献。

① 袁可嘉.新诗现代化[N].大公报·星期文艺,1947-03-30.
② 唐湜.严肃的星辰们[J].诗创造,1948(12).

2. 试述与左翼文艺构成互补格局的后期"新月派"、"现代派""论语派""京派"等自由主义文学创作群体的代表人物及主要文学观点。

3. 简评"京派"(可以朱光潜、沈从文等为中心)的文学观。

4. 简述"两个口号"论争的主要观点分歧,简述"文协"成立的时间、地点,创办的刊物,提出的口号,以及成立的意义。

5. 论析前后期抗战文学的不同特点,简述"七月派"张扬现实主义文学的基本观点。

6. 简述 20 世纪三四十年代文学的多元发展趋向,论证 40 年代文学的深化特点。

第二章　发展期小说（一）：中长篇小说大家

第一节　茅盾：现实主义小说巨匠

　　茅盾（1896—1981），原名沈德鸿，字雁冰，浙江桐乡市乌镇人。"茅盾"是他 1927 年 9 月发表第一篇小说《幻灭》时开始使用的笔名。他出生在倾向于"维新派"的小康之家，自幼接触资产阶级民主主义思想。时代、家庭以及故乡见闻的影响，使他从小就萌发了忧国忧民的民主主义思想，形成了关注人生的生活态度。茅盾 1916 年毕业于北京大学预科后，进入商务印书馆编译所工作。他以反封建、反保守的激进姿态，投身新文学运动。1921 年 11 月，他接任《小说月报》主编，推行全面改革，提倡为人生的现实主义文学，与郑振铎、叶绍钧等发起成立"文学研究会"，并于同年加入中国共产党，成为中国共产党最早的党员之一。他竭力主张文学是"为人生""表现人生"的。他还强调文学与时代的关系，强调作家的社会责任感与文学功利性，主张作家应反映被侮辱与被损害者的疾苦，"希望文学能够担当唤醒民众而给他们力量的重大责任"①。其主张对文学研究会同人产生广泛影响。1925 年前后，随着革命浪潮的高涨，茅盾的文学观发生显著的变化，发表了《论无产阶级艺术》等文章，标志着他的为人生的现实主义文学观向无产阶级文学观的发展。大革命时期，茅盾到武汉任中央军事政治学校教官，后来担任《汉口民国日报》主笔，宣传革命，揭露蒋介石右派势力的分裂阴谋。大革命失败后，茅盾转入地下，后潜回上海，在与党组织失去联系的情况下，着手小说创作。

　　在短篇小说领域里，茅盾是继鲁迅之后的又一伟大的开拓者。从 20 世纪 20 年代末到 40 年代末，他写下 50 多篇短篇小说，分别编入《野蔷薇》《宿莽》《春蚕》《泡沫》《烟云集》《耶稣之死》《委屈》诸集。他的短篇小说为中国现代小说的成熟提供了诸多创造性经验。一是拓宽题材领域，尤其在题材的时代性上显出特色。二是着力于有鲜明独特个性的典型人物的创造，并使之包含深广的社会内容。他为新文学提供了林老板和老通宝这两个著名典型人物。这两个形象不仅具有鲜明的 20 世纪 30 年代的时代特征，而且有更大的历史概括性。三是开创了"社会分析"小说的创作模式。他往往把生动的生活画面与复杂的人物心理活动交织在一起，体现了他善于把社会分析与心理分

---

　　①　茅盾.社会背景与创作[J].小说月报,1921,12(7).

析相融合、表现重大社会问题和细致心理描写相统一的特色。茅盾还善于把生活素材和人物心理活动严密地织进作品,构成一幅精美的艺术画面,使社会事变的发展和人物心灵的变化同时成为情节发展的基本动力。四是在小说体式上,把现代短篇小说推向新的阶段。他把短篇小说的简朴表现形式发展为"压缩了的中篇",放手从各个方面调动多种艺术手段,精细入微地刻画描写人物,因而结构广阔灵活,人物较多,矛盾冲突较复杂,布局迂回曲折,增大了短篇小说的容量和表现力。

更能代表茅盾创作成就的是他的中长篇小说创作。他的中长篇小说的文体风格对中国现代文学的影响是深远的,他的重要贡献是开创了"史诗"式长篇小说文体,具有社会编年史特征。他注重题材与主题的时代性和重大性,要求创作与历史事变同步发展,自觉追求"巨大的思想深度"与"广泛的历史内容"。他追求的是"大规模的描写中国社会现象"的目标,力图展现的是"整个社会历史"。

写于 1927 年 9 月至 1928 年 6 月的《蚀》三部曲(《幻灭》《动摇》《追求》),展现的是1926 年至 1928 年大革命期间的状况,具体描绘了一部分小资产阶级知识青年在革命浪潮中所经历的三个时期:(1)革命前夕的亢奋来临和革命的幻灭;(2)革命斗争激烈时的动摇;(3)幻灭动摇后不甘寂寞"尚思作最后之追求"①。茅盾敢于正视大革命前后光明与黑暗交织的社会现实,大胆地反映它,然而他对现实的认识也有偏颇,对阴暗面写得太多,这使作品中光明面往往淹没在黑暗之中,高亢灼热的情调时常被淡淡哀愁甚至深度的悲观色彩所冲淡。《蚀》对时代面貌的反映,更突出地表现在作品着意刻画的人物身上无不带有时代的烙印,具有鲜明的时代性。通过对小资产阶级知识分子对人生道路的追求和暗淡结局的描写,即反映了时代面貌,也揭示出一部分小资产阶级知识分子的思想动向和精神状态。《蚀》最主要的艺术成就是人物形象的塑造,而塑造人物形象最得力的艺术手段是心理描写。从人物与广阔的社会环境的关系来刻画不同的人物心理,把人物的心理状态和社会依据都揭示出来。《蚀》没有一以贯之的主要故事,各篇结构平行独立,布局方法各异。《幻灭》以静女士追求革命始,终而幻灭的过程来开展故事,情节比较单纯、明晰。《动摇》以描写方罗兰的动摇性格为主,揭露胡国光的投机行径为辅,反映大革命中期的激烈斗争,结构较为复杂,较多的爱情细节穿插则展示了生活的多姿多彩。《追求》着重描写张秋柳、张曼青、王仲昭等人在幻灭中追求的过程,其结构的方法是:一部分一部分地集中描写某个人物,捎带将其他人物交织起来,组成整篇的布局。《蚀》的语言绚丽、犀利而又富于变化。

---

① 茅盾.从牯岭到东京[M]//茅盾全集(第 19 卷).北京:人民文学出版社,1991:179.

茅盾最受赞誉的小说是 1933 年出版的《子夜》。它标志着茅盾创作的一个高峰，也显示了左翼文学的实绩。正如瞿秋白所说：《子夜》是"应用真正的社会科学，在文艺上表现中国的社会关系和阶级关系"的扛鼎之作，"1933 年在将来的文学史上，没有疑问的要记录《子夜》的出版"①。《子夜》的故事发生在 1930 年的 5 月到 7 月间的上海。在这部小说中，出场人物将近一百个，大小事件几十件，围绕着那些企业家、买办、投机分子、工贼、土豪、地主、军人、知识分子、工人、农民等形形色色的人物，作品描写的重点是以吴荪甫为中心的中国民族资产阶级的挣扎和历史命运。作者试图通过对中国社会现实三方面情况的描写：帝国主义经济侵略、世界经济恐慌对中国民族工业的巨大影响；工人阶级的政治、经济斗争；农村破产和农民暴动，回答一个问题："中国并没有走向资本主义发展的道路，中国在帝国主义的压迫下，是更加殖民地化了"②，从而揭示中国民族资产阶级的无出路。作者将小说定名为"子夜"是含有深意的。"子夜"即深夜 11 时到凌晨 1 时之间，是一天当中最黑暗的时候，但既已深夜，天就快亮了，寓意当时虽是最黑暗时期，但随着革命形势的发展，光明也会很快到来。

《子夜》所取得的艺术成就，首先表现在题材的选择上。《子夜》就主题而言属于重大题材。这不单表现在它写了工人罢工、农民暴动和地下党对工农革命运动的领导以及涉及党内的路线斗争，更主要的表现在对民族资产阶级与买办资产阶级在经济领域中的相互矛盾的描写带有明显的政治气息，反映了阶级矛盾和民族矛盾及其错综交织的复杂内容。它所截取的横断面，富于 20 世纪 30 年代初期的时代风貌，集中了当时社会的基本矛盾，这一切又统一在党领导下的中国人民和三大敌人的矛盾，以及以民族资产阶级的历史命运为中心所反映的中国社会的出路这个焦点上。这些矛盾被放在国际经济危机、列强为转嫁经济危机造成的损失加紧争斗中国而导致中国各派军阀激烈混战的大背景上，放到国共两党、国统区和苏区之间激烈矛盾所反映的两个"中国之命运"亟待解决这一严重的历史转捩点上。这就使《子夜》显得气势磅礴，有浓烈的时代色彩和开阔的社会场景。另一方面，茅盾又举重若轻，把重大题材和日常生活题材有机地交织在一起，进行巧妙而恰当的处理，常常把错综交织的阶级矛盾、民族矛盾纳入日常生活侧面之中。沙龙里、客厅间、谈笑中描绘了军阀混战的风云变幻；公债市场上的肉搏战、镇压罢工大搜捕，也往往投影在人物内心的苦闷之中，反映在当事人不幸遭遇的余波之上。还有"五卅"纪念节的飞行集会与小资产阶级青年男女放浪形骸的描写相交织，紧张的军阀混战与指挥官少年维特式的情场追逐相纠结，于是，重大题材的描

---

① 瞿秋白.《子夜》和国货年[M]//瞿秋白选集.北京：人民文学出版社，1955：227，280.
② 茅盾.《子夜》是怎样写成的[M]//茅盾论创作.上海：上海文艺出版社，1980.

写显得有张有弛,显示出历史场景的丰富和丰满。

其次,《子夜》的艺术成就还在于在典型的环境中借助尖锐的矛盾冲突、细致的心理描写,塑造高度概括的共性与鲜明的个性有机统一的典型人物。《子夜》所写的九十多个人物,足够布置一条 20 世纪 30 年代初上海社会的人物画廊。这里有各阶级的代表人物,大都形象鲜明而个性迥异。同是地主阶级典型,吴老太爷是复古派,曾沧海是地头蛇,冯云青是金钱迷。同是资产阶级典型,吴荪甫有法兰西工业资本家的特点;赵伯韬则具有明显的买办性,狂狷傲慢、奸诈毒辣、荒淫无耻、流氓成性;杜竹斋则在精明沉稳、雍容文雅的外貌下掩盖着六亲不认、嗜钱若命的吸血鬼心灵。同是资产阶级女性,张素素善良泼辣,刘玉英却狡猾无耻。甚至同胞姐妹也性格各异:林佩珊头脑简单,天真烂漫;林佩瑶则抑郁深沉,感情纤细。

茅盾特别擅长借复杂的矛盾冲突展示人物性格发展。主人公吴荪甫的塑造就是范例。吴荪甫这个 20 世纪 30 年代初期民族资产阶级典型形象的成功塑造,丰富了中国现代文学的人物画廊。作者十分自觉地把他置于多方面的社会关系中加以刻画:吴荪甫与买办资本家赵伯韬的关系,与工人的关系,与中小资本家朱吟秋等的关系。围绕上述三方面的主要社会关系,又展开更为错综复杂的关系:吴荪甫与作为没落地主阶级象征的吴老太爷的关系,与其亲属的关系,与其警犬屠维岳的关系,与同伙王和甫等的关系,与双桥镇农民的关系,等等。所有这些不同的社会关系如同镜子,从各个侧面照出了吴荪甫多面的性格。吴荪甫在与赵伯韬的关系上既刚愎又畏惧,在与工人农民的关系上既狠辣又惶遽,在家庭关系上既专横又沮丧,其基本性格特征是色厉内荏,随着小说情节的发展,越到后来越软弱。他有着发展中国民族工业的雄才大略,有着活跃的生命力,有刚毅、顽强、果断的铁腕和魄力,更有现代科学管理的经营之才;然而,他生不逢时。他处在半封建半殖民地的中国社会,而且是在世界经济危机冲击下,帝国主义经济大肆侵入的 20 世纪 30 年代的中国社会,他就有着种种不可克服的矛盾:他自身所具有的封建性(突出表现在他在家庭生活与部下以至工人的关系中的封建专断性质,以及他依靠剥削农民作为积累资金的手段)使他在与包括妻子在内的周围人的关系中经常处于孤立地位;作为民族资产阶级,他在与背后有着帝国主义撑腰的厚颜无耻的买办资产阶级的搏斗中,不能不感到自己在政治、经济上的软弱无力。这种软弱投影在他的心灵、性格上,就形成了他本质上软弱的一面,使他时而果决专断,时而狐疑惶惑,时而踌躇满志,时而垂头丧气,时而胸有成竹,时而举措乖张,最后导致了精神上的崩溃。吴荪甫性格的这种多面与复杂,包含着极其深刻的社会内容,充分表现了中国民族资产阶级的两面性,而吴荪甫的悲剧命运正说明了:在帝国主义统治下,中国民族工业是永远得不到发展的,半封建半殖民地的中国是永远不可能走上资本主义道路的。这是《子夜》的主旨所在。茅盾对于吴荪甫复杂性格的刻画,无疑是对以往文学作品中人物性格描写普遍单一化的一个新的突破。

第三,《子夜》显示了茅盾善于构筑复杂严谨的艺术结构的才能。他成功地把曲折的情节、复杂的关系、激烈的矛盾严密地组织成一个艺术整体,借此反映丰富的生活和深刻的主题。《子夜》结构的轴心是吴荪甫的性格发展及其与赵伯韬的冲突,围绕这一轴心采用辐射式的结构,布置了工厂、农村、公债市场、家庭等多条线索,而以吴、赵这条主线统贯全文。《子夜》容量大、人物多,头绪纷繁,必须迅速展开情节。小说匠心独运地在矛盾展开之前,安排了一个戏剧性的序幕——吴老太爷之死。这个情节对矛盾冲突的展开起重要作用。首先,它点明了时代特点,吴老太爷的出走从侧面反映了20世纪30年代初农村革命风暴的到来,他的暴卒则象征着朽的封建社会的微弱生命力,象征封建主义的古老"僵尸"一进入现代大都市就"风化"了。第二、三章,作者安排了一个特定的环境——灵堂。在艺术表现上的显著作用是:借助这个环境把小说主要线索都展示了出来;并借灵堂的气氛烘托了中国民族工业暗淡的前景,为小说定下了基调。第四至第十六章,是小说的主体部分:其中第四至第八章是开端之后矛盾冲突的发展,作者将吴荪甫与工人、农民、赵伯韬矛盾的这三条主线交叉展开,形成"网状结构"。第九至第十六章是矛盾冲突逐渐发展到高潮的阶段,在结构上改用两条线索(公债市场斗争,镇压破坏工人运动)先后发展的"连环式"结构。第十七至第十九章,作者较多地采用前后照应对比的布局方法,如第十七章"黄浦江夜游"的场面与第三章"弹子房的话剧"相对照,衬托吴荪甫的悲剧命运和民族工业的惨淡前景。又如开头写吴老太爷的死,结尾写吴荪甫准备出走,也是互相映照对比的。这样一开一合,一放一收,就使全书既波澜起伏又有条不紊,充分显示出大作家的艺术匠心。

此外,《子夜》情景交融的心理刻画,以及鲜明、简洁、细腻的语言特色,显示出作者深厚的文学素养,也表明茅盾在艺术上的不懈追求和新的进展。

《子夜》以它高度的思想和艺术成就,确立了在中国现代文学史上革命现实主义长篇小说的开拓地位,至今仍有其宝贵的艺术借鉴作用和历史认识价值,因此一直为中外文艺家和广大读者所瞩目。

第二节　老舍：现代中国的"市民作家"

老舍(1899—1966),原名舒庆春,字舍予,满族,北京人。父亲死于八国联军的炮火之中,母亲为人勤劳、刚强,讲义气。1918年老舍从北京师范学校毕业后任小学校长和中学教员。老舍的文学创作始于赴英之后。1924 年 9 月至 1929 年 6 月,在伦敦大学东方学院华语学系任华语讲师期间,老舍在授课之余,完成了长篇小说《老张的哲学》《赵子曰》《二马》的创作。1929 年秋至 1930 年 2 月底,他离开伦敦后曾在新加坡滞留,其间担任中学教师,并着手进行《小坡的生日》的创作。1930 年 7 月起至 1934 年 7 月,任齐鲁大学国学研究所文学主任兼文学院教授,讲授"文学概论""小说作法"等课程。其间完成了长篇小说《大明湖》《猫城记》《离婚》《牛天赐传》,短篇小说集《赶集》和《老舍幽默诗文选集》的创作。1934 年至 1937 年 8 月,老舍任山东大学中国文学系教授,完成了长篇小说《骆驼祥子》和短篇小说集《蛤藻集》等作品的创作。1938 年中华全国文艺界抗敌协会成立,老舍被选为理事兼总务部主任,主持"文协"日常工作。1940 年夏天迁居重庆,创作了长诗《剑北篇》、话剧《张自忠》等。1942 年 4 月移居陈家桥石板场,完成了话剧《归去来兮》等作品。1943 年 11 月老舍夫人携子女赴重庆与老舍团聚,此间,老舍创作完成了长篇小说《火葬》和《四世同堂》的第一、二部。1946 年 3 月应美国国务卿之邀,老舍和曹禺赴美讲学,老舍逗留至 1949 年 11 月。此间,创作完成了长篇小说《四世同堂》的第三部《饥荒》和长篇小说《鼓书艺人》,并协助译者将《四世同堂》《鼓书艺人》等作品译成英文。

在中国现代文学史上,很少有作家像老舍这样执着地体味北京城的文化,关注在里头生生死死的中下层人群。他用他的大部分小说构筑了如此广阔的"市民世界",几乎包罗了现代市民阶层生活的方方面面。老舍惯于用"文化"来分割不同阶层的人的世界,他描写的中心是特定文化背景下(京味文化)人的命运,以及在文化制约中的世态人情。其中不同类型的市民形象体现着老舍对传统文化不同层面的分析与批判。他在"市民世界"中,主要刻画了三种类型的市民:老派市民、新派市民以及正派市民。

其中给人印象最深、写得最成功的是"老派市民"形象。他们虽然是城里人,但骨子里仍是数千年封建宗法制影响下的农民。这些人的身上负载着沉重的封建宗法思想的包袱,他们的人生态度与生活方式都很"旧派"。老舍通过戏剧性的夸张,揭示这些人物精神上的惰性与病态,这种揭示也就指向了对北京文化乃至整个中国传统文化中消极成分的批判。他塑造的"老派市民"形象系列,有《二马》中的老马,《牛天赐传》里的牛老四,《四世同堂》里的祁老太爷、祁天佑,《离婚》里的张大哥,等等。在小说《二马》中,老马是个迷信、中庸、马虎、懒散的奴才式人物。这样一个角色,容易使人联想到鲁迅笔下的阿 Q。所不同的是,阿 Q 生活在"老中国"的乡村,老马则是华侨,旅居国外。老舍有意把老马放到异国情境里,试图从中西文化比较的背景中凸显落后国民性的悖谬之处。《离婚》写 20 世纪 20 年代北平一个财政所里的各色人等和各种平庸的生活。

作品里的张大哥很会过日子，是"地狱里最安分的笑脸鬼"。其实他的生活准则就是知足认命。他墨守成规，小心翼翼要保住自己的小康生活，害怕一切的"变"。小说一开头就用夸张的笔墨介绍："张大哥一生所要完成的神圣使命：做媒人和反对离婚。"对张大哥来说，"离婚"不管有什么理由，都是对既成秩序的破坏，而他的一生的"事业"正是要调和矛盾，"凑合"着过日子。张大哥这一套由婚嫁观念为基点衍生出的人生哲学，体现了传统文化封闭、自足的一面。当然，作者最终让千方百计要凑合着过日子的张大哥陷入尴尬境地，从而完成了对他的讽刺。老舍在"老派市民"身上所倾注的批判性的情感，又往往是复杂的。《四世同堂》中祁家老太爷也是北京老派市民的典型，在他身上集中了北京市民文化的"精髓"。他怯懦地回避政治与一切纷争，处处讲究体面与排场，奉行着"和气生财"的人生哲学，怯懦、拘谨而苟安。这是作者最熟悉的一种性格，是老马、张大哥那一类型的延续。不同的是，作家在批判祁老太爷这种保守苟安的生活哲学的同时，没忘记时代环境的变化。小说中祁老人最后终于勇敢地起来捍卫人的尊严、民族的尊严。《四世同堂》中另一个人物祁瑞宣也属于"老派市民"系列，在他身上集中了更加深刻尖锐的矛盾。他受过现代的教育，有爱国心和某些现代意识，但他毕竟又是北京文化熏陶出来的祁氏大家族的长孙，他身上体现着衰老的北京文化在现代新思潮冲击下产生的矛盾与困扰。小说着力表现他的性格矛盾和无穷的精神苦恼，这苦恼必然是老派市民的苦恼以及传统文化的负面影响。

老舍和许多同时代的作家不同，在批判传统文明时对外来思潮持一种非常谨慎甚至排斥的态度。这种态度表现在他对"新派市民"形象的漫画式的描写上。在《离婚》《牛天赐传》和《四世同堂》等作品中，都出现过那种一味逐"新"求"洋"的生活情调而丧失了人格的畸形人物。其中有兰小山、丁约翰、张天真、祁瑞丰、冠招娣等一干人物。老舍善于给他们描出可笑的漫画式肖像。如《离婚》里的张天真："高身量，细腰，长腿，穿西装。爱'看'跳舞，假装有理想，皱着眉头照镜子，整天吃蜜柑。拿着冰鞋上东安市场，穿上运动衣睡觉。"《四世同堂》里的祁瑞丰也是这一类被嘲讽的"洋派青年"，不过他的"洋"味中又带有汉奸味。概言之，老舍在给新派市民画漫画时，多强调他们的肤浅与"新潮"。

在与老派和新派的市民形象系列相比照之下，老舍的笔下还给出了理想的市民形象。显然，老舍在描绘古老中国步入城市资本主义化过程中所产生的文化变迁与分裂的境况时，并没有放弃对理想的追求。综观其作品，老舍的理想市民性格常常有着比较传统的道德观。其早期作品中的理想市民——无论是《老张的哲学》里的赵四，《赵子曰》里的赵景纯，还是《二马》里的李子荣，《离婚》里的丁二爷，都是侠客兼实干家，这自然反映了中国传统市民的理想。这些小说大都以"理想市民"的侠义行动为善良的平民百姓锄奸,从而获得"大团圆"式的戏剧结局。

除了老派、新派和理想市民几种形象系列,在老舍笔下还有一种属于城市底层的贫民形象系列。如洋车夫祥子、月牙儿、老马、小崔、老巡警、拳师沙子龙、剃头匠孙七、妓女小福子、艺人方宝庆和小文夫妇,等等。这个形象系列集中体现了老舍与下层贫民的深刻联系。在对老派市民与新派市民的描写中,喜剧的色彩是其主调,而刻画城市贫民形象的作品就往往流露出浓重的悲剧性来。

长篇小说《骆驼祥子》是老舍的代表作,写于 1936 年春。作品是围绕城市贫民的悲剧命运而展开它的全部描写的,它将老舍的创作推向高峰。这部小说的成功在于它真实地反映了旧中国城市底层人民的苦难生活,揭示了一个农民如何市民化,又如何被社会抛入流氓无产者行列的过程,以及这一过程中所经历的精神的毁灭。就作品描写的生活情状及主要人物的典型性而言,这部作品的确有助于人们认识 20 世纪二三十年代中国城市社会的黑暗图景。如果更进一步探究,还会发现这部小说更深入的意蕴在于对城市文明病与人性关系的思考。

祥子从农村来到城市谋生,他把买一辆车作为生活目标,幻想着有一辆属于自己的车,凭着自己的勤劳换取安稳的生活。三年后的祥子终于买了一辆新车,不料才半年就被匪兵抢去。虎口逃生之后,祥子在路上捡到三匹骆驼,卖了 30 元钱,准备积攒着买第二辆车,但不久他的辛苦积蓄又被孙侦探抢走。车厂老板刘四爷的女儿虎妞喜欢祥子,祥子虽然讨厌她又老又丑,却也防不住性诱惑的陷阱,不得不与她结婚,并用她的私房钱买下第三辆车。后来,虎妞因难产死去,祥子只得卖掉车子料理丧事。老舍以极大的同情描写祥子的不幸遭遇,"一个拉车的吞的是粗粮,冒出来的是血;他要卖最大的力气,得最低的报酬;要立在人间的最低处,等着一切人一切法一切困苦的击打"。

祥子的"作为一个独立的劳动者"的善良愿望的毁灭,是有社会原因的。小说所写的"逃匪""侦探"等的欺压,都反映出 20 世纪二三十年代动荡的社会背景。同时,祥子的悲剧也是小生产者个人奋斗的悲剧。他"好汉不求人";"他想不到大家须立在一块儿,而是各走各的路";他不合群、别扭、自私,死命要赚钱,"不得哥儿们"。"在没有公道的世界里,穷人仗着狠心维持个人的自由,哪怕很小很小的一点自由。"这就决定了他的孤独、脆弱,最终一步步走向堕落深渊。

祥子的堕落亦与腐败的环境有关。他一次又一次想与命运搏斗,但一切都是徒劳。他从农村来到城市,幻想当一个有稳固生活的劳动者,他的人生旅途每经过一站,就更堕落一层,也愈来愈接近最黑暗的地狱。无论是祥子初来乍到就看到的无恶不作的人和车厂，还是在他结婚后搬去的肮脏的大杂院，或者是那如同"无底的深坑"的妓院白房子，都驱使他给自己的灵魂添上层层污秽，从洁身自好到最后破罐子破摔，彻底沉沦。小说最后，祥子完全变了个人，他变得懒惰、贪婪、麻木、缺德，他打架、使坏、逛窑子……祥子被物欲横流的城市吞噬，自己也成为城市丑恶风景的一部分。腐败的环境也给祥子提供了可怕的城市人伦关系。从前的祥子有着劳动者的一切美好品性：把劳动看成"一种极好的娱乐"；选择生活伴侣也是按劳动人民的审美标准去选择；曹宅出事之后，主动引咎辞工，他觉得"责任，脸面，在这时似乎比命还重要"。但事实是：刘四为了钱，为了车厂的利益而将虎妞拴在身边，耽误女儿的青春；二强子逼迫女儿小福子卖淫。这些扭曲的城市人伦关系必然会以虎妞、小福子为中介最终伤害到祥子身上。祥子的绝望与堕落不能说与此毫无关联。

虎妞能干、泼辣，有心计又充满矛盾。她是畸形的城市文明背景下的一株被扭曲的小草。她虽然贵为车厂老板的"小姐"，但由于被父亲耽误婚姻，变得又老又丑，找不到对象，只能下嫁"车夫"，人们对她的遭际不无同情。然而，她对祥子的无穷纠缠与折磨，用骗婚手段逼迫祥子就范，却是造成祥子婚姻悲剧的一个无可规避的原因。透过这桩不公平的婚姻，虎妞将城市文明病强加在她身上的不公以婚姻的形式转嫁到祥子身上，因此，在祥子的婚姻悲剧中，与其说祥子承担的是虎妞的折磨，毋宁说他承担的是城市文明病对他的折磨。顺此思路，我们同样可以理解：对小福子痛苦遭遇的叙写，祥子未能与他深爱的小福子结合，亦是城市文明病加在祥子身上的一块揭不去的伤疤。

老舍作品中最引人注目的是"京味"。现代文学史上没有谁会比老舍更熟悉北京这座渐趋颓败的千年"皇城"了。他调动起北京的生活经验写大小杂院、四合院和胡同，写市民凡俗生活，写已经斑驳破败仍不失雍容气度的文化情趣，还有那构成古城景观的各种职业活动和寻常世相，为读者提供了丰富多彩的北京画卷。这画卷所充溢着的北京味儿有浓郁的地域文化特色。"京味"又体现在作家描写北京市民庸常人生时对北京人文化心理结构的揭示方面。北京长期作为皇都，形成了帝辇之下特有的传统生活方式和文化心理习惯，以及与之相应的审美追求，异于商业气息浓厚的"上海文化"。老舍用"官样"一语来概括北京文化特征。它包括讲究体面、排场、气派，追求精巧的"生活艺术"；讲究礼仪，固守养老抚幼的老"规矩"；生活态度的慵懒、苟安、谦和、温厚，等等。这类"北京文化"的描写，老舍是牵动了他的全部复杂情感的：既有对"北京文化"所蕴含的特有的高雅、舒展、精致的美的欣赏、陶醉，又有因这种美的丧失毁灭油然而生的感伤、悲哀，以至若有所失的怅惘，还有因之而发生的对于国民性的批判。

老舍性情温厚,他的作品同时也追求幽默,这幽默一方面有来自狄更斯、康拉德等英国文学家的影响,同时也深深地打上"北京市民文化"的烙印。他的幽默有北京市民特有的"打哈哈"性质,既是对现实不满,以"笑"代"喷",又是对自身不满的自我解嘲,即把幽默看成是生命的润滑剂。当老舍作品中的幽默过分迎合市民的趣味时,就流入了为幽默而幽默的"油滑"——这主要表现在老舍的早期作品中。从《离婚》开始,老舍为幽默找到了健康的发展方向:使之更加生活化,在庸常的人性矛盾中领略喜剧意味,使幽默"出自事实本身的可笑,可不是从文字里硬挤出来的"①;涉及更深厚的思想底蕴,使幽默成为含有温情的自我批判。老舍创作中的幽默逐渐避免了初期的单纯性质,融喜剧与悲剧、讽刺与抒情为一体,获得了一种丰厚的内在艺术力量。

老舍熟悉并热爱北京市民语言及民间文艺,大量运用北京市民浅白的口语,"把顶平凡的话调动得生动有力","调动口语,给平易的文字添上些亲切,新鲜,恰当,活泼的味儿"②。讲究语言的通俗性与文学性的统一,干净利落,平易精致,隐约渗透着京味文化。从五四时期提倡文学革命以来,能像老舍那样把口语写得这样纯粹、亲切的作家并不多见,老舍无愧于语言大师的称号。

第三节 巴金:热情追求光明的文学战士

巴金(1904—2005),原名李尧棠,字芾甘,出生于四川成都一个官僚地主大家庭。他的祖父为官,父亲李道河曾任四川广元知县,母亲陈淑芬则是一位贤淑温厚的女性。封建家族制度的专横腐败、礼教的虚伪冷酷以及贫弱者的悲苦无助,使巴金从小便萌生出对封建旧制度的憎恨和反叛。但幼年时代的巴金又从温馨的母爱中获得了"爱一切人的善良品性"。他曾宣布:"我现在的信条是:忠实地生活,正当地奋斗,爱那需要爱的,恨那摧残爱的。我的上帝只有一个,就是人类。"③巴金自称是"五四的产儿"。五四运动爆发后,他广泛地阅读《新青年》《新潮》《每周评论》等进步刊物,同时也接触了克鲁泡特金等一些无政府主义者的作品,引发了他对英雄崇拜的热情和强烈的社会责任感。1923年,巴金到上海、南京求学。1927年他赴法国留学,1928年底回国。这期间,巴金积极地参加各种进步的社会活动,研究法国大革命的历史,阅读启蒙思想家和民粹派著作,并翻译了克鲁泡特金的著作,形成了他追求民主、自由、平等的带有无政府主义倾向的民主主义思想。但政府活动的失败和理想追求的挫折使巴金陷入了痛苦和困惑

---

①② 老舍.我怎样写《骆驼祥子》[J].青年知识,1945,1(2).

③ 巴金.海行杂记[M]//巴金选集(第八卷).成都:四川人民出版社,1982:12.

之中。1929 年他第一次以"巴金"的笔名发表了中篇小说《灭亡》，随后相继发表了"爱情三部曲"（《雾》《雨》《电》）、"激流三部曲"（《家》《春》《秋》）、"抗战三部曲"（《火》《憩园》《寒夜》）等 12 部中、长篇小说，以及《复仇集》《光明集》《将军集》《抹布集》《神·鬼·人》等十多部短篇小说集。

通常以 20 世纪 40 年代为界，把巴金的小说创作分为前后两个时期。前期的作品往往以强烈的主观热情描写 20 世纪二三十年代知识青年的革命斗争和情感生活，同时揭示封建家族制度和礼教对青年的摧残、对人性的扼杀及其自身走向溃灭的命运。

处女作《灭亡》描写了北伐前夕军阀专制背景下一群革命青年的社会活动和爱情故事。主人公杜大心虽然身患严重的肺结核，但怀有强烈的正义感和无畏的献身精神。他对自己的个人前途失去了信心，对专制黑暗的人类社会感到绝望。虽然他爱朋友李冷的妹妹李静淑，但他所信奉的革命"宗教"和虚无的心态又使他最终失去了爱情。朋友张为群的死使杜大心最终走上了刺杀戒严司令的复仇之路。然而刺杀未遂，白白地牺牲了自己的生命。虽然杜大心幼稚、盲目、虚无的"英雄行为"不足为范，但主人公李冷在"爱的精神"的鼓舞下，完成了"从个人主义到集体主义"的转变，最后同样是为革命赴死，杜大心的死凄楚而寂寞，李冷的死则洋溢着革命乐观主义的情绪。他把"自己底生命联系在人类底生命上面"。"这种爱是不会死的，它会产生新的爱"，连刽子手也被感动了，于是他又获得了"新生"。

写于 1931 年至 1933 年的"爱情三部曲"继续探讨的是知识青年的革命道路和爱情问题，在巴金的前期创作中占有重要地位。巴金把它们看作是自己文学创作的真正起点，并且说：

> 我的确喜欢这三本小书。这三本小书，我可以说是为我自己写的，写给自己读的。我可以毫不夸张地说，就在今天我读着《雨》和《电》，我的心还会颤动。它们使我哭，也使我笑。它们给过我勇气，也给过我安慰。①

《雾》的主人公周如水一如他的名字，性格优柔寡断，有革命理想但并未参加过团体活动。他与昔日朋友张若兰一见钟情，但因为自己的旧式婚姻而陷入了矛盾和痛苦之中。虽然张若兰并不计较他的过去，但周如水因为孝道和良心放弃了爱情而导致了情感的悲剧。《雨》则主要描写主人公吴仁民与熊智君和郑玉雯之间的爱情纠葛，期间还穿插

---

① 巴金.爱情三部曲·总序[M]//巴金论创作.上海：上海文艺出版社，1983：51.

了几位革命者关于革命道路问题的争论。小说的结尾,玉雯殉情而死,智君为保护心爱的人把身体交给了姓张的官僚,吴仁民决心"要轰轰烈烈地做一番事业",到"充满生命的F地去","革命之雨"开始降落到大地上。《电》是"爱情三部曲"的总结,革命的闪电已经在"漆黑的天空中闪耀"。主人公李佩珠身上集中了作者关于革命的理想①,在经过一系列挫折之后她逐渐成熟起来,最后她与从S地来到E城的吴仁民产生了真正的爱情。"爱情三部曲"的独特之处在于,它们真实地记录了"二三十年代一些并未纳入中国共产党领导的知识青年的革命道路和情感历程"②,他们对待人生、爱情、革命的不同态度、不同选择和为了理想、信仰充满激愤之情的悲剧性抗争获得了广大青年读者的共鸣。但真正给巴金带来巨大声誉并成为现代文学重要收获的是以《家》为代表的"激流三部曲"。

写成于1931年的《家》最初以"激流"为题在上海《时报》上连载,后改名为《家》以单行本发行。小说以20世纪20年代成都高家青年一代觉新、觉慧、觉民的爱情遭遇为主线,展示了高家四代人的悲欢离合和家族盛衰,揭示了封建家族制度和礼教对青年的摧残、对人性的扼杀及其自身必然走向灭亡的命运,同时也表现了一代青年觉醒、挣扎、斗争的精神。

巴金在《家》中成功地刻画了高老太爷、觉新、觉慧三类人物形象。

高老太爷是这个封建大家族中专制的"君主",专横、残忍、衰老、腐朽。虽然作品直接描写他的篇幅并不多,但他是一切不幸和罪恶的根源。他做过清朝的大官,"创造了一个大的家庭和一份大家业"。在高公馆中,高老太爷是"全家崇拜、敬畏的人,常常带着凛然不可侵犯的神气",他最爱说的话就是:"我说的是对的,哪个敢说不对?我说要怎样做,就怎样做!"在儿孙面前,他大肆宣扬"万恶淫为首,百善孝为先"的封建教条,在背后自己却玩小旦,娶姨太太,过着荒淫的生活。在他的影响下,克安、克定等人也成为荒淫无耻的封建浪子。高老太爷的死象征着封建家族制度和礼教的腐朽崩溃。

觉慧是封建大家族中的"一个幼稚而大胆的叛徒",是"激流"精神的体现者。这位从小识察了旧家族肮脏和丑恶的"少爷",在五四思潮的冲击下,获得了自由、民主的叛逆精神。他怜悯、同情穷苦人,参加学生运动,办刊物传播新思想。他无视封建伦理纲常,认为高老太爷是个"道貌岸然的荒唐人",敢于和婢女鸣凤恋爱,支持觉民逃婚,并最终走出"家"的牢笼,勇敢地宣称"我要做一个叛徒"。觉慧热情、勇敢、叛逆、大胆追

---

① 巴金:《爱情三部曲·总序》:"我写她时,我并没有一个模特儿。但是我所读过的各国女革命家的传记却给了我极大的帮助。"

② 刘慧贞.巴金代表作·前言[M]//巴金代表作.郑州:河南人民出版社,1989.

求的性格特征正是五四时代精神的集中体现。当然，觉慧身上也难免有着单纯、幼稚的局限和性格弱点。他对鸣凤是由同情而产生爱情的。在他的潜意识中仍然希望鸣凤能处在琴的地位。鸣凤被逼出嫁时，为了"进步思想"和"自尊心"，一夜之间他便决定把这个少女放弃了。此外，作品中觉慧大量的自我反省也深刻地体现出一代青年思想的复杂性。

与叛逆者觉慧相比，觉新则是封建家族制度和旧礼教的受害者。这是一个充分意识到自己精神痛苦的悲剧典型，在他身上更为深广地体现出历史转折时期的复杂性。一方面他受到五四新思潮的影响，有着对婚姻自由和幸福生活的向往；另一方面身为高家的长房长孙，他背负着沉重的封建伦理道德的精神枷锁。他要为兄弟们做一个孝顺的榜样，自觉地承担起"承重孙"的责任，这使得他在一系列专制和压迫面前忍让、妥协、顺从。但是他的每一次妥协退让不仅断送了自己的幸福，而且还酿成了他人的悲剧。他最先爱上表妹钱梅芬，然而祖父给他安排的却是瑞珏，梅芬终于因婚姻的不幸郁郁而死。婚后，觉新虽然在温柔贤淑的瑞珏的照顾下得到了感情的慰藉，但后来瑞珏又被所谓的"血光之灾"害得难产而死。觉新是一个善良的弱者、一个清醒的痛苦者，作者在他身上寄予了深切的同情又不乏对其软弱的批判。

《家》还刻画了其他众多生动而深刻的人物形象，如荒淫、无耻的"孔教会会长"冯乐山，狡猾、贪婪的高克安，外表天真柔顺、内心纯洁刚烈的鸣凤，温顺凄楚的梅芬，贤淑、厚道的瑞珏以及敢于追求个性解放、婚姻自主的觉民和琴等。

直到1938年、1940年巴金才先后完成了"激流三部曲"的第二、三部。《春》主要通过淑英抗婚和蕙表妹的悲剧，抨击了封建旧制度对女性的侮辱和摧残。淑英原本由祖父高老太爷和父亲克明做主许配给陈克家的第二个儿子，但蕙的悲惨遭遇让她对包办婚姻断绝了所有幻想，觉慧、觉民和琴等人的鼓励使她最终走上了抗婚道路。温柔顺从的蕙虽爱着大表哥觉新，却任由专横顽固的父亲周伯涛包办嫁给心灵卑琐的郑国光，怀孕后染上菌痢，后来越拖越重，最后小产死去。《秋》主要写了周枚、淑贞的悲剧，控诉了封建礼教和家长制对少年儿童身心的摧残。作品中克明的死亡，觉英、觉群的堕落则昭示了封建旧家庭最后的分崩离析。16岁的周枚苍白、瘦弱、多病，封建礼教和专制主义的教育使他变得更加胆怯、空虚，而淫秽的"闲书"则进一步毒害了他的灵魂。当周枚在父亲周伯涛的安排下经过繁琐的礼仪与一个比自己大五六岁的少妇结婚后，体弱多病的他便迅速走向了夭亡。淑贞是高家五房沈氏的女儿，这个12岁的少女虽然有"一张天真、愉快的少女的面庞"，却"吃力地舞动着她那双穿着红缎绣花鞋的小脚"，最后投井以结束自己短暂而痛苦的生命。《秋》的气氛悲哀萧瑟，作者的感情基调也明显地由激愤转向了低沉。

　　"激流三部曲"不仅在思想上而且在艺术上也取得了高度的成就。首先,它为现代文学提供了觉新、觉慧、高老太爷、鸣凤等一批无可替代的典型人物。其次,细腻的感情描绘、大胆的内心剖白、饱含激愤情感的语言,形成了巴金特有的激情话语风格。再次,在结构上巴金借鉴了《红楼梦》《布登勃洛克一家》《卢贡—马卡尔家族》等中外名著的艺术经验,通过家族兴衰的悲剧展示时代的激荡风云,人物众多,事件繁复,构思严谨。此外,巴金还善于通过日常礼仪、节日祭典等生活风习来烘托人物,蕴蓄情感力量,如觉新与瑞珏的婚礼、高老太爷的丧事以及高家的年夜饭,等等。

　　写成于1940年至1943年以《火》命名的"抗战三部曲"是巴金把目光从家庭转向社会的一次努力。《火》第一部以"八一三"淞沪会战为背景,主要写冯文淑、周欣、刘波、朱素贞等进步青年积极投身抗日救亡活动的过程,同时展示了前线将士浴血奋战、后方各界无私支援、热血青年地下复仇的活动为主线,反映了抗日战场第五战区的政治、军事活动。在这支小分队里,有来自沦陷区遭受了家破人亡之痛的杨文木、方群文,有出身于资产阶级家庭带有性格弱点的王东,也有信仰无政府主义的李南星。第三部又名《田惠世》,通过基督徒田惠世创办宣传抗战的宗教刊物的奋斗过程,赞颂了田惠世等人的正直、真诚、爱国精神,揭露了张翼谋、高君元、温健等人虚伪、卖国的丑恶嘴脸。田惠世为了"替抗战做宣传","教人为正义而战",呕心沥血,倾家荡产,甚至献出了儿子和自己的生命,可是那些发国难财的民族败类时刻不忘对他进行敲诈勒索。田惠世的悲剧同时也反映了国统区抗日形势的严峻和复杂。虽然巴金本人曾说《火》"全是失败之作","失败的原因很多,其中之一就是考虑得不深,只看到生活的表面,而且写自己并不熟悉的生活"①,但是"抗战三部曲"力图反映出全国各阶层人民全面抗战的壮阔画面和爱国精神,其广阔的视野和宏大的构思在巴金的所有创作中是极为少见的,尤其是第三部《田惠世》中沉郁的悲剧氛围已初露巴金后期小说风格的端倪。

　　20世纪40年代以后巴金的小说创作明显地呈现出与前期不同的风貌。原来激愤的情感逐渐被沉郁的悲哀所代替。题材也由原来带有英雄主义的时代青年的革命活动和爱情生活转向了社会重压下普通小人物的人生悲歌和家庭不幸。而原来作者痛恨和诅咒的"家"已成为触景生情的感伤家园。这些变化一方面固然与抗战时期民族危亡的大背景有关,而另一方面也与作者在经历了战时磨难之后,告别青春热情渐趋走向中年的沉稳不无关联。

　　《憩园》写于1944年5月。作品以"我"这个客居杨家的局外人的视角追述了"憩

---

① 巴金.关于《火》——创作回忆录之七[M]//巴金论创作.上海:上海文艺出版社,1983.

园"两代主人杨梦痴和姚国栋两家人的衰败情景。第一代主人杨梦痴（杨老三）是一个被封建制度扭曲的地主阶级浪荡子弟的典型。他从小天资聪慧，受过封建文化教育，但长期腐朽的寄生虫式生活使他丧失了一切自食其力的本能，在挥霍尽祖先留下的家产之后，走上了行骗与偷窃的道路。作品细致地表现了他在无限怀旧过程中流露出的悔恨之意。他喜爱"憩园"里的茶花，会在昏暗的夜晚悄悄溜进过去的宅院，悔恨自己过去的邪恶生活，保证不再去"小公馆"，不再去干坏事，可是好逸恶劳的秉性使他一次次违背自己许下的诺言，拒绝儿子为他找的办事员差事，在他看来"吃苦我并不怕，我就丢不下这个脸"。离家之后的杨老三，在监狱里装病逃避劳动，最终染上传染病死在监狱里。杨老三的原型是作者的五叔。虽然巴金曾表示"五叔的死亡丝毫不曾引起我的哀痛和惋惜"①，但从小说哀婉感伤的笔调中读者分明能感受到作者"哀其不幸，怒其不争"的情感趋向。而第二代"憩园"主人姚国栋的独子小虎也在娇宠之下养成了见钱眼开、势利霸道的恶少习性，最后不听劝告溺水而死。《憩园》在某种意义上可以说是"激流三部曲"的续篇。作者一方面展示了封建旧家族败落后的凄凉情景，另一方面继续把矛头直指封建制度的腐朽本质，贯彻其一以贯之的反封建主题。

《寒夜》写于1944年至1946年，是巴金继《家》之后的又一部杰作。小说在一个家破人亡的悲剧框架里，以对话的结构细微地展示了主人公汪文宣、曾树生的精神痛苦，揭示了战时国统区社会的混乱和黑暗。巴金说他写这部小说的目的是要"替那些小人物伸冤"，"让人们看见蒋介石国民党统治下的旧社会是什么样子"②。但小说文本除了这一社会性主题之外，显然还深入地探讨了婚姻家庭、伦理道德和女性命运等更为深广的内涵。

汪文宣是抗战时期重庆一个半官半商文化公司里的校对员，胆小怕事，安分守己，为了"不死不活"的生活甘于忍辱负重，不惜放弃自己的尊严，放弃自己的理想，最后害病，失业，吐血，在人们欢庆抗战胜利的寒冷之夜悲惨地死去。《寒夜》中的汪文宣具有陀思妥耶夫斯基笔下"地下室人"的特征。他对自己的性格特征、悲剧命运和所处时代的社会现实具有充分的了解，并且把它们融入自我意识和内心深处反复痛苦地咀嚼。小说是以汪文宣与妻子曾树生空袭前的一次吵架后离家出走开始的。在家庭的纷争中，汪文宣几乎陷入了"无物之阵"。母亲看不惯媳妇整天打扮得花枝招展地上馆子、赴约会，做"花瓶"，指责她"不守妇道"。在与媳妇的交锋中，她最有力的武器是"我是花轿接来的，你不过是我儿子的姘头"。汪母与媳妇的这种伦理道德观念的冲突是有着深刻的社会历史原因的。这也决定了汪文宣试图调和婆媳矛盾努力的必然失败。两个

---

① 巴金.谈《憩园》[M]//巴金论创作.上海：上海文艺出版社,1983.
② 巴金.谈《寒夜》[M]//巴金论创作.上海：上海文艺出版社,1983.

爱他的人,也是他深爱的人,进行着不可调和的争吵。他无法确认是谁的过错,也不能责怪谁。于是他只能在进退两难中把全部过错归咎于自己。但是汪文宣的这种自我牺牲式的选择不但不能息事宁人,反而使矛盾更加激化。母亲觉得他在偏袒妻子,妻子觉得他更爱母亲。于是他陷入了更深的危机之中。汪文宣软弱、卑微,但又不乏传统知识分子的正直与善良。对于自己的工作,他在内心进行过无数次无声的抗议。当他在校对那些把"传记"译成"佛经"似的半通不通的"名家"文章时,他感到自责。当他要给一位政界红人的"名著"做无耻吹捧时,内心感到无比痛苦。但是为了那少得可怜的薪水,汪文宣又不得不消磨自己的生命。他常常用"为了生活,我只有忍受"来答复他心里的抗议。汪文宣常常在内心倾听并揣测别人对他的议论和态度,在他人的意识中照见自己,最后把他人的意识转变为自己的意识。小说中汪文宣吃鸡的细节集中表现了主人公的性格特点。为了让母亲高兴,汪文宣"带着愁容",到"慌张不安",再到"接连称赞",最后"带着满足的微笑"。他的意识随着母亲的态度不断地变化,直到完全把母亲的意识转变为自己的意识。

最初与丈夫同样有着教育救国理想的曾树生,在战时的重庆成为与汪文宣截然不同的知识分子典型。与软弱、多病、卑微的丈夫相比,曾树生充满了对生活的热情和青春的活力,她"爱动,爱闹,需要过热情的生活"。为此,她抛弃了从前的理想和献身教育的决心。在家里,她与婆婆争吵不休,跟儿子没有感情,对丈夫只剩下怜悯。在外面,她做供人玩赏的"花瓶",背着丈夫与陈主任约会,甚至合伙做生意发国难财。但小说中,曾树生又绝不是一个简单的"堕落"的知识分子。作者甚至在为她的行为和选择进行合理的叙述努力。她清醒地意识到在银行做"花瓶"的无奈,对丈夫感情背叛的内疚,对儿子缺乏母爱的自责,但是她无法忍受婆婆的冷言讥讽,难以忍受物质的贫乏和生活的寂寞。巴金把人物置于剧烈的矛盾冲突中揭示其人性复杂的一面。曾树生清醒地意识到自己的弱点,但她无意也无法作出改变,这使得她在很多问题上的选择是以外部因素在内心引起的反应来作为依据的。小说从第14节至第23节,用近一半的篇幅来描写曾树生在"去""留"问题上的内心矛盾。她十分清楚丈夫和家庭对她的需要,尤其是丈夫对她的真爱与体谅。她先后两次拒绝了陈主任的请求,向丈夫明确表示不走,这种矛盾的心情一直持续到她拿到调职通知书的时候。然而周围的环境和内心的渴求在不断地促使她作出"走"的决定。最后,当丈夫无意中发现了她的调职通知书时,她终于流着眼泪痛苦地作出了"走"的决定。这些与他人之间和内心自我的对话不断深入地揭示了曾树生既要追求个性解放,又无法彻底摆脱传统伦理道德影响的精神痛苦。在艺术上,《寒夜》主要通过不同的对话方式深入地探索了主人公复杂的内心奥秘,表现出明显的复调特征。主人公自怨自艾的语言贯穿小说叙事始终,再加上冬夜的寒冷、战时的慌乱和主人公居住的暗淡窄小的阁楼,使得小说产生一种紧张不安的气氛和凄冷的格调。

鲁迅曾说,巴金是"在屈指可数的好作家之列的作家"①。他始终以战士的姿态怀着一种"找寻一条救人、救世、也救自己的道路"②的热情,向旧社会、旧制度发出自己真实的呐喊。他的小说创作,无论是前期的热烈浪漫还是后期的冷峻深沉,都以其真诚的感性话语风格成为中国现代文学史上独树一帜的小说家。

第四节　沈从文:从湘西走出的"风俗画家"

沈从文(1902—1988),原名沈岳焕,湖南凤凰县人,出生于一个破落的军人官僚家庭,身上流淌着苗族、汉族、土家族等民族的血液。沈从文6岁进私塾,14岁高小毕业后以预备兵的名义投身行伍,曾跟随军队辗转流徙于湘、川、黔边界和沅水流域,先后担任过班长、文书等职。湘西秀丽的自然风光、殊异的文化风习和自身的独特经历为沈从文日后的文学创作提供了丰厚的精神资源。受五四新文化运动影响,1922年沈从文只身来到北京,但求学未成。在经历了一系列挫折之后,沈从文开始在《晨报副刊》《现代评论》《小说月报》等刊物上发表有关湘西生活的作品,获得了郁达夫、徐志摩等人的赏识。1928年沈从文来到上海,与胡也频、丁玲合编《红与黑》《人间》等文学杂志。1929年起,先后在中国公学、武汉大学、青岛大学任教。1933年9月回到北京,接编《大公报·文艺副刊》。抗战爆发后,沈从文到昆明任西南联合大学教授,后为北京大学教授,并兼编《大公报》《益世报》等的副刊。中华人民共和国成立后,沈从文基本停止了文学创作,主要在中国历史博物馆从事文物研究,并出版有《中国古代服饰研究》《中国丝绸图案》《唐宋铜镜》等著作。

沈从文自1926年出版第一部小说集《鸭子》以来,先后发表了《蜜柑》《入伍后》《阿丽丝漫游中国记》《旅店及其他》《龙朱》《虎雏》《都市一妇人》《阿黑小史》《月下小景》《边城》《八骏图》《绅士的太太》《长河》等三十多部小说集和《记胡也频》《记丁玲》《从文自传》《废邮存底》(与萧乾合著)、《湘西》《湘行散记》等长篇传记和散文集,成为现代文学史上著名的多产作家和"京派"代表人物。

沈从文的小说创作主要包括两个部分的内容,一是湘西世界,二是都市人生,但代表沈从文小说成就与风格的是前者。沈从文的湘西小说以温情的笔调和独特的视角展

---

① 鲁迅.答徐懋庸并关于抗日统一战线问题[M]//鲁迅全集(第6卷).北京:人民文学出版社,1981:536.
② 巴金.文学生活五十年[J].花城,1980(6).

示了湘西奇异的自然风光和独特的生存景观。在《柏子》中,强悍蛮横的水手柏子不惜用自己的血汗钱去换取与吊脚楼妓女短暂的生命欢愉和真诚的情爱期待。《萧萧》中12岁的童养媳萧萧,嫁给了不到三岁的丈夫,在懵懂中委身于花狗,只因她怀上了孩子才免除了沉潭或发卖的悲剧。天真、单纯的主人公对自身命运无可把握的悲哀让人动容。《丈夫》讲述了湘西女人为生活所困而外出为娼的奇异风习。老七的丈夫农闲时到妓船上来探亲,不但不能与妻子团圆,反而在嫖客的侮辱下目睹了妻子接客的情景。作者细腻地刻画了丈夫由隐忍到奋起的心理过程,生动地表现出边地底层人们生存的无奈和悲凉。《龙朱》中的白耳族王子龙朱被作者赋予了神性的品格,"美丽强壮如狮子,温和谦顺如小羊"。他与黄牛寨公主的恋情被渲染得热烈、浪漫而美丽。《月下小景》中,男女主人公因两情相悦发生了性爱,却不能在现实中结合而双双殉情。《媚金·豹子·与那羊》中,描述了媚金因情人豹子寻找辟邪的羊没有及时赴约,产生误会,两人先后拔刀自尽的悲剧。长达十万多字的《阿黑小史》由八个短篇连缀而成。作者用清新明丽的抒情笔调反复描写了五明和阿黑这对小儿女的幽会场面和执着纯真的恋情。这些原始生命形态中的纯朴真诚的爱情在沈从文笔下无不显得神圣与浪漫。

1934年出版的《边城》是沈从文最具代表性的作品。小说以湘西小城茶桐及城西的碧溪嘴渡口为场景,通过渡口撑船老人和他的外孙女翠翠相依为命的恬淡生活,以及天保和傩送兄弟同时爱上翠翠的曲折动人的情感悲剧,生动地展现了边城人们健康、淳朴的风俗人情,表达了作者对优美善良的人性和理想生活方式的赞美与追求。美丽善良、天真纯朴的翠翠在端午节的龙舟赛上与英俊强健的傩送相遇后,情窦初开。而傩送的哥哥天保也对翠翠情有独钟。自知对歌不如弟弟的天保为了成全弟弟决定撑船外出,不幸遇难。傩送因哥哥的死深感悲伤和内疚,也驾船出走。而与此同时,翠翠却听到有关傩送要与用碾坊陪嫁的王团总的女儿结亲家的传言。疼爱翠翠的外公到船总家打听消息时却遭到冷遇,忧心忡忡的老船夫终于在一个风雨之夜与世长辞。周围善良的人们都向孤苦的翠翠伸出援助之手,而坚贞的翠翠独守渡口等待情人的归来。结尾"这个人也许永远不回来,也许明天回来"留给了人们无限怅惘的情感和想象空间。

沈从文在谈及《边城》时说:

> 我要表现的本是一种"人生的形式",一种"优美、健康、自然,而又不悖乎人性的人生形式"。①

---

① 沈从文.《边城》题记[M]//沈从文选集(第5卷).成都:四川人民出版社,1983:231.

翠翠是集中了作者"爱"与"美"的理想的人物形象。父母为了神圣的爱情先后殉情而死，翠翠与爷爷相依为命，边城的青山绿水"既长养她且教育她，为人天真活泼，处处俨然一只小兽物"。为充分展示美好的人性和人情，作者生动细腻地描绘了翠翠在爱情方面的觉醒、发展、挫折、追求的心理过程。由初次邂逅时的娇羞到情窦初开后的甜蜜和苦恼，再遭到爷爷去世、傩送出走等一系列打击后的坚贞守候，表面美丽单纯的翠翠内心更有勇敢和坚强的一面。老船夫是"善"的化身，五十年如一日地在渡口摆渡送人，任劳任怨，只靠公家的三斗米、七百钱带着外孙女过着恬淡自足的生活。他从不肯接受别人的馈赠，且慷慨大方地备办酒茶为客人解乏，获得了河街上众乡亲的一致敬重。而为了外孙女翠翠，老船夫更是付出了一切的关爱和仁慈。此外，在美丽如画的边城，重义轻利、守信自约的人们无一不是遵循着恬淡、和谐的生活方式。热忱质朴的杨马兵无微不至地关心着过去恋人的遗孤翠翠，船总顺顺慷慨豪爽地对待每一个乡民，专情重义的傩送宁肯要"渡口"也不要"碾坊"，"即便是妓女，也永远那么浑厚"。在20世纪初期的"乡土中国"，沈从文的"边城"无疑是一处独特的风景。在艺术上，《边城》不重曲折情节的铺陈叙写和典型人物的精雕细刻，而以清新流动的语言、从容淡泊的抒情幻想和浓厚的文化底蕴营造出恬静和谐的美学风范。作品中淡淡的远山、清清的溪水、白色的小塔、古老的渡口以及对歌、提亲、陪嫁、丧葬、赛龙舟等淳朴的民情风俗和纯情的人物交织在一起，呈现出恬静、和谐、优美的乡村生命形式。

　　沈从文自称是一个"乡下人"。当他以"乡下人"的眼光观照现代都市生活时，鄙夷、讽刺之情溢于言表。在《绅士的太太》《都市一妇人》《八骏图》《某夫妇》《大小阮》《有学问的人》等作品中，沈从文常常以嘲讽、冷峻的笔调揭示城市知识分子与"文明人"的生命萎缩和人性扭曲的一面。《绅士的太太》描写了几个城市上层家庭内部"绅士淑女们"的种种丑行。丈夫在外偷情，太太在家与人通奸，而与名门闺秀订婚的少爷暗地里却与父亲的姨太太乱伦。所谓的文明社会原来是物欲横流、道德沦丧、精神空虚和生活糜烂的虚伪世界。《都市一妇人》中历经坎坷的都市妇人，为了留住比自己小10岁的英俊丈夫竟不惜残酷地将其眼睛毒瞎。与乡村纯美质朴的情爱相比，都市两性关系的自私虚伪让人不寒而栗。发表于1935年的《八骏图》则以讽刺的笔墨揭露了城市知识者的精神病态。作家达士先生在青岛大学讲学期间，发现自己周围的七位教授都患有不同程度的性压抑和性变态，有的蚊帐里挂着半裸体的美女画，有的用手"很情欲"地拂拭着青年女子在沙滩上留下的脚印，有的眼睛盯着大理石胴体女神像发呆。在给未婚妻的信中，达士先生详尽地描述了这些表面上道貌岸然的谦谦君子内心深处的卑鄙丑陋。而小说结尾是，这位讥讽他人的作家自己却被海滩女人的黄色身影和神秘字迹所蛊惑,以生病为借口向未婚妻推迟归期。沈从文从文化和人性的角度,对都市文明社会中的生命萎缩和人性扭曲现象进行了强烈的嘲讽和批判。

1935 年是沈从文创作上具有转折意义的一年。在此之前,沈从文曾回到阔别已久的凤凰老家探望母亲。步入中年的沈从文在都市寓居了十余年后,一旦再一次亲历记忆中的故乡时竟然萌生出一种"秋天的感觉"①。随着生活方式的城市化和心理状态的绅士化,沈从文已经开始用进化的视角关注起湘西现实社会人生中的"常"与"变"。在《顾问官》《新与旧》《张大阮》《小砦》《贵生》《七个野人和最后一个迎春节》《长河》等一系列作品中,沈从文表达了对湘西社会在现代文明冲击和挤压下的感伤和忧虑。《顾问官》中作者以嘲讽的笔调写了驻防湘西的三十三师内部的腐化和对农民的盘剥。他们每天只知吃、喝、嫖、赌,一切用度都来自对农民的捐税剥削,把农民当作"竭泽而渔的对象"。整日无所事事、好吹嘘卖弄的顾问官一旦通过贿赂参谋长谋得一个催款委员的"肥差",便不顾一切地捞取钱财。《新与旧》用对比的手法描写了老战兵在晚清和民国两个时期做刽子手杀人时的心理以及围观者的表现,揭示了统治者的残酷和围观者的麻木。《七个野人和最后一个迎春节》写一个师傅和他的六个徒弟痛恨和抵制城市文明对乡村的侵蚀,最后躲进山里当野人,以固守原有的生活方式。《长河》一方面描写了沅水辰河乡野小镇纯朴的人生形态,如饱经沧桑、坚韧达观的看祠堂老人满满,纯真善良、聪明美丽的橘园少女夭夭,雄强不屈的三黑子,公正义气的滕长顺等。另一方面作者又用大量篇幅反映了抗战前夕湘西社会即将到来的"新生活运动"和驻扎当地的保安队对人们心理和生活的搅扰。国民党"党中央"向上调动,吕家坪被战乱的阴影所笼罩,人们陷入了惊恐和慌乱之中。而保安队宗队长以买橘子为名向滕长顺一家敲诈勒索,仗势欺人,并几次纠缠调戏滕家小女夭夭。而夭夭既有《边城》中翠翠同样的美丽、天真、单纯,又具有适应社会环境之"变"的明辨是非、嫉恶如仇、机警灵敏的个性。对于大家都惧怕的保安队长,"她却不怕他,人纵威风,老百姓不犯王法,管不着,没理由惧怕"。沈从文在湘西日渐衰颓的生活现实面前表现了"这个地方一些平凡人物生活上的'常'与'变',以及在两相乘除中所有的哀乐"②。从《边城》到《长河》,沈从文对湘西世界的情感变化是显而易见的。

在中国现代文学史上,沈从文的小说无疑是风格独具的。他从地域的、民族的、文化的视角,构建起独具魅力的湘西生命世界。沈从文说他"只想造希腊小庙",这种庙

---

① 沈从文.《边城》题记[M]//沈从文选集(第5卷).成都:四川人民出版社,1983:231.
② 沈从文.《长河》题记[M]//沈从文选集(第5卷).成都:四川人民出版社,1983:237.

里供奉的是"人性"①。在他笔下，无论是农民、水手、士兵，还是童养媳、店伙计、下等娼妓，他们虽然生活艰辛却倔强坚韧，虽原始古朴却恬淡自守，在女性的柔美和男性的雄强中显露出生命的本色。然而，沈从文绝不是一位单纯的理想主义者和狭隘的保守主义者，在对美好人性和人情歌咏的背后总是或多或少地隐伏着作者对柏子、萧萧、老七夫妇等乡土乡民的一份感伤和哀婉。在对湘西的精神返乡和情感把握中，沈从文把主体的感觉和情绪植入清新流丽的话语，把独特的风俗人情、浓厚的文化意蕴和舒缓的牧歌情调融汇在一起，从而找到了一种最适合自己的抒情文体。沈从文曾得意地把它们称作是"情绪的体操"②。但需要指出的是，在对乡村的对立面——都市的抒写中，议论性的话语和嘲讽的语调常常使得沈从文走出他的抒情文体，艺术上显得远不如前者。素有"文体家"之称的沈从文在作品的结构体式上常常不拘一格，如诗体、散文体、对话体、书信体、日记体、寓言体、神话佛经故事等不一而足。沈从文曾说："我的文字风格，假若还有些值得注意处，那只是因为我记得水上人的语言太多了。"③他的小说语言古朴简约、清新流丽。他常常把生动活泼的湘西口语与简约洗练的文言语汇杂糅一体，充满了韧性、张力和动感。总之，无论是思想内容还是艺术形式，沈从文的小说创作都是现代文学中的一处独特风景。

第五节　钱锺书和他的《围城》

钱锺书（1910—1998），字默存，号槐聚，曾用笔名中书君。他出身于江苏无锡一个以诗书传家的传统文人家庭。其父钱基博，近代著名国学家，经史子集靡不贯通，著作等身，尤以《现代中国文学史》一书蜚声国内，历任上海、北京多所大学教授。其母姓王，是近代通俗小说作家王西神的妹妹。钱锺书在 11 岁时，已读完《论语》《孟子》《毛诗》《礼记》《左传》等书，涉猎子史古文及唐诗，且能动笔写文章了；1920 年秋，进东林小学（当时为无锡县立第二高小）接受新式教育；1929 年，高中毕业，入清华大学；1933 年，大学毕业并受聘于上海光华大学外语系任讲师；1934 年秋自费出版了《中书君诗》；1935 年春考取英国庚子赔款奖学金，赴英国牛津大学爱克赛特学院攻读英国文学，两年后又到法国巴黎大学文学院攻读法国文学；1938 年九十月间，结束留学生涯返回祖国。回国后，钱锺书往昆明的清华大学任教。此后，他历任国立师范学院英语系主任、

---

① 沈从文.《从文小说习作选》代序［M］//沈从文文集（第 11 卷）.成都：四川人民出版社,1983：42.
② 沈从文.废邮存底·情绪的体操［M］//沈从文文集（第 11 卷）.成都：四川人民出版社,1983：329.
③ 沈从文.废邮存底·我的写作与水的关系［M］//沈从文文集（第 11 卷）.成都：四川人民出版社,1983：325.

上海暨南大学外语系教授、中央图书馆英文总纂、清华大学外文系教授、中国社科院文学所研究员、中国社科院副院长等职。钱锺书出版有散文集《写在人生边上》(开明书店 1941 年),短篇小说集《人·鬼·兽》(开明书店 1946 年)和长篇小说《围城》(上海晨光出版公司 1947 年)。他还用英文撰写了《十六、十七、十八世纪英国文学里的中国》,抗战期间完成文论及诗文评论《谈艺录》,1958 年出版《宋诗选注》,1957 年《管锥编》四册初稿完成,1979 年由中华书局出版。

《围城》是中国现代杰出的讽刺小说,也是钱锺书写成的唯一一部长篇小说。这部小说花了他两年的时间,"两年里忧世伤生,屡想中止"。由于杨绛女士的不断督促,他才"得以锱铢积累地写完"①。1946 年 2 月至 12 月,该小说在郑振铎主编的《文艺复兴》月刊上连载。1957 年 5 月,上海晨光出版公司编辑赵家璧将《围城》单行本列入"晨光文学丛书"出版。

作者在《围城》初版序言中说:"在这本书里,我想写现代中国某一部分社会;某一类人物。写这类人,我没忘记他们是人类,具有无毛两足动物的基本根性。"小说所描写的"某一部分社会"就是指 20 世纪 30 年代末 40 年代初国统区上层知识分子所处的生活环境。"某一类人物"是指半殖民地半封建社会留洋镀金归来的文人学士及其身边的上层知识分子。"基本根性"是指这群上层知识分子所具有的崇洋媚外、卑琐虚伪、懦弱动摇的性格特点。

《围城》这个题目具有隐喻意义。小说中引用了一句英国的古话,说"结婚仿佛金漆的鸟笼,笼子外面的鸟想住进去,笼子内的鸟想飞出来,所以结而离,离而结,没有了局"。又取意于法国成语"被围困的城堡","城外的人想冲进去,城里的人想逃出来"。但无论是"金漆的鸟笼"还是被"围困的城堡",它们隐喻的不仅仅是现实中的婚姻关系,实际上还隐喻了理想与现实的关系,人与人之间的关系,即人生万事普遍存在的"两难处境"。方鸿渐的爱情、婚姻和事业总处在"围城"状态,赵辛楣、苏文纨、孙柔嘉等人也是如此。三闾大学是一座"围城",当时国统区乃至整个中国社会又何尝不是一座"围城"? 正如有学者指出的,"围城"的象征主要潜藏在方鸿渐的命运里,方的困境"并非单是他个人的悲哀,它是当时中国人民共有的彷徨,是 20 世纪西方军事、经济、文化侵略下中国社会的迷茫"②。

《围城》被称为"现代中国文学史上一部新的《儒林外史》"③。全书写了七十多个

① 钱锺书.围城·序[M]//围城.北京:人民文学出版社,1980.
② 杨玉峰.徘徊在"围城"之外——谈钱锺书《围城》的象征[J].开卷(香港),1980,2(7).
③ 敏泽.现代文学史上的一部艺术杰作[J].新文学论丛,1981(1).

人物,其中着墨较多、个性鲜明的人物有十多个,这些人物基本上都是知识分子,且是上层知识分子。如果说《儒林外史》描绘了明清知识分子生活的完整图画,揭示了科举制度的罪恶;那么,《围城》则描写了抗日战争时期一群出国留洋归来的知识分子所有的琐碎生活与复杂心态,反映了在国难家仇背景下,在中西方文化夹缝中生存的知识分子的尴尬命运。

小说的情节以方鸿渐的生活道路为线索展开。方鸿渐是江南某小县一个乡绅的儿子。在国内读大学时,他几次换专业,后又出国留学,留学资金是尚未见面的早逝的未婚妻家里出的。在欧洲的四年里他又换了三所大学,最后花钱买了一张假博士文凭回来,以负"孝子贤孙"之责,让老父老母高兴。在回国邮船上,他受作风新派的鲍小姐引诱,也被出自官宦之家获得博士学位的苏文纨小姐追求,但他真正倾心的是在苏文纨家里认识的纯情温柔的唐晓芙。艰险的世情使他失恋又失业,最后只好从上海逃出来,在"同情兄"赵辛楣的帮助下逃到内地三闾大学。三闾大学却同样乌烟瘴气,同事之间勾心斗角、尔虞我诈,他因为同流合污而受到权势者的排挤。后与孙柔嘉结婚。婚前看来天真、柔弱、和顺的孙柔嘉,婚后却判若两人,变得自私、刻薄、专横。加上方鸿渐父亲、弟媳的保守与挑剔,柔嘉姑妈的教唆,他们在无休止的吵闹声中积累矛盾导致感情破裂,最后分手。方鸿渐在感情"围城"里处处碰壁,而在事业"围城"里也一样没能冲杀出来。离开三闾大学回到上海后,他在一家报社做事,后来敌伪收买报社,方鸿渐怀着爱国心辞了职。失业后,他又因为痛恨做"资本家的走狗的走狗"而不愿去孙柔嘉姑妈推荐的纱厂工作。方鸿渐的性格中有善良、正直的一面,也有懦弱、玩世不恭的一面。他追求真爱却又逢场作戏,痛恨现状却又慵懒无能,他是一个可笑又可怜的矛盾人,一个精神困顿、生活空虚的零余者。他的命运是抗战前夕缺乏理想生活的小资产阶级知识分子悲剧命运的缩影。他的悲剧既是他矛盾性格导致的,也是畸形社会与淡薄人情促成的,甚至可以说是"传统文化的劣根在半殖民地土壤上新结出来的恶果"。①

小说还塑造了其他形形色色的知识分子形象,如有良好的交际能力和组织能力,但有时行为孟浪的赵辛楣;自称"慎思明辨"却沽名钓誉的褚慎明;追慕"先祖"韩愈却花钱买假博士文凭的韩学愈;满口仁义道德、满肚子男盗女娼的李梅亭;老奸巨猾、灵魂猥琐的高松年;略通文墨却目空一切的董斜川;阿谀奉承、趋炎附势的顾尔谦;拉帮结派、投机钻营的汪处厚;心术不正、好探隐私的陆子潇;才学空疏、仗势欺人的曹元朗等。小说还塑造了一群知识女性形象,也各具个性。这些女性围绕着方鸿渐先后出场,她们共

---

①② 温儒敏.《围城》的三层意蕴[J].中国现代文学研究(丛刊),1981(1).

同构筑了一座"围城"来围攻方鸿渐。她们是：出身名门、学历颇高、矜持自负、气量狭小，主动追求方鸿渐未成，自暴自弃嫁给曹元朗的留法博士苏文纨；"压根儿就是块肉，谈不上心和灵魂"，本已有夫，却用最末流的伎俩诱惑方鸿渐的鲍小姐；温柔伶俐、妩媚端庄、摩登社会里的一个罕物，"兼有女人的诱惑力和孩子的朴素"，本与方鸿渐两情相悦，却由于种种误会而分手的纯真女孩唐晓芙；受过现代教育，思想传统、保守、表面娇、傻，却工于心计，像鲸鱼般张开口捕获糊涂虫方鸿渐，最后却作茧自缚、尝尽婚姻苦果的庸常女性孙柔嘉。此外，装腔作势、自作多情的老处女范懿小姐，红杏出墙、精神空虚的汪处厚太太，她们也处心积虑围攻男人，但自己又不小心身陷"围城"，造成可怜又可笑的悲剧。

所有这些知识分子既有各自的"围城"，又共同生活在一个"围城"中，各自的"围城"多由各自的性格和经历构成，共同的"围城"则是他们所处的畸形社会。因此，该小说形成了丰厚多层的主题意蕴。②第一层是"生活描写层面"。即对抗战时期古老中国城乡世态相的描写与讽刺。方遯翁家的守旧迂腐，方鸿渐岳父家的爱慕虚荣，孙柔嘉姑妈的市侩势利，三闾大学的拉帮结派，以及方鸿渐归国途中、赴内地求职途中所看到的摩登社会的行尸走肉与凋敝乡镇的肮脏污秽，等等，小说对这一层面的内容做了充分描绘。第二层是"文化反省层面"，小说从"反英雄"角度描写一批留学生或"高级"知识分子的种种心态，来对传统文化进行反省。方鸿渐的优柔寡断、慵懒虚浮以及懦弱无能，就是传统文化中的惰性所铸成的，他那外洋内中、外新内旧的矛盾性格充分说明了在中外文明的碰撞中，传统文化的劣根在半殖民土壤上开出的"恶之花"。还有那个为了显示"精通西学"、谎称自己的俄国老婆为"美国小姐"的假博士韩学愈，靠骗取外国名人通信而充当世界知名哲学家的江湖骗子褚慎明，他们共同组成一幅"崇洋媚外"的群丑图，他们在骨子里显示了失去自信力的不健全的民族心态。第三层是"哲理思考层面"，从方鸿渐几进围城几出围城的人生经历、所遭遇的困境，说明人生处处是围城，包括婚姻，包括理想与现实，包括事业与人际关系。因此，该小说蕴含了西方现代主义文学中常见的人生荒谬感和孤独无常感的主题思想。

《围城》的艺术手法也独具魅力。《围城》是一部充满喜剧色彩却极富悲剧意味的讽刺小说，是中国现代文学史上最卓越的讽刺作品之一。《围城》不仅继承了《儒林外史》讽刺艺术的传统，在表现手法上普遍采用中国传统的白描，而且有独特、崭新的创造。《围城》的讽刺是幽默诙谐式的。它借助丰富多彩的新譬妙喻，将道德、风俗、人情遍体观照，讽刺无遗。它的讽刺既体现在题材的选择、情节的设计与性格的刻画上，还体现在语言的运用上。它既善于"把客观描述和作者的议论结合起来，这颇近于鲁迅的讽刺,还善于把正面讽刺和侧面烘托结合起来,或者把一个人的前后情状加以辛辣的对比"①。小说中常常围绕同一叙述对象,一喻比一喻辛辣,将讽刺功能发挥到淋漓尽致的程度。有人统计,《围城》中所用比喻的数目,有七百多条,且修辞学中,各种比喻手法在《围城》中几乎都不乏成功的范例。由于比喻的形象性和巧妙性,极大地增强了作品的讽刺艺术效果。《围城》的讽刺和幽默还源于灵活用典。小说大量采用中西文化中的典故,典故内容涉及文学、哲学、心理、生理、医学、生物、数学、历史、风俗等,这既符合书中知识分子的身份,谈吐有"知识",有利于展示他们不同的心灵世界,又有利于增加作品的趣味性和说理的深刻性。

此外,《围城》的人物心理刻画也独具特色。它往往采用传神的白描手法,即由外及里,通过画龙点睛式的动作或言谈来显示人物的心理过程。

第六节　张爱玲和她的《传奇》

张爱玲(1920—1995),原籍河北丰润,生于上海。童年在北京、天津度过,1926 年入私塾,在读诗背经的同时,开始写小说。1928 年迁回上海,在母亲的安排下接受新式教育。中学毕业后到香港读书。1942 年香港沦陷,未毕业即回到上海。1943 年她的小说处女作《沉香屑·第一炉香》发表。此后三四年是她创作的丰收期,作品多发表于《天地》《万象》等杂志。代表作有小说《倾城之恋》《金锁记》《红玫瑰与白玫瑰》等(结集为《传奇》),散文集《流言》,长篇小说《十八春》等。

张爱玲在她的小说集《传奇》初版本的扉页上写道:"书名叫传奇,目的是在传奇里面寻找普通人,在普通人里寻找传奇"。这里说的普通人指大都市里的小市民。张爱玲的小说笔触主要伸向沪港社会饮食男女,为人们展示了一个荒原般的世界。这个世界由悲观的人生态度、复杂的心理冲突、陈旧的心理创伤、浓重的失落感、人生的悲剧意识构成。张爱玲展示的荒原世界在现代中国作家的创作中是特殊的,她的失落感之浓重也是少见的。她的作品,不但撼人心魄,有时甚至是彻骨寒冰。她的作品的基本主题为:揭示在不可避免的时代沉落中人的苍凉的生存状态。

1943 年的 9 月和 10 月,《倾城之恋》发表,这是一个上海和香港的双城故事。出身破落大家族的闺秀白流苏之所以看中"被女人捧坏,从此把女人看成他脚底下的泥"的范柳原,主要是为着范柳原的财富和地位,用白流苏自己的心里话说,"她跟他的目的究竟是经济的安全"。范柳原和白流苏之间仅仅存有"一刹那的彻底了解",如果不是香

---

① 何四开.漫谈《围城》的艺术特色[J].厦门大学学报(增刊),1982.

港的战乱极其偶然地成全了白流苏,那么她最好的结局不过是成为范柳原长期而稳定的情妇。白流苏虽然几经努力得到了众人虎视眈眈的猎物范柳原,成功地逃离了家庭,但又进入了另一个家庭,而且,她得到的婚姻只是一座没有爱情的空城,而这座空城的获得也仅仅是因为战争的成全,是"香港的陷落成全了她"。战争加快和简化了许多人的正式成婚的速度,但这种婚姻也许更难经受平常生活的慢慢拉磨。

张爱玲的"上海传奇"系列更为成熟。《金锁记》《红玫瑰与白玫瑰》《花凋》《封锁》等,都发生在上海的公馆、公寓,其中描写最出色的当推《金锁记》。

《金锁记》是一个惊心动魄的人性变态和人性异化的故事。小说分两个部分。前一部分介绍姜公馆二奶奶曹七巧的身世,这个女人的婚姻及生存状况通过对话、事件交代出来。七巧出身于下层社会——麻油店,只因姜家二爷患骨痨,卧病在床,才娶了七巧,结了这门门不当户不对的亲,展示出这门畸形婚姻完全是在金钱关系支配下形成的。由于地位低下,七巧在大家庭中显然受排挤,得不到尊重。但从七巧与三爷季泽的调笑中,读者能看到七巧那被压抑的情欲也会时时透露出来。后一部分是七巧带着一双儿女分家单过后的生活。这是作品的主体部分,也是情节发展高潮迭起的部分。情欲与金钱的冲突交织,母子三人都向着精神的深渊滑落,而儿女的悲剧更由母亲一手操纵。七巧与季泽再次相见,季泽对她进行了表白。有一瞬间,七巧心神恍惚,她"低着头,沐浴在光辉里,细细的音乐,细细的喜悦……"然而也只是一瞬间,"他难道是哄她么? 他想她的钱——她卖掉她的一生换来的几个钱? 仅仅这一转念便使她暴怒起来"。对金钱的欲望压倒了情欲,七巧亲手杀灭了满足情欲的唯一一点可能的萌芽。但这压抑过深的欲望逐渐变成了可怕的对婚姻的报复。她给儿子长白娶了亲,却千方百计地霸住他,引诱他讲述夫妻间的隐秘,再以此羞辱、折磨儿媳。女儿长安直到 30 岁才在亲戚的撮合下,与留洋多年回国的童世舫订了婚。但面对七巧不断的尖刻的抢白与攻讦,长安意识到,"这是他生命里顶完美的一段,与其让别人给它加上一个不堪的尾巴,不如她自己早早结束了它"。与世舫解除了婚约,但两人的友谊还维持着,并且感情有了微妙的进展,但恰恰是这幸福婚姻的苗头引来了更阴森可怖的打击。七巧设宴宴请童世舫,她有"一个疯子的审慎与机智",在席间,轻描淡写地说道:"她再抽两筒就下来了。"原来,"他的幽娴贞静的中国闺秀是抽鸦片的!"世舫怀着"难堪的寂寞",从长安的生活中彻底消失,而长安最卑微的愿望落了空,她生命里"顶完美的一段",到底还是由七巧加上了"不堪的尾巴"。《金锁记》把人生的荒诞与荒凉诠释到极致。七巧就像一头困兽,一生都是在欲望的牢狱中挣扎。"三十年来她带着黄金的枷锁,她用那沉重的枷角劈杀了几个人,没死的也送了半条命。"其实,套在人身上的何止是"黄金的枷锁",人性的无形枷锁才是永远无法解除的桎梏。

张爱玲的小说是关于文明与人性的哀歌,而哀歌的主旨,并不是对社会的批判,更谈不上对社会的改造,而只是在殖民地与半殖民地的现代都市(香港与上海)的背景中,展示人的精神的堕落与不安,展示人性的脆弱与悲哀。在这一点上,她笔下的女性形象,与同时代甚至五四以来的新文学作家笔下的女性形象就有着较大的区别。首先,张爱玲写的女性,与20世纪二三十年代作家塑造的"时代新女性"不同,她实际上写的是"新女性"表象下的旧女性。这些女性或有着旧式的文雅修养,或受过新式的大学教育,甚至还留过洋,但她们都面临着出走后又该如何生活的共同的窘况,即无法在现代都市社会中自立,也远离革命运动,只能把当一个"女结婚员"作为自己的唯一职业和出路。而她们所受到的教育,也只能是她们待"嫁"而沽的筹码。其次,她笔下的女性形象与通常的新文学作家笔下旧式女性也不同,张爱玲没有农业文化的背景,她的文学素养是在代表着工商文化的城市背景中形成的,她笔下的女性形象几乎都是日益没落的淑女或竭力向上爬的小市民,这些女性在人生中受到的苦难,不是衣不蔽体、食不果腹的经济上的穷困,而是无家可归、无夫可嫁的精神上的恐慌。

张爱玲的作品中同时表现出"古典小说的根底"和"市井小说的色彩"。其"古典小说的根底"最为鲜明的表现即在于她作品中的"《红楼梦》风"。《金锁记》中随处可见《红楼梦》的影子,《花凋》则被看作是"现代'葬花词'",不仅作品的名字《花凋》直接来源于《红楼梦》中的《葬花词》,而且作品的主人公郑川嫦也被她直言不讳地称作"现代林黛玉"。张爱玲小说中的"市井小说的色彩",则主要指她作品中的"通俗倾向"。在对张爱玲有影响的现代作家中,既有鸳鸯蝴蝶派的代表人物张恨水,又有新文学作家中的实力派代表老舍,而这些作家的创作都是以"通俗化"为主要特征的。市俗化通俗化既是张爱玲作品表现出来的创作特点,也是作者自己的创作理想。张爱玲作品中的通俗化特点,也与她生活的环境和她自己的生活习惯有较大的关系。对她的一生影响最大的两个城市,一是上海,二是香港,而上海是当时中国最商业化最市民化的城市,当时的香港则是跟在上海后面亦步亦趋的上海的翻版。在生活中,张爱玲始终没有成为她母亲所希望的淑女,但按照自己的理想成为一个大都市里自食其力的小市民。

张爱玲的作品还具有既传统又现代的特点。其传统特点与他从《红楼梦》等旧小说中得到的文化素养和审美品位有关,但又不止于此。张爱玲笔下的女性(包括那些受过洋教育的"新女性")实际上或者说在本质上都是些"旧女性"。而最为典型的还在于她的"女人观"和小说中创造的意象都包含许多传统的因素。她笔下的女性,几乎没有一个走出婚姻的城堡,而她创造的给人印象最深的意象,如镜子、月亮、老钟等,则全都是以传统为基础的。可以说,这些女性都很好地体现出作者的人生观,那就是女性生存的艰难。在她的小说《封锁》中有这样一句重复了多遍的民谣:"可怜啊可怜,一个人啊没钱!"虽然这些女性(包括七巧和所有的淑女们)并没有真正落到无钱度日的地步,但作为一种存在的恐慌一直在心理上威胁着她们,因此,她们大多处于两种生存状态之中:一是急于想成为人家的太太或姨太太甚至情妇,总之是想找一个生活的依靠;二是在成为太太之后,仍然在为自己的地位而努力奋斗着,或变本加厉地抓钱,或无可奈何地在平淡的生活中苦熬着。作品中,"现代"的特点,则主要在通俗的情调中加入了西方的文化因素。张爱玲在现代都市与都市人的问题上与当时其他作家抱着不同看法。中国的传统文化是以农业文化为背景的,当时的作家也大多以传统的审美思想为艺术追求,因此,现代都市的出现不但没有引起他们的欢呼,反而遭到了他们的抵御和批判,无论是以"乡下人"的眼光看城市的京派作家,还是以"现代人"的身份看城市的海派作家,或以"革命者"的角色看城市的左翼作家,现代都市在他们的眼里都是一头"怪兽"。然而,在张爱玲眼里却截然不同。张爱玲生在城市长在城市,是一个地地道道的城市人,而且又把当一个城市人作为自己的理想,因此,在她的作品中,到处都流露着她对城市文明的喜爱和赞美。虽然,作品中的人物大多以悲剧收场,但这并不是城市的过错,相反,正是传统的封建思想和封建文化的罪恶。

张爱玲小说的语言风格,也介乎新旧雅俗之间,既有典雅繁复的字眼,又有市井酣畅的对白。在《沉香屑·第一炉香》和《金锁记》等作品中,古典小说的根底表现更为明显一些,更多一些《红楼梦》的影响;而在《倾城之恋》和《红玫瑰与白玫瑰》等作品中,市井小说的色彩表现得更为突出一点。无论是范柳原与白流苏的调情,还是佟振保与王娇蕊、孟烟鹂的三角关系,都更多带有调侃意味的幽默和鸳鸯蝴蝶派通俗小说的特点。细读张爱玲的小说,在叙事风格上,既不脱传统的路数,又有意识的流动,特别能在叙述中运用联想,使人物周围的色彩、音响、动势都不约而同地产生映照心理的功用。在描写技巧上,注重精细的刻绘,情调暗示与象征,常常反复渲染自然景致,制造出一种特殊的艺术氛围,以唤起读者的"类似联想",使作品出现多重的或更深远的意义。尤其突出的是心理描写技巧,总是深入人物的灵魂,着力于探究"一个人内心的曲折",描写一种病态的或变态的心理,以此折射病态的社会,在人们面前展现一个鬼气森森、可怖的现实世界。

由《传奇》所显示的小说艺术风格,正表明张爱玲的创作走着一条"中西合璧"的道路。她既饱尝着西方现代文明的新风,又有深厚的传统文学修养,从而把传统写法与现代主义的某些表现技巧巧妙地糅合在一起,把小说写得华美而又悲哀,富丽而又苍凉,雅致而又通俗。

【思考题】

1. 试述茅盾对长篇小说的独特艺术追求,论析《子夜》的思想主题与人物塑造。

2. 简析老舍小说中"市民世界"的人物形象构成,论述《骆驼祥子》中祥子悲剧形成的多重因素。

3. 比较巴金小说前后期风格的不同之处,论析《家》中高老太爷、觉新和觉慧的人物形象。

4. 试述沈从文的文体风格,分析《边城》的艺术特色。

5. 试述《围城》的主题意蕴和幽默讽刺艺术,分析主人公方鸿渐的性格特征和典型意义。

6. 试从意象营造和语言风格两个方面分析张爱玲小说的艺术特色,简析《传奇》的思想内涵和人物形象的独特性。

第三章　发展期小说(二)：多种小说流派

第一节　早期普罗小说和"左联"作家群

在新文学第二个十年中,由于外部社会环境的影响,"文学革命话语体系中附着的政治意味更为增强,要求作者们从理论到实践层面均要身体力行地为主义效忠"①。在这一急剧变革时期,强调由"人的解放"向"阶级解放"转换的普罗小说(即无产阶级小说)对社会产生了广泛影响。"普罗"为英文 proletariat(意指无产阶级)的音译"普罗列塔利亚"的缩写。早期普罗小说的创作者,多为提倡无产阶级革命文学运动的太阳社与后期创造社的作家,如蒋光慈、洪灵菲、钱杏邨、阳翰笙、楼适夷、戴平万、孟超、刘一梦等人。尽管太阳社与创造社之间也存在着巨大的分歧,但两者在理论阐释上,都以阶级斗争作为共同信条。② 普罗小说作家自觉地承担起"革命家兼作家的身份"③,运用文学武器为革命呐喊,在大革命的低潮期试图鼓起人们的斗志。虽然这些小说多带浓厚的"革命浪漫蒂克倾向",但对于提升人民革命情绪起到了高度的推动作用。普罗文学小说以一种前所未有的态势表达出文学对社会革命的参与和它所应承担的历史使命,在文学上表现人民大众尤其是无产阶级的斗争、生活及其情绪、愿望、要求等方面都有显见的功绩。从美学层面上说,普罗小说重艺术表现,不注重个性化人物形象创造,带有强烈的公式化、概念化倾向,然而,此种小说是顺应着历史发展的潮流而诞生的,在中国革命史上起过积极作用,为新文学在第二个十年的发展注入了新鲜的血液与生机。

蒋光慈(1901—1931)是我国普罗小说最早的倡导者与实践者之一。早在 20 世纪20 年代中期,蒋光慈就在《无产阶级革命与文化》《现代中国社会与革命文学》等文章中热烈鼓吹"革命文学",详细阐释了在阶级社会中包括文学在内的整个文化的阶级性以及无产阶级文化产生的必然性。1927 年国共分裂,让蒋光慈等知识分子"感染到对宣传工作的无比热诚"④。作为文学主张的具体化,中篇小说《少年漂泊者》与短篇小说

---

① 王德威.1841—1937 年的中国文学[M]//孙康宜编.剑桥中国文学史.北京:生活·读书·新知三联书店,2013:542.

② [美]安敏成.现实主义的限制:革命时期的中国小说[M].姜涛,译.南京:江苏人民出版社,2001:51.

③ 钱理群,温儒敏,吴福辉.中国现代文学三十年[M].北京:北京大学出版社,2013:228.

④ 夏志清.中国现代小说史[M].刘绍铭等,译.桂林:广西师范大学出版社,2014:200.

《鸭绿江上》就已经出现了后来的普罗文学所具有的某些主要特质。《少年漂泊者》通过主人公汪中的流浪历程，描写一个贫苦农家子弟深受地主迫害，历经种种苦难，最后投奔革命，展现出从五四到"五卅"的社会矛盾与斗争。而小说《鸭绿江上》则描写了朝鲜爱国青年李孟汉同云姑之间的爱情悲剧，揭露了帝国主义的侵略罪行。1927 年 4 月，在上海工人第三次武装起义后不到半个月，蒋光慈就完成了反映这一重大历史事件的中篇小说《短裤党》。蒋光慈在《写在本书的前面》一文中表示："本书是中国革命史上的一个证据，就是有粗糙的地方，可是也自有其相当的意义。"《短裤党》是中国现代文学史上第一部表现中国共产党领导下的工人武装斗争的小说，也是最早为文学提供工人运动中的共产党人和觉悟工人形象的。尽管如此，小说也存在相应的缺陷。一方面，蒋光慈肯定暗杀复仇行动，把一种失去理智的疯狂的报复当作英勇行为加以歌颂；另一方面，蒋光慈将革命文学理解为"反个人主义的文学"，"作家的这种理论认识势必给塑造人物带来一定的缺陷"[1]。

　　大革命失败以后，蒋光慈从革命战场退下来，专门致力于文学活动。同时，蒋光慈同钱杏邨等人发起组织的太阳社是提倡普罗文学的中坚团体之一，蒋光慈本人也成为当时最有影响力的普罗文学作家。其小说充分表现了在革命剧变年代里才具有的那种独特的情绪与氛围。他的小说一方面对敌人的血腥镇压毫无惧色、绝不退却，显示了共产党人在革命失败后高举革命旗帜继续前进的英勇气概；另一方面又有面对敌人的疯狂而产生的激进情绪，欣赏冒动主义与冒险行为，体现出显著的"革命浪漫蒂克倾向"。写于"宁汉合流"不久之后的《野祭》与《菊芬》，是以反革命政变为小说背景，表现出革命者不屈的斗争精神的姊妹篇。《野祭》中的淑君是一位淳朴、善良的姑娘，热情向往革命，积极参加群众斗争，最终在反革命政变里英勇献身；《菊芬》中的菊芬也是一位纯洁、热情的少女，她从四川到武汉投奔革命，同样没有逃脱反动派的魔爪。这两篇小说具体描绘了反革命政变的经过，深刻揭露了反动派大肆屠杀共产党人与革命群众的血腥罪行，展现了革命者的顽强意志与斗争精神。但我们同时也要注意到，小说渲染的气氛过于悲愤沉郁，带有一定的消极影响。《野祭》与《菊芬》这两部小说都有分量较重的爱情描写，赋予了革命以一种浪漫的情调，这也开启了其后普罗小说创作"革命加恋爱"模式的先河。而蒋光慈的另一篇小说《丽莎的哀怨》，则描写了一个白俄贵族妇女在"十月革命"后流浪到上海，最终沦为妓女，身染梅毒，痛苦自杀的过程。作者本意是要从一个新的视角去表现贵族阶级的没落，以及无产阶级最终必然取得胜利的社会发

---

　　① 范伯群,曾华鹏.蒋光慈论[J].文学评论,1962(5).

展规律。但由于心头沉淀了过多的悲愤,蒋光慈在小说中过度渲染了白俄贵族妇女的哀愁情绪,对其苦难历程与悲惨遭际进行了详尽描述,在客观上并未显示出对俄国贵族的厌弃憎恶,反而是增添了对于她们的怜惜同情,"这部长篇小说看来以隐曲方式反映了作者的个人感想。但是同当时流亡上海的白俄对布尔什维克的怨恨相比,他采取的拜伦式姿态显得更根本也更直接地与苏维埃体制背道而驰"①。

创作于1929年的长篇小说《冲出云围的月亮》,体现出蒋光慈在表现革命内容时能采取一种积极的态度。小说的女主人公王曼英在大革命时期受到革命潮流的影响,毅然决然离家参加革命。不久反动政变开始,她陷入了绝望与痛苦之中,甚至走上了一条自暴自弃之路。最后,王曼英在革命者李尚志的帮助下抛弃了原本糜烂不堪的生活,投身到工人运动中去。尽管《冲出云围的月亮》再一次重演"革命加恋爱"的创作模式,但小说在塑造王曼英这个时代女性形象时反映出的小资产阶级知识分子的内心苦痛与反抗要求,还是具有相当程度的典型意义。日本学者小川利康指出:"正是在这部作品(《冲出云围的月亮》)的基础上,他(蒋光慈)才能写出《咆哮了的土地》那么一个知识分子经历斗争成长的故事。"②长篇小说《咆哮了的土地》于1930年3月发表在《拓荒者》杂志,后出版单行本,更名为《田野的风》。这部小说描写了大革命时期湖南某地的农民,在矿工张进德与革命知识分子李杰的领导下,组织农会,发动土地革命,并在大革命失败后突破敌人的武装围剿,投奔金刚山(暗示井冈山)而去。蒋光慈"清晰地意识到农民与土地相背离的'异化'现象,是直接导致中国革命必然发生的根本原因"③,继而在小说中写出了"其势如暴风骤雨"的农民运动场面。在人物形象塑造方面,矿工张进德作为一个颇具见识的农民运动领导人,处事冷静,有丰富的斗争经验;而知识分子李杰,则着重把握住他同民众结合的特征,尤其是在描写他同地主家庭决裂时的内心冲突,极富感人力量。在李杰身上,体现出青年知识分子于群众斗争中不断完善自身的过程,纠正了那时普罗小说只写"突变式"英雄的弊病。较之蒋光慈先前的小说,《咆哮了的土地》在艺术上有极大进步,改变了过去作品中较多主观空洞的情感宣泄的写法,注重客观细致的描写,生活实感大大增强。这部小说不但是蒋光慈创作生涯中的一次突破,同时也成为整个普罗小说发展的重要转机。

普罗小说创作在那时形成了一股风气,小说家数量甚多。洪灵菲(1902—1933),广

---

① 夏济安,庄信正.蒋光慈现象[J].现代中文学刊,2010(1).
② [日]小川利康.蒋光慈旅日前后的蜕变——《丽莎的哀怨》与《冲出云围的月亮》之故事结构比较[J].当代外语研究,2011(6).
③ 宋剑华.红色文学经典的历史范本——论蒋光慈《咆哮了的土地》的文本价值与后世影响[J].河北学刊,2008(5).

东潮安人。他是为无产阶级革命事业英勇献身的作家,其创作的长篇小说《流亡》反映了处在革命低潮中的小资产阶级知识分子型革命者由苦闷转向反抗的历史过程,表现出革命者面对敌人杀戮时的英勇斗争精神。小说中缠绵悱恻的爱情描写,迎合了普罗小说"革命加恋爱"的流行主题。阿英(1900—1977),即钱杏邨,安徽芜湖人。他是无产阶级革命文学的主将,创作了《义冢》《革命的故事》等短篇小说集。阿英的作品多揭露、讽刺革命浪潮中的投机分子,揭露国民党新军阀投机革命、滥杀民众的罪恶行为。楼适夷(1905—2001),浙江余姚人,著有短篇小说集《挣扎》《病与梦》等。楼适夷创作视野开阔,题材广泛,且贴近现实革命斗争。小说《盐场》写一场"风波"给浙东盐民带来的苦难,旋即触发盐民的反抗斗争,反映了大革命对于盐区产生的重要影响。楼适夷的作品内容扎实,生活气息浓厚,人物描写生动,是当时普罗小说作家群中较有成就的一位。

华汉(1902—1993),即阳翰笙,四川高县人。创作有中篇小说《女囚》、短篇集《十姑的悲愁》等。他的长篇小说《地泉》(包括《深入》《转换》《复兴》)三部曲,曾一度被公认为普罗小说的"标本"。这部小说反映了大革命后从农村到城市,从农民、知识分子到工人的显著变化,描写了农村革命的"深入",小资产阶级知识分子思想的"转变",工人运动的再度"复兴"。它对于了解当时的中国社会面貌、革命的几起几落、党内的错误路线、社会思潮的起伏等都有一定的参考价值。小说以"地泉"为名,借地下的奔腾不息之泉来隐喻正在重新高涨起来的革命运动,表达了作者对革命的坚定信念。但与此同时,这部作品在思想、艺术等方面也存在着诸多缺陷,这在某种程度上也折射出那个时期普罗小说的种种弊端。从艺术角度来看,《地泉》三部曲只是政治观念的图解,机械化地套用了一般的革命发展规律,以此生发故事,难免有概念化之嫌。人物描写缺乏个性,所有革命者或者反革命者都存在雷同的倾向,而且人物的思想"转换",也大抵是一种模式化的"突变"。而在思想倾向上,小说颂扬了当时的盲动路线提出的攻打城市、总同盟大罢工等主张,描写了飞行集会等冒险行为,表现出明显的"左倾幼稚病"与"革命浪漫蒂克"倾向。所以这部作品在1932年重版时,瞿秋白的序文就毫不客气地指出:《地泉》正是新兴文学所要学习的'不应当这么样写'的标本。"茅盾则认为:"不是单独的,个人的,而实际是一九二八到三二年绝大多数(或者不妨说是全部)此类作品的一般的倾向。"这是革命作家对以往普罗小说的一次历史性的批判总结,标志着革命作家们在认识上的长足进步。

作为"革命文学"的一次预演,早期普罗小说具有相当的成就,也存在相应的缺陷。稍后"左联"作家的涌现,则标志着我国革命文学在小说领域里朝着坚实的现实主义方向发展。这些"左联"新人的小说创作,把政治倾向性与艺术真实性较好地结合在一起,以革命现实主义的创作方法塑造人物典型,同时也注意环境描写的典型化,开始形成小说风格的多样化。这个作家群体是相当庞大的,"它能够释放出时代性的能量,吸引各路散兵游勇式的文学星辰趋近自己的文学轨道,甚至能够对那些自身拥有一定质量的行星产生作用,迫使它们有条件地改变自己的轨迹"①。

丁玲(1904—1986),原名蒋伟,湖南临澧县人。她以革命女作家的姿态创作了大量革命题材的小说,在中国新文学史上占据了极其重要的地位。丁玲的小说处女作《梦珂》(创作于1927年),描写了一个颓败的封建家庭女儿到上海求学后陷入绝境的故事,"丁玲为之痛苦与不安,笔法里的欲望与罪恶感的同声演绎,看得出是摆脱不了的无奈"②。1928年,《莎菲女士的日记》的发表问世,给丁玲带来更大的声誉。小说的主人公莎菲是一个典型的小资产阶级叛逆、苦闷的知识女性形象。在莎菲身上,既有对封建礼教的悖逆,又有对追求个性解放、"真的爱情"的无限憧憬。然而由于大革命失败的时代背景,使得莎菲在执拗寻觅人生意义时找不到出路,鄙视世俗又时时感到有纵情声色犬马的危险,这也让莎菲陷入了更大的苦闷中。"莎菲是五四以后解放的青年女子在性爱上的矛盾心理的代表"(茅盾语),也是要求个性解放的青年在革命低潮期陷入彷徨无主境地的真实写照。在艺术表现上,作者丁玲善于从人物的内心世界找出隐蔽的悲剧冲突,将莎菲的精神特质、情绪变化与行为特征作了极为出色的描绘。可以说,丁玲"甫一出现在文坛,就是最激进最摩登的个人主义姿态"③。

此后,丁玲的创作开始发生变化:她努力跳出主要描写知识分子阶层的"老路",开始尝试进行革命题材与表现工农大众的作品创作。中篇小说《韦护》与短篇《一九三〇年春上海》,标志着丁玲笔下人物由"莎菲型"向"革命型"的过渡转变。尽管《韦护》与《一九三〇年春上海》依旧没有脱离当时流行的"革命加恋爱"的固有模式,但这两部小说展开了知识分子从个人主义迈向集体主义的艰难道路,剖析了小说人物在革命与恋爱的冲突中的内心矛盾、思想分化和理想追求,表现了作者对卷入革命斗争的新型知识分子的独特观察与细致发现。1931年发表的中篇小说《水》,以1931年波及十六省的特大洪灾为背景,描写了中国农民在面对不幸灾难时的觉悟、团结和反抗,这部小说也标志着丁玲在现实题材方面又有了重大突破。

柔石(1902—1931),原名赵平原(后改名平复),浙江宁海人,"左联"五烈士之一。

① 朱寿桐.论作为文学社团的中国左翼作家联盟[J].南京大学学报,2001(6).
② 孙郁.左派小说[M]//民国文学十五讲.太原:山西人民出版社,2015:244.
③ 贺桂梅.丁玲的逻辑[J].读书,2015(5).

柔石的小说创作有一个演变过程：早期作品多以男女青年恋爱婚姻为题材，抒发他们的苦闷与不满情绪。到了1929年后，柔石的文艺思想开始发生转变，创作更加面向现实。中篇小说《二月》发表于1929年，是柔石对中国知识分子道路进行思考的结晶。小说主人公萧涧秋漂泊了大半个中国，对生活感到厌倦，想到芙蓉镇这个"世外桃源"之中呼吸"美丽而自然的空气"。在新的环境里，萧涧秋希图有一番作为，却又处处碰壁，只得再度出走。萧涧秋的个体遭遇，证明了在强大的中国封建主义固有势力面前，个人奋斗、人道主义的理想难以照进现实。小说细腻的心理笔触，描写人物与渲染环境相结合的深沉的抒情风格都颇具艺术韵味。《为奴隶的母亲》创作于1930年，作者以深挚沉郁的笔调，诉说了一个令人震惊的典妻故事，塑造了一个受尽折磨、打着奴隶生活烙印的劳动妇女春宝娘的形象。春宝娘默默地充当着"生育工具"的角色，同时又无尽想念自己亲生的两个孩子，展现出一个母亲遭受严重心灵创伤的痛苦心理，对读者的感情冲击是相当深切的。

张天翼（1906—1985），原名张元定，湖南湘乡人。其创作题材广泛，内容以揭露各种社会弊端为主，是优秀的讽刺小说家。他在儿童文学创作方面也成果斐然，著有《大林和小林》《秃秃大王》等。张天翼自发表反映旧军队士兵哗变的短篇小说《二十一个》后，在文坛上开始崭露头角。"他所抛弃的正是当时进步的知识人所厌恶的，他所取来的主题正是他们所看到的，所自以为理解的，再加上他的运用口语，创造活泼简明的形式以及诙谐的才能"（胡风语），给当时的左翼文坛吹来一股清新之气。20世纪30年代中期，张天翼创作了一大批讽刺小说，初步形成了其讽刺艺术的独特个性。张天翼的讽刺小说大体上刻画了三类讽刺性人物：虚伪、狡诈的地主官僚形象；动摇、庸俗的小知识分子、小公务员、小市民形象；愚昧不幸的城乡劳动人民形象。创作于1934年的《包氏父子》是这个时期最为突出的一篇作品。小说描写的门房老包是当时城乡劳动人民中的人物，他希冀通过供儿子读洋学校的方式来摆脱贫贱的社会地位。然而，父子两代人的心理性格差别竟是如此之大：小包一心想挤入花花公子郭纯们的行列里去，但那里至多只能给他留一个"走狗"的位置；老包一心往上爬，但处处事与愿违，最后连他自己在家里的生存空间也被儿子给挤占了。这部带有强烈讽刺意味的小说反映出小市民观念的庸俗无聊，也表明了资产阶级的学校教育对青年产生的骇人的腐蚀性。抗战以后，张天翼把讽刺的笔调投向抗日阵营中的腐朽力量与灰色人物，继而完成了《速写三篇》（包括《华威先生》《谭九先生的工作》《新生》），他的小说讽刺艺术也在这一创作过程中达到了新的高峰。尤其是名篇《华威先生》，以生动而又辛辣的笔触刻画了一个战时文化官僚的形象，揭露了国民党"包办抗日"又"包而不办"的丑陋嘴脸，触及了抗日民族统一战线中的两条路线斗争问题。

"九一八"事变后,东北沦陷,一部分青年作家由东北流亡到上海及关内各地。他们带着对日本帝国主义侵略者的强烈憎恨与对乡土的深深眷恋,开始进行小说创作。他们的作品"揭示了广袤的东北大地上觉醒抗争的普遍性与广泛性,生动再现了在灾难降临的变动时刻,广大的人群纷纷从压迫中觉醒,从挣扎中奋起,汇成一股被奴役人民不甘屈服的宏大历史潮流"①。他们习惯上被称为"东北作家群",主要作家有萧军、萧红、端木蕻良、舒群、骆宾基、罗烽等人。"他们的乡愁在乡土文学叙述中加入了一种国家危亡的紧迫感,由此被纳入到左翼文学的阶级斗争主题中"②,这无疑也为左联增添了一批新生力量。

"东北作家群"中最具代表性的作家是萧军和萧红。萧军(1907—1988),原名刘鸿霖,又名田军,辽宁义县人。其创作于1934年的中篇小说《八月的乡村》,描写了一支抗日游击队伍的成长。作品着重刻画了陈柱司令员、铁鹰队长以及李七嫂等人物形象,真切表现出人民群众与抗日队伍的紧密联系。小说对东北风情的描绘,无疑激起了读者对祖国山河的无比热爱之情与对日本侵略者的无比憎恶之情。萧红(1911—1942),原名张乃莹,黑龙江省呼兰区人。她于1935年出版的中篇小说《生死场》,用散文的笔致"回应着民族生死存亡之际的危机"③,表现出东北人民在生死线上的挣扎,也颂扬了他们不屈的抗争精神。小说没有贯穿全书的叙事线索,作者仿佛随意拾取生活素材,把它们化合成一幅生动的现实生活图画,有很精致的风物描绘与强烈的抒情色彩。《八月的乡村》与《生死场》都被鲁迅收入其主编的"奴隶丛书",并由鲁迅亲自作序,这在无形之中也扩大了作品的影响力。

第二节　吴组缃等社会剖析派小说

20世纪30年代,由于时代动荡不安,社会矛盾日趋尖锐,许多作家趋于关注现实,大规模地描写社会现象,并以社会科学理论指导创作分析现实,力图揭示社会本质,把握社会发展动向,由此形成一个被称为"社会剖析派"的小说流派。此派作家由茅盾领衔,重要作家还包括吴组缃、沙汀、艾芜、叶紫等。

吴组缃(1908—1994),原名吴祖襄,字仲华,安徽泾县人。1932年,吴组缃创作小

---

① 逢增玉.流亡者的歌哭——论三十年代的东北作家群[J].文学评论,1986(3).
② 王德威.1841—1937年的中国文学[M]//孙康宜编.剑桥中国文学史.北京:生活·读书·新知三联书店,2013:561.
③ 刘禾.跨语际实践:文学,民族文化与被译介的现代性(中国:1900—1937)[M].宋伟杰等,译.北京:生活·读书·新知三联书店,2014:227.

说《官官的补品》,发表后获得成功。1934 创作的《一千八百担》再次在文坛引发讨论。同年小说集《西柳集》出版,次年吴组缃又出版了小说散文集《饭余集》。抗战时期创作有长篇小说《鸭嘴涝》等。吴组缃的小说创作以 1933 年为界,1933 年之前创作多为心理分析小说,1933 年以后转向社会剖析小说创作。

20 世纪 30 年代初期,吴组缃的小说主要表现出新旧交替时期一些青年知识分子的困惑与追求,如《金小姐和雪姑娘》《离家的前夜》《菉竹山房》等作品都带有较为明显的心理分析成分。写于 1932 年的《官官的补品》是吴组缃小说由心理分析转向社会剖析的一个节点。小说以第一人称形式,讲述了地主家庭的纨绔子弟官官在带舞女陆柔姬乘汽车外出兜风时出了车祸,佃户陈小秃子用自己的血救了官官的命。回乡后,官官又用陈小秃子妻子的奶水做补品,养好了身子。然而地主家恩将仇报,把陈小秃子当作土匪杀害了。"作品残酷的嘲弄性,集中在官官周遭所发生的一些'谐趣'事件上,而官官对于这些令人痛苦的事件,非但懵懂无知,反而津津乐道"①,作者对地主灭绝人性的描写,使人联想到封建地主阶级的罪恶与整个社会的冷酷无情。

1933 年,受茅盾小说《子夜》的影响,吴组缃开始转向社会剖析小说的创作,陆续写出了《黄昏》《一千八百担》《天下太平》《樊家铺》等富有力度的社会剖析小说。小说《一千八百担》的副标题为"七月十五日宋氏大宗祠速写",重点描写了大旱之后宋氏各房二十多个代表一次不同寻常的集会,围绕宗祠的一千八百担存谷,从政客、区长、商会会长、讼师,到豆腐店老板、校长、教书先生、算命先生等形形色色的人物为了一己私利,相互倾轧。正当众人争执不下之时,农民们喊着"打倒地主"的口号,抢走了这一千八百担谷子。作者以一个赌徒视角反映农村社会的阴暗面,深刻剖析当时的社会状况,通过描写宋氏家族在利益面前的勾心斗角,淋漓尽致地揭示出 20 世纪 30 年代农村经济结构变化下中国封建宗法制度的土崩瓦解,暴露出封建宗法制度解体过程中人的丑态,较为全面地反映了社会各阶层的生活。而小说《天下太平》所展现的恰恰是天下不太平的现实。小说主人公王小福是个店员,上有 70 岁的老奶奶,下有 12 岁的小孩。为了填饱家里人的肚子,本性善良老实的王小福被逼无奈,只好以偷盗来维持生计。小说在反映社会道德沦丧并找到其根源的同时,流露出浓郁的象征意味:"一个安守本分、由命信神的老中国儿女,竟然同作为神权象征、镇压全村的神物同归于尽,它意味着旧世界及其处世原则是在血迹中动摇和崩毁的。"②在另一篇小说《樊家铺》中,农民小狗子因为还不起租子,铤而走险落草为寇,不久即遭逮捕。他的妻子线子嫂为了救出丈夫,转

---

① 夏志清.中国现代小说史[M].刘绍铭等,译.桂林:广西师范大学出版社,2014:218.
② 杨义.中国现代小说史(第二卷)[M].北京:人民文学出版社,2001:385.

而向其母亲求救,却遭到母亲的拒绝。线子嫂被逼无奈,企图偷走母亲置于包头布内的五十块钱,在被母亲发现后,线子嫂用锡烛台将母亲刺死。通过小狗子一家的悲剧,作者进一步揭露了社会动荡、民不聊生以及道德沦丧的现状,封建伦理道德已经难以规范人们的行为了。

抗战初期,吴组缃创作了长篇小说《鸭嘴涝》(后改名为《山洪》)。小说描绘了一个性格刚强的农民章三官,由小生产者转变为具有强烈的民族意识和英雄气概的抗日战士的故事。章三官有抗日救国的强烈愿景,但婚后家庭观念浓重加上日趋险恶的政治形势,以及旧政权的腐败,抑制了他的抗日热情。之后,战线吃紧让章三官意识到自己身上担负的责任,同时为自己过去冷眼旁观的态度感到内疚。新四军游击队进村后,他担任扁担队队长。经过狙击敌伪溃军的战斗,章三官参加了游击队,成为一名坚强的抗日战士。

吴组缃是个创作态度极为严谨的作家。他创作的每篇小说都讲究章法技巧,除此之外,吴组缃小说的心理刻画亦丰富多彩。他的小说将地方风物与乡音土调进行融合,带有浓郁的乡土特色。例如《鸭嘴涝》对皖南山水风光与民风民俗的描写,既有地方特色,又将人物塑造得真实而富有个性。从结构上看,吴组缃的小说喜欢设置中心意象,并以此为轴心,将与此相关的人事有机组合在一起,如《一千八百担》中的义庄租谷、《天下太平》中的"一瓶三戟"等。

除了吴组缃以外,社会剖析派作家还有左翼作家群中的后起之秀沙汀、艾芜、叶紫等人。他们的小说,或揭露社会黑暗,或讽刺贪官污吏,对社会的剖析均达到了一定的高度。

沙汀(1904—1992),原名杨朝熙,又名杨子青,四川安县人。他从小就目睹了四川基层政权的腐败、乡绅恶霸跟帮会组织的横行以及社会下层人民处于水深火热之中的生活环境,这也为他日后的小说创作积累了丰富的生活经验。1922年,沙汀进入四川省立师范学校学习,开始接受新思潮与新文艺。其处女作是1931年4月发表的《俄国煤油》。此后出版有《法律外的航线》(后改名为《航线》)《兽道》《土饼》和《苦难》等短篇小说集。《法律外的航线》通过对长江航线中一艘外国商船上发生的一连串故事,写出了帝国主义分子对中国人民的欺凌,展现出长江两岸农村燎原的斗争烈火。这篇带有"印象式写法"的小说在艺术上还不够成熟。后经茅盾指导,沙汀创作了大量反映四川农村黑暗现实的社会剖析小说,展现出其在讽刺艺术方面的卓越才华。

在社会剖析派小说中,沙汀的小说注重表现偏僻的川西农村贫苦人民的悲惨命运,进而揭示兵匪横行的不公道社会是造成人民苦难的根源。《兽道》用第一人称的手法,描绘了魏老婆子的悲痛遭遇。她做小贩的儿子被战乱阻隔在异地；坐月子的儿媳妇惨遭乱兵轮奸，后愤而上吊自杀；魏老婆子的小孙子也染病夭折；魏老婆子本人则因此精神失常，成了疯子。《在祠堂里》里的年轻女性，因争取自主恋爱，被反动军官惨无人道地钉在棺材里活埋。《凶手》写两兄弟进城办丧事被抓去当壮丁，不愿被强征当兵的弟弟逃跑未遂，继而演出了哥哥被迫开枪处决逃兵弟弟的悲惨一幕。沙汀由四川特殊的黑暗返照了旧中国普遍的黑暗，同时在解剖黑暗的社会制度的过程中，对旧中国的贪官污吏进行辛辣的讽刺。《代理县长》通过讽刺基层官吏可笑的生活方式，揭露反动当局对人民强取豪夺的罪行。小说在天灾人祸中挖掘出地方官吏的丑陋灵魂，昭示出人祸甚于天灾正是酿成社会祸害的症结所在。除此之外，《丁跛公》的主人公丁乡约以哥老会成员的身份征粮收款逼得小粮户上吊自杀，又在向村民勒索摊派奖券的过程中渔翁得利，而他因为这些劣迹被团总发现上告后又被打成跛足，极具讽刺意味地描写了旧中国农村的黑暗和当权者之间的互相倾轧。《龚老法团》中的老乡绅龚春官是县里的"不倒翁"，无论谁当权，他都稳当农会会长，从他的言行中充分暴露出国民党基层官吏的腐败无能。

抗日战争时期，沙汀创作了三部著名的长篇小说《淘金记》《困兽记》《还乡记》，这三部长篇小说被认为是他后期最具代表性的作品。"三记"中《淘金记》成就最高，作品以开采金矿为事件线索，写了一群地主劣绅为发国难财而掀起的内讧。此外，1940年发表的短篇小说《在其香居茶馆里》，叙述了抗战时期国统区某镇围绕兵役制度发生的一场闹剧，这也是他小说中的名篇。

艾芜（1904—1992），原名汤道耕，出生于四川新繁县的一个乡村教师家庭。1922年，艾芜进入四川省立师范学校学习，1925年他怀着"半工半读"的想法毅然退学，开始了漫长的漂泊生活。艾芜从成都到昆明，又从昆明进入缅甸，而后漂泊到马来西亚、新加坡等地。漂泊途中，他做过苦役，扫过马粪，当过报社校对、副刊编辑，以及小学教员等。这种漂泊无定所的生活，为艾芜从事文学创作打下了坚实的基础。1931年，艾芜到上海，加入"左联"，开始进行文学创作。1935年相继出版了《南行记》与《南国之夜》两个短篇小说集。

《南行记》共收入8个短篇小说，其中的主打篇《南行记》可说是艾芜的成名之作。这个集子最鲜明的特点是具有强烈的自传性质。作品中的叙述人"我"可以看成作家的化身。首篇《人生哲学的一课》描写知识青年"我"流浪生活中的窘迫遭遇，不只是单纯写人生艰难，同时也深刻揭露了社会的黑暗，表现出一个贫苦知识分子对改变环境的思考。《南行记》的另一个特点是集中地塑造了一大批具有粗野犷悍性格的下层人物形象,他们中有流浪汉、小偷、走私犯等,这些人多半是被旧社会逼得背井离乡而逃亡边地的弱势群体。"艾芜笔下很少写反面人物,但他也不回避劳动人民身上被苦难生活扭曲成的畸形和被统治者的思想毒化了的那一部分污垢,并没有为赞美他的人物而人为地'净化'灵魂。"①《山峡中》是一个强盗团伙在弱肉强食的残酷社会中冒险挣扎的故事。其中有妻子被人霸占后沦为盗匪的小黑牛,有小小年纪就成为江湖老手的"野猫子"。"野猫子"从小生活在盗匪集团中,学会了种种做强盗的本事,沉着老练地参与各类冒险勾当。艾芜有关"野猫子"的描写,"探讨了人性的恶中之善的存在方式,并认定在周遭一片黑暗的社会里,当善良已经沦为软弱可欺的东西的时候,'恶中之善'所能具有的那个理想价值和审美意义"②。作者描写这些人性被扭曲的人物,旨在揭露那个"逼良为娼"的丑陋社会。

《南行记》的另一个特点是创作风格上带有鲜明的浪漫主义色彩。作品中的人物和故事多半充满传奇色彩,人物活动的环境不是在奇山异水之间,就是在奇异的风俗之中。作家喜欢以大自然的美来衬托旧社会的丑,表现出主人公在特殊环境中对自由美好的生活的无限向往。艾芜塑造的这群兽性与人性并存、凶悍残暴又不乏正直温情的江湖野汉,实则也包含了作者本人内心中的理想期许。

《南国之夜》收入了艾芜的6个短篇小说。其中《欧洲的风》一篇写白人远征队逼迫赶马人日夜赶路,最后竟开枪镇压反抗者的罪行。作者以新颖的反帝题材,给20世纪30年代的文坛带来一股清新的气息。艾芜还写有中篇小说《芭蕉谷》,以中缅边境交界处的克钦山为背景,展现了中国劳动妇女的命运,揭示出下层人民的生活悲剧。抗战爆发以后,艾芜创作了《秋收》等反映抗战生活的作品。解放战争期间较为著名的作品还有短篇小说集《石青嫂子》,中篇小说《乡愁》《一个女人的悲剧》,长篇小说《丰饶的原野》《故乡》《山野》等。

叶紫(1912—1939),原名余昭明,学名余鹤林,湖南益阳人。他亲身参加了中国共产党领导下的湖南农民运动,父亲、姐姐、叔父都是农会的骨干人物,在大革命失败时均惨遭杀害。叶紫本人只身外逃,颠沛流离于湘、鄂、赣、苏等地,后流亡到上海,加入"左联",参加中国共产党。这一切使叶紫拥有了深厚的生活积累,同时也决定了他的小说创作的基调:多数作品真实表现了大革命失败前后洞庭湖畔农民的日常生活和革命斗争。1933年叶紫发表成名作《丰收》,从此开始了他的文学创作之路。在短短的六年创作生涯中,他留下了短篇小说集《丰收》《山村一夜》和中篇小说集《星》等作品。

① 钱理群,温儒敏,吴福辉.中国现代文学三十年[M].北京:北京大学出版社,2013:237.
② 吴福辉,王晓明.关于艾芜《山峡中》的通信[J].中国现代文学研究丛刊,1993(3).

独特的生活经历,使得叶紫的小说与时代风云紧密结合。他的小说大多以反映农民生活,揭示农村阶级压迫为主,其社会剖析小说带有鲜明的时代特色与阶级色彩。代表作《丰收》作于1933年,以"丰收成灾"为创作背景,描写了云普叔一家忍饥挨饿、辛勤劳动,换来了一个丰收年景,但最后经不住地主、高利贷者、反动当局的层层盘剥,奸商又乘机压低米价,使云普叔一家的"美梦"最终化为乌有。高尔基指出:"伟大的文学现象和重要的作家个人多半是,也许纯粹是社会大变革或社会大灾难的结果。文学杰作就标志着这些变动和灾难。"①小说《丰收》有其独特的观照生活的观点:揭示出严酷的阶级压迫是导致农民"丰收成灾"的主要原因,也从侧面体现出了大革命时期两湖地区农村尖锐复杂的阶级斗争。此时,农民们"已非鲁迅笔下的闰土、阿Q。在动荡的时代里,在激烈斗争的现实面前,在走投无路的处境中,他们或愧于过去的作为,趋于朦胧的觉醒;或终于忍无可忍,走向愤懑的反抗"②。《丰收》的续篇《火》与中篇小说《星》表现的也是大革命浪潮中农村激荡的生活,较好地反映了整个社会的历史动向。

在小说的艺术表现上,叶紫的作品具有新颖的技巧手法。以《丰收》及其续篇《火》为例,它们突破了左翼文学新人创作中思想大于艺术的倾向,在农事的描写中杂糅进尖锐的社会矛盾:沉重的地租、名目繁多的苛捐杂税、高利贷以及"打租饭"等,使农民在重荷之下被压迫得喘不过气来。作品直接切入社会现实,揭示了导致民众流离失所、妻离子散的,不是天灾而是人祸。《火》的农民在觉悟之后,团结一致冲开地主家大门,逮捕了地主、刽子手。待反动武装力量赶到的时候,农民们早已到雪峰山与红军胜利会师。在人物塑造上,叶紫的小说善于表现农民自身意识的冲突,在冲突之中显现人物的个性。《山村一夜》中的汉生爹经过激烈的思想斗争,带着参加过农民运动的儿子去向统治者自首,结果把儿子送入了死地。《丰收》中云普叔与儿子立秋对现实迥然不同的态度,实际上也蕴含着作者对父辈生存哲学的深深反思。叶紫将父子间的冲突与社会矛盾有机结合在一起,更加深化了作品的主题思想。

第三节　寻求艺术独立的"京派"小说

"京派"是指20世纪30年代前后活动在以北平为中心,兼及天津、青岛、济南等北方城市的自由主义作家群。他们围绕《大公报·文艺副刊》《骆驼草》《水星》《文学杂志》和《文学月刊》等报刊从事小说、诗歌、散文的创作和理论批评。京派小说是京派文

---

① [苏]卢那察尔斯基:《卢那察尔斯基论文学》,转引自:朱晓进.三十年代左翼农村题材小说的时代特征[J].中国社会科学,1985(1).
② 杨剑龙.悲壮的史诗:论左联作家的乡土小说[J].学术研究,1991(3).

学的重要组成部分,集中地体现了京派的文学观念和艺术风格。京派小说家主要有沈从文、废名、凌叔华、萧乾、芦焚、林徽因等,以及 20 世纪 40 年代后期的汪曾祺。

京派小说家追求人性与艺术的优美、健康和纯正,刻意与社会政治、经济保持距离。创作内容上,京派小说家在对传统文化的深度探求中关注国民性问题,赞颂纯朴、原始的人性美和人情美。他们或以"乡下人"的目光,在乡村与城市的对照中构建古朴和静穆之美;或以儿童的视角,在童年与成年的交替中怀恋童真与单纯;或借助"回忆",在过去与现在的对比中寻找已逝的浪漫与诗意。小说体式上,京派小说既以抒情写意小说见长,又有世俗讽刺小说。抒情写意小说讲究诗情意境禅趣,注重自然生命的抒发和抒情氛围的营造,在纯情主人公塑造、自然与人文景观描写、象征意象的运用以及散文化笔法等方面,都有独到之处。世俗讽刺小说则在世态与风俗中发现人性的异化,在荒诞和讽刺中掺入淡淡的哀伤,寓意深刻,别具一格。如沈从文的《八骏图》、废名的《莫须有先生传》、芦焚的《百顺街》、萧乾的《鹏程》等。艺术风格上,总体是平和淡远、温柔蕴藉。京派小说描写乡村生活,善于将自然之美和人性之美水乳交融,具有浓郁的田园牧歌情调。即便是悲剧或者讽刺,也善于将笔墨推远,以哀伤与悲悯注入其中。在小说叙述中,则常常有意淡化故事背景、情节,甚至人物。而语言的婉约、古朴、明净,进一步凸显小说淡远隽永的韵味。

废名(1901—1967),原名冯文炳,湖北黄梅县人。1922 年入北京大学预科,开始文学创作。1924 年进入北大英国文学系,并加入语丝社,创作上深受周作人的文艺观影响,1930 年创办《骆驼草》杂志,以周作人"平淡隐逸"思想为办刊主旨,成为京派小说家的重要阵地。著有短篇小说集《竹林的故事》(1925)、《桃园》(1928)、《枣》(1931),长篇小说《桥》、《莫须有先生传》(1932)、《莫须有先生坐飞机以后》(1947)等。

1925 年发表的《竹林的故事》是废名创作中的重要作品。小说以抒情的笔调,描写幽美的竹林、茅舍、菜园等乡村风物,以及天真无瑕、与世无争的少女三姑娘,在几乎无事的日常生活中呈现纯美的人性和优美的风光。

以《竹林的故事》为界,此前,废名的创作尚处于试验期,大致承接着乡土小说的传统,关注社会下层劳动者的贫穷和悲苦,艺术上尝试多种手法。此后,废名逐渐形成个人的艺术风格:以写乡间儿女翁媪日常生活为主;语言文白相间,诗化而有节制,奇僻而有情趣;散文化的笔法,精心构建独有的意境,显示的是人性之美和田园牧歌的情调。

《桥》是废名的代表作。小说由片断式的场景构成,以程小林与史琴子的情感历程为线索,上篇写少男少女青梅竹马,民情淳朴,风物美丽。下篇写十年后,小林从都市回归故乡与琴子重逢,同时又被琴子的妹妹细竹的美丽活泼所吸引。作者却在读书作画、谈禅论诗、抚琴吹箫中,将这三角恋爱的微妙感情轻轻化解。由于《桥》的第二部只发表了少量章节,读者亦无从了解小说的结局。

《莫须有先生传》《莫须有先生坐飞机以后》通常被称为"莫须有先生"系列小说,是废名创作的一种转向。主要表现主人公莫须有先生在现实生活中的各种奇想,小说不乏荒诞与讽刺,但更多地表达"禅趣"和"谐趣",特别是随着废名潜心学佛,逐渐"转入神秘不可解的一路",小说的文字近于邪僻。

废名的创作对京派文学产生较大的影响,虽然他的小说题材有些单一,审美境界比较狭小,有时涩味较重,但沈从文、何其芳、芦焚等,都曾从他那里汲取艺术的营养。

萧乾(1910—1999),原名萧秉乾,生于北京贫民家庭。1926年进入北新书局当学徒,开始接触文学作品。后就读辅仁大学英文系、燕京大学新闻系。1933年创作第一篇短篇小说《蚕》,成为京派后起的青年作家。先后出版短篇小说集《篱下集》《栗子》(1936)和长篇小说《梦之谷》(1938)等。

萧乾的小说既有京派的韵味,又与京派不尽相同。早期作品以儿童视角表现人生的困惑和世态炎凉,作品晕染着淡淡的伤感和悲哀。《篱下》写孤儿寡母为生活所迫,不得不投奔亲戚,又因年少的环哥天真顽皮,最终母子被逐出。小说从环哥的所见所感,表现了成人世界的冷漠。《雨夕》则通过小学生的目睹与耳闻,叙述一个被丈夫抛弃,饱受蹂躏被逼而疯的少妇的悲剧,孩子们的天真反衬出世道的污浊。《花子与老黄》借助少爷的眼睛,通过花子这条狗与仆人老黄的互相映照,表现老黄一生忠厚老实却命运悲惨。这类小说虽然是以儿童眼光来观察,但对生活悲剧的呈现相当彻底。《梦之谷》是一部自传体小说,也是萧乾的代表作。小说采用第一人称叙事,叙述了18岁的北京青年"我"只身流浪到岭东,担任一所学校国语教师,与盈姑娘相识相爱,在"梦之谷"度过了一段美好的日子,但这段恋情因盈姑娘为债务被劣绅霸占而告终。小说独特的抒情笔调,诗意氛围的营造,清新婉转的文字,颇具京派小说的神韵。

芦焚(1910—1988),原名王长简,河南杞县人。20世纪40年代以"师陀"为笔名发表的作品在艺术上更为成熟。主要有短篇小说集《谷》(1936)、《里门拾记》(1937)、《果园城记》(1946)等,其中《谷》获得1937年京派主持的《大公报》文艺奖金。芦焚以"乡下人"自居,20世纪30年代至40年代中期的创作大多以故乡农村生活为背景,描摹田园诗意、古朴民风的同时,感叹人生的悲凉和农村的衰败。艺术个性独特,擅长印象式的素描,沉郁中有诙谐的情趣。《果园城记》共18篇,从一座小城透视民族的社会历史和文化性格,流露出怀念童年故旧的乡恋情怀,以及历经人事沧桑的中年慨叹,在亲情、乡情的萦绕中,传递着挥之不去的没落感和悲剧感。20世纪40年代后期著有长篇小说《结婚》(1947)、《马兰》(1948),小说题材从农村转向都市,艺术上则运用寓言化和象征暗示来讽喻现实生活。

林徽因(1903—1955),又名林徽音,福建闽侯人。小说代表作《九十九度中》被批评家刘西渭赞为"最富有现代性"的小说。小说展示了在华氏九十九度的北京城,社会各阶层不同的生活情态。官宦人家设宴祝寿,挑夫仆役忙碌不堪;豪华酒楼里婚礼极尽铺张,陋室中妻哭夫亡无钱安葬;高级医生喝酒打牌,穷人急病无处求医……这些对比鲜明的都市写照,由诗一般的自由联想和电影蒙太奇的手法有机组合,达到了很高的艺术境界。

此外,早期新潮社成员杨振声也是一位京派小说家,著有长篇小说《玉君》,在文学史上产生过较大影响。

第四节 注重艺术创新的"新感觉派"小说

20世纪30年代,上海社会、经济的快速扩张和发展,推进了现代都市文化的繁荣。在这一背景下,催生了中国第一个现代主义小说流派——新感觉派。新感觉派是以《无轨列车》《新文艺》《现代》等杂志为中心,聚集而成的小说作家群,主要作家有施蛰存、穆时英、刘呐鸥、杜衡、徐霞村等。他们生活于大都市上海,充分感受现代都市的物质文明和商业生态,深受西方现代主义文学思潮的熏陶,追求文学的先锋性,创作上则主要借鉴日本新感觉派。

最早从日本引进新感觉派小说理论和创作的是刘呐鸥。他于1928年创办《无轨列车》,发表自己和戴望舒、施蛰存、徐霞村等人的创作和翻译,1929年翻译出版日本新感觉派小说集《色情文化》,并在《译者题记》中,对"描写着现代日本资本主义社会的腐烂期的不健全的生活,而在作品中表露着这些对于明日的社会,将来的新途径的暗示"的小说内容,以及新奇的艺术表现手法大为赞赏,刻意进行创作"试验"。1932年,《现代》杂志出版,标志着新感觉派进入了全盛时期。

新感觉派小说对中国小说现代化作出了一定的贡献。在小说内容上,一是表现半殖民地都市生活的病态和畸形,描写灯红酒绿中肉体的放纵和精神的堕落,以及人与人关系的冷漠。刘呐鸥的小说集《都市风景线》,全景式地展示了现代都市的病态和疯狂。穆时英的《公墓》则对人异化为没有道德感的走兽的生活予以否定。二是以弗洛伊德的理论观照古今人物的心理,展示种族、人性、道德、宗教、金钱与性爱的冲突。穆时英的《圣处女的感情》写年轻修女被压抑的爱欲,施蛰存的《鸠摩罗什》写教规戒律与情欲的冲突。三是探求自我价值,寻找自我在社会中的位置,表现现代都市生活中人们的精神危机。杜衡的《重来》描写了刘太太在新旧潮流夹击下充满矛盾的生活和心理,表现了寻找自我的失败。叶灵凤的《流行性感冒》视爱情为时髦的游戏,《忧郁解剖学》又企图证明"比幸福还珍贵"的精神上的爱情是不存在的。

新感觉派小说在艺术上的创新更为突出。首先,新感觉派小说以现代大都会的丑恶、病态、荒诞作为主要的审美视角。奢华的大饭店,迷乱的舞厅、酒吧,疯狂的跑马场、赌场和夜总会,放纵地追求物欲满足的男男女女,成为新感觉派小说家主要的审美视域。第二,刻意捕捉新奇的印象,强调感觉的审美表现。善于将主观感觉、主观印象外化为客体的描写,追求视觉、触觉、味觉、听觉、嗅觉的并呈而形成"通感"。穆时英《夜总会里的五个人》把许多互不关联的感觉意象叠加在一起,表现光怪陆离、喧嚣、荒唐混合着血泪的半殖民地都市生活和潜在危机。如把卖晚报小孩的叫卖与商店霓虹灯光的闪烁变化综合描写,形体、声音、光线、色彩各种可感因素的交互作用,加上幻觉和想象,具有强烈的立体感和现场感。第三,运用弗洛伊德心理分析、意识流手法,采用人物的内视角,表现直觉感受、心理活动及内心冲突。如刘呐鸥的《残留》,穆时英的《白金的女体塑像》,施蛰存的《梅雨之夕》等,都表现人物意识与潜意识的冲突,揭示人物的双重人格。第四,打破日常思维定式和常规的修辞逻辑,运用语言的陌生化效果,造成新语境,激发阅读想象。像"桃色的眼""流汗的云彩""钟的走声是黑色的"等语句,扩展了语言的张力。第五,小说结构上,与都市生活的快节奏相适应,采取快速的节奏、跳跃的结构、多线索并进、心理情绪流等方法,形成时间交叉、空间跳跃,打乱了惯常情节的连续性和顺序性。穆时英的《上海的狐步舞》同时出现几条并进的线索,由一系列不连贯的蒙太奇镜头组成画面,传达出都市生活的快节奏和紧张感。总之,新感觉派受日本新感觉派的影响,同时吸收了弗洛伊德的心理分析理论,以及意识流、象征主义等西方哲学思潮和现代主义的各种艺术表现手法,并把现代主义与现实主义作了尝试性的融合,施蛰存说:"这一时期的小说,我自以为把心理分析、意识流、蒙太奇等各种新兴的创作方法,纳入现实主义的轨道。"①在艺术上呈现出一种综合性、多元性和复杂性的特征。

---

① 施蛰存.关于"现代派"一席谈[N].文汇报,1983-10-18.

施蛰存(1905—2003),浙江杭州人。1929年出版的《上元灯》被作家自诩为"我正式的第一个短篇集",以怀旧的情绪回顾少年时代的经历和感情,语言清丽明畅,富有诗意。这之后,他受弗洛伊德学说和英国性心理学家蔼理斯的影响,对于当时勃兴的普罗文学又"自觉没有向这方面发展的可能",于是决心"在创作上独自去走一条新的路径"①,开始了心理分析小说的创作。1932年出版的《将军底头》收"古事小说"4篇,大都是用精神分析学说来写古代的历史人物,表现意识与潜意识、人性与兽性的强烈冲突,"《鸠摩罗什》是写道和爱的冲突,《将军底头》却写种族和爱的冲突了。至于《石秀》一篇,我是只用力在描写一种性欲心理"②。这些作品显露出作家在心理分析方面的才能。1933年出版的《梅雨之夕》《善女人行品》,以上海或上海附近小城镇不同社会阶层人物的日常生活为题材,更充分地体现了施蛰存心理分析小说的特点。《梅雨之夕》写一个雨天傍晚,年轻的已婚男子送陌路相逢、未带雨伞的女子回家。男主人公既害怕路人认出他和一个陌生女子伞下同行,害怕看到妻子嫉妒的眼光,又为能与"一个美的对象"同行感到欢欣和快乐。同时,年轻的女子既接受男主人公的照顾,又怀疑陌生男子的殷勤好意,"因为上海是个坏地方,人与人都用一种不信任的思想交际着"。人物的心理活动交织成小说的经纬线,主人公恍惚不宁的心情和变幻莫测的思绪,表现了现代人的寂寞和隔阂。艺术上,小说大量采用自由联想和内心独白,时空大幅度跳转,描写视点高频率转换,把回忆与印象、想象与幻觉、梦境与现实,糅合一体而不露痕迹。1936年,施蛰存出版了最后一部小说集《小珍集》,反映的社会生活面更为广阔,现实主义倾向更为明显。在新感觉派的作家中,施蛰存的作品题材最为宽广,人物塑造最具丰富性,艺术表现也最为多元化。

刘呐鸥(1905—1940),台湾台南人。1928年开始创作,是中国新感觉派小说的开山作家。刘呐鸥自认为是"敏感的都市人",以"特殊的手腕",对"现代生活,下着锐利的解剖刀"。《都市风景线》是中国第一本较早采用现代派手法创作的短篇小说集。小说集中描写上海大都会的"现代"风景:影戏院、赛马场、舞会、酒馆、霓虹灯,等等,以及活动于此的都市男女的放纵与绝望。从都市街头到家庭生活全面展示了情欲的泛滥,金钱对人性的腐蚀和都市生活的病态。《两个时间的不感症者》写男女间的情欲,"在这都市一切都是暂时和随便",他们玩弄着招之即来、挥之即去的性爱游戏,将一切视为可交易的商品。《礼仪和卫生》写都市家庭生活"时下的轻快简明性",性欲与金钱是确定人际关系(包括夫妻关系)的标准,但这荒谬的内核,却堂而皇之地披着礼仪和卫生

①② 施蛰存.将军底头·自序[M]//将军底头.上海:上海新中国书局,1932.

的外衣。刘呐鸥以独特的重感觉、轻理性的方式,杂糅电影蒙太奇手法、意识流手法、心理分析手法等,辅以语言的碎片化,营造出都市的嘈杂、靡乱和重压之感。刘呐鸥另有未成集《赤道下》,风格与《都市风景线》大体相似。

穆时英(1912—1940),浙江慈溪人。1929年开始小说创作。第一个短篇集《南北极》(1932),主要写下层无产者疾恶如仇、粗豪嗜斗的强悍和抗争。1932年前后,创作开始转向,1933年出版的《公墓》则完全显示出新感觉派的特点,体现了现代主义品格。小说所写的场景,多是灯红酒绿的舞厅,充满爵士乐的嘈杂的夜总会,醉生梦死的酒吧,豪华奢侈的旅馆。人物大多是风流的年轻人,玩弄男性的女子,供人消遣的舞女,以投机为业的商人等,这是一些在喧嚣的热闹场中充满着孤独感、失落感、被生活压扁了的灵魂。《夜总会里的五个人》选取一个周末的夜总会为场景,作品里五个主人公,分别是因投机失败而破产的资本家胡均益,失恋的大学生郑萍,失业的职员缪宗旦,失去青春的交际花黄黛茜,迷失研究方向的学者季洁,他们在夜总会里疯狂跳舞,寻求刺激,在跳完最后一支舞曲,"五个幽灵似的、带着疲倦的心"走出舞厅后,胡均益开枪自杀,另外的四人成了送葬者。《上海的狐步舞》则描摹出上海这个半殖民地都市的世态:黑社会暗杀、后母与继子乱伦、富豪嫖娼、婆婆为儿媳妇拉皮条……眼花缭乱的场面快速切换,揭示出上海是"造在地狱上面的天堂"。《白金的女体塑像》(1934)、《圣处女的感情》(1935)延续着小说集《公墓》的方向和风格,但感伤、绝望、颓废的情绪更为浓郁。比较而言,穆时英小说运用现代主义技巧更娴熟,更有新感觉派的特点,因而被誉为"中国新感觉派的圣手"。

新感觉派小说的意义在于,它是中国现代作家用现代人的眼光,关注上海这一大都会的城与人,并自觉运用现代形式加以艺术表现。它不但促进了现代都市文学的发展,也丰富了中国现代小说的表现方法。

第五节　路翎与"七月派"小说

"七月派"小说是抗战全面爆发时,在国统区形成的小说流派。以胡风主编的刊物《七月》《希望》《泥土》为中心,主要作家有路翎、丘东平、彭柏山等。他们高扬现实主义旗帜,主张要以创作主体的精神意志"突进"现实生活,强调小说的美学意义与社会职责、时代使命紧密联系。不同于一般的现实主义力求通过客观、写实,自然地展示生活,"七月派"小说吸收了浪漫主义和现代主义的因素,认为"文艺作品并不是社会问题的(政治)图解或通俗演义,它的对象是活的人,活人的心理状态,活人的精神斗争。人的心理或精神虽然是各自产生自一定的社会土壤,但它却有千变万化的形状和错综缭乱的色彩;作家通过自己的精神能力迫近它,把捉它,融合它,提高它,创造出一个特异的精神世界"①。"七月派"小说这种以"主观战斗精神","向现实的内部突进"以拷问人的"精神状态"、揭示人的"心理过程"的创作,被称为心理现实主义。正是基于这点,"七月派"小说在中国现代小说的发展过程中显示出独特性。

最初显示"七月派"小说特点的作家是丘东平(1910—1941),广东海丰人。早在"左联"时期,他的小说集《沉郁的梅岭城》就以真实描写农民革命斗争,深度挖掘人物心理,给当时的革命文学带来一种新的气息。抗战以后,丘东平在战场上目睹中国军队抗击侵略者的悲壮和牺牲,创作上更显冷峻色调。《一个连长的战斗遭遇》写国民党某部四连连长林青史,在奉命撤退途中,抓住战机率部与敌死战,给敌重创,突围后却因未执行撤退命令而被军纪处分,遭枪决。《友军的营长》中,未能执行"固守"命令,把部队带出绝境的国民党营长,也是类似的命运。这些纪实性的战地小说,具有强烈的悲剧色调。1938年春,丘东平加入新四军,创作长篇小说《茅山下》(未完成),小说描写茅山地区新四军的战斗生活,特别是表现革命队伍内部的思想性格冲突。1941年,丘东平牺牲在战场,其部分遗作由胡风编入《东平短篇小说集》(后改名为《第七连》)。丘东平的小说以浓重的主观感情,直面复杂多变的人生,正视生活的阴暗与苦难,常常将人物的命运推到生与死的临界点上,借以折射生活的严酷,并凸显人物的生命意志和灵魂搏斗。

真正代表"七月派"小说风格的是路翎(1923—1994),江苏南京人。幼年时家庭生活极度压抑,"我的童年是在压抑、神经质、对世界的不可解的爱和憎恨里度过的,匆匆度过的"②。抗战爆发后,路翎在战火中颠簸流浪,生活艰辛。强烈的精神饥渴和孤独、敏感的心理,驱使他从事文学创作。从1937年开始,短短十年时间,路翎创作了两部长篇小说(《财主底儿女们》《燃烧的荒地》),三部中篇小说(《饥饿的郭素娥》《蜗牛在荆棘上》《嘉陵江畔的传奇》),四部短篇小说集(《青春的祝福》《求爱》《在铁链中》和《平原》),总数在二百万字以上。路翎小说人物丰富,有矿工、农民、市民、知识分子和士兵,但最出彩的是知识青年和下层劳动妇女形象。在展示人生苦难时,侧重于探究人的精神状态和心理过程,探究"精神奴役的创伤"的灵魂,"为人性发出基本的强烈的呼号"③。从而使心理现实主义的特点表现得非常鲜明,因而也更能代表"七月派"小说的创作主张。

---

① 胡风. 人生·文艺·文艺批评[M]//胡风全集(第3卷). 武汉:湖北人民出版社,1999:197.
② 胡风路翎文学书简[M]. 合肥:安徽文艺出版社,1994.
③ 刘西渭.三个中篇[J].文艺复兴,1946,2(1).

《饥饿的郭素娥》(1942)是路翎早期代表作。小说中的郭素娥是强悍、美丽的农家姑娘,在饥荒匪祸中与家人失散,成了比她大二十多岁的鸦片鬼刘寿春"捡来的女人",在物质和精神的"饥饿"中,郭素娥不顾一切爱上了盐矿机修工人张振山,最终为这段感情付出了生命的代价。在郭素娥身上,暗含着强烈的生命欲望和反抗意志,表达了作者"企图'浪漫地'寻求的,是人民底原始的强力,个性的积极解放"①。这是现代文学史上具有充沛的生命力和精神内涵的女性形象。

《财主底儿女们》是路翎最重要的作品,80万字,分为上下两部,分别创作于1945年和1948年。胡风认为:"在这部不但自战争以来,而且是自新文学运动以来的,规模最宏大的,可以堂皇地冠以史诗的名称的长篇小说里面,作者路翎所追求的是以青年知识分子为辐射中心点的现代中国历史底动态。""时间将会证明,《财主底儿女们》底出版是中国新文学史上一个重大的事件。"②小说描写了"一·二八"上海抗战以后十年间社会大动荡,记述了上海抗战、北平学运、西安事变、南京失守、迁都重庆等重大历史事件,在一个广阔的时空背景下,表现苏州首富蒋捷三一家在内外多种力量冲击下分崩离析的过程,集中刻画了大家族中青年知识分子的精神生活。小说对时代开阔的思考和对人物心理的细致刻画交织在一起,其社会内容的广度和人物心理分析的深度都是现代文学史上少见的。

小说着重描写财主蒋捷三的三个儿子蒋慰祖、蒋少祖、蒋纯祖不同的人生道路。大少爷蒋慰祖是性格懦弱、无所作为的公子哥儿,他徘徊在需要慰藉"父亲底孤独和痛苦"又不能割弃"妻子底热情和愿望"的两难之间,最终无法忍受大家庭内部的倾轧和妻子放浪行为的刺激而沦为疯子,跳江自尽。这一悲剧人物,是封建家庭"末世者"的代表,也是封建家族制度没落命运的隐喻。二少爷蒋少祖则是封建家庭中的"新派"人物。在新思潮的影响下,他厌恶"尽是铜臭的生活",弃家出走,成为蒋家"第一个叛逆的儿子"。留学日本回国后,先后投身民主运动和抗日爱国活动,追求"激烈、自由和优秀的个人主义底英雄主义",但在功成名就后,他很快从旧文化叛逆者蜕变为文化复古者。从抛弃旧家庭到向父亲忏悔自己的叛逆,从救国救亡又脱离民众,蒋少祖的双重人格,透露出他本质上是一个精致的利己主义者,他善于为自己的精神蜕变寻找自我开脱的理由,甚至在痛苦中获得愉快。对这一人物的心理剖析,显示了作者深刻的洞察力。比较而言,三少爷蒋纯祖的人生道路和精神探索最为曲折,作者对其灵魂的"拷问"也最为彻底。胡风在《〈财主底儿女们〉序》中指出:"在那个蒋纯祖身上,作者勇敢地提出

---

① 胡风路翎文学书简[M].合肥:安徽文艺出版社,1994.
② 胡风.青春底诗——路翎著长篇小说《财主底儿女们》序[J].文艺杂志,1945,1(3).

了他底号召：走向和人民深刻结合的真正的个性解放，不但要和封建主义做残酷的搏战，而且要和身内的残留的个人主义的成分以及身外的伪装的个人主义的压力做残酷的搏战。"蒋纯祖背叛家庭，反抗传统，从城市走向农村，从上流社会走向下层劳动者。在人生追求的过程中，他不仅要同"身外"各种压力、冲突搏斗，还要同"身内"各种欲望、矛盾搏斗；他在感受大时代斗争的激情的同时，又常常觉得无所适从而远离革命集体。最后，当他明白个人的孤独的反抗终究无济于事，渴望汇入到时代的主流中时，却又心力交瘁，终于在贫病交加和失恋的精神重压下死去。蒋纯祖临终前，作者写他看见了"在大风暴中向前奔跑"的人民群众队伍，他痛苦地大叫："我为什么不能跑过去，和他们一起奔跑，抵抗，战斗……我恐怖……他们遗弃了我。"蒋纯祖复杂的成长过程，是一个时代历史剧变下的个人心灵成长史，也是时代青年的精神成长史。

《财主底儿女们》在艺术上的突出特点是通过心理分析突入人物灵魂深处。作者将人物置于复杂的历史事变和社会关系中，一方面与外部世界发生急剧冲突，另一方面又与自我内心世界产生尖锐矛盾，大量富有时代意识和个性特征的"心理独白"，构成小说丰富的心理戏剧性。但是，生活经验的不足、理论上片面强调主体与精神优先，使路翎的心理分析缺乏节制，一些人物的心理描写存在类型化倾向。

"七月派"小说创作中，彭柏山的短篇小说集《崖边》、中篇小说《任务》，贾植芳的小说集《人生赋》，冀汸的长篇小说《走夜路的人们》等，都是颇有影响力的作品。

第六节　徐訏、无名氏的后期浪漫派小说

20世纪40年代国统区，以徐訏、无名氏为代表的后期浪漫派小说风行一时。与早期浪漫主义小说浓郁的自叙传色彩、强烈的觉醒意识、极度苦闷伤感的情调和狂飙突进的气势全然不同，徐訏、无名氏的小说表现爱与性的矛盾、精神自由与现实诱惑的对立，具有传奇性情节、异域情调和神秘色彩。既有人性探索、哲理意趣、现代技艺的一面，也有制造传奇、都市言情、迎合大众的一面，是一种现代通俗小说。

徐訏（1908—1980）原名伯訏，浙江慈溪人。1927年考入北京大学哲学系，毕业后进入心理系修业两年。1933年任《论语》《宇宙风》编辑。1936年创办《天地人》半月刊。同年赴法国巴黎大学研究哲学。1938年到上海，创作了《阿拉伯海的女神》《精神病患者的悲歌》《荒谬的英法海峡》等作品。1942年到重庆，曾任中央大学教授、《扫荡报》记者等。1943年，长篇小说《风萧萧》在重庆《扫荡报》连载，风靡一时，被列为当年"全国畅销书之首"，这一年也被称为"徐訏年"。1950年徐訏定居香港。在近半个世纪的笔耕生涯中，徐訏著有12部中长篇小说，约24本短篇小说集，总计500万字，是中国

现代文学史上有独特风格和广泛影响的小说家。

成名作《鬼恋》发表于《宇宙风》1937 年 1—2 月号，以神秘的笔调描述"我"与美丽的黑衣"女鬼"一见钟情却最终分离的爱情悲剧。曾是革命者的"女鬼"，经历了失败、背叛、牺牲诸多人生磨难后，弃绝尘世而隐居，甚至逃避与"我"的爱恋。"女鬼"在厌世与恋世，爱与不爱之间的矛盾心态，表现了作者对于世俗欲望与超然物外的两难选择。

代表作《风萧萧》是熔爱情小说、间谍小说、哲理小说于一炉的长篇小说。讲述在上海"孤岛"的青年哲学家"我"与红牌舞女白苹、交际花梅瀛子以及音乐爱好者海伦三位女性错综复杂的关系。独身主义者"我"对三位年轻美丽的女性都感兴趣，但止于"有距离的欣赏"，于是一男三女的关系若即若离，扑朔迷离，这是全书主要情感线。小说后半部分则描写重庆政府间谍白苹与盟国间谍梅瀛子刺探日军情报的活动，以及"我"无意之间也参与了充满危险又刺激的抗日工作。作品中，白苹和梅瀛子象征勇敢、坚毅和献身精神，海伦象征理想和未来，"我"置身于三位女性之间，暗示着在现实与理想中的彷徨。小说以抗日战争为背景，将浪漫情感生活与惊险刺激的间谍生活交错在一起描写，在富有传奇性的感情纠葛与人生际遇中掺杂着对生命的哲理思考。作者在《风萧萧》初版《后记》中写道："书中所表现的其实只是几个你我一样灵魂在不同环境里挣扎、奋斗——为理想、为梦、为信仰、为爱，以及为大我与小我的自由与生存而已。"可见，作者并非要表现民族战争的历史进程，而是要表达人类在追逐理想、信仰、爱这一过程中呈现的悲剧性。

中篇《精神病患者的悲歌》是心理小说，叙述了一个三角恋爱的故事。梯司朗小姐为了家族利益与一个不爱的人结婚，从而陷于既渴望真爱，又无力摆脱奢华生活的精神困境。"我"在对梯司朗小姐进行心理治疗时，爱上了女仆海兰。小说以"我"与梯司朗小姐、海兰之间感情纠葛的悲剧性结局，揭示了人对物质世界既依赖又厌恶的矛盾心理，指出现代科学面对人类精神痛苦的无能为力，唯有宗教信仰才能使人获得心灵的宁静。《荒谬的英法海峡》是中国现代文学史上少见的空想主义作品。小说通过一群留学欧美的中国知识分子在孤岛上的短暂生活，力图在对比中映照出现代文明社会人际关系的种种弊端，赞颂健康、淳朴、自然的人际关系和精神生活。《阿拉伯海的女神》则是象征小说，充满了浓重的宗教意味。写"我"在地中海的船上梦见阿拉伯巫女的女儿与"我"恋爱，但伊斯兰妇女不得与异教徒相爱，两人终于跳海殉情。小说打破了现实与虚幻的界限，表现了人与神、生与死的困惑。

徐訏小说以言情为主，离奇曲折的情爱故事背后，包含着心理学、哲学、宗教的思考，表现对自由、理想、梦的追求。艺术上的主要特征，一是凭借想象编织传奇故事，塑造理想化人物。多数小说受中国传统小说和西方传奇影响,注重以情节曲折的传奇故事吸引读者,强化作品的娱乐功能。众多小说中主人公"我"是最典型的理想化人物,英俊儒雅、学识渊博、酷爱自由、有教养、有正义感。女性形象也往往年轻貌美、侠义柔情。二是精细的心理分析、丰盈的哲理意蕴和诗的情趣。徐讦是研究哲学、心理学,又兼具诗人气质的学者。他擅长人物的心理分析,或以写梦境的手法,或以意识流手法,开掘人物深层次心理,全方位展示人物精神现象。同时,擅长在小说中融入哲理思考,或借助人物对话,或采用象征手法,使小说超越一般性的故事叙述,蕴含着对生命、人性、自然、宗教等的追问和探索。此外,徐讦还倾心于小说语言的诗化,写景状物、人物对话、动作描写,处处充溢着诗的情趣,形成小说淡远隽永的意境。三是浓郁的异域情调和神秘色彩。不少小说为适应传奇故事情节的发展和理想化人物的塑造,有意识地营造异域情调和神秘气氛,给人以新鲜感和陌生感。总之,徐讦小说既有"人鬼奇幻与异域风流",又有"民族意识与人性焦虑","逶迤于哲理、心理和浪漫情调之间"①,形成其既通俗又先锋的小说品格。

无名氏(1917—2002),原名卜宝南,改名卜乃夫,出生于南京。1934年初因不满中学联考制度辍学,后在北京大学旁听自修,1937年流亡武汉、重庆等地,1941年任重庆《扫荡报》记者。1943年底开始在报纸连载长篇小说《北极艳遇》(单行本出版时改名《北极风情画》);1944年长篇言情小说《塔里的女人》出版;1945年起,用15年时间完成代表作《无名书稿》,包括七部连续性的长篇小说《野兽·野兽·野兽》《海艳》《金色的蛇夜》(上、下)、《死的岩层》《开花在星云以外》和《创世纪大菩提》。1982年,无名氏移居港台。

《北极风情画》和《塔里的女人》都是浪漫气氛浓郁的言情小说。前者以朝鲜抗日生活为题材,描写战争中一对异国情人的恋爱悲剧,感情刚烈;后者则描写音乐家与少女的悲欢离合,忧郁中有激情。两部作品以一见钟情的言情模式,悲切煽情的故事结局,跌宕多姿的人际悲欢,表明了作者"立意用一种新的媚俗手法来夺取广大的读者"②。这种以富于异国情调的奇情艳遇吸引读者的手法,传奇性很强,但与徐讦比较,并没有更高明的突破。

《无名书稿》是无名氏致力于生命奥秘的"沉思试验"的结果,"我主要野心是在探讨未来人类的信仰和理想:由感觉——思想——信仰——社会问题及政治经济"③。作

---

① 杨义.中国现代小说史(下)[M].北京:人民文学出版社,1998:449—457.
② 司马长风.中国新文学史(下卷)[M].香港:香港昭明出版有限公司,1978:103.
③ 司马长风.中国新文学史(下卷)[M].香港:香港昭明出版有限公司,1978:106.

品以 20 世纪上半叶中国社会为背景,表现小说主人公印蒂所经历的狂热的革命与浪漫的艳遇,以及在信仰与欲望、激情与颓废、现实与幻想之间的游离,呈现了寻找"生命的圆全"的复杂性、矛盾性。《野兽·野兽·野兽》叙述印蒂为了探索人生的意义,离开旧家庭走向社会,满腔热情投身北伐,在被捕获救后仍执着于革命,最终因不被信任而脱离革命。《海艳》讲述了印蒂退出革命后追求爱情,与少女瞿萦一见钟情,但在经历了狂热的情爱生活后,空虚失望而出走。无论是革命抑或爱情,"追寻—逃离"似乎成为印蒂唯一的人生轨迹,实际上这也是作者对于人生的哲理思考。

无名氏小说描述浪漫艳情故事,表现诗化的生命—情感体验,抒写人生的哲理。艺术上,大量的心理独白、情绪宣泄,既强调了纯主观的个人感觉,又呈现出自由无羁的叙述方式;语言浓艳繁丽,汪洋恣肆。

徐讦、无名氏等的后期浪漫小说因其内容和艺术的独特性而具有多重的审美价值。通俗小说与浪漫小说合而为一,在不同程度上满足了不同层次读者的要求,因而拥有广泛的读者,成为 20 世纪 40 年代风靡一时的畅销书。

第七节　张恨水、黄谷柳等的新通俗小说

五四文学变革中,传统通俗小说从文学观念、思想内容到艺术技法,都受到新文学倡导者的猛烈抨击,特别是鸳鸯蝴蝶派等民国初期有影响的通俗小说流派,更是直接成为被批判的对象。但是,为数众多的市民读者的存在,决定了通俗小说仍有其发展空间与存在价值。因此,一些通俗小说作家自觉地适应时代的发展和读者的需求,对传统通俗小说进行改良,"整合旧法"与"推陈出新"相辅相成,以读者容易接受的艺术形式,表现新的思想观念和生活内容。

张恨水(1895—1967),原名张心远,安徽潜山人。1901 年入私塾,沉迷于中国传统小说,1910 年进新学堂接受新教育。由于家道中落、生活贫困,张恨水于 1913 年开始试笔通俗小说,1914 年创作文言中篇小说《紫玉成烟》,在芜湖《皖江日报》上刊载。1924 年,在《世界晚报》担任副刊编辑,其第一部有影响的长篇小说《春明外史》开始连载,受到市民读者的欢迎。此后,张恨水一生既以职业报人身份,供职于诸多报刊,并创办《南京人报》等;又以职业小说家的勤奋,笔耕不辍,创作了《春明外史》《金粉世家》《啼笑因缘》《八十一梦》等中长篇章回体小说 110 余部,成为中国现代通俗小说大家。

《春明外史》是张恨水的成名作。全书共 86 回,近百万字。小说以报刊编辑杨杏园的恋爱为主线,前 22 回写杨杏园与妓女梨云的感情,后 64 回写杨杏园与才女李冬青的恋情,这两段感情最终都成悲剧,杨杏园连受打击,吐血而死。小说从内容到写法明显

带有才子佳人旧小说的痕迹,但也融入了更多的时代气息,在一定程度上表现了平等、尊重、人格独立等五四新文化的精神。

稍后问世的《金粉世家》,描写北伐前北平金姓内阁总理一家豪华奢靡的生活,意在借"六朝金粉"的典故,演绎豪门世族的兴衰史。小说以现任国务总理家的七少爷金燕西与出身书香门第的贫寒才女冷清秋从恋爱、结婚到反目、离异为主线,展现官僚大家庭的复杂关系,揭示其腐朽堕落的生活方式和道德的沉沦。《金粉世家》曾被誉为"民国《红楼梦》",但张恨水认为"取径各有不同","我写《金粉世家》,却是把重点放在这个家上,主角只是作个全文贯穿的人物而已。就全文命意说,我知道没有对旧家庭采取革命的手腕"。① 不过,这部小说仍可视为现代文学大家族题材的滥觞之作。

《啼笑因缘》是张恨水的代表作,连载于 1930 年 3 月—11 月上海《新闻报》。故事以 20 世纪 20 年代北洋军阀统治时期为背景,讲述出身官僚世家的青年学生樊家树进京游学,结识了唱大鼓书的女艺人沈凤喜和江湖侠女关秀姑,樊家树不持门第偏见爱上沈凤喜,关秀姑则爱上樊家树,而樊家树的表兄嫂却撮合他与财政总长独女何丽娜的婚事。在这场多角恋爱中,沈凤喜为金钱和权势所诱惑,落入军阀刘国柱精心设计的陷阱,关秀姑为慰藉樊家树,冒险救出沈凤喜,但沈凤喜已被毒打成疯。最终,关秀姑促成了樊家树与何丽娜的婚事。小说重点塑造了樊家树这一性格复杂的人物,他追求平等、自由的爱情,但又不时流露出救世主的心态;不满权势,但无力甚至不愿抗争;厌恶讲究门第的世俗观念,但最终还是接受门当户对的婚姻。小说内容上,融言情、武侠、社会批判为一炉,将一波三折的爱情故事、锄强扶弱的武侠传奇、暴露黑暗的社会批判交织展示,体现了小说的丰富性,满足了市民读者多方面的阅读需求。艺术上,较之以前的作品,结构布局更严谨,叙事更张弛有度,"全书廿二回,一气呵成,没一处松懈,没一处散乱,更没一处自相矛盾,这就是在结构布局方面很费了一番心力,也可以说,著作方法特别精彩"②。除了娴熟地运用巧合、误会等传统章回体小说的技巧,还吸收了西方小说的多种手法,特别是对人物的心理分析更加细腻,人物形象生动丰满。这部小说代表了张恨水章回小说的艺术水平。

"九一八"事变后,张恨水的创作思想发生明显变化,强烈的家国情怀和社会责任感,使他基本上舍弃了言情小说的叙事模式,创作出反映抗战的"国难小说"和暴露社会阴暗的讽喻小说,如《巷战之夜》《八十一梦》《魍魉世界》《五子登科》等。

---

① 张恨水. 写作生涯回忆[M]//张占国,魏守忠. 张恨水研究资料. 天津: 天津人民出版社,1986.
② 引自: 侯榕生. 简谈张恨水先生的初期作品[M]//张占国,魏守忠. 张恨水研究资料. 天津: 天津人民出版社,1986.

《八十一梦》连载于 1939 年 12 月至 1941 年 4 月重庆《新民报》副刊。这是一部以《儒林外史》笔法表现现实生活的讽喻小说,具有强烈的社会批判意图。全书以"故事集缀式"的结构,借助第一人称"我"的视角,通过荒诞不经的梦境,揭露中国社会政治、经济的腐败和民不聊生的现实,也表现了国民性的丑陋。《五子登科》写日本投降后,国民政府接受大员名义上是受降,实际上中饱私囊,接收的是"房子、女子、金子、车子、儿子",勾勒了一幅官场群丑图。张恨水的这类作品,创作情感激愤,内容切中时弊,笔法犀利尖锐,但艺术上比较粗糙,人物形象不够鲜明,叙事也较为松散。

张恨水以大量的有影响力的创作实践,为章回体小说的发展作出了独特的贡献。一方面,他继承了章回体小说的基本套路和文体形式,并极大提升了这一小说体式的艺术水准;另一方面,他又不断革新章回体小说老套的内容和固化的形式,融入西方现代观念和小说技巧,使章回体小说获得新生。茅盾为此而称道:"在近三十年来,运用'章回体'而能善为扬弃,使'章回体'延续了新生命的,应当首推张恨水先生。"①

黄谷柳(1908—1977),出生于越南一个华侨家庭,幼年回国。1927 年加入国民革命军,曾参加军阀混战,抗战时参加淞沪会战及南京战役,1949 年加入中国人民解放军。长期的军旅生涯中,黄谷柳创作了长篇章回体小说《虾球传》、电影剧本《七十二家房客》等。

《虾球传》连载于 1946 年至 1948 年的香港《华商报》,后分《春风秋雨》《白云珠海》《山长水远》三部出版单行本。小说以二战结束后的香港社会为背景,描写了出生于华侨家庭的少年虾球,善良天真、聪明勇敢,却从小在香港做小工、小贩,饱受生活磨难,后为生活所迫,离家出走,在从香港到广州、粤南等地的流浪过程中,经历了坐牢、被抓壮丁、沉船遇险等艰辛,最终参加了共产党领导的游击队。在走上革命道路后,他逐渐改正陋习,成为一名优秀的战士。《虾球传》是一部少年成长史,它以一个"马仔"成长为革命战士的传奇经历为题材,通过虾球的视角,详尽地展示了 20 世纪 40 年代香港特有的殖民地景观,富有浓郁的南方色彩和强烈的时代气息。小说运用章回体形式,故事性强,语言通俗,特别是粤地方言的运用,更增加了小说的通俗性。

【思考题】

1. 何谓"普罗小说"?以华汉的《地泉》三部曲为例,说明早期普罗小说的"革命浪

---

① 茅盾.关于《吕梁英雄传》[J].中华论坛,1946,2(1).

漫蒂克"倾向。

2. 简述丁玲、柔石、张天翼等"左联"作家的创作特色及代表性作品。

3. 简述社会剖析派小说特点。以吴组缃作品为例,论述其创作的题材取向和创作特点。

4. 简述"京派"小说的思想倾向和创作特点,以及该派代表作家废名、萧乾、芦焚等的代表作品。

5. 何谓"新感觉派",分析其形成的背景及代表作家的创作。

6. 简述"七月派"小说的现实主义独创性,分析路翎的《财主底儿女们》如何通过蒋家三兄弟形象的塑造探索知识分子的心灵历程。

7. 以具体作品为例,分析徐讦、无名氏的后期浪漫派小说创作的基本特点。

8. 简述新通俗小说作家张恨水、黄谷柳的代表作。

第四章　新诗走向"历史的综合"

第一节　普罗诗派与政治抒情诗

　　20 世纪中期至 30 年代初,诗坛最引人注目的现象就是无产阶级革命诗歌运动的形成。十月革命的胜利、五四运动的爆发、马克思主义的传播、中国共产党的成立等社会政治运动,促成了革命诗歌在五四时期的萌发。随着无产阶级革命运动的发展,一批进步文人和早期共产党人在 1924 年明确提出了"革命文学"的口号,"革命文学"的意识在作家和诗人们心目中逐渐明晰起来,并上升为自觉的努力与追求。1925 年"五卅惨案"发生,大大促进了中国人民的民族觉醒和阶级觉醒。很多作家和诗人在人生选择和文学选择上开始了一次大的转换。如"湖畔诗人"中,应修人、潘谟华、冯雪峰先后参加了实际革命工作,汪静之也不再歌咏爱情,而写出了《劳工歌》那样充满革命色彩的诗;创造社开始转向,郭沫若、成仿吾、蒋光慈等都成为"革命文学"的鼓吹者。大革命失败后,无产阶级革命文学的理论倡导与论证掀起高潮,无产阶级革命文学的创作也形成了一股波澜壮阔的潮流。作为无产阶级革命文学运动一翼的"普罗诗派"也随之形成了。

　　如果说 1927 年前只有郭沫若、蒋光慈等人创作革命诗歌的话,那么 1927—1930 年间作者队伍则大大扩展了。很多诗人在白色恐怖下坚持革命诗歌创作,一些革命诗歌社团纷纷出版革命诗集,一些进步刊物也相继发表革命诗歌。在这股革命诗歌潮流中表现较为激进的主要有创造社诗人郭沫若、黄药眠、龚冰庐、周灵均;太阳社诗人蒋光慈、钱杏邨、森堡(任钧)、洪灵菲、殷夫等。普罗诗派坚持诗歌的革命性原则,批判"以诗为消遣的、吟风弄月的玩物"的错误倾向。普罗诗歌运动是将诗歌与无产阶级政治斗争相结合的自觉运动,普罗诗人用如火如荼的战斗回答反革命的白色恐怖,热情地歌颂了叱咤风云的工农革命运动,谱写出群众斗争的篇章。由于普罗诗派对理想的热烈追求与向往,以及情感的强烈与炽热,他们的诗充满了浓厚的浪漫主义色彩。他们追随时代风云,贴近社会现实,表现了直面现实的强烈战斗精神,因而,从本质上说,他们的创作汇入了现实主义的诗潮,而且掺入了新的因素,具有革命现实主义诗歌的某些特质。普罗诗派服从于政治斗争的需要,使诗体政治化,所以他们写的诗大都是政治抒情诗。

　　普罗诗派的政治抒情诗,主要表现出两种倾向:一是侧重于反映严酷的现实斗争生活,强调及时、迅速反映时代重大题材,表现工农大众及其斗争;二是侧重于无产阶级革命情绪的呼唤与鼓荡,强调诗歌对实际革命运动的直接鼓动作用。与此相对应,他们反映现实生活的方式是直接描摹,抒情方式是直抒胸臆。

"四一二"政变之后,普罗派诗歌创作强化了政治表现的欲望,当时的一些重大政治事件都在他们的诗作里得到了集中的表现,反映出诗人对现实政治的敏感。诗人们站在时代革命的高度,以重大历史事件为题材,表现出鲜明的政治倾向性和强烈的使命感,普罗诗派在抨击、谴责封建军阀的同时,具有更多的反帝色彩,他们的不少诗作开拓了反帝的题材内容。普罗诗派在一定程度上贴近现实进行思考,真实地反映了时代的社会生活面貌,表现了直面现实的勇气;另一方面,普罗诗派还有相当多的作品直接以呼唤与鼓动无产阶级革命斗争情绪为主导,并不包含有多少实际生活体验,它只不过是作者把自己能够感受到的时代的召唤、感受到的大地上的风霜,明确地传达出来,形成革命的情绪氛围和鼓动力量,激励人民的反抗斗争。

普罗诗派以情绪的鼓动为诗歌的主要表现方式,确实具有重要的现实意义,这种取向使其创作往往有热量和激情而缺乏思想的力度与深度,强调情绪表现而相对忽略了生活基础。这样,他们的诗歌创作就往往浮掠浅薄,缺乏根基。不管是对社会现实生活的抒写,还是对无产阶级革命情绪的鼓荡,普罗诗派都是服从于当时政治斗争与革命宣传的需要的结果。他们强调"政治价值对艺术价值的支配权利"①,所以他们把政治抒情诗作为无产阶级斗争的工具,把宣传煽动作用作为衡量艺术的唯一标准。这种唯宣传的诗歌观念,增强了诗的鼓动性与震撼力,但是必然以取消它的形象化特征为代价,使诗直接演绎、图解政治,成为政治的传声筒。同时,由于他们对诗的政治宣传使命的片面强调,就出现了"集体"与"自我"对立的诗歌抒情模式,强调自我在集体、小我在大我中的融合。强调表现阶级性、群体性而忽略诗人的思想、情感及表达方式的个体性特征,就必然使诗失去感人的内在力量,缺乏艺术的光彩。普罗诗派在诗体选择上大都趋向粗糙的自由体形式,多重复的铺陈,描绘重大事件多尽兴刻画,抒发情感直白,出现了"非诗化"倾向。普罗诗派的代表诗人是郭沫若、蒋光慈、殷夫。

郭沫若在五四退潮以后,诗歌创作开始转向,他的诗集《前茅》和《恢复》是探索革命诗歌的结果,其中《恢复》影响最大。然而,《恢复》中绝大多数篇章,"除了多呐喊的个人主义的英雄主义的呼声外,没有充实的内容,也没有深刻的表现"。② 这些诗,只能算是无产阶级革命诗歌创作并不成功的尝试。

蒋光慈也是普罗诗歌的倡导者和现代诗人,出版的诗集主要有《新梦》(1925)、《哀

---

① 忻启介.无产阶级的艺术论[J].流沙(4).
② 蒲风."五四"到现在的中国诗坛鸟瞰[M]//现代中国诗坛.诗歌出版社,1938.

中国》(1927)和《乡情集》(1930)，其中大多是政治抒情诗。这种政治抒情诗作为"炸弹和旗帜"，具有雄强豪放的气势和强烈的政治鼓动性。他的三本诗集留下了20世纪20年代风云多变的中国社会的侧影，也刻画出了蒋光慈本人心灵世界演变的轨迹。《新梦》展示的是一个中国早期共产主义知识分子的"赤都心史"。蒋光慈继承了郭沫若的直抒胸臆的抒情方式和豪放、高朗的风格，但在艺术上还比较"幼稚"，即作者的真情还没提升为诗情；在表现手法和语言上过分平直，给人一览无余的感觉。他后来也承认："我的诗同我自己本身一样，太政治化了，太社会化。"(《苦诉·后记》)到了诗集《哀中国》和《乡情集》，天真的理想被现实的悲愤代替，作者不再是以自己的理性认识向读者做宣传，而是向读者敞开心扉，交流感情。在《哀中国》里，不论是对孙中山逝世的哀悼(《哭孙中山先生》)，对烈士刘华事迹的赞颂(《在黑夜里》)，还是对"灰黑的地域"般的古都的揭露(《北京》)，对十里洋场上海的抨击(《我背着手儿在大马路上慢踱》)，其中都渗透着"我"特有的感受和体验，虽然作者的情感仍未能内在地诗化，但表现角度和手法比较多样化了。《乡情集》里的诗陆续发表的时候，正是革命诗歌的标语口号化偏向比较严重的时候，蒋光慈将自我心曲和政治主题的一致性这个可贵的内容特色保持下来，其诗较前增强了生活和情感的血肉，在选择抒情角度时，不仅能赋予政治情感以具体形态，而且能把政治感情和发自人性深处的"至性至情"融合起来。如《写给母亲》是把政治感情融于母子之情，《牯岭遗恨》是把政治感情融于夫妻之情，《乡情》是把政治感情融于朋友之情。作者的感情已不像前两本诗集那样激烈，而是有节制，有分寸，显得老练凝重。不过，代表蒋光慈最高水平的《乡情集》，也没有完全克服早就存在的艺术缺陷，即内容上虽有真情实感而尚未进入诗情美感，表达上平白直露而缺少含蓄。

在早期普罗诗派中，最具影响力的诗人是殷夫，他在政治抒情诗的创作上继承了蒋光慈又跨越了蒋光慈，把革命诗歌创作推向了新的水平，成为普罗诗派成就最高的代表诗人。鲁迅在为殷夫的诗集《孩儿塔》作序时，就明确指出殷夫诗歌属于我国诗歌发展的新时代，称他的诗为"东方的微光""林中的响箭""冬末的萌芽"，是"别一世界"。

殷夫(1910—1931)，浙江象山人，原名徐祖华，又名徐白、白莽，殷夫是他的笔名。他从小喜欢文学，十三四岁就开始写诗。写于1924年至1925年的组诗《放脚时代的足印》，就有清新可读的诗篇，显露了年轻诗人的灵气和才华。不过他正式的诗歌创作活动开始于1927年，这一年他开始与共产党发生联系，从此走上革命道路，因而其诗歌创作生涯是与革命生涯同步的。殷夫的诗典型地表现了这一时期的无产阶级革命诗歌最基本的特征：它与时代的主流——中国共产党领导的无产阶级实际革命运动直接的自觉的血肉联系。殷夫的革命诗歌主要发表在秘密刊物上，被称为"红色鼓动诗"。他的红色鼓动诗是作为战士的诗人从战斗的第一线呼喊出来的，因而诗中的意象大多来自实际生活的感受。他诗中虽然有呐喊，但它是借助于丰富的诗歌形象的呐喊，是借助于来自生活的诗歌语言的呐喊，因而能叩击读者的神经和心扉。他的《一九二九年五月一日》《血字》等诗是普罗诗派中不可多得的优秀之作，诗人在诗中克服了空泛、虚浮叫嚣的诗风，创造了真实动人的艺术形象。无产阶级的理想、信念、气势在他笔下都得到形象的表现。殷夫的大多数诗歌创作都能在自我情感经验的驱使下，更多侧重于内心世界的抒发，而没有加入那战斗口号式的诗歌方阵。我们读他的诗总能感到字里行间跳动着一颗忠诚的革命战士的赤心。名篇《别了，哥哥》宣告了作者和他处于另一阶级营垒中的哥哥的决裂，但其中并没有声色俱厉的斥责，始终是恳切地向哥哥倾吐肺腑之言。诗人没有掩饰自己对哥哥的那份手足之情，而是极力强调了兄弟分手时依依惜别的深情。这种不避"旧情未断"之嫌的坦率态度，表现了诗人的真挚，也赢得了读者的信任。这是一篇声讨国民党倒行逆施的檄文。《血字》是一首激越高亢的政治抒情诗，诗人通过对"五卅"这个具有伟大历史意义的节日的歌颂，鼓动起人们复仇的火焰与摧毁世界的决心。它不仅是一种歌颂、一种纪念，更是一种呼唤、一种鼓动，它所体现出来的形象性、鼓动性，正是他的红色鼓动诗的基本特征。殷夫的诗都是从革命的实际生活中选择题材，提炼诗意，有的诗就是他自己斗争生活的记录。如"我在人群中行走，/在袋子中是我的双手，/一层层一叠叠的纸片，/亲爱的吻我指头"（《一九二九年的五月一日》）。殷夫的诗以直抒胸臆为主，情绪激越，节奏强劲，有时也借助自然的律动把虚幻的意识形象化。《一个红的笑》赋予无形的抽象的情感以知觉直感，表达了诗人渴望革命早日胜利的心情。殷夫的一些诗歌在反映事件时，能够大处着眼，小处落笔；在采取概括写法时，能抓住有表现力的细节，恰当处理虚与实的关系。殷夫的这些革命诗篇为诗坛提供了许多正面经验，即革命诗人必须同时是革命战士，不应有双重人格；时代的强音必须同时是诗人心声，不能勉强去写；在表现革命的政治内容的同时，要广泛吸取各种艺术技巧。殷夫在年仅 22 岁时就被屠刀杀害了，他的艺术才能远未得到发挥，他没有来得及给我们留下十分成熟的作品，即使他的代表作也并非完美无缺。1929 年底他担任秘密刊物《列宁青年》的编辑工作以后，诗歌的标语口号倾向显得突出了。当他配合某个运动或节日，把诗歌作为宣传品时，这些作品就陷入了概念化、公式化之中。《前进吧，中国》《我们》《五一歌》等诗差不多成了单纯的政治鼓动。

第二节　现实主义诗派与臧克家等的诗作

在整个 20 世纪三四十年代,与现实主义为主流的文学思潮相对应,现实主义诗歌也占据新诗主潮的地位。除前述带有现实主义倾向的普罗诗派和后面将要论述的杰出的现实主义诗人艾青外,蒲风与中国诗歌会、成就卓著的现实主义诗人臧克家以及在抗战大洪流中涌现的田间与晋察冀诗派等,共同为推进中国新诗现实主义诗潮的发展作出了各自不同的贡献。

中国诗歌会成立于 1932 年 9 月,是由"左翼"诗歌组发起的诗人团体,其主要成员有蒲风、穆木天、杨骚、任钧、柳倩、王亚平、温流等。中国诗歌会最初以上海为活动中心,不久,其分会遍及全国以至南洋和日本等地,并出版该会机关刊物《新诗歌》。它是现代诗歌史上第一个有组织、有纲领的革命诗歌团体。该会的使命在于廓清当时诗坛的绮靡之风,加强诗与时代、与人民的联系,及时反映人民群众日益高涨的反帝爱国和争取民主的斗争,高扬五四以来的革命现实主义精神。该会还积极倡导诗歌的大众化运动,出版"歌谣专号""创作专号",从理论到实践积极探索诗歌的大众化问题。有的进行新形式的尝试,有的提倡新诗朗诵化,还有的吸收方言土语入诗等,这些探索虽未收到预期效果,但对于推动新诗朝着民族化方向发展起到了积极的作用。

中国诗歌会里最活跃最有成就的诗人是蒲风(1911—1942),原名黄月华,广东梅县人。他出身于贫苦农民家庭,中学阶段就加入共产主义青年团,目睹大革命的兴起及失败过程,经历过梅县农民的武装暴动,参加过家乡农民打土豪的行动,这为他后来的农村题材诗歌创作奠定了坚实的生活基础。其诗集《茫茫夜》和长篇叙事诗《六月流火》等,就是写这类主题的代表作品。

中国诗歌会中影响较大的诗人还有穆木天。他早年以象征派诗鸣世,到 20 世纪 30 年代因受时代的感召,诗风为之一变,倾向于写实风格,开拓了粗犷开阔的新境界。诗集《流亡者之歌》,其思绪始终萦绕着那被日寇铁蹄践踏蹂躏的东北故乡。中国诗歌会的另一些成员如杨骚,写有《记忆之都》《受难者的短曲》《春的感伤》等诗集;任钧写有《战歌》和《冷热集》两本诗集;柳倩有抗战史诗《震撼大地的一月间》;王亚平写有短诗集《都市的冬》《海燕的歌》和叙事长诗《十二月的风》;温流则在其 25 年的短促生命里,留下了《我们的堡》和《最后的吼声》两部诗集。

臧克家(1905—2004),山东诸城人,他虽不属中国诗歌会成员,但其诗歌创作具有明显的现实主义特色,在 20 世纪 30 年代的诗坛上享有盛誉。1933 年臧克家的第一部诗集《烙印》出版,立即受到闻一多、茅盾、老舍等的好评,他也被称为"1933 年文坛上的新人"。执着于现实,痛切地写出自己所认识的社会人生的真面目,抒写劳动群众特别是中国农民的苦难与不幸、勤劳与坚忍,是诗集《烙印》最显著的特色。这种抒写不是柔曼的音调,也很少热烈的呼喊,而是用朴素的经过锤炼的诗句,表达诗人对生活的独特感受。其感受就特别新鲜真切、耐人寻味、促人思索。《烙印》中最能反映诗人对社会人生独特感受的是他的名篇《老马》:

> 总得叫大车装个够,
> 它横竖不说一句话,
> 背上的压力往肉里扣,
> 它把头沉重地垂下!
>
> 这刻不知道下刻的命,
> 它有泪只往心里咽,
> 眼里飘来一道鞭影,
> 它抬起头望望前面。

诗的第一节写装车时老马不胜重轭,一个"扣"字写尽了主人的狠心和老马的悲苦;第二节写大车待发,老马不堪鞭挞,一个"飘"字写尽了老马的精神重负,它虽是无形的却又胜过肉体所受的苦役。老马有泪无处流,有苦无处诉,忍气吞声且又倔强挣扎,抬头望望艰难而又渺茫的前途——诗作给我们描绘了这样一匹身衰力竭、举步维艰的老马形象。在这一象征形象里蕴含有丰富的内容,至少有两个层次的意蕴:其一是诗人自我人格的象征。联系诗人对社会人生特别苦涩的体验,尤其是大革命失败后的苦难遭遇,读者就能领悟到诗人这是在借"老马"这一形象,曲折幽深地传达当时沉郁悲愤的心境,也是诗人那份坚韧的自我人格的写照。其二,从老马轭下悲苦无告的生活,我们又会联想到旧中国农民的悲惨命运,从而领悟到诗人对老马的歌咏寄托了他对中国农民的深切同情,对不平的社会提出的强烈控诉,所以老马形象既是中国农民的象征,也可以说是当时苦难深重的中华民族的象征。诚如朱自清所说,中国新诗史从臧克家"才有了有血有肉的以农村为题材的诗"。

继《烙印》之后,1934 年臧克家出版了第二部诗集《罪恶的黑手》。其中最著名的是同题诗作《罪恶的黑手》,以建筑工人替帝国主义在中国修建教堂的劳动生活为题材,揭露帝国主义宗教侵略的罪行。长诗在赞美工人智慧和创造力的同时,对工人中存在的忍辱负重、愚昧麻木和不思反抗的性格心理表现出深切的忧虑，但诗人仍坚信工人们终会觉醒，奋起反抗。可见这时他已抛弃个人的坚忍主义，看到了蕴含在劳动群众中的巨大反抗力量，使之对现实的理解和把握更现实更正确。本时期他还出版了诗集《运河》和长诗《自己的写照》。

臧克家的诗在艺术上也有自己的特色，虽然其写实风格和批判精神与中国传统诗歌有相通之处，但由于他曾师从新月诗人闻一多，对新月诗人在诗艺方面的追求颇为认同，加之有深厚的古典诗词功底，因而其诗作在形式和技巧上特别严谨。在形式上他学习《死水》的整饬，在具体技巧上讲究词句的推敲和提炼，以精炼浓缩的"诗眼"来表达丰厚的诗情。如《难民》中"黄昏还没溶尽归鸦的翅膀"一句，作者曾三易其稿，最终炼出"溶尽"这一诗眼，传神地写出黄昏时分的情景。类似的句子还有如"螺丝的炊烟牵动着一串亲热的眼光""黄昏正徘徊在古树梢头，／从无烟火的屋顶慢慢地涨大到无边""黑夜爬过了古镇的围墙"，等等。这些都可看出诗人对炼字炼句的认真程度，故有"苦吟诗人"的美称。臧克家还注意矫正普罗诗人直白呐喊、罗列现象的弊端，力求把情和思凝聚隐藏在诗的形象里，以暗示代替说明，以象征代替描述，使诗蕴藉含蓄、耐人寻味，增强诗所特有的审美价值。

由于受战争环境的直接影响，以往那种诗社林立、流派纷呈的局面，随着抗日民族统一战线的形成，特别是中华全国文艺界抗战协会的成立而出现显著变化，新诗创作也出现了一种"历史的综合"的趋势。这种综合，使各派诗人包括提倡纯诗的新月派和现代派诗人都纷纷走出艺术的象牙塔，投身于民族解放斗争，诗歌创作主题也逐渐统一到抗日救亡的旗帜下，写下了一首首表现民族解放的悲壮诗篇。在诗歌的表现艺术上，这种综合表现得更为明显。以艾青为代表的现实主义诗歌，以现实主义的写实精神为基本内核，综合吸收象征主义和印象派绘画的某些技巧，使现实主义诗歌创作达到了一个新的高度；稍后的"七月诗派"和"九叶诗人"则是现实主义与现代主义的有机结合；即使以直接宣传抗日为己任的晋察冀诗派，像田间等的战争鼓动诗也接受了未来派诗风的影响。在战争时期的诗坛上，首先应提及的是一个为民族战争和阶级斗争作了有效宣传鼓动的诗歌群体：晋察冀诗派。这个诗派由1938年起活跃在晋察冀边区的诗歌组织战地社和铁流社的成员与另一些具有同样倾向的诗人汇合而成。主要诗人有田间、邵南子、方冰、徐明、陈辉、魏巍和蔡其矫等，主要刊物有《诗建设》和《诗战线》。

晋察冀诗派的代表诗人是田间（1916—1985），原名童天鉴，安徽无为县人，从小生活在农村，1933年进上海光华大学学习，并开始新诗创作。1935年，田间出版第一部诗集《未名集》，1936年出版《中国牧歌》和长诗《中国农村的故事》。抗战爆发后他成为

"七月诗派"的重要诗人,发表了许多有影响的诗篇。到晋察冀根据地后,他又创作了许多街头诗和民歌体叙事诗,并参加刊物的编辑工作,为"晋察冀诗派"的形成和发展作出了自己的努力。1943年以后陆续发表出版了《给战斗者》《戎冠秀》《她也要杀人》和《赶车传》等诗集。

从诗作内容上看,田间的诗可分为两大类:第一类是农村题材的诗。他同臧克家、艾青一样,是20世纪30年代以表现农村生活而著称的年轻诗人,他对"没有笑的祖国"的"疯狂的黑夜"有着强烈的感受,像《逃荒》《农民的歌》《唱给田野》《中国的田野在疯狂》以及长诗《中国农村的故事》等,所表现的农村已没有静穆悠远的风光,只有让人惊愕的无笑的平原、黑色的大地、死色的小河,田野上弥漫着灾祸,战争在摧残着田野。特别是《中国农村的故事》,以昂扬的情绪、急骤的旋律,揭露和控诉农村中的不平,鼓动饥饿的人们起来抗争。第二类以表现"抗日救亡"为主题的诗。如《怒吼吧,中国》《北方,不永远是黑的》《自由向我们来了》等诗篇,都抒发了坚决抗战到底的爱国激情。尤其是写于1937年的《给战斗者》,更具有疾风暴雨般的鼓动力量。全诗紧扣"人民"这光荣的名字,酣畅淋漓地抒发了中国人民在危亡关头的豪迈气概和战斗决心:"敌人来了,/恶笑着,/走向/我们""我们/必须/拔出敌人的刀刃,/从自己的血管""我们是一个巨人,/生活就要战斗,/高贵的灵魂,/宁死也不屈服,/伸出/双手来/迎接——自由!/光荣的名字,/——人民!/人民呵!/前面就是胜利"。这首诗对于奋战在抗日前线的战士,对于抗敌御侮的中国人民,产生了巨大的精神力量。

田间诗在艺术上也有自己的特点:急促跳动的意象和鼓点式的节奏。诗人为了表现自己被伟大时代激起的暴风雨般的感情,往往任凭感情的驱使去获取生活的新鲜印象,又全凭直觉把这种印象化为意象,因此在他的诗里"只有感觉,意象,场景底色彩和情绪的跳动"(胡风语)。如《森林》里"森林。/梦。/咆哮",这种多行诗中的意象跃动很难构成一个完整的形象,但一个个闪光的意象跳蹦出来,给人以强烈刺激,收到极好的鼓动效果。与意象跃动相适应的只能是鼓点式的诗行节奏。早在写作《中国牧歌》和《中国农村的故事》时,田间就进行了鼓点式诗行的探索。抗战爆发后,他更注意把握口语的停顿断逗规律,形成了以短句为主造成急骤气势的节奏特点,构成粗犷雄浑、质朴遒劲的风格。《给战斗者》采用以短句为主、长短结合的形式,长句取势,短句借力,交错迭出,以表达诗人深沉而又急切的诗情。这种短句形式在街头诗中运用得更为自由活泼。如《多一些》:

多一颗粮食

就多一颗消灭敌人的枪弹！

听到吗，

这是好话哩！

听到吗，

我们

要赶快催促自己

到地里去！

要地里

长出麦苗。

要地里

长出谷穗。

拿这些东西，

当作持久战的武器。

（多一些！多一些！）

多点粮食，

就多点胜利。

简短、反复，自然形成了一种急促的节奏感，增强了鼓动性，有力地激起读者的共鸣。田间是在一个需要鼓手的时代产生的"时代的鼓手"。

第三节　艾青：卓越的民族诗人

艾青是中国 20 世纪三四十年代享誉诗坛的一位重要诗人。艾青生活在我们民族惨遭蹂躏而又奋起抗争奔向黎明的时代，他用成熟的现代诗形写出了深沉的民族感情和民族精神，成为中国新诗史上卓越的民族诗人。

艾青（1910—1996），原名蒋海澄，浙江金华人，在法国学习绘画时开始新诗创作。回国后因参与组织"春地画会"而被捕入狱。在狱中写下《大堰河——我的保姆》，一举成名。此后，诗人放弃画笔吹响了"芦笛"。从 1937 年到 1940 年，艾青随着民族解放战争的脚步，辗转南北，广泛接触中国的城市和乡村，创作了大量的优秀诗篇，形成了诗歌创作的第一个高潮。

这一时期的诗作大致可分为两组：一组以北方生活为主，表现灾难深重的民族命运的作品，成为"北方组诗"，包括《雪落在中国的土地上》《北方》《乞丐》《手推车》《旷

216

野》等;另一组是以太阳和火为象征意象,表现不屈不挠的民族精神的作品,称为"太阳组诗",包括《太阳》《煤的对话》《向太阳》《吹号者》《火把》等。两组诗全面而深刻地反映了抗战前期的社会现实,显示了新诗创作的实绩,同时也形成了艾青诗独特的民族风格:深沉浓郁的民族忧患意识,写实与象征合一的意象运作和诗歌形式的散文美。

艾青所生活的年代,是我们民族遭受苦难最深重最惨烈,又是反抗斗争最剧烈最悲壮的年代。因此,艾青的诗始终回响着悲愤的倾诉、绝望的抗争和热烈的憧憬的声音。在诗人的笔下,古老而丰厚的土地忍受着暴风雨的打击,薄雾迷蒙的旷野"悲哀而旷达/辛苦而贫困"(《旷野》),即使那绝望的《死地》也"依然睁着枯干的眼/巴望天顶/滴下一颗雨滴"。诗人赋予土地以沉默而坚忍的民族性格。在诗人的感觉里,那滚过黄河故道的手推车所发出的尖音也"响彻着/北方人民的悲哀"(《手推车》)。贫穷与饥饿、愚昧与闭塞、战争与死亡,像阴影一样缠绕着古老的民族,诗人为之痛心、忧伤,但诗人并没有悲观绝望,他那含泪的倾诉是为了惊醒苦难而沉睡着的民族。正是这种科学启蒙与救亡图存的理性思维,使艾青笔下的抒情形象:那些挣扎在死亡线上的北方的乞丐,那些被逼出正常生活轨道的酒徒、盗贼等一切不幸者身上蕴藏着巨大的反抗力量和坚忍的生存意志,作者认定他们像深埋在地底的煤,只要给以火,就会点燃起民族抗战的熊熊大火,使我们的祖国在烈火中获得新生。于是诗人一再吟咏道:"我爱着悲哀的国土"(《北方》),"中国/我在这没有灯光的晚上/所写的无力的诗句/能给你些许的温暖么"(《雪落在中国的土地上》)。其中写于1938年抗战最艰难时期的《我爱这土地》倾诉了一种刻骨铭心的爱国主义情感:

假如我是一只鸟,
我也应该用嘶哑的喉咙歌唱:
这被暴风雨所击打着的土地,
这永远汹涌着我们的悲愤的河流,
这无止息地吹刮着的激怒的风,
和那来自林间的无比温柔的黎明……
——然后我死了,
连羽毛也腐烂在里面。
为什么我的眼里常含泪水?
因为我对这土地爱得深沉……

一种对土地的挚爱之情力透纸背，感人肺腑。为了这土地的新生，诗人还一再讴歌太阳、黎明和火把，写下了一首首鼓舞斗志催人奋发的光的赞歌。由此可见，悲愤与抗争、热爱与憧憬构成了艾青诗歌民族忧愤感的核心内容。

当然，艾青诗歌那种深沉的民族忧患意识时常被一种忧郁的情调笼罩着，这一方面是由诗人的独特人生经历造成的，同时也是苦难时代的产物。童年时代的不幸，使艾青染上了泥色的农人的忧郁；巴黎三年的半流浪生活，形成了一种"漂泊的情愫"；回国后三年的铁窗生涯又为他平添了一重"囚徒的悲哀"。全民族的抗战曾使他振奋，然而他看到的现实是："有的人用血作胭脂涂抹自己的脸孔，有的人把老百姓的泪水当作饮料，有的人用人皮垫的眠床……而人民——自己的父老弟兄，依然在生死线上挣扎。"所以诗人曾愤慨地说："叫一个生活在这年代的忠实的灵魂不忧郁，这有如叫一个辗转在泥色的梦里的农民不忧郁，是一样的属于天真的一种奢望。"①他的忧郁里蕴含着一种深沉的"力"，并用这种"力"去扫荡那个古老的世界。因此，我们可以说艾青的忧郁情调，与古代诗人那"穷年忧黎元，叹息肠内热"式的民族忧患意识是一脉相承的。

艾青善于把写实与象征结合起来，借助繁复而蕴藉的意象组合，传达出情理合一的丰厚内涵，以表达其复杂而单纯的艺术感受。所以，精致奇谲的意象美，构成了艾青诗歌艺术上的重要特色。艾青特别喜欢选择"土地"和"太阳"这一类极具民族特色的意象作为诗歌的主体形象。从最初"大堰河"流过的土地，到抗战前夕《复活的土地》，再到《雪落在中国土地上》和《北方》的土地，直到太阳照耀的土地，诗人表达了一种至死不渝的深沉的爱，并通过对于土地的痛苦、复活与解放的抒写，真实地写出了中国农村现实的灵魂。同时，艾青一以贯之地唱着太阳的赞歌，其中有"放射着混沌的愤怒／和混沌的悲哀的午时的太阳"（《马赛》），有从墓茔从黑暗从死亡之流的那边向我滚来的太阳（《太阳》），有"把我们从绝望的睡眠里刺醒了"的太阳（《向太阳》）。这两个系列的意象，使诗人的感情个性得到了充分而深刻的体现。艾青还惯于从感觉出发，追求"对于外界的感受与自己的感情思想的融合"，在情感对感觉渗透中形成暗示、隐喻和象征，创造出清新明晰又有多层次象征含义的视觉形象。因此，尽管艾青自认为是现实主义诗人，但他的诗吸收象征派诗歌的艺术手法，诸如暗示、隐喻、通感等，把读者从生活真实引入经升华后的艺术的真实，使艾青诗的意象组合往往能达到写实与象征合一的境界。例如"大堰河"并没有自己的名字，"她的名字就是生她的村庄的名字"，而她又用自己的乳养育了"我"。这样的意象既来自现实生活，又赋予了她"母亲河"的某些象征

---

① 艾青.诗论［M］//艾青全集(第3卷).石家庄：花山文艺出版社,1991：43.

意蕴,或者可以把她看作是中国农民的化身,进而可以把她想象为永远与山河村庄同在的人民的象征。《雪落在中国土地上》中"寒冷在封锁着中国呀!"一句,既是对冬季的写实描绘,同时又通过想象的飞跃,形成了一个凄风苦雨笼罩着的情境氛围,并以此象征战争来临的阴云密布的中国。艾青还很重视诗歌意象的感官效果,他接受印象派绘画的影响,十分注意诗歌与光和色的调配,使之与诗情形成艺术上的对应关系。在表现土地意象时,艾青常运用灰、紫、黄的色调与暗淡的光,以渲染苦难的深重和忧郁的浓烈。如"呈给你黄土下紫色的灵魂"(《大堰河——我的保姆》),"他的衣服像黑泥一样乌暗,/他的皮肤像黄土一样的灰黄"(《老人》)。而在表现太阳意象时,则采用通红、金色、浅蓝色等色调与明洁的光,如"黎明——这时间的新嫁娘啊!/乘上有金色轮子的车辆/从天的那边到来"(《吹号者》),"夕阳把草原染得通红了"(《割草的孩子》)。读者的感官在被意象的光、色唤醒的同时,也不由自主地进入了诗人情绪的浸润。

艾青诗在艺术形式上也有自己的追求:注重散文美的自由体。艾青诗的自由体形式,既不同于郭沫若的"绝端的自由"、毫无节制的自由体,也不同于现代诗派完全摒弃音乐美的自由体,更反对新月诗人们对形式格律的刻意追求,他所追求的是通过口语来实现的自然美和散文美。艾青曾说:"由欣赏韵文到欣赏散文是一种进步",因为"散文是先天的比韵文美","口语是美的",而"口语是散文的"①,因此,具有口语自然美的自由体就成了艾青诗的重要特点。请看他的成名作《大堰河——我的保姆》第二节:

> 我是地主的儿子;
> 也是吃了大堰河的奶而长大了的
> 大堰河的儿子。
> 大堰河以养育我而养育她的家,
> 而我,是吃了你的奶而被养育了的,
> 大堰河啊,我的保姆

在这首诗中几乎没有什么生僻的字词、古怪的句式,更没有现代诗派追求的奇特的意象,而是用自然质朴的口语、司空见惯的意象,以及酷似农人倾诉的语调,抒发了对"大堰河"那深沉的爱。艾青提倡"自由"但不是漫无边际,他不但注意内在的节奏,甚至吸收了新格律诗的某些成分,使"自由而自己成了约束"。诗人常用有规律的复沓回环创

---

① 艾青.诗的散文美·诗论[M]//艾青全集(第3卷).石家庄:花山文艺出版社,1991:64—65.

造变化中的统一、参差中的和谐。如《大堰河——我的保姆》的第四节：

> 你用你厚大的手掌把我抱在怀里，抚摸我；
> 在你搭好了灶火之后，
> 在你拍去了围裙上的炭灰之后，
> 在你尝到饭已煮熟了之后，
> 在你把乌黑的酱碗放到乌黑的桌子上之后，
> 在你补好了儿子们的为山腰的荆棘扯破的衣服之后，
> 在你把小儿被柴刀砍伤了的手包好之后，
> 在你把小儿们的衬衣上的虱子一颗颗的掐死之后，
> 在你拿起了今天的第一颗鸡蛋之后，
> 你用你厚大的手掌把我抱在怀里，抚摸我。

这首诗共 13 节，少则 4 行一节，多则 16 行一节，字数或每行 2 字，或多到 22 字，且全不押韵。这一节首尾句重复，中间以 8 个长短句写成的排比句式尽情抒发诗人的感情，给人一种一唱三叹的旋律效果。此外，《旷野》和《雪落在中国的土地上》等诗则采用主旋律句式在诗中的有规律重复，形成一种回肠荡气的旋律美。当然，艾青更多的诗是全篇一气呵成的自由体，但即使这类诗他也注意诗中一起一伏的旋律感。如《春》全诗气势贯通自然流动，但诗中流动着的是一些有规则变化的旋律，情绪的律动表现为语势的顿挫与奔泻。这种自由体较之于其他自由体显然进入了更高层次。

在中国新诗发展史上，艾青所完成的是历史的"综合"的任务。普罗诗派发展了新诗忠实于现实的战斗传统，却忽略诗艺的锤炼；后期新月派与现代诗派在诗艺上作了严肃有效的探索，积累了许多成功的经验，但在诗情内容上没有较好地与时代的主题融合，而艾青则将现实的内容和高度的艺术技巧结合在一起，以其创造性劳动为现代诗歌开辟了新的境界和方向。

艾青的诗歌在各个阶段都有脍炙人口的名篇。作于抗战时期的两首讴歌光明的长诗《向太阳》和《火把》，标志着诗人当年那支"彩色的芦笛"已经炼成了嘹亮的时代号角，是其诗歌创作史上具有里程碑意义的代表性作品，无论是思想上还是艺术上都达到相当的高度。

《向太阳》写于 1938 年 4 月。那时，艾青刚从陇海沿线抗日战场奔波数月之后回到武汉，他不仅目睹了人民的灾难，而且看见了人民群众的力量在无限地生长，因而更坚定了人民必然能挣脱苦难的深渊而获得抗战彻底胜利的信念。正是在这种新的信心里,他写下了这首热情赞美光明和民主的长诗。这首热情奔放的抒情长诗,真切地抒写了诗人投入人民抗战洪流之后所激起的对民族命运和时代前程的乐观信念,以及诗人摆脱了"昨天"忧郁的阴影之后而树立起的为光明而战的坚定决心。虽然这首长诗的开头引用了诗人写于 1937 年春的《太阳》一诗的句子,在诗的构架上有与《太阳》类似之处,但《向太阳》的境界更为阔大,热情更为高涨,对于时代生活的认识和把握也更深刻更全面。

《向太阳》全诗共 9 章,前 6 章写"我"带着"风雨的昨夜的长途奔走的疲劳"的身体和"不论白日黑夜永远的唱着一曲人类命运的悲歌"的灵魂,来到这个几千万人劳作着、呼号着、奔走着的战斗的城市,看见了"真实的黎明",看见了"比所有的日出更美丽"的"日出",激起一种新生之情,抒唱出一个久不见阳光者初见阳光时特别温暖、特别光明的欣喜感和新鲜感。在这里,太阳的光明是一种象征,一种体现思想、讴歌战斗的抒情象征;同时,作为实体的太阳的光明,也引起诗人对历史上正义、革命的斗争及其杰出的领袖人物的联想,从而形成一种暗示,暗示出正在进行着的民族解放战争,将彻底摆脱半封建半殖民地的枷锁,走向民族自由的新中国。所以这种象征和暗示,乃是"太阳的光明"这个巨大的社会内容的浪漫主义概括。第 7 章则转向对战斗中的武汉的现实风貌的具体扫描,抒发从中激扬出来的战斗之情。诗人热烈赞美"比拿破仑的铜像更漂亮"的伤兵,赞美"唱着清新的歌"的为抗战募捐的少女,赞美"为国家生产为抗战流汗"的工人,赞美"要用闪亮的刺刀抢回我们的田地"的操演的士兵,赞美"被同一的意欲所驱使"的为"灿烂的明天"奔忙的男女老少……在这里,诗人显然是通过对各阶层人民为神圣的抗战而奔走着、劳动着、战斗着的社会动态的描绘,来充实前 6 章中比较抽象的"太阳的光明"的内容。可以说,这是"太阳的光明"这个巨大社会内容的现实主义概括。由此,我们可以看到诗人的抒情逻辑:通过今天苦难的、饥饿的、流血流汗的战斗生活,就能实现明天独立的、民主的、和平幸福的光明社会。这是诗人从美好的憧憬情绪发展到对光明的坚定信念的认识过程,也标志着诗人摆脱了狂热的幻想而进入脚踏实地的社会现实斗争,并接受了战斗的召唤。第 9 章当抒唱到他要"乘着热情的轮子",向战斗的时代奔去时,感情显得强烈又扎实,从而使我们看到了《向太阳》这首抒情长诗的革命现实主义和革命浪漫主义的高度融合。

这种为了体现主题而把象征的虚写和直观的实写有机地交织、融会在一起的抒情艺术无疑增强了诗的含量与力度。虚写和实写,是构成艾青诗歌的抒情形象的两种惯用的方式。艾青往往用实写的方式来表现人民的苦难和战斗,构成"就是这样的"生活形象,如《雪落在中国的土地上》《除夕》等;同时他又往往用虚写的方式来表现追求光明的情绪,构成"应该是这样的"象征形象,如《黎明的通知》《树》等。但《向太阳》则成功地将实写和虚写两种方式融为一体,既从强烈的现实感受出发,将太阳初升的早晨和熙来攘往的街头景观摄入抒情画面,又情不自禁地超越现实,从美好的主观向往出发,将具体的景观实感通过象征的途径,扩大为广阔而深刻的社会抒情。这种虚实结合的形象构成方式,是艾青诗歌艺术新进展的一个显著标志。

其次,《向太阳》用来抒情的意象丰富多样,在放大感觉、深化诗情等方面有较多创新。诗中不仅有富于画面感的感兴式意象,而且创造了许多富于弹性的寄兴式意象。艾青通过明喻、暗喻和拟喻等手法来创造这类意象。如长诗一开头写渴求光明的急切感:"我起来——/像一只困倦的野兽/受过伤的野兽/从狼藉着败叶的林薮/从冰冷的岩石上/挣扎了好久/支撑着上身/睁开眼睛/向天边寻觅……"在这里,诗人用明喻将被苦难的历史折磨得身心疲惫而企望光明到来的感觉生动地形象化,这是诗人的感觉,也是整个民族的感觉,它所含纳的历史感和时代感都是相当深厚的。又如第5章对太阳的赞美:"是的/太阳比一切都美丽/比处女/比含露的花朵/比白雪/比蓝的海水/太阳是金红色的圆体/是发光的圆体/是扩大着的圆体",诗人用了多重对比和暗喻结合的手法,引发人们从不同人、物、光和色的运动中感觉太阳的象征意味,从而将较为抽象的抒情引到比较具体的联想中去。总之,多种方式的意象的有机组合,使得这首长诗的抒情有了丰富的层次感和无穷的诗味。

与《向太阳》并称姐妹篇的是叙事长诗《火把》。它写于1940年5月初诗人从湘西去重庆的途中,这时抗战已进入相持阶段,国民党的投降势力日渐抬头,掀起一次又一次反共高潮。面对这一严峻形势,当时的国统区人民要求团结抗战、反对妥协投降的民主运动日趋高涨,《火把》正是产生在这一时代背景,诗作表现了小资产阶级知识分子在新的民主浪潮冲击下,感受到人民坚持团结、坚持抗战的真正力量,从迷茫、徘徊中看到时代的光明,并决心摆脱个人的痛苦去追求光明。它和《向太阳》一样,也具有鲜明的追求光明时代的主题,并在现实主义创作道路上有了进一步的深化。

《火把》写的是内地某城市举行的一次火把大游行。全诗共分18章。开头3章写女知识青年唐尼应女友李茵之邀参加火把游行大会。唐尼是一个沉溺于个人感情小天地的单纯少女,关心的只是在大会上寻找自己的恋人克明,而克明全神贯注于火把游行,对唐尼只要求两人之间的温存和体贴表示不耐烦。第4章和第9章写火把游行大会的群众场面,诗篇通过唐尼的感觉和心理活动把火把的集中、火把的出发、宣传卡车上反对投降、坚持抗日的话剧演出,以及火把中显示出来的像火的洪流一样的游行队伍作了象征性的描述。在这里,火把就是时代的光明,游行队伍就是人民抗战到底的团结力量。诗人以火把游行队伍为象征,尽情讴歌时代的光明,讴歌坚持团结、坚持抗战、争取民主进步的斗争。第 10 章到第 13 章,长诗对主人公唐尼的内心矛盾作了具体的描写,一方面写她在这场火把游行中获得新的感受和认识,另一方面写她仍纠缠在对克明的个人恋爱感情之中无法摆脱。从第 14 章到第 17 章,则写李茵对唐尼的"劝"和唐尼向李茵的"忏悔",实际上是写唐尼在时代和个人、抗战和友情之间进一步思想交锋而趋向转变的过程,促使这种转变的固然是李茵的开导,但更主要的原因是战斗和光明的时代洪流的冲击。

从以上简略叙述中不难看出,《火把》与《向太阳》一样,诗人仍然运用实写和虚写相互交融的手法来构成抒情形象。但《火把》毕竟是叙事诗,它有故事情节,有人物活动,而人物性格的刻画始终是诗人的着眼点。长诗的中心人物是唐尼,而李茵则是唐尼的理想的化身。正如艾青自己所说,唐尼和李茵原是同一个女性在不同时期的两种表现,亦即一种性格在发展过程中的不同形态:李茵是唐尼的未来,而唐尼是李茵的过去。诗人抓住了她们性格上共同的东西:单纯、善感,多幻想,富有向往民主、献身正义的热情,并将此放在万众一心追求民主的大时代的典型环境中,来充分表现她们的典型性格。诗中写她们如影随形的活动,写她们之间的"劝"和"忏悔",实际上还是写唐尼在时代洪流冲击下的内心矛盾、思想交锋和觉醒转变,李茵代表了唐尼的心灵趋向觉醒转变的一面。诗人正是用这种富于象征色彩的浪漫主义表现手法来达到展示唐尼这个人物性格发展目的的。诗中的故事情节富有戏剧性,它让克明的活动处于促使唐尼痛苦、矛盾、转变的激发性的焦点上,从而加速了唐尼这个人物性格刻画的完成。

《火把》在诗歌的语言和形式上的创新也取得了不容忽视的成就。艾青自己说,《火把》有意识地"采用口语的尝试,企图使自己对大众化问题给以实践的解释"。[①] 诗作正是用经过提炼的口语写成功的,它适宜于大庭广众之中朗诵,易于达到鼓励、宣传的效果,做到真正的大众化。这首长诗还十分重视诗歌体式的创新。比如为了强调诗句中某一成分,有意识地把它另起一行,第 13 章"那是谁"中写到唐尼看到克明和一个女子走在一起的内心独白:

那是谁? 那是谁?
和他一起走来的

---

① 艾青.为了胜利[M]//艾青全集(第 3 卷).石家庄:花山文艺出版社,1991:122.

那是谁？那穿了草绿色的裙装的

女子是谁？那头发短得像马鬃的

女子是谁？

那大声地说话的

又大声地笑着的女子是谁？

那走路时摇摆着身体的

女子是谁？那高高地挺起胸部的

女子是谁？

在这里，"那是谁""女子是谁"，都是唐尼出于妒忌而特别关注的，所以予以特别强调，这样的探索和尝试无疑是极有价值的。

【思考题】

1. 何谓"普罗诗派"？试述殷夫的政治抒情诗的创作特色。

2. 简述中国诗歌会的创作主张及蒲风的代表作。

3. 臧克家诗歌创作有何特色？其名诗《老马》具有怎样的象征意蕴？

4. 何谓"晋察冀诗派"？田间的诗作有何特色？

5. 论析艾青诗歌的中心意象"土地"和"太阳"及其承载的意义。

第五章　后期新月诗派：浪漫与唯美的融合

　　后期新月诗派是前期新月诗人与部分青年诗人重新集结而形成的。1928 年 3 月徐志摩、闻一多、饶孟侃等在上海创办了《新月》月刊，到 1933 年 6 月终刊，共刊行 43 期，1931 年 1 月 20 日新月诗人又在上海创办了《诗刊》（季刊），开始由徐志摩主编，后由邵洵美接任，新月书店发行。后期新月诗派的基本成员除前期新月诗派的徐志摩、饶孟侃、林徽因等老诗人外，主要包括以陈梦家、方玮德等南京中央大学为主干的南京青年诗人群，和以卞之琳等北京大学、清华大学学生为主干的北方青年诗人群。这些青年诗人大部分是徐志摩的学生或晚辈，因而这个诗派可以说是以徐志摩为旗帜的。1931 年 9 月，陈梦家编选的《新月诗选》由上海新月书店出版，选入了前后期新月诗派 18 位诗人的 80 首诗作，比较完整地显示出了新月诗派的阵容与成果。

　　陈梦家编选的《新月诗选·序》，可以看作是新月诗派，特别是后期新月诗派的宣言书。该"序"一再宣称"主张本质的醇正，技巧的周密和格律的谨严差不多是我们一致的方向"，"我们也始终忠实于自己，诚实表现自己渺小的一掬情感，不做夸大的梦"，我们"只为着诗才写诗"，"我们写诗只为我们喜爱写"，只"因为有着不可忍受的激动，灵感的跳跃挑拨我们的心，原不计较这诗所给予人的究竟是什么"。这样，后期新月诗派的诗人就显示出一种与革命现实主义诗歌流派不同的诗歌观：诗的本质是超功利的"纯粹"的自我表现，诗歌表现时代风云，传达人民呼声，都是"夸大的梦"。

　　新月诗人卞之琳在《望舒诗集》的"序言"中谈到大革命失败后，"一批诚实和敏感的诗人"尽管"所走道路不同"，都"植根于一个缘由——普遍的幻灭"。这里，我们可以从它的盟主徐志摩诗歌创作的变化说明这一点。大革命失败后国民党建立了独裁的专制制度，徐志摩的资产阶级民主共和国的梦想破灭。面对时局的纷乱和对政治的失望，他感到"我不能抵抗，我再没有力量"，于是他早期诗歌中积极乐观的调子消失了，以至于表现出极度的失望："我的信仰……我自认为永远在虚无缥缈间。"①其诗作也传达了这样的迷茫心绪："我不知道风/在那一个方向吹——/我是在梦中，/在梦的轻波里依洄。"（《我不知道风是在那一个方向吹》）他在《猛虎集·自序》中曾这样分析自己当时的心境：

---

　　①　徐志摩.列宁忌日——谈革命[N].晨报,1926－01－21.

　　尤其是最近几年,有时候自己想着了都害怕,日子悠悠的过去,内心竟可以一无消息,不透一点亮,不见纹丝的动。我常常疑心这一次是真的干了,完了的……最近这几年生活不仅是极平凡,简直到了枯窘的深处,跟着诗的产量也尽向瘦小里耗。

茅盾认为徐志摩把诗思枯窘的原因归之于"才尽",归之于"生活的平凡",是不能令人同意的,"我以为志摩诗情的枯窘和生活有关系,但绝不是因为生活平凡,而是因为他对眼前的大变动不能了解且不愿意去了解",另一个原因则是"诗人和社会生活不调和的时候,往往遁入艺术至上主义的'宝岛'",去"讲究诗的艺术和技巧"。① 这种评价有其道理,但在改变世界与改变语言的分歧口,诗人可以选择自己的颓唐作为诗歌的主题:

> 阴沉,黑暗、毒蛇似的蜿蜒,
> 生活逼成了一条甬道:
> 一度陷入,你只可向前,
> 手扪索着冷壁的粘潮。
>
> 　　　　　　　(《生活》)
>
> 我有的是只是些残破的呼吸,
> 如同封锁在壁橼间的群鼠,
> 追逐着,追逐着黑暗与虚无!
>
> 　　　　　　　(《残破》)

徐志摩的这种心境和诗歌选择在后期新月诗派中是很有代表性的。他的路径——热望、碰壁、颓废,是后期新月派诗人大抵都走过的。另一位青年诗人陈梦家也是此中代表。陈梦家(1911—1966),浙江上虞人。他的主要作品有1931年至1936年先后出版的诗集《梦家诗集》《铁马集》和《梦家诗存》,另有诗文合集《不开花的春天》和由他编选的《新月诗选》。

　　陈梦家的思想与创作颇能反映出后期新月派诗人对现实失望而又执着于艺术探求的特点。他在发表于《新月》第3卷第3号上的《信》里公开承认:"我只爱一点清静,少和一些世事发生关系。我不能再存着妄想,这国家只会糟下去的","我有勇气创造自

---

① 茅盾.徐志摩论[J].现代,1933,2(4).

己的世界,离开这目前的困难"。因此,在他的成名作《一朵野花》以及《自己的歌》等诗中,流露出来的便是一种迷茫的感伤情绪与幻灭的空虚感,这无名的轻愁与感伤,正是后期新月诗派的典型情绪。但"逃避"以后并非一无所为,陈梦家只想在艺术之宫里营造出属于"自己的世界"。他在《新月诗选·序》中把诗人比成"匠人","一个匠人最大的希望最高的成功,是在作品上发现他自己的精神的反映"。又说:"我们写诗,只为我们喜爱写,比如一只雁子在黑夜的天空里飞,她飞,低低的唱,曾不记得白云上留下什么记号,只是那些歌,是她自己喜爱的,她的生命,她的欢喜!"由于只求写出"自己的情绪",这情绪就像雁声不在白云上留一点痕迹,同大众的情绪显然是脱离的,但由此传达个人复杂微妙的心绪却颇为精到。如著名的短诗《雁子》:

> 我爱秋天的雁子
> 　终夜不知疲倦
> 　(像是嘱咐,像是答应)
> 一边叫,一边飞远。
> 从来不问他的歌
> 　留在哪片云上?
> 只管唱过,只管飞扬
> 黑的天,轻的翅膀。
>
> 我情愿是只雁子
> 　一切都使忘记——
> 当我提起,当我想到
> 不是恨,不是欢喜。

这里表达的便是一种无恨无爱,忘记一切的人生观,在这人生观背后潜藏着诗人对现实无望的无奈与伤感,循此遂有超脱尘世、弃绝利害的遐想。这种从个人出发的写作态度,当然同左翼作家面对现实的态度不同,其圆熟的形式所表露的某种个体生存感悟和生命体验,有别样的意义。"左联"成立以后,随着阶级矛盾和民族矛盾的日益加深,社会现实不断给诗人们提出峻急使命,后期新月诗派因各种变故显出诗派的沦落和诗风的变化:徐志摩因飞机失事而丧生,朱湘因生活逼迫和艺术窘困而投水自尽,另一些人也在反叛中改变原有诗风。陈梦家写出了《丧歌》《口号》《炮车》《秦淮河的鬼笑》等作品,揭示国人在压迫和战乱中的苦难生活。方玮德也写出了《二十生辰》,劝勉自己和同时代的青年"再莫像以前的颓唐","阵头上枪声是何等紧张","战场上不容你偷睡"。他们的创作显示出一些明显的转向。

后期新月诗派在诗艺的追求上保持着较高的热情。陈梦家在《新月诗选·序》里宣称他们要"老老实实做人,老老实实写诗",他们对诗歌艺术的追求采取了十分严肃认真的态度,这种认真的探索,使他们较好地把握了诗歌创作的艺术规律,并取得了积极的成果。

首先是重视诗的抒情性,以执着于抒情诗的创造承续着以往的浪漫主义美学风范。他们强调"真实的感情是诗人最紧要的原素",并且要求"准确适当"地表达感情,做到"忠实于自己"。因而其诗作大都感情真切,能曲折精微地传达出抒情主人公心灵的颤动和心灵的倾诉,引起读者感情的共鸣。徐志摩说过:"真的感情,真的人情,是难能可贵……有真感情的表现,不论是诗是文是音乐是雕刻或是画,好比是一块石子掷在平面的湖心里,你站着就看得见他引起的变化。没有生命的理论,不论他论的是什么理,只是拿石块扔在沙漠里,无非在干枯的地面上添一颗干枯的分子,也许掷下去时便听得出一些干枯的声响,但此外只是一片死一般的沉寂了。所以感情才是成江河的水泉,感情才是织成大网的线索。"①在《猛虎集·序》中他进一步强调感情投入对于诗的重要性:"我只要你们记得有一种天教唱歌的鸟,不到呕血不住口,它的歌声里有它独自知道的别一个世界的愉快,也有它独自知道的悲哀与伤痛的鲜明;诗人也是一种痴鸟,他把他的柔软的心窝紧抵着蔷薇的花刺,口里不住地唱着星月的光辉与人类的希望,非到他的心血滴出来把白花染出大红他不住口。"徐志摩充满了痴鸟般的赤诚,他吟唱着心灵的歌,就像蔷薇枝上的痴鸟忘情地鸣叫着。《猛虎集》中的《再别康桥》《我等候你》《黄鹂》《山中》《杜鹃》《两个月亮》等,都是他的抒情名篇。这些诗篇营造的抒情氛围,显然不亚于前期诗作,有的可能表现得更为浓烈与深沉。陈梦家在《新月诗选·序》中也公开宣称对抒情诗的偏爱,他认为"抒情诗给人的感动与不可忘记的灵魂的战栗,更能深切地抱紧读者的心"。对主观感情真实性的执着追求是贯穿前后期新月派的最能显示出这一浪漫主义诗歌流派的美学倾向的。在反映现实的方式和抒情方式上,他们有不同于现实主义诗歌流派的追求。他们反对直接描摹现实生活,而着重表现外在现实生活在内心世界所引起的感应;他们也反对直抒胸臆的抒情方式,主张通过艺术的想象把对外界事物的内在感应与情感升华为美的诗的形象。

---

① 徐志摩. 自剖·迎上前去[M]//自剖. 上海:上海新月书店,1928:21.

其次,更讲究诗歌"技巧的周密"、诗意的"醇正",艺术追求上显出显著的唯美主义色彩。同属浪漫主义诗歌,与郭沫若的宏阔豪放、粗犷凌厉的诗风相比,他们的诗构思精巧,想象丰富,诗歌的意境更多地表现为恬淡朦胧、温柔飘逸。普通的事物,平凡的场景,经过诗人的神思妙运,便会别具一番风味。吟咏他们的诗作,我们会惊叹他们"诗化生活"的本领。如邵洵美的短诗《季候》:

> 初见时你给我你的心
> 里面是一个春天的早晨
>
> 再见时你给我你的话
> 说不出的是炽热的火夏
>
> 三次见你你给我你的手
> 里面藏着个落叶的深秋
>
> 最后见你是我做的短梦
> 梦里有你还有一群冬风。

这首诗构思精巧、新颖,虽只有八行,抒写的时间跨度却是一年的春夏秋冬。诗人善于抓住季节的特征,并同自己的处境、心境紧紧扣合,写出了一段完整的恋情。由相思到热恋到分手到悲凉的回忆,描写得生动、真切。同时,由于后期新月派诗人的思想、情感和心理状态较前期有明显变化,即大抵经历从希望到失望的过程,在诗艺追求上会显出与唯美主义的进一步靠拢。徐志摩的《猛虎集》《云游》中的大部分诗,已消逝了前期诗作中常有的乐观、欢愉情调,侧重抒写的是自我的苦闷、灵魂的神秘、思想的残破、人生的卑微短促、生活的阴沉无望以及由此而产生的悲观厌世情绪。那首《残破》所表现的虚无情绪,是最典型的例证。在这里,诗人似乎少了一些浪漫情愫,多了一种内省的生命体悟。陈梦家的诗作也带着伤感的情调,吟咏爱情琐事,时而表现一些"不可知"的宇宙奥秘。他的诗写得明丽、灵动、飘逸,表现在幻想与梦境中徘徊的那种人生的迷茫,那种无爱无憎的人生态度,那种莫名的惆怅和感伤,给人一种唯美派诗独有的"诗美",可以明显感觉到后期新月派诗已在逐渐向现代派诗过渡。

再次,更讲究诗歌的韵律,追求诗歌形式的完美。此派诗人一直重视新诗形式的探讨,后期对于诗歌的韵律要求尽管没有超出闻一多 1926 年倡导的"三美"的范围,但对此的探讨显然更细致、更具体化了。除了在诗体上、音节上、押韵上广泛试验之外,诗人们还提出了所谓"健康""尊严",反对"偏激""狂热"的理论原则,强调理性节制感情,重视所谓文学的"纪律"。陈梦家在《新月诗选·序》中说:"我们并不在起造自己的镣铐,我们是求规范的利用。练拳的人不怕重铅累坏两条腿,他们的累赘是日后轻松的准备。日久,当他们放松了腿上绑着的重铅,是不是他们可以跑得快跳得高? 他们原先也不是有天赋的才能,约束和累赘的负荷,造就了他们的神技。匠人决不离他的规矩神尺,即是标准。所有格律,才不失合理的相当的度量。"在强调诗的格律的同时,又能注意到这种格律的"合理的相当的度量",这样就校正了前期新诗格律化理论的偏颇。后期新月诗派的年轻诗人们力图摆脱格律的过严束缚,这无疑是对新诗艺术更高层次上的追求。他们能戴着脚镣在自造的框子里跳舞,比较自如地运用格律,这对克服新诗的过分放纵和"散文化"是很有意义的。后期新月派诗人还积极引入外国诗歌形式,大量地试写十四行"商籁体",也取得了某些成功。例如孙大雨在《诗刊》上发表的《诀绝》等三首商籁体诗,对最严谨的外国格律诗也"操纵裕如"。一首动人的抒情诗,不仅表现在它丰富深厚的抒情内容上,而且还应该表现在声律上。节奏感和音乐美是诗的生命。后期新月诗派的诗人们重视诗的音乐性,在中国新诗流派中是独树一帜的,它为中国新诗的完善和多样化无疑作出了积极贡献。

第一节　戴望舒与现代主义诗歌

中国现代主义诗潮始于以李金发为代表的初期象征诗派。20 世纪 30 年代形成的现代派可视作初期象征派诗风的延续、流变和发展。现代诗派的形成和发展经历了一个由酝酿到成熟的过程。如果把 1927 年戴望舒所写的《雨巷》作为现代诗派的先声,那么 1929 年他写的《我底记忆》则可视为现代派诗的起点。如果将 1932 年由施蛰存、杜衡主编的《现代》杂志在上海创刊作为现代诗派形成的标志,那么,此后《水星》文艺杂志的创刊(北京,卞之琳主编),《新诗》月刊的出版(戴望舒、卞之琳、梁宗岱、冯至等主编),还有其他标榜"纯艺术"的新诗刊物如徐迟的《菜花》、路易士的《诗志》等的出现,那就是中国现代主义诗潮的鼎盛时期,其大致时间为 1935 年至 1937 年间。1935 年孙作云发表《论"现代派"》一文,"现代派"一词由此传开。现代诗派的人员组成,除了戴望舒、施蛰存、何其芳、李广田、林庚、徐迟等,还有几位由后期新月派转变过来的诗人,如卞之琳、孙大雨、陈梦家等。

从发展渊源看,现代诗派是从初期象征诗派和后期新月诗派演变而来的。特别是与后期新月派有割不断的联系,它们都追求"纯诗"的创作。但现代派毕竟是一个独立的诗派,具体到某个诗人,他们都有自己独特的风格,但就共同的倾向、艺术趣味和审美追求上,又表现出相当的一致性,显示出共同的特征。

施蛰存在《又关于本刊的诗》中说:"《现代》中的诗是诗,而且是纯然的现代诗。它们是现代人在现代生活中所感受的现代情绪,用现代的辞藻排列成的现代诗形。"这里的"现代人",实际上是一批受到西方意识形态和象征主义文学影响的青年知识分子,他们生活在城市,多数在大学念书,不过问政治,远离人民。这里的"现代生活",实际上是半封建半殖民地社会条件下畸形变态的大都市生活。这里的"现代情绪",也多是一些感伤、抑郁、迷乱、哀怨、神经过敏、纤细柔弱的情绪,甚至还带有幻灭和虚无,所以有人说它是"浊世的哀音"。戴望舒的诗虽不能说是"浊世的哀音",但那排解不开的孤寂、抑郁和幻灭之情,仍是他的诗情特点之一。

现代诗派在艺术上也有共同的特点,那就是追求诗意的朦胧美和诗形的散文美。所谓朦胧美,就是追求一种若隐若现、忽明忽暗、似与不似之间的艺术效果。现代派诗人既反对浪漫派诗的直接抒情、写实派诗的如实描写,也不满初期象征派诗的形象破碎和神秘晦涩,而是从西方象征主义那里汲取隐喻、暗示、通感等手法,表现内心世界更深层次的微妙情绪以至潜意识。现代派诗专注于形象的创造、意象的呈现、间接的表现,它往往只描写一个场景、一个面貌,而不道出其确切的含义,以增强诗的不确定性,形成诗的含蓄和朦胧,如戴望舒的《雨巷》《百合子》,何其芳的《预言》等。如果说现代派中的"主情"诗人(如戴望舒)以诗情的朦胧美见长,那么,此派中的"主智"诗人(如卞之琳等)则以讲究诗意的朦胧美为其特色。"主智"诗人追求诗境的非逻辑性,即类似中国传统诗的直觉感悟,它不追求使人动情而追求使人深思,但它亦讲情智合一,即在情动的一刹那间,智也就一拍即合,这就产生情智合一的瞬间,因而容不得反复绵密的条理。诗人对宇宙人生的观察体验,蕴之既久,一触即发,发时动情,不能自制,而且他自己也不能说明什么,若能说明便不是诗而是散文了,于是不得不以诗的形式表现出来。因此,现代派诗里到处有闪光,但很难连缀起一个完美的艺术景观,从而产生使人道不明猜不透的朦胧诗意,如卞之琳的《断章》《圆宝盒》《距离的组织》等就是这样的诗作。

在形式上,现代派超越了新月派的格律体,创造了具有散文美的自由诗体,就是施蛰存所说的"用现代的辞藻排列成的现代诗形"。戴望舒认为诗不能借重音乐和绘画的长处,"韵和整齐的字句会妨碍诗情,或使诗情成为畸形的",他强调"诗的韵律不在字的抑扬顿挫上,而在诗的情绪的抑扬顿挫上",主张"新的诗应该有新的情绪和表现这情绪的形式"。① 他们认为格律体已经与现代生活和现代人的情绪相抵触，而自由体则更适合现代人，于是他们面向现代日常生活取材，用亲切的、舒卷自如的说话调子写自由诗，从而使中国新诗进入"散文入诗"的现代诗时代。现代派的自由诗体不仅有情绪的节奏，而且有回荡的旋律，可以说它更接近于现代诗的本质。这在诗歌形式的发展中有着重要意义。

现代派中最重要的诗人是戴望舒（1905—1950），浙江余杭人。1925 年入上海震旦大学法文班学习法文，有机会直接阅读欧洲象征派诗人魏尔伦、果尔蒙、耶麦等人的作品，并受其深刻影响。1927 年因宣传革命被捕。抗战爆发后，戴望舒辗转来到香港，与进步文化人士编辑刊物，宣传抗日，不久被捕入狱，在狱中写下《我用残损的手掌》《狱中题壁》等著名诗篇。1945 年他冒着风险，从香港乘船北上，投入解放战争的洪流。1950 年 2 月 28 日病逝。戴望舒一生给我们留下《我的记忆》（1929）、《望舒草》（1933）、《灾难的岁月》（1948）等诗集和《诗论零札》等诗论。

最能体现现代派诗朦胧美的诗篇，是戴望舒写于 1927 年的代表作《雨巷》。《雨巷》不是典型的"现代"诗，因它具有流动的音乐美，这是现代派诗所反对的，但它所具有的诗情的朦胧性和诗意的多层性，则是现代诗派所共同追求的。《雨巷》意在抒发大革命失败后诗人自己那种浓重的失望、愁怨和彷徨情绪，但此种情绪，诗人不是作直接的抒发，而是追求表现自己又隐藏自己的韵外之致。诗人创造了一个富有浓重象征色彩的意境——悠长而寂寥的雨巷，借用中国古典诗词中常被吟咏的丁香花作为中心意象，来隐喻"我"所追求的"姑娘"。细细读来，《雨巷》的象征意蕴至少有两个层面：其一，"丁香一样的结着愁怨的姑娘"这个象征性意象，可以说它象征着诗人把握不定的理想和希望。全诗就是围绕这一主旨展开描写和抒情的。开首从"我"萌发希望的环境和心情写起，紧接着写希望在想象中变成了现实，姑娘活现在"我"的眼前。然而，你看她是何等的抑郁忧伤，以至于见到同病相怜的"我"也不愿启齿，而仅仅投来太息般的一瞥。为什么这般纯洁美好的姑娘不以浪漫的少女形象出现呢？这是由于"我"的哀怨情绪把想象中的物象同化了，丁香姑娘就是"我"用想象虚构的一个自我形象的幻影。诗人正是借此来表现"我"忧愁的深重和难以排遣。然而，"我"并没有因此而感到绝望，而是极力抓住能排解哀愁的因素——哪怕是丁香姑娘那过眼云烟似的短暂安慰也不放过，所以诗的最后一节写"我"一边彷徨着，一边仍在继续希望着，"希望飘过一个丁香一样的结着愁怨的姑娘"。全诗表现上是含情，写"我"思慕追求一位宛如丁香

---

① 戴望舒.诗论零札［M］//戴望舒诗集.成都：四川人民出版社,1981：162,163.

的少女而不可得,实则象征在生活重压下一部分人的心境和精神状态。其二,由雨巷这个意境可以联想到当时的社会现状,不妨把它看成是当时中国社会的一个象征性的缩影。此诗写于1927年夏,这正是中国历史上最黑暗的年代,蒋介石制造的白色恐怖笼罩着整个中国,共产党领导的革命斗争暂时转入低潮。原来热烈响应革命的青年,一下子从火的高潮坠入夜的深渊,他们中的一部分人,因找不到革命的前途而陷于彷徨迷茫之中。他们在失望中渴求着新的希望,在阴霾里盼望着绚丽的彩虹,《雨巷》就是这部分人心境的反映。诗中的"雨巷"狭窄破旧、阴暗潮湿、断篱残墙,被迷茫的凄风苦雨笼罩着。从这雨巷,我们可以联想到当时令人窒息的时代氛围。诗中那个"我",一腔愁绪,满腹哀怨,正是当时被时代环境压得透不过气来的人们的精神状态的写照。由此,我们可以感受到《雨巷》这类诗寓意的丰富性以及由朦胧意境造就的独特的审美价值。

《雨巷》的音乐美也是戴望舒调和中西诗韵的成功范例,被叶圣陶称赞为替新诗的音乐开了新的纪元,其特别成功的地方在于将诗感与诗形完美和谐地统一在一起。《雨巷》全诗节奏舒缓、音调和谐。每节虽都是6行,但句子有长有短,有的一句一行,有的一句排成几行。长句通过切分,把节奏拉得缓慢,加重忧郁的情调。如"我希望逢着一个丁香一样的结着愁怨的姑娘",这个长句被切分排成3行,顿数为323,即:

> 我——希望——逢着
> 一个——丁香一样的
> 结着——愁怨的——姑娘

在分行上,作者还注意把重要的词放在行尾加以突出,如第一节中的"独自"和"悠长"等。在用韵上以平声字为主,如娘、芳、徨、光、茫、郎等,这些字声调平而长,适合表达哀怨的感情。同时用词语的重叠和反复来加深诗情的深长,收到了极佳的音乐效果。

《雨巷》之后不久,戴望舒就对音乐美进行了勇敢的反叛,他要为自己的诗情"制最合自己的脚的鞋子",这"鞋子"便是舒卷自如的具有散文美的自由体形式。如他那首典型的现代派诗《我底记忆》,诗人所表达的是往昔的情怀,其实是在巧妙地抒写自我,写自己种种悲欢的人生体验。在诗中,诗人把"记忆"称作寂寥时的密友,它到处生存着,"在燃着的烟卷上","在绘着百合花的笔杆上","在喝了一半的酒瓶上","在撕碎的往日的诗句上,在压干的花片上"……但"它是胆小的,它怕着人们的喧嚣,/但在寂寥时,它便对我来作密切的拜访","它的话是古旧的,老讲着同样的故事,/它的声调是和谐的,老唱着同样的曲子,/有时它还模仿着爱娇的少女的声音,/它的声音是没有力气的/而且夹着眼泪,夹着太息"。这一连串的意象呈现,多么洒脱自然！它完全摆脱了韵律节奏的外在束缚,表现了一种明白的接近生活的情绪节奏,体现了自由体新诗的散文美。

在现代诗派庞大的诗人群中,较著名的还有卞之琳。卞之琳(1910—2000),江苏海门市人,有诗集《三秋草》《鱼目集》《慰劳信集》等。1936年他与李广田、何其芳出了三人合集《汉园集》,史称"汉园三诗人"。但就诗风而言,他与废名、曹葆华、金克木等主智诗人更为一致。这路诗人重在表现现代科学哲学和古老的宗教哲学,如卞之琳着重表现相对关系和潜意识,而废名则注重禅宗的哲理感悟。当然,他们在传达哲理时,并不用说明或议论方式,而是强调情与理、智与象的融合。卞之琳在这方面的代表作有《距离的组织》《旧元夜遐思》《尺八》《断章》《音尘》《无题组诗》。比如《距离的组织》,照卞之琳自己的说法只"涉及存在与觉识的关系","但整诗并非讲哲理,也不是表达什么玄秘思想,而是沿袭我国诗词的传统,表现一种心情或意境,采取近似我国一折旧戏的结构方式"。① 此诗表现的"一种心情或意境",是一种疲惫、慵懒、颓丧和无可无不可的心情,是写作主体在寒冬里午睡时那种似睡非睡、亦真亦幻的梦境。诗的前四句为午睡前的实景,后五句写的是梦境,在这意境里融进了过去与当下、现实与梦境及人与人、人与物在时空中的相对关系。卞之琳这种以智性节制的语词姿态展开的写作,给汉语新诗开启了一种内敛的、精致的写作路向,对白话文运动以来常见的"口语病"和"自由病"作出有力的纠偏。他的诗也在后世诗人中产生了长久的影响。卞之琳流传最广的名篇是《断章》:

> 你站在桥上看风景,
> 看风景的人在楼上看你。
> 明月装饰了你的窗子,
> 你装饰了别人的梦。

由于诗人追求诗意的含蓄和朦胧,这首诗看似明白通俗,文字没有什么难懂之处,但要把握其整体意境,体味短短四行诗中的理趣与意味却也颇不容易。有人认为此诗表现了人生只是戏,各人都是戏子,又都是看客。有人认为它写了一位绝代佳人,诗人不说"你"如何美,而是去描述"她"如何成为如痴如醉的"他"的审美对象——"风景"的一

---

① 卞之琳.雕虫纪历[M].北京:人民文学出版社,1984:37.

部分,以至于使"他"梦绕情牵。而作者自己则说,《断章》意在表现一种相对的、平衡的观念。能够作如此多种理解,且都各有其合理的一面,说明卞之琳的诗意蕴深邃,有耐人寻味的长处。

除卞之琳外,现代派诗人何其芳出过一本影响很大的诗集《预言》。另一位受晚唐诗人影响很深的林庚写有诗集《夜》《春雨与窗》和《北平情歌》。其他如金克木、曹葆华、路易士、废名、施蛰存等人,或有诗集问世,或有佳作流传,或开一种风气,都以不同风格的探索拓宽这个流派的航道,他们在诗美创造和形式技巧上对后起的诗人和新诗的历史演变产生了不可低估的影响,为中国新诗的建设和完善作出了独特的贡献。

第二节　胡风与"七月诗派"

"七月诗派"是指活跃于胡风主编的《七月》杂志、《希望》杂志、《七月》丛刊及其他有关杂志上的一群具有相似的生活态度和艺术追求的青年诗人所组成的诗歌流派,主要代表诗人有鲁藜、绿原、冀汸、阿垅、曾卓、孙钿、牛汉、邹荻帆、彭燕郊、杜谷等。

"七月诗派"继承并发展了新诗现实主义的传统,继承并发展了政治抒情诗派、中国诗歌会革命现实主义的特质,继承并发展了鲁迅战斗的现实主义传统,在诗歌艺术上则直接受艾青等诗人的影响;在艺术思想和创作活动的组织上,则深得胡风的扶持。

胡风对"七月诗派"的组织、引导与影响主要通过下面的途径进行。其一是他的革命现实主义诗歌理论的提倡。"主观战斗精神"是其对革命现实主义的贡献,也是其诗论的精髓。胡风认为,"在现实生活上,对于客观事物的理解和发现需要主观精神的突击;在诗的创造过程上,客观事物只有通过主观精神的燃烧才能够使杂质成灰,使精英更亮,而凝成浑然的艺术生命"[①];坚持客观现实和诗人主观感情的融合、统一,帮助诗人既避免"没有能够体现客观的主观"、把哭泣或狂叫"照直吐在纸上"的主观主义[②],也避免"生活形象吞没了思想内容,奴从地对待现实,离开了主观的客观",进行"灰白的叙述"[③],"冷淡地琐碎地写一件事"的客观主义[④],有助于现实主义诗歌克服公式化、概念化、标语口号倾向,而具有感觉的敏锐、意象的纷纭、思想的深刻、情绪的饱满。胡风在肯定初期抗战诗歌热情奔放的主流时,也及时地指出其弊病,即"概念的倾向",感觉情绪不够,说理的倾向严重,这使"七月"诗人的诗朝着健康的方向发展。其二,胡风始

---

① 胡风.关于题材,关于"技巧",关于接受遗产[M]//胡风评论集(中).北京:人民文学出版社,1984:362.
② 胡风.论战争期的一个战斗的文艺形式[M]//胡风评论集(中).北京:人民文学出版社,1984:19.
③ 胡风.今天,我们的中心问题是什么[M]//胡风评论集(中).北京:人民文学出版社,1984:116.
④ 胡风.略观战争以来的诗[M]//胡风评论集(中).北京:人民文学出版社,1984:54.

终不渝地坚持办刊出版诗集。《七月》停刊后，他主编《七月》丛刊，开始在桂林、重庆、香港等地出版。1945 年 1 月，又创办《希望》，共出 2 集，计 8 期。在他的带动下，阿垅、方然编辑，在成都出版的《呼吸》，朱谷怀等编辑，在北平出版的《泥土》，欧阳庄等编辑，先后在成都、天津、上海等地出版的《蚂蚁小集》《荒鸡小集》等，为抗战诗歌，为歌颂解放区、批判国统区黑暗的诗歌，提供了发表的园地，这对于"七月诗派"的形成、发展起了重要作用。其三，胡风善于发现和培养文学新人。他联络同人，多次召开座谈会，并"尽量地团结而且号召倾向上能够共鸣的作家"，"源源地发现从实际战斗中长成同道的伙友"，不断扩大"七月"诗人群。

艾青对于"七月诗派"的形成、发展的影响也不容忽视。艾青是在《七月》上发表诗作最多的一位诗人，他的《向太阳》《北方》都收入《七月诗丛》，他为"七月诗派"奠基，对于"七月"诗人的影响是巨大的。正如绿原在《〈白色花〉序》里所说："七月"诗人"始终欣然承认，他们大多数人是在艾青的影响下成长起来的"，他们从艾青那儿学到了诗的独创性，学到了意象美、散文美；"中国的自由诗从五四发源，经历了曲折的探索过程，到 30 年代才由诗人艾青等人开拓成为一条壮阔的河流，把诗从沉寂的书斋里，从肃穆的讲台上呼唤出来，让它在人民的苦难和斗争中接受磨炼，用朴素、自然、明朗的真诚的声音为人民的今天和明天歌唱，这便是中国自由诗的战斗传统"。"七月"诗继承的是中国自由诗的战斗传统，他们都追求诗的意象美、散文美，表明艾青影响的深远。

"七月诗派"的历史，以《七月》停刊、《希望》创刊为界，大体上可划分为三个时期：一是《七月》时期，"七月诗派"业已形成，且呈兴旺发达之势。主要创作抒情诗，尤其是政治抒情诗，主题多鞭挞日寇暴行，歌颂人民反抗斗争，虽不乏抑郁情调，但以乐观、明朗为主要色调，且调子越来越激昂；二是《七月》停刊，进入《七月诗丛》第一辑时期。此期在苦斗中巩固，在困难中韧战，作品内容是上一时期的延续，又有新的拓展，以"主观战斗精神"来"突入"人生，把主客体"融合"渗透于创作中，成为自觉的行动，诗歌相对减弱了乐观明朗的色彩，而显示出沉重感；三是《希望》创刊，"七月诗派"步入变异期。诗作以暴露国统区黑暗与人民的苦难为主，表现出对现实的控诉与愤慨，诗风也变得沉郁、冷峭。

历史推进到 20 世纪 40 年代末期，政治讽刺诗创作成为诗歌的主流。尽管"七月"诗人也写有政治讽刺诗，有的还十分出色，如绿原的《给天真的乐观主义者们》，但这毕竟非其所长。随着 1945—1948 年那场批判"主观论"斗争的开展，胡风及其理论受到了某种误解与曲解，"七月诗派"的创作逐渐冷落。《希望》仅在 1945—1946 年出版 8 期，《七月诗丛》第 2 辑虽在编辑中，但出版已延至解放初，零散各地的"七月"诗人所办的刊物也相继停办。"七月诗派"在全国第一次文代会开幕的掌声中自然消亡。

"七月诗派"的组织形式与结构形态有突出的特征:一是人数众多;二是活动时间长;三是覆盖的地域宽广,从国统区到解放区都留下他们辛勤笔耕的痕迹。这几点仅是其外部形态特征。"七月"诗人在创作上明显地表现出共同的价值取向:诗歌创作始终与现实斗争紧密相连,表现出强烈的社会责任感和明确的政治功利性;目睹民族的灾难所爆发的痛苦和愤怒,献身人民革命事业的热情和意志,生活在黑暗现实中的悲怆以及对光明的渴望,构成了他们诗作的基本情感内容。具体地说,有下述特征:

(1)讴歌抗争,呼唤解放,是悲情时代的泣血呐喊,写出了中国革命的真正史诗。

胡风非常重视七月诗的史诗形态的建构。所谓史诗形态,是指"对时代精神和民族性格现在时态的反映",也就是他所阐释的:"诗人的声音是由于时代精神的发酵,诗的情绪的花是人民的情绪的花,得循着社会的或历史的气候……诗人的生命要随着时代的生命前进,时代精神的物质要规定诗的情绪状态和诗的风格。"[1]正是在这种"史诗意识"的灌注下,七月诗群才显示出一种飞扬不息的民族风采,闪现出苍凉、刚健的美学风格。在中华民族全面抗战爆发不久,胡风最先以燃烧的怒火和昂扬激愤的情绪,发出了嘹亮的呐喊,呈现出救亡文学特有的民族情绪和典型的心理状态,表现了中华民族不屈的抗争精神:"在黑暗里在高压下在侮辱中/痛苦着呻吟着挣扎着/是我的祖国/是我受难的祖国!……祖国呵/你的儿女们/歌唱在你的大地上面/战斗在你的大地上面/喋血在你的大地上面。"(《为祖国而歌》)这是一代诗人的战歌,代表着一切为民族解放,为反抗日本帝国主义侵略而战的人民意志,代表了整个华夏民族的心声。苏金伞在"我们不能逃走"的反复吟唱中也传达了要与"鬼子拼一拼"的坚强意志,深切而忧患地透视出人民要保卫自己家园的同仇敌忾的斗争意识。

抗战初期这种慷慨激昂、悲壮有力的诗歌在其他"七月"诗人的创作中都有不同程度的反映。诗人们用饱蘸感情的笔触抒写了整个中华民族已经从痛苦与悲愤中站立起来,挺直胸膛,迎战残暴的侵略者,用生命和热血保卫可爱的家园:"我看到了他们战斗的行列/为了消灭那凌辱他们和你的/顽敌/他们倔强地在你的血泊里/扑倒而又爬行。"(杜谷《写给故乡》)"勇士们抬着辎重/抬着曲射炮和机关枪/活跃的身子/活跃的脸色/活跃的复仇的心?"(冀汸《跃动的夜》)这些诗作都从一个侧面透视出中华民族不甘沉沦、不甘屈服的真实心态。然而战争是艰苦的,更是残酷的。"七月"诗人真切地感受到了民族生存与发展的艰辛与悲壮,更感受到了深蕴于这个古老民族内部的韧性精

---

① 胡风.胡风评论集(中)[M].北京:人民文学出版社,1984:23.

神和顽强的生命力。他们用气势雄阔、不可阻挡的诗句,凸显出苦难中缓缓前行的中
国形象:

前进——

强进!

这前进的路

同志们

并不是一里一里的

也不是一步一步的

而只是一寸一寸的

一寸一寸的一百里

一寸一寸的一千里呵!……

但是一寸的强进终于是一寸的前进呵

一寸的前进是一寸的胜利呵

以一寸的力

人的力和群的力

直迫近了一寸

那一轮赤赤地炽火飞爆的清晨的太阳!

（阿垅《纤夫》）

诗作表达中国人民捍卫祖国领土在"一寸一寸"的搏斗中前进的坚韧和顽强,象征着中
华民族历经苦难而永不衰竭的英雄斗志和进取精神,真有惊天地泣鬼神的力量。与《纤
夫》有异曲同工之妙的是冀汸的《渡》,作品用风雨中渡过一条河准备战斗来表现人们
热烈地要求抗战的意志和决心,同样感人肺腑,催人奋进。

忠于历史主潮的进取精神,对祖国、民族命运的休戚关怀,始终是"七月"诗人创作
的主体情结,即使到了解放战争时期,诗人们也一如既往,保持着这种热情。正如谢冕
所言:"体现这一流派最为可贵的品质,是七月同仁对于社会、民族的哀乐与共的参与精
神。'七月'诗人一方面体认自己作为诗人的使命,一方面他们更乐于承认自己属于历
史、属于社会、属于民众。"①抗战胜利后,当人们高呼万岁,举国狂欢的时刻,诗人们一

---

① 谢冕.新世纪的太阳[M].长春:时代文艺出版社,1993:201.

方面兴奋地感觉到:"中国的/体温,升腾着;脉搏/弹跃着",另一方面又清醒地意识到:"这是/九死一生的/胜利,与失败几乎没有距离的胜利呀"。胜利来之不易,为了巩固胜利,只有把这个"终点"当作"又一个起点",时代要求"中国人民/再前进"!(绿原《终点又是个起点》)因为光明和自由的春天并没有真正到来,国民党反动派正急于发动内战,破坏这刚刚得来的来之不易的国内和平。诗人高屋建瓴,以其敏锐和智慧,深刻地预言中国未来的发展图景,使我们从那一星微弱的"火种"看到了民主、自由的明天。在其后的几年里,"七月"诗人们同全国人民一道积极投入了争民主、争自由、反饥饿、反内战的革命洪流中,用诗的火种点燃了亿万人民愤怒、反抗的燎原烈火,使人们终于从黑暗的王国里杀出了一条生存的血路。

当一个朝气蓬勃的新中国在火海与血海中诞生时,"七月"诗人也同全国人民一样充满欣喜。他们饱蘸激情写下了这样的诗句:

> 这是怎样的欢腾的世纪呵!
>
> 这是怎样的开花的季节呵!
>
> 每一片土地与每一片土地,连结了起来了呀!
>
> 每一个村落与每一座村落,都站立起来了呀!
>
> 苦恼的人们跳跃着,歌唱着,劳动着,
>
> 从 20 世纪的奴役的、残暴的古老的中国
>
> 站立了起来,……中国,中——国呵!
>
> 你的人民带有多少的光辉呵!你的土地蕴藏着多少的力量呵!
>
> (化铁《解放》)

还有胡风的政治抒情长诗《时间开始了》,也艺术地传达出共和国历史那段无限快乐、无限幸福的时光,抒写了一曲充满感激和幸福的赞歌。从抗日战争、解放战争直至共和国成立,"七月"诗人始终是人民的歌者、时代的歌者,他们写出了中国革命的真正史诗。正如评论所说:"'七月诗派'作为一个以讴歌民族解放与进步为己任的现代文学流派,集结在国破家亡的战火硝烟中,艰难地又是顽强地穿越中国历史上最后一段漫漫长夜,走到了中华人民共和国的灿烂阳光下,胜利地完成了自己的历史使命","他们以自己的政治敏感与美学敏感,忠实地录存了中国历史中十分厚重的一页"。①

---

① 江锡铨."诗的史"与"史的诗"[J].贵州社会科学,1998(5).

(2)凝聚着对民族和人民的深情,在一幅幅呻吟挣扎的受难图中,演绎悲壮,表现崇高。

"七月"诗人大多来自生活的底层,因而对人民的同情和爱始终是他们关注的焦点。他们的个人情感世界更自觉地倾向于民族、人民和这块广袤的土地,他们的感伤和忧郁凝结着对民族和人民的深切关注。阿垅的《琴的献祭》、邹荻帆的《雪与村庄》、杜谷的《瞒》、徐放的《动乱的城记》等都流贯着一种苍凉悲壮的气息,透露出诗人心中的悲哀和对民族命运的深重忧虑。这种厚重的感伤情绪在中国现代诗歌史上是很突出的。绿原曾经说过这一时期"作者们不但继续面临着民族的大敌,而且在生活周围的各个角落,都遭到了空前反动的反共反人民的黑暗势力,人和诗在原来的生活环境下便日益感到那些历史的限制,作品的情感也不得不日见沉郁和悲怆起来"。① 可见,在特定的时代境遇中,"七月"诗人的忧患郁愤在表现主体生命意识的压抑与抗争中得到了极大的强化。绿原在反对政治高压下,承受着年轻的生命被压迫的痛苦:"一朵朵不祥的乌云/盖在我们头顶上","我们发现自己/在悬岩峭壁面前"(《复仇的哲学》)。阿垅则在政治压迫和人生劫难中倔强地昂起头来,要"开作一枝白色花/因为我要这样宣告,我们无罪,然后,我们凋谢"(《无题》)。彭燕郊的《雪天》《岁寒草》《不眠的夜星》等诗作则在悲凉的背景上镌刻着他对于多难的祖国和人民的热爱,从忧伤和孤独中折射出追求的执着和辛酸。总之,"七月"诗人们"以他们深重的忧患意识和浓烈的郁愤情绪,构成了他们的情感世界与艺术世界的基本内涵、基本色调"②,同时也表达了诗人们刻骨铭心、至死不渝的与国共运、与民共舞的感情。

与表现强烈的民族忧患意识相关联,"七月"诗人的诗风显出悲壮美和崇高的人格境界。他们在赞美不屈的人民的同时,尤为注重对死者以及革命烈士的赞美与歌咏,由此更强化了他们"威武不能屈"的高尚人格境界。"鞭子不能属于你/锁链不能属于我/我可以流血地倒下/不会流泪地跪下。"(冀汸《今天的宣言》)在屠杀和死亡面前,他们勇敢而无所畏惧地面对:"汉子们吓破了胆吗?/没有! 没有! /微笑着一语不发。"(绿原《坚决》)因为诗人们早已决心:"把自己的血/和敌人的血流在一起",因为相信"奴隶们的血总有一天要冲垮那帝王的龙庭",而且深知"生是美丽的,/为了美丽的生而死/更美丽!"(徐放《在动乱的城记》)而即便死了,也"甘心瞑目——死于追求,死于理想……"(鲁煤《默悼几位扑火者的死》)正是因为诗人有了这种壮烈的生死观和崇高的人格境界,因而他们的诗才具有了一种永恒的精神魅力。

---

① 绿原.白色花[M].北京:人民文学出版社,1981.
② 郑纳新.论七月诗派的整体风格[J].广西师范大学学报,1994(3).

（3）歌吟自然，礼赞光明，在坦诚而纯真的鸣唱中，传达出浪漫的赤子之心。

"七月"诗中有很多歌咏大自然的名篇。艾青就曾以歌唱大自然而闻名于诗坛。如《雪落在中国的土地上》《北方》，等等。当然，他的诗作并不是纯粹的自然景物描摹，而是渗透了诗人的情感体验。彭燕郊、冀汸、杜谷、牛汉等也是善于描绘大自然的歌者。他们笔下的山川景物大都带有一种宁静浪漫的色彩和温柔敦厚的情调，这也许源于他们热爱生活、渴望和平、向往幸福的一种执着的追求。

礼赞光明、向往自由也是"七月"诗所关注的内容。"七月"诗人田间、艾青、天蓝、孙钿、鲁藜、胡征、阿垅等都曾先后奔赴延安，对民主圣地延安有了更多更新的感受和体验，产生了许多新鲜的感觉："山上／一列又一列的窑洞呵／一层又一层的窑洞呵／抬起头来／全都像摩天楼呢。／歌声／笑声／标语和漫画／学习，工作／人多得蜂一样／而窑洞像蜂巢呵。"（阿垅《窑洞》）这是一片特殊的西北风光，这是光明和民主与自由的发源地，更是诗人向往的精神摇篮与真理的圣地。"我是一个从人生的黑海里来的／来到这里，看见了灯塔"（鲁藜《山》）；"我笑／我笑出满脸的泪／泪呀！这是民主自由／给我的心灵的一滴温暖"（鲁藜《夜会》）。这是热爱民主和自由，崇尚真理和幸福的赤城歌者的鸣唱，代表了一代人的心声。胡征对"五月的延安／喷香的城／发光的缄／红色的城"（《五月的城》）的礼赞，倾诉了诗人一脉真挚的情愫；艾漠的《自己的催眠》《跃进》等诗篇也都凸显出礼赞光明、追求民主和进步的情思，表达了一代进步青年的共同感情。

第三节　穆旦与"九叶诗人"

1947—1948年前后，围绕上海创办的《诗创造》和《中国新诗》出现了一批有影响的诗人群。他们的队伍包括西南联大的学院诗人穆旦、杜运燮、郑敏、袁可嘉，以及先后汇聚上海的都会诗人辛笛、杭约赫、陈敬容、唐祈、唐湜等。1981年江苏人民出版社出版了他们的诗集《九叶集》，因而他们被称为"九叶诗派"。九叶诗派是没有共同的纲领和一定的组织形式而由相近的艺术追求形成的一个诗歌流派。九叶诗派是现代诗派的继续和发展，他们的审美追求建立在中西诗歌之间新的交汇点上。在纵的承袭上，他们创造性地融会了中国古典诗歌和新诗的优良传统，特别注意汲取初期象征派和现代派的经验教训；在横的借鉴上，他们接受了艾略特、里尔克、奥登等一些西方现代主义诗人的艺术原则，走一条中西结合、新旧贯通的道路。在继承的基础上有所创新，又没有忽视反映社会现实的历史使命，从而开创了一代诗风。

在诗歌表现的内容上，"九叶诗人"强调反映现实与挖掘内心的统一。在他们看来，"现实"是有"引申意义"的，既包括政治生活，也有日常生活在内；既指外部现实，也指人的内心世界；既是时代社会的，也是个人的。这是对新诗发展 30 年中关于诗的创作题材，关于诗人的自我与时代、人民关系的长期论争的一个很好的总结。"九叶诗人"首先是继承了 20 世纪 20 年代郭沫若所开创的、20 世纪 30 年代革命现实主义诗歌流派进一步发展了的新诗时代性、人民性与战斗性的传统，诗人们紧紧把握住自己所生活的时代"光明与黑暗交替"的历史特征，忠实地传达了亿万人民诅咒黑暗、渴望光明的时代情绪，因此，他们的诗视野开阔，具有强烈的历史感、时代感和现实感，充满历史乐观主义精神。诗人们把形而上的玄思与中国现实的主题融合在一起，把对现代人的处境的思考投射到中国社会现实的变幻莫测的大网之上，个体的命运与民族的命运融合在一起，激烈的内心搏斗与残酷的政治现实交织在一起。他们把情感和思想转化为现代诗的意象，象征成为他们艺术表达的重要方式，象征与中国现实语境的紧扣，成为九叶派诗歌的重要的艺术特质。这也是九叶派诗歌与西方现代派诗歌的重大分野。郑敏的《池塘》就是当时中国现实的一个隐喻，诗人要"洗去旧衣上的垢污""洗净人性里的垢污"，"浮萍""忧愁""疑难"与"旧衣上的垢污""人性里的垢污"形成异形同构的象征，诗中蕴含了黑暗的中国现实中人们的漂泊、苦闷、迷惘的处境。"九叶诗人"对中国现实场景的表现具有强烈的政治色彩，如穆旦的《五月》抒写两种生活场景形成的反差构成中国社会现状的象征：一些人以血肉抗击黑暗的压迫，一些人持续着荒淫无聊，制造或附和黑暗，直接指向现实场景。这就冲破了后期新月派与现代诗派咀嚼身边小小悲欢的狭小天地。

此外，"九叶诗人"又始终把握住自己：着重内心的挖掘，表现自我心灵对大时代的内在感应，力求忠实于个人的感受，既通过个人的独特感受反映伟大时代，又不回避自己作为受过西方现代教育的知识分子在历史动荡转折中所体味到的现代人的忧虑、苦闷、恐惧和自我谴责，把自己的个性融入诗的形象之中，在共同的思想艺术倾向中保持个人风格、艺术个性的独特。九叶派的诗歌强调对生命意志的表现、感悟和超越，对现代人的普遍的个体生命体验进行了完美的表现，这种全知视角的切入，使诗歌表现的"知性"达到了哲理性的高度。以辛笛的《手掌》为例，手掌虽然寻常，但由于诗人生命意志的灌注，它超越了生理学的意义。"形体丰厚如原野/纹路曲折如河流/风致如一方石膏模型地图"，直觉经验中浸透了理性精神，把主题建立在"绝对"的静止和人生变易这两个题目的对立上，短短三四十行诗，把认识自己、超越自己、更新自己的意蕴深植在"手掌"之中。穆旦的《诗八首》是一组别具特色的情诗，这组诗想象奇特，意象密丽，热烈而又冷漠，现代意味很浓。全诗以知性为骨子，同时又隐含着神秘、消极的思想，带有些肉欲的刺激，所表达的漂泊感、幻灭感、战争的魔影、饥饿与恐惧，给当时的知识分子留下深重的阴影。诗人体验到的死亡正是当时知识分子心态的折射,也表现了诗人处在爱情与肉欲、生存与死亡的煎熬之中,无法求得心理平衡。如唐湜所说,"穆旦、杜运燮等九叶诗人"的特点是内敛凝重,表现个性,受艾略特、奥登和史班德等人的影响,永远在寻找自我与世界的平衡中煎熬。① 这就有力地克服了早期普罗诗歌在历史发展的幼稚阶段难以避免地缺乏鲜明个性的弱点。"九叶诗人"无法把关注的目光从中国的现实移开,现实性、政治性成为其诗歌较为突出的特点,但他们表现现实,并不是对现实的直白表露,总是渗透强烈的个人感受,用象征、暗示的手法曲折精微地传达出来。穆旦的《赞美》《防空洞里的抒情诗》,杜运燮的《追物价的人》《给野人山上的战士》,郑敏的《呵,中国》,唐祈的《时间与旗》《最末的时辰》《女犯监狱》,陈敬容的《逻辑病者的春天》《斗士·英雄》,杭约赫的《复活的土地》《火烧的城》,辛笛的《风景》,唐湜的《骚动的城》等,都是紧扣中国现实语境,象征与现实结合的好作品。

有感于直线推进的抒写方式必然造成的一览无余的表达效果,"九叶诗人"在诗与现实的关系上,主张"扎根在现实里,但又不要给现实绑住"。② 就是说,要有对现实人生的贴切之感,以自己对于现代诸般现象的深刻而实在的感受深入现实,另一方面又要有不可或缺的透视或距离,避免直接粘于现实而直截了当的正面陈述,产生过度的现实写法和直露的激情宣泄,追求表现上的客观性和间接性,用相当的外界事物寄托作者的意志与情感,以达到诗歌表现客观化的要求,从间接的途径实现抒情表达的目标,这也就是艾略特所说的"思想知觉化"方式。"思想知觉化"是"九叶诗人"特别重视并刻意追求的艺术手法。"思想知觉化"即"充分发挥形象的力量,并把官能感觉的形象和抽象的观念、炽热的情绪密切结合在一起,成为一个孪生体"。③ 如辛笛《寂寞所自来》意在说明寂寞的心境来自何处,却是以铺陈一系列真实可感的意象来表现:"两堵矗立的大墙拦成去处,/人似在涧中行走","如今你落难的地方却是垃圾的五色海,/惊心触目的只有城市的腐臭和死亡";历史时代虽然已从"黑暗的时光在走向黎明",但整个宇宙仍是"庞大的灰色象"。处在这样的境地,"你站不开就看不清摸不完全/呼喊落在虚空的沙漠里/你像是打了自己一记空拳"。通过这样独特的艺术构思,形象地表现了这样的主题:寂寞产生的根源在于不能高瞻远瞩地认识时代。

为了实现"思想知觉化","九叶诗人"从西方现代派吸收了有益营养,努力捕捉新颖的意象,巧妙地运用象征和拟人化手法。他们摒弃了西方象征派诗歌的神秘性,而把

① 唐湜.九叶在闪光[J].新文学史料,1989(4).
② 陈敬容.真诚发声音[J].诗创造(12).
③ 袁可嘉.《九叶集》序[M]//九叶集.南京:江苏人民出版社,1981.

象征、暗示的艺术手法置于坚实的现实性和人民性的基础上,使之具有启人深思、可以言传的明了性。在他们的诗中,每一个比喻、每一个象征、每一个暗示,都诉诸鲜活的形象,又能使人获得对特定社会现实的透明的认识和浓厚的美感。他们追求一种思想深刻、情味隽永、意象新颖的艺术境界,这境界既是精确明晰的,又是模糊、含蓄的;既是有限的,又是无限的,这就大大增加了诗歌的思想与艺术的容量。对人的命运的展示,则是把人置于一定的戏剧性情境中,使思想的成分渗透在整个过程中,选用相当的外界事物寄托作者的情思,这样就可以尽量避免直截了当的正面陈诉。"九叶诗人"强调主观感受深入现实,这与"七月诗派"接近;而表现上的客观性和间接性,与新月诗派一脉相承,新诗戏剧化也为早期新月派所提倡。这些都显示了"九叶诗人"诗歌理论与实践的综合特色。

在诗歌的形式和语言方面,"九叶诗人"广泛采用了跨行诗的形式,使意象的组合连绵紧密。他们重视诗的音乐性,节奏和谐,押韵自然,但不缺乏散文美的特质。在修辞手法上,有通感手法的运用,有抽象词与具象词的"嵌合",有繁丽的比喻,种种修辞手法,把虚与实、静与动融为一体,既生动形象,又蕴含深刻的内容,显示了诗歌艺术上的成熟。

总之,"九叶诗人"出现在中国现代新诗发展30年的最后阶段,他们的创作具有某种总结、过渡的历史特点:汲取新诗30年发展中各个流派的历史经验,在一个更高的基础上进行综合,为新诗的更大发展开辟道路。"九叶诗人"的崛起和发展表明,中国新诗与世界诗潮开始了同步的演变,尽管它又有自己特有的轨迹与传统。

"九叶诗人"中最具特色、成就最高的是穆旦(1918—1971)。20世纪40年代,他有诗集《探险队》《旗》《穆旦诗集》等。穆旦早期最先接触的是英国浪漫派诗人,他的诗作也洋溢着浓郁的青春色彩和浪漫情调。正如唐祈所说:"穆旦早期徘徊于浪漫主义和现代派之间,但时间短暂。当他在40年代初,以现代派为圭臬,很快确立了自己现代诗的风格。"[①]20世纪40年代穆旦的创作进入了成熟期,他的诗歌褪尽了早期浓烈的浪漫主义气息,变得深沉、凝重,在感性与智性交融的追求中,表现出一种特有的智性美。他的诗在主题表现上最触目的是充满强烈的民族意识,歌颂人民的力量,如《合唱》《赞美》《旗》等。这类诗作,既传达出诗人对时代的整体感受,又闪烁出深广的忧患意识。表现"丰富的痛苦"是穆旦诗歌更具个性特征的主题,如《出发》《五月》《从空虚到充实》等。在这类诗中,诗人不仅表现了对现实和历史的深刻批判,还抒写了多思敏感的现代

---

① 唐祈. 现代杰出的诗人穆旦[M]//杜运燮,袁可嘉编. 一个民族已经起来. 南京:江苏人民出版社,1987:57.

知识分子的心灵冲突与内心搏斗。对人生痛苦、矛盾及荒谬性的艰苦开掘,使穆旦诗中的抒情主人公形象是一个具有现代特征的"残缺的自我"。如《我》:

> 从子宫割裂,失去了温暖,
> 是残缺的部分渴望着救援,
> 永远是自己,锁在荒野里。

这是一个残缺的封闭的自我,更是一个渴望着从分裂走向整合的自我。上述主题的交响迭现构成了穆旦诗歌复杂而深邃的情感世界,体现了中国现代知识分子在历史、现实、个体存在面前深层的思考与灵魂拷问。在穆旦生命意识的自觉感悟与理性沉思中,包孕着一种深厚的受难者气质与一种博大的宗教般的仁爱情怀,这种受难者气质与仁爱情怀又常常交织在他对人类命运、历史的沉浮、民族的忧患的沉思之中,个体生命意识与现实的生存感受交融为一体,正是在这一点上,穆旦的诗与西方现代主义诗歌中形而上的对生命本质的纯粹理性意义的思考有了区别。生命体验的庄严感,历史的厚重感,现实人生的时代感,这几重感受的融合,使他的诗具有了中国特色的现代主义精神品格。

这样独特的主题表现,决定了穆旦诗歌艺术探求的创新性。郑敏在分析穆旦诗歌时说:他"总是围绕着一个或数个矛盾来展开的"。[①] 穆旦的诗总是在悖论、反差与不同因素的对撞中构架,形成一种"张力之美"。他把不同类型的经验、词语和诗境的陌生化并置。如《五月》开头:

> 五月里来菜花香
> 布谷流连催人忙
> 万物滋长天明媚
> 浪子远游思家乡

在这样一段仿古歌谣之后却突然改变了诗体:

> 勃朗宁,毛瑟,三号手提式。

---

① 郑敏.诗人与矛盾[M]//杜运燮,袁可嘉编.一个民族已经起来.南京:江苏人民出版社,1987:30.

或是爆进人肉去的左轮，

它们给我绝望后的快乐。

其后诗行就在这两种诗境和诗体中交替出现，"两种诗风，两个精神世界，两个时代"，形成"猝然的对照"。① "九叶诗人"袁可嘉曾肯定地指出，穆旦的诗歌"在抒情方式和语言艺术的'现代化'的问题上，他比谁都做得彻底"。② 的确是这样，穆旦诗在抒情方式上鲜明地表现出与传统诗歌的质的差异。他通过理性的介入达到情感的节制，主张理智向感觉凝聚而生发诗情，在感性与理性、感觉与抽象两极既对立又联系的艺术空间扩展诗情的张力。

穆旦诗歌中的智性化抒情，往往大量采用内心直白与直接的理智化叙述，他的内心直白不是浪漫主义的情感宣泄式的内心袒露，而是对外在世界的思考，内在探索的诗情的直接表达，这种表达经过心理体验过程而显得格外沉静。如他的代表作《诗八首》是一首哲理意味极浓的爱情诗。全诗又是通过爱情的体验进而思索人生真谛，探索生命奥秘的。全诗在抒情方式上，主要采取的是一种内心分析和情感体验的直白：

你底眼睛看见这一场火灾，

你看不见我，虽然我为你点燃。

唉，那烧着的不过是成熟的年代。

你底，我底，我们相隔如重山；

从这自然底蜕变程序里，

我却爱了一个暂时的你。

即使我哭泣，变灰，变灰又新生，

姑娘，那只是上帝玩弄他自己。

《诗八首》和穆旦的许多诗一样，"自我"在诗中是一个矛盾的分裂的自我：一是自然的生理的自我，它是一种强健的自然生命力的象征；二是作为意识或理性支配下的心

① 王佐良.穆旦：由来与归宿[M]//杜运燮，袁可嘉编.一个民族已经起来.南京：江苏人民出版社，1987：3.
② 袁可嘉.诗人穆旦的位置[M]//杜运燮，袁可嘉编.一个民族已经起来.南京：江苏人民出版社，1987：17.

理的自我,一个"永远不能完成"的"我自己",是一种对自然生命的压迫的力量。这种"生理的自我"与"心理的自我"互相抗争,灵与肉矛盾相搏,诗人渴望以自然主义精神统一自我,达到灵肉的浑然一致,让生命回归到浑朴的自然状态,让生命的生长乃至历史的发展皆还原为自然。然而这种愿望在现实的运行中留给诗人的是痛苦的体验,炽烈的青春的情焰不过是暂时的成熟年代的生命燃烧,"我们相隔如重山"才是"自然底蜕变程序里"的最终生命的真实。情焰的燃烧是生命的本能,而自然的蜕变却是生存的法则。前者是有限的、短暂的;后者是无限的,永恒的。无论怎样企望"变灰又新生",永恒的自然法则终归无法改变。"在无数的可能里一个变形的生命/永远不能完成它自己","水流山石间沉淀下你我",彼此的相爱不过是永恒时间之流中的一个偶然的短暂的相遇,在由爱极而生的悲凉的生命体验中自然包含了对爱之永恒的渴求。诗歌在对自我的分析中又包含了对自我情感的折磨与对理性追求的嘲讽。

穆旦的诗歌在感性与理性的交融中,总体上更看重的是一种理性体验,感情的外部形象有时只是他用作借题发挥的抒情媒介。诗歌意象自身较少单独构成象征性意味,其厚重的智性色彩淡化了诗歌的感性意味,也在一定程度上冲淡了诗歌的艺术感染力。

穆旦的诗歌虽然显示出复杂的面相,但他的诗歌语言是极口语化的。他的诗没有玲珑剔透的诗句,更少流光溢彩的词藻,在语言形式上最无旧诗词的味道。中国传统诗词,注重诗歌语言的感性特征,注重用具体形象抒情,十分忌讳抽象意义的词藻,这在五四以来的现代诗(包括中国现代主义诗歌)中仍然变化不大,而穆旦的诗不仅用语通俗,而且还大量运用意义抽象的词语,大部分诗中都有一定数量的关联词语、连词、介词的运用,虽然缺乏语词形象的模糊与朦胧之美,但它结成了诗歌严密的逻辑关系,扩充了诗歌的智性内涵,使诗人主体意识可以不受文字束缚得到更自由的舒展。以传统语言形式而言,这是一种"陌生化"的艺术更新。穆旦诗歌语言的口语化,在一定程度上可以看到与戴望舒、艾青等人诗歌散文美诗学原则的联系,但诗歌语言的抽象化技艺,则是他对中国现代诗歌的一个贡献。

【思考题】

1. 比较前后期新月派的诗歌理论和创作倾向。

2. 现代诗派在内容上有什么共同之处? 简析现代诗派追求诗意的朦胧美和诗形的散文美的具体表现。

3. 论述戴望舒《雨巷》独特的艺术特征和象征意蕴。

4. 以具体诗歌为例,简述卞之琳诗歌如何实现情与理、智与象的融合。

5. 论述"七月诗派"在组织形式与结构形态上的特征。

6. 谈谈"九叶诗派"(以穆旦为例)与"现代诗派"(以戴望舒为例)的不同和发展。

第六章　流派竞存：现代散文的发展路径

第一节　现代散文鼎盛期的多样发展态势

假如说,五四的散文还处于强调"口语调和"与"欧化语"的"自觉设定"①的特殊时期,20世纪三四十年代的现代散文则进入了全面发展阶段。五四时期以来的散文创作成就与创作经验在这一时期得到了初步的总结,散文的社会功能和文体意识大为增加,见解各异的散文理论竞相提出,现代散文在文体品类、创作方法与手段、语言艺术等方面都具有了更为宽广的可能性,一些新的散文体式与特征不断涌现,并在发展过程中,形成了各具特色的流派。

20世纪30年代散文被视作是现代散文发展的鼎盛时期。在五四散文大放异彩的创作基础上,思想艺术与体式风格迥异的作家流派获得了难能可贵的自我发展空间。在小品文方面,20世纪30年代前期,以林语堂、周作人为代表的幽默小品与闲适小品曾风行一时,除此之外,诸如"科学小品""历史小品"的出现,也拓宽了小品文题材表现的领域;在杂文方面,鲁迅中后期的杂文作品体现出了杂文创作领域的最高成就,且影响了瞿秋白、唐弢、聂绀弩等一大批青年左翼作家,"这些作家杂文的风格特色是可以用'鲁迅风'加以概括的"②;在抒情小品的创作上,李广田、何其芳、丽尼、陆蠡等人注重抒情散文艺术的创新;茅盾的社会写实散文、丰子恺的"居士"散文、梁遇春的随笔、老舍的幽默小品等也各具丰姿。除此之外,始于五四时期的报告文学,在这一阶段也形成了异军突起之势,例如夏衍、萧乾、邹韬奋等人的报告文学作品都拥有数量极众的读者群。

促成20世纪30年代散文鼎盛局势的原因是多方面的。首先是散文文体意识的强化。文体作为创作者的表达方式,"最突出的是语言层面所体现出来的不同于别的文类的特征"③。相比较五四散文理论的稚嫩偏激,这一时期的作家、理论家已对现代散文体式有了颇为明晰的见解、意识。梁实秋的《论散文》、朱自清的《论现代中国的小品散文》、钟敬文的《试谈小品文》等理论文章,就一直在关注小品文或散文的发展走向。鲁迅、茅盾、郁达夫、梁遇春、林语堂等人则相继发声,从形式与内容等方面探讨散文小品

---

① 丁晓原."五四白话"与现代散文文体建构[J].文艺理论研究,2011(3).
② 钱理群,温儒敏,吴福辉.中国现代文学三十年[M].北京:北京大学出版社,2012:307.
③ 陈剑晖.论现代散文的文体选择与创造[J].文学评论,2007(5).

的文类特征与创作方法。尽管这些"声音"并不一致，却都充分体现出作家、理论家试图突破散文自身局限的努力。《太白》杂志在 1935 年发行了一期纪念特辑，该纪念特辑收入有关小品文的文章近四十篇。通过这些文章，可以看到散文文类的分化迹象。例如何其芳、李广田等青年作家的叙事抒情散文创作，就逐渐与杂感小品相脱离，从而具备了独立的艺术价值。有关散文文体的探讨，不仅有益于散文创作的规范化，同时也为散文的多样化发展提供了一定的理论支撑。其次，从社会角度来看，政治气息浓重的社会现实与日益高涨的抗日救亡热潮，成为 20 世纪 30 年代散文迅捷发展的另一个主要因素。尤其是自 1927 年大革命失败后，中国社会的阶级矛盾、民族矛盾空前激化。遭到国民党围剿的左翼作家就致力于现实题材的开拓，在散文的体裁样式、内容主题以及艺术技艺等方面都有令人瞩目的表现。这些左翼作家普遍追求真实性、现实性与社会性的有效结合，继而汇聚成一股不容小觑的写实主义潮流。与之相对，另一部分作家则试图从时代浪潮中抽身而出，"走的是一条从叛逆到隐逸的路"①：无论是周作人所言的"谈狐说鬼寻常事，只欠功夫吃讲茶"，还是林语堂倡导的"幽默"与"性灵"文学，都具有浓重的个体色彩与生活气息。另有部分作家因对现实社会的残酷状况感到莫名的悲哀与深深的失望，转而选择关注内心，用文字表达内心的孤独、惆怅。这时候，"散文"这种文学体裁成为他们的主要选择。再者，我们需注意到，这一时期创作者在艺术视野上的拓展，也无疑对其散文创作产生了重要影响。除了更为深入地了解研究外国散文尤其是欧美散文，20 世纪 30 年代的散文创作者开始注意从中国传统散文中汲取养分。这一时期对域外的译介工作已初见规模。就作家译作来说，就有包括法国的蒙田、伏尔泰、莫泊桑，英国的兰姆、斯威夫特、王尔德，俄国的普希金、托尔斯泰、高尔基等知名作家；就专题介绍来说，有《文学界》的基希报告文学译介，《论语》《人间世》的西洋幽默文译介等。与此同时，处于发展期的现代散文并不局限于对域外散文艺术的模仿借鉴，诸多散文创作者还有意识地承袭发展了中国传统散文中的艺术经验，如注重意境与意象的选择与创造，以象寓意，以物寄情，追求优美和谐的散文意境。除此之外，现代报刊的成熟②、印刷业的进步、消费市场的阅读需求，以及散文流派群体内部的逐渐成型，都对 30 年代散文创作的鼎盛发展起到相当程度的影响作用。

从总体上而言，20 世纪 40 年代散文是 30 年代散文体式的延续。但需要注意的是，由于受到战争的影响，这一时期的散文在抒写内容、表现形式与情调风格等方面产生了相应的变化。抗日战争爆发以后，在抗战救亡的旗帜下，文艺界结成了广泛的抗战统一

---

① 王爱松.论三十年代散文三派[J].中国现代文学研究丛刊，1996(2).
② 宾恩海.中国现代散文的文化特征刍论[J].学术月刊，2007(3).

战线。高涨的民族情绪促使作家投身于抗战文艺运动中。现代散文顺应了这一股时代潮流,既及时反映了民族解放战争,又鼓舞斗志、弘扬民族精神,率先为时代作出忠实的记录。此外,大批作家在身处并目睹了战争的残酷后,失去了从容创作的环境与心境,他们陆陆续续从沦陷区撤离,逃往西南大后方。颠沛流离的生活加强了这群文艺创作者与现实、与人民之间的联系,也开阔了他们的创作视野。至20世纪40年代中后期,国内社会矛盾的激化,加速了国统区爱国民主思潮的展开,抨击时政、揭露社会弊端的创作风气再度兴起。相较于个体抒写的式微,为人民解放而歌、为人民民主而呐喊的写实主义创作,成为这一时期的主流。

20世纪40年代的散文创作还有一个突出的现象,即散文体式发展的不平衡。《鲁迅风》杂志作家群与《野草》杂志作家群继承了鲁迅杂志中的战斗精神;茅盾、巴金、丰子恺、何其芳、李广田等作家的散文创作在战时也有了新进展;梁实秋的"雅舍"小品极大丰富了小品的漫谈方式;钱锺书、王力等人的"学者散文"也有瞩目表现;而张爱玲、苏青等女性作家以女性的独特体验与艺术触角营造着"女性散文"。然而,由于特定的战争环境,读者想要了解战争状况的阅读期待,使得报告文学在众多文学体式中几乎呈现"一枝独秀"之势,"成为抗战以来的文艺创作实践中最主要的,也是最发达的样式"①。茅盾就曾指出:"内容问题,无疑必须是抗战的现实。今天最迫切的要求解放,最勇敢地站在前线,忍受罕有的痛苦而支持抗战到底的是人民大众,所以抗战的现实,不能不是中国人民大众的觉醒,怒吼,血淋淋的斗争生活。这是一个中心轴,一切依此而旋转。这是一个无情的尺度,凡是助长民众的觉醒,培养民众的力量,解除民众在抗战时期的痛苦的一切行为和措施,应该得到赞美,反之,还要实行愚民政策,欺骗,压迫,掠夺民众的一切行为和措施,必须加以抨击。"②这席话也成为报告文学之后的主要的发展方向。此时,如丘东平、曹白、刘白羽、骆宾基、萧乾等报告文学作者相继涌现,而茅盾、沙汀、丁玲等作家也相继投入到报告文学的创作热潮中。毫无疑问,报告文学成为战时文艺的创作主流。

纵观20世纪三四十年代的散文,无论是理论建设还是创作实践,都逐渐趋向于完善与成熟。散文的题材无疑更为开阔,思想内涵更为丰厚,艺术形式更为多样,继而呈现出多元并竞的发展态势。其主要表现有如下几个特征:

第一个特征是散文格局的多元化。20世纪三四十年代发展期的散文一改"杂文与

---

① 罗荪:《谈报告文学》,转引自尹鸿禄. 论抗战时期的报告文学[J]. 苏州大学学报,1993(1).
② 茅盾:《抗战期间中国文艺运动的发展》,转引自王耀辉. 略论抗战和解放战争时期的报告文学创作[J]. 华侨大学学报(哲学社会科学版),1988(2).

小品文一统天下"的局面,散文理论在不同思想倾向与艺术倾向的作家笔下,得到了迥然不同的诠释。这些散文作品,或注重杂文的现实战斗精神;或提倡小品文的"闲适"与"幽默",或追求散文艺术的表现;或强调散文的写实性与社会功用性;或倡导隐讽含蓄的"软性文章"。故而,这一时期散文的多元化首先表现在文类体式的多样性上。仅在 20 世纪 30 年代,如聚集了鲁迅、瞿秋白、唐弢等众多名家的《申报·自由谈》,如沈从文主编的《大公报·文艺副刊》,如林语堂的《论语》《人间世》,以及《萌芽》《现代》《文学季刊》等报刊,均刊载了大量的杂文、随笔、抒情小品。1934 年甚至因此被冠以"小品文年"的称号。

首先,不仅杂文、小品文、抒情美文等在此时期有了新的进展,其他文类样式也趋于具体化。游记、传记、速写、杂记、通讯、报告文学、科学小品、历史小品等都呈现出独特的体式特征。如"科学小品"就是文学与科学知识"联姻"所产生的一种边缘文体,其特点是将科学知识通俗化、趣味化、文学化。1934 年 9 月创刊的《太白》杂志就聚集了科学小品作家贾祖璋、周建人、高士其等。其次,丰富多样的散文艺术品格是散文多元化发展的鲜明标识,具有不同艺术倾向的散文创作者能尽情发挥相应程度的抒情叙事与议论功能,多样的抒写方式与话语风格使这一时期的散文获得了多样的审美品格。林语堂延续着散文的"谈话风",以其幽默的笔致娓娓道来;梁实秋的"雅舍小品"与之有诸多共通之处;何其芳、丽尼等则致力于"独语体"的运用,注重在创作中体现出内心情感及自我生命的体验,他们的作品构思精巧、意象繁复,具有散文的诗艺美;叶圣陶、夏丏尊、丰子恺等"开明"同人,自觉追求散文的口语化,从日常语境中提炼出生动活泼的文学语言,形成自然、亲切、朴实的语体文;张爱玲、苏青则以别样的女性话语述说个人的生活体验与情感历程,营造出别具一格的"私语体"散文。此外,另有部分作家如茅盾、王统照等人,注重在抒写中糅进叙述手段,呈现出鲜明的叙事化倾向。

第二个特征是写实主义思潮的兴盛。作家在抒写内心世界与情感体验的同时,其触角延伸到社会生活的方方面面。注重现实,注重人生,注重社会的叙事与抒情,促使 20 世纪三四十年代的散文写实主义主潮形成勃兴之势。20 世纪三四十年代社会境况的急剧变化,使得作家由狭小的个人视野转向广阔的社会领域。作者亲身感受着民族的危机、阶级的斗争、人民的困苦和社会的动荡不安,此时,散文与现实构成了最为密切的关系。茅盾的散文就始终密切关注着社会现实,他的《速写与随笔》《见闻杂记》等作品忠实地记录与表现出时代的显著特征。王统照、蹇先艾、吴组缃、王鲁彦、叶紫、靳以,还有"东北作家群"中的作家都以灵活多样的散文体式,对中国社会生活的各个方面展开描述与抒写。在写实主义思潮的影响下,像何其芳这样原本追求唯美浪漫的青年作家也逐渐转向写实的道路。从某种程度上而言,20世纪三四十年代的散文创作突破并超越了五四散文那种囿于"自我"的个体抒写,继而由抒写自我转向抒写社会,由注重内心世界描摹转向对外社会现实的刻画,由强调体现主观情绪转向描述客观生活,从而汇聚成写实主义的强劲浪潮。

第三个特征是报告文学的成熟与繁荣。报告文学由新闻报道和纪实性文章衍化而来,是近代报刊业发展的产物。20世纪20年代,瞿秋白以晨报记者身份访苏后所完成的《饿乡纪程》与《赤都心史》被视作是我国报告文学的滥觞。谢冰莹在20世纪20年代后期创作的《从军日记》预示着报告文学开始向文学化的方向发展。可以说,报告文学的体式在此时已初见雏形。而夏衍的《包身工》、宋之的的《一九三六年春在太原》则标志着现代报告文学在20世纪30年代走向成熟。这一时期报告文学的成熟与繁荣,除了自身的体式衍进之外,还得益于时代的需要与理论的倡导。20世纪30年代后,急剧变化的社会态势与风起云涌的政治形势(尤其是抗战的爆发),把许多作家卷进了时代的浪潮。广大民众对个人命运与民族存亡的关注,驱使着作家开始寻求一种能及时、迅捷、准确、真实反映现实的文学体裁。报告文学以其具备新闻时效性与文学真实性的特点,在这一时期脱颖而出。从理论上讲,"左联"是报告文学最早的倡导者。他们积极号召开展"工农兵通讯运动","创造我们的报告文学"。《文学导报》《文学新闻》《文学月报》《北斗》等"左联"刊物相继刊登了大量有关报告文学的理论文章,对报告文学的体式特征与作用功能进行了多方面的探索研究。而域外报告文学理论与作品的译介(例如捷克作家基希的报告文学作品),也为我国报告文学的创作提供了良好的借鉴。

处于全面发展的20世纪三四十年代散文收获颇丰。从流派角度来看,既有自觉倡导形成的流派,也有自然形成的流派。这其中,影响较大的有"论语派"、社会写实派、《鲁迅风》杂文流派、《野草》杂文流派、"京派"散文等。除此之外,另有一些无法轻易被归类的散文创作,如梁遇春的随笔,丰子恺的"居士"散文,王力、钱锺书的"学者散文",梁实秋、张爱玲的"艺术散文",丽尼、陆蠡、缪崇群等新晋作者的"春散文"等,也都以独有的创作风貌散发出别样的艺术魅力。

第二节　茅盾与社会写实派散文

现代散文的写实主义传统在五四时期就得到了确立,而20世纪三四十年代的社会状况则成为写实精神发展与深化的外因。除此之外,20世纪30年代关于"中国社会性质问题"等内容的讨论,以鲁迅、茅盾为代表的左翼作家和"论语派"等资产阶级自由思潮的论争,无疑为写实主义的推动作出了理论上的准备。在《涛声》《太白》《芒种》《中流》等左翼刊物的积极倡导下,反映社会现实的"新的小品文"迅速勃兴,并与风行一时的闲适幽默小品形成抗衡之势,这在客观上也催生出了一个颇具影响力的流派——社会写实派。

社会写实派散文强调直面现实,干预生活,相关的散文创作中往往显示出极其广阔的抒情叙事空间。社会写实派散文家钟情的表现题材包括:中国社会的剧变,民族经济的衰退与破产,城乡社会的动荡不安,百姓民众日趋贫困的生活境地,等等。社会写实派主将们以客观直面的态度,写实的精神,及时、广泛、深刻地反映出现实生活的真实性与复杂性。他们在介入社会现实的过程中,感受着现实生活的沉重与严峻,在创作中颇为自觉地显现出一种回归现实的意识。社会写实派散文不仅拓展了题材的现实表现方式,同时也丰富发展了现代散文的抒情艺术。在体式上,社会写实派散文往往采用散记、速写等方式,熔叙事、抒情、议论于一炉。胡风就曾做过如下描述:

> 激剧变化的社会生活使作家除了创作以外还不能不随时用素描或速写来批判地记录各个角落里发生的社会现象,把具体的实在的样相(认识)传达给读者。这不是经过综合或想象作用的文艺作品,而是一种文艺性的记事(sketch),但它的特征是能够把变动的日常事故更迅速地更直接地反映、批判。说它是轻妙的"世态画",是很确切的。①

茅盾的散文集《速写与随笔》就在技巧上,较多地移植进叙事元素,或注重情节提炼,或讲究场景刻画,或侧重人物勾勒,散文的叙事功能在这一过程中得到了强化。此外,社会写实派散文注重将社会生活的描述与个人的情感体验相交织,这也是其显著的艺术特征。甚至在某种程度上,茅盾的这种艺术表现方式可以被视为"茅盾传统"②。

作为社会写实派散文作家的杰出代表,茅盾的散文作品先后结集为《话匣子》《速写与随笔》《炮火的洗礼》《见闻杂记》《时间的记录》《劫后拾遗》《归途杂拾》《脱线杂记》等。茅盾是位具有强烈社会责任感的作家,他善于观察与分析社会现象,往往能在现实生活中产生独到见解,"他几乎毕生都在为张扬现实主义而呼号,其文论中阐释现实主义创作对我国新文学也有某种范式意义"③。郁达夫就曾指出:"唯其阅世深了,所

---

① 胡风. 论速写[M]//胡风评论集(上). 北京:人民文学出版社,1984:68.
② 王嘉良. "茅盾传统":值得深入讨论的历史命题——对深化茅盾研究的一点思考[J]. 中国现代文学研究丛刊,1996(3).
③ 王嘉良. 理性审视:茅盾的现实主义选择与独特理论建树——置于中国 20 世纪文化语境中的考量[J]. 浙江师范大学学报(社会科学版),2015(3).

以行文每不忘社会。他的观察的周到、分析的清楚,是现代散文中最有实用的一种写法。"①茅盾的散文具有浓郁的时代特色与鲜明的时代精神,其文字内投射着社会局面的剧变和自我思考认识的提升。茅盾始终贯彻着他自己所提出的文学主张:"文学是表现时代,解释时代,而且是推动时代的武器。""五卅"运动爆发的当天,茅盾旋即写下了《五月三十日的下午》,此后茅盾又写下《暴风雨》等文,这些文章深刻反映出作者在变幻时代里的高涨的革命热情。而《严霜下的梦》《叩门》《雾》等文章则反映出大革命失败后作者的苦痛与彷徨,继而折射出那一代知识分子内心深处希望与失望相互交织的复杂情感。茅盾创作于 20 世纪 30 年代初的《雷雨前》《冬天》《沙滩上的脚迹》等文章,开始逐渐摆脱前一时期的悲观心理,进而迸射出积极乐观的因子。同时,由于对城乡社会状况的认识日趋清醒,茅盾在这一时期写下了《故乡杂记》《交易所速写》等文章。这些作品为民族解放战争摇旗呐喊,正义必胜的信念洋溢于字里行间。作于 20 世纪40 年代的《风景谈》《白杨礼赞》则真实展现出解放区的新生活、根据地军民的崇高品格与伟大精神,成为流传后世的名篇佳作。

从整体上看,茅盾的散文大致可以分为三类:

第一类是迅捷尖锐的宏大题材作品。这类作品借助时政要闻或者重大的社会实践,揭露帝国主义的侵略本质,抨击国民党政权的专制与蛮横。茅盾写于 1925 年 5 月30 日当夜的"急就章"《五月三十日的下午》就深刻揭露出帝国主义和反动政府镇压人民的"狠毒丑恶的本相",热情赞颂"五卅"运动中为正义理想而抛头颅洒热血的"战士",同时也用讥讽的笔调谴责那些绅士太太们的无耻行径,"他们离流血的地方不过百步,距流血的时间不过一小时",而竟能"歌吹作乐",作者对此表现出极度的愤慨:"祈求热血洗刷这一切的强横暴虐,同时也洗刷这卑贱无耻。"作于 1925 年 5 月 31 日的《暴风雨》,则描写了上海工人与学生的示威游行。在文章中,作者为这些英勇之士的"慷慨热烈的气概"所折服,继而表达出无限敬仰之情。《炮火的洗礼》写于"八一三"抗战期间,茅盾真切地感受到上海"十天的恶战,三昼夜沪东区的大火",并通过文字抒发自己的反抗精神,弘扬了中华民族坚贞不屈的战斗意志。"这一把火,将我们千千万万颗心熔成一个至大无比的铁心!""三日三夜的赤焰是敌人的毒火,然而也是我们出地域升天堂的净火!"

茅盾的第二类散文作品强调揭露现实,剖析社会。这类文章具有强烈的社会分析

① 郁达夫.中国新文学大系·散文二集导言[M]//郁达夫文集(第 6 卷).广州:花城出版社,1983:278.

色彩，通常截取现实生活的某一侧面，或揭示社会矛盾，或抨击时弊，或表现在帝国主义与反动政权双重压迫下的人民的苦难。如写于1927年的《袁世凯与蒋介石》一文，就以比照的手法从六个方面描绘了蒋介石这个"具体而入微的袁世凯第二"的真实面目。"袁世凯对于异己一律称为乱党，恣意捕杀；蒋介石也把反对他的人一律称为共产党，捕到必杀。"所以他的结局"一定比袁世凯更坏"。《防盗》一文抓住上海盗案"层见叠出"的现象，描绘出不同阶层的不同感受：因为报纸天天有抢劫的记载，排字工人倒省了事，每天只要把其中的地名、人名和巡捕的号数更改一下即可，而"商民却谈虎变色"，以致处处召开防盗会议。茅盾由此加以引申："不过现在有盗的地方，不止上海，大盗当道，许多人的衣食，都被他们盗去了，我看大家也得开个国民防盗会议才行。"看似幽默的文字中暗藏机锋，巧妙揭露出国统区大官大盗、小官小盗、官盗一家的黑暗现实。《故乡杂记》则更充分体现出茅盾善于处理复杂题材，把握事件关键的洞察分析能力。这篇文章通过茅盾回故乡乌镇半个月的所见所闻，让读者真切地感受到帝国主义的肆意侵略与国民党的曲意媚外所带来的种种苦难。这其中的"半个印象"，勾勒出小镇一家当铺的营业情况。茅盾先交代小镇上本有四家当铺，他们的主顾大多是乡下人，"但现在只剩下一家当铺了"。接着文章又写当铺开门后，"在饥饿线上挣扎"的乡下人的挤轧、叹息，写"乡下人间接的负担又在那里一项又一项的新加起来"。《香市》写农民因为丧失了购买力，"再也没有闲钱来逛香市了"。这些触目惊心的描述都反映出半封建半殖民地社会中的中国农村的萧条颓败，进而深刻揭示出农村经济破产的根本原因是官吏横行、苛捐杂税、军阀剥削、外货倾销等。其他如《乡村杂景》《大旱》《上海大年夜》等文章，也以简约明了的笔法，描绘出20世纪30年代中国城乡社会阶层的各个方面。

茅盾的第三类散文作品以借景抒情、象征寓意为主。《严霜下的梦》《叩门》《雾》《雷雨前》《黄昏》《风景谈》《白杨礼赞》等作品均属于这一类。这类作品以象征手法表达自己对现实生活的体验与探索，并将现实描述与主观情思相交融，具有浓郁的抒情性。《严霜下的梦》的梦境尽管荒诞怪异，但折射出的是关乎现实的斗争，表达出作者对"左倾盲动主义"的强烈质疑。《雾》借由自然天象抒发自我的情绪，尽管作者诅咒掩盖了一切、抹煞了一切的"迷雾"，但他又厌恶"寒风"与"冰雪"。但在两者的比较过程中，作者还是坚定地选择了后一种，"寒风和冰雪的天气能够杀人，但也刺激人们活动起来奋斗"，"既然没有呆呆的太阳，便宁愿有疾风大雨"。作者内心的不屈意志溢于言表。《虹》中，茅盾既赞美虹是"美的希望的象征"，又略带伤感地表示："虹一样的希望也太使人伤心。"这可以看成是作者在革命低潮期苦闷心理的典型表征。《黄昏》《冬天》等文章则表达作者告别灰暗、追求光明、迎接新生的喜悦心情："'春'已在叩门。"

茅盾的抒情散文，最负盛名的当推《风景谈》与《白杨礼赞》。《风景谈》全文由六幅风景组成：沙漠风光、月夜归耕、延河夕照、石洞雨景、桃园憩趣、北国晨号，作者准确地把握住每一处风景的风物人情，以及所反映出来的生活内容，逐层揭示出"自然是伟大的，人类是伟大的，然而充满了崇高精神的人类活动，乃是伟大中之尤其伟大者"这一深刻的命题。"风景"不再仅停留于自然层面，它因抗日根据地军民的团结一心而变得生动起来，继而具有了社会美的特征。文章中的谈"风景"其实是表象，作者真正想要凸显的是延安及陕北根据地的新生活、新气象——谈的是陕北军民共同创造的催人奋发的新"风景"。《风景谈》一文曲折含蓄，体现出和谐一致的诗意美和意蕴美。《白杨礼赞》着眼于大西北的独特景观"白杨树"，通过对白杨树的干、枝、叶、皮的外形描写，突出其伟岸正直、朴质挺拔、坚强不屈的品质，从而展现出白杨树的不凡。《白杨礼赞》以"白杨树"为中心意象，构成巧妙的象征隐喻关系，"它不但象征了北方的农民，尤其象征了今天我们民族解放斗争中所不可缺的朴质、坚强、力求上进的精神"。在作者茅盾看来，白杨树已经不再单纯只是西北高原上普通的一种树，而是成为民族精神的象征。

茅盾的散文创作提倡"为人生"，他的笔触始终未曾脱离社会。正如茅盾本人在回顾自己的创作道路时所言，"未尝敢忘记了文学的社会意义"，也"未尝敢粗制滥造"。茅盾在强调散文的社会功用的同时，也在艺术价值上有着执着的追求：

其一，以小见大，见微知著。茅盾善于驾驭琐碎细小的生活素材，从某一现象或几个片断中，挖掘出事物的本质，达到以少总多、以小见大的效果。在《香市》这篇文章中，茅盾从家乡的传统"香市"入手，生动描绘出了昔日香市的繁荣与现今香市的萧条，淋漓尽致地展现了20世纪30年代农村经济的日益崩溃，及其对市镇生活的影响，反映出旧中国从自闭的封建经济转向半殖民地经济的困窘处境。《乡村杂景》也从作为点缀农村"风景"的三件交通工具——"爬虫"（火车）、"铁鸟"（飞机）、"小火轮"（汽船）——谈起，着重说明乡村货物与农民储蓄，在这三件交通工具的输送下，流向城市，流向国外。这篇文章深刻揭示出帝国主义的经济入侵是造成农村经济衰退的主要原因之一。而《见闻杂记》中的许多篇什，如《兰州杂碎》《"雾重庆"拾零》等，以简约锋利的笔调描述了抗战期间大后方的虚假繁荣，看似各种货物应有尽有，各家商铺生意兴隆，但这种"愈'战'愈'兴'的繁荣局面"实则暴露出官商勾结的黑暗陋弊。我们可以发现，一些平日里看来再寻常不过事物景象，在茅盾笔下得到了深层次的挖掘。

其二，托物寄情，巧用象征。这是茅盾抒情散文中最显著的艺术特征之一。托物寄情，是作者将自己的人生感悟与客观事物相交融，从而表现情思的一种艺术手段；而象征则是借助某一具体形象以表现超越形象本身的寓意。这两者的共同点在于透过意象表层去体味更为深远的意蕴，从而达到含蓄蕴藉、耐人寻味的艺术效果。茅盾的散文作品便是在借助客观外物（事物或景观）寄托情思、抒发感慨的同时，巧妙地运用象征手法，营造出情景交融的艺术境界，从而深化作品的思想内涵。《卖豆腐的哨子》中"像是闷在瓮中，像是透过了重压而挣扎起来的地下的声音"的哨子，就成为作者在革命低潮期的内心压抑与心情沉重的象征。《雷雨前》中像"一张密不透风的灰色的幔"的天空，"热辣辣"的闷气，龌龊的苍蝇、蚊子，还有像"发怒巨人"的雷电，等等，都寄寓着特定的象征意味。文章结尾处"让大雷雨冲洗出干净清凉的世界"的呼喊更是抒发了茅盾对社会变革的热切期待与强烈渴望。《沙滩上的脚迹》同样是一篇充满象征色彩的名作。主人公"他"的探索精神与坚定决心，正是作者本人的真实写照。除此之外，这篇文章也概括出现代进步知识分子的共同特征。而《风景谈》《白杨礼赞》诸篇中的借景抒情与象征意蕴，则成为散文艺术的典型范例。

其三，形式不拘，富于变化。茅盾的散文不仅内容丰富，题材多样，在形式创造上也体现出富于变化的特点。（1）在体式上，有侧重叙事的"杂论体"，如《故乡杂记》《兰州杂碎》《乡村杂景》《归途杂拾》等；有侧重抒情的"独语体"，如《叩门》《雾》《虹》；有侧重议论的"随笔体"，如《佩服与崇拜》《时髦病》《农村来的好音》等。（2）在抒情上，茅盾的散文创作既有直抒胸臆之作，也有借景抒情之作。（3）在结构技巧上，有通过梦境反映现实的《做梦》《严霜下的梦》等，也有通过对比来揭示事物本质的《袁世凯与蒋介石》《香市》等。如《香市》就采用了对照性的二部结构，生动形象地记述了"香市"昔盛今衰的历史变化。文章的前半部分着重回忆了儿时记忆中的香市盛况：社庙前的各种杂耍表演，庙内的花纸、烛山、檀香烟以及各式玩具，人声、锣声、哨声"混合成一片骚音，三里路以外也听得见"。后半部分写"香市"被当局以"破除迷信"之名加以禁止（实则是当局害怕民众集会闹事），社庙被所谓的"公安分局""蚕种改良所"侵占。一座小小的社庙，被涂上了强权化、殖民化的诡异色彩。文末还提到，尽管"香市"得以恢复，但盛况不再。《香市》通过前后对比，揭示出在帝国主义与反动政权的双重压迫下，农村社会经济的衰退，农民日趋贫困的悲惨命运。可以说，这篇文章蕴含着社会分析与现实批判的色彩。此外，茅盾的散文借用小说创作的许多技巧，叙议结合，语言明白畅达，形成了自然素朴、含蓄深沉的艺术风格。

社会写实派散文的代表人物除茅盾外，还有阿英、靳以、王鲁彦、吴组缃、蹇先艾等人。

阿英（1900—1977），原名钱杏邨，安徽芜湖人，著有散文集《流离》《灰色之家》《夜航集》。《流离》真实记录了大革命失败后，作者流亡异地的亲身经历，反映出白色恐怖下百姓的苦难遭遇,从侧面体现了革命者的不屈精神与坚定信念。《盐乡杂信》以具体的描述、详尽的数据描绘了盐民"常常饿得没有饭吃"的困苦境地,传达出作者的悲愤之情。阿英的散文叙述客观,语言平实,带有较为浓厚的政治倾向。

靳以(1909—1959),原名章方叙,天津人。散文结集有《猫与短简》《渡家》《雾及其他》《人世百图》多部。其前期作品以抒写周遭琐事与个人心绪为主,《猫》写家庭变故后的衰败景象,《火》则从儿时爱火的癖好起笔,抒发自己对于光明的强烈渴望。靳以后期的散文主要记述战乱时的个人遭遇,描写后方社会的芸芸众生相,借此揭露现实社会的黑暗。靳以的作品表现出严谨的写实主义风格。《邻居们》传神地勾勒出停留在大后方的各色人等:神秘莫测的胡子先生、喜怒无常的青年夫妇、争执打闹的市井女子、暴富奢侈的投机商,等等。靳以的散文融进了小说的因子,充分发挥形象本身的说服力。

社会写实派的其他作品如王鲁彦的《驴子和骡子》《旅人的心》,蹇先艾的《城下集》《离散集》,吴组缃的《饭余集》等,都从不同角度展现出中国社会的千般景象。这些各具特色的作品,显示出社会写实派的整体创作功力,为现实主义的发展开拓了无限的空间。

第三节　丰子恺、何其芳等的小品散文

20世纪30年代的小品散文创作,除了继承五四散文的多样风格的传统之外,还因为作家们进行不懈的艺术探索,多方面吸取不同艺术表现手法,使得小品散文的体式日趋多样化。这一时期,除了茅盾、巴金等小说家时有散文作品问世以外,需特别注意的是一批专门从事小品散文创作的"纯"散文家的出现。这批"纯"散文家中以丰子恺、梁遇春、何其芳、李广田等人为代表,他们的作品对中国现代散文发展产生过不同程度的影响。

丰子恺(1898—1975),浙江桐乡人。他于20世纪20年代中期开始散文创作,30年代进入创作的黄金期,相继出版《缘缘堂随笔》《车厢社会》《缘缘堂再笔》等散文集。其散文创作以鲜明的艺术个性与充沛的创作热情置身于名家之列,拥有众多读者。

丰子恺的散文创作,最初较为关注人生问题与儿童问题,然后扩展至社会生活,以及战时的众生相。丰子恺对于人生、社会的思考集中反映在这些初期创作的作品中,同时也延伸到20世纪30年代之后的创作中。这一时期,丰子恺创作了《剪网》《渐》《大帐簿》《秋》《大人》等作品。由于受到佛家思想的浸染,丰子恺的散文多从佛理角度入手,加以探讨人生问题,作品中带有浓重的宗教意味与伤感情调。在老师李叔同的影响

下,丰子恺"皈依佛门,在释家的虚无主义之中寻找到了他的人生社会理想的终极理论"①。他憧憬的是人间的大同世界,"天下如一家,人们如家族,互相亲爱互相帮助,共乐其生活"(《东京某晚的事》)。然而现实社会的黑暗逼仄让丰子恺看不到光明的出路,虚幻的理想抚慰不了他内心的苦闷。正是在这个时候,丰子恺身边那群天真无邪的孩童成了他所憧憬的具体对象,唤起作者那颗早已蒙灰的童心。故而,丰子恺选择了转向孩童崇拜,在散文中热情赞扬儿童的人格美,如《华瞻的日记》《给我的孩子们》《儿女》《送阿宝出黄金时代》等作品都把艺术焦点集中在孩童的描绘上。丰子恺有感于成人世界的虚伪与肮脏,继而倾心赞美孩子的天真无邪、率真诚恳,表现出作家自身对于儿童世界的无限虔诚与热切憧憬。

在丰子恺的散文中,可以体现出他人格中"斗士"与"居士"这两个颇为矛盾的侧面。代表作《车厢社会》无疑就是丰子恺"双重人格"的集中体现:一方面,作者以"车厢"一角隐喻"社会"景状,通过对于火车内人们争抢座位的景象描绘,表现出作者对混乱社会的愤慨之情,揭露出世间诸种不合理、不公平的现象,传达了丰子恺的民主主义思想。另一方面,作者又把这一切乱象视作是人类堕入"人间苦"的恶果,表现出宗教教义中与世无争、安于现状的思想。但这并不意味丰子恺对人世间的苦难取漠视态度,恰恰相反,丰子恺本人在面对黑暗丑恶的社会现状时,选择了"入世"的态度。在许多篇散文中,丰子恺都积极地关心世间的疾苦与苍凉。如《吃瓜子》这篇文章里,作者对一些人沉湎于吃瓜子这种嗜好,以及这些人在吃瓜子时所表现出来的"高超技艺"做了极为尖刻的描绘,从侧面也反映出作者对国民的担忧:"将来此道发展起来,恐怕是全中国也可消灭在'格,哧''的,的'的声音中呢。"抗战爆发以后,处于危难关头的国家、民族让丰子恺的散文创作发生了重大的转折变化——丰子恺内心深处的"斗士精神"得到了更为全面的体现。《还我缘缘堂》《辞缘缘堂》《告缘缘堂在天之灵》等充满战斗气息的檄文,就充分表现出丰子恺对于日寇法西斯行径的控诉。这些文章感情饱满深沉,包含着丰子恺的爱国热情。抗战胜利后,丰子恺又写下了《伍元的话》《口中剿匪记》等带有针砭色彩的文章,对国民党反动派的黑暗统治做了无情批判。时代与社会的动荡剧变,促使丰子恺从"遁世"转向"入世",从"无为"转向"有为"。

丰子恺的散文创作在艺术上拥有显著特色。首先,丰子恺善于小中见大,平中见奇。丰子恺自身的敏锐观察力和赤子之心,使得其总是能够从平凡琐事中挖掘出具有艺术价值的题材。这些看似不起眼的日常细节,在丰子恺的慧眼观照下,竟呈现出别样

① 汤哲声.丰子恺散文论[J].文学评论,1991(2).

色彩,饱含着丰富深切的人生情趣和耐人寻味的人生真理。其次,丰子恺善于借助朴素平淡的文字以及夹叙夹议的笔法抒写身边的寻常事,同时在描写过程中融入漫画艺术,从而使其散文具有"文中有画"的风采,创造出"清幽玄妙"的意境,传达出浓浓诗意。再者,丰子恺的散文吸取了中国画中富有笔情墨趣的笔法,也吸收借鉴了外国散文(尤其是日本随笔的格调)的艺术特点,行文中流露出风趣幽默的一面,显得活泼洒脱,亲切有趣。

梁遇春(1906—1932),福建福州人。其散文创作始于 20 世纪 20 年代中后期,著有《春醪集》《泪与笑》等。梁遇春是一位思想型作家,其不盲从权威,不随波逐流,具有高度的独立思考的精神。故而他所创作的多为谈论知识、探索人生的议论类散文。如《"还我头来"及其他》这篇文章就充分表现出作者的独立思考精神。他猛烈抨击趋奉权威、人云亦云的社会不良风气,指出那些喜欢重复他人观点、毫无主见的人正在将"自己的头一步一步消灭"。文章还认为,这种不良风气的根本原因,是中国知识分子过于爱面子,因为害怕他人的眼光,而用一些陈话套话来掩盖自己的愚昧无知。有鉴于此,梁遇春郑重写道:"还我头来。"由于梁遇春极其注重独立思考,他的文章往往显出标新立异的一面:人们认为失恋是痛苦的,而他偏偏指出失恋并不可哀,婚后感情的淡漠和破裂才是真正的人间惨剧(《寄一个失恋人的信(一)》)。欢乐则笑,伤心则哭,是人之常情,梁遇春却从自己的感受出发,认为笑是感到无限生的悲哀,泪是肯定人生的表现(《泪与笑》)。在人们大谈人生观的时候,他却写下了《人死观》;在人们大谈绅士风度的时候,他却又大赞"流浪汉精神"(《流浪汉》)。梁遇春能够借助自己的博文与才思,"悲观看世,品尝痛苦,但又乐观地看待生命世界的黑暗及单调"①。这并不是说梁遇春喜好"标新立异""剑走偏锋",而是因为梁遇春深深懂得生活为何物。事实上,梁遇春对于生活的确有其独到的见解。同时,梁遇春又是一个感情充沛而外露的创作者。在散文中,他憎恨社会的黑暗,鄙夷醉生梦死的堕落生活,痛恨知识分子界的死气沉沉。他认为一个人在生活中应该敢爱、敢恨、敢说、敢闯——充满生气地去拥抱生活,享受生活。在《流浪汉》中,他就嘲笑"绅士"与"君子",鼓励读者去学习"流浪汉精神",认为流浪汉那种"任性顺情,万事随缘"的人生态度与"那股天不怕,地不怕,不计得失,不论是非的英气可以使这麻木的世界呈现些须生气"。当然,这种对生活的破坏性多过建设性的"流浪汉"形象还不能使他完全满足。于是在《救火夫》一文里,他又把舍己为人的救火者作为生活追求的至高理想典范而予以赞颂。作品描述了救火夫在人们心目中的

① 陈啸.恋着肉化血枯的骸骨:谈梁遇春人生散文的"黑暗"之美[J].中国现代文学研究丛刊,2012(8).

崇高地位：凡遇火宅，救火夫一到，"愁闷的心境顿然化为清朗，真可以说拨云雾而见天日了"。梁遇春着重写到了救火夫的勇敢："在席卷一切的大火中奔走，在快陷下的屋梁上攀援，不顾死生，争为先登的救火夫们安得不打动我们的心弦。"继而作者称赞他们"才是真真活着的人们"。相较于这些无畏的壮士，梁遇春自怨于自己所处的庸碌生活状态："我是多么心痛，痛惜我虚度的青春和壮年。"梁遇春崇尚美好，追求进步的心态可谓溢于言表。由于生活面略显狭窄，梁遇春无法如同时代的革命作家那样，找到光明的宽阔道路。故而在梁遇春的文章中，不时会流露出无法突破黑暗的落寞心境。

身为文体家，梁遇春的议论性散文有着独特风格。其散文笔调深受英国随笔，尤其是兰姆的影响，放纵自如，开阖有致，集尖刻、奇妙、炫才、飘忽于一身，故有中国的"爱利亚"之称。他的散文从不作枯燥空洞的议论，总是调动古今中外的丰富历史文化知识作为立论根据，调动记叙、描写、抒情、对话、想象、联想等多种艺术手段展开议论，使议论形象化与抒情化。他在行文过程中，张弛有度，纵横交错，把理说深说透为止，颇有放谈、壮谈、纵谈风格。梁遇春的散文作品笔调轻松随意，语言清新隽永，叙述平易亲切，好似两人促膝交谈，娓娓动听，颇具艺术感染力。

陆蠡(1908—1942)，原名陆圣泉，浙江天台人。著有《海星》《竹刀》《囚绿记》等散文集。这些文章既有对美和理想的热切期盼，也有自我哀怨与惆怅之情的真诚流泻。其名篇《囚绿记》写于抗战爆发以后，文章中，作者在流亡途中满怀深情地思念北平公寓里的常青藤。在作者看来，这"永不屈服于黑暗的囚人"，正是我们中华民族的象征。文章借助"常青藤"这一形象，赞美了忠贞不屈的民族气节。此文运用托物言志的艺术手法，寓人生哲理于自然景物之中，描写细腻，语调亲切，富有情韵，历来深受读者传诵。丽尼(1909—1968)，原名郭安仁，著有《黄昏之献》《鹰之歌》《白色》三部散文集。在《黄昏之献》中，丽尼用低回沉郁的声调吟唱着内心的哀愁，表现出自我搏斗的心理。《鹰之歌》与《白色》在体裁上较前有了很大的拓展，显示出作者向现实生活的掘进。尤其是丽尼的名篇《鹰之歌》，讲述了作者的一个女性友人因参与革命而遭到无情杀害。丽尼赞颂这位女革命像鹰一样英勇无畏。丽尼的散文讲究意象的选择与创作，善于运用意象凸显自己的心绪与情感，语言极富艺术张力。缪崇群(1907—1945)，江苏六合人，著有《晞露集》《寄健康人》《废墟集》等散文集，他的创作同样经历了由初期忧郁感伤的灵魂叹息，向后期平实诚挚的现实抒写转换的过程。《黄昏的雨》《守岁烛》《旅途随笔》等均为不可多得的佳构。他的散文风格平实亲切，精细委婉。上述作家创作风格有别，艺术成就不一，但他们刻意追求散文艺术的圆满完美，力图提升散文艺术的纯粹性，从一个侧面反映了现代散文的发展潮流。

　　"京派"散文是一个自然形成的较为松散而富有特色的散文流派。20 世纪 20 年代末至 30 年代,一批作家聚集在以北平为中心的北方都市,围绕《文学月刊》《水星》《大公报·文艺副刊》等刊物,致力于散文艺术的探索与创新,并颇有建树。京派散文与京派小说有着大体相同的创作倾向。这群"京派"散文创作者由于长期局限于学校或"亭子间"的小圈子生活之内,"冷漠的城市鄙视他们,严酷的环境给他们造成了无形的压抑"①,但同时他们又与社会运动、政治斗争处于相对隔离的状态,于是只能从个人经验中感到社会的黑暗与严酷。他们的散文倾向于返视内心,抚摸自己的幻想、感觉和情感,情调比较低沉抑郁,传达出这些创作者不满现实而又无处寻觅出路的苦闷心理。这些散文作品意象繁复,语言精美,借助梦幻、象征、暗示等技巧,带有唯美色彩。尽管年轻的创作者偶有失之雕琢的缺陷,但文章中所体现的向纯文学意义上的散文的逼近,仍具有不可磨灭的意义。"京派"散文代表作家有沈从文、萧乾、李广田、卞之琳等,而其中又以何其芳的成就最为突出。

　　何其芳(1912—1977),原名何永芳,四川万县人。在北大求学时期,何其芳就开始从事诗歌与散文的创作,他与李广田、卞之琳被称为"汉园三诗人"。何其芳先后结集出版《画梦录》《刻意集》《还乡杂记》,在这些作品中,他以诗人的浪漫笔触抒写个人的生命体验,为现代散文注入了一股清新的活力。1936 年出版的《画梦录》是何其芳的第一部散文集,曾获《大公报》文艺奖金,评委会评委认为:"在过去,混杂于幽默小品中间,散文一向给我们的印象多是顺手拈来的即景文章而已。在市场上虽曾走过鸿运,在文学部门中,却常为人轻视。《画梦录》是一种独立的艺术制作,有它超达深远的情趣。"这段评语高度肯定了《画梦录》的艺术成就。《画梦录》共辑录包括《扇上烟云》在内的 17 篇散文,前 5 篇是"温柔的独语",写"幼稚的感伤,寂寞的欢欣和辽远的幻想"。《墓》写一对青年男女极不平凡的爱情故事:一位名叫柳玲的小牧女生前寂寞而快乐,死后静静地安眠在山峦之间的小溪旁,她的情人孤独地在墓碑旁徘徊哀伤,体现出男主人公被遗弃在人世间的憔悴孤寂。后 12 篇为"悲哀的独语",表现人生的深沉寂寞,一种大的苦闷。《哀歌》写旧家庭三个姑姑的闺阁生活和婚姻悲剧,穿插进中世纪欧洲那些古老的传说,把中外旧式少女的哀怨拧成沉甸甸的情绪,重重压在读者的身上。在艺术上,《画梦录》采用一种独特的抒情话语方式——独语,和自己的灵魂对话,低低地倾诉着自己对人生世事的感喟。"黑色的门紧闭着,一个永远期待的灵魂死在门内,一个永远找寻的灵魂死在门外。每一个灵魂是一个世界,没有窗户。而可爱的灵魂都是倔

---

① 　范培松. 论京派散文[J]. 文学评论,1995(3).

强的独语者"(《独语》)。《画梦录》是一部精致的"独语",尽管其反复咏叹的是渺茫虚幻的理想与怅惘落寞的思绪,但深深启迪着读者的心智。《画梦录》用散文诗笔调创造一个超离现实的艺术世界:它状写生命的美丽与悲哀,表现出一个"书斋式"悲观者的孤独灵魂的战栗,字里行间充满忧伤悲情的调子,反映出当时一批知识青年不满现实又找不到出路的苦闷心理。《画梦录》的艺术价值,也使其成为现代抒情散文的里程碑。

何其芳的散文带有强烈的诗性美。他的创作风格与其在北京大学哲学系求学期间研究法国象征主义艺术有关。何其芳对于意象、音乐和色彩持有高度的艺术敏感性,同时作者自身的艺术才华帮助他化古、化欧,吸取西方现代抒情艺术和叙事技巧。何其芳在文章中大量采用象征暗示、自由联想、梦幻冥想、意象处理、直觉交错等表现手法,将作者对身边事物的精微体察所得到的霎时印象、幻觉、感觉加以细腻形象的诗意化的表现。《画梦录》的语言华美瑰丽,富有色彩与乐感,作者运用俄国形式主义所倡导的陌生化手法,以切身的感受与唯美的语言描写对象,使读者们产生一种独特的感受。之后,何其芳开始意识到自己的作品过于追求雕饰感,从而与现实相距甚远的问题,渐而"接受了'大地的启蒙',由'画梦文学'转变和发展为'人间文学'"①。从1937年出版的《还乡杂记》开始,他逐步从刻意"画梦"转向质朴纪实。尤其是到了抗战后的《星火集》,可以说何其芳彻底褪掉了之前华美忧郁的创作风格,愈发显得素朴明朗。

李广田(1906—1968),山东邹平人。著有散文集《画廊集》《银狐集》《雀蓑集》等。他的散文,较之以上几位,带有更为浓烈的"京派"色彩。作者在《〈画廊记〉题记》中自称"我是一个乡下人,我爱乡间,并爱住在乡间的人们"。这种深厚的乡间情结使得他的散文创作在注重抒写个人际遇与心境时,更加突出展现乡土画廊。李广田的散文多抒写故乡风物人情,表现出对乡野生活的怀恋,追求朴实自然的境界。其作品也有部分写到知识分子的落寞情绪,但绝大篇章都在诉说山野的故事——诚如作者所述是带着"乡下人的气分"来描绘着"极村俗的画廊"(《〈画廊集〉题记》),充满着生活气息。如《山之子》一文,描写哑巴的父兄为采百合花贩卖给游客而不幸坠崖身亡,而哑巴迫于生计,"不得不拾起这以生命为孤注的生涯",冒死在父兄遇难的地方继续攀援采百合花。李广田通过质朴浑厚且略带忧伤的文字,描写这山野中颇为惨痛的一幕,继而表现出作者对山民真挚而深沉的感情。李广田所写的文章多以社会底层百姓为聚焦点,叙述亲切,蕴含着其对小人物的同情和不公社会的愤懑。李广田受英国作家玛尔廷的影响颇深,故而他也在创作中追求"素朴的诗的精美"的境界,散文善于将抒情与叙事、写

① 杨义,郝庆军.何其芳论[J].文学评论,2008(1).

景相结合,风格平实,感情沉郁,具有一种柔美格调。抗战爆发以后,李广田投身于民族解放战争,创作视野与题材领域在这一过程中也得到了拓宽,文风更加贴近现实,创作情感也由沉郁转向凌厉,柔美中不乏英健之气。

第四节　梁实秋、张爱玲等的艺术散文

现代散文创作在 20 世纪三四十年代步入了成熟期。尽管这一时期的民族矛盾与阶级矛盾空前尖锐,大部分作家因为要适应社会需求,而在各自的创作中不怎么追求艺术上的精雕细琢,但这不妨碍此时散文创作的整体水平的提升。除了各种类型的散文都在艺术上有全新拓展以外,致力于艺术探求的"艺术散文"的出现,也为 20 世纪三四十年代现代散文的发展提供了参考依据。上一节谈到的以何其芳、李广田为代表的"京派"散文家就可以归入"艺术散文"的范畴之内。同时,还有一部分与"京派"创作倾向相近的作家,他们大多自觉地与政治保持一定距离,但这并不意味着这些创作者不关心人类生活,恰恰相反,他们承袭了周作人、林语堂等人的路子,以旁观姿态去打量与揭示人生。他们推崇生活的智慧,散文创作以对生活的敏锐观察、感性感悟见长。这些作家大多具有深厚的艺术功底(有部分还是学者型作家),特别关注散文的艺术性,其中一些人甚至过度追求散文艺术的纯粹性,这就使得他们的创作更接近于"艺术散文",以梁实秋、钱钟书、冯至、张爱玲为代表人物。

梁实秋(1903—1987),原籍浙江余杭,生于北京,其文学成就主要以散文与文学评论为主。早在清华求学时期,梁实秋就开始大量发表散文,但真正奠定其"散文家"地位的是从 1940 年至 1949 年创作的《雅舍小品》。《雅舍小品》是梁实秋最负盛名的散文集,在文坛具有长远的影响力。这之后,梁实秋还推出了散文集《秋室杂文》(1963)、《雅舍小品(续集)》(1973)。梁实秋的散文以独到深刻的感悟与风趣幽默的文笔著称,如在《雅舍小品》中,梁实秋就有意"回避"社会重大矛盾,并没有对社会事件进行即时的跟踪分析,也没有小知识分子那种迷茫惆怅的咏叹发抒,而是专注于对日常生活、世间百态的描绘,从自我的经验出发,谈古论今,谈人论物。梁实秋在进行散文创作时话题大小不拘,诸如男人、女人、理发、穿戴、吃饭、下棋,等等,无不在谈说范围内。梁实秋在谈论中借助博雅的知识面与幽默的文笔,让人生体悟艺术化,颇有一番意味。《雅舍小品》里的"雅舍"是作者 20 世纪 40 年代居于重庆时所住的一处平房。名曰"雅舍",实则是处"有窗而无玻璃""鼠蚊猖獗""风来则洞若凉亭,雨来则渗如滴漏"的陋室。但梁实秋在文章中表示,此处住久了便会产生感情,总觉得"雅舍"是"有个性就可爱"的住所。作品通篇通过这陋室的"个性"表达自己的情感体验,表现了作者秉持的那种中

国传统士人所特有的达观顺便、怡然自得的心态，并在其高超的文字驾驭能力下，将俗物转化为可忆可叹的生活体悟，传达出豁达乐观的人生态度。这确实能给读者以深深的启迪。梁实秋自言他的这组散文是"长日无俚，写作自遣，随想随写，不拘篇章"，虽不太适应时代潮流，但其行文优雅怡人，舒展自如，不乏独特的人生见解，可谓是散文中的精品。梁实秋行文追求简洁明了，喜欢开篇切题，直截了当，绝少渲染铺张，转弯抹角。其散文语言，往往注重文言语词与适当文言文法的融合，做到言简意赅。如《雅舍》中的一段：

> "雅舍"共是六间，我居其二。篦墙不固，门窗不严，故我与友人彼此均可互通声息。邻人轰饮作乐，咿唔诗章，以及鼾声，喷嚏声，吮汤声，撕纸声，跳皮鞋声，均可随时由门窗户壁的隙处荡漾而来，而我夯寂。

在这段略带古朴的语段中，梁实秋不仅把"雅舍"独有的氛围渲染得淋漓尽致，而且透过文字反映出自己当时的心绪，具有一种简练雅致的美感。

学者型作家钱锺书（1910—1998）以小说创作驰名文坛，但同时也进行散文创作，结集有《写在人生边上》。他的散文以丰盈充实的学识，睿智独到的思想见长，作品充满一种别样的魅力。如《魔鬼夜访钱锺书先生》《说笑》《谈教训》等篇目，皆具可读性。这些散文作品或议论人生百态，或剖析处事经验，措辞析理入微透骨，在娓娓而谈中深藏生活的哲理。其文字汪洋恣肆，论说绵密透辟，语言机智幽默，一如其小说，能唤起读者的阅读热情。

诗人冯至（1905—1993）的游记集《山水》在20世纪40年代是一部上佳的散文精品。冯至写山水，是有感于人世间的丑恶面目，遂心仪于"那些还没有被人类的历史所污染过的自然"，探究"在平凡的原野上，一棵树的姿态，一株草的生长，一只鸟的飞翔，这里面含有无限的永恒的美"，希望从"那朴质的原野"中取得促成自己"生长"和"忍耐"的精神食粮。① 其作品中常有诗意的描述——冯至就像一位树下明心见性的智者，静观默察，领悟自然，师法自然。《逻加诺的乡村》以冯至旅居的瑞士小村落为中心，描写了这座小村落的山水风光，以及村落居民的质朴可爱。《人的高歌》是"人的使命"这一哲理命题的寓言化表现：不管是与岩石搏斗的石匠，还是与海神斗争的建造者，都体现出人的力量、人的情操，凸显了一种崇高而坚韧的人格美。《忆平乐》一

---

① 冯至.《山水》后记[M]//山水.石家庄：河北教育出版社，1995：78.

文,写的是桂林、漓江、平乐一带的山水景致,区别于其他游记作者过度渲染所见的奇山异水,冯至着重描写漓江的寂静与平乐县一位裁缝认真守时的事迹,从而促使读者重新思考个体的生存方式,反省自己的生活态度。冯至在《山水》集里,以素淡的笔调写山画水,写人记事,令人读后感到自然动情。他善于以简省的文笔有力地勾勒出自然景物的轮廓,描写有密有疏,并形成纯净透明的诗的氛围,产生余味无穷的艺术效果。

张爱玲(1920—1995),作为极负盛名的小说家,其散文创作数量并不算多,结集出版的仅有《流言》(1945)一部。但张爱玲出手不凡,一部《流言》就在中国现代散文史上产生了重大影响。其散文着眼于人情世态、日常琐事,却又表现出恢宏的气度与深刻的洞察力,在略带调侃的叙述中,不时融入带有明显都市文化特征的体验与感觉。如《公寓生活记趣》写的就是城市生活中的种种庸常琐事:家家户户都大敞着门,这边人在打电话,那边人在弹钢琴,都看得清清楚楚,但又各不相扰。作者感叹这种颇为坦诚的城市生活方式,并对这种生活方式做出了评价:"在乡下多买半斤腊肉便要引起闲言闲语,而在公寓房子里的最上层,你就说站在窗前换衣服也不妨事。"继而张爱玲认为:"公寓是最合理想的逃世的地方。"从中不光可以体现出张爱玲的敏锐观察力,也可见其对都市生活的一种调侃心理。再如《更衣记》写的是清朝以来服饰时尚的流变,旗袍的流行跟社会审美心理变迁之间的复杂关系:以往的装束只是"女人的体格公式化","现在要紧的是人,旗袍的作用不外乎烘云托月,真实地将人体轮廓曲曲勾出"。这里涉及的时尚流变,实际上也从侧面反映出现代都市人的现代性情调与物质化追求。《流言》中几篇写女性的文章,如《谈女人》《有女同车》《走!走到楼上去!》等,都以独特的女性视角,指出男权社会中女性的不幸与无奈,反映出张爱玲的女性价值观。作品中对于女性弱点的剖析,可谓一针见血,例如"以美好的身体取悦于人,是世界上最古老的职业,也是极普通的妇女职业,为了谋生而结婚的女人全可以归在这一项下"(《谈女人》);"女人一辈子讲的是男人,念的是男人,怨的是男人,永远永远"(《有女同车》)。张爱玲的散文有意识地与当时的主流文学思潮拉开距离,凭借自己的敏锐直觉去观察这方人生天地,独特的审美感受带给读者充足的阅读快感,这也是张爱玲散文能取得成功的一大原因。

与张爱玲齐名的另一位女作家苏青(1914—1982),浙江鄞州区人,在20世纪40年代曾出版过一部散文集《浣锦集》。作品中多谈妇女的生活感受,写那些乱世中的"佳人"的种种物质与精神的双重追求。苏青的散文平实直爽,字里行间透露出一股隽逸的气息,颇具艺术韵味,在市民读者与知识分子阶层都引起了较大反响。

第五节　蓬勃发展的杂文创作

五四运动中所形成的"杂感热",在 20 世纪 20 年代以后余热犹存。20 世纪 30 年代杂文创作再度中兴,呈现蓬勃发展的态势。上海作为当时全国文艺的中心,其中杂文创作尤为繁盛。这种繁盛场景主要表现在三个方面:一是杂文园地多。许多刊物都登载杂文,还出现了专门刊登杂文的刊物,如徐懋庸主编的《新语林》,杜宣、李力生主编的《杂文》,林语堂主编的《论语》《人间世》《宇宙风》,曹聚仁主编的《涛声》等;二是杂文作者队伍庞大。老、中、青三代作家都在进行杂文创作,原先已颇具知名度的杂文作家自不必说,就是原先不从事杂文创作的一些作家,此时也有杂文面世。据统计,仅在 1932 年 12 月到 1933 年 2 月在《申报·自由谈》上面发表杂文的作者就近百人。为数众多的杂文作者,或聚合为不同的杂文流派,或形成时隐时现的创作群体,推动了杂文创作的发展;三是杂文论证激烈。不同思想艺术倾向的作者,围绕着杂文的功能、效用、表现形式等,展开激烈的论辩,客观上促成了这一时期杂文创作的热闹局面。由于这些因素的合力促进,杂文在当时广受读者青睐,创作兴盛一时,于是 1933 年和 1934 年遂有"小品年"之称。

由于杂文创作者在政治倾向与文学观念上的不同,20 世纪 30 年代的杂文存在着多元化的创作倾向,其中最主要的表现为注重社会功利价值与体现非功利化的两种创作倾向的对立。一种是以周作人与林语堂为代表的闲适幽默小品的创作。这些创作者逐渐摒弃了五四式的现实主义战斗传统,继而提倡"幽默"与"性灵"的杂文创作风格,标榜"以自我为中心,以闲适为格调",杂文取材不限,"宇宙之大,苍蝇之微",皆可入题。但同时,他们的这种创作风格自觉远离了社会政治,从而丧失了杂文应有的现实性与战斗品质。与之形成鲜明对比,以鲁迅为代表的左翼进步作家在杂文创作中则极为强调现实性与战斗性。他们顺应时代需求,承袭并发扬五四时期以来面对现实、关注人生、去旧迎新等思想内涵。他们热切地关注社会事态,对国民党当局的内部腐败与反动政策进行了尖锐的批判,充分发挥出杂文所具有的"匕首"与"投枪"的作用,使杂文在革命斗争与社会批评中发挥着重要作用。这一杂文创作风格在 20 世纪 30 年代处于主导地位。左翼作家除了鲁迅、瞿秋白之外,另还有茅盾、郭沫若等老作家进行杂文创作。同一时期,还涌现出徐懋庸、聂绀弩、唐弢、胡风、阿英、王任叔等杂文创作的新秀。郁达夫、邹韬奋、杜重远、陶行知、老舍等爱国进步作家也创作了许多具有社会影响力的杂文作品。

在 20 世纪 30 年代的杂文作家群中,除了最具代表性的鲁迅以外,当时正在上海领导左翼文艺运动的瞿秋白也是非常突出的一位。瞿秋白从20世纪20年代开始就从事杂文写作,先后在《新社会》旬刊、《向导》周报等刊物发表杂文作品。这些作品大多围绕妇女解放、文化、反帝爱国等时政问题展开,具有极强的战斗性。到了20世纪30年代,瞿秋白的杂文写作进入了爆发期。(1)1931年秋至1932年上半年,是这一爆发期的第一阶段。瞿秋白在《北斗》杂志上,发表了以《乱弹》为总主题的杂文。(2)1932年下半年至1933年7月,是爆发期的第二阶段。瞿秋白与鲁迅合作撰写了14篇杂文,借用鲁迅的笔名发表在《申报·自由谈》上。瞿秋白的杂文创作既运用了鲁迅的写作笔法,又保持了自己一贯的犀利、明快、辛辣的风格。无论从思想深度,还是艺术成就来看,瞿秋白都是20世纪30年代不可多得的优秀杂文家。他的杂文体现出政治家的高度敏感性与对现实的猛烈批判,主要包括如下方面:(1)揭露帝国主义侵略和国民党当局对外屈服对内镇压的罪恶行径,控诉他们伪善面具下的真面目。《曲的解放》一文借用杂剧的形式,讽刺国民党对日所采取的"不抵抗"政策,揭露国民党政府在"热河战争"中丢掉热河全境仓皇逃跑,却以"缩短战线"为由进行狡辩。《美国的真正悲剧》则无情戳穿了资本主义社会所谓"民主"和"自由"的虚假。《流氓尼德》以"阿拉司令"谑称,用辛辣的语言对蒋介石进行讽刺与嘲弄。(2)批判"帮忙文人""帮闲文人",捍卫无产阶级文艺路线。《王道诗话》主要揭露胡适空谈"人权"的虚伪面目,指出所谓"王道"与"仁政"不过是历来统治阶级"不但骗人,还骗了自己"的舆论伪装。文末,瞿秋白以旧体诗四题作结,控诉反动当局"杀人如草不闻声"的丑恶本质。《民族的灵魂》里,瞿秋白对烜赫一时的"民族主义文学"进行批判,指出其"叫醒民族的灵魂"的目的是为了巩固安于做奴隶的"奴婢制度"。《猫样的诗人》与《红萝卜》等文章则深入批评了新月派和"自由人""第三种人"所提倡的文艺思想。(3)瞿秋白用充满激情的语言,呼唤革命风暴的到来。在《财神还是反财神》一文里,作者把控制着中国经济命脉的中外大小"财神菩萨"与广大无产者对立起来,突出描绘了帝国主义侵略中国的狰狞面目,指出他们勾结中国地主资本家吮吸劳动人民的血汗,才是中国灾难的根源。有"财神"自然就有"反财神",瞿秋白在文章中热情歌颂中国人民的反抗力量,把这种力量描绘成"从心里喷出的火山,喷出的万丈火焰",将"烧掉一切种种腐败龌龊的东西"。瞿秋白和鲁迅一样,能够熟练运用马克思主义分析方法,在剖析社会现象的时候,具有强烈的逻辑性,文笔老辣,直中问题要害。同时,瞿秋白也和鲁迅一样,在杂文中勾勒出不少具有典型意义的"类型",从而揭示出客观事物的特征。如把"民族主义文学家"称作"国族的猎狗"(《屠夫文学》),把"自由人"戏称为"皮红""肉白"的"红萝卜"(《红萝卜》)等。在这生动的"类型"形象刻画中,蕴藏着极其明确的政治含义。其杂文的艺术表现手法富于变化,善于将古典诗词、杂剧、语言、民歌等融入杂文创作中。同时,又注重普通话与方言、大众语的运用。如《曲的解放》运用了杂剧形式,《王道诗话》插入了寓言和律诗,《菲洲的鬼话》则运用神话的创作形式,直斥法西斯"民族主义文学"的"鬼话",使杂文形式富有变化,美不胜收。

　　这一时期,青年作家唐弢和徐懋庸堪称是师法鲁迅的"双璧",在20世纪30年代文坛极负盛名。唐弢(1913—1992),原名唐瑞毅,浙江镇海人。因其创作风格酷似鲁迅,所以在《好现象》《青年的需要》《新脸谱》《著作生活和奴隶》等杂文发表后,被一些右翼文人误以为是鲁迅所作,加以围攻。唐弢在20世纪30年代创作的杂文大多收入《推背集》《海天集》,有些杂文收入之后的《投影集》《短长书》。这一时期唐弢的杂文作品挖掘社会中的痼疾,抨击文坛的浊流,写法明快泼辣,犀利遒劲。《新脸谱》描绘各种脸谱的形象,用以论证"脚色虽然依旧,而脸谱是簇新的"的观点,借此讽刺没落沉寂的社会。《从江湖到洋场》一文,开篇就劈头一句"江湖是隐士豪客的出处",继而文意陡转,写社会上的遗老遗少假借隐士豪客之名,跑去闹市当寓公阔少,从而揭下那些所谓"豪客"的虚伪面目,将之示众。最后,唐弢用这样一句话结尾:"这里好像要安适得多,江湖大概太冷落了吧!"用笔幽默犀利,意味无穷。相比较而言,《推背集》多重现实感描绘,而《海天集》则富有强烈的历史感。从"孤岛"时期到解放战争时期,唐弢著有《牢薪集》《识小录》《短长书》《晦庵书话》等。这些杂文大致分成两类:一是文明批评与社会批评;二是把学术性与文学性相结合的书话。唐弢在杂文中往往将议论、描写、抒情、引述进行结合,在对社会人生的抒写中,表现出自己的切身感受。这些作品因为具有活泼的形象、别致的情韵而被称为"抒情性的散文"。《从"抓周"说起》写于上海沦陷一周年纪念日。文章从一幅《抓周》为题的漫画谈起。画面上一个戴军帽的日本孩子抓住战神前的十字架,而中国孩子却爬着去抓和平神前的一把用以复仇的短剑。作者巧妙地将这幅漫画与上海沦陷一周年以来,中国人民的新生、成长相互联系,说明今天的人民已经"立定脚跟,坚决地拿起复仇的刀子来"。《帐》指斥汉奸巧立名目聚敛钱财。《混》批判社会中的部分人对生活采取"混"的人生态度。《略论吃饭与打屁股》运用历史知识,既概括地揭露出中国帝王的统治术,又勾勒出奴才的丑陋嘴脸。唐弢熟谙晚明野史笔记,他的杂文如《马士英和阮大铖》《东南琐记》等,都是借助晚明历史的"古镜"以"照见今人的脸"。这些取材于史实的杂文作品,据实而谈,含义深远。唐弢的杂文创作讲究语言的锤炼与句式的变化,稍后的"读史札记"式杂文则渐趋舒展。除此之外,唐弢还著有散文集《落风集》,抒情意味浓厚,颇具特色。

　　徐懋庸(1911—1977),原名徐茂荣,浙江上虞人。从1933年至抗战爆发前夕,徐懋庸出版了杂文集《打杂集》《不惊人集》《街头文谈》等。其杂文内容广泛,当时社会上种种不合理现象,皆在他的"横扫之列"。徐懋庸首先把批判的"刀刃"对准了国民党当局,通过文章揭露其对内实行黑暗统治,对外奉行"不抵抗"政策和屈辱卖国的丑陋行径。在进行广泛的社会批评的同时,徐懋庸也在杂文中歌颂友谊、赞美正义、弘扬真理。徐懋庸知识渊博,长于思辨,其杂文以针砭时弊和社会人生分析为经,以古今中外丰富的文化史料为纬,经纬交织,包含丰富的内容。《神奇的四川》引用《汗血月刊》上发表的《四川现实政治调整》一文,稍加点评,就有力地揭露了国民党政权横征暴敛、鱼肉百姓的无耻行径。作品写国民党对农民预征粮税,21 军在民国廿四年已预征到 40 余年的粮税,20 军预征到 73 年的粮税,23 军竟预征到一百年以上! 作者意味深长地评述:"这样加速下去,说不定在民国一百年前预征到一千余年,这可谓'人生不满百,常怀千岁忧'了!"文末,徐懋庸仿用鲁迅的笔调写道:"救救川人!"由于文章引用的材料骇人听闻,所阐述的观点极其尖锐与深刻,再加上辛辣遒劲的文字,读来能让人受到极大的震动。《收复失地的措辞》一开头就指明当时中国统治者对内像"残唐五季",对外则像南宋,接着作者以南宋小朝廷对金人"归我侵疆"总要颁发阿 Q 式的"赦文"以致谢为引,加以反讽道:"我们将来收复东北四省时,实大可模仿这种措辞。"作者借此讽刺了国民党反动派的投降媚敌政策。徐懋庸杂文的突出特点是现实性、知识性与思辨性的有效统一,其杂文体式多样,确如其《打杂集》题目所言,是"杂"体文。这其中有短评、杂感、随笔、通信、读书札记、论文,也有渗透着议论色彩的抒情文和记叙文,如《草巷随笔》《我心境上的秋天》等文就带有浓郁的抒情气氛。徐懋庸的杂文,从记录生活片段到谈论古今中外历史掌故,大多质朴而流畅,尖锐而泼辣。其杂文风格深受鲁迅影响,有的篇章已达到几可乱真的境界。林语堂曾将徐懋庸的杂文误以为是鲁迅化名所作。但思想深刻性的欠缺,"浮躁凌厉"的个性,以及观察问题的片面性,都限制了徐懋庸的杂文创作达到更高的水准。

"论语派"散文得名于 1932 年创办的《论语》半月刊杂志。这个散文流派以林语堂为主帅,借《论语》《人间世》《宇宙风》等刊物为阵地,主要创作体裁为小品杂文。"论语派"的主要作家有林语堂、周作人、俞平伯、邵洵美、徐訏等人。他们在创作上提倡"以自我为中心,为闲适为格调",规避了传统的写实主义风格,更加强调自我情感的流露展示。幽默、闲适、自我、性灵是"论语派"的主要理论支点。"论语派"具有鲜明的思想艺术特征:(1) 创作通常与现实保持一定距离,总体上为自由主义思想,试图走一条"不谈政治""不附庸权贵"的中间道路。(2) 题材庞杂,取材趋于生活化,"宇宙之大,苍蝇之微,皆可取材"。周作人谈花草虫鱼,林语堂谈消夏避暑、谈西装牙刷等。(3)"论语派"的作品大多旁征博引，体现出极广的知识面与高度的趣味性，具有一定的文化含量。尽管"论语派"强调的"性灵""自我"等精神，与五四传统相仿，但由于身处强调阶级性的 20 世纪 30 年代，他们的主张便多少有些不合时宜，因此也受到了左翼作家的批评。

"论语派"主将林语堂曾是《语丝》的主要撰稿人之一，当时其杂文创作显现出相当程度的战斗性。但到了 20 世纪 30 年代，林语堂的政治倾向已经有了明显的变化，他在《剪拂集》序言中就承认以往所创作的那些战斗性杂文已经成为明日黄花。1932 年，林语堂创办了《论语》杂志，宣称"不谈政治""不附庸权贵""不为任何一方作津贴宣传"，反对"载道派"，试图走中间道路。他大力提倡"幽默""闲适"，自称"言志派"。之后林语堂又创办了《人间世》《宇宙风》。倡导"性灵"，致力于创作"无关社会意识形态鸟事，亦不关兴国亡国之鸟事"的"语录体"小品。在这些作品里，林语堂强调表现"真实"与"个性"，从中可以看出其鲜明的自由主义立场。林语堂此前在刊物上大量发表文章，后结集出版有《大荒集》《我的话》《语堂随笔》《有不为斋文集》等。林语堂的创作存在着内部矛盾：其中部分篇章依旧保持着他在《语丝》时期的那种反对封建专制的激进色彩，如《奉旨不哭不笑》《谈言论自由》《得体文章》《读经却倭寇》等诸篇，就以幽默的笔调从不同角度讽刺了国民党政府的黑暗统治，对国民党的言论限制、"白色恐怖"暴行、"不抵抗"政策进行了无情的批判。但林语堂另有部分文章停留于宣扬自己的生活哲学与人生态度的层面。《剪拂集》序言中写道：一个人的"头颅"只有一个，在乱世中当个"顺民"最好。《大荒集》序言中说"大荒"中"我走我的路""我行我素"。林语堂在很多文章里都表达出了他的生活理想：温暖舒适的家庭、可口的饭菜、合于口味的书，几棵竹树梅花，在明月高悬时欣赏……一派闲适情调。林语堂在这些文章中多以抽烟、西装、牙刷等生活琐件为题，艺术表现上极为精致典雅。但随着时间的推移，林语堂愈加片面地强调"以自我为中心，以闲适为格调"的"性灵"小品。鲁迅对这种创作倾向曾撰文进行抨击，认为林语堂"已经下于五四前后的鸳鸯蝴蝶派数步了"。"一二·九"运动爆发后，林语堂的创作思想趋向进步，撰写了《关于北平学生一二·九运动》《国事亟免》《外交纠纷》等文章，支持青年学生的爱国运动，抗议反动当局的暴行。1936 年10 月，他还同鲁迅、郭沫若、茅盾等 21 人联名发表《文艺界同人为团结御侮与言论自由宣言》，这说明林语堂其实在民族、国家等大是大非问题面前绝非"超然"。

抗战时期因对敌斗争的需要，杂文依然是作家们把握的重要文艺样式。其中上海"孤岛"时期"鲁迅风"杂文的高涨，是最引人注目的杂文创作现象。在"孤岛"这个特殊的政治环境中，作家们深深感到"如火如荼的怒吼"不可能出现，唯有采取"沉痛的暴露以及辛辣的讽刺"的态度，才能真正揭示出社会的鄙陋。而杂文就是最适宜的创作方式。许多刊登杂文的报刊相继出版,其中影响较大的有《译报》副刊《大家谈》、《文汇报》副刊《世纪风》,以及《申报》的《自由谈》等。1938 年,唐弢、王任叔、柯灵等 6 位杂文作家合出杂文集《边鼓集》,1939 年这 6 人加上孔另境共 7 人合出《横眉集》,1939 年《鲁迅风》杂志创刊。包括上述作家的倡导"鲁迅风"杂文的"孤岛"杂文作家群就此形成了。此时曾有巴人和阿英等展开的关于"鲁迅风"杂文的论争,就抗战新形势下杂文的时代内涵、文字风格等展开讨论。论争的结果是双方联合发表了《我们对于鲁迅风杂文的意见》,一致肯定继承了鲁迅杂文的战斗传统在当前仍是必需的,这无形中扩大了"鲁迅风"杂文的影响。

"孤岛"时期的杂文创作,虽然作家的风格笔调不同,但大方向是基本一致的——在鲁迅杂文战斗传统的指引下,以杂文为武器开展反日反汉奸的斗争,同时把笔触伸向国民的麻木落后的精神状态。此时杂文创作量最大的王任叔(1901—1972),笔名巴人,浙江奉化人。其杂文创作始于 1932 年。1938 年至 1941 年是其创作的鼎盛时期,结集出版有《扪虱谈》《边风录》《生活、思索与学习》等。王任叔的杂文以敏锐的观察与深刻的思考著称。围绕抗日救亡这一最为重要的现实问题,王任叔从国内到国外,从现实到历史,进行了广泛的文明批评与社会批评。他还善于以简约的笔调勾勒出各种社会人士的"脸谱",如《略论叫化之类》《说笋之类》《论"没有法子"》等,都对某一类人、某一事物、某一论调,用形象的笔墨给予辛辣嘲讽,隐含着批判精神。周木斋(1910—1941),江苏武进人,著有《消长集》等。他与王任叔一样,都颇为擅长写作思辨性的杂文,在对社会现象的评论中,发微知著,深入浅出,揭示出深刻的道理。《凌迟》一文巧妙抓住大汉奸汪精卫政治生涯中"称病出走"这一行为进行层层剖析,指出其所谓的"病"实乃"心病""政治病",出走后卖国投敌,更是"丧心病狂"。文章鞭辟入里地深入分析汪精卫的"病",把这个卖国贼的可耻灵魂"枭首通衢""凌迟""示众",显示出作者"辨微知著"的本领,作品也融贯着杂文家的诗情与理趣。柯灵(1909—2003),浙江绍兴人,著有杂文集《市楼独唱》等。其杂文最具特色的就是直面现实的短评和杂感。这类作品往往能抓住生活中的矛盾现象给予讽刺批评。柯灵行文清丽洒脱,语言凝练。如《禁书诗话》一文,采录了"卢沟桥事变"后不久,《申报》和《新闻报》在同一天发布的两则消息。作者对此并不多作评论,而只采择事实,两相对照,从而使国民党的妥协投降行径大白于天下。此外,阿英的《月剑腥集》,孔另境的《秋窗集》,都是"孤岛"时期杂文创作的重要收获。

抗战中在艰苦环境下坚持鲁迅杂文传统的,还有围绕着文学杂志《野草》而形成的"野草"杂文作家群,他们中的代表人物有夏衍、聂绀弩、宋云彬、孟超、秦似等。《野草》

杂志于 1940 年在桂林创刊,遭当局勒令停刊后旋即迁往香港,并改"月刊"为"旬刊"。桂林时期还出过"野草丛书"13 种,郭沫若、茅盾等都为它写过文章。聂绀弩(1903—1988)是"野草"派作家中极具知名度的一位。他成名于 20 世纪 30 年代,在抗战爆发以后开始大量创作杂文作品,结集有《历史的奥秘》《蛇与塔》《早醒记》《血书》等。聂绀弩的杂文主题主要分成两部分:(1)抨击腐朽事物与黑暗现实;(2)批判旧伦理道德,力求改变国人的精神面貌。名篇《我若为王》中,"我"幻想着自己若成为"王"后的种种企图欲望,从而让所有人都向自己臣服献媚,从此听不见"真正的声音",也"没有在我之上的火",于是便可以为所欲为了。作者不但批判了专制主义,驳斥寡头政治,还尖锐地揭示了封建专制主义并非个人所为,而是因为有封建奴性的社会基础,指出"世界之所以还大有待于改进者,全因这些奴才的缘故",进一步揭示了提高民众的民主意识的重要性。聂绀弩好用反语达到讽刺目的,其杂文有一种冷嘲的风格。他学习鲁迅的笔法,善于接过论敌的谬论加以反驳,寓庄于谐,蕴怒于嘲,在质朴平易中见深沉。诗人、评论家冯雪峰(1903—1976),此时也创作了不少杂文作品,结集的有《乡风与市风》《有进无退》《跨的日子》等。冯雪峰的杂文广泛涉及社会政治症结,写出尖锐的诗的政论。其文笔曲折、深透,充分展现出杂文的新生机。他善于绵密地说理,作品有历史的脉络与哲理的渗透,表现出语言浑厚、思想锋利等特点。在《野草》杂志上经常发表杂文作品的还有夏衍,著有《此时此地著》《劫后随笔》等;孟超著有《长夜集》《未偃草》;宋云彬著有《破戒草》《骨鲠集》。

20 世纪 40 年代的杂文创作进入了"井喷期",这是因为在那个烽火连天的战争年代,杂文这种短小及时的文体可以更直接地与现实对话,也更适应读者的阅读需求。因而,很多之前并未涉足这一领域的作家也开始纷纷投身于杂文创作。但同时,杂文较之其他散文文体,难以体现出艺术个性,加上这一时期的杂文大多着眼于现实批判,急功近利的倾向也妨碍了其在艺术上有更大拓展。杂文创作需要作者拥有深厚的思想文化积淀与艺术积累,所以尽管当时有人提出过"超越鲁迅"的目标,但要真正达到这一目标又谈何容易?

第六节　瞿秋白、夏衍等的报告文学

报告文学是从新闻报道和纪实散文发展而来的一种新的散文类型,其名称从英语"reportage"翻译而来。20 世纪 20 年代初期,瞿秋白的《饿乡纪程》和《赤都心史》开创了中国报告文学的先河,20 年代中期围绕"五卅"和"三一八"惨案而出现的许多纪实散文进一步推动了报告文学的发展。20 世纪 30 年代,报告文学走向它的成熟和繁荣时期,这主要有以下三方面原因:一是 30 年代急剧变动的社会生活需要新闻性和纪实性的文学样式。东北"九一八"与上海"一·二八"事变发生后,曾初次形成了报告文学热潮,如 1932 年阿英编纂的《上海事变与报告文学》就是对刚刚发生的"一·二八"事变所做的及时反应的成果,这也是我国第一部以报告文学名义出版的报告文学集;到了 1936 年前后,阶级矛盾与民族矛盾日趋尖锐,作家更加关注现实动向,报告文学创作就更为兴盛,如夏衍的《包身工》和宋之的的《一九三六年春在太原》就是在这时期问世的。二是"左联"的有意识的倡导和组织。1930 年 8 月 4 日,"左联"执委会通过的决议《无产阶级文学运动新的情势及我们的任务》号召开展"工农兵通信运动",提出要"创造我们的报告文学",认为只有大力发展报告文学,"我们的文学才能够从少数特权者手中解放出来,真正成为大众所有"。《光明》《中流》《文学界》就成为当时重要的刊载报告文学的刊物。三是外国报告文学理论和作品翻译,为中国报告文学的发展提供了有益的样本和推动力。"左联"的刊物曾介绍过捷克著名报告文学作家基希。贾植芳翻译了基希的《一种危险的文学样式》。尤其值得一提的是两部有影响的报告文学译本的出版:一部是捷克作家基希取材于中国生活的长篇报告文学《秘密的中国》,由周立波翻译,于 1937 年在《文学界》连载;另一部是阿雪翻译的墨西哥驻沪领事馆外交官阿狄密勒写的《上海——冒险家的乐园》,作品揭露了各类外国冒险家在上海的丑恶行径。这两部外国人所写的反映中国现实的纪实性作品经翻译出版后,受到中国读者的普遍欢迎,对于国内作家投入这种新文体的创作起到了切实的推动作用。

抗战爆发以后,报告文学空前繁荣。这一方面是因为抗战激起人们普遍的爱国热情,从而要求文学能够更加贴近现实,迅速及时反映战况,传递战斗信息,记录抗战业绩,这也成为作家们义不容辞的责任;另一方面,战争改变了人们的生活,当时作家们或南下流亡,或深入抗战前线,亲历了这场残酷的战争,获得了大量创作素材,为报告文学创作提供了厚实的生活积累。因此,自 1937 年到 1940 年,报告文学成为许多作家首选的文体。以群在《抗战以来的报告文学——〈南京的虐杀〉代序》中说:"报告文学填充了一切杂志或报纸底文艺篇幅;一切的文艺刊物都以最大的地位(十分之七八)发表报告文学,读者以最大的热忱期待着每一篇新的报告文学底刊布;既成的作家(不论小说家或诗人或散文家或评论家),十分之七八都写过几篇报告。在这样的情形之下,报告文学就成为中国文学底主流了。"可以说,正是抗日战争的疾风骤雨,使得报告文学这株散文园地里迟开的花,获得了勃勃生机,并在伟大的民族解放战争中赢得了自己的丰收。综观 20 世纪三四十年代的报告文学,大体上有如下三种类型:

一是群众性报告文学,它是种由报刊的名义组织发起的集体创作现象。1932 年,阿英以"南强编辑部"名义选编了《上海事变与报告文学》。1936年,茅盾仿效高尔基主编《世界的一日》的做法,发起征文活动,以1936年5月21日这一天发生在全国的事件为题,广泛反映各地的生活风貌。此举得到广泛响应,在短时期内来稿三千余篇。后以"上海文学社"名义,选编出版500篇文章、80万字的《中国的一日》。1938年,上海"孤岛"的《华美》周报又发起《上海一日》的征文活动,投稿者范围从专业作家、各界人士到家庭妇女、女招待,无所不包。这些群众性报告文学内容丰富,体式多样,真实亲切生动,受到大众的欢迎。正如茅盾在谈到《中国的一日》时所言:"这本书的材料不单调,而展示了中国一日人生之多种的面目。"同时,以刊载报告文学为主的"丛刊""丛书"的大量出版,如"战地报告丛刊""战地生活丛刊""抗战文艺丛刊""战地丛书""七月文丛"等,也促使了群众性报告文学创作热潮的形成。

二是记者型报告文学,它是由新闻记者创作的,体现了新闻性、纪实性特征,更具有"报告"味,在报告文学发展史上占有独特地位。其中尤以邹韬奋、范长江、萧乾的影响为巨。邹韬奋(1895—1944),原籍江西余江,生于福建永安。作者将20世纪30年代流亡欧洲访问苏联的见闻,相继写成《萍踪寄语初集》《萍踪寄语二集》《萍踪寄语三集》和《萍踪忆语》等书。这些作品是作者"考察新闻事业,并及国际政治经济社会的最新趋势,随时就观察所及作隽永的叙述下正确评论"的成果,其中对欧洲各国真实的社会相的描述与评论尤为透彻精辟,在充满知识性和趣味性的国外风情叙述中,始终包含着积极严肃的思想态度和强烈深沉的民族情感,其中有对西方民主的清醒认识和对社会主义的衷心向往,佐以作者自身的合理见解,在读者中引起较大反响。作品以游记体式,生动记录了异域见闻,又以记者敏锐的眼光洞察事物,具有较高艺术价值。范长江(1909—1970),四川内江人,著名记者。1935年至1937年以《大公报》记者的身份赴西北考察,写下了著名的报告文学集《中国的西北角》和《塞上行》。这两部作品报道客观,分析透彻,内容翔实,揭露和谴责了统治者的专制与腐败,鞭挞了国民党政权的民族压迫政策。尤为可贵的是,他第一次公开报道了红军长征的壮举和陕北抗日根据地的真实面貌,揭露了"西安事变"的真相,使国人真实了解共产党的统战主张,产生了积极影响。作者文笔简朴苍凉,夹叙夹议,纵论古今,穿插历史掌故和风俗人情,使作品更具艺术性。著名"京派"作家萧乾,20世纪30年代前期以小说创作为主,但他毕业于燕京大学新闻系,始终担负着作家与新闻记者两种角色,在报告文学创作方面也卓有成就。早期的旅行通讯如《流民图》和《平绥琐记》,写北方难民和塞外风情,既描写风情又传达时事,在读者中颇有影响。抗战以后,他作为《大公报》记者,曾在国内进行广泛采访,报告文学创作量骤增。名篇《血肉筑成的滇缅路》,描绘了我国抗战时期唯一通往国外的交通线——滇缅路,千百万民工"铺土、铺石,也铺血肉"的悲壮事迹,表现了人民群众的无比创造力,读来感人至深。后来他又以《大公报》特派记者身份前往英国,成为"二战"期间欧洲战场上唯一的中国战地记者,他的通讯报告结集为《人生采访》等,如实地记录了战争状况下人民的苦难以及反法西斯斗争,他还采访了联合国成立大会、波茨坦会议、纽伦堡战犯审判等时政大事,写下了名重一时的《银风筝下的伦敦》《矛盾交响曲》等报告文学。作为"京派"作家之一员,他的报告文学富有文采,文学性强。

三是作家型报告文学。创作主体的变化带来了报告文学体式的变化,作家型报告文学在新闻纪实的基础上,强化了文学特性,在形象塑造、结构技巧、艺术手段、语言表现等方面,达到了较高的审美层次。代表作家除夏衍、宋之的外,还有丘东平、骆宾基、曹白、碧野、刘白羽、周立波、沙汀等。丘东平影响最大、成就最高的是他的战地报告文学,如《第七连》《我们在那里打了败仗》《我认识了这样的敌人》,真实记录了中国军人在战争中的英雄壮举,展现出了中华民族的坚强意志和不屈精神。其报告文学突破了一般事件的叙述,而注重人物形象的刻画,感情浓烈,胡风评价他的作品"焕发着一种新的英雄主义光芒"。骆宾基(1917—1994)著有报告文学作品《救护车里的血》《"我有右胳膊就行"》等,反映"八一三"上海战役中伤兵坚持抗敌奋不顾身的顽强斗志。中篇《东战场别动队》最为人称道,作品写上海郊区人民在沦陷后自动组织武装自卫斗争,赞颂了在战斗中成长的工人,战争氛围浓,结构宏伟,人物描写颇具特色。曹白的报告文学作品多发表于《七月》,后结集为《呼吸》出版。他曾参加难民收容所的救济工作,以亲身感受描写周围的一切,别具一种真实性。《这里,生命也在呼吸》以亲切、轻灵的笔触,将难民收容所的几个生活场景组接起来,真实地反映了抗战初期的社会面貌和时代脉搏。此外,周立波的《战场三记》、沙汀的《随军散记》等也各具特色。

在报告文学发展过程中,用力最多、贡献最著且影响最久远的是瞿秋白和夏衍。瞿秋白(1899—1935),现代革命家、文艺理论家。他对于中国现代报告文学的诞生有开拓之功。1920年10月,他应北京晨报馆和上海时事新报馆之聘作为特约记者赴俄国采访,之后写成《饿乡纪程》和《赤都心史》两部散文通讯集,为中国现代散文提供了一种新颖文体,并为我国的报告文学创作奠定了基石。这两部通讯体散文集,记录作者"自中国至俄国"的旅途经过与心路历程,"在赤色的莫斯科里所见所闻所思所感",贯穿着一条炽热的红线,就是作者深沉激越的爱国情思和对新社会、新生活的热切向往,记录了一个从没落家庭走出的时代青年如何由向往十月革命和变革思想,经过生活实践和自我批评,逐渐信仰共产主义的思想历程。这一内容也正是瞿秋白的通讯体散文在当时能充分地感染读者,直至今日依旧保持其艺术魅力的原因。从艺术形式上看,这两部集子已呈现出多样化趋向,体式随内容变化,有游记、杂记、小品、名人轶事、读书札记等,但以游记、通讯报告为主。其体现出的通讯报告特点,首先是真实性。作品里的一切都是作者的亲历亲闻,使人读之历历在目;而且作者不避讳黑暗和丑恶,不矫饰光明,甚至连表现自己的心态也努力求"真",勇敢地袒露出一个探索真理者的赤子之心。其次是富有新闻性。作者及时捕捉、及时反映旅途见闻和赤都的方方面面,作品表现的是刚刚发生或正在发生的事,一切无不真实可信,而且,这些发生在异国的新鲜事第一次为中国人所知晓,更增加了它的新闻价值。更重要的是,作品具备了鲜明独特的文学个性。作者曾表示,他写作这些通讯报告,愿意写出"实在的情事",不用枯燥的笔记、游记的题材;要"突出个性,印取自己的思潮",所以凡能描写如意的,就"略仿散文诗"。可见作者对这类文体的把握不是单纯的新闻报道,而是将新闻的真实性与文学表现个性融为一体,是富有诗意的文学作品。在表达方法上,作品把记游、写景、议论和抒情结合起来,形成气势雄伟、绚丽多彩的风格。瞿秋白的这两部作品对我国的通讯报告创作是一种开拓,此后胡愈之的《莫斯科印象记》、林克多的《苏联闻见录》等,都受此滋养,或有所取法,可见这两部作品在中国报告文学史上所产生的影响。

夏衍的《包身工》发表于1936年4月,是当时影响最大、声誉最高的报告文学珍品。它是作者在上海工厂进行两个多月实地调查以后写成的。作品以饱含血泪的笔墨,真实地描写了上海日本纱厂的包身工惨绝人寰的遭遇。这群不戴锁链的囚犯,这一台台"没有固定车脚的活动机器",在"没有光,没有热,没有希望……没有法律,没有人道"的世界里过着非人的生活。作品以确凿的事实和准确的数据,深刻揭露出帝国主义和中国封建势力互相勾结,利用野蛮的包身工制度残酷剥削中国工人的罪行,并愤慨地控诉"东洋厂的每个锭子上面都衬托着一个中国奴隶的灵魂"。作品最后严正警告殖民主义者们,黑暗终将过去,"黎明的到来还是无法推拒的"。还提出"索洛警告美国人当心枕木下的尸骸,我也想警告这些殖民主义者当心呻吟着的那些锭子上的冤魂",表达了作者的强烈义愤。

《包身工》的成功,不仅在于内容深刻,还在于它在艺术上取得的杰出成就。首先,作为"报告的文学",它坚持"力求真实,不虚构,不夸张"的原则,尽量用调查得来的详细材料说话,这样就使作品取得令人信服的效果。其次,作为"文学的报告",作品在"力求真实"的前提下,又注重形象描写,增加了艺术感染力。作品从吃、住、做工和放工等方面,选取不少典型场景,对包身工的群像进行刻画,表现出她们作为人形机器的命运。她们一律死灰般的面容、褴褛的衣衫,在繁重的劳动和野蛮的虐待下哀苦无告,以致几乎消失了表情和个性。同时,作品还选取典型细节,集中笔墨描写一两个具体形象,如"芦柴棒"、小福子等,补充、深化了包身工的整体形象。总之,无论是事件、场景或是人物描写,都有很强的形象性,这就大大加重了作品的文学色彩。再次,在表现方法上,作者把艺术描绘生活与新闻报道、社会调查有机结合起来,使作品既有小说的细致刻画,又有恰如其分的理论分析。如揭示包身工苦难的原因,是"带工""拿摩温""东洋婆"对她们进行超额剥削,同时又指出,这种剥削是在外国资本家和国民党反动当局勾结下进行的,对包身工制度的罪恶本质作了鞭辟入里的揭露。由于作品将鲜明形象描写和细致的逻辑分析糅合在一起,因而具有雄辩的说服力和强烈的艺术效果。《包身工》的结构艺术也是值得称道的,它能把如此丰富的材料,组织到一篇并不太长的作品中,得益于作者高超的艺术手腕:作品把形象的描写作为经线,清楚地再现了包身工一天的生活;同时又以理性的分析为纬线,在每段描写之后,或列举数字,或作分析,说明包身工制度产生、发展的原因及其造成的恶果。这样经纬交织,思路清晰,使全文结构严密而完整。

此外,20世纪30年代的报告文学名篇还有宋之的的《一九三六年春在太原》(1936年9月)。作品以辛辣的讽刺笔调,通过颁发"好人证"这个生活侧面,揭露了山西的国民党反动当局在红军东征时惊恐万状,草木皆兵,实施恐怖统治,加紧镇压人民的情景。作品也反映了老百姓们在恐怖气氛笼罩下,朝不保夕的凄惨生活,同时以厨子为描写重点,暴露了一部分群众的麻木和奴性。在描写技巧上,它以第一人称"我"的见闻为线索,结合厨子行踪巡视城内各个角落,再配以"新闻剪辑"突破时空限制,将城外所发生的各种事变和惨剧曲折地反映出来,与太原城内的情景联系在一起。在这一新颖别致的格式中表现出作品独特的结构形态和巧妙的剪裁,使这篇报告文学在艺术上别开生面。作品语言通俗、幽默、风趣,把严肃的政治问题写得轻松活泼。

【思考题】

1. 试述发展期散文流派竞存的原因和基本格局。

2. 简述"论语派"和"京派"散文的主导倾向。

3. 何谓"社会写实派"散文?简述茅盾散文的思想艺术特色。

4. 论析丰子恺"居士"散文的特点,简析何其芳散文及其《画梦录》的独特艺术追求。

5. 简述梁实秋、冯至、张爱玲的散文特色及其代表作品。

6. 简述 20 世纪三四十年代杂文创作流派及"鲁迅风"杂文的代表作家和作品。

7. 简述瞿秋白对现代报告文学的开创性成就及夏衍、宋之的代表作品的意义。

第七章　发展期戏剧文学的多样展开格局

第一节　20 世纪三四十年代蓬勃发展的戏剧运动与创作

中国话剧经过五四新文化和新文学运动的洗礼,由早期话剧发展为现代话剧①。20 世纪三四十年代是中国新文学的发展深化期,这时中国现代话剧也经历了艰辛的路程,逐渐在自己的民族土壤里发展成熟,并进入了黄金时代。

一、蓬勃发展的戏剧运动

随着 20 世纪 20 年代末无产阶级文学运动的倡导,无产阶级戏剧运动也蓬勃开展起来。以左翼戏剧家联盟为主体的革命戏剧,成了 20 世纪 30 年代前期中国戏剧的主流;而爱国的戏剧工作者,则是它的同盟军。

创建于前一时期的南国社,这时继续发展。1928 年初,田汉创办南国艺术学院,并重建南国社,开展"在野的"艺术运动。两年里,先后在上海、南京、杭州、广州、无锡等地公演,均引起轰动,被戏剧界认为"有了南国的戏剧,新剧才恢复了生命"②。南国戏剧运动为那时的现代话剧闯出了一条新路,有力地推动了话剧运动的开展。1929 年,田汉创作《火的跳舞》《一致》等,开始了他创作方向的转变。

1929 年 11 月,上海艺术剧社在地下党的领导下宣告成立。成员有沈端先(夏衍)、郑伯奇、冯乃超、沈叶沉(沈西苓)、石凌鹤、许幸之等人。艺术剧社的成立,开始了中国共产党对现代戏剧运动的直接领导。它第一次提出了"普罗列塔利亚戏剧"(即无产阶级戏剧)的口号,使戏剧运动由反帝反封建的一般民主主义的战斗传统,走到无产阶级革命的轨道上来。该社曾于 1930 年的 1 月和 3 月先后举行两次公演,演出了德国米尔顿的《炭坑夫》、法国罗曼·罗兰的《爱与死的角逐》、美国辛克莱的《梁上君子》、日本村山知义的《西线无战事》及冯乃超、龚冰庐合编的《阿珍》等剧,引起了极大反响。该社还先后编辑出版了《艺术》月刊、《沙仑》月刊和《戏剧论文集》,宣传无产阶级戏剧的口号,强调戏剧的战斗性及艺术与政治的密切关系,主张戏剧大众化。艺术剧社在社会上

---

①　中国话剧史上一般把五四之前受日本新派剧、新剧影响的话剧(即"文明新戏")称为"早期话剧",把五四时期在欧洲近代剧的直接影响下发展起来的话剧称为"现代话剧"。

②　转引自:阎折梧.南国的戏剧[M].上海:上海萌芽书店,1929.

日益增长的声誉和革命影响,引起了反动当局的仇恨和恐惧,1930年4月28日,艺术剧社被查封,成员刘保罗等多人被捕。这个剧社公开活动虽仅半年,但作出了重大贡献,使进步戏剧工作者看到了前进的方向,在中国话剧史上占有重要地位。

1930年3月"左联"成立后,由艺术剧社和摩登剧社发起,联合南国社、辛酉社、戏剧协社、剧艺社、青鸟剧社、紫歌剧社,于3月19日成立了"上海戏剧运动联合会"。8月1日,改名为"中国左翼剧团联盟"。1930年底,又改称"中国左翼戏剧家联盟"(简称"剧联")。"剧联"成立后,进步的话剧运动得到了进一步发展。在"剧联"的领导下,上海成立了大道剧社、蓝衣剧社、曙星剧社、春秋剧社、三三剧社、光光剧社、骆驼剧社、新地剧社等,广泛开展革命演剧活动。"剧联"曾先后在北平、杭州、武汉、南京、广州、南通等地建立分盟或小组,北平的呵莽(英语"前进")剧社、苍利芭(俄语"斗争")剧社、杭州的五月花剧社、南京的磨风剧社、大众剧社,等等,都是"剧联"直接领导下的进步团体。"剧联"还组织戏剧讲习班,介绍进步的戏剧理论;组织移动剧团,创作、翻译革命剧本;它领导下的左翼戏剧家队伍,成为本时期戏剧运动的中坚。总之,"剧联"对现代戏剧的发展,可谓是功勋卓著。

与左翼戏剧运动相配合,不少进步的剧作家、导演、演员在这时期也作出了重要的贡献。如欧阳予倩于1929年2月在广州建立广东戏剧研究所,宣称"以创造适时代为民众的新剧为宗旨",曾演出具有强烈的战斗性的反帝名作《怒吼吧,中国!》。熊佛西于1932年到河北定县领导农村戏剧运动,从事农村戏剧大众化的研究和实践,创作演出了像《屠户》《牛》《过渡》等一批影响较大的"农民剧本"。

随着左翼文艺运动的开展,反动当局也加紧了文化"围剿"。面对白色恐怖,"剧联"决定采取以剧场公演为主、突击演出为辅的办法,及时提出了面向社会、提高技艺、保存力量的战略方针。为了实现这一任务,1935年6月,在"剧联"的领导下成立上海业余剧人协会,骨干成员有章泯、张庚、赵丹、金山、陈鲤庭、王莹等。协会改变活动方式,着力于建立剧场艺术,且注意剧目的选择,先后公演了《娜拉》《钦差大臣》《大雷雨》等世界名剧,造成很大影响。后来它进一步扩大组织,走上职业化的道路。

1935年底,为广泛团结戏剧界的抗日力量,"剧联"自动解散,并于1936年初以联谊会的方式成立统一战线的上海剧作者协会(后改名为"中国剧作者协会"),开展救亡戏剧运动。这时,与"国防文学"的口号相呼应,戏剧界也提出了"国防戏剧"的口号,以代替"无产阶级戏剧"口号,并根据党的抗日民族统一战线的精神,制定了《国防剧作纲领》,强调取材现实斗争与民族解放历史题材,表现反帝反汉奸的主题,提倡"通俗化""大众化"和方言话剧。"国防戏剧"运动是20世纪30年代戏剧运动的又一大转折。

　　"国防戏剧"运动给戏剧队伍带来新的活力,涌现出了许多新人新作。尤兢(于伶)、宋之的、陈白尘、凌鹤、章泯、姚时晓等都以新作崭露头角。"国防戏剧"的特点是鼓动性和群众性。1936 年春,北平学生在农村演出《打回老家去》,开"国防戏剧"群众性演剧活动之先河。1936 年、1937 年两年中,全国范围内普遍开展起大中学生、工农业余演剧热潮,各地业余剧社公演的"国防剧目"不计其数。1936 年 11 月,"四十年代剧社"公演《赛金花》,连演 22 场满座,观众达 3 万人次,轰动了大上海。同时,上海业余剧人协会更名为上海业余实验剧团,由应云卫担任理事长,团结上海进步剧人,开展职业化戏剧运动。"国防戏剧"运动有力地激发了群众的爱国热情,推动了抗日救亡运动,职业化戏剧运动又使一大批青年戏剧工作者得到了舞台训练,这就为抗日战争时期戏剧运动的蓬勃发展奠定了坚实的基础。

　　随着抗日战争的爆发,中国全面进入了民族解放战争的历史时期。而以话剧为代表的中国现代戏剧,也跨入了一个空前普及和繁荣的黄金时代。正是在这一时期,抗战戏剧运动继"国防戏剧"热潮之后轰轰烈烈地展开,在整个文学艺术领域,戏剧成为一条最活跃、最有成就的战线;话剧文学成了抗战时期最有代表性的文学样式,积极充分地发挥着它紧密配合现实、为抗战宣传服务的战斗作用。

　　从抗战爆发到新中国成立,这时期的戏剧运动经历了救亡戏剧运动、大后方戏剧运动、"孤岛"戏剧运动及解放区戏剧运动等重要戏剧运动。这期间大致可分为三个阶段:(1) 1937 年抗战爆发至 1940 年底,全国人民奋起抗日,戏剧工作者组织起来,纷纷成立戏剧宣传团体,如上海就组成 13 个抗日演剧队分赴全国,进行抗日宣传活动。在武汉成立"中华全国戏剧界抗敌协会",掀起抗日救亡热潮。(2) 1941 年初至 1945 年夏,"皖南事变"后为了反对国民党政府推行分裂投降路线,以重庆和桂林为中心,掀起大后方戏剧运动,坚持宣传团结抗战。专业剧团纷纷成立,以重庆"雾季公演"和桂林"西南剧展"为代表,形成话剧演出空前活跃的局面。(3) 1945 年抗战胜利至 1949 年中华人民共和国成立,广大进步戏剧工作者以戏剧为武器反对国民党政府的黑暗统治,积极参与到反对国民党独裁统治的民主斗争洪流中。这时期的戏剧运动除了国统区,还有上海的"孤岛"戏剧运动、解放区和革命根据地的解放区戏剧运动等,共同汇成风起云涌的进步演剧浪潮。

　　这时期具有相当专业水准的著名剧团,就有中华剧艺社、中央电影摄影场剧团、中国万岁剧团、中央青年剧社、中国艺术剧社、新中国剧社、怒吼剧社、中国旅行剧社、苦干剧团等,它们活跃于重庆、成都、桂林、上海等地剧坛,公演了数千部大戏,绝大部分为进步作家的剧作。如陈白尘的《大地回春》《岁寒图》《升官图》《结婚进行曲》,夏衍的《愁城记》《法西斯细菌》《芳草天涯》，郭沫若的《屈原》《棠棣之花》《孔雀胆》，曹禺的《北京人》《家》《蜕变》，还有如阳翰笙的《天国春秋》、欧阳予倩的《忠王李秀成》、于伶的《长夜行》、吴祖光的《风雪夜归人》、老舍的《面子问题》、宋之的的《雾重庆》等，都是中国话剧舞台上影响深远的经典之作。

二、丰富多彩的戏剧创作

中国的话剧文学在 20 世纪 30 年代成熟，至 40 年代又获得长足发展，并与三四十年代戏剧运动的起伏进程相呼应。左翼戏剧运动的勃兴，产生了一批反映工农生活、鼓吹阶级斗争的左翼剧作；1934 年以后戏剧运动出现新的转机，"左"的影响有所摆脱，艺术追求的空气比较浓厚，诞生了一批思想性、艺术性较高的优秀作品；"国防戏剧"运动催生了国防剧作的大量涌现；救亡戏剧运动、大后方戏剧运动和"孤岛"戏剧运动等，则成就了一大批要求团结抗战和民主的优秀剧作的诞生。

20 世纪 30 年代戏剧文学的发展，主要表现出以下四个方面的历史特征：

（1）阶级与阶级斗争意识的强化

左翼剧作致力于反映工人阶级和农民群众的反抗与出路，使戏剧与社会政治斗争的关系更为密切，阶级和阶级斗争意识进一步强化。随着左翼戏剧运动的掀起，工农群众的斗争生活被推上舞台，话剧创作中出现了一批崭新的作品和人物形象。冯乃超的《阿珍》歌颂工人阶级为革命流血牺牲的精神，是"无产阶级戏剧"口号提出后的第一部革命剧作。田汉的《一九三二的月光曲》、左明的《到明天》和《活路》、袁殊的《工场夜景》、叶秀的《阿妈退休》等，都表现了工人群众的阶级觉悟、反抗意志、团结观念与胜利信心。戏剧文学塑造了自觉从事社会斗争的工人形象，开拓了戏剧表现工人斗争生活这一新领域。本时期，洪深、田汉、曹禺等，还有意识地将农村生活引入戏剧文学。洪深于 20 世纪 30 年代初受左翼文学影响而创作的《五奎桥》《香稻米》《青龙潭》（合称《农村三部曲》），是五四以来戏剧史上首次较全面地反映农村斗争、农民情绪、农村各阶级变迁的作品，话剧舞台上首次出现了一系列当代农民形象。田汉的《洪水》，再现灾民的悲惨生活，指出只有打倒封建主义和帝国主义，农民才能得救。曹禺的《原野》通过被压迫者仇虎的复仇悲剧，揭示了中国农村社会的残酷现实，对被压迫者精神状态的本质的探索颇为深刻。

（2）民族斗争意识与爱国主义观念的进一步加强

1931 年日本军国主义侵占东北后，左翼剧作中出现了大量抗日救亡剧。田汉的《乱钟》《扫射》是充满保卫祖国、反抗侵略的热情的群众剧；《回春之曲》更是一支热情洋溢、感人肺腑而又神奇动人的抗战浪漫曲。女作家白薇也创作了《敌同志》《假洋人》《北宁路某站》等取材救亡运动的新作。欧阳予倩有16景抗日报告剧《不要忘了》。著名的街头剧《放下你的鞭子》(集体创作)以灵活的戏剧演出形式有力地激发了群众的抗日救亡热情,曾经演遍大江南北,产生巨大影响。1936年,"国防剧作"如雨后春笋般涌现。洪深执笔了《走私》《咸鱼主义》,凌鹤有《洋白糖》《黑地狱》,章泯有《我们的故乡》《东北之家》《死亡线上》等。此外,如宋之的的《烙痕》、许幸之的《最后一课》、罗峰和舒群的《过关》,等等,都从不同的生活侧面和不同角度表现了中国人民抗日救亡的心声。尤兢(于伶)是20世纪30年代新生作家中在表现抗日斗争方面创作力最盛的一位。他接连发表了《回声》《撤退,赵家庄》《在关内过年》《夜光杯》和《汉奸的子孙》(和洪深合作)等剧作,或控诉帝国主义的暴行,或描写工人群众的反抗,或揭露国民党当局对日屈辱求和的卖国行径,作为"国防戏剧",具有强烈的爱国主义意识和鲜明的时代色彩。特别是夏衍的历史讽喻剧《赛金花》,以揭露汉奸丑态,唤起大众注意的"国境以内的国防"为主题,曾被誉为"国防戏剧的力作"。

(3)人道主义思想和人性主题的深化

作为五四文学的基本精神的人道主义和人性主题,这时期为一部分具有革命民主主义倾向的进步作家继续发展着,且在创作中不断深化。曹禺、李健吾、夏衍等都是以人道主义精神为本,致力于普通人性开掘的作家。曹禺在《雷雨》《日出》中,从人性的高度,以人道主义的悲悯情怀,刻画了繁漪、陈白露等悲剧女性个性遭到压抑摧残的灵魂痛苦,对侍萍、四凤、翠喜、小东西等这些被压迫和被侮辱的底层女性寄予深刻的同情。李健吾曾说:"我爱广大的自然和其中活动着的各不相同的人性。"①他在《以身作则》《另外的一群》等剧中,通过剧中年轻人的被禁锢的命运,揭露了封建礼教和封建道德窒息人们的社会生活,使正常的人性受到压抑。夏衍的《上海屋檐下》,描写上海弄堂房子里五户人家一天的日常生活,揭示小市民的毫无色彩的灰色生活和心灵痛苦,体现了这位剧作家"更深和更广的人道主义"。20世纪30年代进步作家的剧作,还成功地将对人的心灵痛苦的挖掘和反封建目标明确结合起来。像曹禺的《日出》等剧,深入揭示人的精神追求被封建主义的金钱社会所扼杀、吞噬、毒害的悲剧性冲突,就比一般写经济剥削、政治压迫与肉体磨难来得深刻。

(4)戏剧艺术意识的觉醒及戏剧样式的丰富多彩

20世纪20年代戏剧创作以探讨社会问题为主,30年代初期左翼革命戏剧注重阶

---

① 李健吾.《以身作则》后记[M]//以身作则.上海:文化生活出版社,1936.

级斗争的表现,至30年代中期,剧作家普遍意识到戏剧是一门独特的艺术。戏剧艺术意识的觉醒,使戏剧创作的艺术水平获得大幅度提高。话剧作为外来的新兴文学样式,在本时期臻于成熟。其成熟体现在:多幕剧普遍涌现,改变了多数剧作家只能写独幕剧的局面;较好地满足人物、冲突、结构、语言的文学要求,戏剧创作的艺术成就更高;话剧在舞台上站住了脚跟,作为剧场艺术赢得了更多的观众。同时,戏剧文学的各种美学样式和艺术体裁都有新的成就与发展。悲剧创作在20世纪20年代成就的基础上继续深入发展。楼适夷的《S.O.S》歌颂了无线电发报房工人在侵略者面前临危不惧、英勇献身的斗争精神,奏出了一支悲壮的战歌。曹禺的悲剧《雷雨》《日出》《原野》,以其高度的艺术成就显示出悲剧艺术的完美的审美形态。这时期喜剧和历史剧的发展尤为令人瞩目。李健吾的《以身作则》《新学究》,讽刺旧社会人情世态、封建礼教,鞭挞丑恶和虚伪,取得突出成就。陈白尘的《征婚》《恭喜发财》等剧作,以嬉笑怒骂之笔辛辣地讽刺了丑恶势力和社会的各种不合理现象。著名的历史剧则有宋之的的《武则天》、夏衍的《赛金花》和《秋瑾传》、陈白尘的《金田村》等,都注重在对历史的艺术再现中融入现实斗争的感触,使历史真实、艺术真实与当时的时代精神有机地结合起来。

总之,20世纪30年代的戏剧文学经过艰难曲折的道路,取得了重大的发展与卓越的成就。特别是曹禺、田汉、夏衍、洪深、李健吾等的戏剧创作成就,标志着现代戏剧的新的美学原则已经确立,戏剧文学的现代意识正在被越来越多的剧作家所把握,一支优秀的剧作家队伍已经形成。

进入20世纪40年代以后,随着抗日战争进入相持阶段和民主斗争趋于高潮,剧作家对现实的认识进一步深化,深沉的民族忧患意识使他们的创作更向现实深层突进,剧作反映社会生活更宽广,主题更深刻,人物性格也更丰满,戏剧的思想和艺术都发生了一系列新的变化。

这时期,创作量最大的是以抗日战争、解放战争的社会现实为题材的多幕话剧。如表现全民抗战、充满强烈的爱国主义和民族精神的,就有集体创作的《保卫卢沟桥》、韩北屏的《台儿庄之战》、崔嵬的《八百壮士》、夏衍等的《黄花岗》、田汉的《最后的胜利》、吴祖光的《凤凰城》、宋之的等的《总动员》;表现抗日游击队和沦陷区人民的斗争生活的,有夏衍的《水乡吟》、于伶的《杏花春雨江南》、丁西林的《妙峰山》、老舍的《谁先到了重庆》、吴祖光的《少年游》等;反映上海沦为"孤岛"前后,各阶层人民在艰难困苦中的挣扎、觉醒和奋争的,有于伶的《夜上海》、丁西林的《等太太回来的时候》、洪深的《黄白丹青》、吴天的《孤岛三重奏》等;暴露和讽刺国统区黑暗腐朽的社会现实、呼唤民主和正义,显示出抗战剧作在此时期与现实生活更加接近的,有老舍的《残雾》和《面子问题》、陈白尘的《禁止小便》和《结婚进行曲》、宋之的的《雾重庆》、曹禺的《蜕变》、丁西林的《三块钱国币》、茅盾的《清明前后》等;歌颂爱国爱民、在抗战中起着重要作用的知识分子的,有陈白尘的《岁寒图》、宋之的的《春寒》、于伶等的《戏剧春秋》、沈浮的《重庆二十四小时》、袁俊的《万世师表》、田汉等的《清流万里》;表现抗战胜利后中国的社会现实的,有洪深的《鸡鸣早看天》、吴祖光的《捉鬼传》、路翎的《云雀》、田汉的《丽人行》,等等。以上这些剧作,虽然反映生活的程度有深有浅,艺术成就有高有低,但都围绕着救亡图存、民族解放这一总主题,在抗日战争和解放战争中起了积极的作用。

与此同时,历史剧创作也掀起了热潮,出现了一大批历史剧作家和作品。如郭沫若的《棠棣之花》《屈原》《虎符》《高渐离》《孔雀胆》《南冠草》,阳翰笙的《天国春秋》《草莽英雄》,欧阳予倩的《忠王李秀成》《桃花扇》,阿英的《碧血花》《海国英雄》《杨娥传》,陈白尘的《大渡河》(又名《石达开》),于伶的《大明英烈传》,等等。这些剧作,几乎不约而同地以春秋战国、太平天国、南明政权的史实为题材,取材历史而面向现实,借古讽今,借古喻今,以其鲜明的时代性和现实性受到广大群众的欢迎,在抗战期间发挥了巨大的战斗作用。

第二节　曹禺:中国话剧文学的成熟标志

曹禺,是继田汉之后又一位对中国现代戏剧发展作出杰出贡献的剧作家。曹禺戏剧的高度艺术成就,对我国新兴话剧文学样式的成熟起了决定性的作用,奠定了五四以来话剧这一新生文学样式在我国现代文学中的地位。

曹禺(1910—1996),原名万家宝,祖籍湖北省潜江县,1910年9月24日出生在天津一个封建官僚家庭。他从小就喜爱文学和戏剧,是个十足的小戏迷。1922年,曹禺进入南开中学,成为南开新剧团的骨干。1926年9月,曹禺发表小说《今宵酒醒何处》,始用"曹禺"笔名。1930年,曹禺转入清华大学西洋文学系,开始较有系统地攻读外国文学和戏剧。他通读英文版《易卜生全集》,研读希腊三大悲剧家、莎士比亚、奥尼尔、霍普特曼等的剧本。在创作《雷雨》之前,他已经读了数百种中外名剧。在南开大学和清华大学读书期间,曹禺翻译、改编过《争强》《太太》《冬夜》《罪》等外国剧作,也亲自参加导演和演出。外国戏剧的翻译和改编,可以说是曹禺戏剧创作的最初学步。求学期间的演剧活动和系统的戏剧学习,为他后来终生从事戏剧事业打下了坚实的基础。

1933年,曹禺在清华园写出了他的第一部剧作《雷雨》。《雷雨》的问世,宣告了一位杰出的年轻戏剧家的诞生。从他15岁开始演剧,到23岁写出《雷雨》,其中经历了艰苦的准备。深厚的艺术修养和广阔的艺术视野,是曹禺首创成功的重要原因。从清华大学毕业后，曹禺考取清华研究院继续深造，专门从事戏剧研究。但为生计所迫不久离校，先后在保定中学、河北女子师范学校任教，并陆续发表了《日出》（1936）、《原野》（1937），引起了文艺界的强烈反响，受到国内外的好评。周恩来曾称道这三部剧作，认为"表现了那个时代的生活侧面，表现了当时作家的思想"①。抗战期间，曹禺先后创作了《黑字二十八》（又名《全民总动员》，与宋之的合作，1938）、《蜕变》（1940）、《北京人》（1941）、《家》（1942）等，在反帝反封建的斗争中发挥了积极作用。特别是 20 世纪 30 年代的《雷雨》《日出》《原野》，显示出曹禺独特的戏剧风格和悲剧艺术才华，也标志着我国话剧文学样式的成熟，它们和田汉的《回春之曲》、夏衍的《上海屋檐下》等一起，把我国新兴话剧推向了成熟的阶段。

《雷雨》的主题是丰富而深刻的，它以 20 世纪 20 年代初期的中国社会为背景，以某煤矿公司董事长周朴园为中心，在错综复杂的矛盾冲突中展开剧情，其中交织着侍萍与周朴园 30 年的恩怨，周萍与繁漪、四凤之间的情感关系以及鲁大海与周朴园之间的斗争。剧作通过一个带有浓厚封建色彩的资产阶级家庭内部的矛盾冲突，以及周、鲁两家错综复杂的矛盾纠葛的描写，暴露了半殖民地半封建社会的罪恶，比较深刻地反映了五四至 20 世纪 30 年代中国社会的某些本质：封建思想仍然依附在其他阶级的剥削者身上继续窒息人心；觉醒的青年男女的挣扎反抗，他们的个性解放的要求；劳动群众被吃的悲剧、他们的痛苦，他们身上无形的思想枷锁；工人阶级政治经济上的反抗，等等。总之，它以特有的透视力和剖析力，展示了资产阶级的罪恶和年轻人的觉醒与斗争，从这个家庭的崩溃，揭示出那畸形社会的腐朽及其必然灭亡的历史命运。

《雷雨》杰出的现实主义艺术成就，突出地表现在人物形象的成功塑造上。周朴园是全剧的中心人物，是一个带有浓厚封建色彩的资本家，又是一个专制的封建家长。他原是封建家庭的公子哥儿，受过正统的封建教育，赴德国留学期间，又接受了西方资产阶级的教育。所以他一度有过"自由""平等"的思想，曾爱上梅妈的女儿侍萍，并与她生了两个儿子。但在他身上，我们几乎嗅不到更多的资产阶级的"文明"气息，甚至连他的生活习惯都保留着一种遗老的臭味。而且他的发家史就带着野蛮的封建盘剥的血腥味。他是家中的绝对权威，他的话就是命令。他"关心""体贴"妻子，却胁迫繁漪喝药，为的是让她做个"服从的榜样"。应该说，他对侍萍是有真情的，只是当妨碍到他自身利益时，极端自私、残忍的本性就暴露。人性和阶级性是如此矛盾地纠缠在他的性格之中，反映了他性格的复杂。这个人物的典型意义，就在于他的身上体现了中国特定社

---

① 周恩来：《对在京的话剧、歌剧、儿童剧作家的讲话（一九六二年二月十七日）》。

会环境中资产阶级与封建阶级的密切联系,反映出中国几千年的封建意识仍有着根深蒂固的统治力量。曹禺的杰出之处,不在于揭露了一个具有封建性的资产阶级,而在于揭露了中国资产阶级的封建性,这正是《雷雨》的现实主义的深刻之处。繁漪,又是一个公认的艺术典型,是剧中塑造得最为成功的人物。她聪慧、美丽,爱好诗文书画,受到过新思潮的影响,有反抗封建专制、追求个性解放的强烈愿望,渴望自由与爱情。但命运安排她做了周朴园的续弦,长期在精神压抑中体味着灵魂的痛苦。她和周朴园矛盾的实质,是要求做人和不许做人、要求自由与不许自由的矛盾。她敢爱敢恨,是剧中最具有“雷雨”般性格的人。她死死抓住周萍不放,甘心走上一条“母亲不像母亲,情妇不像情妇的路”。她追求爱情和自由的表现,是对封建礼教和封建秩序的蔑视和反叛。正是她,直接动摇和破坏了周朴园自诩的“最圆满和最有秩序的家庭”,使之处于混乱和解体之中。繁漪形象的成功之处,就在于通过她乖戾、阴鸷、极端的性格折射出封建势力的强大压力,反映出那个可怕的环境是怎样把一个要求自由、渴慕爱情的女性逼到绝路上去的。这一悲剧形象,是曹禺对中国现代戏剧的一大贡献。鲁侍萍是一个正直、善良、纯朴、勤劳的劳动妇女,她不畏权势,不为金钱所动,有高尚、坚强的一面,但也有落后软弱的一面,深受封建宿命论思想影响。周萍则是这个畸形家庭的产儿,他空虚、忧郁、懦弱、被动,是内心充满矛盾的悲剧人物。他想有所追求有所作为,但又不知怎样付诸行动,具有“多余人”的性格特征。

1936 年,曹禺发表了他的又一部现实主义力作——四幕话剧《日出》。《日出》的主要事件是方达生去找交际花陈白露以及他在陈白露那里的所见所闻。作者选取陈白露华丽的休息室和翠喜所在的三等妓院“宝和下处”,真实地展示了“鬼”似的人们生活的天堂和“可怜的动物”生活的地狱,以被压迫者与金钱化半殖民地社会的矛盾,构成全剧的基本冲突,从而深刻地揭示了半殖民地半封建社会都市的畸形状态,控诉了“不公平的禽兽世界”,表露出对光明未来“日出”的热烈期盼。

《日出》的现实主义艺术成就,突出地表现在人物群像的成功塑造上。全剧的中心人物是陈白露,她的悲剧形象是剧本的灵魂。《日出》的主题诗就是由她呼喊出来的,她的内心悲剧性冲突搭起了《日出》戏剧冲突的骨架,形成这支交响乐的主旋律。陈白露曾是一个“天真可爱的女孩子”,一名追求个性解放的新女性,但是资产阶级生活的刺激,锈蚀了她纯洁的灵魂,作为一个高级交际花,她抽烟、打牌、喝酒,被男人玩弄,又玩弄男人,过着寄生的生活。然而,她的内心世界又有许多美丽的东西,她仍眷恋着青春,仍有着不熄的诗情,当她营救小东西时,是那么果敢、坚决,其反抗性达到了义无反顾的境地。她的自杀,既是一个沦落风尘的女子因对生活绝望而走向死亡的弱者之死,又是一个不肯落入魔王之手而遭受蹂躏的强者之死。她的悲剧是性格悲剧，同时也是社会悲剧，是黑暗社会对人的精神的戕害。她是剧作家在继繁漪之后，为中国现代戏剧贡献的又一杰出的悲剧艺术典型。

从《雷雨》的家庭悲剧到《日出》的社会悲剧，曹禺在思想上已有了新的发展。《雷雨》主要是从家庭内部关系揭露中国资产阶级的封建性，《日出》则写的是半殖民地化都市社会中资产阶级的丑行，描绘出当时中国社会的全貌，揭示出上层社会与下层社会之间"损不足以奉有余"的不合理现象。《雷雨》着力表现封建专制主义对人的压迫与虐杀，《日出》则揭露金钱化社会对人的吞噬。

《日出》较之《雷雨》，在艺术上也有新的发展和创造。在戏剧结构上，它不再重复《雷雨》的"闭锁式"结构，而是采取用"片断的方法"、用"人生的零碎"来表现社会内容，展览人物群像。在戏剧色调上，《雷雨》是一悲到底，具有浓重的悲剧色调；而《日出》则把悲剧同喜剧交织在一起，如在整部悲剧的发展过程中，喜剧人物接连粉墨登场，喜剧乃至闹剧的场面也穿插其间，悲剧和喜剧的情势交替转换，隐喻的讽刺和诗意的抒情随处可见，构成了丰富多彩的戏剧色调。

一种基本外来的新兴文学样式要在一个民族的文学领域发展成熟并扎下根来，需要漫长的过程和许多人的努力。自五四文学革命至曹禺创作《雷雨》之前，我国虽然已有田汉、欧阳予倩、洪深、郭沫若、丁西林、熊佛西等一大批剧作家创作了大量优秀的作品，但大多数为独幕剧，且程度不同地带有"欧化"的倾向，还处在积极探索阶段，尚缺少对广阔的现实生活、性格复杂的人物以及冲突尖锐、结构宏大的话剧的驾驭功力。而《雷雨》《日出》以其卓越独特的艺术成就，高度满足了剧本文学关于人物、冲突、结构、语言等方面的艺术要求，成为我国话剧文学创作的典范。

曹禺对中国现代戏剧创作水平的突破不是个别、局部的，而是整体性、综合性的。曹禺以前的剧作家，不少人有过突出的成就并形成了自己的风格，如丁西林的精巧的构思、幽默风趣的对话，田汉的浪漫主义传奇色彩和抒情风格，欧阳予倩的尖锐泼辣的讽刺力量，熊佛西的灵活的场面穿插、曲折有致的情节，等等。曹禺同时代的剧作家，也各有自己的特色和贡献，如洪深以结构完整、戏剧冲突集中尖锐而著称，李健吾以人物鲜明、情节生动、富于诗情画意而别具一格，夏衍以具有政治抒情色彩的社会剖析剧自成一家，等等。他们的有些特长，甚至是曹禺所不及的。但曹禺能够在前辈开辟的道路上行进，并后来居上，在剧作的综合水平上超过他们。从艺术表现的角度看，一部剧作成就的高低，要看人物、结构、语言等综合艺术价值的高低，曹禺的剧作在所有这些方面都达到了相当的水平。而且，曹禺的贡献，并不是某一部作品的成功，他的《雷雨》《日出》

《原野》《北京人》《家》等,都是脍炙人口的优秀之作,至今仍在中外戏剧舞台上显示着长久的生命力。可以说,他的话剧作品,达到了进步的思想内容和尽可能完美的艺术形式的结合,代表了我国现代话剧文学的艺术高峰。

曹禺的剧作深刻集中地反映了反封建与个性解放的主题,有力地冲击了封建主义与黑暗社会。五四时代精神在新文学领域的表现就是涌现出反封建与个性解放两大基本主题。但这个反映时代、社会要求的重要主题,在戏剧方面还一直未产生一部代表作。从胡适的《终身大事》、田汉的《获虎之夜》、丁西林的《一只马蜂》、欧阳予倩的《泼妇》,到情节与《雷雨》接近的陈大悲的《幽兰女士》、熊佛西的《青春的悲哀》、白薇的《打出幽灵塔》等,在揭示生活的深刻性和丰富性上,都不能与《雷雨》相比。而被称为我国现代话剧史上第一部成熟的多幕剧的《雷雨》,可谓异军突起。此后,《北京人》《家》又深化了反封建的主题。在中国现代文学史上,它们堪与巴金的《激流三部曲》雄峰对峙,并驾齐驱。

曹禺戏剧的另一独特贡献,在于塑造了众多各具风采的艺术形象。《雷雨》中的周朴园、繁漪、侍萍、周萍、周冲、四凤、鲁大海、鲁贵,每个人物都是"一个世界",每个形象都具有它的美学价值;《日出》中的陈白露、方达生、翠喜、潘月亭、李石清、黄省三、小东西,也都给读者和观众留下难以磨灭的深刻印象;《原野》中的仇虎、花金子、焦母,及《北京人》中的愫方、曾文清、曾皓、曾思懿等,也个个都是不可多得的艺术典型,他(她)们大大丰富和充实了中国现代话剧的人物画廊。作为卓越的悲剧艺术家,曹禺生动而成功地刻画了一系列悲剧形象,有心灵受到压抑的悲剧女性,如繁漪、陈白露、愫方;有内心忧郁矛盾的悲剧男性,如周萍、曾文清等,都闪烁着奇异的性格光芒。曹禺式的悲剧人物在我国悲剧艺术史上的意义,首先在于他们显示了悲剧表现的深度和广度。曹禺善于描写平凡生活中受压迫与摧残、遭压抑与扭曲的悲剧人物,反映出悲剧的丰富深刻的社会意义;并致力于反映人物精神追求方面的深刻痛苦,深入探索悲剧人物的内心世界。其次,发展和拓宽了悲剧艺术的表现领域。曹禺对灰色人物、小人物的悲剧的描写,丰富和发展了悲剧人物类型;善于通过不幸者的命运,写出一种忧愤深沉、缠绵沉郁的美,呈现出悲剧艺术的阴柔之美。可以说,曹禺的戏剧发展了我国的悲剧艺术,进一步开拓了悲剧文学的表现领域与精神刻画的深度,为悲剧艺术提供了典范。

曹禺不仅是塑造艺术形象的能手,而且是擅长结构艺术的巨匠。他总是尝试运用多种方式来组织各种类型的戏剧结构。有闭锁式的,如《雷雨》;有人像展览式的,如《日出》。《原野》以仇虎的复仇为中心事件按顺序展开,基本上是开放式的,但又不断出现幻象和回忆的场面,打破了时空的界限,吸收了现代派戏剧结构的某些手法。《北京人》写的是日常生活,事件不集中,具有人像展览式的结构特征,但又有争夺棺材这一中心线索贯穿其中,显然又具有开放式结构的特色。可以说,曹禺在自己的创作历程中尝试了希腊悲剧及莎士比亚、易卜生、契诃夫、奥尼尔等世界戏剧大师在漫长的创作过程中形成的各种结构方式,也吸收了中国戏曲结构形式的优点,博采众长而自成一家。另外,在开端与结尾的前后照应、场面安排上的重场与过场、明场与暗场;情节安排的连续性和阶段性,偶然性与必然性;人物关系上的横向联系与纵向联系,正面描写与侧面烘托;整个剧情进展的层次感与节奏感等,曹禺都不是随意安排的,而是精心设计,做到统领全局,大处着眼、小处落笔,善于控制和调节,力求保持整部作品的匀称和谐与统一完整。

没有冲突便没有戏剧,但冲突并非限于激烈的政治斗争、阶级斗争。曹禺就善于从现实生活中提炼出戏剧冲突,紧张、尖锐,引人入胜;他还善于深入人物内心世界,着重人物内心冲突的刻画,从而产生丰富含蓄、发人深思的戏剧效果。在组织戏剧冲突方面,曹禺也具有杰出的艺术才能。如他对于"引爆人"和最佳"聚焦"方式的巧妙设置。在《雷雨》中,蘩漪是全剧的"引爆人",有了她的"引爆"作用,《雷雨》的戏剧冲突才如此震撼人心;在《原野》中,花金子是"引爆人",有了她的"引爆"作用,《原野》的戏剧冲突才会一环比一环紧张,一步比一步尖锐。曹禺还善于寻找各种矛盾集结的焦点,在《雷雨》中,以侍萍重进周公馆为最佳"聚焦"方式,促使潜伏中的各种矛盾公开化;在《日出》中,以陈白露的内心冲突为最佳"聚焦"方式,把各种矛盾引向她的灵魂深处;在《北京人》中,以曾皓的未来前途为"聚焦"点,令人信服地揭示出曾公馆必然衰亡的历史命运。

在所有的文学体裁中,戏剧语言是最难驾驭的一种。而曹禺是公认的语言艺术大师,他的戏剧语言简洁优美,人物台词富于心灵的动作性和抒情性,舞台指示丰富饱满,具有特殊的艺术魅力。他善于运用日常口语,经过提炼成为文学化的口语,引人入胜;他的人物对话是从人物性格出发、受人物意志支配的性格化的对话,如在《雷雨》和《原野》中,人物由于个个怀着深仇宿怨,语言便具有进攻性,那种感情的巨大冲击力呈现出紧张激荡的浓郁风格;而在《北京人》中,剧中人物的教养、身份和戏剧冲突的特点,决定了戏剧语言是简约、含蓄、凝练,在隐晦曲折中包蕴着尖锐的内在动作性和委婉深长的抒情性。总之,曹禺的戏剧语言是具有高度性格化和动作性的语言,洋溢着浓郁的抒情意味,蕴含着丰富的潜台词,曹禺作为语言大师是当之无愧的。

第三节　田汉与洪深的左翼戏剧剧作

五四时期为中国现代话剧运动作出过重大贡献的田汉、洪深,到了 20 世纪 30 年代,随着话剧创作的新发展,成为左翼戏剧运动的两位代表人物。

从 1929 年开始,由于受到无产阶级革命文学运动的激发和感召,田汉面向现实写出了反映工人生活的《火之跳舞》、要求改革社会的《第五号病室》以及洋溢着战斗热情的象征剧《一致》,开始了他政治思想和创作思想的转变。1930 年 5 月,田汉发表长达 7 万字的长文《我们的自己批判》,对南国戏剧运动和自己的艺术道路进行总结和反思,宣布将"旗帜鲜明地站在新兴的无产阶级一边,将艺术贡献于新时代之实现"。① 这就是著名的田汉的"转向",也标志着他领导的南国社在政治信仰上向无产阶级的彻底转变,并从此汇入了左翼戏剧运动的滚滚洪流。故田汉前期的思想和创作可以 1930 年为界,分前后两个阶段:20 世纪 20 年代,田汉自称"感伤时代",创作了大量探索人生的带有抒情浪漫倾向的剧作;20 世纪 30 年代,田汉自觉使自己的创作汇入左翼戏剧运动的大潮,带头开始了左翼戏剧的创作。

整个 20 世纪 30 年代,田汉一面领导左翼戏剧和电影运动,一面努力于从事新剧本的创作。他努力克服早期的浪漫抒情风格,本着现实主义和人道主义的精神,以写实的手法反映社会现实,描写民众生活。他的笔下出现了新的题材、新的主题和新的人物,艺术形态和艺术风格也有某些新的变化,剧作面貌焕然一新。这时期他剧作的题材,主要集中在两方面:一是表现工人运动;二是表现抗日爱国运动。"转向"后的田汉把表现民生疾苦放在首位,《年夜饭》《梅雨》《一九三二的月光曲》等,都是反映失业工人的生活和斗争的独幕剧。如《年夜饭》写画家姚秀三放弃外国公司的高薪聘请,毅然投入失业工人年关示威的队伍,为工人画壁报插图,用画笔为工人运动服务,把艺术家的命运放在工人罢工斗争的背景中加以全新的表现,写出了新时代环境下崭新的主题。《梅雨》通过工人潘顺华一家的生活悲剧和觉醒过程的描写,反映了 20 世纪 30 年代初期中国社会的矛盾,揭示了中国工人阶级摆脱悲惨命运必由的斗争之路,生活气息浓郁。《一九三二的月光曲》反映公共汽车工人团结起来与外国资本家展开有组织的罢工斗争,对工人生活也有具体真实的描写。《顾正红之死》则正面表现"五卅"惨案中工人阶级的反帝反封建反剥削斗争,体现了田汉对于工人斗争已不再是人道主义的同情,而是站在同一战线上作热烈的战斗呼唤了。《乱钟》《暴风雨中的七个女性》《扫射》《战友》

---

① 田汉. 我们的自己批判[M]//田汉选集. 北京: 人民文学出版社,1959.

《回春之曲》等剧则表现了人民群众日益高涨的抗日情绪,并严厉谴责了国民党反动政府卖国投降的罪行。《乱钟》描写1931年"九一八"当晚一群东北某大学爱国学生抗议当局不准抗日,听到日寇进攻皇家屯的炮声群情激愤,敲起校钟,呼起口号,剧情就在一片口号声、枪炮声和乱钟声中结束。该剧反映了全国人民反对侵略、要求抗日的心声,对国民党政府的不抵抗主义表达了强烈的义愤和谴责。该剧主题的现实针对性和情感鼓动性,在当时发挥了强烈的现实战斗作用,每次演出,都是群情振奋,台上台下口号声融成一片。《暴风雨中的七个女性》也创作于抗日高潮时期,该剧通过描写七位不同阶层的知识女性在抗日暴风雨中的面貌,喊出团结抗日的呼声,演出效果也非常热烈。田汉这一时期的剧作,洪深曾撰文指出其具有三个特点:"对于时代的感觉,是这样的灵敏""对于一般不幸的人们,是这样真挚地同情""对于将来是这样毫不迟疑地怀着希望",并肯定它们"能够概括地反映最近四五年中国政治经济社会的情形,并且始终不曾失去反封建和反帝国主义是中华民族的唯一出路"。[①]这个评价现在看来还是客观中肯的。田汉的这些剧作,由于能及时地反映现实生活中的重大事件,渗透了作者强烈的政治热情,在观众和读者当中产生了积极的影响。正因为田汉不断追求进步,紧贴时代的脉搏创作出一系列演出效果强烈的革命宣传剧,所以他才能成为人们敬仰的左翼戏剧运动的领导人。

当然,由于田汉的左翼剧作产生在左翼运动高潮之中,部分剧作存在着主题过于直露、人物性格欠完整、内心情感不够细腻的"理"胜于"情"的弱点。但三幕剧《回春之曲》,则弥补了这些缺陷,较好地达到了思想和艺术的平衡。

《回春之曲》创作于1934年,是田汉20世纪30年代话剧的代表作,也是整个抗战戏剧的最优秀的代表作之一。剧本描写爱国华侨青年毅然归国参加抗战的英勇行为和他们忠贞不渝的爱情故事,成功塑造了高维汉和梅娘两位爱国青年的感人形象。华侨青年高维汉出于对祖国的热爱,在"九一八"事变后,告别恋人梅娘,从南洋回国投入抗日战争。在"一·二八"保卫上海的战火中,高维汉身负重伤并失去了记忆。梅娘挣脱封建家庭的束缚,毅然回国精心护理爱人。经过三年的治疗和休养,在梅娘的爱的激发下、在除夕之夜的鞭炮声中,高维汉的记忆奇迹般地获得了恢复。该剧在当时的抗战戏剧中之所以异常瞩目,在于艺术上的三大特色:(1)克服了其他抗日宣传剧所共有的那种一般化的缺点,把抗日的主题充分地"人化"了。田汉找到了把握和表现生活的特殊角度,立足于写人的情感,把主人公独特的爱情命运和祖国的命运有机地结合起来,

---

① 洪深.《回春之曲》序[M]//回春之曲.上海:普通书局,1935.

表现他们深挚的爱情和炽热的爱国之心。在这里,主人公健康的"回春"、爱情的"回春"和呼唤祖国在抗日中"回春",得到了统一的表现。（2）克服了一般抗日宣传剧容易"直""露""平"的缺点,把抗日的主题充分地"戏剧化"了。该剧构思巧妙,引人入胜。它没有正面描写高维汉在战场上英勇杀敌的情景,而是抓住他失去记忆和恢复记忆的奇特情节,发挥了作者所擅长的浪漫主义的传奇性。即通过一个动人的传奇爱情故事表现抗日爱国主题,戏剧性大大增强。（3）克服了一般政治宣传剧"理"胜于"情"、以"事"压"情"的弱点,把抗日的主题充分地"诗化"了。在该剧中,作者找回了他最擅长的浪漫主义的抒情风格,写得诗情洋溢,优美动人。其中有不少情感场面的设置,将爱国之情和纯洁的爱情描写得分外激动人心。特别是在剧中配上《告别南洋》《春回来了》两支抒情优美的插曲和《梅娘曲》这支深挚动人的主题歌,更使剧作获得了一种独特的诗意美和音乐美。

洪深（1894—1955）,学名洪达,字浅哉,江苏武进人。曾先后就读于美国俄亥俄州立大学和哈佛大学,获戏剧学硕士学位,是从中国到国外专攻戏剧的"破天荒第一人"。他1922年回国后即投身戏剧活动,是我国现代戏剧事业的拓荒者之一。他不仅是优秀的剧作家,还是著名的戏剧理论家、舞台艺术实践家和戏剧教育家。

洪深一生共创作、改编、翻译了三十多部话剧剧本。早在20世纪20年代初,就以九幕剧《赵阎王》（1922）称名剧坛。剧本在剖示赵大精神历史背景时,对当时社会作了全景式的鸟瞰,揭露了封建军阀混战的罪恶,并说明正是军阀混战、社会黑暗造成了这样的罪恶分子,具有强烈的社会批判意义。但由于该剧借鉴了奥尼尔《琼斯皇》的表现主义手法,一定程度上影响了观众接受。20世纪20年代末开始,随着无产阶级戏剧运动的兴起,洪深的世界观和戏剧观也悄然转变,他深刻地认识到:"现代话剧的重要,有价值,就是因为有主义。对于世故人情的了解与批判,对于人生的哲学,对于行为的攻击或赞成——凡是好的剧本,总是能够教导人们的。"①加上田汉等人"转向"的影响,洪深也开始倾向革命,参加"剧联",积极投身左翼戏剧运动。当左翼戏剧提倡表现工农民众生活、强调揭示尖锐的阶级矛盾时,洪深的审美视野扩大了,他把艺术笔触伸向了具有重大社会意义的题材。《农村三部曲》就是他20世纪30年代最负盛名的剧作,同时也是他一生中最重要的代表作。

《农村三部曲》包括独幕剧《五奎桥》（1930）、三幕剧《香稻米》（1931）和四幕剧《青龙潭》（1932）三部剧作。它们以作者熟悉的江南农村为背景,展示了20世纪二三十年

---

① 洪深.从中国的新戏说到新剧[M]//戏剧概论.上海:上海光华书局,1929.

代中国农村社会经济凋敝的现实和农民的苦难生活,以及他们逐步觉醒并同封建势力、帝国主义势力展开自发斗争的历史画卷。该三部剧作是五四以来现代话剧中第一次较全面地反映农民的苦难和斗争的作品,是左翼戏剧的重要收获,因而在中国现代戏剧史上占有一定的位置。

作者在《农村三部曲·自序》中曾说:"《五奎桥》所写的,是乡村中残留的封建势力。"①五奎桥本是地主周乡绅家的先人"状元公"所造的一座私桥,他家曾有"三代五进士"的"盛事",因而桥名"五奎"。对周乡绅来说,此桥"一以纪念盛事,二以保全风水",是其全家命脉之所系,是其地主阶级的特殊利益和威权的象征。而对于广大农民来说,五奎桥是周家世世代代欺压农民的象征,是迷信、愚昧和封建势力的象征。故当江南久旱,农民抗旱保苗要拆除这座桥时,一场围绕拆桥和保桥的激烈斗争就不可避免。村民们在青年农民李全生的带领下,不为封建迷信愚弄,不畏强暴,冲破官吏"六法"的威压,终于拆毁了五奎桥,取得了反封建斗争的胜利。该剧不仅写出了农民的痛苦生活和乡绅的为富不仁、阴险狡诈,揭示了当时农村严重的阶级压迫和封建旧习等社会问题,而且通过这场拆桥和保桥的斗争,反映了地主与农民之间的尖锐对立和冲突,揭露了封建势力与反动政权勾结为一体的反动实质,歌颂了农民的正义反抗,表现出觉醒了的农民的不可抗拒的力量。剧作在农村土地革命蓬勃展开的20世纪30年代初出现,更具有强烈的现实意义。

《香稻米》描写自耕农黄二官一家"丰收成灾"的意外遭遇,通过对其破产经过的揭示,指出了当时"丰收成灾"的社会原因:反动政权的苛捐杂税,帝国主义的经济侵略,洋米洋货对市场的冲击,资产阶级和帝国主义走狗的欺压剥削。薄有田产的黄二官尚且如此,其他佃农的生活就可想知了,剧作通过对他们有的被关押毒打、有的被迫投水丧命的遭遇的描写,从更广、更深的层面上揭示了旧中国农村经济的破产和农民的悲惨命运。20世纪30年代初,描写农村"丰收成灾"成为文学创作的普遍题材,出现了茅盾的小说《春蚕》《秋收》,叶绍钧的《多收了三五斗》和叶紫的《丰收》等优秀作品,该剧也是当时戏剧领域的主要收获之一。

《青龙潭》描写以庄炳元一家为代表的庄家村农民,在严重旱灾面前不知所措,他们骚动、挣扎,各行其是,试图寻找出路,但最后求龙王、拜鬼神的一方占了优势,村民们放弃抗争,跪倒在青龙潭龙王菩萨座下求雨。剧作通过对村民们面对灾情的无奈和挣扎的描写,真实地再现了农民迷信愚昧的精神状态与骚乱动荡的思想情绪,批判了当局

---

① 洪深.农村三部曲·自序[M]//农村三部曲.上海:上海杂志公司,1936.

的不作为,并借剧中人李全生之口否定了农民的迷信思想和愚昧行为,指出只要"有决心,有信心,总会寻出道路的!"同前期作品相比,洪深的《农村三部曲》不再停留在简单地同情人民的苦难上,而是在真实地再现和分析农村经济破产的历史原因的同时,表现农民自发的反抗和斗争,并以艺术形象暗示出一条光明之路,体现了洪深反帝反封建思想的发展,也体现了他坚持戏剧应该"对社会说一句有益的话"的现实主义戏剧观。

《农村三部曲》在艺术上也取得了一定成就。洪深比较注重戏剧人物的塑造,要求戏剧"创造活的有血气的人物",而不是"机械地派定某个人代表某种势力"①。如《五奎桥》中,主人公李全生是率先觉醒的青年农民中的反抗者形象,一个敢作敢为的新一代农民的典型。他对剥削阶级的本质有着清醒的认识,不信邪不畏权势,带领农民与封建势力进行了坚决的斗争。周乡绅也是一个塑造得较为出色的人物,他是乡村中横行霸道的封建地主势力的代表,剧本把他伪善狡猾的面目揭露得可谓淋漓尽致。其他如《香稻米》中忠厚老实、谨慎谦和的自耕农黄二官,直爽稚气的荷香;《青龙潭》中提出走改良之路的小学校长林公达,多愁善感的庄六妹等,也都勾画得栩栩如生。就综合水平来说,三部曲中又以《五奎桥》的艺术成就为最高。该剧以拆桥和保桥的斗争为故事的中心线索,连缀全剧首尾,结构完整严密;戏剧冲突逐步展开,波澜迭起,最后在高潮中结束,既紧凑又热烈。该剧语言通俗朴素,吸收了江南农村农民的口语,且不乏个性化和动作性。总之,《农村三部曲》作为20世纪30年代描写农村社会现实和农民悲惨命运的作品,虽然反映历史还缺乏一定的深度,艺术水准也参差不齐,但仍不失为五四以来的优秀剧作,体现了洪深"戏剧为人生"的思想。

1936年,洪深积极倡导"国防戏剧"运动,他执笔创作了《钨》《走私》《咸鱼主义》等国防剧作,揭露日本帝国主义和汉奸的罪恶活动。特别是《走私》一剧,在当时产生过强烈的社会反响。抗战时期是洪深创作的丰盛期,如《飞将军》(1937)表现高鹏飞从抗战"飞将军"走向颓废堕落的复杂性格,在当时产生很大影响。其他还有《包得行》《鸡鸣早看天》等,也都是抗战后期的重要作品。洪深由最初用戏剧"为痛苦的人生叫喊",到"左联"时期有意识地反映农村的阶级斗争,再到抗战时期以戏剧为武器为民族解放斗争服务,走了一条坚实的现实主义道路。

洪深对中国现代话剧的贡献是多方面的。他作为优秀的剧作家和理论家,为中国现代话剧剧坛奉献了《赵阎王》《农村三部曲》这样影响深远的剧作,他出版戏剧艺术理论著作十多种,对中国现代话剧理论起到了奠基的作用;他作为杰出的舞台艺术实践

---

① 洪深.电影戏剧的编剧方法[M].南京:正中书局,1935.

家,为中国现代话剧建立了正规的演出规范,在中国现代戏剧史上首次确立了完整的导演制,这对于中国话剧从初创期转入正规期,起到了决定作用。

第四节 夏衍的戏剧文学创作

夏衍是以一个职业革命家的身份步入现代文坛的著名剧作家,是继田汉、曹禺之后在中国现代话剧史上产生重要影响的剧作家之一,他的独具一格的戏剧艺术,标志着中国现实主义戏剧的深化和现代戏剧文学的新发展。

夏衍(1900—1995),原名沈乃熙,字端轩,浙江杭州人。夏衍、沈端先、黄子布都是他常用的笔名。1920 年夏衍赴日本留学,积极投身进步学生运动。1927 年在白色恐怖最严重时回国,并毅然加入中国共产党。左翼运动时期,他任"左联"执行委员,并发起组织"剧联",成为左翼文化运动的领导人之一。他主编出版《艺术》《沙仑》和《戏剧论文集》,宣传"普罗列塔利亚戏剧"。1932 年,夏衍进入电影界,担负起左翼电影运动的组织领导工作。他任明星影片公司编剧顾问,创作、改编了《狂流》《春蚕》《上海二十四小时》等电影剧本,成为中国左翼的重要开拓者。他的戏剧生涯,是在 1929 年与郑伯奇等人组织成立上海艺术剧社时开始的,可以说是由于党的工作需要,才与戏剧结下了不解之缘。1935 年,为了支持"剧联"领导下的上海业余剧人协会,夏衍写出了他最初的两个独幕剧《都会的一角》和《中秋月》,反映都市下层人民的痛苦生活和善良心灵。特别是前者,通过小小都会一角小人物的平凡生活,展现了大时代的风云,透视出半殖民地半封建社会的黑暗和畸形,揭示了国土沦丧给人们心灵造成的创伤,具有鲜明的政治性和强烈的时代感,初步显示了冲淡、洗练、含蓄、隽永的艺术风格。1936 年,在国防戏剧运动蓬勃发展时期,夏衍连续推出了两部历史剧《赛金花》和《秋瑾传》(又名《自由魂》),充分显示了他作为一个剧作家的艺术才华。

《赛金花》是夏衍创作的第一个大型剧本。1936 年 4 月发表后,立即轰动剧坛,被誉为"国防戏剧之力作",成为国防戏剧创作的里程碑式作品。剧本通过描写清末红妓赛金花在 1900 年庚子事变中的一段不平凡的经历,揭露清朝官僚的昏庸腐朽和清王朝奴颜屈膝的外交政策,用以讥讽国民党当局对日寇的屈辱求和。作者当时就曾表明自己的创作意图,"我就想以揭露汉奸丑态,唤起大众注意,'国境以内的国防'为主题,将那些在这危城里面活跃着的人们的面目,假托在庚子事变前后的人物里面,而写作一个讽喻性质的剧本。"①显然,这是一部政治讽喻史剧,其落脚点主要是寻找历史与现实的

---

① 夏衍.历史的讽喻——给演出者的一封私信[J].文学界(创刊号),1936.

某种关系,达到讽喻现实的目的。当然,《赛金花》也有败笔,缺陷在于为了宣传直奔讽喻,忽视了历史唯物主义的辩证把握,表现在艺术构思和人物刻画上,就失去了分寸感。正如茅盾当时所批评的:"单写赛金花,或用赛金花为主角,并不是不可以,然而要在'国防文学'的旗帜下以赛金花为题材,终于会捉襟见肘。"①不过,《赛金花》剧本尽管存在着缺点和不足,但在讽刺清末官场的腐败和丑恶、暴露外交的卖国误国方面是成功的,对当时国民党执行媚外求和的卖国外交政策有积极的讽喻作用。因此演出时,引起了国民党当局的仇视和破坏。这说明,剧本的主观意图和社会效果是吻合的。继《赛金花》之后,夏衍又写出了"忧世愤世"之作《秋瑾传》。剧本以清末女革命家秋瑾英勇奋斗、壮烈牺牲的事迹为题材,歌颂她那勇敢顽强、视死如归的巾帼英雄气概和爱国爱民的高尚品质,暴露统治者的卑鄙与怯懦。它与《赛金花》一样,旨在借历史故事鞭挞国民党反动政府,激发人们抗日救国的热情。但主人公的形象不够丰满生动,艺术上有概念化的痕迹。这大概与他当时所抱的写戏"主要是为了宣传,和在那种政治环境下表达一点自己对政治的看法"②的观点有关。

　　集中体现夏衍戏剧的现实主义特色,奠定夏衍在中国现代戏剧史上的重要地位的,是 1937 年春创作的《上海屋檐下》(又名《重逢》)。夏衍写《上海屋檐下》时,曾在写作上有一次"痛切的反省",他写道:"这是我写的第三个多幕剧,但也可以说这是我的第一个剧本。因为,在这个剧本中,我开始了现实主义创作方法的摸索。""在这以前,坦率地说,我很简单地把文艺作品当作宣传的手段。"③的确,从这部剧开始,夏衍摒弃了简单地把艺术看作宣传手段的思想,正确处理了政治与艺术的关系,更沉潜地运用现实主义方法,寻找到了自己的人物与主题:小市民与知识分子的生活、逼真的人生世相、心灵的痛苦与企求,鲜明地展现了自己新颖独特的戏剧观和成熟的艺术个性,呈现出朴素、洗练、深沉的风格。故该剧是夏衍话剧创作向新阶段发展的起点,不仅标志着夏衍话剧创作艺术风格的成熟,成为夏衍戏剧创作道路上的一座高峰,而且也是中国话剧史上最优秀的剧作之一。

　　三幕剧《上海屋檐下》是夏衍于 1937 年应上海业余实验剧团之约而创作的一部直接反映现实生活的剧作。"西安事变"后,抗日民族统一战线初步形成,国民党政府被迫有条件地释放了一批长期关押的共产党人和其他政治犯,一些革命者出狱后家庭的

　　① 茅盾.谈赛金花[J].中流,1936,1(8).
　　② 夏衍.谈《上海屋檐下》的创作[J].剧本,1954(4).
　　③ 夏衍:《上海屋檐下:三幕话剧》·后记[M]//上海屋檐下:三幕话剧.北京:中国戏剧出版社,1981:83.

变故和悲欢离合的故事触动了作者。再加上当时国民党是否真心抗日，全国性的抗战能否发展，形势还不明朗，犹如黄梅天气一样，变化难测。于是一直战斗在国民党统治区的夏衍，以他高度的政治敏感性，调动自己的生活积累，构思创作了这部又名《重逢》的悲喜剧，以此来表达自己对生活的感受和对政治形势的思考。

《上海屋檐下》取材于抗战前夕国民党统治的上海，写于1937年的黄梅天，是和生活同步的作品。剧本展示的是上海一幢普通弄堂房子中人们生活的横断面，通过五户人家一天的经历，十分真实地表现了抗战爆发前夕小市民痛苦而平庸的生活，生动地刻画了上海这个畸形的社会中的一群小人物，"反映一下他们的喜怒哀乐，从小人物的生活中反映出一个即将来临的伟大的时代，让当时的观众听到一些将要到来的时代的脚步声"。① 夏衍把剧作的思想主旨，熔铸在对人物群像的精心塑造和对生活景象的真实描绘之中，是一部"个个角色有戏的群戏"②。在剧中，沉闷得透不过气来的黄梅天和像黄梅天一样晴雨不定、阴郁晦暗的政治气候，使家家都有一本难念的经。赵振宇夫妇整天为生活而辛勤操劳，生活的磨难使赵妻的性格变得自私狭隘、尖刻吝啬，甚至为了多拿一支茭白而对菜贩关门抵抗。赵振宇虽然安贫乐道、性格开朗，但在严峻的现实面前，也不得不用"比上不足，比下有余"的说法来麻醉自己。出身于农民家庭的黄家楣，是靠其父典房卖地才读完大学的，如今却失业在家，困守亭子间，陷入贫病交迫之中，想要款待一下从乡下来的老父亲，也得典物借债。"摩登少妇"施小宝，在丈夫出海、生活无靠的情况下，被迫卖身而落入流氓魔掌，她想挣脱，却又得不到同情和援救，只能含泪忍受屈辱。孤苦无依的老报贩"李陵碑"，因想念阵亡的儿子而精神失常，他只有在酒后梦中才能与心爱的儿子相会。杨彩玉曾不顾家庭的阻挠和亲朋好友的指责，勇敢地和贫困的革命者匡复结合，表现出掌握自己命运的勇气。但当匡复被捕后，为生活所迫，她也不得不背叛狱中丈夫的爱情，和林志成同居。严峻的生活境遇消磨尽了她的朝气，使之成为一个庸庸碌碌的家庭主妇。林志成由帮助朋友家属到陷入爱情深渊，却又无法排除时时袭来的负罪感。为能保住饭碗，照料好彩玉和她的女儿葆珍，他只好忍气吞声地看资本家的脸色行事，以致终日郁郁寡欢。剧中所描写的这些人物的各种生活处境和精神面貌，正是当时处于都市社会底层的千千万万普通市民的遭遇的真实写照。它使读者和观众真切地感受到：人，不能这样生活！作品是对帝国主义和国民党反动当局提出的强烈控诉。

居于全剧中心地位的是林志成、杨彩玉、匡复三人之间的感情纠葛。匡复是全剧的

---

① 夏衍.谈《上海屋檐下》的创作[J].剧本,1954(4).
② 李健吾.论《上海屋檐下》[N].人民日报,1957-01-26.

一个引线人,这弄堂里五户人家的生活序幕,就是由他的"闯入"而拉开的。他在被捕入狱达八年之久后获释,来到好友林志成家探询自己妻子彩玉和女儿葆珍的下落,却发现妻子与林志成早已组成家庭。剧本细腻深入地展示了三人面对进退两难的局面时掀起的巨大的感情波澜,通过他们的内心冲突来深化主题。林志成经过一番心灵的痛苦挣扎,决定从家庭出走,使朋友与妻子团圆。感情挣扎在匡复和林志成之间的杨彩玉,被匡复唤起了青年时代的回忆和希望,但又不忍心与患难与共多年的林志成遽别。带着一颗伤痕累累的心,希望得到妻女爱抚的匡复,在足以摧毁他意志的感情的打击面前,还是经受住了考验。在短短的一天中,他看到了"上海屋檐下"人们的痛苦,他清醒地意识到不能这样生活下去,应该有光明的生活。但这部充满忧郁情调的悲喜剧并不使人悲观消沉。剧尾在葆珍等孩子的《勇敢的小娃娃》的主题歌声中,匡复留下"勇敢地活下去"的赠言后离开,投身到火热的斗争生活中去。这也预示着黑暗时代即将结束,那与阴郁的梅雨搏斗的阳光终会照彻人间,从而比较圆满地完成了剧作者"由小人物反映大时代"的创作意图。

该剧在艺术上获得了很大的成功,概括地讲,主要有以下几方面的特色。在题材的选择和处理上,作者不注重故事的传奇性和情节的所谓戏剧性,而是着眼于平凡的小人物和他们几乎没有色彩的生活,从人物性格及其相互关系出发去构成戏剧冲突,着力刻画剧中人的内心矛盾,着重揭示人物的内心世界和他们畸形关系的悲剧实质。在布局和结构上,将分散的五家人生活如蜘蛛网般组织在同一个舞台空间,而以林志成家的活动为主,以林、杨、匡三人的内心冲突为结构主线,以其他各家的日常生活为副线,彼此交织、互相衔接,使剧情的发展既井井有条、错落有致,又波澜起伏、紧凑自然。在这里,作者是依据小市民"各自为政"的生活方式特点,让五组人物沿着各自的生活逻辑伸延、发展自己的情节线,在进行中又互相交错、穿插,做到了有机的陪衬和补充。戏剧语言方面,准确、简洁、洗练,并注意用个性化的语言表现人物性格,像赵振宇的达观、林志成的忧郁、匡复的稳重、葆珍的天真,都是通过他们的用词和说话的口气、语调、节奏等显示出来的,可谓"闻其声而知其人"。在舞台空间的运用和转换上,借鉴了电影的蒙太奇技巧,截取生活的横断面,把几个独立的小天地同时展现在观众面前,犹如电影的"分割银幕"。这就大大扩展了舞台的空间容量,增强了戏剧效果。此外,作者还非常注意剧中人物与环境的关系相依相存。剧中无论黄梅天的阴晴不定,还是屋檐下的拥挤、窒息,都不是简单的背景,它象征着左右人们命运的政治气候,反映了他们在近乎窒息的日子里那种希望与失望混杂,渴望来一场"大雷大雨"的思想情绪。可以说,夏衍从该剧开始,充分表现出自己的创作个性,确立了自己深沉、凝重、清新、淡远的艺术风格。该剧的现实主义艺术成就，是夏衍对我国现代戏剧史的杰出贡献，它独特的生活化叙事和抒情散文式的美学风格，代表着现实主义的深化，对我国话剧艺术的发展，产生了重大影响。

抗战时期，夏衍先后创作了《一年间》（1938）、《心防》（1940）、《愁城记》（1940）、《法西斯细菌》（1942）、《水乡吟》（1942）、《离离草》（1944）、《芳草天涯》（1945）等十多个剧本。他战时写的剧作，多以他熟悉的大城市为背景，描写小市民和知识分子的生活，围绕他们的爱情、婚姻、家庭、事业、友谊等问题，表现了抗战时期动荡不安的时代风云和人们的精神风貌。如被洪深认为夏衍战时代表作的四幕剧《心防》，描写新闻记者刘浩如等一批进步文化工作者，在"三·一八"事变后深刻领悟到用笔来"死守一条五百万人的精神上的防线"的重要性，顶住敌人的威胁利诱，排除来自家庭和思想方面的各种干扰，毅然留守孤岛，坚持战斗的故事。剧本是为歌颂"孤岛"文化战士而创作的，"孤岛"抗日文化活动在全国抗日文化工作中具有特殊的意义，剧作为此留下了可歌可泣的一页。再如写于抗战胜利前夕的《芳草天涯》，描写尚志恢、石咏芬、孟小云三人在战乱离难中的爱情、婚姻纠葛，表现在抗战艰苦岁月里不同类型的几位知识分子的苦恼、矛盾、奋斗和追求。可贵的是，剧作家对爱情、婚姻等社会问题的解决，突破了一般人道主义思想，从而使爱情主题发展为民族解放、社会解放的主题，从而大大拓展了剧作的思想内涵。

创作于1942年的《法西斯细菌》（又名《第七号风球》），是夏衍本时期影响最大的一部现实主义力作。该剧共五幕六场，以抗日战争为背景，探讨的是抗战时期知识分子的科学研究与政治斗争的关系问题。剧作以不问政治、一心从事科学研究的医学博士俞实夫为中心人物，通过他由东京到上海，再到香港、桂林的曲折经历，揭露日本帝国主义的残酷暴戾，提出了"法西斯与科学不两立"的深刻命题。善良正直、献身科学的细菌学家俞实夫在法西斯浪潮的不断残酷冲击下，理想屡遭破灭，在经历一次次的灵魂拷问后，他终于认识到法西斯比细菌更为可怕，从而坚定地投身到全民族的抗战中去。除了主人公俞实夫，作者还同时塑造了赵安涛和秦正谊两个性格鲜明、各有追求的知识分子形象。剧本正是通过三个不同类型的知识分子的不同道路，深刻批判了法西斯主义扼杀科学的反动性，赞扬了俞实夫这样的知识分子一旦认识到法西斯的反动本质后，便义无反顾地投入"扑灭法西斯细菌的实际工作"，从而揭示了知识分子在抗日战争年代的正确的人生道路选择。《法西斯细菌》采用开放式结构，形式有别于《上海屋檐下》，但戏剧冲突和艺术风格都体现出夏衍一贯的创作个性，是夏衍戏剧艺术的新发展。

夏衍剧作取得了现实主义艺术的突出成就，主要表现在以下几方面：（1）追求艺术的高度真实性。夏衍严格地遵循真实的原则,这原则包括三个方面,即生活本身的规律,人物性格发展的规律,构成作家风格的艺术的规律。他善于从平凡的生活事件中发掘出深刻的内涵,自然朴素地再现生活的本来面目,展示形形色色的社会相。他的剧作几乎都是以小人物反映大时代,生活气息浓郁。(2)戏剧冲突淡化、内化。夏衍总是把人物安置在整个社会的大背景中,以社会环境、某种社会势力与剧中人之间的矛盾构成戏剧的基本冲突,淡化人物之间的外部冲突,着重表现内心冲突。(3)洗练含蓄的心理描写。夏衍善于把剧中人复杂的情感、心理变化凝结在简朴的台词中,而将丰富的潜台词留给演员去创造,让观众去体会。(4)平淡、幽远、深沉、隽永的契诃夫式风格。契诃夫把亚里士多德以来的"戏剧化戏剧",变成"生活化戏剧",夏衍正是契诃夫"生活化戏剧"在中国的传人。如《上海屋檐下》的美学风格,就和契诃夫剧作的诗意风格极为相似:既酷似生活,又具有生活内在的深邃意蕴;既平淡朴素,又含蓄隽永。但夏衍不是简单的模仿,而是一种基于中国民族文化土壤的全新的创造,因而在中国现代话剧史上独树一帜。

第五节　郭沫若和 20 世纪 40 年代的历史剧

中国现代史剧萌芽于五四,20 世纪 20 年代获得长足发展。以郭沫若的《三个叛逆的女性》为代表的浪漫主义史剧,是现代史剧取得的初步实绩。进入 20 世纪 30 年代,特别是在抗日救国呼声中产生的"国防戏剧"运动,使历史剧创作获得发展的契机,陈白尘的《石达开的末路》《金田村》,夏衍的《赛金花》,宋之的的《武则天》等一大批历史剧应运而生。从抗战全面爆发到整个 20 世纪 40 年代,历史剧创作更是呈现蓬勃发展的态势,"战国史剧""太平天国史剧""南明史剧"成为这时期三大题材类型,历史剧创作空前繁荣,形成中国现代历史创作的高峰。

历史剧创作在 20 世纪 40 年代剧坛的崛起,绝不是偶然的现象,而有着多方面的历史原因。首先,是时代、社会和政治的因素,使剧作家们选择了历史剧。一方面,抗战全面爆发,中华民族面临着生死存亡的严峻时刻,深重的民族灾难促使剧作家们去撷取本民族历史上抵御外侮的故事来唤起民族意识、鼓舞抗日情绪。而另一方面,当时的社会政治,也不允许剧作家们直抒胸臆。特别是"孤岛"时期的上海和 1941 年"皖南事变"以后的国统区重庆,反动当局对进步戏剧界实行管、卡、压的强权政策,很多现实题材不能写,剧作家虽满怀忧愤而不能公开表达,于是不得不采用一种迂回曲折、借古喻今的方式,以历史题材来宣传抗日、针砭现实政治和社会流弊。其次,是历史剧本身的性质和功能使剧作家们青睐于它。历史剧凝结着千百年来民族传统精华,积淀着民族文化心理,最易唤起民族的情感、自尊心和自信心。特别是到了抗战后期,就有更多的救亡兴国、御敌抗暴的英雄及其功业适于为历史剧所表现,于是凡是熟谙历史的剧作家,都不谋而合地把选材目标集中于外族入侵、民族矛盾尖锐的时代,如战国时代、南宋末年、元末明初、明末清初、太平天国时代,等等。此外,还有剧作家自身的原因。抗战进入相持阶段以后,剧作家的生活境况较流亡时期相对稳定,有可能一边探究历史一边写作。而且经过抗战戏剧的多年实践,编剧技巧也渐趋圆熟,可以驾驭多幕大型话剧。总之,剧作家在抗战时期注重历史剧的创作,这是特殊历史条件下所作出的特殊选择。

郭沫若是这一时期历史剧创作的卓越代表。他不仅是中国现代新诗的奠基人,同时也是中国现代历史剧的最早开拓者。早在五四时期,郭沫若就创作了历史诗剧《女神之再生》《湘累》和《棠棣之花》;20世纪20年代初中期,又创作了《卓文君》《王昭君》和《聂嫈》(合称《三个叛逆的女性》),开拓了现代历史剧这一文学样式。《三个叛逆的女性》分别从反叛封建礼教、封建王权和反抗暴政的角度,塑造了卓文君、王昭君、聂嫈三个古代女性形象,歌颂她们追求个性解放、人格独立的精神,抨击了封建旧制度和旧道德。这种在历史人物的"骸骨"里吹进五四时代精神,"借着古人的皮毛来说自己的话"①的创作方法,初步显示了郭沫若浪漫主义历史剧的创作特色。到了抗战时期,郭沫若再度投身历史剧创作,从1941年至1943年间,完成了蜚声文坛的六大史剧——"抗战六剧"(又称"战国史剧"),把历史剧创作推向高峰,也推动了大后方的戏剧运动。这无论在他个人的文学道路上,还是在中国现代戏剧史上,都是辉煌的创作成就。

五幕六场史剧《屈原》是郭沫若历史剧的代表作,也是中国现代文学史上历史剧创作成就的最高代表。该剧脱稿于1942年1月,是剧作家广泛参考了《史记》《战国策》等史籍中的有关资料,在对屈原的身世、经历、人品、诗歌创作等作了深入的研究的基础上,运用浪漫主义创作方法艺术再创造而成的,体现了他历史剧思想和艺术的最高成就和基本风貌,也是中国现代史剧创作的典范。

郭沫若构思《屈原》之时,正是国民党反动当局疯狂叫嚣反共和破坏抗日之时。剧作家正是为了"把这时代的愤怒,复活在屈原时代里去"②而创作《屈原》的。他要借屈原之口,说出全中国进步人士的愤怒。剧本描写以屈原为代表的楚国人民和以上官大夫、南后郑袖为代表的统治集团之间所进行的政治斗争,在一场光明与黑暗、正义与邪恶的决战中,着力塑造了不畏强暴、坚持斗争的伟大的爱国诗人和政治家屈原的光辉形

---

① 郭沫若.创造十年[M]//沫若文集(第7卷).北京:人民文学出版社,1961:70.
② 郭沫若.关于屈原[M]//沫若文集(第12卷).北京:人民文学出版社,1961:20.

象,热情赞颂了屈原遭诬受辱而坚贞不屈的精神,显示了光明对黑暗的永不屈服,谱写了一曲中华民族的正气歌。同时,抨击了楚国卖国集团的分裂、倒退的错误路线,讽喻了国民党反动派的黑暗统治和卖国投降行径,具有强烈的现实战斗意义和教育意义。

屈原是一个经过高度集中和理想化了的艺术典型,是民族忧患意识的象征,也是自由、光明、正义精神的化身。作为贵族出身的爱国诗人,他热爱祖国和人民,有崇高的社会理想和宏大的政治抱负,剧本一开始就借《橘颂》揭示出他那爱国爱民的情怀,展现出他那"内容洁白,芬芳无可比拟;植根深固,不怕冰雪雰霏"的高尚品格。作为一个杰出的政治家,屈原倡导联齐抗秦的外交方针,力主改革政治、强国富民的国策,都体现了维护楚国长治久安的远见卓识,也体现出封建时代政治家的雄才大略和深谋远虑。可是,昏庸无能的楚怀王听信了张仪的谗言,拒不采纳屈原的正确主张。即使在这种内外夹攻的逆境中,屈原仍以民族大义为重,一再向楚怀王直言相谏,痛斥张仪的为非作歹,揭露朝廷内外那些阴险狡猾的奸细的卖国行为。当楚国的卖国集团一意孤行,对敌妥协投降、忠良正义横遭祸害之际,屈原忧心如焚,他发出赤诚的呼唤:"我是问心无愧,我是视死如归,曲直忠邪,自有千秋的判断!"屈原的悲剧性格,就沿着剧中爱国与卖国这一尖锐矛盾冲突的逻辑发展而显现出来,前后历经诬陷、罢官、羞辱、囚禁、出走等曲折过程,最后在风火雷电的独白中得以完成。《雷电颂》一场激昂慷慨的内心独白,充满了对黑暗的诅咒、对光明的歌颂和向往,把屈原那种"不屈不挠,为真理斗到尽头"的反抗性格和斗争精神推向高峰。至此,呈现在人们面前的,是一个顶天立地的英勇斗士的形象。这个形象的典型意义就在于,他是一切历史和现实的进步力量的化身,为正义而英勇斗争的象征,为捍卫祖国和人民利益而献身的榜样,在他身上,充分体现了中华民族争取独立自主、反抗侵略的历史传统精神。在屈原形象的塑造中,作者突出了其精神的主要方面,这就是爱国爱民、尊重自由、抗拒强暴、坚贞不屈的精神。这是屈原人格的本质方面,是贯通古今、具有现实意义的民族灵魂。同时,作者对屈原形象的塑造又是全面的。屈原既有志洁行廉、坚贞自守的政治家的品格,又有抒情诗人耽于理想、敏感清高的性格特征。这是一个既作为伟大民族灵魂的代表,又具有独特性格和历史具体性的丰满、鲜明的艺术形象。

《屈原》在艺术上也获得了巨大的成功。首先是革命浪漫主义的精神和"失事求似"的创作方法。作者本着革命浪漫主义的精神,驰骋浪漫主义的想象,运用"失事求似"的方法,达到了历史、现实与虚构三者的统一。屈原形象是理想化了的人物,作者在不违背历史真实的条件下,大胆地把《史记》中郁郁不得志的屈原塑造成一个雷电型的人物；婵娟这个人物完全是虚构的，在她身上寄托了作者自己的审美理想。其次是高度的概括和精巧的构思。作者采用"回顾""倒叙"的方式，将主人公30多年来的政治生涯和纷繁驳杂的矛盾冲突，集中在一天之内，通过屈原自早晨至午夜一天中的经历，概括出他一生的精神品格，显示了作者惊人的概括能力。而且剧情紧张，大开大合，冲突尖锐，结构严谨，这样壮观、宏伟的艺术布局构思，没有高超的艺术功力是做不到的。再次是人物形象的映衬与对比。作为主体的核心人物屈原，与周围的人民群众构成一个不可分割的整体。纯真无邪、光明磊落的婵娟与屈原相互辉映，是屈原形象的陪衬和补充；其他如作为宫廷事件见证人的钓者、卫士等，也同时都是屈原精神的发扬和渗透。与此相对的系列人物，诸如昏庸颟顸的楚怀王、奸诈谋权的张仪、利欲熏心的靳尚、阴险狠毒的南后，他们不仅反衬出屈原的崇高伟大，而且有助于揭示屈原性格悲剧的社会根源。这种善与恶、美与丑的辩证关系的相互对照，极大地增强了历史画面的审美力度。第四是浓烈的诗意、奔放的感情。作者发挥了自身精通史学和作为浪漫主义诗人的优长，使剧作达到史、剧、诗三者的完美结合。全剧台词富于诗情诗意，或采用莎士比亚式的对话揭示主人公的内心世界；或直接插入像《橘颂》等一些抒情短诗，抒发主人公的爱国之情。总之，无论从思想成就还是艺术成就看，《屈原》都不愧是中国历史剧的传世之作，是我国历史剧创作的一座丰碑。

郭沫若20世纪40年代的其他历史剧，如《棠棣之花》（1941）取材于《战国策》中聂政刺杀韩相侠累的故事，歌颂了聂政与其姐姐相依为命、共同抗暴的英勇行为，突出了倡导联合、抵制分裂的主题；《虎符》（1942）以战国历史中信陵君窃符救赵的故事为题材，着重歌颂了信陵君为坚持合纵抗秦，反对妥协投降的雄才大略和爱国精神；《高渐离》（又名《筑》，1942）描述高渐离为完成荆轲未竟之业，机智勇敢地用筑投击秦王的故事；《孔雀胆》（1942）描写元末云南大理总管段功与阿盖公主的爱情悲剧，热情歌颂了他们维护民族团结的精神；《南冠草》（1943）描写明末爱国诗人夏完淳从被捕前后至17岁殉国的一段经历，歌颂了他的民族气节和爱国主义精神，鞭挞了洪承畴等人的投降卖国行径。在这些剧作中，作者成功地塑造了一系列正反面人物，通过他们的剧烈冲突，一方面深刻揭露外来侵略者、本国反动统治者和汉奸卖国贼的形形色色丑类的本质，一方面热情赞颂了自古以来中华民族精英人物的高尚品德，表达了全国人民反侵略、反专制、热爱国家、要求民主的强烈愿望。

郭沫若的历史剧有着鲜明的现实针对性，他总是站在时代的高度，从时代的政治要求出发选择历史题材，达到"借古喻今""借古讽今"的目的。在他看来，历史剧首先是"剧"而非"史"，认为"史学家是发掘历史精神，史剧家是发展历史精神"，"研究历史是

'实事求是',史剧创作是'失事求似'"①,并说:"剧作家的任务是把握历史的精神而不必为历史事实所束缚。"②郭沫若的这些见解,显示了作为诗人兼史学家的独特的浪漫主义史剧观。郭沫若的历史剧还具有浓烈的主观抒情性,他以诗人的情怀体悟人物,抒情主体鲜明,剧作情感热烈,诗意浓郁。为强化抒情色彩,他往往在剧作中穿插大量的民歌和抒情诗,尤其是大段的抒情独白,感情激越,气势磅礴,如《屈原》中长达2 000字的《雷电颂》,本身就是一首诗情横溢、声情并茂的散文诗,显现出"惊天地,泣鬼神"的伟大威力。就审美品格来说,郭沫若的历史剧还具有阳刚美、崇高美。他擅长悲剧创作,且笔下多是"杀身成仁、舍生取义"的英雄人物和志士仁人,故其作品显示出来的悲剧美是悲怆的,这种崇高悲壮的格调使人感奋又怆然泪下,给人荡涤心灵的审美享受。

　　除了郭沫若富有个性的"战国史剧"外,20世纪40年代的历史剧创作,还有"太平天国史剧"和"南明史剧"两个系列。前者以太平天国为背景,多以天朝内部分裂的历史教训为题材,代表作有欧阳予倩的《忠王李秀成》(1941)、阳翰笙的《天国春秋》(1941)以及陈白尘的《翼王石达开》(又名《大渡河》,1943)等。南明史剧以明末清初的"南明"为史实,着重描写汉族人民反抗入侵的斗争,主要代表作有阿英的"南明三剧"、于伶的《大明英烈传》(1940)和欧阳予倩的《桃花扇》(1947)等。欧阳予倩的《忠王李秀成》将天国和满清之间的生死激战与内部忠奸之间的复杂矛盾交织在一起,歌颂了李秀成效忠民族事业的献身精神,并揭示出一个深刻的历史教训:太平天国不是败于敌手,而是败于奸佞的当政和叛贼的出卖。这样的主题具有明显的警世讽今的作用。剧作人物众多,忠奸分明;剧情紧凑,结构宏大,穿插、渲染和铺垫都有条不紊;气氛悲壮,感情奔放激越,艺术感染力强,是抗战时期一部著名的史剧。再如陈白尘的《翼王石达开》,以太平天国内讧引起分裂、导致石达开兵败大渡河的史实出发进行构思,描写石达开从参加桂平起义到最后在大渡河自刎的全过程,试图通过挖掘他悲剧生涯的复杂内涵,揭示出其失败的根源在于自相残杀和没有满足农民的土地要求。该剧写作与演出都在1943年,既是对太平天国失败历史教训的总结,也是对"皖南事变"后国统区时政的针砭。这些剧作选取民族矛盾和阶级矛盾异常尖锐时代的史实为素材,从中找寻对于现实具有借鉴意义的历史经验和教训,歌颂爱国主义,反对投降变节,以便为民族解放战争和现实斗争服务。

　　阳翰笙(1902—1993),原名欧阳继修,笔名华汉,四川高县人。他1928年参加创作社,开始文学活动。20世纪30年代是"左联"的领导之一,抗战开始担任文化工作委员

---

① 郭沫若.历史、史剧、现实[M]//沫若文集(第13卷).北京:人民文学出版社,1961:16.
② 郭沫若.我怎样写《棠棣之花》[M]//沫若文集(第2卷).北京:人民文学出版社,1959:80.

会领导，并开始戏剧创作。他的剧作有反映现实题材的《前夜》（1936）、《塞上风云》（1938）等，但影响最大的还是他的历史剧创作。他是一位恪守现实主义创作方法的剧作家，也是政治意识相当强烈的政治家，历史剧是他"曲折地然而还是无情地给国民党统治的黑暗现实予以回击的一种斗争形式"①。因此，阳翰笙的剧作无论是取材、主题，还是人物、语言，都无处不显示出鲜明的政治倾向性。他20世纪40年代的史剧代表作是六幕剧《天国春秋》（1941）、五幕剧《草莽英雄》（1942）。前者取材于导致太平天国败落的内讧事件"杨韦事变"，以杨韦之乱讽喻并谴责国民党挑起内战，号召团结抗敌。此剧的现实针对性很强，使人想起刚刚发生不久的"皖南事变"。剧中有一句洪宣娇痛斥韦昌辉的著名台词："大敌当前，我们不该自相残杀！"这句意在唤起民众团结抗战的民族意识的话，在观众中产生强烈共鸣，每演到此，台下观众就会群情激奋，掌声雷动。后者表现辛亥革命前夕四川保路同志会与出卖铁路丧权辱国的清政府展开英勇斗争的悲壮史实。这部带有传奇色彩的史剧，写出了一帮"草莽英雄"的侠肝义胆，也描绘了朴实自然的内地民风。作者借用历史教训，为维护抗日民族战线敲响了警钟。阳翰笙的历史剧具有气势雄浑、境界崇高的审美特征，但有时也显出人物概念化的倾向。

阿英（1900—1977），原名钱德赋，阿英、钱杏邨都是笔名，安徽芜湖人。他是抗战时期重要历史剧作家之一，抗战前期留驻"孤岛"期间，创作了《碧血花》（一名《明末遗恨》，又名《葛嫩娘》，1939）、《海国英雄》（又名《郑成功》，1940）、《杨娥传》（1941）三部"南明史剧"，是当时以"南明"为题材的史剧创作中最有影响力的剧作家。三幕剧《碧血花》描写秦淮名妓葛嫩娘在清兵攻入南京国破家亡之际，与名士孙克咸参加义军抗清共赴国难的故事，歌颂了他们的爱国精神和民族气节。四幕剧《海国英雄》通过民族英雄郑成功延平前线杀敌、反对父亲降清、攻打南京、退守台湾等情节，表彰了他为"恢复故土"不屈不挠的苦斗精神。《杨娥传》写明末爱国义女杨娥为洗雪国仇家恨，伪设酒肆谋杀吴三桂的故事，激励人们为当前的国恨家仇而斗争。"孤岛"时期同样吸引了大批观众的，还有于伶的五幕剧《大明英烈传》（1941）。剧本以元末采石矶大战为背景，塑造了刘伯温、苏姣姣、唐力行等决心推翻元室光复山河的起义领导者和群众形象，收到了宣传民族意识、鼓动人民抵抗侵略的积极效果。这些史剧，在当时处于特殊环境的上海"孤岛"上演时，非常轰动。它们紧密配合政治斗争，着力宣扬民族气节，对沦陷区人民坚持抗战和同汉奸斗争，起了很好的鼓舞和教育作用。

---

① 何其芳.评《天国春秋》[M]//何其芳文集（第4卷）.北京：人民文学出版社，1983：83.

第六节 《升官图》等政治讽刺剧

20 世纪三四十年代,由于国民党推行反共反人民政策,政治更趋黑暗,社会矛盾日趋尖锐。1938 年,在国统区展开了一场关于"暴露与讽刺"问题的论争,导致暴露与讽刺国统区的黑暗统治成为创作的主潮流。特别是越到抗战后期,国民党反动政府越是推行法西斯独裁统治,疯狂地迫害进步人士,肆意践踏民主自由,政治之腐败令人发指。在这样的历史背景下,一出出以政治讽刺为基调,以嬉笑怒骂、嘲讽挖苦为主要手段的社会政治讽刺喜剧,就在戒备森严的国统区纷纷涌现了。抗战后期的讽刺喜剧,都有严肃的政治目的。其中以锐利的政治锋芒、泼辣的讽刺风格而著称的,就有陈白尘的《升官图》、吴祖光的《捉鬼传》、宋之的的《群猴》、瞿白音的《南下列车》,等等。这些社会政治讽刺喜剧,以真实为生命,以机智哲理为神魂,嬉笑怒骂皆成文章,对国统区社会黑暗、腐朽、丑恶、卑污及各种不合理现象给予了痛快淋漓的揭露和辛辣的嘲讽;同时也注重反映民意、伸张正义,弘扬真善美。

在讽刺喜剧的创作热潮中,成就最高、影响最大的作家当推陈白尘。陈白尘(1908—1994),原名陈增鸿、陈征鸿,江苏淮阴人。1925 年发表处女作《另一世界》,在《小说月报》征文比赛中获奖。1927 年考入上海艺术大学文学科,不久转入南国艺术学院,成为南国社的重要成员,后又发起组织摩登剧社、国难剧社等,从事进步戏剧运动。1928 年 10 月发表第一部长篇小说《旋涡》,始用笔名"白尘"。1930 年开始戏剧创作,是30 年代初露头角、40 年代登上新的艺术高峰的青年剧作家中最有代表性的一位。1941 年与应云卫一起发起组织中华剧艺社,是该剧社的专职编剧,创作出了一大批优秀剧作,成为战时剧坛的一员健将。他创作路子宽广,有历史剧、现实题材剧,有正剧、悲剧,也有讽刺喜剧,表现了作者在戏剧创作上多面手的特点,而且都取得了可喜的成就。陈白尘一生共写作话剧和电影剧本 50 多部,喜剧和历史剧是他艺术成就的两大支柱。

1935 年陈白尘创作独幕喜剧《征婚》,从此与喜剧结下不解之缘。抗战期间创作有《恭喜发财》(1936)、《魔窟》(又名《群魔乱舞》,1938)、《乱世男女》(1939)、《未婚夫妻》(1940)、《禁止小便》(又名《等因奉此》,1941)、《结婚进行曲》(1942)、《升官图》(1945)等喜剧作品。《乱世男女》通过对一群从南京逃难到大后方的"都市渣滓"的种种丑态的描写,辛辣地嘲讽了投敌作恶的汉奸群丑,对大波大浪时代泛起的社会沉渣给予了无情的揭露与批判。独幕喜剧《禁止小便》,将国民党官僚行政机关的腐败习气浓缩在一个小科室里,抓住弄虚作假、等级森严、裙带关系等典型现象加以艺术放大,使其丑态毕露,揭示了国民党官僚行政机构作风腐朽、丑恶的本质特征。陈白尘的喜剧作品往往能从荒唐可笑中挖掘严肃的主题,使人在捧腹大笑之后又不禁对社会进行反思和追问。

最能代表陈白尘讽刺喜剧的创作成就,充分显示其讽刺艺术才能的,是1945年10月创作的《升官图》。为了避免国民党检查官的刁难,作者把剧情发生的时间向前推移到军阀当道的"民国初年",但读者和观众仍能从过去年代的故事里看到蕴含其中的活生生的现实。全剧除序幕、尾声外,共三幕五场,通过两个流氓强盗的梦境,对国民党统治时代腐败的官场作了淋漓尽致的暴露与讽刺。梦境中,两个强盗冒充知县和秘书长,骗取并迫使知县太太和各局局长承认并与其合作,上演了一出群魔乱舞的丑剧。这幅"升官图"实为群丑图,勾画出了旧中国政界上下左右各类人物的丑恶嘴脸。毛泽东同志曾指出:"贪污成风,廉耻扫地,这是国民党区域的特色之一。"①《升官图》充分展示了这种"特色"。但它不是一般地暴露贪污现象,而是由此入手,狠狠地鞭挞反动腐败的官僚政治制度,因此,作者自己说这是一部"怒书"。剧本集中描写了一个县衙门里的各种官吏,具体而生动地描绘了他们利用权力营私舞弊、贪赃枉法、鱼肉百姓的丑恶行径。财政局长可以拿公款去放债收利;工务局长则大肆贪污城镇建设捐款;警察局长不仅买卖壮丁,还包庇烟赌;教育局长没钱可捞,便拼命从教师、学生身上榨取好处;作为一县之首的知县则侵吞巨款,挪空了县衙里的金库。他们在贪污分赃中既明争暗夺,又沆瀣一气,彼此利用。他们虽已十分贪婪,但与前来视察的省长大人相比,则是小巫见大巫了。省长表面上温文尔雅、仪表非凡,满口"廉洁奉公"之辞,实际上寡廉鲜耻、财色俱贪,连别人的老婆都要霸占。作者以犀利的笔触,描绘了一幅国民党官僚政治制度下的群丑图,触目惊心。剧情是通过两个流氓强盗的梦境展开的,这就暗示了在反动统治下,官即是匪,匪即是官,官匪本是一家。而最终众官吏被暴动的民众所抓,以及强盗梦醒后的被捉,也形象地告诉我们,不管反动统治者的梦如何美妙,终究是要破灭的,觉醒了的人民大众是不会饶恕他们的。剧作的现实针对性很强,蕴含的社会意义尤其深刻。

剧本在讽刺喜剧艺术上达到了很高的成就。作者学习借鉴了俄国著名作家果戈里的名剧《钦差大臣》,并从中国传统戏曲中的丑角戏里吸取了有益的经验,在此基础上又大胆创新,从而显示出其讽刺喜剧艺术的独创性。

首先,由于《升官图》是作者为适应现实斗争的需要而创作的,所以他在把握喜剧

---

① 毛泽东.论联合政府[M]//毛泽东选集.北京:人民出版社,1966:949.

矛盾时，敢于直面重大的社会现实问题，把"笑"变成一种武器，风格泼辣犀利，使之具有鲜明的倾向性和强烈的战斗性，这就避免了一般的喜剧对生活表面的琐碎、平庸的笑料的追求，而使"笑"的艺术获得了重大的社会意义。在《升官图》中，"笑"本身就是一位无情的法官，它剥下了那些无耻官吏道貌岸然的伪装，审判了他们丑恶的灵魂，为他们所代表的旧制度、旧政权送葬。该剧上演时，正值蒋介石要窃取胜利果实，国民党的"接收"大员们大发"劫收"之财，大搞"五子登科"之时，剧中所讽刺嘲笑的种种丑恶现象，引起了广大观众的强烈共鸣，故演出时盛况空前，产生了很大的社会影响。

其次，在人物塑造方面，作者采取了将人物漫画化，同时注重勾勒人物个性结合的方法，并注意在跌宕起伏的情节发展中揭示反面人物腐朽丑恶的灵魂。作者既以夸张的笔触凸显各人的弊病，又注意描绘出各自的性格特点，使之相互有所区别。如剧本中的四位局长就有四幅漫画像："身材奇短，但总爱耀武扬威地全副武装"的警察局长；"面圆耳肥，一副发福样子"，是"县里第一等红人"的财政局长；"暮气沉沉"，但"一口气可打二十圈麻将"的教育局长；"一身笔挺的西装，油头粉面""外号摩登贾宝玉，又叫洋装西门庆"的工务局长。他们都贪得无厌，但各人搜刮贪赃的手段又不同；他们都无恶不作，但卑鄙龌龊的内心世界又不完全相似，作者用精选的细节分别予以展示，使其各具特点。至于在表现省长的贪婪无耻时，作者更是展开奇思妙想，采用了他"头痛"要用金条熏烟做"药引"的细节。这一细节夸张而不失其"真"，奇特而不失其"信"，活灵活现地表现了省长在搜刮民财、贪赃枉法方面的手段远远高于县衙门官吏。这些反面人物的丑恶灵魂，不是靠静态的描绘，而是在剧情发展的过程中动态地呈现出来的，因而显得尤为生动传神。

第三，剧本的艺术构思奇特，手法巧妙。剧本借鉴了西方表现主义戏剧的表现方法，以虚拟的梦境折射现实，在荒诞变形的情节中展示畸形、扭曲的人和事，形成真与假、虚与实辩证统一的喜剧性氛围，达到以假见真的艺术境界。《升官图》整个剧情展示的是两个流氓强盗的梦境，概括表现的却是国统区的社会现实；情节看似荒诞不经，细想却合情合理。可以说，剧本是梦境与现实、荒诞与真实的有机统一。这种构思方法，不仅使作者能充分发挥想象，调动各种艺术手段为剧情主旨服务；而且能扩充剧本的信息量，使之涵盖面广，内容丰富，并能给读者和观众以回味思索的余地。剧本中误会、巧合、重复、对比等艺术表现手法的运用也不落俗套，它们是作者从生活现实出发经过精心构思而安排的，并注意了它们与全剧艺术整体的联系。

总之，《升官图》把五四以来讽刺喜剧的创作水平提高到了一个新的层次，它不仅为此类剧本的创作提供了成功的经验，而且为话剧艺术在民众中的普及发挥了良好的作用。可以说，陈白尘的喜剧创作把中国现代喜剧艺术向前大大推进了一步。

20世纪40年代的政治讽刺剧，除了陈白尘的作品之外，著名的还有阳翰笙的《两面人》、袁俊的《美国总统号》、丁西林的《三块钱国币》、欧阳予倩的《越打越肥》、沈浮的《重庆二十四小时》、老舍的《面子问题》等。而其中成就比较突出的剧作家是吴祖光、宋之的和瞿白音。

吴祖光（1917—2003），祖籍江苏省武进县，生于北京。1936年他进北平中法大学文学系学习，次年在南京国立戏剧专科学校任教，并开始文学创作。他是在抗战烽火中诞生的剧坛新秀，正剧、悲剧、抒情剧、讽刺喜剧都有成就，是位戏剧创作的多面手。抗战期间写有《凤凰城》（1937）、《正气歌》（1940）、《风雪夜归人》（1942）等较有影响的剧作。抗战胜利后，他创作了《捉鬼传》（1946）、《嫦娥奔月》（1947）等暴露和批判国民党反动统治的讽刺喜剧。三幕话剧《捉鬼传》以民间传说中的钟馗捉鬼的故事作为情节结构的基本框架，大量加入现实生活的内涵，并通过鬼神世界来影射现实，以剧中虚拟的情节来嘲讽国统区随处可见的社会现象，如国民党的捉壮丁、打内战、通货膨胀等，都予以辛辣的嘲笑。剧本还借钟馗的视野，暴露了国民党勾结美帝国主义肆意欺压人民大众的严酷现实。该剧构思精巧、独特，风格辛辣、谐谑。作者从鲁迅的《故事新编》中吸取经验，写的虽是古代生活，但多用现代语言，故而幽默风趣，成为深受人们喜爱的一部政治讽刺喜剧。另一部力作《嫦娥奔月》，写羿射日有功，当上皇帝后转变成大独裁者，强娶嫦娥，杀戮无辜，最后众叛亲离。作者借剧中老人之口，谴责他"一统天下二十年，颠倒纲常，逆天行事"。这是用神话的形式反映当前现实，且进一步把矛头对准了国民党政权的最高统治者，表达了人民要求自由民主和阶级解放的愿望。

宋之的（1914—1956），原名宋汝昭，河北丰润人。他1930年开始戏剧活动，1932年参加"左联"，主编《戏剧新闻》。创作有话剧《谁之罪》（又名《罪犯》，1935）、《烙印》（1937）、《雾重庆》（1940）等。抗战胜利后创作有政治讽刺喜剧《群猴》（1948），影响较大。该剧以抗战胜利后某大城市国大代表竞选为背景，通过国民党各派系人物到镇长家提取选票所引起的一场争吵，淋漓尽致地暴露了这些狐群狗党撕咬争斗、争权夺利的种种丑态和卑劣行径，给观众展示出一幅群猴耍戏的百丑图，从而猛烈抨击了国民党官僚政治的腐败，彻底撕掉了"民主宪政""还政于民"和选举制度的虚伪外衣。在艺术格局上，该剧集滑稽戏、闹剧、喜剧于一炉，间或含有插科打诨的笑剧和民间对口相声艺术的多种因素，显得特别热闹风趣。作者还运用高度集中和极度夸张的讽刺手法，让所有的登场人物，都像吵闹不休的猴子一般滑稽可笑，不是动手扭打，就是粗鲁谩骂，呈现出一群恶棍流氓彼此混战的局面，具有强烈的喜剧效果。这种典型的滑稽粗野的艺术风格,与剧本的政治思想内容配合得极其和谐、贴切,这在同时期的讽刺剧中也属少见。特别是结尾一句"他们在闹着玩,耍猴戏呢!"一语中的,巧妙至极。以"群猴"喻群丑,正揭示出了国民党国大代表是"沐猴而冠"的本质,富有深意。

瞿白音(1910—1979),原名瞿金驹,上海嘉定人。20 世纪 30 年代开始投身进步戏剧运动,1933 年曾任左翼剧联南京分盟负责人。这时期他写有独幕剧《南下列车》(1948),也是鞭挞国民党反动统治的一部力作。剧作借助蒋介石伪装下野、国民党军政要员仓皇南逃为时局背景,以由武昌开往广州的一列南行列车的餐车为舞台,通过一群国民党达官贵人拙劣可笑的自我表演,凸显出了反动派丑恶的嘴脸和灵魂,显示了蒋家王朝必然覆灭的历史命运。该剧形式短小精悍,场景集中紧凑,对国民党反动派覆灭之前的混乱景象和心理状态的描写尤为形象逼真,以精妙的讽刺手法揭示出当时社会的乱象。特别是把故事安排在行进中的列车上,人物、场景、道具都呈现出急速的动态感:透过餐车的窗口,传来一阵阵吵闹声、争论声、哀叹声,而与这些形成强烈对照的,则是人民解放军捷报频传的胜利歌声!

【思考题】

1. 简述发展期戏剧文学创作的热点和主要趋向,并列举主要的戏剧社团。

2. 论述曹禺剧作的创造性成就以及《雷雨》和《日出》两部剧作在中国现代话剧史上的地位,比较分析两部剧作不同的主题、人物与结构。

3. 从《回春之曲》和《农村三部曲》看田汉、洪深对左翼戏剧的贡献。

4. 以《上海屋檐下》为例,论述夏衍话剧的现实主义成就。

5. 试述郭沫若历史剧的创作特色,分析《屈原》的思想性与艺术性。

6. 简述陈白尘、吴祖光、宋之的、瞿白音的政治讽刺剧代表作,论析《升官图》的讽刺艺术成就。

图书在版编目(CIP)数据

中国现当代文学史. 上册 / 王侃,颜敏主编. —3
版. —上海:上海教育出版社,2020.7
ISBN 978-7-5444-8903-4

Ⅰ.①中… Ⅱ.①王…②颜… Ⅲ.①中国文学-现
代文学史②中国文学-当代文学-文学史 Ⅳ.①I209.6

中国版本图书馆 CIP 数据核字(2020)第 119540 号

责任编辑 王 鹂 毛 浩
封面设计 陈 芸

中国现当代文学史(第三版)(上册)
王 侃 颜 敏 主编
_____

出版发行 上海教育出版社有限公司
官 网 www.seph.com.cn
地 址 上海市闵行区号景路159弄C座
邮 编 201101
印 刷 启东市人民印刷有限公司
开 本 700×1000 1/16 印张20.5
字 数 380千字
版 次 2020年8月第1版
印 次 2025年2月第3次印刷
书 号 ISBN 978-7-5444-8903-4/I·0125
定 价 58.00元
_____

如发现质量问题,读者可向本社调换 电话:021-64373213